혁명과 죽음

박대현(朴垈賢, Park, Dae-hyun)

1972년 부산에서 태어났다. 부산대학교 국어국문학과를 졸업하고, 부경대학교 석사, 부산대학교 박사 과정을 마쳤다. 2005년 『부산일보』 신춘문예에 「실존적 헤르메스의 탄생－진이정의 시세계」가 당선되어 평론 활동을 시작하였다. 2007년부터 2010년까지 『오늘의문예비평』 편집위원, 현재는 『작가와사회』 편집위원으로 활동하고 있으며 경성대에 출강 중이다. 저서로 『헤르메스의 악몽』, 『닿을 수 없는 혁명』, 『우울한 것의 추락』, 『2000년대 한국문학의 징후들』(공저), 『문학과 문화, 디지털을 만나다』(공저), 『불가능한 대화들』(공저) 등이 있다.

혁명과 죽음 1960년대 '문학/정치'의 경계와 죽음충동

초판 인쇄 2015년 2월 25일 **초판 발행** 2015년 2월 28일
지은이 박대현
펴낸이 박성모 **펴낸곳** 소명출판 **출판등록** 제13-522호
주소 서울시 서초구 서초중앙로6길 15, 1층
전화 02-585-7840 **팩스** 02-585-7848 **전자우편** somyong@korea.com **홈페이지** www.somyong.co.kr

값 33,000원

ISBN 979-11-85877-97-6 93810

이루어지지 못한
모든 것들에게

혁명과 죽음

1960년대 '문학/정치'의 경계와 죽음충동

박대현

Revolution and Death

: The Boundary and Death Drive between Literature and Politics in 1960s

소명출판

책머리에

이 책의 구상은 5년 전쯤으로 거슬러 올라간다. 용산참사를 비롯한 일련의 비극적 사건들로 인해 한국 사회에 '분노자본'(지젝)이 축적되어 가고 있을 때였다. 분노는 촛불집회, 시국선언, 성명서 등의 여러 가지 형태로 나타났지만, 우리가 바라는 변화는 찾아오지 않았고 그저 무기력의 더께만이 더할 뿐이었다. 자연스럽게 '혁명'에 대한 관심이 깊어졌다. 혁명의 임계점은 누구도 예측할 수 없다. 더할 수 없는 고통 이후에야 찾아오는 것이 혁명인지는 모르겠으나, 5년이 지난 지금의 우리 사회는 여전히 달라진 것이 없다. 여전히 퇴행에 퇴행을 거듭하고 있을 뿐이다. 그리고 세월호 참사, 더 말해 무엇 하겠는가.

혁명을 사유하고자 했던 당시는, 그래도 약간의 신열(身熱)이 있었던 것 같다. 지금은 어떤가. 어떤 무기력과 공허감이 헐거운 가슴을 채운다. 그래서 이 책의 제목은 '닿을 수 없는 혁명'이어야 했다. 그러나 어쭙잖은 평론집의 제목으로 이미 써버리고 말았다. 그래서 선택한 제목이 '혁명과 죽음'이다.

이 책은 '지식과 행동의 일치'가 실현된 예외적인 순간으로서의 4월혁명, 그리고 4월혁명에 주박당한 지식인과 문인의 내면을 주목한다. 1960년대는 4월혁명이 있었고, 죽음충동의 시대였다. 혹자는 혁명을 '웃음'의 관점에서 보기도 했지만, 그 이면에 깔린 죽음충동에 대한 성찰 없이는 1960년대를 제대로 이해하기 힘든 것이 사실이다. 4월혁명은 곧 '죽음충동(death drive)'이기 때문이다. 라캉 좌파(Lacanina Left)의 용어인 '죽음충동'은 혁명의 근본 동력으로 간주된다. 억압적인 상징체계를 전복하는 정치적 힘의 기저에 죽음충동이 있지 않고는 혁명의 양상은 이해되기 힘들다. 그리고 역설적이지만 죽음은 죽음충동을 통해 극복된다. 죽음의 극복은 '지식과 행동의 일치'라는 가능성에 현실성을 부여한다. 또한 그것은 삶과 죽음의 경계뿐만 아니라, 지식과 행동의 경계, 문학(문화)과 정치의 경계를 허무는 정동으로 작동한다. 따라서 4월혁명은 지식과 행동의 일치, 혹은 문화와 정치가 온전히 일체화된 죽음충동의 역사적 순간이 아닐 수 없었다.

그러나 4월혁명은 이념과 권력의 실정성(positivity)이 부재했던 혁명이었다. 그래서 1960년대는 4월혁명의 결여(lack)를 확인해야했던 시대이기도 했다. 5·16군부정권은 그 '결여'를 반공과 경제재건론으로써 점령한다. 그리고 죽음충동은 억압되고 만다. 그럼에도 불구하고 4월혁명은 60년대를 지배했던 죽음충동의 근원으로 남아 있었다. 60년대 각종 매체들을 잠깐 일별하더라도 4월혁명이 60년대에 남긴 선명한 흔적을 확인할 수 있다. 해마다 4월이면 김주열의 사진과 함께 혁명 관련 글들이 쏟아졌다. 지식인들은 4월혁명의 죽음충동을 의식하지 않을 수 없었다. 그리고 모종의 수치심에 사로잡혀야만 했다. 지식인들은 '지식과 행동의 일치'라는 4월혁명의 표상 앞에서 지식과 행동의 이율배반에 몸서리쳐야 했던 것이다.

궁극적으로 1960년대는 지식이 곧 행동이 되어야 하는 충동의 시대였다. 그러한 충동은 불가능성을 내함한다. '지식 = 행동'의 도식 속에서 지식은 지성, 달리 말해 '비판적 지성'을 의미하는 것인데, 군부정권하에서 내면적 사유 공간에 자리 잡은 지성을 행동으로 옮긴다는 것은 곧 사회적·상징적 죽음(심지어는 육체적 죽음)을 의미하기 때문이다. 소수의 비판적 지식인들에게 가해졌던 군부정권의 폭력성은 굳이 말할 필요조차 없는 것이다. 그래서 당시 지식인들은 지식인이 행동하지 않는다는 사실에 대한 수치심에 직면해야 했으며, '지식인의 힘의 한계는 어디까지나 문제 제기에 있지 문제 해결까지는 못 한다'는 식의 논리(한계참여론)로써 스스로의 한계를 규정하기도 했다. 그러한 한계는 지식인의 죽음충동을 스스로 억압해야만 했던 결과다.

죽음충동은 지식이 곧 행동이 되도록 추동하고, 문학이 곧 행동이 되도록 추동한다. 그러나 죽음충동은 1960년대 지식인 담론의 기저에 억압된 채 깔려 있었을 뿐, 명시적 언어로 드러날 수는 없었다. 한계참여론이 지식인 담론의 표면을 지배하기는 했으나, 그 이면에는 한계참여론을 넘어서는 죽음충동이 도사리고 있는 것이다. 따라서 지식과 행동, 문학과 행동, 문화와 정치 등에 내재한 경계와 균열 지점은 죽음충동이 스며드는 자리라고 할 수 있다. 죽음충동은 균열된 양자(兩者)를 일체화시키는 힘으로 존재했으나, 그것의 실현은 극히 드문 경우였다. 그럼에도 불구하고 죽음충동은 60년대 지식인 및 문학 담론에 가장 본질적이고도 지속적인 영향을 미치고 있었다.

이 책은 그 죽음충동을 주목하고 있다. 지식과 행동의 분열에서 오는 지식인들의 수치심은 죽음충동을 배면(背面)으로 돌려버린 결과였으므로, 1960년대 지식인들은 죽음충동으로부터 결코 자유로울 수 없었다. 그것은 문인들도 마찬가지였다. 60년대 순수참여논쟁의 기저에서 발견되는 죽음충동이 이를 증명한다. 순수문인들이 참여문인들의 급소랄 수 있는 죽음충동을 자극하고 있었다면, 참여문인들은 그것을 회피하거나 행동화하는 양상들을 보여준다. 바로 여기서 60년대 참여문학의 본질이 암시된다. 60년대 참여문학은 궁극적으로 죽음충동에서 자유로울 수 없었고, 죽음충동을 지속적으로 의식했으며, 결국 그 충동의 자리로 회귀해야만 했다. 그 긴 도정이 60년대 문학의 중추를 이루고 있다.

그렇다면 1960년대 참여문학은 죽음충동을 본질로 하는 문학이라고 할 수 있다. 단순히 순수 / 참여의 도식에 머물지 않고 죽음충동을 경유하여 '직접행동'으로 넘어가고자 했던 문학. 죽음충동의 문학은 필연적으로 문학과 정치, 혹은 문화와 정치의 불편한 긴장을 동반하지 않을 수 없었으며, 이조차도 60년대 참여문학이 떠안고 감당해야 했던 숙명적 사안이었다. '순수 / 참여'라는 이분법적 도식에 '직접행동'이라는 항을 추가할 수밖에 없는 까닭이다. 궁극적으로 참여문학은 '직접행동', 달리 말해 '죽음충동'의 행동화를 지향했던 문학이었던 것이다.

그럼에도 불구하고 지금까지 직접행동을 향한 문학의 죽음충동에 주목한 연구가 존재하지 않았던 까닭은 무엇인가. '직접행동'은 문학의 양식을 초과하는 지점에서 발생하기 때문이다. 직접행동은 실재이며, 문학은 가상에 머문다. 문학 자체가 직접행동이 되기란 힘든 일이다. 따라서 직접행동은 문학을 초과하는 지점에서 발생한다. 쓰는 행위 또한 직접행동일 수 있다는 주장은 4월혁명을 전후한 문학무용론 앞에서 무력해질 수밖에 없다. 직접행동으로서의 예외적인 글쓰기가 있다면 필화사건을 일으킨 글쓰기일 텐데, 그것 역시 국가의 소환이라는 조건이 먼저 충족되어야만 한다. 직접행동의 성격이 글쓰기 그 자체가 아니라 국가의 소환을 통해서만 부여되는 것이다. 이는 글쓰기의 수동성이라는 한계를 드러내며, 글쓰기가 행동의 내면화 혹은 사유화에서 벗어나기 힘듦을 말해준다.

4월혁명의 죽음충동은 문학을 초과하는 직접행동을 추동했다. 4월혁명이 우리에게 미친 영향은 바로 그것이다. 그러나 1960년대는 군부정권의 긴 그림자로부터 자유로울 수 없었다. 김수영조차 죽음의 문턱에 한 발을 걸친 상태로 머뭇거릴 정도로 혁명의 죽음충동은 잔뜩 위축되었던 것이다. 죽음충동의 행동화로 넘어가는 그 문턱에서 바로 지식과 행동, 혹은 문학(문화)과 정치 사이에 존재하는 균열과 긴장이 서려 있다. 그 균열과 긴장이야말로 60년대 참여문학의 본질이 아닐 수 없다.

궁극적으로는 죽음충동의 행동화(직접행동)으로 나아가고자 하지만 여전히 문학 안에 머물러 있다는 자탄(自嘆)과 수치(羞恥)의 문학 ……, 예외적으로 글쓰기에서 직접행동으로 이행해왔으되 그야말로 소수에 불과했던 죽음충동의 지식인들과 문인들 ……, 그리고 반복적으로 강화되는 자탄과 수치심 ……. 이것이 1960년대 참여지식인들의 내면 풍경이다.

라캉은 자유와 목숨을 배중율의 항으로 삼았으나, 절묘하게도, 목숨을 죽음으로 대체함으로써 그 배중율을 극복한다. 자유를 선택하면 목숨을 잃게 되고 목숨을 선택하면 자유를 잃게 되는 상황이, 자유를 선택하면 죽음을 얻게 되고 죽음을 선택하더라도 자유를 얻게 되는 상황으로 반전되는 것이다. 4월혁명은 목숨을 죽음으로 대체했던 죽음충동의 순간이었다. 그리고 지식인과 문인들은 죽음충동에 몸을 맡기거나 짓눌리거나 했던 것이다. 그것이 1960년대 지식인과 문인들의 내면이다.

군부독재가 유신 체제를 선언했던 1970년대 초반에 이르러 죽음충동은 비로소 '직접행동'의 양식을 갖추게 된다. 1960년대는 지식인과 문인의 자기 한계를 초과하는 죽음충동의 행동화에 도달하고자 하는 도정 그 자체였기 때문이다. 오늘날의 지식인과 문인 역시 이 충동으로부터 자유롭지 않다. 시대의 퇴행이 뚜렷할수록 글쓰기는 직접행동이 되고자 하는 충동에 직면하게 된다. 4월혁명 이후 한국문학이 안고 있던 문제는 오늘날에도 여전히 되살아나고 있는 것이다. 그 까닭이 무엇인지는 이 글을 읽는 독자 여러분도 짐작하시리라 생각한다.

이 책은 박사학위논문에 빚지고 있다. 학위논문은 대단히 미흡하고 불완전한 상태였다. 심사위원 선생님들께 고맙고 죄송할 뿐이다. 논문은 어렵사리 통과되었으나, 책을 위한 후속작업은 길 수밖에 없었다. 논문의 상당 부분을 수정해야 했으며, 이 책의 절반 가까운 분량을 새로 추가해야만 했다. 그럼에도 불구하고 여전히 미흡하다는 생각을 지울 수 없다. 보다 보완되고 진전된 생각들은 앞으로의 작업을 통해 꾸준히 펼쳐나갈 생각이다.

부족한 책을 허락해주신 소명출판과 원고의 잦은 수정에도 불구하고 성심껏 원고를 돌봐주신 최지선 선생님께 고마운 마음을 전한다. 이 책을 내는 동안 시간을 충분히 함께하지 못했던 사랑하는 아내와 딸, 그리고 손주를 지극정성으로 보살펴주셨던 장인・장모님께도 고마운 마음을 전해드리고 싶다. 부모님께는 물론이다. 몸과 혼을 주신 분이시니, 이 책을 쓰는 내내 함께하셨다.

2014.11.3. 낙동강변에서

차례

제5장 4월혁명 이후의 실정성과 부정성의 투쟁

제6장 혁명주체의 실정화와 혁명 담론의 주조술

제7장 혁명정신의 미학적 전유와 탈정치성

제8장 4월혁명의 실재와 참여문학의 죽음충동

제9장 4월혁명과 청년문화론

청년문화론에서의 '문화 / 정치'의 경계 문제

제10장 4월혁명과 죽음충동

혁명과 죽음

제1장

혁명과 죽음

1. 1960년대와 4월혁명 속으로

한국문학에서 1960년대는 치열한 논쟁의 장이다. 1950년대와 60년대를 가르는 결정적 계기였던 4월혁명은 60년대 치열한 논쟁의 장을 형성하는 정치사회적 배경으로 작용한다. 50년대는 어떠했던가. 주지하다시피 해방 직후 이념의 갈등 속에서 한국문학은 민족성과 근대성을 동시에 추구하기 시작했으나 한국전쟁은 그 모든 것을 파탄에 이르게 하고 말았다. 50년대를 지배했던 문학적 무기력은 실존주의의 유입에도 불구하고 실존의 허무에 예민하게 반응했을 뿐, 뚜렷한 현실적 방향감각을 지닐 여유가 없었다. 이승만 정권하에서 문학은 현실과 무관한 관념의 세계로 진입하고 있었으며, 현실에 대해 예각적인 비판의식을 더 이상 보여주지 못하고 있었다. 4월혁명은 이러한 문학적 분위기에 일대 충격을 가한 사건이라고 할 수 있다. 죽음을 무릅쓴 청년학생들의 시위는 혁명적 기운을 고양시켰고, 김주열의 죽음에서 비롯된 정치적 주이상스(jouissance, 향유)[1]는 학원의 정치화와 3·15부정선거에 분노하던 학생들을 거리로 불러내었다. 미처 경험하지 못했던 거대한 군중의 행렬로 인한 이기붕 일가의 몰락과 이승만 대통령의 하야는 민중의 힘에 의해 정권을 전복시킨 최초의 역사적 사례가 되었다. 아무도 예상하지 못했던 4월혁명은 지식인들, 특히 50년대 내내 문학의 무용성을 되뇌며 정치적 무기력 속에서 헤어나지 못했던 문인들을 충격으로 몰아넣었던 것이다.

문인들은 즉각적으로 4월혁명에 반응하였으며, 혁명에 대한 경이와 찬사를 쏟아 붓기 시작했다. 그러나 혁명은 본질적으로 영원성을 획득할 수 없는 순간적 사건이며, 혁명이 실현되었다고 믿는 순간 좌절과 패퇴의 길을 접어들 수밖에 없는 운명을 지닌다. 4월혁명이 '이승만'이라는 전제적이고 절대적인 권력을 무너뜨리고 자유와 민주의 가치를 제도적으로 실현하고자 했지만, 절대권력이 무너진 자리에는 무질서와 혼란만이 남아 있었다. 과도정부와 장면 정부는 절대권력이 사라진 자

1 라캉에 따르면 정신분석의 윤리학은 우리가 '선(good)'이라고 부르는 규정과 규율에 대한 사유와 전혀 무관한 것으로 오히려 삶의 비극적 의미 영역을 내포한다. '선'에 관련된 것은 전통적 의미의 윤리학이다. '선'은 "권력의 탄생 영역"으로서, 상징계 내에서 규율되고 통제된 결과로서의 질서라고 할 수 있다. '선'으로 표상되는 이 상징계적 질서를 파괴하고 전복시키는 것이 주이상스(jouissance)인데, 주이상스는 악의 형식(a form of evil)으로 불리기에 충분하다. 왜냐하면 주이상스는 도덕적 법으로서의 위상을 지닌 상징계의 성격을 완전히 변화시키기 때문이다. 주이상스는 상징계, 즉 신이 파괴되는 순간에 발현된다. 달리 말해, 주이상스는 정확히 죽음의 수락을 암시한다. 슬라보예 지젝은 라캉의 주이상스 개념을 전유하여 정치적으로 해석하는데, 국가의 상징계를 전복하고자 하는 주이상스를 정치적 범주의 주이상스라고 부른다. Jacques Lacan, trans. Dennis Porter, *The Seminar VII : The Ethic of Psychoanalysis 1959~1960*, Norton, 1997, pp.189·229·313; 슬라보예 지젝, 김서영 역, 『시차적 관점』, 마티, 2009, 604~608면 참조.

리의 무질서와 혼란을 장악하기에는 역부족이었다. 혁명을 주도했던 학생세력이 학원으로 돌아간 뒤, 정권을 잡은 과도정부와 장면 정부는 이승만 정권과 다를 바 없는 무능한 기성정치집단에 지나지 않았다. 정치권과 마찬가지로, 1960년대 문단 역시 어용문인단체를 해체할 것을 주장하는 등 '문단혁신'에 관한 담론이 4월혁명 직후 쏟아지기 시작했으나 혁명기운의 퇴조와 더불어 유야무야되고 말았다. 그럼에도 불구하고 4월혁명은 당대의 문인들에게 엄청난 정신적 충격을 남겼는데, 그것은 죽음에 아랑곳하지 않고 부정한 현실을 전복하고 새로운 역사를 창조해내었던 학생들의 모습에서 비롯된다. 4월혁명은 갑자기 출현한 '신화'와 같은 모습으로 다가왔으며, 학생들 스스로도 예상하지 못했던 이승만 정권의 전복은 1950년대를 지배했던 문학의 무용성과 문인들의 무기력을 더욱 반성케 한 계기가 되었다. 4월혁명세대는 '기성세대'라는 말을 유행시킬 만큼 이전 세대와의 단절을 지속적으로 시도했으며, 60년대를 주도하는 세력으로 성장하면서 60년대의 담론을 주도적으로 이끌게 된다.

혁명세대[2]는 4월혁명의 정신을 실천하고자 했으나 여기에는 세 가지 난관이 존재했다. 첫 번째 난관은 4월혁명이 무주체 혁명이었다는 점이

2 '혁명세대'는 혁명을 주도했던 1950년대 후반 예비 지식인으로서의 학생세력을 일컫는다. 이들 학생세력은 1950년대 전반의 지식인들과 뚜렷한 차별성을 지닌다. 1950년대 전반의 지식인들이 식민지교육과 이데올로기적인 대립갈등, 그리고 동족상잔을 체험한 세대라면, 1950년대 후반의 예비 지식인들은 이러한 역사의 진행과정을 지켜보면서 자라온 세대이다. 4월혁명은 바로 이러한 예비 지식인들에 의하여 수행된 역사변혁운동이라고 볼 수 있는데, '혁명세대'는 바로 1950년대 후반 예비 지식인으로서의 지위를 가지는 세대를 일컫는다. 이들을 혁명세대로서 주목해야하는 이유는 5·16군사쿠데타로 인하여 이들 혁명세대가 1960, 70년대를 거치면서 4월혁명정신을 실천하거나 체제 순응적으로 되어가는 등의 분화된 모습을 보여주기 때문이다. 하일민, 「근현대 민족현실과 지식인 전쟁세대의 좌절과 4월혁명세대의 두 가지 길」, 『역사비평』, 1992 가을, 281면.

다. 예비지식인으로서의 학생과 지식인, 그리고 이에 동조한 민중이라는 혁명세력이 있긴 했으나 4월혁명은 구심력이 없는 비조직적 혁명세력에 의해 발생했다는 점에서 혁명을 장기적으로 이끌어나갈 세력이 부재했다. 이로 인해 혁명 정신의 실천과 제도화는 처음부터 난관에 봉착했다고 볼 수 있다.

두 번째 난관은 첫 번째 난관에 연동된 것으로 바로 5·16군부세력의 등장이다. 박정희가 주도한 군사쿠데타는 4월혁명정신을 폭력적으로 절취하면서 자유와 민주의 가치지향을 근본적으로 차단하고 말았다. '자유'와 '민주'의 자리를 근대화와 발전론으로 대체한 군사정권이 정권을 유지하는 데 있어서 4월혁명의 정신성은 위협적인 요소가 아닐 수 없었다. 때문에 4월혁명의 '과거화'는 혁명의 현재성과 지속성을 차단하기 위한 필수적인 작업이었다. 군사정권의 정치적 자신감은 4월혁명 당시 시위대를 암묵적으로 지지함으로써 획득한 국민적 신뢰를 바탕으로 한 것이다. 더구나 이승만 정권의 몰락 이후 1년 동안 지속되었던 무질서와 혼란은 강력한 통치세력에 대한 국민의 갈증을 증폭시켰다. 따라서 5·16군사정권은 일반 국민과 지식인들의 잠재적 지지를 확보할 수 있었다. 시민의 보편적 지지를 바탕으로 4월혁명을 군사혁명으로 전유하면서 4월혁명정신을 근대화와 발전론으로 대체할 수 있었던 것이다.

세 번째 난관은 '혁명' 자체가 지니고 있는 본질적 속성에 있다. 혁명은 절대권력을 파괴함으로써 자유와 민주를 실현하고자 하지만 민주주의는 본질적으로 권력의 공동화(空洞化)를 지향하는 체제이기 때문에 이념적으로 규정될 수 없는 성격을 지닌다. 다수의 합의에 의해서 정치이념이 수시로 교체 가능한 민주주의는 이념적으로 '빈 공간'[3]의 체제인 것이다. 마찬가지로 혁명세력이 정권 전복 직후 직면한 것은 이념의 공동화 현상이었다. 민주주의를 실현시킨 4월혁명의 정신성은 민주주의가 지닌 정치적 이념의 '결여'에 바탕한 것이다. 민주주의의 이념적 결여는 필연적으로 강력한 권력이 언제라도 등장할 수 있는 잠재성을 제공하고, 바로 이 때문에 자유를 향한 혁명의 기운이 언제든지 퇴행할 우려가 존재한다는 사실은 근대적 의미의 혁명에서 비롯되는 보편적 현상이다.[4]

혁명의 역사적 과업에 대한 기대와 좌절의 낙차야말로, 4월혁명이 1960년대에 남긴 깊은 명암이었다. 하여 60년대 문학은 4월혁명의 정신성이 퇴행해가는 과정과 정확히 일치한다. 그럼에도 불구하고 4월혁명 이후 급격히 몰락해가는 혁명적 기운의 '빈 공간'을 대체하기 위한 작업이 정치적으로 필수적으로 요청되었는데, 대학생들의 통일주의 담론, 신생활운동, 한일회담반대시위, 유신개헌 반대시위 등은 혁명의 '빈 공간'을 대체해나간 대학생들의 정치적 행위라고 할 수 있다. 그러나 대학생들이 군사정권체제 속으로 흡수되어가는 정치적 흐름 또한 뚜렷이 나타난 것도 사실이다. 이러한 양면성이 존재하게 된 까닭은 60년대가 4월

3 클로드 르포르(Claude Lefort)는 민주주의의 본질을 '빈 공간'으로 규정한다. 민주주의는 "확실성의 표지의 해체" 또는 절대주의 봉건권력의 해체로 인한 '확실성의 표지'의 상실로 말미암아 민주주의 출현이 가능했으며, '빈 공간'이 민주주의의 근본적인 속성을 이룬다는 것이다. Claude Lefort, *Democracy and Political Theory*, Oxford, 1988, p.19.
이러한 민주주의의 근본적인 속성은 라캉이 제기한 주체의 속성과도 흡사한데, 〈주체 : 결여 = 민주주의 : 결여'〉라는 등식이 성립하기 때문이다. 지젝을 비롯한 라캉 좌파는 이러한 이론적 토대 위에 정치와 문화 현상을 분석하고 있다.

4 이에 대하여 장 뤽 낭시는 다음과 같이 말하기도 한다. "민주주의는 정말로 혁명(정치의 기초 자체를 뒤집기)을 요청한다. 정치가 그 토대를 잃게 만들어야 하는 것이다. 하지만 민주주의는 정치의 토대라고 가정된 지점까지 혁명이 뒤집는 것은 용납하지 않는다. 따라서 혁명은 중단된다." 장 뤽 낭시, 「유한하고 무한한 민주주의」, 김상운 외역, 『민주주의는 죽었는가?』, 난장, 2010, 113면.

혁명의 정신성이 균열하고 분열해간 시대였기 때문이다.

1960년대의 문인들은, 특히 비평가를 중심으로 지식인 담론을 적극적으로 생산하게 된다. 4월혁명이 지식과 행동의 분열을 극복한 해방 이후 최초의 집단적 사례라는 점에서 60년대의 지식인들은 4월혁명을 강박적으로 의식하지 않을 수 없었다. 지식인으로서의 자괴감과 무기력은 4월혁명을 의식할수록 더욱 증폭되거나 지식인의 역할에 대한 깊은 성찰로 이어졌다. 그러나 군사정권의 등장은 지식인의 윤리적 성찰을 심각하게 왜곡시켰고, 지식인은 다시 정치와 분리된 아카데미즘의 영역으로 퇴행하거나 행동과 절연된 비실천의 영역으로 후퇴하고 만다. 지식인은 문제제기를 하는 데서 그 행동성을 찾아야 하며, 문제의 해결은 지식인의 능력을 초과하는 일이라는 자기방어적인 담론마저 등장하게 된다. 이는 지식과 행동의 일치라는 정신성을 지닌 4월혁명을 일회적이고 예외적인 과거의 사건으로 고착시켜버린 결과를 초래하기도 했다.

보다 심각한 문제는 4월혁명은 다시 재현되기 힘든 역사적 사건이라는 점에 있었다. 순간성과 예외성, 그리고 일회성을 지닌 4월혁명은 사실상 1960년 4월 당시에도 그 뚜렷한 이념적 형체 없이,[5] '빈 공간'을 둘러싼 전복의 기운만으로 존재했던 것이다. 4월혁명 이후 혁명정신을 계승하고자 했던 지식인들의 곤궁한 처지는 바로 여기서 비롯된다. 혁

5 4월혁명의 이념적 구성은 '사후적(retrospective)'으로 구성된다. 4월혁명은 독재권력의 3·15부정선거와 김주열의 죽음에 대한 분노로써 촉발된 것이며, 전무후무한 혁명의 대열 속에서 그 의미를 혁명 당시에 즉각적으로 찾아내기란 불가능했다. 이승만이라는 절대권력의 해체 이후 시대적·역사적 의미 구조의 변화가 일어나게 되는데, 이 변화를 통한 이념 파악은 어디까지나 사후적인 것이다.

명정신의 계승은 담론 차원으로는 쉽게 이루어질 수 없었으며, '지식과 행동의 일치'라는 지식인의 행동양식만이 선명하게 부각되고 있었다. 그리고 다시 이를 실현하기에는 군사정권이라는 정치적 압제가 큰 부담으로 작용했던 것이다. 따라서 4월혁명정신은 충동(drive)[6]의 대상으로서 '대상a'[7]라는 지위를 지니게 된다. 순간적으로 발현된 혁명은 현실적으로 결코 성취될 수도 없고 재현할 수도 없는 대상이기 때문이다.

4월혁명의 '결여'에 대응하여, 1960년대 문학은 세 가지의 분화 양상을 보여주게 된다. 첫째, 4월혁명정신을 탈역사적으로 추상화하거나 미학적으로 전유하고자 하는 순수문학의 비평적 시도가 그것이다. 서정주를 비롯한 60년대 문인들은 4월혁명을 탈역사적 맥락 속에 중화시키려 했으며, '4 · 19세대'라는 용어를 창출했던 '문지' 에꼴 역시 4월혁명을 미학적으로 전유하는 방향으로 나아갔다. 혁명의 탈역사화와 미학적 전유는 역사적 추상과 언어미학의 성격을 띨 수밖에 없다. 4월혁명의 첨예한 정치성을 탈각하는 과정에서 4월혁명의 탈정치화에 골몰했던 이들의 활동은 상대적으로 군사정권의 검열로부터 자유로웠으며, 결과적으로 60년대의 문학적 헤게모니를 쟁취할 수 있었다.

---

6 라캉은 욕망과 충동을 구분한다. 욕망은 다가갈 수 없는 '대상a(objet petit a)'라는 결여(lack)의 지점을 보충하기 위해 환상을 직조해내는 상징계라는 대타자의 영역에 속한 것이다. 욕망은 환유적으로 '대상a'의 대체물을 끊임없이 생산해내는 기능을 한다. 반면에 충동은 '대상a'의 주변을 끊임없이 맴돈다. 욕망의 대상은 환유적으로 끊임없이 대체되는 미끄러짐을 통해서 환상으로 직조되지만, 충동의 대상은 "빈 구멍, 공백의 현존"일 뿐이다. 자크 알랭 밀레 편, 맹정현 · 이수련 역, 『자크 라캉 세미나』 11, 새물결, 2008, 254 · 271면 참조.

7 '대상a(objet petit a)'는 실제로 욕망이 지향하는 것이라기보다는 욕망의 원인이다. 달리 말해, '대상a'는 욕망의 "대상원인"으로 불리기도 한다. '대상a'는 욕망을 작동시키는 '원인'으로서의 어떤 대상인 동시에, 충동(drive)의 대상이기도 하다. 즉, 충동은 '대상a'를 얻으려하기보다 오히려 그것의 주변을 맴돈다. '대상a'는 실재계의 이면에 남겨진 '잔여(reste)'로서 정의되는데, 상징계에서 실재계로 넘어가는 일종의 통로로서의 기능을 한다. 딜런 에반스, 김종주 역, 『라캉정신분석사전』, 인간사랑, 1998, 401~402면 참조.

둘째, 4월혁명의 참여정신을 계승하고자 하는 참여문학의 비평적 시도이다. 참여문학의 비평행위는 '직접행동'[8]은 아니지만, 그에 준하는 진정성을 지닌다고 할 수 있다. 그러나 문학은 언어를 질료로 한다는 점에서 근본적으로 언어라는 가상의 한계를 넘어서지 못한다. 그럼에도 불구하고 문학의 힘을 통해 현실을 변화시킬 수 있다고 믿었으며, 문학이 지니고 있는 가상으로서의 한계를 의식하지 않았다. 문학의 전언이 현실의 변혁을 성취할 수 있다는 신념을 토대로 한다는 점에서 매우 긍정적인 문학관과 역사관을 지니고 있었다고 할 수 있다. 문학이 정치적 힘을 가질 수 없다는 '문학무용론'과 전혀 다른 문학관을 보여주고 있는 것이다. 이른바 문학의 근원적 결핍으로서 "글을 쓴다는 것은 행동하지 않는다는 뜻"이라는 르 클레지오의 역설(paradox)[9] 따위의 미적 자의식으로부터 자유로웠다고 할 수 있다.

셋째, 문학의 실천적 한계에 대한 미적 자의식을 치열하게 드러냈던 비평적 시도이다. 이들은 물론 참여문학의 범주에 속한다. 언어라는 가상을 뛰어넘어 실제 현실 속에서의 참여(직접행동)로 나아가고자 하는 가능성을 타진했던 비평 행위는 곧 정치적 행위이기도 했으므로 결코 순탄한 것이 아니었다. 언어적 범주에 속한 참여문학이 문학과 정치의 경계를 절묘하게 넘나듦으로써 '수동적 저항'으로서의 직접행동[10]이라

8 에이프릴 카터는 직접행동에 대해서 다음과 같이 설명한다. "직접행동은 적극적인 시민권의 한 가지 표현으로 해석할 수 있다. 직접행동을 하겠다는 의지는 참여의 표시다. 다른 한편으로, 공익을 위해 감행하는 직접행동과 시민 불복종의 결과로 정치적 위험 부담과 개인적 희생이 예상되는데도 직접행동을 한다는 사실은 사적인 관심보다 공적인 문제를 더 중시한다 — 공화주의적 정치 이상의 핵심 — 는 의향을 보여주는 것이다." 에이프릴 카터, 조효제 역, 『직접행동』, 교양인, 2008, 516면.

9 르 클레지오, 김윤진 역, 「패러독스의 숲에서」, 『문학동네』, 2009 봄, 457면.

10 에이프릴 카터는 권력에 반대하는 것이 극히 위험한 억압적인 체제에서 은밀하게 수행하는

는 의미를 지닐 수도 있지만, 참여문학은 여기서 더 나아가 문학과 정치의 경계를 허물고자 하는 충동을 보여주기도 했던 것이다. 이 충동은 정치를 향한 문학의 충동이기도 하며, 실재를 향한 가상의 충동이기도 하다. 이러한 충동의 실현은 불가능성 위에 존재했다.

4월혁명이 추동했던 정신성은 민중들의 '직접행동'이라는 예외적인 사태에서 간취될 수 있다. 그러나 군사정권의 등장으로 말미암아 지식인들은 체제순응, 자기타협의 합리화, 그리고 소수에 지나지 않지만 '직접행동'의 방향으로 분화되어 갔다. 문학 역시 유사한 분화 현상을 그대로 노정하고 있는데, 혁명정신의 미학적 전유, 참여정신의 문학적 계승, 문학의 경계를 넘어 직접행동에 이르고자 하는 충동의 문학이 그것이다. 이처럼 1960년대 이후의 문학사는 4월혁명을 분기점으로 하여 비로소 그 지형을 파악할 수 있다. 4월혁명과 문학의 관계에서 무엇보다 주목해야 할 것은 4월혁명의 이후의 결핍을 극복하고자 했던 문학적 고투의 제(諸) 양상이다. 이때 '결핍'의 내용이란 4월혁명이 분출했던 '직접행동'으로서의 세대감각이라고 할 수 있다. '지식과 행동의 일치'로서의 직접행동을 경험한 60년대 문학은 무엇보다 '직접행동'의 결핍에 대응하면서 문학의 논리를 구축해갔던 것이다. 순수문학의 미적 자율성, 참여문학의 현실참여와 직접행동에의 충동은 4월혁명의 정신성이라고 할 수 있는 '지식과 행동의 일치'와 결코 무관할 수 없는 것이다.

따라서 이 글은 4월혁명정신의 탈역사화와 미학적 전유, 문학적 계승

수동적 저항(예컨대, 파업 대신 작업 속도를 늦추는 것)도 직접행동으로 간주될 수 있음을 역설한다. 따라서 문학을 통한 참여 역시 대개 수동적 저항으로서의 직접행동에 포함시킬 수 있을 것이다. 에이프릴 카터, 앞의 책, 44면 참조.

과 실천, 직접행동을 향한 문학의 충동을 다룸으로써 4월혁명 이후 문학의 다양한 분화 양상을 살펴볼 것이다. 특히 '지식과 행동의 일치'라는 불가능성을 추구했던 문인들이 보여주었던 충동(drive)과 향유(jouissance), 다시 말해 가상에서 현실로 진입하고자 하는 충동과 향유는 4월혁명의 정신사적 측면에서 면밀히 검토되어야 할 필요가 있다.

2. 사라진 혁명의 궤적들

오늘날의 문학 연구에서 1960년대 문학은 4월혁명에 대한 이해 없이는 서술이 불가능하다. 60년대 문학사는 곧 4월혁명을 시발점으로 전개되고 있으며, 시인론 · 소설론 · 비평론에서 4월혁명에 대한 서술은 거의 자동화되어 있다. 그러나 60년대 당대의 문학 장이 4월혁명에 대해서 그다지 많은 비평 담론을 생산하지 못한 것도 사실이다.[11] 4월혁명 직후 혁명의 정치적 · 사회적 · 역사적 의미에 대한 사회비평들이 각종 매체를 통해 기획특집으로 쏟아진 것[12]과는 달리 4월혁명을 중심으로

11 김현 · 김윤식이 일찍이 언급한 것처럼, "4 · 19학생운동은 국민의 잠재적 에너지를 유감없이 보여준 운동"이자 "한 국가를 이루는 국민이 국민으로서의 주권을 정당하게 행사한 운동"으로서 "한 국민이 지켜야할 이념과 국가의 관계"를 보다 "선명하"게 보여준 것이라는 평가를 받는다. 그러나 김현 · 김윤식이 4월혁명 이후 주목할 수 있는 문학적 이슈로서 '개인주의의 대두'와 '농촌문제의 부각' 정도로 기술한 데서 짐작할 수 있듯이, 4월혁명과 한국문학에 대한 연구는 이때까지 여전히 미답(未踏)의 상태에서 벗어나지 못했다고 볼 수 있다. 김현 · 김윤식, 『한국문학사』, 민음사, 1991, 283면 참조.

12 『세계』지의 경우만 놓고 본다 하더라도 1960년 6월호의 특집 제목이 '반 사월민주혁명과 제2

한 문학비평은 매우 드물었다고 할 수 있다. 심지어 4월혁명 직후에 혁명을 기리는 시(詩)들이 폭발적으로 발표되었음에도 불구하고 이에 대한 비평조차 발표되지 않았던 것이다.

사실 4월혁명 직후에 혁명 그 자체가 문학적 형상화의 대상이 되는 경우가 대부분이었다. 그러나 문학비평은 혁명을 형상화한 문학보다도 혁명을 전후한 문단의 동향과 혁명 이후의 문단혁신에 대한 비판적 담론에 더 많은 관심을 보이고 있었다. 혁명을 제재로 한 문학을 비평 텍스트로 삼기에는 시대를 객관적으로 조망할 수 있는 인식 지평이 마련되지 못했던 것이다. 1960년 4월혁명 이후 문단은 여전히 혁명에 도취된 상황이었으며, 혁명을 제재로 한 시들에 대한 비평적 접근은 상당히 오랜 시간을 필요로 하였다. 예컨대, 4월혁명에 대한 시인들의 '헌사(獻辭)'는 진혼 혹은 예찬의 형태로 바쳐졌다. 4월혁명의 의미화를 서둘러야 했음에도 불구하고 60년대 문학은 4월혁명 현장의 "디테일만 남고 역사적 의미"가 "후퇴"되는 과정을 필연적으로 거쳐야 했다. 혁명의 의미란 "역사의 총체성"으로서 단번에 주어지는 것이 아니라 "서서히 부여되는 것"이기 때문이기도 했다.[13] 따라서 혁명 직후의 시인들의 격정적인 헌사(獻辭)는 혁명 기운의 퇴조와 함께 곧 사라질 운명에 직면했으며, 매년

공화국'이다. 「전제군주의 몰락」(한태연), 「사월혁명의 역사적 통찰」(정재각), 「정의와 사랑의 건설—나는 학생운동을 이렇게 본다」(스코필드), 「자연법과 정의 승리—사월혁명의 법철학적 의미」(이항녕), 「사월혁명의 사관」(민석홍), 「혁명 후 학생의 모랄」(이종우), 「새로운 윤리의 창조—학생운동의 진로」(김성식), 「기형화한 힘의 의지」(강영수), 「역사의 분수령에 서서—과도정부비판」(조규동), 「REVOLUTION von SEITEN—학생인텔리에 의한 혁명」(최문환), 「해방귀족의 몰락을 위하여—제(第)공화국을 위한 경제학」(부완혁), 「제2공화국의 경제적 과제」(성창환), 「사월혁명의 정치심리적 분석」(송건호), 「제2공화국에의 경고」(임방현), 「절대주의의 종말」(신일철) 등의 논문과 4월혁명의 실화・수기, 4월혁명 일지, 혁명의 선언, 혁명의 구호, 그리고 해외언론의 반응이 상세히 실려 있다.

13 김윤식, 『한국 현대문학사—1945~1980』, 일지사, 1994, 61~62면.

4월마다 기념과 추념의 형식으로 재현될 수밖에 없었다.

4월혁명을 주제로 한 1960년대 초반의 문학비평은 대개 작품·작가론이라기보다는 문단개혁론에 가까운 것들이다.[14] 이들 비평들은 모두 60년대 초엽 극도의 혼란 속에서 문인들의 역할에 대한 반성과 성찰, 그리고 문단 개혁에 대한 조급한 주장들이 주를 이루고 있다. 특히 천상병의 「4·19 이전의 문학적 속죄」는 4월혁명 이전의 한국작가들의 침묵과 예언성 부재, 그리고 혁명 이후의 위선적 태도에 대해 신랄한 비판을 가하고 있으며, 최일수의 「4·19 이후의 문학적 전망」은 혁명 이후 문학의 진정한 저항과 민족통일이라는 역사적 과업을 제시한다. 이 두 평문은 혁명의 문학적 의미화를 최초로 시도한 글로서 평가될 만하다.[15] 문학과 혁명에 대한 비평적 시도는 이후 한동안 발견되지 않는다. 이는 혁명이 일어났던 당해를 제외하고는 4월혁명을 제재로 한 문학작품이 풍성하지 않았기 때문이기도 하지만, 무엇보다 박정희 군사정권이 시도한 4월혁명에 대한 폭력적 전유, 그리고 4월혁명을 의미화하는 비평적 역량의 부재와 무관하지 않을 것이다.

1970년대에 들어서고 나서야 4월혁명을 주제로 한 문학비평과 문학좌담의 성과들이 간헐적으로 발표된다.[16] 특히 김윤식의 「4·19와 한국

---

14 최일수, 「4·19 이후의 문학적 전망－공통된 명제의 세계로」, 『자유문학』, 1960.9; 천상병, 「4·19 이전의 문학적 속죄－왜 현실적이 되지 못했던가」, 『자유문학』, 1960.9; 백철, 「혁명 뒤에 오는 문학과제들」, 『새벽』, 1960.9; 전영택, 「혁명과 문학인의 지향」, 『현대문학』, 1962.4.

15 이철범의 「혁명과 시인의 고독」(『세대』, 1963.12)이라는 비평도 있지만, 이 글은 군사정권의 억압과 통제 아래 위축당한 시인의 부자유에 대한 비판적 성찰에 해당하는 글이다. 여기서 말하는 혁명은 곧 5·16군사혁명을 지칭한다.

16 김윤식, 「4·19와 한국문학－무엇이 말해지지 않았는가?」, 『사상계』, 1970.4; 좌담(구중서·김윤식·김현·임중빈), 「사월혁명과 한국문학」, 『사상계』, 1970.4; 김명신, 「시를 통해 본 4·19」, 『한양』, 1970.4·5; 김순남, 「4·19와 한국문학」, 『한양』, 1971.4·5; 구중서, 「4·19와 한국문학」, 『문학을 위하여』, 평민사, 1978; 임헌영, 「예술적 저항과 정치적 굴종－문학작

문학」은 1960년대 초반 이후 4월혁명에 대한 문학비평의 침묵을 깬 최초의 사례다. 4월혁명 이후 정확히 10년 뒤 발표된 이 글에서 김윤식은 "四・一九 문학의 불모성"에 대해서 언급한다. 한국신문학 이후 4・19에 이르기까지 "리얼리즘이 가능한 역사적 순간"이 있었다면 "四・一九"가 유일하였으며, "이러한 의미의 리얼리즘의 기간이 五・一六으로 인해 단 일 년 동안의 기간에 불과하다는 것은 四・一九 문학의 불모성을 말해"준다는 것이다. 그렇다면 4월혁명은 완성된 것이 아니라 미완(未完)의 상태에 있는 것으로서 문학인에게 있어서 어떤 "당황한 그 무엇"이라는 것이다. 따라서 4월혁명은 한국문학에서 아직 시작조차 되지 않았으며, 4월혁명의 만장(輓章)은 "輓章이면서 출발이다"라는 역설이 가능해진다. 김윤식의 이 비평은 4월혁명의 자장(磁場) 속에 처해있는 한국문학의 곤경을 정확히 드러낸다. 4월혁명에 대한 문학적 논의는 가능했던 것이 아니라 처음부터 불가능했던 것이며, 혹은 문학인들에게 주어진 어려운 과제라는 것이다.

『사상계』 1970년 4월호의 좌담[17] 역시 주목하지 않을 수 없는데, 여기서 구중서는 4월혁명의 관점에서 김수영과 신동엽을 매우 긍정적으로 평가한다. "당초 50년대 모더니스트였던 김수영이 四・一九사건을 자각의 충동적 계기로 삼아서 역사의식이 발동"되었고, 신동엽은 장편서사시 「금강」을 통해 4월혁명 속에서 "'민족의 하늘'을 보았다"는 점을 강조

품속에 나타난 4・19」, 『창조와 변혁』, 형성사, 1979; 신경림, 「우리 시(詩)에 비친 4월혁명」, 『4월혁명 기념시전집』, 학민사, 1983; 임헌영, 「4월혁명의 문학적 전개」, 『민족의 상황과 문학사상』, 한길사, 1986; 이어령, 「4월의 문학론」, 『저항의 문학』, 기린원, 1986; 박태순, 「4・19의 민중과 문학」, 『4월혁명론』, 한길사, 1986; 김재홍, 「현대시와 4・19혁명」, 『한국 현대문학의 비극론』, 시와시학사, 1994.

17 좌담(구중서・김윤식・김현・임중빈), 앞의 글.

하고 있다. 김수영의 '역사의식'과 신동엽의 '민족의 하늘'은 적극적인 현실참여와 혁명주체의 민족적 기원에 대한 신념과 확신을 드러낸다는 점에서 한국문학의 정신사적 전환을 함의한다. 이처럼 이 좌담은 시인들의 문학적 의미를 4월혁명과 관련하여 보다 적극적으로 평가하고 있다는 점에서 매우 의미 있는 것이었다. 또한 이 좌담에서는 김현과 구중서의 논쟁이 화제가 되었는데, 김현은 4월혁명 세력이 하나의 계층을 형성하지 못하고 '뿌리가 뽑혀진 사람'이 되고 말았다는 점에서 4월혁명 이후 문학세계의 특징을 이해할 수 있다고 했으며, 구중서는 "우리의 이상대로 되지 못한 그 부조리에 대해서 부정하고 그 부정을 다시 부정하면서 우리가 원래 바라던 현실을 부단히 창조해나가고자 하는 것이 우리 문학의 보다 큰 지향이요 목표가 될 수 있는 것"을 역설한다.[18]

바로 이 지점에서 4월혁명과 문학의 관계는 '부정적' 전망과 '긍정적' 전망으로 뚜렷이 갈라지게 된다. 즉, 김현이 4월혁명을 미학적으로 전유하고자 했다는 점에서 4・19세대론의 단초가 될 만한 비평 사유를 발견할 수 있으며, 김윤식과 구중서가 4월혁명을 진정한 리얼리즘의 기원으로 파악하고자 했다는 점에서 1970년대 리얼리즘론에 관한 사유의 씨앗을 엿볼 수 있는 것이다.

이외에도 김순남[19]의 비평은 4월혁명의 1960년대 문학사적 의의를 대상으로 하고 있고, 김명신・신경림・김재홍의 비평[20]은 4월혁명을 주제

18 이 좌담은 김윤식의 비평과 더불어 4월혁명과 한국문학의 관계를 밝히는 데 매우 중요한 것이다. 그 중요성은 『상황』 72년 봄호에 이 좌담이 재수록되고 있다는 사실에서도 확인할 수 있다.

19 김순남, 앞의 글.

20 김명신, 앞의 글; 신경림, 앞의 글; 김재홍, 앞의 글.

로 한 시의 흐름을 살펴보고 있으며, 구중서・임헌영・이어령・박태순의 비평[21]은 4월혁명을 주제로 한 시와 소설을 동시에 다루고 있다.

우선 김순남은 4월혁명이 문학인들의 굴종과 비굴을 극복하는 정신적 변화를 이루어놓았다는 점을 높이 평가하고, 순수파와 참여파, 서구파와 전통파, 역사의식과 소시민의식, 사상성과 예술성 등의 파쟁과 논쟁이 바로 4월혁명이 남긴 정신적 발자취라는 점을 강조하면서, 궁극적으로 4월혁명이 현실참여에서 역사의식으로, 역사의식에서 리얼리즘으로의 한국문학의 점진적인 변화를 가능하게 했다는 사실을 주장한다.[22] 김명신의 비평은 4월혁명에 대한 헌사(獻辭)로서의 시(詩)들을 일별하면서 4월혁명 기운이 퇴조하고 만 현실에 대한 울분을 토로한다.[23] 신경림은 4월혁명 이전의 패배주의적 경향의 시들이 4월혁명 이후 민중들의 역사적 힘을 깨닫게 되는 과정을 서술하고 4・19 이후의 역사가 4・19 부정의 역사임을 폭로하면서 4월혁명이 실패가 아닌 미완의 혁명으로서 중요한 의미를 지님을 강조하고 있다.[24] 특히 김재홍은 4・19의 시적 지평을 보다 넓혀서 1960년대의 김수영・신동엽과 함께 이들을 계승・변주하고 있는 1970・1980년대의 시를 살펴보고 있는데,[25] 이러한 작업은 4・19 의식의 변모양상을 시사적(詩史的)으로 고찰했다는 점에서 의미 있는 것이다.

---

21 구중서, 앞의 글. 이 글은 후에 「4・19혁명과 한국문학」이라는 제목으로 『한국문학과 역사의식』(창작과비평사, 1985)에 재수록 된다; 임헌영, 앞의 글, 1979; 임헌영, 앞의 글, 1986; 이어령, 앞의 글; 박태순, 앞의 글.

22 김순남, 앞의 글.

23 김명신, 앞의 글.

24 신경림, 앞의 글.

25 김재홍, 앞의 글.

구중서는 신동문, 박봉우, 김수영, 신동엽 등의 성취가 뚜렷했던 시 장르와 달리 소설 장르에서는 4월혁명 문학적 수용이 1960년대 후반에야 일어났던 현상을 지적한다. 60년대 후반의 소설들이 4월혁명과 시간적 거리감을 가지는 까닭에 혁명의 도취보다는 혁명 이후의 좌절감을 주로 형상화하고 있지만, 4·19세대 작가들에 의해 현실의식이 보다 강화될 수 있었고 이들의 작품이 참여문학론, 시민문학론, 리얼리즘론, 농민문학론, 민족문학론 등 일련의 비평적 논의가 대두되는 계기를 마련하였다고 평가한다.[26] 임헌영은 4월혁명의 시와 소설을 통해 4월혁명 당시의 일지(日誌)를 재구성함으로써 4월혁명의 성과보다도 향후 남겨진 과제에 대한 한국문학의 관심을 촉구하고 있다.[27] 임헌영은 특히 혁명과 문학의 관계, 기록자로서의 소설, 4월혁명과 분단인식, 혁명의 좌절과 미학, 김수영과 신동엽 등 매우 다각적인 관점에서 4월혁명문학을 분석하고 있다.[28] 이어령은 4월혁명이 한국문학에 미친 기법과 내용면에서의 긍정적 영향에도 불구하고, 4월혁명문학이란 혁명과 무관한 이들이 살아남아 "'4월의 만장(輓章)'에 어떠한 글귀를 써야 할 것인가로 말썽을 일으키"는 것에 지나지 않다고 비판한다. 즉 4월혁명문학을 사적(史的)으로 단절되고 종결된 과거의 것으로 간주하고 있는 것이다.[29] 박태순은 4월혁명문학을 다루면서 4·19를 학생의거로 인식하는 경향, 근대시민혁명의 일종으로 보고자 하는 경향, 4·19를 민중혁명의 차원

26 구중서, 앞의 글. 이 글은 후에 「4·19혁명과 한국문학」이라는 제목으로 『한국문학과 역사의식』(창작과비평사, 1985)에 재수록 된다.

27 임헌영, 앞의 글, 1979.

28 임헌영, 앞의 글, 1986.

29 이어령, 앞의 글.

으로 보고자 하는 경향으로 나누어 분석한다. 그리고 60년대가 4・19로 인한 민족문학의 모색단계였다면, 1970년대는 4・19정신을 보다 심화・확대하고 실천하는 단계였던 것으로 평가한다.[30]

이와 같이 1960년대부터 1990년대까지의 연구 성과를 검토해볼 때, 4월혁명문학에 대한 연구가 기대와 달리 많이 저조했음을 알 수 있다. 이러한 현상의 원인으로 김수영과 신동엽을 주로 주목할 수밖에 없는 문학사적 한계를 지적할 수도 있지만, '현장시' 혹은 '추모시'로서의 혁명시가 숱하게 발표되었던 1960년 이후 혁명정신을 지속적으로 심화・확대해나가는 데 생각보다 많은 난관이 있었음을 또한 짐작할 수 있다. 4월혁명이 민주화와 남북통일이라는 구체적 사회운동의 주제로 계승될 수 있었지만, 문학의 구체적 창작 대상이 되기에는 4월혁명 자체가 지니는 의미의 '결여'를 극복하기가 쉽지 않았다. 이를테면 최인훈의 「광장」(『새벽』, 1960.12)은 4월혁명이 절대권력을 파괴함으로써 나타난 이념의 '빈 공간' 지대에서 발아했던 문학정신이라고 할 수 있다. '남'과 '북'을 거부해야만 했고, 제3국도 갈 수 없던 상황에서 '푸른 광장'을 선택할 수밖에 없었던 이명준의 죽음은 혁명의 순간에 발생하는 이념의 '빈 공간', 다시 말해 완전한 민주주의의 상태를 지시하는 것이나 다름없다. 완전한 혁명은 완전한 자유여야 하며, 이념에 대한 어떤 강요 혹은 선택의 의무조차 필요 없는 것이다. 최인훈의 「광장」이 4월혁명을 통해 발현될 수 있었던 문학현상이었다고 한다면, 바로 이런 사정에 기인할 것이다.

4월혁명은 단순한 사건일지(日誌)로 형상화하기에는 보다 복잡하고

30 박태순, 앞의 글.

중층적인 역사적 사건이다. 그러나 4월혁명 자체에 내재된 인간의 시대적 고통과 불안을 심도 있게 재해석해내는 문학적 상상력이 부재했던 까닭에 4월혁명문학은 불모성의 문학이라는 오명을 써야만 했다. 다시 말해 외현화(外現化)된 정치적 전복으로서의 4월혁명을 인간의 존재론적 내면 양상에까지 심화・확장시켜서 형상화할 만한 능력이 한국문학사에는 여전히 부재했던 것이다.[31] 물론 이에 대한 반론으로서 4월혁명에 대한 한국문학의 불모성을 객관적으로 극복하고자 했던 오창은의 논문[32]이 있다. 이 논문은 1960년대 소설의 '불모성'(김윤식)이라는 한계를 이론적으로 타개하고자 4월혁명 관련 소설 거의 대부분을 망라하여 구체적으로 분석했다는 점에서 의미가 있다. 그러나 작품 내용의 유형 분석에 치중함으로써 4월혁명의 문학적 형상화의 수준과 의미의 심층에 대한 평가와 해석이 미흡했다는 한계를 노출한다.

4월혁명을 주제로 한 시와 소설에 대한 연구가 저조했던 것은 김윤식이 말한 바대로 4월혁명에 대한 한국문학의 불모성과도 무관하지 않다. 따라서 1990년대까지 4월혁명문학에 대한 연구는 여전히 문학사적 공백으로 남아있었다고 해도 과언이 아니다. 1960년대 문학과 4월혁명의 관계는 현상적으로 드러나지 않고 내재화되어 있는 것으로 그 심층의 변화양상을 살피기란 쉬운 일이 아니기 때문이다. 90년대 이후에야 4월혁명을 다룬 60년대 비평에 대한 연구가 활발하게 진행되기 시작한다.[33]

31 그래서 이러한 자조가 나오기까지 한다. "4월혁명이라면 웬만한 문학 독자들이 가장 먼저 떠올리는 시인은 신동엽일 것이다. 이어 김수영의 시가 떠오르면서 거기서부터 헤매게 된다. 그만큼 혁명문학, 특히 국민 필독의 4월혁명 소설이 없었던 것이다. 조정래의 『한강』이 그린 4월혁명이 거의 유일하다." 임헌영, 「4・19세대의 문화사적 의미」, 『황해문화』, 2010 여름, 238면.

32 오창은, 「1960년대 소설의 4・19혁명 관련 양상 연구」, 중앙대 석사논문, 1998.6.

이 연구물들은 주로 4·19세대 비평 담론이 형성되고 분화되는 과정을 분석한다. 이른바 4·19세대가 혁명세대로서의 공통감각을 확보해나감으로써 60년대 비평의 입지를 굳히는 과정, 그리고 '문지' 에꼴과 '창비' 에꼴로 분화되는 지점에서 발생하는 비평의 응전 양상을 면밀하게 살피고 있다. 이러한 논의들은 모두 4월혁명이 비평정신에 미친 영향을 중심으로 전개되고 있다. 4·19세대 비평의 분석에 절대적으로 유효한 인식틀을 제공하는 4월혁명은 60년대 비평의 개괄에 있어서 핵심 준거가 되고 있는 것이다. 따라서 임영봉, 한강희, 강소연, 전상기, 하상일 등의 60년대 비평연구[34] 역시 60년대 비평사를 검토하고 체계화하는 데 있어서 4월혁명을 가장 중요한 변인으로 삼고 있다.

이러한 연구 성과물과 더불어 4·19세대 작가론이 출간되기도 하였는데, 최원식·임규찬 편의 『4월혁명과 한국문학』(창작과비평, 2002)이 그것이다. 이 연구서는 4월혁명 당시 문인들의 회고담과 더불어 4·19세대 대표 주자들의 문학적 성과를 개별화해서 심도 있게 평가하고 있다. 강진호·이상갑·채호석 편의 『증언으로서의 문학사』(깊은샘, 2003) 역시 4월혁명과 관련된 문인들의 비화(秘話)를 들려주고 있는데, 이러한 저작

33 김병익, 「4·19와 한글 세대의 문화」, 『열림과 일굼』, 문학과지성사, 1991; 김윤식, 「어떤 4·19세대의 내면풍경－김현론」, 『운명과 형식』, 솔, 1992; 권성우, 「60년대 비평문학의 세대론적 전략과 새로운 목소리」, 『1960년대 문학연구』, 예하, 1993; 권성우, 「4·19세대 비평의 성과와 한계」, 『문학과사회』, 2000여름; 권성우, 「4·19세대 비평이 마주한 어떤 풍경」, 『비평의 희망』, 문학동네, 2001; 김동식, 「4·19세대 비평의 유형학」, 『문학과사회』, 2000 여름; 윤지관, 「세상의 길－4·19세대 문학론의 심층」, 최원식·임규찬 편, 『4월혁명과 한국문학』, 창작과비평사, 2002; 임영봉, 「4·19세대 비평 담론의 형성과정」, 『우리문학연구』 16집, 2003.12.

34 한강희, 『한국 현대비평의 인식과 논리』, 태학사, 1998; 임영봉, 『한국 현대문학 비평사론』, 역락, 2000; 전상기, 「1960·70년대 한국문학비평 연구」, 성균관대 박사논문, 2002; 강소연, 「1960년대 비평문학 연구」, 이화여대 박사논문, 2004; 하상일, 『1960년대 현실주의 문학비평과 매체의 비평전략』, 소명출판, 2008.

물은 4·19세대의 문학적 배경을 보다 세밀하게 이해하는 데 도움을 줄 수 있을지는 모르겠으나, 4월혁명이 60년대 문학에 미친 영향의 심층을 해석해내는 데는 일정한 한계를 지닌다.

이상의 연구들은 4월혁명이 1960년대 문학에 미친 파장을 현상적으로 개괄하여 평면적으로 기술하고 있다는 한계를 지닌다. 비록 일부 연구는 4월혁명이 60년대 문학에 미친 영향을 분석하고 체계화함으로써 60년대 문학의 변화와 흐름을 정리하고는 있지만 그것은 4·19세대의 유형별 정리, 4·19세대의 비평적 분화 과정, 문학논쟁 과정의 평면적 서술에 그치고 마는 한계를 노정한다. 시와 소설을 유형별로 분류·분석하고, 비평 텍스트를 발표순으로 독해하여 논자(論者)의 입장 차이와 논쟁과정을 서술하는 것이 4월혁명과 문학의 최종적인 도착점이 될 수는 없는 것이다. 4월혁명과 관련하여 60년대 문학에서 필요한 것은 4월혁명이 60년대 문학에 미친 심층적인 정신성이다. 4월혁명시의 갑작스러운 소멸과 혁명 소설의 불모성 속에서 60년대 문학에 내재된 혁명의 정신성을 간취해낸다는 것은 쉬운 일이 아니다. 따라서 60년대의 가장 첨예했던 순수참여논쟁에서 혁명정신의 궁극적인 지점이 무엇이었던가를 들여다볼 필요가 있다. 단순한 순수/참여의 도식을 벗어나 4월혁명의 영향 속에서 이들을 논리적으로 갈라놓게 했던 지점이 무엇이었는가에 대한 규명이 요구되는 것이다. 이들의 논쟁이 단순히 순수/참여로 나뉘는 과정을 기계적으로 서술하는 것은 무의미하다. 논쟁의 과정에서 문학 장이라는 상징계를 넘어서고자 했던 이들의 충동이야말로 60년대 문학의 중요한 본질을 형성하고 있기 때문이다. 그것은 '실재'를 향한 충동으로서 4월혁명의 본질을 이해할 때 충분한 해명과 규명이 가능하다.

4월혁명이 4·19세대에게 김현의 표현처럼 '괴물'이었다면, 그것은 4월혁명이 4·19세대에게 두 모습을 가지고 있었기 때문이다. 하나는 "사일구의 성공적 측면에서 연유하는, 가능성의 세계와 현실의 세계가 하나일 수 있다는 긍정적 얼굴"이고, 다른 하나는 "사일구의 부정적 측면에서 연유하는, 이상은 반드시 현실의 보복을 받는다는 부정의 얼굴"이다. 양면의 얼굴을 동시에 바라본 이들에게 4월혁명은 해석 불가능한 "괴물"이지만, 한쪽의 얼굴만을 바라본 이들에게 4월혁명은 "환희" 혹은 "절망"을 뜻하는 것이다.[35] 이러한 김현의 언급은 문학에도 적용될 수 있다. 문학의 긍정적 얼굴과 부정적 얼굴은 혁명의 현실과 문학의 가능성이 부합하는가에 따라 '환희' 혹은 '절망', 그리고 '괴물'을 뜻할 수 있기 때문이다. 4월혁명이 절대권력을 붕괴하는 데 있어서 '지식과 행동의 일치'라는 참여를 보여주었다면, 4월혁명정신을 실천하고자 하는 문학 역시 필연적으로 참여를 지향할 수밖에 없다. 이것이 가능하다면 문학은 '환희' 그 자체이다. 그러나 문학은 가상을 본질로 한다는 점에서 문학 그 자체가 현실참여가 될 수 없다는 한계에 봉착한다. 이것은 '절망'이다. '환희'와 '절망' 모두라면 문학은 '괴물'이 된다.

순수문학론자들이 지적했던 것이 정확히 바로 이 지점이다. 참여론자라면 정말 현실참여에 뛰어들라는 이어령의 말에 대한 김수영의 회피는 '괴물'을 대하는 참여론자들의 곤경을 보여준다. 이 '괴물'은 문학과 참여의 경계가 일그러진 얼굴을 가졌다. 참여를 하면 문학이 불가능하고, 문학을 하면 참여가 불가능한 '괴물'의 얼굴. 이 괴물의 얼굴은 문

35 김현, 「60년대 문학의 배경과 성과」, 『김현문학전집』 7, 문학과지성사, 2003, 239면.

학을 통한 미학적 참여가 아닌, 직접행동으로서의 참여의 '실재'를 드러낸다. 이 곤경에는 참여에 대한 문학적 욕망이 비로소 미적 가상을 넘어서서 직접행동의 충동으로 전환되는 계기가 내재되어있다. 1960년대 문학의 욕망과 충동은 4월혁명으로 인해 발생했던 '지식과 행동의 일치'라는 참여의 실재가 관여하고 있는 것이다. 1960년대 문학에는 이 '괴물'의 얼굴이 도사리고 있으며, 이 '괴물'의 얼굴이야말로 1960년대 문학에서 해명되지 못한 부분이다.

3. 혁명과 죽음충동

4월혁명 이전에 팽배했던 문인의 정치적 무기력은 전후(戰後) 문단의 허무주의적 분위기와 독재정권의 통제 속에서 발아한 것이었다. 그러나 4월혁명 직후 여러 매체를 통해 집중적으로 발표된 혁명시와 혁명에 부치는 글은 문인의 무기력이 혁명의 상황 속에서 크게 각성되고 해소되기 시작했다는 사실을 방증한다. 혁명 직후의 문인은 혁명에 적극적으로 동조함으로써 문학과 정치가 일체화되는 순간을 향유했던 것이다. 그러나 혁명의 기운이 균열되고 퇴행하는 과정에서 문학은 다시 정치와 분리됨으로써 미적 자율성을 강화하는 방향으로 선회하기 시작한다. 4월혁명 당시 대부분의 문인들이 혁명성에 급격히 도취됨으로써 문학이 현실정치와 일체화되는 현상을 보여주었지만, 그 이후 미적 자율성의 세계에 다시 감금되는 본질적 한계에 직면해야만 했다.

이 본질적 한계란 문학 자체의 속성에서 비롯되는 측면이 강하다. 문학의 자율성이 자본과 권력의 종속성으로부터 해방되고자 했던 역사적 투쟁의 산물이기도 했지만, 문학 그 자체가 언어로 조직된 미적 자율체로서의 특징을 지니고 있기 때문이다. 세계를 관찰하되 개입하지 않는 언어적 자율성의 세계는 문인의 역동적인 정신활동에도 불구하고 현실에의 직접행동에 뛰어들 수 없는 가장 본질적인 원인이다. 직접행동으로 나아가지 못하는 한계가 바로 문학의 자율성을 구성하는 근본조건인 것이다. 통상의 문인들이 직접행동으로 나아가지 못하는 한계는 바로 여기서 비롯된다.

4월혁명이 1960년대 문인에게 주었던 충격은 다름아닌 혁명세력의 '직접행동'에 있었다. 지식과 언어의 세계에만 갇혀 있었던 이들과 달리 혁명세력은 언어와 지식의 자율적 세계가 아닌 정치의 현실세계로 '직접' 뛰어들어 행동했던 것이다. 돌멩이와 최루탄, 그리고 총알이 난무했던 시위현장의 직접행동은 문인들이 안주해 있던 문학의 자율적 세계를 파괴했으며, 그 파괴의 여진은 60년대를 지속적으로 지배했다. 문인이 4월혁명이라는 직접행동을 목격하면서 받았던 충격은 문학에 내재된 자율적 세계의 허위와 무기력을 자각한 데서 비롯된 것이다. 그 결과 4월혁명 직후의 문학의 자율성은 일시적으로 작동을 멈추고 붕괴되고 만다. 혁명이라는 권력 투쟁의 상황 속에서 문학의 자율성이 여지없이 파괴되고 만 것이다. 그것은 분명히 파괴였지만 새로운 문학적 질서를 위한 생산적 파괴이기도 했다. 60년대 문인들은 4월혁명의 충격으로 인해 문학의 자율성을 벗어나 문학이 직접행동이 되는 순간을 열망했으며, 이 열망으로 인해 60년대의 문학은 커다란 변화를 초래했다.

문학은 하나의 장(場)이다. 하나의 장으로서 문학은 상위 수준의 장으로부터 자유롭지 않다. 부르디외가 "문학 장은 권력 장 안에서 피지배적인 위치를 차지한다"[36]고 했지만, 1960년대의 문학 장은 4월혁명의 영향권 내에 있었다. 1950년대의 권력 장이 4월혁명으로 인해 급격히 붕괴되고 새로운 질서를 수립하는 과정에서, 60년대의 문학 장은 결코 4월혁명 이후의 권력 장의 변동 상황과 무관할 수 없었다. 권력 장은, 다시 부르디외의 말을 빌리자면, 경제・문화를 포함한 여러 다양한 장들 속에서 지배적인 위치를 점유하기 위해 필요한 자산을 소유하려고 하는 행위자들이나 집단들 사이의 권력 관계의 공간이기 때문이다.[37] 이 공간 내에서 권력의 헤게모니를 쟁취하고자 하는 투쟁이 벌어진다. 4월혁명은 이승만 정권과 반정부세력 사이에 벌어졌던 권력 투쟁의 장이었으며, 문학의 장 역시 혁명 직후 큰 변화를 보일 수밖에 없었다. 혁명 이전의 문학 장이 이승만 정권이 지배했던 권력 장 속에서 폐쇄적 자율체로서 존속되고 있었다면, 혁명 이후의 문학 장은 폐쇄성을 버리고 기존의 권력 장의 붕괴가 열어놓은 정치의 장으로 자연스럽게 나서게 된 것이다. 이것은 혁명 이후 각성의 결과로서 문인들의 시대적 사명이자 의무로서 각인되었다. 그러나 박정희의 군사쿠데타 이후 변화된 권력 장은 정치적 장(場)으로 나아갔던 문학 장을 다시 혁명 이전의 폐쇄적 자율성의 세계로 퇴행시키고 말았다.

1960년대부터 지속된 군사독재하에서 문인들은 4월혁명이 보여주었

36 피에르 부르디외, 하태환 역, 『예술의 규칙』, 동문선, 1999, 285면.
37 위의 책, 285~286면.

던 '직접행동'으로서의 현실참여를 의식하지 않을 수 없었다. 재발한 문학의 무기력, 혹은 수치를 유발하는 문인의 자의식은 4월혁명의 자장(磁場) 속에서 더욱 심화되어 갔다. 참여문인에게 문학의 자율성은 정치적 퇴행과 다르지 않다. 뿐만 아니라 문학 장과 정치적 장의 분리는 문학의 참여가 미적 자율성 내의 것에 지나지 않는다는 사실과 더불어 직접행동의 불가능성을 인식시키는 반복강박으로 작용하였다. 달리 말해, 상징계로서의 문학 장과 실재계로서의 정치적 장이 뚜렷하게 구별되기 시작한 것이다. 상이한 두 장(場)의 경계에 내재하는 긴장이야말로 1960년대 문학을 지배했던 요소라고 할 수 있다. 참여문학자들은 문학 장이 지니고 있는 근원적 한계를 결핍으로 인식할 수밖에 없었으며, 직접행동이 가능한 정치적 장을 향한 열망을 지니지 않을 수 없었다. 따라서 참여문학자들에게 이 긴장은 상징계에서 실재계로 뛰어넘고자 하는 일종의 '충동'으로 존재했다고 할 수 있다.

물론 참여문학자들이 문학적 글쓰기로서 사회현실을 개혁하고 보다 나은 인간세계를 구축할 수 있다면 그 책임과 의무를 다 한 것이라 볼 수 있다. 그러나 문제는 문학을 통한 사회변혁은 현실태가 아닌 잠재태로서만 가늠할 수 있다는 점이다. 1960년대 군사정권의 폭압적인 정치상황은 현실투쟁의 잠재태가 아닌 현실태를 요구했으며, 문학의 잠재적 힘의 확인이 아니라 '직접행동'이라는 실질적인 투쟁을 요구했던 것이다. 정치적 탄압을 초래하는 '글쓰기' 역시 '직접행동'의 범주에 속할 수 있지만, 60년대의 참여문인들은 늘 '필화'를 의식하면서 글을 쓸 수밖에 없었다는 점에서 '직접행동'의 경계는 글쓰기의 넘어설 수 없는 한계와도 같은 것으로 인식되었다. 그 경계는 문학 장과 정치적 장의 경계와 정확히 일치한다. 그 경계를 넘고자 함에도 불구하고 넘을 수 없는 긴장이 바로 '충동(drive)'이자 '향유(jouissance)'이다. 4월혁명이 남긴 충격과 군사정권 이후의 정치적 탄압, 그리고 실제의 '직접행동'이 되지 못하는 문학의 근원적 한계 속에서 60년대 참여문인들의 충동과 향유는 더욱 강화될 수밖에 없었던 것이다.

라캉 좌파(Lacanian Left)[38]에게 있어서 충동(drive)은 정신분석학의 윤리와 밀접한 관련이 있다. 우선 '충동(drive)'이 '욕망(desire)'과는 전혀 다른 개념이라는 점에서 정신분석학의 윤리가 가능해진다.[39] 충동은 라캉의 삼항 체계(상상계, 상징계, 실재계)를 '윤리적'으로 사유하는 데 핵심적인 개념이다. 충동은 상징계에서 실재계로 나아가고자 하는 주체의 근본적 동력을 지칭한다. 충동의 주체는 상징화에 저항하는 주체로서 상징계에 편입되기를 거부한다. 충동은 상징계의 결여 지점인 '대상a'를 향해 감으로써 상징계라는 대타자를 비판적으로 사유하게 된다. 이 과정에서 정신분석학의 윤리가 발생하는 것이다. 정신분석의 윤리는 상징계의 결핍과 실재계와 관련된다는 점에서 '실재의 윤리'로 명명되기도 한다. 요컨대 실재의 윤리란 욕망의 주체를 충동의 주체인 "실재계

38 '라캉 좌파'는 프로이트와 라캉 정신분석학의 잠재성을 헤겔-마르크스적 사유를 통해 선구적으로 전유한 슬라보예 지젝을 중심으로 한 슬로베니아 라캉 학파를 구심점으로 형성된 것이다. 물론 스타브라카키스에 따르면, 급진민주주의 이론가 라클라우와 무페 또한 라캉 정신분석학을 중요한 이론적 모태로 삼고 있으면서 지젝과는 '건강한 거리'를 유지하고 있다. 그리고 이들 주변에 카스토리아디스와 버틀러 같은 인물들도 포함된다. 이들의 정치적 입장은 조금씩 다른데, 라클라우와 무페가 개혁가(refomist) 입장이라면, 지젝은 혁명가(revolutionary)타입이다. 지젝의 이론적 지형은 매우 가파르게 변화해왔는데, 급진민주주의자로서의 지젝(지젝1)과 전위적 혁명가(지젝2)로 구분되기도 한다. 정리하자면 라캉 좌파의 이론적 지형은 '라클라우-무페와 지젝1'과 '지젝2'의 대립구도라고 할 수 있다. 이현우, 「라캉주의 좌파는 무엇을 고민하는가—슬라보예 지젝을 중심으로」, 『오늘의 문예비평』, 2010가을, 98~99면.

39 브루스 핑크, 맹정현 역, 『라캉과 정신의학』, 민음사, 2002, 360~361면.

의 주체로 태어날 수 있게 인도하는 것"[40]이라 할 수 있다.[41]

정신분석학의 윤리에서 라캉 좌파의 '정치적' 공헌은 주체의 결핍과 대타자로서의 상징계의 결핍을 "결합"하고 있다는 점이다. 다시 말해 주체의 결핍에 대한 사유를 상징계의 결핍에 대한 사유로 전치시킴으로써 주체의 담론을 정치적 담론으로 확장시킨 것이다. 또한 상징계라는 "대타자 안에서의 결핍, 경험의 '객관적인' 면 안에서의 분열, 그리고 그 결핍의 사회-정치적 관리(administration)"에 대한 비판적 통찰을 유도한다.[42] 이러한 논리는 "윤리에 대한 질문은 인간이 차지한 위치의 관점에서 실재계와 연계되어야 한다"[43]는 라캉의 주장을 정치적으로 전유한 결과이다. 뿐만 아니라 지젝은 이와 관련하여 비판적인 지식인의 의무까지 언급하고 있는데,[44] "비판적 지식인의 의무"는 "새로운 질서(새로운 헤게모니)가 확립되어 그 구멍 자체를 다시금 비가시적으로 만드는 때조차도 바로 이 구멍의 자리를 시종일관 점유하는 것"[45]이다. 더구나 프로이트가 충동 개념을 생물학과 밀접하게 결합시켜 무기물의 상태로 되

40 위의 책, 361면.

41 여기서 충동은 주이상스와 불가분의 관계에 있다. 죽음충동은 쾌락원칙을 돌파하여 실재로서의 물자체와 어떤 지나친 주이상스를 향하고 있기 때문이다. 다시 말해, 주이상스는 죽음으로 가는 통로라는 점에서, 그리고 (죽음)충동은 단지 '반복'적으로 상징계의 결여를 향해감으로써 향유(jouissance)를 초래한다는 점에서 충동은 주이상스의 원인이자 결과이다. 심지어, 알렌카 주판치치는 (죽음)충동은 주이상스와 동의어라고 말하기도 한다. 딜런 에반스, 앞의 책, '죽음충동'과 '향락' 항(項) 참조; 알렌카 주판치치, 이성민 역, 『실재의 윤리』, 도서출판b, 2008, 376면.

42 야니 스타브라카키스, 이병주 역, 『라캉과 정치』, 은행나무, 2006, 109면.

43 Jacques Lacan, op. cit., p.11.

44 정치적 실천에 관련해서 지식인의 윤리적 책무는 "단지 정치 현실 안에서 결핍의 제도화를 시도하는 것"이며, "이러한 책무는 진실로 그리고 급진적으로 민주주의적인 책무"인 동시에 "민주주의의 철학적 차원을 표시하는 윤리적 책무"이기도 하기 때문이다. 야니 스타브라카키스, 앞의 책, 329~330면.

45 슬라보예 지젝, 이성민 역, 『부정적인 것과 함께 머물기』, 도서출판b, 2007, 10면.

돌아가려는 모든 생명체의 근본적인 경향을 표현하는 것이라고 주장한 것과는 달리, 라캉의 충동 개념은 생물학적 자연이 아닌 '문화'에 접합시킨 것이다.[46] 이것은 권력구조에 의해서 구성된 문화적 장을 파괴함으로써 그 장의 바깥으로 나아가고자 하는 예술적 위반과 전복을 라캉의 '충동' 개념을 통해서 분석할 수 있는 가능성을 암시한다.

1960년대 정치와 문학의 관계에서 충동 개념이 중요한 까닭은 4월혁명이 이념이 아니라 일종의 '사건'으로 존재함으로써 기의가 없는 '텅 빈 기표'로서만 작용해왔다는 사실[47]에서 비롯된다. 마찬가지로 4월혁명은 60년대 내내 지속적인 영향력을 지녔음에도 불구하고 이념적으로 손에 잡히지 않는 일종의 '부재원인(abscent cause)'으로 작용했다고 볼 수 있다. 요컨대 '부재원인'으로서의 4월혁명[48]이 60년대 문학을 지배해왔던 것이다. '부재원인'은 "라캉의 실재(The Real)에 해당하는 알튀세의 용어"로서, "각 심급들의 접합을 통해 구성된 사회적 전체의 구조가 각 심급들에 영향을 미치지만, 이 구조는 어떠한 본질적 심급으로도 환원될

46 딜런 에반스, 앞의 책, 376~377면.

47 이에 대해서 김영찬은 다음과 같이 말한다. "그것은 바로, 4·19가 그 자체로 과거에 완결되어 현재에 영향을 끼치는 객관적 사건이라기보다는 특정한 문학적 관점과 이데올로기에 의해 각기 달리 소급적으로 구성되는 하나의 결과물이었다는 사실이다. 1960년대 문학의 4·19를 하나의 4·19가 아닌 복수(複數)의 4·19라고 할 수 있는 것은 이 때문이다. 1960년대 문학에서 4·19가 자신과는 다른 입장과 스스로를 차별화하면서 문학적 주체성의 형성을 매개하는, 그리고 그것을 둘러싼 의미론적 경합과 쟁투가 벌어지는 일종의 공백의 기표(empty signifier)로 작용했다고 할 수 있다면, 그것은 이런 맥락에서다." 김영찬, 「4·19와 1960년대 문학의 문화정치－이청준의 소설을 중심으로 한 시론(試論)」, 『한국근대문학연구』 제15호, 2007.4, 140면.

48 알튀세르는 역사(history)를 '부재원인(absent cause)'으로 파악한다. 역사는 일종의 텍스트(text)이기 때문에 그것의 지시대상(the referent)은 존재하지 않는다. 따라서 부재원인으로서의 역사는 오직 텍스트적 형태로서만 다가오며, 역사 혹은 실재(the Real)에의 접근은 반드시 정치적 무의식 속에서 먼저 텍스트화(textualization), 다시 말해 서사화(narativization)를 통과해야한다. Fredric Jameson, *The Political Unconsciousness*, Cornell University Press, 1981, p.35.

수 없"는 것으로 이해될 수 있다.[49] 그렇다면 4월혁명은 60년대의 '부재원인'으로서 60년대의 각종 담론에 많은 영향을 주었으며, 4월혁명의 '직접행동' 역시 일종의 '부재원인'으로서 순수참여논쟁에 매우 중요한 영향을 끼쳤다고 볼 수 있다. 따라서 4월혁명과 '직접행동'을 '부재원인'이자 '대상a'로 파악하여 4월혁명과 '직접행동'이 60년대 정치적 상황에서 결코 닿을 수 없는 충동의 대상이라는 사실을 이해할 수 있다.

49 윌리엄 C. 도울링, 곽원석 역, 『『정치적 무의식』을 위한 서설』, 월인, 2000, 193면.

제2장

4월혁명의 결여와 정신성

1. 혁명의 본질과 결여(lack)

혁명의 근대적 개념은 18세기 말 두 차례 일어난 프랑스혁명 이후부터 형성되었다고 볼 수 있다. 그 이전에는 근대적 의미의 혁명개념은 존재하지 않았으며, 프랑스혁명 이후에야 '사후적'으로 재구성되기 시작하였다.[1] 혁명의 개념 이해에 있어서 프랑스혁명이 중요한 이유는 프랑스혁명이야말로 '진정한 근대'의 이전과 이후를 가르는 분수령이기

1 이와 관련해서 한나 아렌트는 다음과 같이 말한다. "이 개념은 18세기 말에 일어난 두 차례의 대혁명 이전에는 알려지지 않았다. 결국 혁명임이 판명된 것에 관여하기 전에는, 행위자들 어느 누구도 새로운 드라마의 구성이 어떠한 것인가에 대해 조금도 간파하지 못했다. 그러나 혁명이 일단 자신의 궤도에 따라 진행되자, 혁명에 관여했던 사람들이 자신의 활동이 승리로 끝날지 파멸로 끝날지를 알게 되기 훨씬 전에 이야기의 참신성과 그 구성의 내재적 의미는 행위자들뿐만 아니라 관찰자들에게까지 명료해졌다." 한나 아렌트, 홍원표 역, 『혁명론』, 한길사, 2004, 95면.

때문이다. 이는 프랑스혁명이 성취한 내용을 일별하는 것만으로도 충분히 짐작할 수 있는데, 인권선언, 기본권, 자유, 평등, 국민국가, 입헌주의, 자유민주주의 등은 프랑스혁명을 통해 획득한 근대적 가치로서 근대세계의 이념적 기반이 되었다. 특히 불과 짧은 10년에 걸쳐 일어났던 프랑스 대혁명이 보다 장기간에 걸쳐 일어났던 혁명의 단계적 변화를 압축적으로 보여준다는 점에서, 프랑스 대혁명이 빚어낸 '근대성'이 보다 중층적이고 복합적이며 모순적이라는 사실을 암시한다.[2]

프랑스혁명과 관련하여 무엇보다 중요한 것은 자유[3]의 출현이다. "자유의 이념과 새로운 시작의 경험이 일치해야한다는 사실이 근대 경험을 이해하는 데 매우 중요하다"[4]는 한나 아렌트의 진술은 근대적 혁명이 진정한 자유의 실현을 토대로 하고 있음을 말해준다. 혁명의 목표

2 최갑수는 1789년부터 1799년까지의 프랑스 대혁명을 3단계의 근대성으로 나누어 살핀다. '근대성1'은 1789~1792년에 이룩한 대의제에 입각한 자유주의의 '신체제'로서 소유권이 참정권의 기본조건이 되었으며, 이를 기반으로 부르조아 계급은 특권계급의 타도와 귀족계급의 폐지를 정당화할 수 있었지만, 민중은 그들의 권리로부터 철저히 배제되었다. '근대성2'는 로베스피에르의 산악파 및 파리민중(상퀼로드)이 권리의 평등을 실질적으로 보장함으로써 제한적인 대의민주주의를 넘어서는 사회민주주의를 구체적 현실로서 실현하고자 했던 '혁명력2년'을 지칭한다. 이들의 혁명적 이상(理想)은 제2차 세계대전 이후의 유럽 국가에서 비로소 구체화되었을 정도로 근대성의 핵심을 담고 있었다. '근대성3'은 사적 소유제 폐지, 혁명적 독재를 주장했던 바뵈프의 공산주의로 근대 자본주의를 넘어서고자 하는 사회주의 운동의 역사적 선례가 되었다. 최갑수, 「혁명의 로베스피에르, 로베스피에르의 혁명」, 장 마생, 양희역 역, 『로베스피에르, 혁명의 탄생』, 교양인, 2007, 9~13면.

3 아렌트는 liberty와 freedom을 엄격히 구분한다. liberty는 사적 · 시민적 자유를 의미하며, freedom은 공적 · 정치적 자유를 의미한다. 여기서 말하는 '자유'란 공적 · 정치적 자유인 freedom을 지칭한다. 시민적 자유는 법의 보호 아래서 자기 일에 힘쓸 자유를 의미하는 반면에 정치적 자유는 공적인 일에 참여하여 함께 결정할 수 있는 자유를 의미한다. 한나 아렌트는 시민적 자유를 보호하는 법적 조건이 자유 그 자체와 동일시되는 현실을 비판한다. 왜냐하면 시민적 · 법적 자유에 대한 근대의 과잉된 강조는 공적 권력의 형성과정에서 시민을 배제하는 위험성을 지니고 있기 때문이다. 박혁, 「정치 현상으로서의 자유— 한나 아렌트의 '정치적 자유' 개념」, 『사회와 철학』 18, 2009.10, 434~436면.

4 한나 아렌트, 앞의 책, 96면.

인 '자유'야말로 근대적 의미에서 새로운 시작을 증명한다. 근대 이전에 구체적 실감으로 존재하지 않았던 자유의 이념은 프랑스혁명을 거치면서 비로소 실체적인 개념으로 정립되기 시작했던 것이다. 고대 그리스의 폴리스에서 발생한 '자유'는 폴리스라는 정치적 공간에서만 통용된 '분배된 자유'이다. 불행히도 그 '자유'란 노동의 해방을 전제조건으로 한 것인데, 고대 폴리스가 노예제를 토대로 존립했다는 점에서 폴리스의 자유는 신분제도의 폭력에 근거한 것에 지나지 않는다. 반면에 근대적 의미의 자유란 노예제 없이도 통용되는 자유라는 점에서 그야말로 인류의 새로운 경험이었음이 분명하다. 따라서 프랑스혁명 이후의 자유는 계몽사상가들이 주장한 사회계약론적인 자유, 다시 말해 입헌정부와의 계약이라는 조건 속에서 정립된 시민권으로서의 자유와는 근본적으로 다른 것이다. 혁명 이후의 자유는 입헌정부와 연계되고 시민권으로 적절히 명명되는 자유들을 넘어서 있기 때문이다. 시민권으로서의 자유, 즉 시민적 자유는 기껏해야 본질적으로 부당한 제약으로부터의 자유를 의미하는 것으로 소극적 자유에 지나지 않는다. 이러한 자유는 입헌군주제 하에서도 얼마든지 가능한 자유다. 따라서 진정한 자유는 단지 시민권의 보장에 머물지 않고 공적 권력과 정치 제도 형성에 개입함으로써 월권행위를 하는 정부로부터의 해방을 목표로 하는 정치적 자유라고 할 수 있다. 프랑스혁명이 "'생명, 자유, 재산' 자체"를 혁명의 전리품으로 간주하지 않고 "인간의 양도 불가능한 권리"[5]로 규정한 것은 바로 정치적 자유를 실행한 결과다.

5 위의 책, 100면.

이처럼 프랑스 대혁명은 인간의 역사를 자유와 평등이 구현된 진정한 근대로 이끄는 동력이 되었다. 대혁명의 시기를 거쳐 온 헤겔은 자신의 시대를 "탄생의 시대", "새로운 시기로의 이행기"이며, 구세계를 몰락시키고 정신이 자기를 재창조하고 있는 "전진하는 운동"의 시대라고 말한 바 있다. 뿐만 아니라 봉건적 특권의 폐기와 근대적 통일국가로 이끄는 새로운 정신을 창안했으며, 그것을 결코 철회되지 않는 것으로 파악했다. 그러나 모든 혁명은 파괴와 혼란을 전제조건으로 삼는다. 사유방식의 혁명이 제도적 변혁으로 바로 이어지지는 않지만, 정치적 혁명은 기존의 모든 제도를 전복시킬 때 진정한 혁명일 수 있기 때문이다. 특히 반혁명 세력이 대두하는 시기에 혁명세력은 "덕과 공포"의 지배를 통해 진정한 자유와 평등을 실현하고자 했다. 예컨대 프랑스혁명 과정에서 일어난 자코뱅당의 공포정치는 많은 진보적 지식인들의 신념을 훼손시키고 혁명사상으로부터의 이반을 낳았다.[6] 이러한 혁명의 불안정성은 절대 권력의 공동화 속에서 필연적으로 수반되는 현상이다. 절대적 권력의 공동화는 결국 새로운 절대권력으로서의 혁명정부를 탄생시키기 때문이다. 이것은 혁명과제를 완수하기 위한 필연적인 수순이다. 따라서 '절대적 권력의 파괴 → 정치적 무질서 → 공포정치 → (군사)독재'라는 혁명의 순환적 개념[7]이 발생하게 된다. 이와 같은 과정은 "혁명 초부터 결여하고 있던" "안정적이고 정력적인 인기 있는 정부"[8]를 탄생시킨다.

---

6 카토 히사타게 외, 이신철 역, 『헤겔사전』, 도서출판b, 2009, 451~452면.
7 노명식, 「혁명의 개념」, 『서양사론』 제33호, 1989.11, 12면.
8 장 마생, 앞의 책, 471면.

혁명이 자행하는 '자유의 독재'는 역설적으로 '공적 자유'를 억압하는 결과를 가져온다. 혁명을 통한 절대권력의 붕괴는 권력의 공동화에 따른 자유를 가져오지만 혁명과업을 확정하고 완수하기 위해서 '민주'와 '자유'는 다시 억압될 수밖에 없다. 이처럼 혁명이 수행되는 순간 다시 혁명의 대상이 되고 마는 사실은 혁명이 안고 있는 자기부정의 역설을 암시한다. 이와 같은 현상은 프랑스 대혁명뿐만 아니라, 20세기 혁명의 대부분에서 드러나는 것으로 한나 아렌트는 이에 대해서 다음과 같이 말한 바 있다.

> 혁명의 대부분은 공적 자유를 확립하기는커녕 시민적 권리와 자유, '제한정부'의 축복을 헌법적으로 보장하는 환경조차 형성할 수 없었다. 이것은 명백히 진실이며 실제로 슬픈 사실이다.[9]

한나 아렌트는 18세기의 제한군주정과 오늘날의 입헌정부를 동일한 시각으로 바라본다. 헌법적 · 합법적 통치가 불가능한 비정상적 정부형태인 전제정(專制政)에 비해 발전된 형태이긴 하지만 오늘날의 입헌정부는 권력 행사에 있어서 법의 제한을 받는다는 점에서 18세기의 '제한군주정'처럼 제한정이라고 말한다. 왜냐하면 입헌정부의 법이 보장하는 자유는 과거의 '제한군주정'처럼 모두 소극적인 형태인 까닭에 통치과정에의 참여를 요구하지 못하고 단지 정부의 보호만을 주장하기 때문이다.[10] 입헌정부가 필요했던 까닭은 혁명 이후의 강력한 통치체제로

---

9 한나 아렌트, 앞의 책, 342면.
10 위의 책, 242면.

인해 국가 권력에 대한 불신과 공포가 18세기 이후의 19·20세기 헌법 제정자들을 지배했으며, 이에 따라 인간 본성과 권력에 대한 비판적 성찰이 일반적으로 행해지게 되었기 때문이다. 이는 전제정(專制政) 이후, 그리고 혁명과정에서 불거진 절대권력에 대한 일반 민중의 공포가 어떤 것인지를 비로소 알 수 있게 한다. 그러나 "정부의 과도한 권력에 대한" "두려움"은 "사회 내부에서 발생하게 되는 시민적 권리와 자유의 엄청난 위험성을 자각하게 되면서 해소"되고 만다.[11] 이 사실은 폭력에 대한 국가의 독점이 사회의 내적 안정화를 위한 것으로서 합리적으로 이해되기 시작했다는 사실을 암시한다.

이러한 권력과 자유의 문제는 국가와 혁명의 문제와 다르지 않다. 마르크스와 엥겔스는 일찍이 사회의 혁명은 '배반의 혁명'으로 귀결될 수밖에 없음을 지적한 바 있다. 하나의 지배계급이 수적인 열세의 의해서 전복된 후 또 다른 소수가 국가의 지배권을 장악하고 국가를 재편성함으로써 대다수 민중들은 소수 지배세력의 이익을 위한 혁명에 참여하는 결과를 초래하기 때문이다.[12] 국가와 혁명은 결국 '전복'과 '재전복'의 관계에 놓여있다. 진정한 혁명은 '전복'의 순간에만 존재할 수 있으며, '재전복'의 대상이 되는 과정에서 혁명은 사라지고 마는 것이다. 다시 말해 "혁명적 정치변동"이 "끊임없이 국가와 권력을 강화시켰고 강화된 국가와 권력은 또 다른 혁명적 상황을 잉태"했다는 점에서 "국가와 권력의 강화가 혁명의 원인이자 동시에 결과일 수 있다는 정치적 순

11 위의 책, 247면.

12 Marx · Engels, *Collected Works* Vol.I, 1962, p.123(박종성, 『혁명의 이론사』, 인간사랑, 1991, 62면에서 재인용).

환논리"[13]는 '혁명의 결여(lack)'[14]를 자각하는 데 근원적인 문제제기가 되어왔던 것이다.[15]

이는 정치적 진리를 추구하는 혁명은 결코 일회적으로 끝날 수 없다는 점을 적시해준다. 혁명이 완수되었다고 믿는 순간 보수적인 정치체제로 회귀할 수밖에 없는 상황이 초래됨으로써 혁명은 정치적인 분열을 앓을 수밖에 없다. "진정한 혁명이란 '혁명과 함께 하는 혁명', 혁명 과정에서 자신의 출발점이었던 전제 자체를 혁명하는 혁명"[16]이기 때문이다. 따라서 모든 혁명은 '배반의 혁명'이며 '실패한 혁명'이라는 명제는 오늘날에도 여전히 유효하다. "혁명의 사건에 관한 가장 위대한 마르크스주의적 보고서는 모두 위대한 실패들(독일농민전쟁, 프랑스혁명에서의 자코뱅, 파리코뮨, 10월 혁명, 중국의 문화혁명……)에 관한 역사이다"[17]와 같은 지젝

13 박종성, 위의 책, 63면.

14 지젝이 혁명의 진정한 의의는 혁명이 일어난 장소가 아니라 혁명을 지켜보는 관찰자들의 열광적인 반응 속에 있다고 말했듯이, 혁명의 경험적 현실과 관념적 이상 사이의 괴리는 혁명 속에 내재된 '결여'를 노정한다. 아버지의 법이라는 국가체제를 전복함으로써 부친 살해에 성공한 혁명주체가 그 스스로 아버지라는 법이 되는 순간 혁명은 소멸하고 말기 때문이다. 혁명이라는 이념적 똬리를 튼 '빈 구멍'은 분명히 잃어버렸음에도 잘 생각나지 않는 그 무엇인데, 사실 혁명은 그 자체로 '대상a'라는 위상을 지니므로 처음부터 상실과 망각의 대상이 될 수밖에 없는 것이다. 상징계를 균열시키는 '사건'으로서의 혁명은 접근 불가능한 실재를 계시해준다. 따라서 혁명은 실재에의 열망을 함축한다. 혁명은 지배체제라는 상징계의 균열과 전복을 의미하지만, 혁명 그 자체가 '빈 구멍'으로 존재하기 때문에, 최종적으로 완수될 수 없는 불가능한 대상이다. 그래서 기억해내야 할 것은 '혁명'이 아니라 혁명의 '빈 구멍'이다. 다시 말해 혁명은 처음부터 존재하지 않았으므로 혁명은 잃어버릴 대상조차 될 수 없다. 박대현, 「혁명의 결여와 주이상스—시의 정치적 윤리에 대하여」, 『시현실』, 2010 봄, 40~42면 참조.

15 그러한 문제제기는 마르크스 · 엥겔스의 다음과 같은 질문으로 요약된다. "국가는 혁명의 자극제(혹은 촉진제)인가, 아니면 혁명은 국가의 강화요인인가? 왜 인류역사상 폭발했던 거의 모든 혁명은 혁명 이후 권력을 강화시키며 혁명 이전의 상태로 환원, 종결되고야 마는가?" 박종성, 앞의 책, 63면.

16 슬라보예 지젝, 박정수 역, 『잃어버린 대의를 옹호하며』, 그린비, 2009a, 295면.

17 위의 책, 11면.

의 발언처럼, 혁명은 순간적인 정치 작용이며, 혁명의 이상과 열망은 역사 속에서 언제나 경화되거나 고갈되어버린다. 그렇다면 혁명의 이상 실현은 언제나 미래의 비전 속에서만 가능하며, 지금 당장의 현실 속에서는 불가능한, 다시 말해 플라톤적 의미의 '이데아'로서만 존재한다는 사실을 알 수 있다. 혁명의 이상이 끊임없이 미끄러지고 지연됨으로써 더욱 강하게 응축되는 것은 혁명에 대한 열망이다. 그 열망은 바로 라캉적 의미의 '결여(lack)'에서 발생한다.

혁명의 결여가 발생하는 근본적 원인을 살펴보는 데 있어서 '민주주의'의 문제가 부각되지 않을 수 없다. 프랑스 대혁명 당시의 절대주의 몰락과 자유・평등의 가치는 혁명의 혼란 속에서 매우 복잡하게 충돌했으며, 민주주의의 근대적 가치 역시 매우 어렵게 발아하기 시작하였다. 마르크스는 프랑스혁명 이후의 민주주의는 곧 사회주의 혁명으로 전화할 운명임을 예고하였지만, 실제 역사는 그것과는 다르게 전개되었다. 지금까지의 역사적 전개는 민주주의가 곧 바로 사회주의 혁명(프롤레타리아 계급혁명)으로 이행하지 않고, '민주주의 독재'의 반복적 강화 혹은 약화의 방향으로 치달았다. 이는 앞서 말했던 국가와 혁명의 관계에서 발견할 수 있는, 국가와 권력의 강화가 혁명의 원인이자 결과라는 '정치적 순환 논리'와 같은 것이라 볼 수 있으며, 이는 민주주의의 속성에서 그 원인을 확인할 수 있다. 다시 말해, 혁명으로 인한 절대주의 권력의 몰락 이후의 민주주의가 다시 국가권력의 강화로 퇴행하는 현상은 다름 아닌 확실성의 표지가 해체된 민주주의의 본질에서 비롯되는 것이다.

민주주의의 본질에 대한 문제적 고찰은 클로드 르포르(Claude Lefort)에 의해 제기된 바 있다. 그에 따르면 민주주의는 "확실성의 표지의 해체"[18]라는 상징적 전환 때문에 출현 가능했다. 절대주의 봉건권력의 해체로 인한 '확실성의 표지'의 상실이 민주주의의 근본적인 속성을 이룬다는 것이다. 이는 민주주의가 국가권력의 강화로 반복적으로 퇴행할 수밖에 없는 근본적인 원인이 되기도 하는데, 권력의 "빈 공간"은 역설적으로 권력의 침투를 허용할 수밖에 없기 때문이다. 권력의 전복보다도 권력의 부재를 지켜내는 것이 더 힘든 일인 까닭은 권력을 방어하기 위한 또 다른 권력이 필요하기 때문이다. 따라서 민주주의 체제의 '빈 공간'은 언제든지 권력의 장악을 허용하게 되는 상황에 노출될 운명에 놓여 있다. 예컨대, 전체주의가 민주주의로부터 발생했다[19]는 클로드 르포르의 역설은 민주주의의 근본적인 결여가 지닌 난맥상을 결정적으로 폭로한다. 민주주의의 '빈 공간'은 전체주의의 절대 권력에 의해 다시 채워지고자 하는 욕망에 취약하다는 것이다. 여기서 부각되는 문제는 널리 알려진 바대로 라캉의 정신분석학과 무관하지 않다.

> 민주주의는 텅 빈 장소로서 우리에게 의미를 가진다. 민주주의의 주체는 빗금친 주체이다. 우리의 작은 대수학(algebra)은 그 주체가 소문자(a)를 결여하고 있음을 즉각적으로 파악하게 해준다. 향락의 특수성에 결부된 모든 것 말이다. 민주주의의 텅 빈 빗금친 주체는 우리가 적절하게 소문자(a)로 지칭하는 것 속에서 조바심치며 구성되는 모든 것에 연결되는 것이 어렵다는

18 Claude Lefort, *Democracy and Political Theory*, Oxford, 1988, p.19.

19 "전체주의는 그것이 민주주의와 맺은 관계를 포착하는 조건 속에서 분명히 인식될 수 있다. (…중략…) 전체주의는 민주주의로부터 발생했다. 전체주의는 민주주의를 전복하는 동시에 그것의 특징을 환상적으로 확장한다." Claude Lefort, *L'invention demcratique*, Paris : Fayard, 1981, p.107(홍태영, 「정치적인 것의 발견과 현대 민주주의의 모색」, 『현대 정치철학의 모험』, 난장, 2010, 43면에서 재인용).

것을 발견한다. 우리는 일단 텅 빈 공간이 존재하면 모두가 — 만약 그가 법을 존중하기만 한다면 — 자신의 전통과 가치들을 창조할 수 있다고 들어왔다. (…중략…) 기표가 '탈-정서화(disaffected)'될수록, 달리 말해, 기표가 순수해질수록 그것은 순수한 법의 형식, 평등주의적 민주주의의 형식, 세계화된 시장의 형식을 스스로에게 부과한다. (…중략…) 열정이 스스로를 주장할수록 증오가 강해지고 근본주의가 증식하고 파괴가 확산되고 미증유의 학살이 자행되고 전대미문의 재앙이 발생한다.[20]

자크 알랭 밀레는 민주주의의 주체를 라캉이 언급했던 '빗금친 주체(barred subject)'에 비유한다. '빗금친 주체'는 실제로는 존재하지 않는 상징계적 주체의 속성을 드러낸다.[21] 주체가 근원적으로 결여(lack)를 안고 있듯이 민주주의의 주체 또한 '결여'를 근본적 속성으로 하고 있다는 사실은 민주주의의 고정된 실체가 실제로는 존재하지 않는다는 점을 암시한다. 민주주의의 주체가 사실은 '빗금친 주체'와 다르지 않다는 것이다. 따라서 민주주의는 결코 성취되거나 완결될 수 없는 제도이다. 동시에 성취 혹은 완결의 욕망으로부터 자유롭지 못한 정치 제도라고

20 Jacque-Alain Miller, *Le Neveu de Lacan*, Paris : Verdir, 2003, pp.146~147(슬라보예 지젝, 앞의 책, 2009a, 155면 재인용).

21 라캉의 주체에 대하여 숀 호머는 다음과 같이 말한다. "라캉의 주체는 두 단계를 통해 구성된다. 첫 번째는 언어를 통한 소외의 과정에, 두 번째는 욕망의 분리에 상응한다. 그러나 라캉은 주체가 나타나는 지점을 정확히 명시한 적이 없는데 그 이유는 주체가 결코 그런 식으로 생성되지 않기 때문이다. 라캉의 정신분석학의 주체는 어떠한 영속성과 지속성도 가지지 않는다. 라캉은 주체를 언제나 지금 도착하고 있거나 또는 막 도착한 것으로서 — 항상 너무 이르거나 또는 이미 늦은 것으로서 — 정의한다. 주체가 마침내 안정되고 완전한 총체로서 나타났다고 말할 수 있는 시점은 결코 존재하지 않는다. 주체는 시간의 특정 순간이라기보다는 끊임없는 주체화과정 — 소외와 분리 — 을 통해 단지 섬광같이 나타날 뿐이다." 숀 호머, 김서영 역, 『라캉 읽기』, 은행나무, 2007, 139~140면.

할 수 있다. 민주주의가 전체주의의 뿌리가 될 수밖에 없는 이유 역시 성취 혹은 완결의 욕망, 다시 말해 결여를 채우고자 하는 욕망에서 찾을 수 있다. 전체주의가 "새로운 인간을 창조하고, 분열 없는 사회의 건설이라는 신화를 만들어내고, 분쟁을 제거하고, 개인과 집단을 거대한 강제의 망 속에 종속시키면서 사회적 관계를 경화시키는 시도"[22]라는 주장에서 "전체주의의 성공이 사회의 파편화와 혼란의 시기 다음에 뒤따라오"[23]는 까닭을 짐작할 수 있다.

여기서 우리는 정신분석의 윤리학을 생각하지 않을 수 없다. "성취된 진리는 그 자체를 파괴"하고, "완성된 정치적 진리는 전체주의로 변모"하기 때문이다. 그런 점에서 "진리의 윤리학은 강제될 수 없는, 명명 불가능한 실재를 존중하는 윤리학"이다.[24] 정치적 관점에서 진리는 경화된 형태로 존재하지 않으며 결코 성취되거나 완성되지 않는다. 진리의 토대를 부정하고 재정식화하는 과정 속에서 윤리는 작동한다. 다시 말해 윤리는 타자 그 자체와의 동일시가 아니라 타자 안에 내재한 '결여'와의 동일시에서 작동한다. 결여와의 동일시는 주체의 경화를 막는데, 이것이 바로 라캉 윤리학의 급진적인 혁신이며, 전체주의로 빠져들 위험이 큰 오늘날의 민주주의가 필요로 하는 것이다.[25] 왜냐하면 민주주의 역시 자기 안에 내재한 결여라는 근본적인 위기에 빠져있기 때문이다. 문제는 '결여' 자체가 아니라 '결여'를 견디지 못하는 태도에 있다. 지젝은 민주주의의 결여와 주체에 대해서 다음과 같이 말한다. "민주주

22 Claude Lefort, op. cit., 1981, pp.29~30(홍태영, 앞의 책, 40면에서 재인용).
23 야니 스타브라카키스, 이병주 역, 『라캉과 정치』, 은행나무, 2006, 307면.
24 슬라보예 지젝, 김서영 역, 『시차적 관점』, 2009b, 637면.
25 야니 스타브라카키스, 앞의 책, 339면.

의라는 관념에는 구체적인 인간적 내용의 충만함이나 공동체적 결연의 순수성을 위한 공간이 전혀 없다. 민주주의는 추상적인 개인들의 형식적 연결이기 때문이다", 혹은 "모든 내용을 비워버린, 모든 본질적인 연계로부터 자유로운 순수한 단독성(singularity)이다."[26] 주체의 결여에 대한 라캉의 분석과 마찬가지로 민주주의 역시 결여를 안고 있는 것이라면, 우리가 경계해야 할 것은 그 결여를 '구체적인 내용'으로 메우고자 하는 노력이다. 지젝이 경고하듯이, 그것이 아무리 참된 노력이라 하더라도 "전체주의의 유혹"을 피할 수 없다. 따라서 민주주의의 결여 혹은 분열을 "민주주의의 운명적인 결함을 가리키는 것이 아니라 오히려 민주주의의 힘의 원천"임을 이해하는 것이 필요한 것이다.[27]

2. 4월혁명의 발생동인과 결여 양상

1) 혁명의 발생과 죽음충동(death drive)

광복 후의 한국은 이념의 갈등과 혼란 그 자체였다. 좌우이데올로기의 첨예한 갈등은 친일파와 미군정의 좌파세력 소탕으로 귀결되었으며, 좌파지식인들의 집단적인 월북으로 마무리되었다. 4·3항쟁, 여

26 슬라보예 지젝, 김소연·유재희 역, 『삐딱하게 보기』, 시각과 언어, 1995, 322·324면.
27 위의 책, 323~331면.

수 · 순천사건, 보도연맹사건 등의 역사적 비극은 좌익에 대한 적개심이 아니면 해명될 길이 없다. 특히 한국전쟁은 혁신계 세력의 존립 가능성을 붕괴시키고 말았으며, 반공이야말로 국가의 존립을 위한 절대적 이념이라는 신념을 자리 잡게 했다. 사상의 자유는 더 이상 불가능하게 되었으며, 자유당 정권의 부패와 폭정에 항거하는 시위조차도 공산주의자의 소행으로 몰아가는 정치적 모략이 자행되고 있었다. 한국 현대사를 질곡에 빠뜨려왔던 전형적인 색깔론의 기원이 한국전쟁 이후 자유당의 통치전략 속에서 발아하고 있었던 것이다. 자유당 정권은 통일에 대한 자유로운 논의조차 금기시하였으며, 오로지 무력에 의한 통일만을 유일한 방법론으로 간주하였다. 광복 이후 허용되었던 사상의 자유는 원천적으로 차단당하고 말았으며, 혁명에 대한 논의 역시 위축될 수밖에 없었다. 그럼에도 불구하고 『사상계』를 중심으로 하여 혁명에 관한 논의는 간헐적으로 제기되었는데, 외국 사례에 대한 연구들이 대부분이었다.

그러나 1960년 4월 이후 혁명에 대한 논의는 다시 폭증하기에 이른다. 반공을 정치적으로 악용했던 이승만 정권의 몰락에 따라 반공이념이 약화됨으로써 통일에 대한 논의 역시 자유롭게 형성되기에 이른다. 무엇보다 시민의 주체적 힘으로 정권을 쓰러뜨린 경험은 민주국가 시민의 커다란 정신적 자산이 되었다. 4월혁명 속에서 시민들은 격정에 휩싸였고 환호했다. 그러나 순식간에 일어난 4월혁명은 혁명의 주체세력이라 할 수 있었던 학생들과 학자들, 그리고 정치인들에게도 매우 당혹스러운 것이었다. 격정과 환호 속에서 이승만 정권을 전복시킨 전대미문의 역사적 성취를 이끌어냈지만, 혁명의 방향성에 대해서 그 누구도 구체적인 대안을 제시하지 못하고 있었기 때문이다. 4월혁명은 이승만 정권을 향한 '분노자본'[28]을 집단적 격정의 형태로 폭발시킨 것으로서 혁명의 이념과 정신성은 구체성을 띨 수 없었다. 오직 이승만 독재정권에 대한 격정적 분노만이 혁명의 원동력이 되었다.

> 학생데모가 혁명적인 성격이 깃들기 시작한 것은 선거당일 즉 三月 十五日에 일어난 마산학생데모사건이었다. 데모대와 경찰이 정면으로 충돌하고, 경찰의 발포로 백 명에 가까운 사상자가 발생하였다. 四月 十一日에는 최루탄이 눈에 박힌 참혹한 김주열 군의 시체가 바다에서 발견됨으로써 학생과 민중이 뒤섞인 대대적인 데모가 마산에서 또 일어났다. 사태는 심상치 않게 되었다.[29]

위의 인용글에서 확인할 수 있듯이 연일 벌어지던 학생데모에 혁명성이 깃들기 시작한 것은 1960년 3월 15일 부정선거 당일의 데모사건 이후이지만, 이전과 달리 시위 분위기가 심상치 않게 된 결정적 계기는 4월 11일에 마산 앞바다에서 발견된 김주열의 참혹한 시체라고 할 수 있다. 『부산일보』에 김주열의 시신 사진이 실리고 난 후 민심은 폭발하기 시작했다. 김주열의 시체가 일종의 증상[30]이라면 60년의 한국사회는

28 '분노자본'이란 지젝의 혁명론에서 매우 중요한 개념이다. 좌파의 정치운동이 '분노의 은행' 같다고도 언급한 바 있는데, 분노의 축적과 폭발을 통해서 혁명의 수행이 가능하다고 보고 있다. 파시즘에서는 민족적 분노가, 마오쩌둥의 공산주의에서는 프롤레타리아가 아닌 가난한 농민들의 분노가 동원되었듯이, 혁명의 수행에서는 분노의 축적이 선결과제이다. 슬라보예 지젝, 이현우 외역, 『폭력이란 무엇인가』, 난장이, 2011, 258면 참조.

29 민석홍, 「사월혁명의 사관(史觀)—반독재의 민주혁명이다」, 『세계』, 1960.6, 57면.

30 증상이란 사회 안으로 부조화를 들여오는 것이며 이 증상만 아니라면 사회는 이상에 근거해서 조화롭게 통합될 수 있다. 반-유태주의 담론 속에서 증상은 유태인이며, 반-민주주의적

김주열의 죽음이라는 증상에 동일시되었던 것이다. 죽음이 지닌 전복적 에너지는 독재정권을 파열시키기에는 충분했다. 이승만 정권의 무능과 부정부패에 대한 항거를 색깔론과 폭력의 힘으로 다스리려 했던 상황 속에서 충격적으로 폭로된 한 장의 사진은 마침내 연일 벌어지던 시위를 혁명으로 전환시키는 임계점의 기능을 수행했던 것이다. 최루탄이 눈에 박힌 채로 수장된 김주열의 시신은 국가의 폭력에 희생된 주검의 이미지가 얼마나 큰 폭발력을 지니는가를 명징하게 보여준다. 학생 시위자의 주검을 치밀하게 은폐하려 했던 국가공권력에 대한 분노는 김주열의 시신 발견과 함께 폭발하고 말았던 것이다.

> 四月 十一日 마산의 학생·시민들은 다시 일어났다. 이날 삼월 십오일의 탄압선풍에서 행방불명이 된 김주열군의 참혹한 시체가 앞바다에서 발견되었다. 김주열군은 마산상업고교에 응시하고 발표날인 십오일 데모에 참가했다. 경찰에게 학살되어 바다에 던져진 것이었다. 바다에서 건져낸 김군의 눈에는 미국제 원거리용 최루탄이 뒷통수까지 뚫고 박혀져 있었다. 김군의 시체를 본 순간 학생·시민들은 몸서리를 쳤다. 그들의 분노는 들끓었다.
>
> "나가자! 데모를 하자!" 수천 남녀시민들이 거리로 뛰어나와 흥분된 데모대와 합세하였다. "살인한 경관을 잡아 죽이라" 군중들은 고함을 질렀다. 분노에 찬 군중들은 마산시청, 경찰서, 자유당사무소 등을 에워쌌다. 시민·학생

인 전체주의 담론 속에서는 민주주의가 증상일 것이다. 사회와 부조화를 일으키는 '증상과의 동일시'는 선(good) 개념을 중심으로 접합된 유토피아적 상징계의 환상을 가로지를 수 있게 한다. 다시 말해 사회적 장에서 배제된 진리로서의 증상을 보편성의 장소로까지 이동시키는 것이다. 그리고 상징계의 환상에는 균열이 일어나게 된다. 따라서 증상과의 동일시는 환상 가로지르기와 관련된다. 야니 스타브라카키스, 앞의 책, 325~327면.

들의 수는 늘어만 갔다. 민중의 폭발된 분노는 실로 요원의 불길처럼 타 번져 전국에 확대되었다.

이리하여 四·一九, 이 불길은 서울에서 십여만의 학생데모에 수십만의 시민이 합세한 일대 군중데모로 발전하였다.[31]

김주열의 참혹한 시신은 마산시민들을 더욱 분노케 하였고, 이승만 정권에 대한 저항을 보다 격렬한 것으로 만들었다. 그때까지만 해도 비교적 잠잠했던 서울의 대학생들까지도 데모에 동참하게 된다. "칠흑 같은 밤의 계속이다. 나이 어린 학생 김주열의 참시(慘屍)를 보라! 가식 없는 전체주의 전횡의 발가벗은 나상밖에 아무것도 아니다"[32]와 같은 학생선언문의 한 구절은 김주열의 훼손된 시신이 가한 충격의 무게를 분명하게 보여준다. 특히 눈을 관통한 원거리용 최루탄이 "한 개인의 몸에 침투된 공권력을 극명하게 보여주"는 동시에 "국가권력이 인간 자유의 최종 보루인 몸(body)에 뚜렷이 각인된 사실"을 충격적으로 깨닫게 했다[33]는 지적은 김주열의 시신이 혁명에서 어떤 위상을 지니는지를 충분히 보여준다. 김주열을 비롯한 희생자들의 보도사진이 혁명의 열기를 더욱 강하게 추동시킨 결과, 4월혁명은 "김주열의 시신뿐 아니라, 사살당한 시위 참여자들의 사진과 유서 등" "죽은 자의 몸과 목소리를 통해서 재현"[34]되는 동시에 혁명의 분노와 격정을 더욱 고조시킬 수 있

31 정영훈, 「4·19를 회상하며」, 『한양』, 1964.4, 3면.

32 「서울대학교 학생선언문」, 『새벽』, 1960.6, 89면.

33 김승현은 최루탄이 눈에 박힌 김주열의 보도사진이 4·19혁명을 촉발했다고 단언하고 있다. 김승현, 「신문사진에 나타난 인본주의적 가치－4·19혁명 보도사진을 중심으로」, 『커뮤니케이션 과학』 第17호, 2000.8, 43~44면.

34 권명아는 김승현의 논의에 기대어 4·19혁명이 분사하는 죽음의 이미지에 주목하고 있다.

었던 것이다.

죽음과 혁명은 왜 이렇듯 강렬하게 결합하는가? 절대적 법으로 군림했던 대타자로서의 사회체제가 상징계이고 사회체제의 완전한 전복(subversion)이 혁명이라면, 혁명은 상징계를 파괴하는 '죽음충동(death drive)'[35]과도 무관하지 않기 때문이다. 죽음은 상징계를 전복하는 가장 강력한 도구이며, '죽음충동'이야말로 상징계를 파괴·해체하는 가장 강력한 동인이다. 모든 충동이 사실상 죽음충동이라고 했을 때,[36] 충동의 대상은 상징계의 빈 구멍이라고 할 수 있는 '대상a'이며, 라캉의 말에 따르면 이것은 "사실 프로이트가 말하듯이 어떤 대상에 의해서든 메워질 수 있는 빈 구멍, 공백의 현존"[37]에 해당한다.

죽음충동이 상징계를 파괴하는 가장 강력한 에너지를 응축하고 있다는 사실은 장 보드리야르에 의해서도 전유된 바 있다. 죽음충동은 마

"혁명의 성공에 들떠 있던 짧은 시간에도, 혁명의 좌절을 곱씹어야 했던 긴 세월 동안에도 4·19혁명을 기억하는 것은 이 죽은 자들의 몸과 목소리에 직면하는 일이어야 했을 것이다"와 같은 진술이 그렇다. 권명아, 「죽음과의 입맞춤」, 『4·19와 모더니티』, 문학과지성, 2010, 224~225면.

35 프로이트는 '죽음충동'을 에로스와 함께 인간이 기본적으로 지니고 있는 충동인 타나토스로 설명한다. 프로이트에게 인간을 지배하는 두 축이 삶의 충동과 죽음의 충동이라면, 라캉은 죽음충동을 보다 근원적인 지점에 위치시킨다. 이는 충동과 욕망의 구별에서 강렬한 암시를 받을 수 있는데, 충동과 욕망은 주체가 안고 있는 '결여(lack)'의 지점에서 갈라지게 된다. 라캉의 삼항 체계(상상계, 상징계, 실재계)에서 결여는 상징계가 안고 있는 '구멍'이며, 그것을 메우고자 하는 시도에서 욕망의 환유가 발생한다. 이때 '결여' 속으로 진입하고자 하지만 '결여' 주변을 맴돌 수밖에 없는 것이 충동이며, '결여'의 너머 '대상a'라고 불리는 '실재'의 열망을 지닌다. 다시 말해 '대상a'를 둘러싼 욕망과 충동의 분리는 상징계와 실재계의 간극만큼이나 큰 것이다. 욕망은 상징계 내의 환상을 직조해내는 것과 관련되지만, 충동은 실재계로 진입하고자 하는 불가능성의 반복이다. 충동은 상징계의 균열을 촉발시키므로, 쾌락원칙을 넘어서는 고통을 수반한다. 고통에도 불구하고 실재를 향한 열망으로 인해 반복되는 '죽음충동'이 곧 주이상스(jouissance, 향유)를 유발하게 되는 것이다. 슬라보예 지젝, 앞의 책, 2009a, 491~492면.

36 딜런 에반스, 김종주 역, 『라캉정신분석사전』, 인간사랑, 1998, 377면.

37 자크 알랭 밀레 편, 맹정현·이수련 역, 『자크 라캉 세미나』 11, 새물결, 2008, 271면.

디마디를 연결하는 건설적인 에로스와 달리 결합체(assemblage)를 용해시키고 에너지를 해방함으로써 유기적인 담론을 해체하며, 이러한 해체, 탈구, 탈각(defection)의 힘은 이전의 비유기적 상태를 향하는 퇴화형태 속에서 급진적 반궁극성을 내포하고 있다는 것이다.[38] 결국 죽음충동은 상징계적 질서를 파괴함으로써 대타자에 균열을 가하고 전복을 시도하는 해체적 힘으로 작동하게 된다. 따라서 대타자로서의 국가는 죽음충동을 철저히 관리해야만 하며, 상징계적 질서를 교란시키는 시체를 철저히 은폐할 수밖에 없다. "국가의 독점을 벗어난 모든 죽음이나 폭력은 체제 전복적인 것"이자 "권력 소멸의 징후"가 되므로 국가의 철저한 관리 대상이 될 수밖에 없는 것이다. 장 보드리야르가 "의학이 시체를 관리하는 것처럼, 국가 역시 사회에서 발생한 시체에 대한 관리"[39]라고 말한 것은 바로 이와 같은 맥락이다.

김주열이 행방불명된 후 주검으로 발견되기까지 약 한 달간의 시간은 그런 점에서 매우 의미심장하다.[40] 그 한 달은 행방불명 된 김주열에 가해진 정치적 상상력이 고도로 투여되던 시기였고, 4월 11일 발견된 순간의 참혹한 장면이 잠재적 수준에 불과했던 분노를 실제 현실 속으

---

38 Jean Baudrillard, trans. Iain Hamilton Grant, *Symbolic Exchange and Death*, Sage publication, 2006, p.149.

39 ibid, p.144.

40 김주열 열사의 사망 사건에 대한 보도는 언론을 통해 지속적으로 보도되었는데, 61년 9월에는 범인들의 형량까지 상세히 보도되었다. 언론 기사 하나만 소개하면 다음과 같다. "마산발포사건. 피고인 등은 三・一五 당시 부정선거에 항의하는 마산'데모'대원이 정당한 권리행사를 함에도 불구하고 발포하여 八名을 살해하고 四十二명에게 중경상을 입혔다. 특히 이들은 총탄을 피해 도망하는'데모' 대원을 쫓아가면서 등 뒤에서까지 쏘았다. 박종표 피고는 최루탄으로 김주열 군을 총살한 후 그 시체를 바다에 버렸다." 박종표는 사형을 구형받았으나, 무기징역을 선고 받게 된다. 「박종표가 김주열군 총살 시체를 바다에 버리기까지」, 『경향신문』, 1961.9.30, 석간 1면.

로 폭발케 했던 것이다. 3·15부정선거 당일 발생했던 마산 데모대는 "협잡선거 물리치자", "부정선거를 즉시 중지하라" 정도의 구호를 외쳤고 이 과정에서 7명 이상의 피살자가 발생했지만, 4월 11일 김주열의 시체가 발생할 때까지 정권의 전복을 목적으로 하는 혁명적 데모대는 발생하지 않았다. 그러나 김주열의 시체가 떠오른 당일 "시체를 내놓아라", "살인선거 물리치자", "이기붕을 죽여라", "이승만 정부 타도하라"와 같은 정치적 전복을 시도하는 구호가 나오기 시작한다.[41] '재선거'를 주장하는 정도에 머물러 있던 군중들은 정치적 전복세력으로 진화하게 된 것이다. '시체'를 은폐하고자 했던 무의식적 행정작용에 불과했던 경찰에 의한 수장(水葬)은 결과적으로 4월혁명의 '죽음충동'을 불러낸 것이라 볼 수 있다.

> 김주열 고교생의 시체야말로 4·19 청춘의 자기희생적인 상징, 4·19혁명의 청년성, 4·19의 시, 4월의 꽃이 되는 것이다. 이 부둣가의 어린 시체로부터 4·19혁명의 데몬은 역사에 청춘을 공급하는 4·19 청춘의 피의 제단으로 치닫게 한 것이다.[42]

고은 시인의 격한 표현처럼, 김주열의 주검은 4월혁명의 상징이다. 마산에서의 시위가 전국적으로 퍼져나가게 된 것은 김주열의 주검이 갖는 전복적 이미지의 힘이 컸다. 김주열의 주검, 그리고 정치깡패들에

41 김행선, 「김주열, 4월혁명의 횃불로 부활한 한 알의 밀알」, 『내일을 여는 역사』, 2008 가을, 116~177면.
42 고은, 「그 혁명은 무엇인가」, 『4월혁명론』, 한길사, 1986, 257면.

게 구타당해 쓰러진 고대생들의 처참한 모습은 은폐된 국가폭력에 대한 전면적인 폭로이자, 이승만이라는 절대 권력의 실체에 대한 충격적인 폭로로 작용했기 때문이다. 또한 김주열의 주검을 담은 강렬한 보도사진은 4월혁명의 모든 시위자들이 살아있는 '김주열'이 되도록 하는데 일조했다. 분노의 축적이야말로 혁명을 가능케 하는 혁명의 질료가 된다. 그러나 간과해서는 안 되는 것은 김주열이 4월혁명의 시발점이었음에도 불구하고 4월혁명의 궁극적 지점을 말해주지는 못한다는 사실이다. 김주열의 주검은 혁명의 임계점으로 작용했을 뿐, 혁명 이후의 방향과는 전혀 무관했다.

혁명 이후 보다 긴급한 문제는 4월혁명의 의미화였다. 1960년 4월을 전후하여 큰 환희와 충격으로 다가왔던 혁명은 순식간에 사라질 운명에 놓여 있었다. 항거와 전복의 힘으로서의 혁명은 역사의 현장에서 찰나적으로 드러날 뿐이므로, 그 열정과 환희가 오랫동안 지속될 수는 없었다. 4월혁명의 도취와 열광은 오직 '순간성'에 깃들어 있었으므로 혁명의 지속성은 처음부터 불가능했다. 자유당의 폭정과 실정, 부패와 패악이 극에 달해 견딜 수 없는 지경에 이르러 발생한 4월혁명은 이승만이라는 분노의 대상이 제거되는 순간, 곧바로 혁명적 에너지가 소진될 운명에 처할 수밖에 없었던 것이다. 혁명가들이 혁명의 지연과 소멸 속에 살아가야할 운명을 모면할 수 없는 것처럼,[43] 4월혁명세력 역시 혁명의 순간적 도취와 열광에서 벗어난 이후 혁명의 지연과 소멸에 직면해야 했다.

43 Jean Baudrillard, op. cit., p.144

2) 4월혁명의 무주체성과 제도적 단절

뚜렷한 정치적 비전이나 국가 재건 마인드가 결여된 상태에서 발생한 혁명의 도취는 찰나적인 것이다. 4월혁명에서의 주도세력이 학생이었고 이들을 조직적으로 지도하거나 영도하는 세력이 없었다는 사실은 혁명의 완수가 처음부터 방향성을 결여하고 있었다는 점을 말해준다. 김주열 열사의 주검에서 발산된 혁명의 기운은 오로지 이승만의 하야를 향해 수렴되고 있었다. 혁명의 분노는 이승만이라는 절대적으로 부패한 권력을 향해 있었으므로, 그만큼 쉽게 소멸될 운명의 것이기도 했다. 실제로 이승만의 하야성명이 있고 난 후 혁명의 기운은 삽시간에 가라앉고 말았다. 따라서 4월혁명을 바라보는 당대의 학자들은 혁명의 찰나성과 혁명 과정의 미숙함에 대한 아쉬움과 우려를 토로하지 않을 수 없었다.

> 현재 우리나라 대중들은 이승만이 물러갔다는 사실 하나 만에 흥분되어 어떻게 행동할 것이냐에 대해 갈피를 못 잡고 있는 형편이지만 만약에 우리 국민대중이 이 초보적 승리에 도취되어 시민민주혁명의 제반 요구를 충족하는 노력과 운동을 게을리 한다면, 우리는 또다시 환멸을 느끼지 않을 수 없는 사회 환경 속에서 살게 될지니 우리는 四·一九혁명이 일어난 기본원인이 무엇이며 그 진행과정에 있어서의 특징이 무엇이며, 시민민주혁명의 기본적 과업이 무엇이며, 또 현재 그것이 잘 수행되고 있는가를 냉정히 관찰해 둘 필요가 있는 것이다.[44]

4월혁명을 바라보는 당대 학자의 시각은 매우 정확하다. 절대권력자인 이승만의 하야 소식을 듣는 순간 시민들은 혁명의 성취감에 도취되었고 혁명의 방향성은 무의미한 것이 되고 말았다. 혁명대열의 선봉에 섰던 학생들은 4월혁명 이후 한 달이 채 지나지 않아 학교로 돌아갔고 기성정치인으로 구성된 과도정부에 정권을 내주고 말았던 것이다. 신상초의 말대로 이승만의 하야는 "초보적인 승리"에 지나지 않았다. 그래서 4월혁명이 일어난 기본원인이 무엇인지를 생각할 것을 주문한다. 4월혁명의 발생요인이 "부패와 독재정치에 대한 민중의 가슴 속에 축적된 울분과 원한의 폭발", 혹은 "사회의 정의와 인권이 짓밟히는 부패정치에서 더 살지 않겠다는 국민의 굳은 결의"[45]에서 비롯되었다는 것은 당대나 지금이나 보편적 시각으로 자리 잡고 있다. 부패정치의 근본적 원인이 이승만에게만 귀착된다면 이것은 매우 순진한 생각이다. 이승만이 물러나는 것만으로는 한국정치의 혁명적 전환이 일어날 수는 없었다. 김주열을 비롯한 학생들의 피로써 일국(一國)의 대통령을 하야시켰다는 것은 한국 역사에서 전대미문의 사건이었던 만큼 4월혁명의 목적이 충분히 달성되었던 것처럼 보였을지도 모른다. 그러나 보다 근본적인 개혁과 혁명을 위해서는 더욱 급진적인 처방이 필요했다. 그 처방이란 다름 아닌 '국회해산'이었다.

四月 二十六日 이대통령의 하야선언이 내린 그 다음 순간 데모대는 즉시 국회의사당 앞으로 밀려와서 現 국회를 그 자리에서 해산시켜야만 일은 간결하

44 신상초, 「이승만 폭정의 종언」, 『사상계』, 1960.6, 82면.
45 김인재, 「4·19의 교훈—그 2주년에 즈음하여」, 『한양』, 1962.4, 49면.

고 깨끗이 끝을 맺을 것이 분명하였다. 그러나 데모대나 전국민의 신경은 대통령 하야문제에만 지나치게 집중되어 있었기 때문에 하야성명서가 내리자마자 맥이 완전히 풀리고 혁명의 목적은 완전히 달성된 듯이 생각되었다. 그래서 현 국회를 해산시킨다는 혁명의 가장 중요한 문제를 해결하지 못한 채 미완의 혁명으로 일단락을 지었고, 그 때문에 오늘의 정치적 혼란을 초래하게 되었다.[46]

'국회해산'은 4월혁명을 지켜보던 당대 학자들의 보편적 주장이다.[47] "사월혁명 당시 가두에 진출한 의분의 노도는 제도개정보다도 인적구성의 쇄신을 거의 본능적이라고 해도 과언이 아닐만치 절규하였던 것"[48]이라 보는 시각이 이를 뒷받침해 준다. 이는 '기성세대'를 향한 불신의 표출로 볼 수도 있는데, 4월혁명 당시의 구호였던 '기성세대 물러가라'는 "자유당의 횡포에 대한 일종의 저항 정신의 발로"[49]였기 때문이다. 기성세대란 단순히 세대적인 개념이라기보다는 분노의 표출방향을 지시했던 혁명적 문구였다. 4월혁명과 더불어 유행하기 시작한 '기성세대'라는 용어는 구세대의 악을 표상하는 신조어였다. 4월혁명이 완수해야할 혁명

---

46 조규동, 「역사의 분수령에 서서—위기의 三個月을 극복하는 길」, 『세계』, 1960.7, 65면.

47 최석채 역시 국회해산을 주장했다. 구세력이나 다름없는 과도정부의 구태적인 인사배치로 인한 실망감 속에서 다음과 같이 말한다. "현 국회는 즉시 해산하여 젊은 세대 앞에 경건히 사죄하고 숙연히 머리를 숙여야 하는 것이다. 새로 총선거를 실시하고 새로운 민의에 물어 새로운 국회에서 사월혁명의 결실을 보는 수밖에 없다." 최석채, 「민주혁명의 미완성」, 『새벽』, 1960.6, 92~32면. 신상초 역시 마찬가지인데, "정국을 수습하는 기본 순서로 국회를 해체하는 것이 급선무다, 국회를 해체하고 한 달 내에 선거를 해서 새로 성립되는 국회에서 개헌하라"고 주장했다는 사실을 밝히고 있는데, 국회해체의 목적이 4월혁명의 감정이 사라지기 전에 선거를 실시함으로써 이승만에 결탁했던 세력을 낙선시키기 위한 것임을 진술하고 있다. 좌담회(신상초·이항녕·이강현·박찬세·류익형), 「주도세력 없는 혁명은 정변에 불과—4·19 이주년을 회고하며」, 『사상계』, 1962.4, 162면.

48 박한석, 「인적구성의 쇄신」, 『새벽』, 1960.7, 138면.

49 송건호, 「세대론—4·19, 5·16에 나타난 세대의 단층과 그것의 정신분석」, 『사상계』, 1962.12, 236면.

과업의 하나는 바로 '국회'라는 기성세대의 해체에 있었으며, 이는 "혁명의 가장 중요한 문제"라고 할 수 있었다. 국회 해산의 실패 속에서 과도정부는 1960년 5월 1일 3 · 15 선거 무효를 선언했으며, 6월 15일 내각책임제 개헌안이 국회에서 통과하고, 7월 29일 제5대 민 · 참의원 총선거를 실시하여 민주당이 다수의석(219석 중 172석)을 확보하게 된다. 그러나 기성세대로 비난받았던 구세력들이 여전히 정국을 장악하고 있는 상황이었다. 4월혁명은 이승만의 '퇴진' 이외에 어떤 구체적 성과를 도출해내지 못했다. 혁명의 기운은 급격히 소진되어 갔다. 4월혁명에 도취되었던 지식인들에게 혁명 기운의 갑작스러운 소멸은 매우 당혹스러운 것이었다.

우리의 혁명은 아직 성공을 보지 못하였다. 혁명은 파괴다. 철저한 파괴다. 일부분은 파괴하고 일부분은 수선을 하여 다시 쓰는 것을 혁명이라고는 하지 않는다. 그러나 혁명은 급속한 건설의 뒷받침이 있어야 그 구실을 하는 법이다. 그러므로 건설의 뒷받침을 할 수 있는 완전한 기틀이 짜여져 있지 않은 혁명은 걷잡을 수 없는 위험을 내포하게 된다. 혁명후의 건설을 위한 준비, 그 준비를 갖춘 주체 이것이 무엇보다도 중심요소인 것이라는 말이다. 이것을 모두 결한 것이 우리의 사월혁명이었다. 혁명의 성공을 보기도 전에 주체가 물러섰으니 건설은 고사하고 철저한 파괴도 못하였음이 당연하다. 그러니 불의와 부패의 싹은 그대로 남아 꿈틀거릴 수밖에 없지 않은가. 혁명의식을 거의 찾아볼 수 없는 지도층을 앞세운 우리 사회인지라 혁명정신이 남아 움직일 수밖에 없음은 당연하고 평온만을 즐겨하는 우리 민족성인지라 과정(過政)이 하는 일만을 살피며 그저 잘하여 줄 것만을 기원하고 있을 뿐이다.[50]

혁명 직후 들어선 과도정부와 장면 정부는 4월혁명정신을 구체적으로 계승해야 할 역사적 책무가 주어져 있었다. 그러나 과도정부와 장면 정부는 이승만 정부로 상징되는 구체제의 한 부분으로 존재했던 낡은 세력에 지나지 않았으며, 혁명 세력의 기대를 충족시키기에는 처음부터 무리였다. 장준하는 중국혁명을 지도한 손문 선생의 유언 "革命尙未成功 同志仍須努力(혁명은 아직 성공한 것이 아니다. 동지들이여 아직도 노력해야 한다)"에 착안하여 혁명이 아직 성공하지 못했음을 직시한다. 혁명이 철저한 파괴여야 한다는 관점에서 4월혁명은 혁명으로서의 자기 소명을 완수하지 못했으며 "혁명 후의 건설을 위한 준비"가 결여되었다는 점을 성찰함으로써 혁명이 실패할 수밖에 없는 현실조건에 대한 인식을 드러내고 있다. 무엇보다 혁명이 성공하기도 전에 혁명의 주체인 학생들이 혁명 일선에서 물러났다는 사실에 대한 안타까움을 드러내고 있으며 "혁명의식을 거의 찾아볼 수 없는" 구체제의 야당 정치인들이 혁명 주체의 자리를 점령하고 만 현실에 대한 비판적 시각을 보여준다. 과도정부 이후의 장면 정부 역시 혁명의 주체로서 적합하지 못했으며 이승만 정부의 구체제성을 벗어나지 못한 한계를 지니고 있었다는 사실은 4월혁명 이후의 정치현실을 평가하는 보편적인 시각이다.[51] 학내로 돌

50 장준하, 「혁명상미성공」, 『사상계』, 1960.8, 36~37면.

51 4월혁명 후 민주당은 신구파의 갈등과 구파의 신민당으로의 분당, 그리고 신파 내 노장파와 소장파, 구파에서 이탈한 합작파 사이에 벌어진 이권쟁취를 위한 파벌싸움으로 일관했다. 이로 인해 "국정이 극도로 문란하여 국가운명을 위기에 몰아넣고 말았으니 5·16군사혁명으로 인한 그들의 패망은 당연하다"는 쿠데타 세력의 주장이 당시 어느 정도 공감대를 형성할 수 있었으며, 이는 윤보선의 회고(윤보선, 『구국의 가시밭길』, 한국정경사, 1967, 92면)처럼, 현대적 정당으로서의 훈련과 체제가 미흡했을 뿐만 아니라, 자유당 시절부터 건전야당으로서의 정당적 성격마저 제대로 갖추지 못한 결과였다. 심지연, 「민주당 정권의 본질」, 사월혁명연구소 편, 『한국사회변혁운동과 4월혁명』 1, 한길사, 1990, 249면.

아간 학생들이 다시 플래카드를 들고 거리로 나서긴 했지만, 혁명의 퇴조현상은 급격하게 진행될 수밖에 없었다.[52] 학생세력은 혁명정신을 '신생활운동'으로 변형시켰고, 이는 일상에서의 구체적 실천성을 확보한 것이긴 했지만 혁명의 전복적 힘을 포기한 것이나 다름없었다. 장면정부에 대한 실망이 또 다른 혁명으로 이어지기에는 혁명의 피로감이 너무 컸고, 혁명 이후의 뚜렷한 정치적 비전이 학생 주체에게 없었기 때문이다. 4월혁명의 공동전선이 순식간에 와해된 것은 조지훈이 지적했듯이, 4월혁명이 "우연적이요 돌발적인 순정의 발로였다는 점", 그리고 "비계획적이고 무조직적인 의분의 오합지중(烏合之衆)"에 의한 것이었다는 점 때문이다. 따라서 조지훈은 4월혁명을 "무주체 혁명"으로 규정하기까지 한다.[53]

4월혁명에 대한 1960년의 명명(命名)은 다양하다. 데모, 사건, 정변, 항쟁, 의거, 항거 등의 용어 난립 속에서도 혁명성이 부각된 것은 이승만 독재정권을 몰락시킨 정치적 전복성 때문이다. 4월혁명이 영국의 청교도혁명이나 18세기 말의 프랑스 대혁명과 같은 혁명에 비교해볼 때 다소 미약한 혁명이라는 사실은 분명해 보인다. 혁명 이후 혁신적인 변혁의 최소화와 구(舊)체제의 존속이라는 측면에서 혁명의 기준에 미달할지도 모름에도 불구하고 4월혁명을 '혁명'으로 인식했던 이유는, 첫째, 4월혁명이 독재정권의 몰락을 초래했고, 둘째, 독재정권에 기생충적으로 붙어서 외국원조와 국민세금을 농간했던 특권금융가와 자본가층이 몰락할 바탕을 마련하였기 때문이다.[54] 무엇보다 학생을 중심

52 천정환 외, 『혁명과 웃음』, 앨피, 2005, 99~105면.
53 조지훈, 「절제와 위의」, 『새벽』, 1960.7, 35면.

으로 한 민중적 주체들의 정권 전복은 한국역사에서 유일한 사건이므로, 4월혁명은 혁명으로서의 지위를 충분히 지닌다고 볼 수 있다.[55] 그러나 무엇보다 간과하지 말아야 할 것은 "革命尙未成功"이라는 언급이 결과적으로 한국 현대사에서 혁명의 불가능성을 지시한다는 사실이다. 손문 선생이 '혁명은 아직 성공한 것이 아니다. 동지들이여 아직도 노력해야 한다(革命尙未成功 同志仍須努力)'고 말했을 때, 중요한 것은 혁명이 아니라 혁명 이후라는 뜻임이 분명하다. '4월혁명'이라는 기표의 공허와 결핍은 4월혁명에 도취된 지식인들이 해결해야 할 중차대한 임무였던 것이다.

4월혁명 이후 당대의 지식인들이 가장 우려했던 것은 혁명의 전개과정에 있어서 필연적으로 도래하는 반혁명 세력의 등장이다. 4월혁명 직후 혁명의 전개과정을 논하는 당대 대부분의 지식인들은 반혁명세력의 등장을 예견하고 우려하는 목소리를 내고 있었다. 더구나 혁명에 "정신적 불안정"이 뒤따르고 혁명이 "정신적 공백기"를 남기기 시작했고, "데모의 과잉"이 곧 "데모의 실효(失效)"를 초래하는 역설적 국면이 군사쿠데타가 발생하기까지 근 일 년 동안 지속되었던 것이다.[56] 당대의 지식인들은 혁명 이후의 불안 속에서 혁명의 보편적 추이를 살펴보지 않을 수 없었는데, 특히 후진국의 혁신정당이 독재화되는 경향에 주목했다. "후진국의 혁신정당이라고 하는 것이 대개 독재화되어 있어요.

---

54 민석홍, 앞의 글, 62~63면.

55 4월혁명의 '혁명'적 지위는 부침(浮沈)이 있었지만, 점진적으로 '혁명'으로서의 지위를 굳혀가고 있었으며, 이제 역사적으로 거의 확정되었다고 볼 수 있다.

56 조가경, 「혁명주체의 정신적 혼미–주체성 확립의 목표는 적극적 자유와 경제부강」, 『사상계』, 1961.4, 70~71면.

(…중략…) 후진국의 혁신정당이라고 하는 것이 민주주의라는 그런 기반 위에서 발전하지 못하고 반동적으로 발전하고 있지 않느냐?"[57]와 같은 이동욱의 의문은 단순한 불안에서 비롯된 것이 아니다. 이러한 의문은 "반혁명, 반동, 독재 등 허다한 위협에 직면함을 면할 도리가 없"었던 "세계사적 후진국민족혁명의 조류 속에" 한국도 마침내 합류했다는 판단[58]과도 무관하지 않다. 실제로 3·15부정선거 직후의 정국 전망 좌담회에서 한국의 혁명성에 대해 부정적인 의견이 피력되기도 했다. 예컨대, 한국적 상황에서의 혁명성은 자칫 잘못되면 나치즘으로 발전되거나 공산주의로 넘어갈 우려가 있으며, "오늘의 세계대세로 보아 민주진영은 대체로 혁명성과는 양립할 수 없는 것"이라는 파격에 가까운 김상협의 주장[59]이 바로 그것이다. 실제로 4월혁명 이후 지식인이 두려워했던 것은 평화적이고 민주적인 정권 이양을 좌절시키고 "국민의 피를 흘리는" "군부 '쿠데타'"였으며, 군부 쿠데타에 이은 공산화였다.[60] 이와 같은 혁명 후의 불안은 과도정부가 구태의 정치를 답습·반복할 가능성이 농후한 데 있었다. "혁명의 과업은 밝은 이성과 상호간의 굳은 신뢰로 이루어지는 것이오. 사회질서가 정돈되어야 성취되는 것인데" "국민의 대부분은 지금도 질서! 질서! 하고 있으니 만일에 질서를 파괴하는 행위가 많아지게 되면 강력한 정부가 서게 되고 힘의 정치가 나타나게 되는 것이다."[61] 힘의 정치는 혁신정당의 독재를 일컫는다. 4월혁명 직

57 좌담회(이동욱·김상협·이동화·최문환·김재순), 「보수냐 혁신이냐」, 『새벽』, 1960.7, 92면.
58 신일철, 「소리 없는 혁명」, 『사상계』, 1961.11, 271면.
59 좌담회(김상협·부완혁·신상초·한태연), 「민주정치 최후의 교두보」, 『사상계』, 1960.5, 35면.
60 좌담회(이동욱·김상협·이동화·최문환·김재순), 앞의 글, 92면.

후의 혼란은 일 년 가까이 지속되었으며, 이듬해 발생한 5·16군사쿠데타는 결과적으로 4월혁명 직후 있었던 일련의 불안들이 현실화된 것이었다.

그러나 군사정권에 대한 국민의 태도는 매우 호의적이었다. 4월혁명 당시 계엄령하에서 군부는 시위 진압의 위협을 전혀 주지 않은 것은 아니었지만, 결과적으로 군부가 국민의 편이라는 지배적 이미지를 각인시킴으로써 국민의 신뢰를 얻는 데 성공했다. 4월혁명 당시 군인들에 대한 호의적인 평가는 매우 보편적이었다.

> 역시 국군은 국민을 사랑하고 보호할 줄 아는 지성의 군대였다. 국민을 무시하고 국민을 억누르고 국민을 우롱하던 李정권 타도에 있어 국민의 편에서서, 시종일관 침묵 속에서 막중한 군무를 구김살 없이 수행해 주었다.
>
> 일사불란한 군기를 엄수하여 주었다. 그들 국군부대는 애국애족의 반석 같은 신념으로 나라를 바로 잡으려는 학도들과 시민들의 피의 호소에 호응하여 주었다.
>
> 이것이 숭고하고도 영광스러운 반독재 민주혁명을 성취한 요인의 하나로써 길이 청사에 남을 만한 사실임을 누구가 부인할 수 있으랴.[62]

이와 같은 평가는 군부에 대한 최고의 찬사가 아닐 수 없다. 실제로 5·16군사쿠데타가 일어난 당시에도 군인들에 대한 평가는 크게 달라지지 않았다. 민주당의 지지부진한 정치개혁에 대한 실망감으로 인해

61 김성식, 「혁명과 반동」, 『새벽』, 1960.7, 109면.
62 민관식, 「혁명유감」, 『새벽』, 1960.7, 146면.

군인들의 쿠데타는 '혁명'으로 불리는 것이 일반적이었다. 결과적으로 5・16군사쿠데타는 4월혁명의 자리를 대체하고 말았다. 4월혁명이 결여했던 정치적 힘을 5월의 군인들이 장악하게 되었던 것이다. 따라서 "五・一六혁명은 우리들이 추구하는 민족적 이상에서 볼때, 四・一九혁명의 계승이 되지 않으면 안 되고, 유산(流產)에 임했던 四・一九혁명의 과업을 군사정권이 과감하게 수행한다는 점에 五・一六혁명의 긍정적 의의를 발견할 수 있는 것이다"[63] 와 같은 장준하의 평가 역시 그다지 놀랄 만한 일은 아니다.

3. 4월혁명의 정신적 의미

—'지식과 행동의 일치'라는 실천적 표상

4월혁명의 이념은 정치적 자유와 민주주의를 근간으로 한다. 2・28대구학생의거가 학생들의 정치적 이용[64]에 대한 분노에서 비롯되었듯이 3・15마산시위 또한 부정선거에 대한 시민적 분노에서 비롯된 것이다. 특이한 점은 시위 주체가 주로 학생들이라는 사실인데, 1960년 당시

63 장준하, 「긴급을 요하는 혁명과업의 완수와 민주정치에로의 복귀」, 『사상계』, 1961.7, 35면.

64 1960년 2월 28일에 고교생들의 데모 사건이 일어났는데 경찰과 충돌하여 수십 명의 부상자를 내었다. 이 사건의 발단은 일요일이었던 이날 대구 시내에서 장면 박사의 선거강연회가 있었는데, 학생들의 참여를 근원적으로 막기 위해 일요일이었음에도 불구하고 도당국에서 각 학교별로 학생들의 등교를 지시한 데서 비롯되었다. 신상초, 「학생도 인간이요 시민이다—그 권리를 침해 말라」, 『새벽』, 1960.4, 100면.

의 학생들이야말로 8·15광복 이후 미국식 자유민주주의 교육을 받아온 첫 세대라는 점[65]에서 당연한 결과이다. 이승만의 선거부정은 미국의 자유민주주의의 교육을 받아온 학생들의 저항을 불러오기에 충분했기 때문이다. 학생들조차 선거운동에 동원되는 현실에 대한 학생들의 분노는 이들이 이미 정치의식에 눈뜨고 있었다는 사실을 말해준다. 4월혁명의 학생들은 이미 정치행위자로서의 위상을 지니고 있었던 것이다.[66] 무엇보다 4월혁명의 학생들은 이승만 정권을 붕괴시켰다는 점에서 한국 역사상 최초로 성공한 혁명세력이다. 따라서 "근대 동아시아 역사 이래 최초로 성공한 시민혁명으로서의 의미를 가질 뿐만 아니라, 냉전 초기 자유진영에서 성공한 보기 드문 학생봉기-민주혁명이라는 의의를 지닌다"[67]와 같은 적극적인 의미부여가 가능해지는 것이다. 그러나 학생세력이 혁명정부에 참여하지 않고 학교로 복귀한 것은 혁명이 실패할 수밖에 없는 필연적인 원인을 제공했다. 혁명 이후 평의회가 혁명정신을 제도화했던 역사의 보편적 사례와 달리, (학생)평의회가 구성되지 않은 허정 과도정부나 장면 정부는 혁명정신을 제대로 제도화하지 못했기 때문이다.[68] '과도정부'나 장면 정권은 엄밀히 말해 혁명세력이 아닌 구세력에 가까웠으므로 학생들의 혁명정신을 충분히 인계

---

65 예컨대, 곳프리드-칼 킨더만(Gottfried Karl Kindermann) 뮌헨대 교수는 이에 대해서 다음과 같이 말한다. "4·19민주혁명에 참여했던 학생들의 평균연령이 20세라고 가정한다면, 우리는 한국의 제1세대 학생들이 다음과 같다고 추측해야 한다. 그들은 미국의 영향을 강하게 받은 가운데 남한의 고등학교와 대학교에서 최초로 민주주의 원칙과 자유세계의 역사를 배우며 자란 학생 1세대라는 것이다." 곳프리드-칼 킨더만, 「4·19민주혁명의 정신과 외국의 인식」, 『제50주년 4·19 민주혁명 기념 국제학술회의』, 제50주년 4·19혁명 기념사업회, 2010.4.14, 45면.

66 홍원표, 「4월 민주혁명과 그 이념의 계승·발전 방안」, 위의 책, 140면.

67 박명림, 「현대한국과 4월혁명 – 20세기 동아시아 및 세계적 지평에서의 성찰」, 위의 책, 118면.

68 홍원표, 앞의 글, 140~141면 참조.

받을 수 없었던 것이다.

학생들의 혁명정신은 기본적으로 정치적 자유와 민주주의에 있었다. 따라서 강력한 통치력을 바탕으로 등장한 반민주적 군사정권은 '자유'와 '민주'라는 4월혁명의 의미를 퇴색시켜야만 했다. 5·16군사쿠데타를 '혁명'으로 규정하였고, 4월혁명은 점진적으로 '의거'로 격하시켰다. 군사정권이 4월혁명을 계승한 부분이 있다면, 근대화와 발전론을 통한 경제문제 해결의지에 국한될 것이다.[69] 군사정권의 강력한 통치력은 시민들의 정치적 자유와 민주주의를 억압함으로써 국가주도의 경제정책을 관철시킬 수 있었다. 5·16군사쿠데타는 4월혁명의 대립항으로서 4월혁명의 의미가 무엇인지를 더욱 분명하게 보여주는 한국 현대사의 질곡으로서의 심층을 이룬다. 그런 점에서 1960년대가 "4·19와 5·16 간의 투쟁"(염무웅)[70]이었다는 지적은 매우 적절한 것이다. 무엇보다 군사쿠데타 이후 급격하게 소멸된 정치적 자유는 지식인의 입을 봉쇄했으며, 심지어 쿠데타 세력의 강력한 통치는 지식인들의 환호를 받기도 했다.[71] 지식인들의 퇴행적 변화는 강력한 통치체제가 사라진 4월

69 박명림은 4월혁명의 의미를 4가지 차원으로 압축한다. 첫째, 독재의 타파 및 민주주의 실현, 둘째, 현대 한국에서 반복적으로 나타난 민주연합의 구축과 성공의 최초의 사례, 셋째, 인권의 의미를 내재한 '자유' 혹은 '자유정신'의 회복, 넷째, 사회경제문제의 해결의지가 그것이다. 박명림은 군사쿠데타 세력은 네 번째의 의미만을 계승했다고 주장한다. 박명림, 앞의 글, 120면.

70 김병익 외, 「좌담—4월혁명과 60년대를 다시 생각한다」, 『4월혁명과 한국문학』, 창작과비평, 2002, 47면.

71 김승옥은 군사쿠데타를 일으킨 박정희 대통령이 민정이양 형식으로 대통령 선거에 나왔을 때 박정희에게 투표했다고 고백한다. 군인에 대한 좋은 인상도 가지고 있었지만, 야당도 보수적인 구태를 벗어나지 못한 상황에서 촌티나는 박정희의 민족주의에 보다 매력을 느꼈다는 것인데, 이는 당대 지식인 사회에서조차 지배적인 분위기를 형성하고 있었음을 알 수 있다. 위의 글, 46면 참조.
좀 더 직접적인 사례를 들자면, 이인석의 "五·一六 이후에 척척 해 나가는 것을 보니 참으로 특등상 주어야 할 만큼 잘해나간다"든지, 전영택의 "五月革命은 한국 역사에 있어서 결코 돌발적인 사건이 아니라 숙명적이요 자연적인 현상이라고 할 수 있다. 흔히 말하는 바와 같이

혁명 후 1년간의 혼란이 야기한 것이었고 군사쿠데타 역시 제3세계의 정치적 상황에 미루어 충분히 예견되었던 바였다. 실제로 남부 독일 신문의 동아시아 특파원은 "장면 국무총리에게 고무적인 리더십이 없다는 것을 고려하거나, 그 밖에 어림잡아 600만 명의 실업자, 오르는 물가, 불경기의 임금, 그리고 점점 더 공격적인 공산주의자의 선전 등을 고려한다면 쿠데타가 실제로 진짜 놀라운 사건이 아니었다고 주장"[72]하기도 했다. 결과적으로 군부세력만이 4월혁명 후 한국의 혼란을 통제할 수 있는 유일한 대안세력이었기 때문이다.

군사정권은 점진적으로 4·19를 강력하게 통제해 나갔다. 이것은 4월혁명이 추구했던 정치적 자유와 민주주의의 퇴행과정과 맞물려 있다. 따라서 4월혁명이 남겼던 강렬한 기억, 즉 "승리의 기억"[73]이 5·16의 승리에 의해서 대체되어야만 했으며, 찰나적이고 예외적인 역사적 사건으로서 4·19는 과거의 '신화'로만 남아있어야 했다. 박정희 군사정권의 각종 4·19 기념사업은 4·19혁명정신을 현재의 관점에서 되살리고 지속시키기 위한 방편이 아니라 과거의 역사 속에 유물화하고자 하는 전략이었다. 더구나 한일정상회담 반대와 3선 개헌 반대운동의 주도세력이었던 학생들의 정치적 뿌리가 4월혁명에 있다고 판단한 군

곪길대로 곪긴 것을 그 이상 더 둘 수가 없는 치명적인 상태에서 절개수술을 한 것이다"와 같은 진술에서 이와 같은 분위기를 확인할 수 있다. 이인석, 「혁명현실과 문학」, 『자유문학』, 1961.8, 82면; 전영택, 「혁명과 문학인의 지향」, 『현대문학』, 1962.4, 48면.

72 곳프리드-칼 킨더만, 앞의 글, 56면.

73 박명림은 4월혁명이 지니는 가장 큰 의미는 '승리의 기억'이라는 점을 강조한다. 1960년의 승리는 동학농민전쟁, 3·1운동, 해방 직후를 포함해 한국 최초로 밑으로부터의 저항이 승리한 사례라는 것이다. 대한민국 초대 대통령이라는 절대적 카리스마를 지녔던 이승만을 무너뜨린 승리라는 점에서 독재정권에 대한 투쟁적 자신감을 불어넣어준 역사적 계기임을 강조한다. 박명림, 앞의 글, 126면.

사정권하에서 4월혁명은 철저히 피억압의 상황에 놓일 수밖에 없었다. 또한 일부 4월혁명세력의 관제화는 군사정권의 입장에서 필연적으로 요청되는 사안이었다. 군사정권에 반발했던 세력들이 철저하게 피억압의 상황에 놓이게 되고 4월혁명세력의 일부가 군사정권에 흡수된 결과 4월혁명은 실제로 예외적이고 일회적인 과거로서만 남게 되었다. 1960년 이후 매년 4월이면 신문과 잡지 매체를 통해 4월혁명에 대한 기념특집이 기획되었지만,[74] 혁명의 부재를 드러내는 것에 지나지 않았다. '미완의 혁명'[75]으로 간주된 4월혁명은 군사정권의 억압에도 불구하고 반드시 회복되고 현실화되어야 할 대상이었다. 그러나 4월혁명이 우발적이고 비계획적으로 발생한 '무주체 혁명'이었을 뿐더러, 군사정권의 한층 더 강해진 통제 아래서는 다시 혁명을 기획한다는 것이 현실

74 『한양』지 : 김인재, 「4・19의 교훈」(1962.4), 박원석, 「김주열군을 생각하며」(1963.4), 정영훈, 「4・19를 회상하며」(1964.4), 김용호, 「영광은 젊은 사자들에게－한 시인의 부끄러운 반성」(1964.4), 강영준, 「사월의 영광」(1965.4), 송건호, 「4・19의 의의」(1965.4), 김인재, 「4・19의 역사적 지위」(1966.4), 「교포학생좌담회－4・19의 교훈」(1966.4), 김인재, 「김주열의 조국관」(1967.4), 청년학생 다수, 「4・19와 나」(1967.4), 「좌담회－4・19와 재일청년학생」(1968.4), 남상철, 「4・19의 금일적 의의」(1969.4), 김영곤, 「사월의 기록」(1969.4), 김명진, 「대학생의 윤리」(1969.4), 김종만, 「4・19와 민주정신」(1970.4・5), 남상철, 「4・19와 한국학생운동」(1970.4・5), 문철호, 「사월에 부쳐」(1970.4・5)
『청맥』지 : 「권두언－四・一九여! 생동하는가」(앙케트)(1966.4), 「4・19는 역사를 단축시키는가」(자료)(1966.4), 「당시의 각대학 신문사설이 말하는 4・19」(1966.4)
『상황』지 : 좌담(구중서・김윤식・김현・임중빈), 「4・19와 한국문학」(1972 봄)
『다리』지 : 「청주－4・19 10년」(1971.2), 「특집－또 그날은 왔건만……」(1971.4), 노명식, 「4・19의 정신사적 의의」(1971.4), 이시재, 「한국민주화 과정에 있어서의 4・19」(1971.4), 이화수, 「그 어느 땐가 자유의 꽃은 피어나리」(1971.4), 「자유를 위한 민권의 횃불－4・19민주혁명의 기록」(화보특집)(1971.4), 김상현, 「권두언－4・19 열두돌과 복간」(1972.4), 김재준, 「4・19의 참정신」(1972.5)

75 혁명의 미완성은 최석채에 의해서 처음 언급된다. 『새벽』지 1960년 6월호 「민주혁명의 미완성」이라는 글에서 영도세력 없는 민주사회의 건설은 혼란에 빠질 수 있음을 언급하면서 혁명이 미완성의 상태임을 강조한다. 그러나 이 최초의 사례는 1960년대의 역사적 진실이 되고 말았던 것이다.

적으로 불가능한 일이었다.[76]

4월혁명 후 약 일 년간 지속된 지식인들의 자유로운 정치적 발화는 군사정권의 등장 이후 급속히 침체되고 말았다. 지식인들의 동태(動態)는 4월혁명 이전과 별반 다르지 않은 무기력의 상태였던 것이다. 이전과 달라진 점이 있다면 4월혁명에 대한 지식인들의 반복강박적인 자의식이다. 1960년대의 지식인들은 매년 4월을 혁명의 4월로 지속적으로 환기하였다. 그럴수록 지식인들은 김주열을 비롯한 여러 사망자들로 상징되는 4월혁명에 대한 부채의식에서 자유로울 수 없었으며, 지식인으로서의 무력감과 자괴감에 시달려야만 했다. 그런 까닭에 4월혁명의 의의는 대부분 지식인에 대한 비판과 연동되어있다. 4월혁명은 1950년대 말 자유당 정권의 부패상황에도 불구하고 저항의 발언을 전혀 하지 못했던 지식인의 무기력에 일대 충격을 가했던 사건으로 끊임없이 환기되었고, 4월혁명 이후 60년대 내내 지속되었던 지식인 담론은 지식인의 정체성과 사회적 역할에 대한 비판적 성찰이 주된 내용을 이루었다. 지식인이란 말이 4월혁명 이후에 더욱 유행했거니와, "지식인을 비판할 때 4・19를 언제든지 염두에 두"고 있다는 최석채의 진술[77]은 4월혁명과 관련한 60년대 지식인들의 내면의식을 잘 보여준다.

사실 한국전쟁으로 인한 근대적 파산을 경험한 남한 지식인들에게 현

---

76 대중들은 1960년대에 침투하기 시작한 텔레비전을 비롯한 오락문화의 확산 속에서 혁명의 감수성으로부터 점점 멀어져갔고, 지식인들조차 4월혁명의 의미만을 되새기거나 혁명정신의 내면화에만 골몰할 뿐이었으며 대중문화의 확산에 대한 우려를 표명하는 수준에 머물 뿐이었다. 대중문화에 대한 비판은 매우 의미심장한데, 그것은 지식인들의 비판이 더 이상 정권과 정치에 대한 직접적인 비판이 아니라 '문화'라는 우회로로 빠짐으로써 정권비판이 훨씬 간접화되는 결과를 초래했기 때문이다.

77 최석채・고영복, 「지식인」, 『세대』, 1969.2, 53・66면.

실은 허무가 지배하는 추상적 공간에 지나지 않았다. 이런 시대적 상황 속에서 4월혁명은 지식인의 각성을 촉발하는 역사적 '사건'이 아닐 수 없었다. 즉 4월혁명의 지식인은 '지식과 행동의 일치'라는 표상으로 존재하게 된다. 따라서 4월혁명 이후 1960년대의 지식인관은 4월혁명이 형성한 '지식과 행동의 일치'라는 표상으로부터 자유로울 수 없었던 것이다.

김성식은 현실에 대한 지식인의 태도에 따라서 지식인의 유형을 냉정하게 세 가지로 구분한다.[78] 첫째, 현실에 대한 도피적 태도, 둘째, 현실에 대하여 관심을 가지고 시비(是非)는 가리나 직접 현실에 뛰어들지 않는 사람, 셋째, 현실에 대하여 이념적으로 헤아리기보다는 실천적으로 직접 관여하여 현실을 자기의 현실로 만드는 사람이 그것이다. 여기서 김성식은 5·16쿠데타로 인해서 세 번째 지식인 유형이 제일 큰 타격을 받는 것으로 파악한다. 이는 더 이상 직접적인 실천성이 불가능한 정치 환경에서 비롯된다고 할 수 있다. 그래서 김성식은 4월혁명 이전 전혀 행동에 나서지 않았던 지식인들이 4월혁명 이후 타협 없는 자유를 만끽하면서 현실에 참여했음에도 불구하고 5·16쿠데타 이후 갑자기 잠잠해진 현상을 주목한다. 여기서 지식인들의 "모랄의 결여(缺如)"[79]가 발견되기 때문이다. 4월혁명과 5·16군사쿠데타를 거치면서 지식인들의 도덕적 결여가 극명하게 드러났던 것이다. 김붕구는 이를 두고 "四·一九 이후에 벌떼처럼 일어난 쁘띠·인텔리들의 앙가쥬망!"이라 칭했으며, "독재가 물러가자 구석에서 튀어나와 부르짖는 철늦은 반항, 앙가쥬망?"으로 다시 비꼰 바 있다.[80]

78 김성식, 「한국지식인의 현재와 장래」, 『사상계』, 1961.9, 76~77면.
79 위의 글, 84면.

5·16 이후 갑자기 잠잠해져버린 지식인들의 행태 속에서 목도되는 비겁과 비굴은 도덕적 '결여'에서 비롯된 것이다. 이 결여는 4월혁명의 정신성과 결코 무관하지 않다. 군사정권 이후 선명하게 두드러진 "모랄의 결여"야말로 역설적으로 4월혁명의 정신성을 선명하게 부각시키기 때문이다. 4월혁명의 "모랄"은 다름 아닌 죽음을 각오하고서라도 혁명에 참여한 순간에 완성되는 '지식과 행동의 일치'에서 발견할 수 있다. 3·15부정선거에 대한 반항정신이 고조되어갈 무렵부터 지식과 행동의 일치는 강력하게 요구되고 있었다. 예컨대 "행동이 없는 지성은 의미가 전혀 없"으며, "어떤 철학적인 문제나 세계적인 시야에 있어서 우리의 지성이 논의될 것이 아니라 보다 절실한 우리의 사회현실에 우리의 관심은 집중되고 우리의 지성을 적극적으로 행동화되야 한다"[81]와 같은 선언은 4월혁명의 정신성이 어디에서 발아하는지를 명료하게 보여준다.

특히 4월혁명 당시의 학생선언문은 1960년대 이후 한국지성의 심층을 형성하는 원천이라고 볼 수 있다. 그것은 단순히 선언의 차원에서 끝나는 것이 아니라 선언과 동시에 반정부 시위에 동참하는 것을 뜻한다. "모든 민주주의의 정치사는 자유의 투쟁사"임을 선언하고 "김주열의 참시(慘屍)"를 선봉으로 하여 "보라! 현실의 뒷골목에서 용기 없는 자학을 되씹는 자까지 우리의 대열을 따른다. 나가자! 자유의 비밀은 용기일 뿐이다"[82]라고 말하는 동시에 거리의 시위현장으로 나서는 모습은 지식과

80 김붕구, 「한국지식인의 생태—인텔리의 앙가쥬망과 정치」, 『사상계』, 1961.9, 91면.

81 김경옥, 「자기를 지키는 자는 자기여야 한다—행동이 없는 지성은 지성이 아니라는 의미로서」, 『새벽』, 1960.4, 42면.

82 「서울대학교 학생선언문」, 『새벽』, 1960.6, 89면.

행동의 일치라는 4월혁명의 순수한 표상을 상징한다. 이 표상은 60년대를 지배하는 이미지로서 작동한다. "서울도 / 해 솟는 곳 / 동쪽에서부터 / 이어서 西南北 / 거리 거리 길마다 / 손아귀에 / 돌 벽돌 알 부릅쥔 채 / 떼 지어 나온 젊은 대열 / 아ㅡ신화같이 / 나타난 다비데群들"로 시작하는 신동문의 시 「아ㅡ신화(神話)같이 다비데군(群)들」(『사상계』, 1960.6)은 혁명의 신화적 풍경을 형상화한 것이다. 용기와 진취성이 없는 젊은이라고 비난받기에 급급했던 젊은이들이 어느새 전국의 거리를 점령한 모습은 '신화'처럼 낯선 것이자 충격적인 장면이었다. 당대의 암울한 정치적 장막을 걷고 뛰쳐나온 시대정신은 군집을 이루며 이후의 한국사를 지배할 '신화'를 만들어가기에 충분했다. 1960년 이후 4월이 올 때마다 끊임없이 회고되는 4월의 풍경은 신화적 원형으로 작동해왔던 것이다. 그것은 지식과 행동의 일치가 완전한 형상으로 드러난, 역사를 움직이는 시대정신의 순수한 표상 그 자체였다. 따라서 60년대부터 70년대에 이르기까지 1960년 4월을 회고함으로써 4월혁명을 향유하고자 하는 잡지의 기획이 지속되었던 것이다.

4월혁명 회고의 중심에는 김주열을 비롯한 혁명의 희생자들이 자리한다. 김주열에 대한 회고는 1960년대를 지배했던 시대적 반복강박이었으며, 어린 학생들이 죽어가는 모습들이 반드시 서술되거나 묘사되고 있었다.

> 四·一九의 유혈참극이 있은 후 헤아릴 수 없는 애화·비화가 쏟아져 나왔지만, 그해 대학에 들어간 귀여운 여동생의 합격을 축하하여 데모가 끝나면 같이 극장구경을 가자고 시간도 하오 一時로 정하고 나왔던 중앙대학 삼학년 고

병래군이 심장관통상으로 약속시간인 그 시각에는 이미 싸늘한 시체가 되어, 그를 안은 누이동생의 애절한 호곡소리가 아직도 귀에 들여오는 듯하다.[83]

이런 종류의 안타까운 비극은 4월혁명과 관련한 1960년대의 회고담을 지배한다. 1960년 4월에 대한 끊임없는 강박은 순식간에 사라져간 혁명의 '신화'에서 비롯된 것이다. '신화'의 형식으로 굳어져가는 4월혁명에 대한 회고형식은 혁명정신을 되살리고자 하는 기억의 현존성을 위한 투쟁이라 할 수 있다. 이런 회고담의 특징은 김주열을 비롯한 희생자들의 죽음을 영웅시하고 신비화하기보다는 그 평범성을 강조한다는 것에 있다. 이를테면 "주열군과 四·一九 세대들의 애국은 너무도 평범 이상으로 평범한 데 그 특징이 있다 할 것이다. '나만이 애국한다'든지 '나 아니면 안 된다'는 식의 것이 아니었다. / 그러므로 그들의 애국은 국민이면 누구나 가져야 하며 또 가질 수 있는 애국의 본보기이기도 하였다"[84]라는 주장은 4월혁명의 회고가 지닌 의도를 보여준다. 그것은 4월혁명을 신비화하고 과거의 일회적 사건으로 화석화하려는 시대적 분위기 속에서 4월혁명정신을 끊임없이 '현재화'하고자 하는 투쟁인 것이다. '죽음'을 불사하는 저항이야말로 '지식과 행동의 일치'를 드러내는 혁명의 가장 순수한 표상이라고 할 때, 4월혁명에 대한 숱한 회고담은 혁명의 의미를 희석화시키는 세력과 싸우는 일종의 기억투쟁으로서의 의미를 지닌다. 실제로 과도정부를 비롯한 장면 정부, 그리고 군사정권은 4월혁명이 지닌 투쟁성, 저항성, 참여성, 실천성을 억제하

83 정영훈, 앞의 글, 5면.
84 김인재, 「김주열의 조국관」, 『한양』, 1967.4, 86면.

고자 했으며, 이를 위해 4월혁명의 과거화 정책을 실행하게 된다. 다음과 같은 비판은 4월혁명에 대한 회고담이 기억투쟁의 거점이 될 수 있음을 암시한다.

> 그러나 우선 과거를 지향해가지고 현재에 안정할려고 하는 사람들부터 좀 말해 볼까 합니다.
>
> 그들은 기성 집권층의 타입입니다. 그들도 전에는 혁명을 한다고 기성 권력에 도전을 한 사람들입니다. 그러나 자신들이 집권을 한 다음부터는 이미 획득한 기득권을 유지하고 그것을 더욱 장구화할려고 전념하기 때문에 미래지향적인 부단한 혁명운동에는 불안과 증오와 기피 또는 공포를 느끼는 것입니다. 그것은 자기들의 집권에 동요가 생길까 두려워서 그러는 것입니다. 그래서 아주 보수적이 되고 안전제일주의가 되고 과거의 미화적인 정책에 몰두하는 것입니다.
>
> 우리가 여기에서 특별히 주의할 점이 있다고 봅니다. 四・一九에 대한 그들의 태도에 있어서도 꼭 같은 현상을 발견할 수 있다는 것입니다. 四・一九탑을 세우고 四・一九 표지를 만들고 四・一九 공원을 만들고 四・一九 봉안전을 지어서 四・一九 사건을 과거화, 미화, 지역화를 해버릴려고 하는 것입니다.
>
> 기념한다는 것은 과거의 사건을 미화하고 그것을 종교화한다는 것입니다. 말하자면 그 어느 때에 이런 일이 있었다. 그런 일을 한 사람들은 위대한 사람들이었다. 그러나 그것은 지나간 사건이고 지나간 인물들이다.
>
> (…중략…)
>
> 이제 우리는 四・一九를 미화하고 그들이 그들의 과거에 정주할려는 방향

에서 탈출을 해야 합니다. 비석을 세우고 기념한다고 하는 그 시설 자체보다도 거기에 숨어있는 사이비 四·一九정신, 그것을 이용해 가지고 그것을 마취시키려는 디모닉 파우어(Demonic power)에 우리는 경계해야 된다는 것입니다.

四·一九의 민주정신은 오고 오는 젊은 세대에, 그 젊은 마음속에 끊임없이 맥박쳐야 하겠읍니다. 그것은 한 고장의 성역화한 좁은 한 골짜기에 갇혀있어야 할 것이 아닙니다. 산 사람들의 거리에 그들의 넋으로 생동하는, 그들의 넋으로 전승되는 운동이 되어야 할 것입니다.[85]

4월혁명의 종교화 혹은 신화화는 혁명의 현재성과 영속성을 소거해버림으로써 혁명의 종결성을 내면화하려는 전략이다. 특히 군사정권은 비석을 포함한 각종 기념물을 통해 4월혁명을 관제적으로 소유하고자 하였다. 4월혁명의 관제적 기념화는 혁명의 정신성, 다시 말해 '지식과 행동의 일치'를 통한 전격적인 저항과 참여를 과거라는 무덤 속에 안장함으로써 기억의 현재화를 차단하기 위한 전략이었던 것이다. 이에 대한 담론투쟁으로서 4월혁명에 대한 1960년대의 '회고'는 해마다 4월을 기점을 시도되었으며, 폭압적인 정치적 상황에서도 4월의 정신성을 끊임없이 회복하려 했던 것이다.

85 김재준, 「4·19의 참정신」, 『다리』, 1972.5, 16~18면.

제3장
4월혁명의 지성과 자의식의 심층

1. 지식인의 자율성과 정치성이라는 이율배반

근대의 지식 체계는 전근대에 비해서 지식 그 자체의 자율성을 보장하는 방향으로 발전해왔다. 물론 지식 체계를 구성하는 담론작용을 간파한 푸코의 작업에 의해서 그 허구성이 폭로되기는 했지만, 현상적으로 근대의 지식은 권력으로부터의 자율성을 지닌 것으로 이해된다. 지식의 자율성[1]은 권력에의 종속을 벗어나 지식 그 자체의 주체적 의지를

1 이 자율성은 근대의 사회 '분화' 현상과 무관하지 않은데, 양문규는 칸트의 삼대 비판서를 통해서 명쾌하게 설명한다. 학문적 인식 영역과 관계된 순수이성비판, 정치적 도덕적 영역과 관계된 실천이성비판, 예술영역과 관계된 판단력 비판이 서로 분리된 채 다루어졌다는 것이 곧 사회의 분화를 말해주는데, 순수이성의 질문은 학문(과학) 영역의 분리를, 실천이성의 질문은 정치 영역의 분리를 의미하며, 순수이성과 실천이성, 즉 인식과 실천의 대립과 괴리를 해결・매개하는 역할이 바로 판단력 비판의 대상인 예술에 주어진다는 것이다. 양문규, 『자율적 문학의 단말마?』, 글누림, 2006, 46면.

획득한 결과이다. 그리고 지식의 자율성에서 비롯된 주체적 의지는 당연히 지배 권력에 대한 비판성과 저항성을 지니고자 하지만, 대개의 경우 소극적 자율성의 확보에서 멈추고 만다. 지식의 주체적 의지는 권력으로부터의 종속성을 벗어나는 것을 우선 순위에 두는데, 권력에 대한 비판과 저항성이 권력의 억압을 초래함으로써 지식의 자율성을 위축시킬 수 있기 때문이다. 따라서 근대 지식의 자율성은 권력으로부터의 종속성을 극복하는 동시에 정치적 대립을 절묘하게 피해갈 수 있는 방안을 강구할 수밖에 없었으며, 여기서 근대의 기계적 인과율은 매우 효과적인 수단이 될 수 있었다. 인과율에 근거한 담론의 생산은 정치와 무관하게 진행될 수 있었던 근대학문의 논리일 수 있었으며, 학문의 분업화 역시 지배 권력의 정치 논리의 영향에서 벗어날 수 있는 환경을 조성하기에 충분했던 것이다. 바로 여기서 근대적 지식의 독특한 지위가 형성된다. 지적 행위는 행위 자체의 과정, 결과, 방법, 격언 등에 의존해서 설명되는 자기 고유의 자족성과 자율성을 지님으로써[2] 정치적으로 중화된 공간을 형성하게 되는 것이다.

지식의 소극적이고 방어적인 자율성의 원인은 지식 그 자체의 속성에서도 찾을 수 있다. '지식' 그 자체는 일종의 정신활동의 결과로 이해할 수 있는데, 정신활동은 내적 경험으로서 외적 행동과 구분되는 뚜렷한 경계를 형성한다. 정신활동의 행동화에 대한 철학적 탐구를 진행했던 한나 아렌트에 따르면, 정신활동은 "제약받지 않는다는 점에서 자율성을 지니"며, "현상세계나 신체활동의 세계에서 볼 때, 정신활동의 주

2 데이비드 블루어, 김경만 역, 『지식과 사회의 상』, 한길사, 2000, 60면.

요 특징은 비가시성"이라는 점을 밝힌 바 있다. 당연한 말이지만 정신활동은 주체 외부에는 잘 드러나지 않는다. 주체는 자신의 정신활동을 자각함에도 불구하고 그것을 "외부에 노출하려는 능력과 충동을 결여하고 있"다. 따라서 인간의 정신활동은 "내적 경험의 수동성"을 지닐 뿐이며, 이로써 직접적인 참여의 긴장이 발생하지 않는 "안정이라는 인상적인 가상"을 초래한다는 것이다.[3] 물론, 아렌트는 사유・판단・의지 중에서 "모든 경험에서 비가시적인 것들을 다루며 일반화하는 경향을 지닌" '사유' 활동과 달리 "의지와 판단은 항상 특수한 것들을 취급하기에 현상세계와 훨씬 가"깝다는 점을 지적하고 있다.[4] 따라서 사유가 "아무 것도 행하지 않"음으로써 정치적으로 "안정과 정지를 표상"하는 반면에 '의지'와 '판단'이 "무엇인가의 수행을 지향"함으로써 정치적으로 "변화와 운동을 표상"한다는 점에서 위상학적 차이가 다소 존재한다는 점을 밝히고 있다.[5]

그러나 사유에 비해 행동에 보다 가까운 의지・판단의 위상학적 차이가 곧 행동을 보증하지 않는다는 점에서 정신활동은 근본적으로 실제적인 정치력과 무관한 소극적인 자율체로서의 한계를 벗어날 수 없다. 더구나 통제와 규율이 더욱 심화되는 정치적 환경 속에서 정신활동의 자율체적 성격은 정치적 수동성을 더욱 강화하기 마련이다. 변화와 운동을 표상하는 의지・판단으로서의 정신활동 역시 정치권력의 검열을 내면화함으로써 상징계의 정치 체제에 대한 저항성을 상실하게 되

3 한나 아렌트, 홍원표 역, 『정신의 삶 1－사유』, 푸른숲, 2004, 111～115면.
4 위의 책, 325면.
5 홍원표, 「정신의 삶과 정치적 삶의 원형을 찾아서」, 한나 아렌트, 홍원표 역, 『혁명론』, 396면.

는 것이다. 지식의 자율성에 내재된 주체성은 결국 자율성으로 포장된 비정치성으로 전락하고 만다.

라캉 좌파의 관점에서 상징계적 정치 체제를 균열시키는 '행동'은 '행위'로 표현된다. '행위(act)'[6]는 상징계적 체제를 전복하기 위한 실재계로의 침투다. 이는 정신활동에서 벗어난 실제 전복적인 행위로서의 외현이다. 그러나 이러한 행위는 상징계를 파괴하는 선한 폭력으로서의 의미를 지니지만, 결국 보다 강력한 국가의 폭력을 초래하게 된다. 상징계로서의 대타자는 '행위'적 존재인 반체제 지식인들을 징벌한다. 신념과 양심에 따른 행동이 국가의 폭력에 직면하게 되었을 때, 지식인들은 모종의 위협을 감지한다. 지식인의 저항이 역사를 변혁시킬 수 있으리라는 확신보다도 그들의 저항이 지니는 실제적 효과에 대한 의구심이 그들 자신을 지배한다. 지식인은 새로운 역사의 도래를 더욱 강하게 고대함에도 불구하고 국가의 탄압 속에서 정치적 패배를 예견할 수밖에 없으며, "정치적 패배를 순교자의 승리로 변형시키는 가치"[7]를 발명해

6 자크 라캉은 '행동화(acting out)', '행위로의 이행(passage to the act)', '행위(act)'를 개념적으로 구분한다. '행동화'는 주체가 대타자에게 건네는 암호화된 메시지로서, 주체 그 자신은 그 메시지의 내용을 의식하지 못하며 상징계를 구성하는 장면(scene) 속에 머물러 있다. '행위로의 이행'은 장면으로부터의 탈출까지 포함하는 것으로 대타자로부터 실재계의 차원으로 도주하는 것이다. 따라서 '행위로의 이행'은 상징적 그물망으로부터의 탈출이고 사회적 연대의 해체이자 주체의 해체를 수반한다. '행위'의 근본적인 특성은 행위자가 그 행위에 대해 책임을 질 수 있다는 사실이며, 그래서 윤리적인 개념이 된다. 자크 라캉은 의식과 무의식의 일치에서 비롯되는 자살을 성공적인 '행위(act)'라고 규정하는 반면에, 갑작스럽고 충동적인 자살은 의식이 통제하지 못한 무의식의 결과라는 점에서 충동적이고 무의식적인 성격을 지닌 '행위로의 이행'이라고 하여 '행위'의 개념과 엄격하게 구분하고 있다. 죽음충동은 '행위'라는 개념을 통해 윤리적인 영역과 밀접한 관련을 가지게 된다. 딜런 에반스, 김종주 역, 『라캉정신분석사전』, 인간사랑, 1998, 424~430면.

7 제임스 D. 윌킨슨은 독일의 반체제 인사들을 언급하면서 이와 유사한 해석을 내놓은 바 있다. "독일의 반체제 인사들은 거의 모두가 자기들 자신은 죽을 것이라는 가능성을 받아들이고 있었다. 국가 사회주의에 저항하는 그들의 입장은 실제적 효과를 가지기보다는 모범을 보여 주는 사적 증언의 한 형태로서, 거기에는 정치적 패배를 순교자의 승리로 변형시키는 가치가 담

낸다. 국가가 형성해놓은 상징계적 질서를 파괴하고자 하는 충동이 지식인들을 지배하지만, 정치적 수준에서 그들은 상징계를 파괴할 힘을 가지고 있지 않은 것이다.

예컨대 1960년대 한국의 경우 혁명정신이 점점 퇴행해가는 과정 속에서 지식인들의 '행위'는 충동과 향유의 상태로만 남아 있었을 뿐, 실천적 행위로서의 직접행동은 불가능했던 것이다. 60년대의 지식인들은 상징계적 체제에 순응하여 체제영합적인 방향으로 나아감으로써 죽음충동과 전혀 무관해지거나, 대학 담론[8] 속에 칩거하여 지식인의 임무에 '어떤 한계'를 부과함으로써 스스로의 충동을 잠재우고 만다. 상징계를 파괴하고 전복하는 직접행동으로 나아가는 경우는 매우 드물게 나타난다. 박정희 군사정권하에서 한국 지식인들의 직접행동은 대개 집필 활동(주로, 사회비평)이라는 양태로 드러난다. 이는 소극적인 직접행동이라 할 수 있다. 반체제 조직 활동의 드문 예도 존재하지만, 함석헌・장준하와 같은 지식인들은 박정희 군사정권이라는 상징계의 규율에 저촉되는 집필활동과 매체활동을 통해서 '행위'를 시도한다.

여기서 주목해야 할 대상은 지식인으로서의 문인들이다.[9] 문인들이

겨져 있었다. 본회퍼가 지적했듯이 레지스탕스는 '회개의 행위(act of contrition)'로서 그것의 정신적 힘이 정치적 무능을 보장해주었다." 제임스D. 윌킨슨, 이인호・김태승 역, 『지식인과 저항』, 문학과지성사, 1984, 208면.

8 라캉은 '대학 담론'을 '주인 담론'의 적법화나 합리화를 제공하는 것으로 파악한다. '대학 담론'과 같은 체계적인 앎은 눈먼 의지를 대신하여 통치하는 궁극적 권위라는 것이다. 이런 의미에서 라캉은 대학은 자본주의 생산의 무기로서의 '군산복합체'라는, 1960~1970년대의 주장에 동의하는 것처럼 보이며, '대학 담론' 배후에 숨겨진 진리는 결국 주인기표라는 주장을 한다. 이처럼 철학은 언제나 주인에게 봉사해왔으며, 언제나 스스로를 주인의 담론을 합리화하고 뒷받침하는 봉사에 자리에 놓여있다는 것이다. 그래서 라캉은 '진정한' 과학을 '대학 담론'과 분리시키고 '히스테리자 담론'에 연결시킨다. '히스테리자 담론'은 '주인 담론'의 날조된 체계를 발견할 수 있는 지점까지 몰아붙인다. 브루스 핑크, 이성민 역, 『라캉의 주체-언어와 향유 사이에서』, 도서출판b, 2010, 242~247면.

구성하는 미적 자율체는 지식인들이 구성하는 자율체에 비해 보다 강력한 '수동적'인 자율성을 지닌다. 지식인의 정신활동에 비해 문인들의 정신활동은 예술이라는 미적 가상에 의해 한 겹 더 둘러싸여 있기 때문이다. 문인들의 정신활동은 지적 자율성과 미적 자율성이라는 이중의 자율성 내에 놓여 있다. 예술(문학)적 완성으로 종결되는 문인들의 정신활동은 현실정치와의 뚜렷한 분할선을 형성한다. 현실 정치와의 분할은 문인들의 수치와 무기력을 더욱 증폭시키기 마련이다. 벤야민은 문학의 중요한 정치적 효과를 위해서 정치적 행위와 글쓰기의 간극을 좁힐 것을 주장하는데, 포괄적 지식을 자처하는 까다로운 책보다는 "공동체 안에서 영향력을 행사하기에 적합한 형식들, 예컨대 전단, 팸플릿, 잡지 기사, 포스터 등과 같은 형식"을 강조한다.[10] 이러한 벤야민의 진술은 문학이 지니고 있는 미적 가상의 수치와 한계를 의식한 결과이다. 모더니즘의 미학이 "수치스럽고 견디기 어려운 외부의 자극이 미적 과정 자체 속으로 편입"됨으로써 "상징적으로 중화"된다는 점에서,[11] 그리고 리얼리즘 또한 현실의 고통을 사실적으로 형상화한다 하더라도 그 자체가 미적 가상에 불과하고 행동이라는 매개를 확보하지 못한다는 점에서 문학은 미적 자율체로서의 한계를 지닐 수밖에 없다. 이는 부르

---

9 '작가는 지식인인가'에 대한 문제는 일찍이 사르트르가 정리한 바 있다. 사르트르는 작가는 지식인으로서의 특징을 대부분 가지고 있다고 말한다. 그가 말하는 '지식인'이란 지배이데올로기를 수용하거나 방관하는 '전문가'와 달리 실질적인 진리탐구와 지배자의 이데올로기 사이에서 대립 상태를 깨달은 사람으로서 모든 사람을 위하여 급진주의적 방식, 예를 들어 진리의 방법론을 환상과 허위에 적용하여 그 모순의 극복을 임무로 삼는다. 작가는 그의 작품이 본질적으로 이론적 · 실용적 차원을 탈피한 것이며 다른 모든 사람들을 향한 자유를 요구한다는 점에서, 본질적으로 지식인이라고 할 수 있다. 장 폴 사르트르, 방곤 역, 『지식인의 변명』, 보성출판사, 1985, 37 · 79 · 83 · 111면.

10 발터 벤야민, 김영옥 외역, 『발터벤야민 선집 1 — 일방통행론 / 사유이미지』, 길, 2007, 69면.

11 프레드릭 제임슨, 남인영 역, 『보이는 것의 날인』, 한나래, 2003, 43면.

주아 미학의 한계에도 맞닿아 있는데, "부르주아 예술은 자율적인 미적 영역을 설정하고 그것을 통해 아름다운 환상의 세계를 창조하여 현실로부터 분리"되기 때문이다.[12] 이글턴이 말했듯이, 부르주아 예술의 미적 자율성이 "취미와 이성의 즐거운 활용 이외의 어떠한 목적도 가지지 않는 담론의 적절한 형식과 전통"으로 작용하는 것처럼, 문학 역시 "정치성이 용해되어 격조 있는 문장으로 재구성"됨으로써 "정치의 소실점"이 될 수밖에 없는 것이다.[13]

그렇다면 문학의 자율성은 권력으로부터의 독립으로 인해 발생하는 소외의 결과라고 할 수 있다.[14] 이 '소외'의 자율성이 정치적 주체성을 획득하기 위해서는 권력을 비판하고 권력에 저항하는 정치적 장(場)으로 나아가야 한다. 자율성의 영역은 "자체 내의 자율성 획득을 위한 정치력 발휘와 함께 현실 정치에 대응하는 정치력을 발휘해야 하는 이중적 부담을 지고 있는 셈"인 것이다.[15] 따라서 문학이 정치적 권력에의 종속성을 극복하고 자율성을 확보해야만 하는 특정한 시기(근대 계몽기)가 있었지만, 이 자율성을 다시 정치의 장 속으로 투입해야 하는 시기 역시 필연적으로 도래할 수밖에 없는 것이다.[16] 에밀 졸라가 국가를 상

---

12 김경복, 『한국 아나키즘시와 생태학적 유토피아』, 다운샘, 1991, 71면. 김경복은 아나키즘 예술론을 아방가르드 미학의 혁명예술론, 비판적 리얼리즘미학의 민중예술론, 참여미학의 생활예술론으로 나누어 설명하고 있는데, 아나키즘 사상에서 예술은 생활 속의 현장예술, 노동과 예술이 분리되지 않은 참여미학을 지향하는 방향으로 발전해왔음을 살피고 있다. 예술의 자율성이 미학 내에 머물지 않고 생활정치를 통해서 주체적으로 실현되고 정치적으로 확장될 가능성을 아나키즘에서 발견하고 있는 것이다. 같은 책, 55~74면 참조.

13 테리 이글턴, 유희석 역, 『비평의 기능』, 제3문학사, 1991, 31~32면.

14 "사회의 분화에 내재된 의미는 이중적이다. 그것은 한편으로 종속과 예속 상태에서 벗어나 개별 영역이 자율성을 획득하는 계몽과정이지만 동시에 개별 영역의 고립과 상호 소외가 발생한다는 것이다." 양문규, 앞의 책, 47~48면.

15 남송우, 「비평의 이중적 정치성」, 『다원적 세상보기』, 전망, 1994, 47면.

16 사회주의 혁명이 한창 진행되던 20세기 초중엽에는 예술의 힘에 대한 신념이 매우 강력하게

대로 싸울 수 있었던 것은 지식 장과 문학 장의 자율성에 힘입은 바가 컸지만, 이 자율성은 궁극적으로 미적 가상을 넘어서 지식과 정치, "문학과 정치의 비구분"을 향해 충동하도록 했기 때문이다.[17] 이때의 '자율성'은 권력에의 종속성을 극복하여 다시 민주적인 정치 주체로서 현실정치에 참여함으로써, 경우에 따라 국가 체제를 거부하고 비판할 수 있는 문학의 주체적이고 적극적인 '자율성'이다.

문학의 자율성이 정치적 장에 침투함으로써 정치와의 구분이 불가능해지거나 미적 가상을 더욱 강화함으로써 정치와의 분리를 극대화하는 상반된 방향은 자율성이 지니고 있는 이중적 속성과 무관하지 않다. 문학의 자율성은 문학 장을 둘러싼 정치적 · 사회적 민주주의 수준과 문학 장을 이끌어가는 주체의 의지에 따라 그 성격이 판이하게 달라지기 때문이다. 문학의 정치성과 비정치성은 바로 거기서 출현하게 된다. 특히 국가의 폭력이 극단적으로 비등해지는 사회에서 자율성은 권력에 대한 저항의 힘을 상실함으로써 자율성을 미적 절대성으로 퇴행시키기도 하고, 미적 가상을 전복하여 현실정치로 진입하고자 하는 충동을 보여주기도 한다. 독재 사회에서의 이러한 충동은 강력한 탄압과 폭력을 초래하므로 이는 곧 '죽음충동'의 양상과 다르지 않다. 문학이

존재했다고 볼 수 있다. 그 대표적인 이론가가 마르쿠제이다. 마르쿠제는 자율성으로서의 미적 형식을 매우 중요하게 생각한다. 미적 형식이 계급투쟁의 현실로부터 예술을 분리시키지만, 주어진 현실에 대립하면서 예술의 자율성을 형성하며, 이러한 분리가 허위의식 혹은 단순한 환상을 만들어내는 것이 아니라 현실주의적 · 순응주의적 정신을 부정하는 반의식(反意識)을 만들어낸다고 주장한다. 예술은 하나의 규제적 이념으로서 세계를 변화시키기 위한 필사적 투쟁에 뛰어들 수 있으며, 예술의 자율성을 통해 자유롭지 못한 사회에서의 개인들의 구속 상태를 반영하고 그 구속과 대립하면서 자율성을 획득한다는 것이다. 허버트 마르쿠제, 박종렬 역, 「미적 차원」, 『예술과 혁명』, 풀빛, 1982, 28 · 66 · 68면.

17 피에르 부르디외, 하태완 역, 『예술의 규칙』, 동문선, 1999, 177~179면 참조.

미적 자율성 속에서 만족하지 않고, 금지된 정치의 장으로 진입하고자 하는 순간 바로 '직접행동'으로서의 정치는 시작되는 것이다.

민주주의가 훼손된 정치현실 속에서 비판적 지식과 문학은 정치와 분리된 자율체로서의 지위를 강요당하지만, 정치를 향한 강박에서 결코 자유로울 수 없다. 정치를 향한 강박은 지식인과 문인의 윤리적 태도와도 무관하지 않으며, 그것은 곧 문학의 가상을 벗어난 실재에 대한 강박이기도 하다. 따라서 "실재에 대한 이 강박"은 "예술 활동의 독특한 지위"를 반영한다고 볼 수 있다.[18] 이는 미학적 가상 내에 있는 문학의 죽음충동을 암시한다. 문학의 죽음충동이란 문학 스스로가 실제 현실이 되고자 하는 충동이며, 문학 자체가 실제 정치적 행동이 되고자 하는 충동이다. 이 충동은 정치적 압제가 극심해질수록 더욱 강화되는 특질을 지닌다. 죽음충동이란 상징계의 규율을 위반하고자 하는 주이상스이기 때문이다. 억압이 점증할수록 죽음충동이 강화되는 까닭이 여기에 있다.

1960년대는 4월혁명이 발생했고 연이은 군사정권의 등장으로 인해 지식인과 문인에 대한 탄압이 점증했던 시대라는 점에서 지식인과 문인 스스로가 느끼는 윤리적 낙차가 클 수밖에 없었다. 정치적 탄압 속에서도 지식과 문학의 자율성을 벗어나 권력의 상징계를 파괴하고자 하는 '행위'가 강화될 수밖에 없는 시대이기도 했다. 그리고 이러한 윤리적 낙차와 충동은 4월혁명이 남긴 '지식과 행동의 일치'라는 정신적 유산에서 비롯된 것이라 할 수 있다. 이 정신적 유산을 실천하고 계승하는 일

18 자크 랑시에르, 주형일 역, 『합의의 시대를 평론하다』, 인간사랑, 2011, 223면.

이 지식인과 문인들의 당면 과제였기 때문에 이와 관련한 많은 비평이 생산되지 않을 수 없었다. '지식과 행동의 일치'를 향한 문학의 자율성과 주체성은 비평 담론을 경유하지 않고서는 구체화될 수 없었기 때문이다. 따라서 4월혁명 이후의 60년대는 문학의 정치성을 치열하게 사유하고자 한 비평의 시대라고 할 수 있다. "문학영역의 자율권을 세워가는데 있어 중추적 역할을 감당하고 있을 뿐 아니라 문학영역과 정치영역 사이에서 빚어지는 갈등을 현실적으로 논리화하는 기능을 전적으로 떠맡고 있"는 것이 비평이라는 점[19]에서, 그리고 문학과 정치의 경계를 지우고 현실에의 직접행동을 사유할 수 있는 글쓰기 형식이 비평이었다는 점에서 60년대 비평은 문학의 자율성과 주체성, 그리고 직접행동에의 충동을 파악하는 데 있어서 매우 중요한 근거가 된다.[20]

19 남송우, 앞의 책, 47면.

20 남송우는 비평의 정치성을 '이중의 정치성'으로 규정하면서, 다음과 같은 중요한 발언을 하고 있다. "지금까지 논의한 비평이 지니는 정치성은 그 시대 현실과 긴밀히 연관되어 문학영역 자체로 기울어지기도 하고 혹은 현실정치로 기울어지기도 한다는 점이다. 이것이 바로 비평이 지니는 이중적 정치성이다. 즉 현실정치가 내세운 가치체계가 무리 없이 사회 모든 구성원들에게 수용되고 현실화될 때, 비평이 지닌 정치성은 문학영역 자체로 구심(求心)하여 문학의 자율권 획득에 부심하지만 사회와 정치적 현실이 가치를 상실하고 부조리로 꽉 차있을 때 비평의 정치성은 원심력(遠心力)을 발휘하여 현실정치 비평으로 나아가게 된다. (…중략…) 그러므로 비평이 지니는 정치성은 문학과 정치영역 사이를 오가는 예민한 촉수와 같은 것이다." 위의 책, 51~52면.

2. 4월혁명의 참여적 지성과 비평정신

1) 지식인의 용기와 죽음충동

시인 조지훈은 자유당 정권 말기시절부터 지속적으로 비평을 발표해 왔는데, 현실참여와 관련한 그의 비평가적 면모는 시인 조지훈을 이해하는 데 있어서 매우 중요하다. 조지훈의 비평[21]은 정치, 교육, 외교, 문화, 혁명, 문학 등 사회 문제 전반에 걸쳐 이루어지고 있다. 여기서 주목해야 할 것은 바로 문학의 '지성', 좀 더 정확하게 말한다면 문인의 '지성'에 관한 비평이다. 자유당 정권 말기와 4월혁명이라는 역사적 현실 속에서 조지훈은 문학의 형상화 문제보다는 문인들의 지성과 행동 문제에 각별한 관심을 보이고 있는 것이다. 이승만 정권의 부정선거로 말미암아 4월혁명의 기운이 무르익기 직전 발표되었던 「지성과 문화」와 「지조론」은 지성에 대한 그의 비평정신을 드러낸다. "문화가 지성을 요구한다기보다 지성을 떠나서 존립할 수 없다"는 그의 인식은 타락한 "문화의 재건"을 위한 "현대의 지성"을 강조한다. 그가 말하는 현대의 지성이란, 첫째, 파토스(pathos)와 결합함으로써 "지성의 혁명"을 이룬 것이며, 둘째, 생활체험과 통일됨으로써 관념적 세계관이 아니라 실천적 세계관으로서의 지성이다.[22] 이러한 지성은 문인과도 무관할 수 없는 것

21 조지훈의 비평은 나남출판에서 '문학론', '지조론'으로 나뉘어 『조지훈 전집』 4·5권(1996)으로 발간된 바 있다.

22 조지훈, 「지성과 문화—전환기의 지성을 위하여」, 『새벽』 1960.3 참조.

으로, 조지훈은 문인의 지성과 사명에 대해서 다음과 같이 말한다.

> 백성들은 이제 진실한 문인 학자 교육가 종교가에게 일말의 기대를 걸고 있다. 문인 학자 교육가 종교가들 중에도 건국 이래 특히 이번 선거를 통하여 정치에 참여함으로써 소인의 여우꼬리와 우치(愚痴)의 마각(馬脚)을 드러낸 자가 허다한 바이지만 아직도 덜 부패한 선비는 이들 속에 많은 것이 사실이다. 그러나 그들은 통틀어 너무 온건하고 너무 소극적이고 너무 약하다. 그러므로 오늘의 마당은 이러한 청직(淸直)한 지성인의 궐기, 부패세력에 저항하는 진실한 정치참여, 아니 사회참여가 요청되는 것이다. 현실에 눈감은 외국 지식만의 보따리장수 노릇으로 지성인의 사명과 임무는 끝날 수 없기 때문이다. 백성들은 이들을 믿고 기다리는데, 그것을 저버리고 지성인이 어느 하늘에 얼굴을 든단 말인가.[23]

조지훈은 여전히 '선비'라는 어휘를 사용함으로써 유교적 전통에서 비롯된 '선비정신'을 함의하는 듯한 진술내용을 보이고 있다. 그러나 "덜 부패한 선비" 다시 말해 비교적 청렴한 선비들은 "너무 온건하고 너무 소극적이고 너무 약하다"는 한계를 지님을 분명히 지적한다. 조지훈 역시 새로운 지식인상에 대한 갈망을 강렬하게 드러내고 있는 셈인데, 4・19 혁명의 오늘에 이르러 비로소 "청직한 지성인의 궐기, 부패세력에 저항하는 진실한 정치참여, 아니 사회참여가 요청되는 것"에 대한 분명한 자각을 하게 된다. 이러한 지식인으로서의 자각은 봉건적인 선비정신을

23 조지훈, 「선비의 직언—격동기에 있어서의 지성인의 사명」, 『새벽』, 1960.5, 98면.

탈각한 것으로서 권력의 중심이 지닌 절대적 권위의 혁파지점에서 발생한다는 점에서 전근대적 인식과는 상당한 차이를 보인다고 할 수 있다. 조지훈은 지성인을 '선비'를 매개로 설명하고 있지만, '선비정신'을 정확히 근대적 지식인의 참여정신으로 확장함으로써 새로운 지식인상을 강조하고 있는 것이다. '선비'와 같은 전통적 지식인이 한 사회에서 지적인 지도력을 행사하는 보통 의미의 지식인이라면, 4·19혁명 당시의 지식인은 혁명을 구심점으로 한 정신적 통일체에 가까이 접근함으로써 형성된 잠재적 지식계급에 더 밀접하게 연관된 지식인들이다.[24] 지식인에 대한 이러한 개념적 규정이 4·19혁명이 아니었다면 불가능했으리라는 점에는 의심의 여지가 없다. "현실에 눈감은 외국지식의 보따리장수 노릇으로 지성인의 사명과 임무"가 "끝날 수 없"다는 주장은 시대를 변혁하는 지식인의 근대적 역할에 대한 각성이 투영된 것이라 할 수 있다.

4월혁명이 남긴 정신적 유산이 있다면 다름 아닌 용기이다. 전제적 권력의 탄압에 대한 두려움으로 인해서 누구도 나서지 못했던 이승만 정권에 대한 직접행동으로서의 저항을 학생들이 주축이 된 혁명세력이 이루어냈던 것이다. "자유의 비밀은 용기"[25]라는 학생선언문의 한 구절은 혁명의 도래가 곧 민중의 집단적 용기에 있음을 말해준다. 그러나 용기의 발생은 어떤 임계점을 필요로 한다. 4월혁명은 이승만 정권의 비등했던 부정부패와 학생들의 선거 이용, 그리고 결정적으로 김주열의 죽음이 터져 나오는 순간 그 임계점에 도달했다. 임계점에서 용기는 '신화'처럼 터져 나와 데모의 물결을 이루었다. 김주열의 죽음에 일체화된

24 제임스 졸, 이종은 역, 『그람시 그 비판적 연구』, 까치, 1984, 126면 참조.
25 「서울대학교 학생선언문」, 『새벽』, 1960.6, 89면.

데모 대열은 이미 죽음에 근접한 용기를 가지고 있었던 것이다. 용기는 곧 죽음과 일체화되는 힘이다. 예컨대, 4월혁명은 "불의에 대한 죽음으로의 항거"이며 "의를 위한 자기희생"이자 "몸바쳐 싸우는 四·一九"라는 구절[26]을 떠올려보자. 4월혁명은, 용기는 곧 죽음이자 죽음을 이기는 힘이라는 점을 말해준다. "사람이란 죽음을 결단하고 일어날 때면 태산도 무너뜨릴 힘의 기적을 낳는다는 말이 四·一九의 혁명에서 여실히 실증되었다"[27]는 격앙된 진술에서도 알 수 있듯이, 4월혁명은 1960년대의 지식인에게 행동하는 '용기'로서의 표상을 지니는 것이다.

그러나 4월혁명이 일상적으로 지속될 수 없다는 점에서 '지식과 행동의 일치'라는 직접행동으로서의 용기를 실행하는 것은 매우 어려운 일이다. 내면에서 약동하는 그 '용기'는 직접행동화의 문턱을 넘지 못함으로써 '직접행동'의 주변을 맴도는 양상이 지속될 수밖에 없는 것이다. 이는 곧 지식인의 "자기분열과 자기배반"으로 인식되기도 하지만, 동시에 "오늘날의 정상적인 성격형성과정으로 인정"되기도 했다.[28] 그리하여 1960년대의 지식인은 '직접행동'의 용기로부터 점점 멀어질 수밖에 없었다. 그럼에도 불구하고 직접행동의 충동은 60년대 지식인을 지배했던 양상이라고 할 수 있는데, 이철승은 군사정권의 영구집권 기도를 비판하면서 "용기 있는 청년만이 이 시대를 구한다"[29]라고 말하기도 하였다. 직접행동의 좌절과 직접행동을 향한 충동 사이에서 60년대 지식인들은 분열하였던 것이다. 용기를 세분화해서 설명하고 있는 김팔봉의

26 지명관, 「새나라는 새 마음에서」, 『새벽』, 1960.7, 58면.
27 정영훈, 「4·19를 회상하며」, 『한양』, 1964.4. 5면.
28 백현기, 「젊은 지성인들의 갈등」, 『동아일보』, 1960.11.27, 조간 4면.
29 이철승, 「헌정 20년에 대한 나의 평가」, 『사상계』, 1969.11, 47면.

아래 글은 역설적으로 60년대가 직접행동의 용기에 대한 결핍이 얼마나 컸던 시대인가를 증명한다.

> 용기 중에서 저항적, 반격적, 비판적, 도전적 용기를 제하고서 남는 또 한 가지 용기가 있으니, 그것은 희생적 용기다. 어떤 박해든지, 어떤 고난이든지, 모든 것을 참고 이기면서 사회와 민족, 또는 전체 인류를 위하여, 몸과 마음을 바쳐가며 봉사하고 헌신하는 희생적 용기야말로 최고의 용기가 아닐까. 일찍이 우리는 우리나라 역사 위에서도 이같이 희생적 용기를 높이 발휘한 위대한 인물을 보지 아니했는가.[30]

김팔봉이 제시하고 있는 다섯 가지의 용기 중에서 어느 정도의 지적 수준을 필요로 하는 용기는 비판적 용기이다. "저항의 본능"과 "반격의 충동"에서 비롯되는 저항적 · 반격적 용기에 비해서 '비판적 용기'는 "양심과 견문에 의해서 맑게 닦아진" "지성"에 의해서 발생하는 것으로 "많은 사람의 동감과 공명을 불러일으켜 하나의 사상적 조류를 형성"할 수 있다는 것이다.[31] 따라서 비판적 용기는 지식인이 반드시 필요로 하는 용기이다. 그럼에도 불구하고 김팔봉은 '희생적 용기'를 최고의 용기로 간주한다. '비판적 용기'의 단계를 넘어 박해와 고난을 딛고 사회 · 민족 · 인류를 위하여 자신을 버리는 "희생적 용기"를 강조하고 있다는 사실은 역설적으로 희생적 용기를 필요로 하는 시대적 상황을 말해준다. 비판적 용기만으로 더 이상 역사와 시대의 진보를 기대할 수 없다는 김

30 김팔봉, 「용기」, 『사상계』, 1966.12, 42면.
31 위의 글, 41면.

팔봉의 상황인식이 '희생적 용기'를 강조하고 있는 것이다. 비판적 용기가 형성하는 "사상적 조류"란 지식의 장 내의 것으로만 작용할 수 있으므로, 그것 자체만으로는 '즉각적'으로 역사를 변혁시키는 힘을 작동시키지 못한다는 한계를 지니기 때문이다. 4월혁명과 같은 역사의 변동은 오로지 '희생적 용기'에 의해서만 가능하다. 따라서 김팔봉은 '희생적 용기'를 최고의 용기로 꼽고 있는 것이다. '희생적 용기'는 궁극적으로 죽음을 포함한 자기희생 위에 서 있다. 4월혁명에 대한 회고가 결국 죽은 자에 대한 추모로 귀결되었듯이, 1960년대는 죽음의 용기를 시대의 불의에 진정으로 저항하는 정신의 자세로 간주했던 시대인 것이다. 따라서 60년대의 지식인들에게는 바로 '희생적 용기'를 추구해야만 하는 윤리적 태도가 부과되었다. 그리고 그 용기의 원천은 바로 4월혁명이 아닐 수 없었다.

끝으로, 한마디 더 제군에 부탁하는 것은 제군들은 죽음을 공부하는 사람이 되라는 부탁이다.

옳게 죽고 바르게 죽고 떳떳이 죽는다는 것은 하루아침에 되는 일이 아니다. 오랜동안의 공부가 있어야 된다. 내가 죽음을 공부하라는 것은 군중 속에 휩싸여서 군중과 함께 여러 사람에 싸여서 죽는 공부가 아니라 혼자서도 죽을 공부를 하라는 말이다. 더럽게 살지 않는다는 것은 더럽게 죽지 않는다는 공부와 그러한 신념의 바탕 위에서만 가능하다.

(…중략…)

죽음에 대한 공부는 죽음에 대한 꿈이요, 또 그것은 어쩌면 죽음에 대한 허영일지도 모른다. 그러나 청년들아, 인류문화 5천년의 에스프리도 어느 의미에서는 좋은 의미의 허영의 소산이었다. 죽음에 대한 허영은 삶에 대한 허영, 명리(名利)에 대한 집착보다는 고귀하고 더 오래가는 것이라 믿어라. 이상과 현실은 어긋나기로 마련이어서 이상주의자는 위선자라는 지탄을 받기 쉽지만 위선자라는 말이 두려워 이상주의를 포기할 필요는 없는 것이다. 차라리 과학적이란 실증적이란 가면 뒤에 숨어서 의(義)를 배반하고 회피하고 중상하는 기회주의(機會主義)와 초연주의(超然主義)의 간교와 우유부단에 화살을 돌려라.

사월혁명의 두 돌이 돌아왔다. 큰일을 위하여 죽음을 공부하라. 고요히 침잠(沈潛)할 때다. 스스로의 회의(懷疑)를 일도(一刀)를 들어 파쇄(破碎)하라. 대도(大道)는 거기에 탄연(坦然)할 것이다.[32]

조지훈은 '사월의 학생들'에게 '큰 일'을 위해 죽음을 공부할 것을 권유한다. 죽음은 억압적 대타자로서의 국가라는 상징계를 파괴하는 도구다. 지식과 행동이 일체화되는 순간 국가의 폭력이 정신과 육체를 겨냥하게 되고, 저항의 주체가 폭력에 굴복하지 않는 한 죽음을 포함한 각종 위협에 직면할 수밖에 없다. 죽음에 대한 공부란 바로 직접행동의 순간 자행되는 국가권력의 위협에 대처하는 정신적 자세의 재무장을 지시하는 것이다. 이처럼 조지훈은 역사와 현실의 "큰 일"을 위해서 자기 한 몸을 희생하는 용기야말로 1960년대가 성취할 수 있었던 지식인상(像)의 필수요건이라는 점을 인식하고 있다. 그리고 '4월의 학생들'이야말로 그러한 지식인상에 가장 근접해 있다는 사실을 천명한다. 4월

32 조지훈, 「큰 일 위해 죽음을 공부하라—사월의 학생들에게」, 『고대신문』, 1962.4.18(조지훈, 『지조론』, 나남출판, 1996, 168~171면에서 재인용).

혁명의 학생들은 '희생적 용기', 즉 죽음을 통한 자기희생의 용기로써 행동에 나섬으로써 지식의 자율성, 다시 말해 지식과 행동의 간극을 극복했던 존재였기 때문이다. 4월혁명 이후 다시 학생들에게 역사를 위한 죽음을 공부하라는 조지훈의 위 진술은 지식의 자율성을 뚫고 행동으로 나아가는 충동으로 점철되어 있는 것이다.

신동문은 전근대적 선비정신과는 전혀 무관하게 오로지 4·19혁명의 기운으로 지식인의 결기를 드러내는 평문을 남긴다. 「아! 신화같이 다비데군들」(『사상계』, 1960.6)이라는 혁명시를 남기기도 했던 신동문이 『새벽』 1960년 5월호에 발표한 「썩은 지성에 방화하라」가 그것이다.

> 그것은 건전한 지성이 아니고 지성을 위한 지성, 자독(自瀆)하는 지성인 것이며 생명에서 유리한 지성인 것이다.
>
> 생명하는 지성은 노할 줄 아는 지성인 것이며 생동하는 지성은 열정과 협동해서 반항하고 증오하고 투쟁하고 승리할 줄 아는 것이 그 스스로의 모습인 것이다.
>
> 그렇게 눈치만 살피고 비위만 맞추고 아양만 떠는 이기(利器)로서의 썩어버린 지성에 대하여 억울이 분통이 한꺼번에 터지는 방화를 하고 싶다.
>
> 훨 훨 타서 재가 되고난 잿더미 속에서 새싹처럼 돋는 청순한 인간의 정신과 그것을 부축하는 건강한 지성의 모습이 되고 싶다.
>
> 나 스스로에 불을 지르고 또 나는 너에게도 불을 지르고 너는 나에게 불을 지르고 너는 나에게 불을 질러서 이 미진하고 구석지고 노폐한 패배의 철학을 고스란히 사라부쳐야만 하겠다.
>
> 우리의 각자가 마땅이 자기정신의 방화범이 될 때 비로소 나는 인간이 되

는 것이고 현대의 주인이 되는 것이며 민주주의의 역군이며 조국의 주권자가 되는 것이다.[33]

이 평문은 매우 도전적이고 격렬하다. 신동문은 4·19혁명을 계기로 불건전한 지성, 지성을 위한 지성, 자독(自瀆)하는 지성, 생명에서 유리된 지성에 대한 엄준한 비판적 성찰을 단행한다. '자독하는 지성'은 매우 모멸적인 발언이다. '자독'은 자위, 즉 용두질을 의미하기 때문이다. 신동문에게 진정한 지성은 "노할 줄 아는 지성"이자 열정적으로 반항하고 증오하고 투쟁함으로써 승리를 쟁취하는 지성이다. 권력에 대한 굴종을 혁파하고 이승만이라는 절대권력에 비위만 맞추고 아양 떠는 "썩어버린 지성"에 대하여 "한꺼번에 터지는 방화를 하고 싶다"라고 신동문은 매서운 결기로써 외치고 있다. 방화를 통해 모든 "썩어버린 지성"과 "노폐한 패배의 철학"을 잿더미로 만들고 "새싹처럼 돋는 청순한 인간의 정신과 그것을 부축하는 건강한 지성"을 다시 회복하고자 하는 시인의 근본적인 의지의 동력으로서 4·19혁명이 자리 잡고 있음을 짐작할 수 있다. '무용인(無用人)'의 굴종과 패배로 인한 '아파시(apathy, 무관심)'를 벗어나기 위한 '자기정신의 방화'를 통해서 지식인은 "인간이 되는 것이고 현대의 주인이 되는 것이며 민주주의의 역군이며 조국의 주권자가 되는 것"임을 비장하게 진술한다.

신동문은 4월혁명 직전까지 청주에서 생활하고 있었다. 자유당 정권의 3·15 부패선거에 항거하는 청주 시위를 주도한 배후조종자로 지목

33 신동문, 「썩어진 지성에 방화하라」, 『새벽』, 1960.5, 137면.

되어서 경찰로부터 쫓기는 신세가 되는 바람에 서울로 도망친다. 그리고 서울의 4월혁명에도 참가하게 된 것이다. 그리하여 쓰게 된 시가 1960년 『사상계』 6월호에 발표한 「아! 신화같이 다비데군들」이다.[34] 이 작품은 서울 정착 후 신동문이 처음으로 발표한 시라는 점[35]에서도 매우 상징적이다. 그의 문학관이 철저하게 참여적인 까닭을 알 수 있기 때문이다. 혁명적 체험과 시적 체험의 일치를 지향하는 그의 문학관은 철저하게 현실 정치에 바탕한 것이다. 하여 "계엄정부 2년에 금서가 된 시인이 하나도 없다"는 사실에 개탄하고, "억압적의 권력과 조직에 항거하고 도전하는 정신의 폭동"을 일으킬 것을 주장한다.[36] "도태되고 말 것은 정체의 철학, 즉 사색을 위한 사색의 인간"이며, "승리"를 "소유할 수 있는 것은 행동하는 인간"이라는 점을 강조한다.[37] 문학과 행동의 일치야말로 그의 문학관이다. 그러나 군사정권의 혹독한 탄압 속에서 신동문은 점점 시인으로서의 무력감을 내면화하게 된다. 급기야 시를 쓴다는 것의 무용성에 지배당한다. 그리하여 1965년에 다음과 같은 진술을 남긴다. "나라고 하는 인간은 시인으로서의 조건이 도대체 구비되지 못하고 있는 것만 같아 큰일이다. 그 단적인 증거로서 나는 시를 쓴다는 일이 도무지 무의미하게만 생각된다."[38] 신동문에게 시란 행동을 빼놓고는 무의

34 김판수, 『시인 신동문 평전—시대와의 대결』, 북스코프, 2011, 84면.

35 위의 책, 113면.

36 신동문, 「시인아 입법하라 아니면 폭동하라」, 『동아춘추』, 1964.3(신동문, 『행동한다 그러므로 존재한다』, 솔, 2004, 68~69면에서 재인용).

37 신동문, 「행동한다 그러므로 존재한다」, 『세대』, 1964.5(위의 책, 75면에서 재인용).

38 신동문, 「시인이 못 된다는 이야기」, 『세대』, 1965.11(위의 책, 81면에서 재인용). 시인으로서의 무기력은 이보다 2년 먼저 표출된 적이 있는데, 그 내용은 다음과 같다. "왜냐하면 나는 문뜩 시가 쓰고 싶어서 시를 쓰긴 하되 이 시를 쓰는 행위라는 것을 도대체 왜하는 것일까 하고 생각해도 알 수가 없는 일이기만 했기 때문이다. / 이걸 쓰면 부자가 되는 것도 아니요, 유명해지고 싶은 것도 아니오, 인격이 고매해지는 것도 아니오, 슬픔이 가시는 것도 아니오, 무

미한 것에 지나지 않는다. 따라서 '시인'이라는 직함에 심한 부끄러움을 느끼기도 하며, 행동이 결핍된 시를 더 이상 창작하지 못하게 되고 만다. 1967년 12월에 발표한 「내 노동으로」 이후 그는 시를 더 이상 쓰지 않는다. 시의 무기력에 따른 절필의 동기는 시가 '행동'에 전혀 미치지 못하고 있다는 자각이다.[39] 요컨대 그의 지성은 행동하고 참여하는 지성이었으며, 4월혁명의 쇠퇴와 함께 다시 타락해가는 지성의 상황을 견디지 못했던 것이다. 요컨대 신동문은 시인의 역할에 머물지 않고 문인의 지성에 대한 치열한 비평의식을 보여주었으며, 문인으로서의 지성을 행동으로써 실천하고자 했다. 그 행동은 단순히 비평적 실천에 머무는 것이 아니라 직접행동을 향한 충동의 양상을 드러낸다. 4월혁명의 대열에 참여했던 신동문은 군사정권 이후 직접행동의 결핍에 시달려야 했으며, 결국 시를 쓸 수 있는 동력을 상실하고 말았던 것이다.

2) 비평의 주체적 지성과 정치성

1950년대와 1960년대의 현실에서 문학과 지식인의 문제는 필연적으로 비평가들의 비평 대상일 수밖에 없었다. 이를테면, 여석기는 50년대

슨 쾌감이 있는 것도 아니다. / 그런데 시가 쓰고 싶어지고 그래서 시를 쓴다." 신동문, 「목내이여, 안녕」, 『자유문학』, 1963.4, 16면.

39 신동문은 이에 대해서 다음과 같이 말한다. "시 쓰는 일보다도 지금처럼 침놓고 농사짓는 일이 더 중요해. 지금까지 내게 침을 맞은 사람이 몇인 줄 알아? 당신은 안 믿을지 몰라도 족히 십만 명은 될 거야. 또 내가 사과나 포도나 마늘이 옥수수를 얼마나 생산한 줄 알아? (…중략…) 얼치기 시가 그만큼의 아픔을 어루만지고, 그만큼의 먹을거리를 만들어낼 수 있겠는가?" 김판수, 앞의 책, 296면.

말 문학의 기능을 "지식인의 모델"을 제시하는 것으로 규정하면서, 스페인 내란에 참여했던 지식인들의 행동을 다룬 헤밍웨이의 작품들을 소개하고 있다. 앙드레 말로 식(式)의 참여, 즉 인간의 숙명적 고독과 연대성의 문제에 직면해야 하는 실존으로서의 참여적 지식인을 헤밍웨이의 작품을 통해 제시하고 있는데, 한국 문학 역시 "지성의 위기를 호소하는 현대의 증인"으로서의 역할을 담당해야 함을 강조한다. 이는 지성과 행동의 괴리 속에서 "무용인"과 다를 바 없이 "우왕좌왕하는 뿌리 없는 지식인"들이 들끓는 한국의 현실과 문학에 대한 비판적 성찰의 결과이다.[40] 4월혁명을 전후하여 비평은 지성의 문제에 보다 민감해지기 시작한다. 이승만 정권과 4월혁명은 지식인과 지성의 역할에 대해서 보다 근본적인 성찰을 하게 한 계기였으므로, 한국문학에서 지성과 지식인의 문제는 중요한 주제였다. 그러나 문인들이 겪는 '무용인(無用人)'으로서의 열패감이 컸으므로 시와 소설에서 이상적인 지식인의 전형을 형상화하기에는 무리가 있었다. 따라서 지식인과 지성의 문제는 주로 비평에서 다루어졌다고 볼 수 있다.[41]

정창범 역시 4월혁명 이후 지식인의 역할에 대해서 치열하게 고민한 비평가다. 그는 4월혁명을 거치면서 "무계획적인 순수한 봉기의 과정을 밟아 일어나"는 "대중의 울부짖음"을 확인함으로써 대중의 힘을 긍정하지만, 대중은 필연적으로 "혁명 뒤의 '안락'"을 추구하는 존재로서

---

40 여석기, 「문학과 지식인—조직과 인간의 사이」, 『사상계』, 1959.5, 321・326면.

41 실제로 장백일은 김관식의 「노인과 명약」, 최일남의 「참패」, 이호철의 「등기수속」을 통해서 비굴한 지식인상을 분석하면서, 이것이 "곧 구세대의 윤리관과 신세대의 윤리관의 틈바구니에서 살고 있는 오늘의 인간상"이며, 이러한 인간상은 "늪 속에 고인 썩은 물과도 같은" 것이며 역사의 배격을 받을 수밖에 없다고 한다. 따라서 새로운 인간상을 찾는 것이야말로 역사의 중요한 작업이라고 주장한 바 있다. 장백일, 「비굴한 지성들」, 『문학춘추』, 1964.11, 293면.

의 한계를 지닌다는 점을 비판한다. 따라서 그는 대중과 지식인의 역할을 구분한다.

곧 대중에 대해서는 '살기 위해서 어쩔 수 없이' 직업인이 되게 하고 단지 흘러가는 한줄기의 생활의 흐름이 되게 하는 현대적 질서이지마는, 예술가나 지식인(구태여 한계를 지을 필요도 없다)만은 의식분자로서의 자세를 갖추지 않을 수 없다는 점이 그것이다.

적어도 자기 자신에게 자신의 모라리티(morality—인용자)를 부과할망정 제三자에게서 강제적으로 규제 당하는 것을 거부하는 의식분자로서는 결과는 어찌 되든 간에 우선은 하나의 자세를 갖추어야 할 것이며 그것은 또한 소중한 것이다.

그리하여 여기서 그들은 새로운 형태에 대한 순응이냐, 독자적인 개성의 표현이냐, 전통에 대한 단절이냐 미온적인 정치에 대한 긍정이냐 하는 문제를 제기하게 되는 것이다. 이 경우에 있어서의 이와 같은 질문은 바꾸어 말해서 의식분자로서의 매니페스토이기도 하다.

오늘의 질서에서 대중으로 평균화되지 않은 채 자신을 형성함으로써 하나의 위치를 차지하려면 매니페스토는 있어야 하는 것인지도 모른다.

허지만 이 매니페스토가 절실한 것일수록 지식인이 가는 길은 한층 험상궂은 것이 될 수밖에 없으며 그들을 에워싸는 질서에 대한 대결의 자세가 더욱 비장한 것이 될 수밖에 없다.

(…중략…)

파멸을 회피하려는 지식인은 분명히 라디칼한 책임을 의식한다.

그러나 그들의 책임감은 행동으로 나타나는 것이 아니요 질서에서 그대로 떨어져 있는 채로 질서에 반역함으로써 생명을 의식하는 데 지나지 않다.

실천적인 대중이나 개혁자에 의해서 질서의 변혁이 이루워진 경우 그들은 다만 방관자로서 정의감을, 스릴을 느낄 뿐이며, 변혁이 이루워진 뒤엔 이전과 같은 상태에서 냉담한 침묵으로 자기방위에 급급하게 된다.[42]

지식인은 "대중으로 평균화"되어서는 안 되며, 지식인으로서 윤리적 위치를 지니기 위해서는 사회현실에 대하여 "매니페스토(manifesto, 선언)"라는 실천적 태도를 분명히 지녀야 한다는 것이다. 또한 그러한 입장이 결코 쉽지 않으며 더욱 비장한 대결의 자세가 요구되는 것임을 지적하고 있다. 정창범은 지식인을 "의식하는 계층"으로서 "양자택일할 수 있는 자유를 가진 존재"로 파악하지만, 그들의 자유는 행동하지 않음으로써 결국 "고립과 나태"를 뜻하거나 "비열한 자유", 다시 말해 "일정의 정치적 질서를 신용할 수 없는 데서 오는 냉담한 침묵"에 불과하다고 비판한다. 여기서 기묘한 역설이 발생하게 되는데, "자기 방위를 위한 자기훈련으로서의 냉담한 침묵이 도리어 자신의 부조리와 무력을 깨닫게 하는 계기"가 되는 역설이 바로 그것이다. 그리하여 정창범은 "이러한 역설이 결정적인 것이 될 때" 지식인들은 "파륜자(破倫者), 광신자(狂信者), 자살자(自殺者)로서" "의지적인 최후의 판단마저 포기하고 파멸하게 된다"라고 말한다. 이는 4월혁명 이후 한국 지식인의 상황을 정확하게 지적한 것이다. 대중과 지식인이 질서에 대한 반역의 자세를 달리하지만, "'안락(安樂)'이라는 생활이념에 있어서는 어디까지나 공통"됨을 비

42 정창범, 「현대와 반역정신－대중 · 지식인」, 『현대문학』, 1960.11, 261 · 264면.

판하고 있는 것이다.[43] 따라서 정창범은 지식인을 '카멜레온'에 비유하기도 한다. 지식인이 카멜레온화 되어가는 원인을 분석하기도 했는데, 오늘날에는 인간으로 하여금 결단하게 하여 "순교, 순사(殉死), 그리고 전사(戰死) 내지는 박해"를 견딜 용기의 원천이 사라졌다는 것이다. 과거에는 "그리스도에 대한 신앙, 왕조에 대한 충성, 조국애, 진리의 확보"라는 지조와 신념을 지킬 대의명분이 있었지만, 이십세기의 오늘날에는 그러한 것이 사라지고 말았다는 것이다. 정창범은, 그러나 오늘날의 지식인에게 남아있는 대의명분이 있다면, 그것은 바로 '인간의 자유'임을 분명히 천명한다. 정창범에게 인간의 자유는 "모든 자유의 알파요 오메가"다. 인간의 자유는 현대에서 용기와 결단을 일으키게 하고 "기꺼이 목숨을 내걸게 하는 새로운 원천"이라는 것이다.[44]

정창범이 앞의 인용글에서 지식인과 예술가를 구태여 구분할 필요가 없다고 한 것에서 알 수 있듯이, 그에게 문인은 당연히 지식인의 범주에 속한다고 볼 수 있다. 따라서 정창범은 "정치가 소수의 지배층에서만 조작되었던 시대는 이미 지나간 지 오래"임을 지적하면서, 오늘날의 문학은 당연히 정치와 관계될 수밖에 없음을 역설한다. "오늘날 문학이 정치를 다루는 일은 문학이 원래 지닌 현실재현의 기능을 발휘하는 그 정도의 얘기에 불과"할 만큼 매우 당연한 일이며, "작가가 현대적 상황을 추구하는 한 어느새 정치성을 획득한 작품을 만들 수 있"다고 주장함으로써 문학의 현대성을 정치성에 직결시킨다. 그러나 정창범은 한국 문학이 정치성을 제대로 형상화하는가에 대해서는 매우 비판

43 위의 글, 263~264면.

44 정창범, 「카메레온의 비극-지성의 배신계보」, 『사상계』, 1963.12, 275~278면.

적이다. 한국문학의 정치성은 "작가자신의 뚜렷한 정치감각이나 정치의식에 의해서 포착한 현실이 아니라 외적 현실을 묘사하다 보니까 저절로 묻어 들어온 정치적 요소"에 지나지 않으며, 그러한 정치적 요소는 독자에게 어떠한 작용도 하지 못하기 때문이다. 그러나 정창범이 비정치적 문학을 맹목적으로 비판하고 있는 것은 아니다. 그는 "투철한 예술정신을 견지하는 나머지 정치적 현실에 애써 냉담해지려고 하거나 반감을 표명"하는 입장을 "하나의 문학적 태도"로 인정한다. 그가 비판적으로 주목하는 것은 "정치의 피해를 천재지변에 의한 피해와 혼동"한 나머지, "체념적으로 정치에 무관심한 작가"이다. "그들의 자세는 한마디로 전근대적인 것"이며, 이런 종류의 사람이 늘어날수록 "대중데모크라시가 무너지고 만다"는 점에서, 정치적으로 체념적인 작가는 "독재자에 대한 잠재적 지지자"라는 것이다. 또한 정창범은 반공이데올로기로 점철된 작가의 작품성에 대해서도 비판하고 있는데, "구성력이나 응시력의 결여로 예술 이전의 생경한 세계만을 보여주어 읽는 사람으로 하여금 권태감을 느끼게 한다"는 것이다.[45] 이처럼 정창범은 군사정권 이후 폭압적인 현실 속에서 정치적으로 체념하는 작가적 풍토를 강도 높게 비판한 비평가로 주목할 만하다.

실제로 1960년대 비평은 정치적 문제를 사유하기 시작한다. 그 사유의 중심에는 물론 4월혁명과 5·16군사쿠데타[46]가 자리 잡고 있다. 좌

45 정창범, 「정치와 문학」, 『현대문학』, 1965.6, 250~252면.

46 5·16군사쿠데타에 대해서는 비평가들의 입장이 상반된다. 이철범은 박정희 군사정권의 혁명공약 이행 과정에 대해 "혁명기간 중, 우리는 적지 않은 고통을 받았다"고 고백하면서 "행여나 과감한 군대적 행정력이, 한꺼번에 전부를 하겠다는 의욕이 자유를, 민주적 권리를 해치지 않을까"하고 비판하고 있다. 이에 반해 전영택은 "돌이켜 생각하면, 五月革命은 한국 역사에 있어서 결코 돌발적인 사건이 아니라 숙명적이요 자연적인 현상이라고 할 수 있다. 혼

익비평가였던 백철은 누구보다도 반공이념의 검열을 내면화한 비평가라고 할 수 있는데, 4월혁명은 반공이념의 경화를 거부했다는 점에서 무엇보다도 반가운 역사적 사건임에는 분명했다. 그러나 무엇보다도 백철은 감격적으로 다음과 같이 말한다.

> 불과 수개월의 기간이지만 四・一九 전의 인간들과 오늘의 인간들은 그 존재의 의미가 달라졌다. 가령 우리 문학작품에 흔히 주인공으로 등장하는 지성인들에게 큰 변화가 생긴 것이다. 이런 현실적인 변화는 필연적으로 금후의 우리 작품의 인물과 사건에 큰 변모를 가져올 것으로 예기되는 것이다.[47]

문학이 처한 무기력한 상황을 혁파하는 데 있어서 4월혁명은 결정적인 역사적 사건이다. 심지어 4월혁명을 기준으로 인간의 존재 의미가 달라졌다고 주장한다. 혁명 이전의 무기력했던 작품의 인물상 역시 달라질 것이라 기대하고 있는 것이다. 이는 4월혁명이 보여주었던 '지식과 행동의 일치'에서 비롯된 충격적인 감격에 대한 비평적 반응이다. 그리고 이러한 반응은 당대 비평가들의 보편적인 모습이기도 했다. '지식과 행동의 일치'는 급기야 문학과 문인의 일치로 전이되기도 했는데, 김우종은 4・19를 계기로 "문학과 개인적인 인격"의 일치를 주장했던 것

히 말하는 바와 같이 곪길대로 곪긴 것을 그 이상 더 둘 수가 없는 치명적인 상태에서 절개수술을 한 것이다"라고 말한다. 1960년대 당대에서는 전영택의 우호적인 발언이 좀 더 보편적이라고 할 수 있는데, 박정희의 혁명공약 이행과정에 대해 "五・一六 이후에 척척 해 나가는 것을 보니 참으로 특등상 주어야 할 만큼 잘해나간다"고 했던 이인식의 발언처럼 군사정권을 승인하는 분위기가 비평가들 사이에 지배했다고 볼 수 있다. 이철범, 「혁명과 시인과 고독」, 『세대』, 1963.12, 108~109면; 전영택, 「혁명과 문학인의 지향」, 『현대문학』, 1962.4, 48면; 이인석, 「혁명현실과 문학」, 『자유문학』, 1961.8, 82면 참조.

47 백철, 「혁명 뒤에 오는 문학과제들」, 『새벽』, 1960.9, 207면.

이다.[48] 이것은 매우 중요한 비평적 진술인데, 작가에 대하여 지식인의 의무를 부여한 것과 다름없기 때문이다. 김우종에 따르면 작가는 작품을 통해서만 말하는 것이 아니라 삶을 통해 실천하고 구체적으로 행동하는 지식인이 되어야 한다. 작가는 이제 4월혁명을 통해 지식인으로서의 뚜렷한 의무와 사명을 지니게 된 것이다.[49]

홍사중은 누구보다 지식인 문제에 집중했던 비평가다.[50] 홍사중이 비평가로서 지식인의 문제에 관심을 기울인 까닭은 그의 남다른 비평관 때문이다. 홍사중은 문학인 역시 지식인과 마찬가지로 사회적 책무를 인식하고 실천해야한다고 생각했다. 따라서 홍사중에게 비평이란 "문학의 그 어느 '쟝르'에 종속된 것이거나 또는 그러기에 공리적인 것일 수

48 김우종은 다음과 같이 말한다. "문학을 하자면 소질도 중요하지만 올바른 인격을 갖추지 않고서는 어떠한 문학활동도 하지 말라는 것을 의미한다. 사실로 四·一九 이전까지는 문인들에 대하여 문학 이외의 생활에 대해서는 거의 간섭하지 않는다는 것이 관례로 되어 있었다. 그리고 개인적인 생활에 대해서는 아무리 과오가 있더라도 법에 의지하지 않고서는 간섭하는 않는 것이 좋을지 모른다. 그러나 문학이 곧 개인적인 인격의 표현인 이상 문학과 개인적인 인격을 구별해서 생각할 수 없는 일이다." 김우종, 「작가의 반항권과 자유」, 『세계』, 1960.7, 328면.

49 작가로서의 지식인의 역할은 사실 4월혁명 이후에 처음 출현한 것은 아니다. 그것은 1950년대부터 수입해 들어오기 시작한 서구 사상에서 비롯된 것이다. 특히 사르트르의 영향은 지대했다. 사르트르는 1950년대에서 1960년대에 이르기까지 한국 비평과 지식인론에 큰 영향을 주었다. 사르트르의 지식인론은 프랑스에서 발원한 근대적 지식인론에 뿌리박은 것으로 지식인의 사명감을 수혈 받음으로써 1960년대라는 참혹한 정치현실을 견디기 위한 이론투쟁의 한 수단이었다. 삐에르·베르토의 「지식인과 행동」(『사상계』, 1954.1)의 『자유문학』(1960.9)재수록을 시작으로, Bondy Francois의 「사르트르와 정치」(『신동아』, 1968.4), 임갑의 「싸르트르의 사상과 정치참여」(『청맥』, 1965.2·3), 사르트르의 「지식인의 위치와 역할」(『세대』, 1966.11), 「지식인의 저항—그 고독한 운명」(『사상계』, 1967.2)이 소개되고 있는데, 지식인과 참여 혹은 정치에 관한 대부분의 평문들이 사르트르의 지식인론의 영향 아래에 있다고 할 수 있다. 특히 사상계는 '지식인'에 대한 특집을 지속적으로 내보내고 있다. 특집 제목은 다음과 같다. 「아시아의 지성」(1955.9), 「현대·지성·지식인」(1956.4), 「인텔리겐차」(1959.5), 「한국의 지식층」(1961.9), 「현대지성의 기수」(1964.12), 「대중 속의 지식인」(1966.4).

50 지식인 문제와 관련해서 발표한 홍사중의 글은 다음과 같다. 「지식인의 의상—한국의 지식인의 제문제」(『현대문학』, 1962.2·3), 「카메레온의 윤리—태양이 보이지 않는 날의 엘리뜨」(『세대』, 1965.9), 「지식인과 권력」(『기독교 사상』, 1968.4), 「두 지성론」(『창작과비평』, 1975.3)

는 절대로 없는 것"이며, 비평가 역시 "단순한, 측량기사가 아니라, 문학이 제시한 삶 자체에 대하여 스스로의 온 인격과 능력을 다하여 파들어가는 창조적인 지식인"으로서의 의미를 지닌다.[51] 홍사중은 『사상계』 1961년 9월호 '한국인의 지식층' 특집에 대한 분석을 하면서, "대중에게 위정자나 정책가의 비위를 폭로하고 억압된 계급의식을 일깨워주면서 그 힘을 조직화시키면서 상·하(上·下)를 견제하면서 스스로의 이상을 실현해 보는 것이 지식인의 임무이며 사명일 것"이라는 고영복의 지식인론을 가장 구체적이라 평가하고, "진정 지식인은 사회의 지성을 대변한 사회의 양식과 자유의 수호자"라고 말한다. 그리고 다음 내용을 덧붙이면서 결론을 맺는다.

> 역사의 전위부대로서의 지식인이 지닌 가장 큰 과제는 항상 전진적인 이념을 제시하고, 이를 사회의 모든 계급에 침투시킴으로써 민주주의의 중량을 증가시키는 데 있는 것이다. 이때 중요한 것은 '억압된 계급의식을 일깨워' 주는 것도 아니요, 상하(上下)를 '견제'하는 것도 아니다. 왜곡된 선량의식(選良意識)을 버리고, 민중의 생활현실 속에 뛰어 들어가 민중의 숨김없는 호흡을 지표로 하여 미래에의 투시를 꾀하고, 민중과 더불어 아름다운 사회를 건설해 나가려는 자세, 이것이 무엇보다도 요긴한 것이 아닐까.[52]

홍사중은 고영복의 지식인론이 지닌 사회주의 이데올로기를 경계하면서, 지식인의 역할은 민중의 삶 속으로 스며들어가 함께 호흡하는 것

51 홍사중, 「비평의 영토(上)—비평문학의 한계성」, 『사상계』, 1961.7, 295면.
52 홍사중, 「지식인의 의상(下)」, 『현대문학』, 1962.3, 257면.

임을 강조하고 있다. 고영복과 같은 맥락임에는 틀림없지만, 홍사중은 다만 지식인의 임무와 사명에서 이데올로기적 색채를 벗겨내고자 했다. 홍사중은 지식인이 가져야 할 자세에 대해서 고민해왔지만, 한국의 지식인론이 이데올로기적 경사를 지니는 것을 경계해왔다. 그리고 홍사중은 다른 비평가와 마찬가지로 문학인들이 느끼는 '좌절감'의 극복이야말로 가장 시급한 문제로 보았다. 그러나 그는 이 좌절감의 원인을 다른 곳에서 찾고 있다. 일제강점기부터 조선의 지식인이 느꼈던 좌절감은 "서구적인 것에 다시 없이 화려한 꿈을 기탁(寄託)하며 설계하고, 서구화를 향하여 치달렸던" 한계[53]에서 비롯된다고 본 것이다. 이 좌절감은 "한국의 민족 상실과 한국 지성의 주체상실"과도 무관하지 않다. 서구사상에 지나치게 의존한 까닭에 "서구적 자유주의"에서 "전체주의"로, "맑시스트"에서 "극우적인 사상가"로 표변할 수밖에 없는 카멜레온적 성향은 한국적 주체성의 상실에서 오는 것이며, 여기서 바로 지식인의 지적 좌절감과 무력감이 올 수밖에 없다는 것이다. 주체성을 상실한 지식인의 사상은 실제 현실과 유리된 방향으로 가게 됨으로써 실천의 생명을 상실한다는 점을 지적하고 있다.

최일수[54] 역시 "한국의 일부 지식인 및 문학예술가들"이 "휴전선을 응시하고 있는 오늘의 현실 속에서 현대의 지성을 찾으려 하지 않고 무조건 서양의 최후적인 사색이 주는 극한의식을 수입"하는 몰주체성을 비판한다. 특히 야스퍼스, 사르트르, 까뮈 등의 실존주의와 엘리어트의 전통론 등의 무비판적 수입에 대해서 비판하고 있다. 이들 이론의 수입이

53 홍사중, 앞의 글, 1965.9, 159면.

54 최일수, 「현대지성의 현대문학—'오늘'을 창조하는 시간 위에서」, 『현대문학』, 1965.5 참조.

"인간의 주관적인 위기의식을 관념적으로만 초극하려고 발버둥치지만 이미 그 자체가 거세적(去勢的)인 묵은 지성(知性)"이기 때문에 현실문제의 진정한 해결책이 되지 못한다는 것이다. 따라서 최일수는 서양의 사상에 의존할 것이 아니라, 그리고 이의 극복을 위해 한국의 전통 유산에만 집착할 것이 아니라, 한국의 지금 현재 "'오늘'의 시점에서 오늘의 역사를 창조"해야 하고 이것이야말로 진정한 "현대지성(現代知性)의 향방(向方)"임을 주장한다.

이처럼 다소 추상적이긴 하지만 지식인과 비평가의 주체적 지성을 강조하는 까닭은 한국의 토양에 바탕한 주체적 지성만이 한국 현실의 문제를 해결하고자 하는 의지를 가질 수 있고, 실천적 행동에 돌입할 수 있다는 판단 때문이다. 이는 지식인의 무력감과 무관하지 않은 문제다. 지식인의 무력감과 열패감, 그리고 자괴감은 지식인으로서 주체성을 확보하지 못한 결과이기 때문이다. 1950년대와 1960년대의 지식인들이 주장했던 무력감의 극복은 바로 주체적 지성의 회복을 의미하는 것과 다르지 않다. 이 지성의 주체성으로부터 확고한 주장과 강렬한 저항이 나오기 때문이다. 마찬가지로 손우성[55]은 "저항은 자아의 주장"이자 "주체의 힘"이며, "주체는 외적 침범을 물리칠 능력을 갖춘 때에 비로소 서는 것"임을 역설한다. 주체성은 자유와도 연결되고, 주체적 인간으로서의 자유인은 "어떤 형태의 독재"와도 싸우는 저항성을 지닌다는 점에서, 주체적 지성은 정치적으로 매우 중요한 문제였던 것이다.

정태용 역시 문학의 정치성을 강조함으로써 정치적 문제에 관여한

55 손우성, 「지식인과 저항」, 『사상계』, 1968.5, 84・91・92면.

비평가이다. 그는 이미 1950년대 후반에 문학과 정치의 관계에 주목한 바 있다. 그가 보기에 "문학의 주목적은 물론 하나의 제도나 기구를 만들어 내기 위하여 있는 것은 아니"라, "언어나 문자를 매개로 하여 아름다운 예술미를 조형"하는 것이지만, 이 예술미는 "개인이나 집단이나 인류"가 "보다 잘 살면서 영속할 수 있는 노정(路程)을 발견하려는 노력이기 때문에 궁극적으로는 정치의 목적과 다르지 않은 것"이다.[56] 그래서 정태용은 비평에서 정치성을 소거한 이어령을 '사이비 지성'으로 맹렬하게 비판[57]하면서, 비평정신의 정치적 주체성을 주장했던 것이다. 뿐만 아니라 서구 사조에 기댄 주지주의(主知主義) 계열의 시인들을 향해 "주지시(主知詩)를 쓰면서 지성(知性)이 이렇게 빈약한 사람들은 사상(史上) 처음 구경"한다는 말로 공박하기도 한다. 그리고 정태용은 "문학자는 의욕적으로 근대정신의 구현자"가 되어야 하며, "조국의 근대화를 추진하는 힘"이 될 것을 주장한다. 이 '근대화'란 "정치사회적으로는 정치적 자주독립, 경제적 자립으로 복지사회를 이룩하여 빈곤과 실업이 없는 민주주의적 국가로 만드는 것"이다. 정태용의 비평적 관점에서 작가는 "사회참여"를 해야만 하며, "문명사나 사회를 과학적으로 비평 인식하는 능력"이 있어야 한다.[58] 이처럼 정태용의 지성은 참여적 지성이며 궁극적으로 정치적인 것이다.

56 정태용, 「정치와 문학」, 『중앙정치』, 1957.11, 88면.
57 정태용, 「사이비 지성의 문학」, 『현대문학』, 1963.5 참조.
58 정태용, 「주체성과 비평정신」, 『현대문학』, 1964.7 참조.

3. 혁명적 지성의 쇠퇴와 한계참여론

지식을 행동으로써 실천하지 못하는 지식인은 다시 근원적인 자기 한계에 맞닥뜨리게 된다. 이때 지식인은 실천적 무력감 속에서 관념적이고 이상주의적인 태도를 벗어나지 못하는 경우가 대부분이다. 하여 지식인의 참여는 체제비판을 벗어나 체제순응 혹은 체제협력으로 변절하게 되며, 체제비판적인 지식인의 사상과 행동을 억압하는 데 동참하게 된다. 군사정권의 근대화론 및 발전론에 호응하면서 권력체제로 편입한 지식인의 양태를 참여적 행동이라고 볼 수는 없을 것이다. 그러나 1960년대의 지적 풍토 속에서는 이들의 체제편입을 참여로 보는 시각이 존재했다. 주로 『정경연구』를 중심으로 한 지식인 논의는 체제영합적인 틀을 벗어나지 못한다. 대표적인 논자로서 임방현을 들 수 있는데, 그는 에드워드 쉴즈의 논의를 빌려 군부세력과 지식인의 관계를 박정희 정권의 발전론을 중심으로 새롭게 정립해야 함을 주장한다.[59] 이는 60년대 지식인 담론의 뚜렷한 한 흐름을 형성하는 것으로 군사정권의 발전론과 지식인의 관계 속에서 체제비판성이 체제옹호성으로 전환되고 마는 계기가 되고 있다. 지식인은 이른바 일종의 기능인인 '지식기사'로 전락함으로써 지식인의 본성이라고 할 수 있는 비판성이 거세

---

59 이를 테면 임방현은 다음과 같이 말한다. "지금 근대화에 목마른 신생 국가들은 의식의 정체성을 박차고 전통 사회의 균질화 · 기능화 · 효율화 혁명으로 들어서고 있다. 사회계층간의 마찰 등 근대화 과정에서 발견되는 질적 이행의 발열현상에도 불구하고 궁극적으로 정치 지도 세력과 지식인의 상호 수요관계 정립은 이 혁명 수행에서 실로 관건적인 구실을 하는 것이라고 생각한다." 임방현, 「혁명과 지식인」, 『근대화와 지식인』, 지식산업사, 1973, 237면.

되고 마는 것이다. "기능적 측면에 충실한 지식인과 체제비판의 사명에 주력하는 지식인은 으레 서로간의 갈등을 빚으며 후자가 거의 언제나 전자로부터 핍박을 받게 되어 있는데 이런 현상이 60년대 이후 강력하게 나타나기 시작했"던 것이다.[60] 실제로 4월혁명의 일부 세대는 정치세력화 되어 '10월 유신'을 지지하기도 했으며, 군사정권의 요직을 차지하기도 하였다.[61]

비평가 김병익은 이러한 지식인의 타락을 '지성과 반지성'의 구도로 인식한다. 그는 페터 호프스테터(Peter R. Hofstätter)의 논의를 빌려와 '지식'과 '지성'을 구분한다. 즉 '지식'을 "제한된 그러나 명백히 선고된 목표의 구조 안에서 작용하며 그 목표를 이루는 데 아무런 도움을 주지 않는 것처럼 보이는 회의적 사고는 재빨리 팽개쳐 버리"는 지적 작용으로 보는 반면에, '지성'은 "음미하고 사색하며 회의하고 논리화하며 비판하고 상상하"는 지적 작용으로 파악한다. 4월혁명 직후 군사정권이 출현한 이래 한국의 지성들은 '지식'이라는 '반지성'적 집단으로 몰락하고 말았다는 것인데, '지식계층에 의한 지성의 와해현상'은 '어용' 혹은 '사이비'라는 접두어의 남용을 통해서도 충분히 설명된다는 것이다. 어용 교수, 어용 문인, 사이비 교수, 사이비 언론인 등의 범람은 문화창조자로서의

60 김병익, 「권력과 반지성주의」, 『기독교 사상』, 1975.1, 77면.

61 군사정권은 4월혁명 3주년을 맞아 4월혁명 참가 유공자 169명, 4월혁명 상이자 180명에게 건국포장을 수여키로 결정했는데, 수여식장에서 포상대상자 30명이 불참하고 할복자살을 기도하는 사람도 있을 정도로 4월혁명 학생세력들의 불만이 많았다. 그럼에도 불구하고 4월혁명 세대들은 '사랑방'이라는 친목단체를 만들어 친군부 정치세력화를 시도하였으며, 6·3세대를 흡수하여 4월혁명세대의 연대의식을 강조하였다. 4월혁명세대가 갓 30을 넘을 무렵인 1972년에 이들은 이미 정치적인 세대로 변모해 있었다. 이에 대한 비판적 시각이 젊은 층에서 대두되기도 했는데, 순수해야할 학생세력이 4·19의 위업을 정치적 세력화에 이용하려한다는 반발과 비난이 그것이다. 윤재걸, 「4·19 권력엘리트의 야망」, 『정경문화』, 1984.4, 296~298면.

지성인이 아니라 지식기능공으로서의 반지성적 사회분위기를 말해주는 증좌로서, "60년대 이후 지성인의 강경한 태도를 연화시키는 지식인 자체의 오만한 설득과 함께 지성인을 일면 억압하고 일면 회유함으로써 지성의 탄력성을 둔화시키고 그들의 관심을 다른 곳으로 돌리는 정부의 對지식인정책이 성공한" 결과이다.[62]

1960년대의 한국 지식인들은 권력에 대한 비판적 소명을 상실해가고 있었다. 지식인은 권력에 대해 일정한 거리를 확보할 때 비판적 태도를 유지할 수 있으며, 권력의 마력과 위협에 포섭되는 순간 어용·사이비 지식인이 될 운명으로 전락하고 만다. 그러나 권력에 대한 비판적 성찰이 근대 지식인의 정체성을 이룬다는 사실을 주목하지 않을 수 없다. 중세 절대왕정의 몰락과 더불어 도래한 계몽주의 시대는 "반체제적인 비판자로서의 지위"를 지식인에게 부과하기 시작한 것이다. 그리하여 20세기 초 드레퓌스 사건에서 보듯이 지식인은 절정의 존재론적 가치를 맛보았다. 그러나 근대지식인들이 언제나 반체제적인 인사로 활동할 수 있는 것은 아니었다. "근대자본주의가 대두된 이래 지식과 학문은 '부'와 '관직'을 추구하는 부르주아의 가장 유력한 무기가 되"었기 때문이다.[63] 그래서 일부는 체제영합적인 관제학문의 길을 갔으며, 다른 일부는 대학 속에서 피난처를 구했다. 자본주의 사회 속에서 체제비판적인 지식인들의 지성은 자연스럽게 퇴화되고 말았다. 아도르노가 말했듯이, "자본주의는 자율적이던 지식인들을 다른 것들과 똑같은 상품으로 바꿔놓고, 그리하여 그들의 정체성을 파괴하"기[64] 때문이다. 마찬

---

62 김병익, 「지성과 반지성」, 『문학과지성』, 1971.5 참조.
63 이광주, 「지식인과 지식사회」, 『세대』, 1968.2 참조.

가지로 60년대 한국 사회의 지식인 역시 군사정권의 폭압과 근대화의 지배적 논리 속에서 위기의 상황에 처하게 되었다. 김병익의 말에 따르면, '위기'란 다름아닌 "지성인의 자기 확인"을 가능케 하는 "고민하는 자세"의 상실로서, '고민'이야말로 지성인(지식인)이 희생적으로 받아들이는 "삶의 양식"이다.[65] 그러나 60년대 지식인의 삶의 양식은 점진적으로 창조와 비판의 자유를 상실한 앙상한 모습에 지나지 않은 것이 되고 말았다.

> 이제, 이 앙상한 양식이 우리 지식 사회를 이미 침식하여 지배하고 있다. 지성인의 퇴각은 무참하여 반지성적 세력과 대적할 힘과 무기를 잃었고 마침내 그 명분도 박탈될 즈음에 있다. 그리하여 항복의 손을 내밀지 않는 것만으로 우리 사회에서는 가장 훌륭한 지성인의 모습이 되었다. 행동하지 않고 깨어있는 것만으로도 가장 용감한 결단이 되었다. 깨어있음, 그리고 침묵을 지킴은 지극히 소극적인 자세임에도 불구하고 이제 그것은 용기 있는 실존적 선택이며 그 선택은 운명적인 소명감의 가장 현실적인 표현이 되고 있는 것이다.[66]

인용문의 내용 중 눈여겨 봐야할 지점은 "행동하지 않고 깨어있는 것만으로도 가장 용감한 결단이 되었다"일 것이다. '행동'을 소거하고 '깨어있음'만을 남겨두는 지성인의 퇴각은 그 자체만으로도 "용감한 결단"으로 칭송받는다. 이런 종류의 결핍은 지식인이 가져야할 당연한 조건

64 앨런 S. 케이헌, 정명진 역, 『지식인과 자본주의』, 부글북스, 2010, 365면.
65 김병익, 앞의 글, 1971.5, 239면.
66 위의 글, 239면.

이 되었다. '행동'을 결여하고서도 지식인은 온당한 지위를 유지할 수 있게 된 것이다. 다시 말해 시대 현실에 대해 깨어있고 비판적 성찰을 하고 있다는 것만으로도 지식인의 소명은 충분히 실현된 것으로 보고 있다. '직접행동'이 원천적으로 차단되고 마는 현실 속에서 지식인은 "깨어있음"이라는 양식(樣式)을 스스로 공인한다. 그 양식이란 다름 아닌 '고민하는 자세'이다. 지식인의 '고민'이야말로 1960년대 한국문학의 한 자리를 차지했던 주제항이다.[67] 요컨대 지식인과 권력의 긴장 관계 속에서 지식인은 더 이상 '직접행동(direct action)'[68]을 하지 않고 반체제적 자각만을 실행하거나 언어를 통해 체제비판적인 의사표현을 단행할 뿐이다. 60년대의 필화사건을 떠올릴 때 한국사회는 '글쓰기'만으로도 '직접행동'에 충분히 근접하는 의미를 가질 수 있었던 시대였다. 그러나 어느 순간 직접행동의 가능성이 완전히 소거되고 언어를 통한 체제비판 역시 권력이 허용하는 범주 내에 머물게 됨으로써 지식인의 언

---

67 이를 테면, 송재영은 다음과 같이 말한다. "50년대의 새로운 작가들에 의해서 지식인의 고뇌와 좌절이 소설의 일관된 테에마로 다루어지기 시작했다는 것은 매우 심대한 의미를 갖는다. 특히 이것은 국권회복 이후 정치적 혼란, 6・25 동란, 4・19의거, 5・16군사혁명, 그리고 최근에 이르기까지 우리의 정치적・사회적 현실이 그 어느 때보다도 착잡했고, 아울러 이런 상황에 있어서의 지식인의 정신적인 삶은 한국 현대정신사의 내용을 이룬다고 보이기 때문이다. 더구나 일반 국민의 교육수준이 현격히 향상되고 그 결과 오늘날 사회 각층에는 학사 이상의 많은 지식인이 활약하고 있다. 뿐만 아니라 일급 지식인이라 할 수 있는 대학교수, 각계의 전문직 인사, 문화예술계의 지도층 등도 결코 적지 않은 수에 달하고 있다. 요컨대 수적으로 따져도 오늘날 한국의 지식인이 결코 적지가 않으며, 따라서 이들의 삶의 양식 또한 문학에서 깊이 반영되어야 할 것이다." 송재영, 「지식인 소설의 전개」, 『문학과지성』, 1975 여름, 291~292면.

68 지난 수십 년 사이 '직접행동(direct action)'은 대중의 일반적인 저항 방식으로 자리 잡았다. 직접행동은 이제 대의민주주의에서 표출할 수 있는 저항의 필수요소가 되었다. 그러나 정당화될 수 있는 직접행동의 한계에 대한 논란이 분분한 편인데, 일반적으로 직접행동은 '민주주의의 결손(democratic deficit)'과 시민이 느끼는 좌절감에 대한 반응으로서 나타나며, 민주적 자력화(democratic empowerment)의 한 형태이기도 하다. 에이프릴 카터, 조효제 역, 『직접행동』, 교양인, 2008, 27~33면 참조.

어는 규범적 양식화의 틀에 빠질 수밖에 없었다.

"정치적 영역에 들어가고자 하는 자는 누구나 우선 자기 생명을 버릴 준비가 되어 있어야 한다"[69]는 한나 아렌트의 말을 떠올려보자. 이는 결코 비유적인 진술이 아니다. 그러나 4월혁명의 퇴조 이후 60년대 지식인들은 더 이상 거기까지 갈 수는 없었다. 60년대 지식인들을 지배했던 수치와 무력감은 바로 여기서 비롯되었으며, 수치와 무력감을 견디기 위해 지식인의 '공인된 양식'을 공고히 하지 않을 수 없었던 것이다. 지식인의 '공인된 양식'이란 다름아닌 지식인의 근원적인 한계에 대한 자각에서 비롯된다. 요컨대, "지식인의 힘의 한계는 어디까지나 문제 제기에 있지 문제 해결까지는 못"한다는 식의 발언(최석채)[70]은 지식인의 실천 범주가 축소되고 있음을 공인하는 또 하나의 증좌이다. 지식인의 실천이란 직접행동을 통한 참여가 아니라 언어를 매개로 한 간접행동이라는 것이다. 결국 이러한 논의는 4월혁명 직후 있었던 지식과 행동의 일치라는 지식인의 자기확대가 결국 1950년대 "지식계급의 자기부정"[71]이라는 퇴행화된 지식인의 자기규정 혹은 '양식화(樣式化)'로 되돌아가는 현상을 보여준다. 이는 "지성과 행동의 이율배반"[72]과 다르지 않다. 지성과 행동의 이율배반은 덕성의 결여에서 비롯되는 것으로 이때의 덕성이란 앎을 실천으로 행동화할 수 있는 '용기'를 구성요소로 두고 있다. 60년대 지식인들의 자기검열은 이 용기를 철저하게 억압했다. 지

69 한나 아렌트, 이진우 · 태정호 역, 『인간의 조건』, 한길사, 2001, 88면.

70 최석채는 물론 지식인의 힘의 한계를 지식인의 조직체 구성을 통해 극복해야 함을 주장하고 있긴 하다. 최석채 · 고영복, 「지식인」, 『세대』, 1969.2, 66면.

71 한태연, 「한국의 지식계급」, 『사상계』, 1959.5, 311면.

72 안병욱, 「지성과 행동의 이율배반」, 『다리』, 1970.11, 28면.

식과 행동의 일치라는 4월혁명의 정신성은 '용기'를 삭제함으로써 지식인의 "자기부정" 혹은 "이율배반"을 어쩔 수 없는 자기한계로 규정했던 것이다. 이러한 참여론의 자기한계는 1970년대로 넘어가면서 임헌영에 의해서 '한계참여'로 규정되기도 했다.

> 흔히들 지식인 가운데는 자신들의 기능을 옛 군자식 규범에다 두고서 대로(大路)로 떳떳이 가는 것만이 참된 지식인의 행위라고 주장하는 예를 본다. 그러나 정치권력이 지식인에게 '큰 길' 통행을 전연 용납하지 않을 때는 그럼 지식인은 집 안에만 들어앉아 나물 먹고 물마시고 팔 베고 누워만 있어야 하는 것일까란 문제에 당면하게 된다.
>
> 여기에서 나온 지식인의 '한계참여론'이 절충주의라는 것이다. 지식인은 떳떳이 성명서나 발표하고 그냥 있으면 이에 민중들이 일어나서 싸워야 한다는 것이다. 만약 지식인들이 성명을 발표했는데도 민중이 뒤따르지 않으면 할 수 없는 일이 아니냐는 주장이다.[73]

여기서 발견되는 지식인의 결핍은 다름아닌 '용기'라고 할 수 있다.[74]

---

73 임헌영, 「어용과 참여」, 『창조와 변혁』, 형성사, 1979, 57면.

74 아리스토텔레스의 논의를 빌리자면, 고대 그리스의 '폴리스'에서 생명에 대한 너무 지나친 사랑은 자유에 방해가 되며 이것은 동시에 노예의 확실한 표시였다. 그래서 용기는 가장 우수한 정치적 덕이 되었다. 용기를 소유한 사람만이 내용과 목적에서 정치적인 공동체에 소속될 수 있고, 그럼으로써 삶의 필요성이 모든 사람들에게 부과한 '단순한 공존'도 극복할 수 있었다. 아리스토텔레스가 시민의 삶이라 부른 '좋은 삶'은 단지 일상의 삶보다 더 훌륭하고 근심으로부터 자유로우며 보다 고상한 생활이 아니라, 이것과는 질적으로 전혀 다른 삶이었다. 단순한 삶의 필연성을 지배하고 노동과 생산으로부터 자유로우며, 자신의 생존에 대해 모든 피조물이 갖는 내적 충동을 극복하는 정도에 이르러서 더 이상 생물학적 과정에 매여 있지 않게 되었을 때, 이를 '좋은 삶'이라 부를 수 있었다. 아리스토텔레스의 '좋은 삶'이란 곧 행위의 용기를 지닌 삶으로 행동하는 지식인의 상과 일치하는 면이 있다. 한나 아렌트, 앞의 책, 88~89면.

1960년대 지식인의 행동양식에는 이러한 용기의 결핍이 본질을 이루고 있다. 이것은 지성과 행동의 이율배반을 극복하기 위한 것으로 양심・성실・용기・정의를 포괄하는 덕성을 강조한 안병욱의 논리와도 일치한다. 즉, 안병욱은 "현대 한국사회의 비극은 주로 덕성의 결핍에서 온다"고 진단했던 것이다.[75] 4월혁명 당시의 환희와 수치 속에서 발견했던 지식인의 진정한 참여의 길은 인간 덕성의 결핍으로 인해 차단될 수밖에 없었으며, 이러한 지식인의 자기한계를 절충적으로 '양식화'하는 작업이 60년대 비판적 지식인의 무의식을 이루고 있었던 것이다. 60년대에 활발한 비평활동을 했던 선우휘 역시 1970년대 중반에 다음과 같은 결론을 내리고 만다.

> (선우휘)좀 더 극단적으로 얘기하면 만약 내가 죽음을 각오하고라도 신문이나 잡지에 나의 뜻을 활자해서 발표 하겠다 할 때에 과연 그것이 가능하냐하면 가능하지 않습니다. (…중략…) 그대로 해야 된다고 한다면 그 방법은 어떤 것인가? 지금 같은 상태에서 저로서는 어쩔 도리가 없지 않는가 생각합니다. 결국 물리적인 힘을 쓸 수 없는 지식인이 할 수 있는 행동의 양식에는 한계가 있다고 봅니다. 그런 면에서 현재는 지식인이 되기 힘든 상황이 아니겠는가. 그러니까 지식인 한 사람 한 사람은 이 문제를 자기 내면적인 양심의 문제로 삼아 부단히 반성하고 고뇌하는 수밖에 없는데 물론 그것에 그쳐서는 관념론자밖에 못 되는 까닭에 어떤 방법으로든지 해결은 보아야할 것입니다만…….
>
> 이점은 지식인 공동의 과제로 삼아야할 것으로 생각됩니다.[76]

75 안병욱, 앞의 글, 28~29면 참조.

76 좌담회(선우휘・지학순・차하순・이용희), 「지식인과 현실참여」, 『신동아』, 1974.1, 55면.

1960년대를 훌쩍 뛰어넘어 1970년대 중반에 이르러서야 선우휘는 지식인의 한계를 뚜렷이 인식하고 있다. 이는 선우휘의 인식만이라기보다는 당대 지식인들의 보편적인 인식이라고 하는 것이 정확하다. 그러나 보다 중요한 것은 당대의 지식인들이 근대 지식인의 특성에서 벗어나고 있는 뚜렷한 증좌를 보여주고 있다는 점이다. 근대지식인은 프랑스 계몽 사상가들에서 발원된 결과로서 "지식보다는 행동에 그들의 앰비션을 걸고 있다는 것이 바로 근대 지식인의 특성"[77]이다. 4월혁명에서 순간적으로 발현되었던 지식인의 앙가주망(engagement), 즉 현실참여는 군사정권이 자행한 폭력의 독점으로 말미암아 근원적인 한계선에 부딪히고 만 것이다. 그렇다면 지식인은 지성을 행동으로 실현하는 데서 물러나 새로운 전환점을 발견하지 않으면 안 되었다. "물리적인 힘을 쓸 수 없는 지식인이 할 수 있는 행동의 양식에 한계"가 작용할 때 발생하는 "지식인이 되기 힘든 상황"이라는 선우휘의 발언은 행동을 결여한 지식인은 지식인의 자격을 상실하고 있음을 의식한 것이다. 또한 "내면의 양심적인 문제로 삼아 부단히 반성하고 고뇌 하"는 것으로만 머물게 될 때 "관념론자"로 전락하고 만다는 사실 또한 정확히 인식하고 있다. 그렇다면 관념론자로 전락하지 않기 위한 방안이 강구되어야만 하거나, 지식인의 한계를 거듭 강조함으로써 지식인의 도덕적 방어에 급급할 수밖에 없는 것이다.

그리고 이러한 고민은 비단 지식인뿐만 아니라 문학인들에게도 부과된 것이기도 하다. 김순남은 "한국문학에서 리얼리즘은 역사와 현실

77 이광주, 「지성의 역사와 그 문제성」, 『상황』, 1973 봄, 27면.

의 리얼리티를 획득하기 위한 꺾일 수 없는 용기가 필요하다. 자유를 위한 四·一九의 그 용기가 절실히 필요하다"[78]고 말한 바 있다. 지식인뿐만 아니라 문인에 대한 탄압이 극심했던 1960년대의 상황에서 국가가 허용한 상징계적 범주를 넘는 행위로서의 리얼리티 구현은 곧 정치적 주이상스의 기능에 닿아 있는 것이다. 그리고 리얼리티는 곧 작가로서의 용기를 필요로 한다는 사실을 말해주며, 때문에 작가의 글쓰기 행위가 직접행동으로서의 의미를 지닌다는 점을 보여준다. 물론 작가의 글쓰기 행위가 곧바로 직접행동이 될 수 있는 것은 아니다. 글쓰기는 문화의 장에 종속되기 마련이므로, 그것이 정치의 장에 영향을 주는 직접행동이 되기 위해서는 필화사건에 연루되거나 적어도 연루될 것을 각오하는 용기가 전제되어야 하는 것이다. 따라서 글쓰기 행위는 에이프릴 카터가 말했듯이, 극히 위험한 억압체제에서 시위와 같은 적극적 행위와 달리 은밀하게 수행하는 수동적 저항으로서의 직접행동이라고 할 수 있다.[79] 그러나 김순남이 상징계의 범주를 파괴하는 용기의 기원을 4월혁명에서 찾고 있고 "四·一九의 그 용기"의 필요성을 역설하고 있음을 환기할 때, 역설적으로 1960년대는 직접행동을 향해 가는 혁명적 지성의 쇠퇴와 더불어 한계참여론이 부각되던 시기라는 점을 확인할 수 있다.

78 김순남, 「4·19와 한국문학」, 『한양』, 1971.4·5; 김인재 편, 『시대정신과 한국문학』, 한양사, 1972, 240면.

79 에이프릴 카터, 조효제 역, 『직접행동』, 교양인, 2008, 44면 참조.

제4장

정치와 미학의 경계와 죽음충동

1. 혁명의 순교와 정신적 순교

근대 지식인의 특징이 실천과 행동이라는 앙가주망에 있다면, 무기력하기 짝이 없었던 19세기의 지식인과는 다른 층위에 놓이게 된다. 무엇보다 지식인의 참여가 에밀 졸라와 같은 작가들로부터 시작된다는 사실은 지식인과 작가 또는 문학의 관계를 매우 상징적으로 드러낸다는 점에서 서구 지식인들의 위상 변화는 한국사회에서도 매우 중요한 참조점이 된다. 작가와 지식인의 관계 논의는 사르트르에 의해 시도된 바 있는데, 그는 작가에게서 지식인의 근본 특성을 대부분 발견한다. 사르트르적 의미에서 지식인은 '모든 사람'을 위하여 자기모순 속에 살고, 진리의 방법론을 환상과 허위 위에 적용하여 그 모순을 극복하고자 하는 급진주의적인 삶의 방식을 채택하는 존재다. 다시 말해 지식인의 임무는 "자기 자신의 모순에 의하여 '민주주의'의 수호자"가 되는 것이다.[1] 지식인이 사회모순을 척결하고 민주주의의 정의를 바로 세우는 것을 임무로 하고 있다면, 이는 문학의 정치성과도 무관하지 않다. 물론 작가의 행동이 곧바로 조직적인 운동으로 이어졌던 프랑스의 상황이 한국 문단에 그대로 적용될 수 있는 것은 아니다.

> 문학의 사회적, 정치적 참여란, 반드시 불란서의 저항문학이나 그 운동과 같이, 직접적으로 정당 또는 정치운동과 조직을 통하여 연결되는 것을 의미하지는 않는다. 오히려 그렇게 되는 경우일지라도, 그의 작품이 그 정당이나 정치운동이 수행하려는 문제를 문학적으로 추구하고 해결하지 못한다면, 그는 자연인으로서는 그 정당과 정치운동에 관여하지만 문학으로서는 아무 관련 없다 할 것이다.[2]

이와 같은 정태용의 발언은 정치와 문학이 싸워야 할 대상이 같을지라도 그 양식과 방법이 다른 것임을 분명히 인식하고 있음을 말해준다. 문학은 "사회와 정치에의 참여만을 부르짖을 것이 아니라", "저항하고 싸워야 할 부조리"에 대한 파악과 그 부조리를 정신적 투쟁으로써 패퇴시키는 "필연적 인간상"에 대한 "묘파"에 그 본질이 있음을 분명히 한다.[3] 문학의 기본적 자율성을 포기하지 않는 한계 내에서 이루어지는 문학의 정치는 한국전쟁 이후 한국문단의 상황에서 매우 중요한 코드

1 장 폴 사르트르, 방곤 역, 『지식인의 변명』, 보성출판사, 1985, 79면.
2 정태용, 「정치와 문학」, 『중앙정치』, 1957.11, 92면.
3 위의 글, 92면.

가 되었으며, 한국문단의 지배적 문학관의 한 축이 되었다. 문학의 기본적인 자율성을 보호하기 위해서 오히려 문학의 정치성이 강조되기도 했는데, "정치주의적 목적성 밑에 제작되는 공식주의적 문학"을 배격하기 위해서라도 정치의식을 가져야 하며, 이를 통해 "정치의 카테고리"에 속박되지 않는 "참다운 자유의 인간형을 창조할 수 있을 것"이라는 주장이 그렇다.[4] 문학의 자율성을 포기하지 않는 범주 내에서 문학의 현실지향은 이와 같이 1950년대 비평에서도 일정한 흐름을 갖고 있었다. 하지만 1960년대에는 여기서 더 나아가 문학정신과 혁명정신의 동일성을 강조하는 평문이 등장하게 된다.

> 문학정신이란 본령적인 의미에서 창조정신이요, 더구나 현실지양의 정신이라는 것입니다.
>
> 우리가 어떤 개인이나 사회나 민족이나를 막론하고 새 세계를 이상하고 창조한다는 것은 벌써 현실의 결함과 오손(汚損)과 불의와 부정과 부패를 시정하고 배격한다는 것이 전제가 되고 있읍니다.
>
> 이러한 문학정신의 현실부정적인 요소는 곧 바로 혁명정신이 되고 있읍니다. 즉 혁명이란 어떤 사회의 현실적 압제나 권력을 거세시키고 타도함으로써 정상하고 건전하고 희망적 사회를 건설하려는 열정 이외에 아무것도 아닌 듯합니다. 그러나 혁명이 현실적 불평이나 불만의 호소만으로 이루어지지 않듯이 문학 역시도 어떠한 고통의 호소나 노호(怒號)나 참상의 폭로만으로 작품이 되는 것이 아님은 물론입니다.[5]

4 임긍재, 「문학과 정치의식」, 『현대공론』, 1954.8, 183면.
5 구상, 「혁명과 문학」, 『동아춘추』, 1962.12, 54면.

문학의 본래적 형식을 조건으로 하고 있음에도 불구하고, '문학정신 = 혁명정신'의 도식을 승인하는 구상의 진술은 4월혁명 이후 한국문단의 흐름 속에서 문학의 정치성이 한층 강조되고 있음을 보여주고 있다. "문학정신의 현실부정적인 요소"가 "곧 바로 혁명정신이 되고 있"다는 진술은 문학의 혁명성이 "현실적 압제나 권력"에 대한 저항이라는 점을 명시하는 것이며, 이러한 문학의 정치성은 4월혁명 이후 보다 전면화되고 있음을 알 수 있다. 무엇보다 『동아춘추』(1962.12)에 발표된 구상의 이 평문이 거의 비슷한 내용으로 이미 『전선문학』(1954.4)에 실렸다는 사실을 주목하지 않으면 안 된다.[6] 한국전쟁 직후의 3・1절 기념강연에서 문학의 혁명정신을 강조했던 이 논의가 4월혁명 후에 다시 한 번 반복되고 있었다는 사실은 좌우이데올로기를 가릴 것 없이 혁명성이 문학의 기본적인 속성으로 인식되고 있었다는 사실을 말해준다. 구상의 이러한 인식은 광복 직후의, "혁명이란 과거의 끓은(낡은—인용자) 정권을 파괴해버리고 진보적이요 합리적인 새로운 정권을 수립하는 건설작업이라면 그 목적에 있어서 혁명은 문학과 공통된다. 하고(何故)오 하면 문학은 그 자체가 '새 것'과 '참'에의 념원을 내포하고 있고, 또한 낡은 고질을 비판해서, 거기에 '메쓰'를 가하는 작업이기 때문에"[7]와 같은 곽종원의 인식과 공통된다. '혁명'의 구체성과 방법론에 차이가 있다 하더라도, 카프 해체 이후 일제강점기 동안 억압되어왔던 문학의 정치적 욕구가 보다 추상화된 관념의 형태로 광복 이후 1950년대 이르기까지 그 잔영

6 이 글은 원래 1953년에 「문학정신과 혁명정신—삼일절 기념강연 초고」라는 제목으로 『전선문학』(1953.4)에 실린 내용을 개고한 글이다.

7 곽종원, 「문학과 혁명」, 『개벽』, 1946.4, 151면.

을 남기고 있다는 사실을 짐작할 수 있다.[8] 문학의 혁명정신을 설파하는 구상의 50년대 평문이 4월혁명 이후 다시 한 번 게재된 속사정이야 알 수는 없지만, 1960년대에 문학의 정치성이 비등해졌다는 사실을 다시 한 번 확인할 수 있는 중요한 자료가 된다. 그러나 4월혁명 이후의 문학가들은 '혁명'과 문단의 괴리 속에서 상당한 당황스러움을 체험하기도 한다. 4월혁명 이후 10년이 지나서야 김윤식이 간명하게 표현할 수 있었던 그 당황스러움은 물론 작가로서의 당황스러움이다.

> 四·一九 그것은 六·二五, 八·一五 등등을 겪어온 우리에게 무척 당황한 그 무엇이었다. 그 가능성은 이 당황함 속에 놓여 있다. 그러므로, 우리는 四·一九의 이념을 단순히 되새기는 것에서 문학상의 하등의 이유를 찾을 수 없다. 필경 이쪽에는 四·一九가 신화화하는 것, 역사책 갈피에나 남는 것이다. 따라서 우리는 당황함 쪽에서 바라보는 것이다. 당황함의 의미는 역사책 속으로 빨려들지 않을 것이다. 그것은 가장 분명한 의미에서 각자의 책임영역일 수 있다. 작가가 아닌 자, 작가가 되려고 노력하지 않는 자에겐 四·一九란 없는 것이다. 작가가 아닌 자에겐 四·一九는 일어난 바 없는 것이다. 당황함, 그것이 불연속과 접합하는 자리매김이야말로 四·一九가 공적으로 파악되는 단 하나의 출구가 아니라면 문학이란 대체 무엇이겠는가.[9]

8 해방 뒤 5년간 진행되었던 좌우문학 논쟁은 공산주의와 자유주의의 대립 속에서 격화됨에 따라 문학의 본질론보다는 양측의 조직적인 대립으로 귀결될 수밖에 없었고, 기본적으로 1920년대 프로 문예 논쟁에서 촉발된 순수·참여논쟁의 범주를 벗어나기 힘든 것이었다. 홍문표, 『한국 현대문학 논쟁의 비평사적 연구』, 양문각, 1985, 164면 참조.

9 김윤식, 「4·19와 한국문학—무엇이 말해지지 않았는가?」, 『사상계』, 1970.4, 293면.

이어령이 4월혁명을 완료형으로 바라보았다면,[10] 김윤식은 10년이 지난 후에도 4월혁명을 현재진행형으로 파악하고 있다. 그것은 "작가가 아닌 자, 작가가 되려고 노력하지 않는 자에겐 四·一九란 없는 것이다. 작가가 아닌 자에겐 四·一九는 일어난 바 없는 것이다"라는 진술과 밀접한 관련을 가진다. 작가로서 직면한 4월혁명은 일반인과 다른 충격과 강도를 가진 것이나 다름없기 때문이다. 시대와 현실에 대해서 소명을 가져왔던 작가로서 전혀 예기치 않게 '목격'했던 4월혁명은 작가와 혁명의 괴리를 극명하게 보여준 사건이기 때문이다. 그런 점에서 작가로서의 4월혁명은 일반 시민의 4월혁명과 그 성격이 다를 수밖에 없다. 작가로서의 수치를 해명하는 것, 김윤식의 표현을 빌리자면, 4월혁명과 작가의 "불연속"에 주목하는 것이 4월혁명 이후의 문학에 남겨진 과제라는 것이다. 이는 4월혁명문학의 "불모성"과도 무관하지 않다. 문학과 혁명의 괴리에 대한 자각으로부터 리얼리즘이 가능했고, "리얼리즘이 가능한 역사적 순간이 四·一九"라는 성찰은 4월혁명이 1960년대 문학에 선사한 고통스러운 자기 인식이다. 다시 말해, 진정한 리얼리즘은 문학

10 이어령은 "못 다 죽은 / 애달픈 죽음을 / 뻐꾸기는 저리 울어예는데 // 여기 상주와 조객들은 / 만장의 글귀를 두고 말썽들이요"(유치환, 「4월 애가」)를 두고 다음과 같이 말한다. "정말 4월을 살고 간 사람들은 4월을 말하지 않는다. 지금 그들은 지하에 있다. 진실로 4월은 그 의미와 그 비극과 그리고 그 영광을 말할 수 있는 자는 그렇게 침묵하고 있는 것이다. 다만 구차스럽게 살아남아 밖에서 구경하고 있던 자들이 그날에 대해서 무엇인가를 말하고 싶어한다. / 말하자면 「4월의 만장」에 어떠한 글귀를 써야 할 것인가로 말썽을 일으키고 있는 사람들이다. 「슬픔 죽음」들을 생각할 때 대수롭지 않은 만장(輓章)의 글귀 같은 것을 논의하고 있다는 것은 참으로 어리석은 일에 지나지 않을 것이다. 공허하고 추악하며 비굴한 일처럼 보인다. 그러나 역사적 현실적 양상은 공허하고 추악하고 비소(卑少)하고 대수롭지 않은 일들에 매달려 있다. 그것이 산다는 것의 아이러니다. / 「슬픈 죽음」을 울어예는 뻐꾸기처럼 4월을 그냥 애도한다는 것은 물론 순수한 일일는지 모른다. 하지만 역사적인 현실은 그런 순수하고 지고(至高)한 정념(情念)보다 차라리 만장에 어떠한 글귀를 쓰는가의 우열(愚劣)한 일에 더 많은 영향을 받고 있다. 어차피 우리는 용사(勇士)가 아니다. 그리고 영원히 슬픔만을 울어예는 뻐꾸기도 못된다." 이어령, 「4월의 문학론」, 『저항의 문학』, 기린원, 1986, 87~88면.

과 현실의 괴리에 대한 '당황스러운' 자각 속에서 발생하는 것이다. 따라서 4월혁명의 문학적 의미는 여전히 결핍, 혹은 미완의 과정으로 남아 있으며, 문학이 채워나가야 할 불가능한 의미의 영역이다.

이어령이 4월혁명의 본질적 의미를 완료형으로써 선불리 마무리하려 했다면, 김윤식은 채워 넣을 수 없는 혁명의 의미를 작가들의 '당황스러움'으로 에둘러 표현한다. 이 차이는 사소한 것이 아니다. 무엇보다 김윤식의 평문에서 우리가 소중하게 간취해야할 것은 "당황함 쪽에서" 4월혁명을 바라보는 태도이다. 4월혁명의 가능성은 그 "당황함 속"에 놓여 있기 때문이다. "4·19의 이념을 단순히 되새기는 것"은 4월혁명을 "신비화하는 것, 역사책 갈피에나 남는 것"인데 이럴 경우 4월혁명 이후의 문학은 결국 4월혁명 이전의 문학으로 되돌아갈 수밖에 없다. 4월혁명 앞에서의 '당황함' 속에 문학의 근본적인 결핍이 존재하는 것이며, 그 결핍을 뼈아프게 성찰하는 것만이 문학의 한계를 뛰어넘고자 하는 정치적 가능성의 최대치를 형성할 수 있다. 이러한 성찰이 바로 1970년대 리얼리즘의 진정한 기원이다.

그렇다면 그 당황스러움의 정체는 무엇일까. 앞서 말했듯이 이는 작가의 수치(羞恥)와도 무관하지 않은 것으로서 4월혁명을 예견할 수도 없었고 실제로 행동할 수도 없었다는 사실에서 기인한다. 이어령의 비판처럼, 겨우 4월의 '만장'에 글귀나 남기려고 다투는 모습이 혁명 이후 작가들의 모습이었기 때문이다. 4월혁명 이후의 문단의 충격은 다음과 같은 천상병의 진술에서 명확히 드러난다.

한국의 작가들은 (물론 나 자신도 포함해서) 四·一九를 전후한 시기를 겪으면서 '그의 작품'도 없었고 '군상의 행렬'에도 없었습니다. 창피스러운 체면입니다. 그러나 더 창피스러운 일이 그 후에 하나 추가되었습니다. 四・一九를 마치 저희들의 힘으로 수행한 것처럼 날뛰는 군상들이 대두한 것입니다. 나는 그들이 누구라고 밝히고 싶지 않습니다. 다만 그들이 불쌍할 따름입니다. 그것은 여하튼 왜 한국의 작가들에게는 지금 창피만 있는가. 그것은 '그의 작품'이 없기 때문입니다. '그의 작품'이 그에게 없는 것은 그의 정신에 '군상의 행렬'(現實)이 없기 때문입니다. 없는 것투성입니다. 있는 것은 무엇인가. 속죄밖에 없읍니다. 가장 큰 속죄의 제목은 무엇일까.

물론, 한국의 작가들의 정신에 왜 '군상의 행렬'(現實)이 정당한 위치를 잡지 못하는가, 하는 제목의 문제입니다. 일전에 대학생들과 같이 한 자리에서 그들 중의 하나가 한국의 작가들의 작품에는 참으로 예언성이 없는 것 같다는 말을 하는 것을 들은 일이 있읍니다. 민족의 운명에 너무 무관심한 것 같다, 그런 이야기도 나오고 했는데 나는 그때 그들 학생들의 말을 들으면서 괴테가 액켈만에게 한 말을 재기억하고 있었읍니다.

"독일의 작가 된다는 것, 독일의 순교자 된다는 것이다."[11]

4월혁명을 목격한 작가에게 남은 것은 '속죄'밖에 없다는 작가로서의 무기력은 1950년대를 지나온 작가에게는 운명과도 같은 것이었다. 일제강점기하에 형성된 현실 도피적 분위기와 한국전쟁이라는 근대적 파산을 경험한 작가에게 현실은 관념과 추상 그 이상이 되기란 힘들기 때문이다. 그리고 문학과 무관하게 촉발된 4월혁명 앞에서 작가는 '속

11 천상병, 「4・19 이전의 문학적 속죄」, 『자유문학』, 1960.9, 200면.

죄'라는 말 이외에는 떠올릴 수 없었던 것이다. 그리고 천상병은 문학의 예언성을 강조하고, '작가 = 순교자'라는 등식을 괴테의 말을 빌려 선언하고 있다. '작가 = 순교자'라는 등식은 4월혁명 속에서 죽어간 열사들에게 빚진 것이겠지만, 4월혁명이 작가에게 미친 영향이 어떤 것인지 짐작케 한다. 순교자로서의 작가는 혁명을 위해 피를 흘릴 수 있어야 한다. 그러나 천상병은 이 글의 말미에서 작가로서의 순교를 "정신적 순교"로 고쳐 말한다.[12] 여기서 오래도록 해묵은 문제가 다시 드러나게 된다. 작가의 '순교'가 혁명적 현실에서의 '순교'와 다르다는 사실은 문학의 의미심장한 결핍을 암시한다. 그 결핍이란 문학의 행동과 참여에서 '직접행동'을 거세해버리는 데서 비롯된다. '직접행동'으로서의 순교가 아닌 간접행동으로서의 정신적 순교는 문학적 순교일 뿐이며 가상에 지나지 않는다. 이는 정치와 미학의 뚜렷한 경계를 다시 한 번 드러낼 뿐이다. 그러나 천상병은 순교를 '정신적 순교'로 간단히 치환함으로써 이와 같은 미학과 정치의 근원적인 문제를 손쉽게 덮어버린다. 이와 같은 치환은 사실 한국문학의 미학과 정치 문제에 있어서 매우 민감한 사안이라고 할 수 있다. 문학의 정치가 문학의 내적 논리 혹은 외적 논리로 귀결되는 것은 이 치환 문제에 달려 있기 때문이다. 요컨대 문학과 정치는 가상과 실재의 관계항과 일치하며, 문학 그 자체가 가상인 한 이미 현실과 구분될 수밖에 없는 것이다.[13] 가상의 문학이 미학적으로

12 위의 글, 202면.

13 아도르노는 그의 비판적 지성에도 불구하고 문학(예술)의 특수성이 가상성에 있음을 지적한 바 있다. "예술 작품 속에서 가상적 성격이 궁극적인 요인이 되지 못하는 것은 그것이 형성된 것이라는 점 때문이다. 결코 예술작품이 그 가상적 성격의 테두리를 벗어나고자 헛되이 노력하기 때문이거나 환상 때문에 그렇지는 않다. 그러나 예술작품을 즉물화하는 경우에도 그 가상의 껍질을 벗겨 버릴 수는 없다. 작품의 형식이 실제적인 목적에 대한 적합성과 간단히 일

정치성을 확보하고 있을지라도 그것의 현실효과는 여전히 잠재성의 영역에 속해 있기 마련이다. 현실효과가 잠재성의 영역에서 구체적 현실 속으로 침투해 들어오기 위해서는 혁명을 발생시키는 임계점과 같은 한계선을 통과해야만 한다. 그러나 그것은 벤야민이 말한 것처럼 메시아의 도래를 기다리는 일과 다르지 않다. 따라서 천상병이 작가의 '순교'를 '정신적 순교'로 규정한 것은 작가의 예술행위가 갖는 정치력은 현실에서 결코 그 실효성을 얻기가 쉽지 않으며, 다만 예술의 미적 공간을 매개로 잠재되어 있을 뿐이라는 점을 암시하고 있는 셈이다. 요컨대 작가의 순교는 실제 현실에서 일어날 수 없으며, 오로지 문학이라는 예술 공간을 통해서 '정신적'으로만 일어나야 한다는 것이다. 따라서 4월혁명 이후의 문학의 과제는 부정적 현실의 문학적 형상화에 집중되어 있었다.

> 원래 우리 문학이 그 혁명의 진행과 잘 보조를 맞추어 오지 못했기 때문에 갑자기 그 진행의 속력을 낼 수 없을 뿐더러 본질적으로 보아서, 실제의 혁명과 거기 반응한 문학의 혁신은 그렇게 즉석으로 동반될 수 있는 것이 아니다.
>
> 그것은 무엇보다도 문학작품은 더 일반적인 의미에서 '픽순'(픽션 – 인용자)이기 때문이다. 정치적으로 혁명이 일어나고 현실적으로 그 시대와 사회에 중대한 변혁사건이 생겨졌다고 하더라도 그 생기한 사실을 그대로 직역해 가면 곧 문학작품으로 전환하는가 하면, 천만에, 그렇게 쉽게 고개를 넘을 수 없다.[14]

치하지 않는 한, 완성된 작품에서 아무것도 가상으로서 나타나지 않게 된다고 할지라도, 예술 작품은 현실에 비추어 볼 때 여전히 가상이다. 예술 작품은 그것이 작품으로서 규정되는 한 현실과 구분된다." T.W. 아도르노, 홍승용 역, 『미학이론』, 문학과지성사, 2000, 174~175면.

14 백철, 「혁명 뒤에 오는 문학과제들」, 『새벽』, 1960.9, 209~210면.

일제시대의 현실 도피적 경향, 그리고 한국전쟁으로 인한 근대의 파산과 현실의 추상화는 한국의 작가들이 현실을 객관적이고 비판적으로 바라보는 데 심각한 장애가 되었다. 4월혁명 직후의 문학적 반성은 한국 문학이 혁명의 진행에 보조를 맞추지 못했다는 데 머물러 있었으며, 사회현실의 급격한 변화를 문학작품으로 담아낼 수 있는 방법론에 대한 고민이 일차적으로 매우 중요한 문제로 인식되었다. 따라서 백철은 사회의 변혁을 문학적으로 전환하는 것이야말로 4월혁명 이후의 문학적 과제라고 판단했던 것이다. 이러한 판단은 일제 강점기부터 시작된, 문학을 통한 현실도피와 현실부정이라는 지식인의 한계[15]가 1960년대까지 이어지고 있다는 문단현실에 대한 반성에서 비롯된 것이라 할 수 있다. 문학이 4월혁명 이후의 현실을 반영하고 혁명의 진행에 보조를 맞춘다 하더라도 문학이 안고 있는 근본적인 문제를 해결하기가 쉽지 않은데, 그것은 바로 문학의 행동성과 맞닿아 있는 것이다.

2. 학생들과 문인들 혁명시의 경계―미적 변환의 소거

4월혁명은 수모와 폐허의 역사 속에서 깊은 무기력에 빠져있던 한국사회를 극적으로 변화시키는 계기였다. 자유와 민주주의에 대한 이승

15 홍사중, 「지식인의 의상 (下)」, 『현대문학』, 1962.3, 54면.

만 정권의 탄압으로 인해 발생한 4월혁명은 자유와 민주주의뿐만 아니라 민족 주체성과 통일문제까지 담론의 영역을 확장시킨 역사의 분기점이 되었으며, 심지어 민족적 열등감을 떨쳐내는 세계사적 자랑으로 인식되기까지 했다. 전제주의 혹은 절대주의의 권력자로 군림했던 이승만 정권을 붕괴시킨 4월혁명은, 그러나 혁명정신의 제도화(사실 혁명정신의 완전한 실현은 불가능하다)가 아니라 절대권력의 붕괴만을 목적으로 한 비조직적 '무주체' 혁명이었다. 4월혁명이 추구했던 바는 '민주'와 '자유'였지만, 사실상 그것의 표상은 죽음의 이미지로 수렴되는 민주와 자유일 뿐 혁명 이후 당장 제도화시킬 수 있는 대상이 아니었다. 그런 까닭에 4월혁명의 열기는 순간적으로 표출되고 급격하게 소진될 수밖에 없는 운명이었다.

예컨대, 학생데모대는 이기붕의 핏값과 이승만의 하야로 인해 더 이상의 추동력을 상실한다.[16] 군사쿠데타 발생 전까지 데모가 간헐적으로 발생하긴 했지만, 이승만의 하야로 인해 그것은 사회적 혼란을 부추기는 것으로만 인식되는 경향이 있었다. 데모대에 대한 장면 정부의 탄압이 이를 증명하는데, 장면 정부가 지닌 구세대성을 보여주는 것이기도 하지만, 데모가 사회적으로 더 이상 용인될 수 없었던 혁명 이후의 객관적 상황을 보여주는 것이기도 하다. 다시 말해, 3·15부정선거의 주범인 이기붕의 죽음과 이승만의 하야로 인해 4월혁명의 폭발력은 정치적 생

16 "서구 언론의 일부는 이승만이 자신의 동포에 의해서 살해될 것이라고 기대한 동안, 이승만은 그것과는 아주 반대로 대통령 관저에서 사저로 옮길 때 시민들로부터 '눈물 어린 작별 인사'를 받았다. (…중략…) 틀림없이 이기붕의 자살은 많은 동시대 한국인들에게 정신을 차리게 하는 하나의 사건이었다." 곳프리드-칼 킨더만, 「4·19 민주혁명의 정신과 외국의 인식」, 『제50주년 4·19 민주혁명 기념 국제학술회의』, 제50주년 4·19혁명 기념사업회, 2010.4.14, 51면.

명을 다했다고 볼 수 있는 것이다. 혁명적 열기의 발산과 소멸은 당대 신문의 사회면을 들춰보는 것만으로도 그 과정을 짐작할 수 있으나, 한국문학의 내부를 들여다봄으로써 더욱 선명하게 이해할 수 있다.

혁명적 열기의 발산과 소멸이 가장 극적으로 드러나는 장(場)은 문학이 아닐 수 없다.[17] 1960년은 4월혁명문학이 가장 뜨겁게 발산되고 급격히 소진되었던 해로 기억된다. 4월혁명에 즉각적으로 반응할 수 있는 문학적 갈래는 단연 '시'라고 할 수 있다. 4월혁명시는 1960년 4~5월에 집중되어 있으며, "혁명시의 창작과 향유에서 기동성을 지닌 신문이 결정적인 매체로 기능"한다. 4~5월 이후 급격하기 발표빈도수가 급격히 줄어드는 현상은 혁명정신의 격정이 소강되는 과정을 보여준다고 할 수 있다.[18] 이러한 4월혁명시의 집단적 발표와 급격한 퇴조 현상은 혁명의 일반적인 증상과 일치한다.

4월혁명시는 문인과 일반인 신분에 관계없이 각종 매체에 발표되었는데, 이는 문인과 일반인을 가르는 분할이 4월혁명 속에서 사라지고 없었다는 사실을 말해준다. 4월혁명 속에서 문학은 미적 형상화의 문제로

17 '혁명문학'의 개념을 정의할 때, 혁명적 예술에 대한 레온 트로츠키의 개념을 빌려올 수밖에 없다. 트로츠키는 혁명적 예술을 첫째, 혁명정신을 분명한 주제로 하여 철저하게 반영하는 작품들, 둘째, 혁명과는 상관없는 주제지만 혁명정신이 깃들어 있어서 작품 전체에서 혁명의 새로운 의식으로 물들여진 작품으로 구분한다.
1960년대 한국문학에서도 4월혁명문학은 트로츠키의 구분법에 따를 수밖에 없는데, 4월혁명정신을 강하게 표출하는 작품과 혁명을 직접적으로 다루지는 않지만 혁명정신의 영향 속에 창작된 작품을 상정할 수 있다. 실제로 4월혁명문학은 시를 중심으로 4월혁명 직후에 집중적으로 창작되었으며, 그 이후의 1960년대 문학은 4월혁명의 영향권에 있다고 할 수 있다. 레온 트로츠키, 김정겸 역, 『문학과 혁명』, 과학과사상, 1990, 239면 참조.

18 이를 근거로 4월혁명시는 "경우의 시(Occasional Poetry)"로 규정되기도 한다. 4~5월의 집중적인 혁명시의 발표 이후 혁명선집의 발간이 이루어지던 5월 중순부터 9월에 이르기까지 점점 퇴조・소멸되고, "61년 이후부터는 각종 기념식이나 추모식에서 의례화되는 것이 혁명시의 운명"이었기 때문이다. 이순욱, 「4월혁명시의 매체적 기반과 성격 연구」, 『한국문학논총』 제45집, 2007.4 참조.

부터 비교적 자유로웠으며, 혁명의 열기에 도취된 상태로 발표되었다. 문인과 일반인의 미구분 속에서 오히려 학생들의 작품이 더 인상적으로 읽혀졌던 것은 일반학생들의 작품이 혁명의 현장에 더욱 충실했고 이로 인해 혁명의 실재에 대한 '증언' 기능이 보다 충실할 수 있었던 까닭이다. 문인들의 작품들 가운데서도 증언성과 진정성을 지닌 작품이 존재했지만, 4월혁명 이전 이승만 정권의 부정부패를 묵인한 원죄로부터 자유롭지 못한 근본적인 한계에 직면해야 했으며, 혁명세력의 인준을 받기 위한 기회주의적 작품들은 4월혁명문학에 대한 불신을 강화하는 결과를 초래했다. '카오스'파(派)와 '인간 만송기'파조차 뒤늦게 혁명시 대열에 합류한 것은 4월혁명문학에 내재된 불순성을 잘 보여준다.[19] 학생들의 4월혁명시가 혁명 열기에 휩쓸린 감상성에서 비롯된 측면을 부정할 수 없겠지만, 제도권 문단이 아니라 혁명의 현장에서 창작되었다는 점에서 4월혁명의 정신성에 훨씬 가까운 것이라 볼 수 있다. 학생이야말로 4월혁명의 주도세력이었고 혁명의 열정을 가장 순수하게 표출한 세력이므로 학생들이 발표한 혁명시야말로 진정성을 획득했다고 평가할 수 있을 것이다. 실제로 4월혁명 기념식에서는 문인이 아닌 학생들의 시가 주로 낭독되었다.[20]

---

19 이에 대해 신동문은 다음과 같이 비판하고 있다. "이들 '인간 만송기' 족들은 4·19사건 때까지도 꿀 먹은 벙어리처럼 잠자코 있다가 4·26이 되니까 '기쁘다' '승리다' '장하다' 따위의 시를 마구 쏟아내고 있다. 이들 박쥐족의 꼴이란 참 가관이다." 정규웅, 『글동네에서 생긴 일』, 문학세계사, 1999, 11면 재인용.

20 1961년 4월 19일 정오에는 4·19혁명 첫돌을 기념하는 행사가 서울을 비롯한 전국에서 열렸다. 서울에서는 서울운동장(야구장)에서 윤보선 대통령이 참가한 가운데 행사를 거행하였으며, 단국대 최순권 군의 개식사와 중앙대 유용태 군의 식사에 이어 숙명여대 김명희 양의 「당신의 피」라는 기념시가 낭독되었다. 「드높이 외치는 4·19 『그날의 감격』」, 『경향신문』, 1961.4.19, 석간 1면.

아! 슬퍼요
아침 하늘이 밝아오며는
달음박질 소리가 들려옵니다.
저녁 노을이 사라질 때면
탕탕탕탕 총소리가 들려옵니다
아침 하늘과 저녁 노을을
오빠와 언니들은 피로 물들였어요

오빠 언니들은
책가방을 안고서
왜 총에 맞았나요
도둑질을 했나요
강도질을 했나요
무슨 나쁜 짓을 했기에
점심도 안먹고
저녁도 안먹고
말없이 쓰러졌나요
자꾸만 자꾸만 눈물이 납니다

잊을 수 없는 4월 19일
그리고 25일과 26일
학교에서 파하는 길에
총알은 날아오고

피는 길을 덮는데
외로이 남은 책가방
무겁기도 하더군요

나는 알아요 우리는 알아요
엄마 아빠 아무말 안해도
오빠와 언니들이 왜 피를 흘렸는지를…

오빠와 언니들이
배우다 남은 학교에서
배우다 남은 책상에서
우리는 오빠와 언니들의
뒤를 따르렵니다.

— 강명희, 「오빠와 언니는 왜 총에 맞았나요」 전문, 『4월혁명』, 창원사, 1960

위의 시는 4월혁명기념식에서 자주 낭독되었던 작품[21]으로 4월혁명 당시 국민학교 4학년생 강명희가 썼다. 이 시가 자주 낭독되었던 이유는 문학적 수월성 때문이라기보다는 4월혁명을 체험한 한 어린 소녀의

21 강명희는 4월혁명으로부터 17년이 지난 후에도 인터뷰 기사가 『동아일보』에 실릴 정도로 이 시 하나로 매우 유명해진 인물이다. 그의 증언에 따르면, 이 시가 신문에 발표되고 난 후에도 4·19 기념식 때마다 식장에 불려나가 이 시를 낭독했다고 한다. 하나의 예에 불과하지만, 4월혁명 의례에서 문인보다 혁명의 현장에 밀접했던 학생들의 위상이 보다 드높았음을 알 수 있다. 「26년 전 '꼬마 4·19 시인' 재미동포 강명희 씨」, 『동아일보』, 1986.4.18, 11면.

육성이 그대로 담겨 있기 때문이다. 무엇보다 어린 소녀가 썼다는 점으로 인해 이 시는 4월혁명의 미적 변환을 소거한 듯한 착시 효과를 얻는다. 실제로 4월혁명의 목격담으로 창작되었다는 점,[22] 국민학교 4학년생인 어린 소녀라는 점에서 비롯되는 미적 성격의 소거 효과는 이 시를 문학적 가상을 넘어 4월혁명의 실재에 가닿게 하는 심리적 효과를 불러일으킨다. 4월혁명은 역사의 실재이기 때문에 문학의 가상 속에서 혁명을 마주했던 문인들은 혁명의 소유권을 주장할 수 없었다. 4월혁명의 주인은 혁명의 실재를 관통한 학생들이었고 혁명적 주체의 표상 역시 학생들의 이미지로 굳어지고 있었다. 요컨대 학생들은 '4월혁명'의 살아있는 신화적 존재로서의 의미를 지니고 있었던 것이다. 학생들이 혁명의 주역으로 대우받은 현상은 물론 4월 기념식 행사장에서만 있었던 일이지만, 역설적으로 4월혁명 기념행사에서 문인들이 차지했던 윤리적 위상이 어떠했는지 충분히 짐작케 한다.

> 한국의 작가들은 (물론 나 자신도 포함해서) 四·一九를 전후한 시기를 겪으면서 '그의 작품'도 없었고 '군상의 행렬'에도 없었습니다. 창피스러운 체면입니다. 그러나 더 창피스러운 일이 그 후에 하나 추가되었읍니다. 四·一九를 마치 저희들의 힘으로 수행한 것처럼 날뛰는 군중들이 대두한 것입니다.[23]

> "그러나 경관들의 총을 피해 달아나는 어린 학생들을 나는 감히 도와줄 한 줄기 용기조차 없이 보도 위에 서 있었을 뿐 아닌가. 그렇다. 보도 위에 서 있

22 위의 글, 11면.
23 천상병, 「4·19 이전의 문학적 속죄－왜 현실적이 되지 못했던가?」, 『자유문학』, 1960.9, 200면.

었다. 학생들은 대로 한복판에서 목숨을 내 걸고 싸우는데— 아아 사십대의 나는 바로 가로수 아래서 뛰쳐나갈 생심도 못했다.

이제 내가 무슨 염치로 그들을 찬양할 것인가. 또 무슨 말로"

어찌 이러한 회오가 이 시인에게만 있으랴. 그렇다. 우리들은 비겁한 방관자였다. 학우가, 아들이, 딸이, 동생이, 조카가 목숨을 걸고 싸우는 광장 변두리에서 우리들은 꼼짝 않고 서서 구경만 했다.

부끄러운 일이다.[24]

이상과 같은 천상병과 김용호의 참회는 4월혁명에 있어서 문인들의 윤리적 위상을 분명히 확인시켜준다. 4월혁명을 주도했던 학생들의 혁명시가 4월혁명의 실재에 가까운 것이라면, 문인들의 혁명시는 '실재'와 단절된 것이 대부분이라 할 수 있다. 4월혁명의 거대한 시위대를 바라보는 것만으로도 문인들은 큰 충격을 받았고, 그것만으로도 혁명의 감격을 시로 노래할 수 있었던 것이다. 따라서 문인들의 혁명시는 학생들의 혁명시와는 뚜렷한 경계선을 지닌다고 볼 수 있다. '문총'이나 '자유문협'의 해체론까지 대두함으로써 문단정화에 대한 기대감이 높았음에도 불구하고 끝내 문단개혁이 현실화되지 못했던 것은 이러한 경계선과 무관하지 않다. 혁명의 진정성과 거리가 멀었던 양대 문학단체는 혁명의 주체세력으로 거듭나고자 하는 의지가 전혀 없었던 것이다. 『새벽』지가 '카오스'파나 '인간 만송기'파에 지면을 할애하지 않겠다는

24 김용호, 「영광은 젊은 사자들에게—한 시인의 부끄러운 반성」, 『한양』, 1964.4, 120면.

선언[25] 정도만을 했을 뿐, 문단 개혁은 혁명의 열기가 소멸한 후 없던 일이 되어버린 것이다. 비로소 1960년대 문학은 혁명의 '결여'를 직관하기 시작하며 그 문학적 증상을 드러낸다. 그 증상이란 혁명의 열기가 순식간에 소멸하고 난 후의 공허감이다. 이 심각한 '결여'는 혁명 이후 한국문학이 감당할 수 없는 뚜렷한 증상으로 남아있다. 그리고 이 증상이야말로 60년대 문인의 근본적 자질이라 할 수 있다.

> 四・一九 이전 대부분의 시인들은 체념자에서 혹은 방관자로서 혹간은 또 절망적인 포즈로 시작을 해온 것이다. 四・一九가 닥치자 이를 詩人들에게는 청천벽력이었다. 더러는 너무 놀라 말문이 막히고, 더러는 자괴지심에 사로잡히기도 하고, 더러는 젊은이들의 거사를 약간은 미안한 마음으로 찬양하기도 했다.
>
> 그러나 五月이가고 六月이 가고 七月도 가고 가을이 다가서자 엉거주춤하다가는 모두들 제자리에 다시 돌아가 버린 것이다. 참으로 '혁명은 소낙비처럼 산을 넘어 가고' 말았다. (…중략…) 四・一九 직후의 그 수다한 혁명시들의 무명기수들은 지금은 어디서 무엇을 하고 있는가? 시로서는 한갓 소음만 남긴 채 뒤가 없으니 오히려 한층 허전해진다. (…중략…) 四・一九를 계기로 시단에 신선한 공기가 일지 않을까 하는 기대를 저버리고 말았다. 구태의연하게 제각기 제 고소(故巢)로 찾아들어가고 말았다. 당분간 더 기다려보자. 희망을 가지고—.[26]

25 "월간 『새벽』지에서 '카오스'파 및 인간 만송파계(晩松派系) 문필가에게 민주혁명에 일익을 담당하여온 바 있는 월간 『새벽』지는 앞으로 일 년간 소위 '카오스'파와 인간만송파계 문필가에게 지면을 제공하지 않기로 결정하였다 한다." 『경향신문』, 1960.5.22, 석간 4면.

26 김춘수, 「혁명은 소낙비처럼 지나가고」, 『동아일보』, 1960.12.14, 4면.

한 시인은 질풍노도의 四・一九가 이 땅의 열(熱)을 이어 비바람 속에서도 끈덕지게 자라난 아리땁던 四月이 오간 데 없다고 하였고, 또 다른 시인은 너무나 가슴 벅차 웃다가 울고 울다가 웃었건만 모두가 부질없었다고, 십 년이 지난 오늘 불러도 四・一九는 대답이 없다고 하였다. 흥겹고 신명나던 四月이, 역사에 아로새겨야할 금자탑이 왜 이렇게 적막강산이 되었을까![27]

이와 같은 탄식은 4월혁명의 환희 뒤에 발생한 큰 낙차로 인한 좌절감을 보여준다. "리얼리즘이 가능한 역사적 순간이 四・一九", 혹은 "四・一九의 문학적 불모성"이라는 김윤식의 상반된 진단[28]이 가능했던 것은 4월혁명의 순간적 충족과 지속적 결여라는 양면적 속성 때문이다. 4월혁명이 1960년대 문학의 출발점이라고 한다면, 60년대 문학은 혁명이 지니고 있는 '결여'로부터 자유로울 수 없었으며, 그 결여를 다른 것으로 대체하고자 하는 욕망과 그 결여를 끝까지 응시하고자 하는 충동과 향유에 시달려야만 했다. 이러한 충동과 향유는 4월혁명이 역사적 완전체가 아니라 혁명 열기의 소강에 따른 좌절의 상처를 껴안은 미완의 결여체로 남아있기 때문에 발생한다. 4월혁명은 근원적 '결여'를 지님으로써 성취될 수 없는 '대상a'이자 '부재원인'으로 작동하고 있었던 것이다. 4월혁명은 순간적 구현만이 가능했을 뿐, 그것의 완전한 실현과 지속은 처음부터 불가능의 영역에 있었다. 4월혁명정신의 제도화를 위한 한국 현대사의 이면에는 그러한 좌절이 충동과 향유의 형태로 남아 있으며, 4월혁명 직후 발생했던 문인들의 좌절감은 60년대를

27 김명신, 「시를 통해 본 4・19」, 『한양』, 1971.4・5, 119면.
28 김윤식, 앞의 글, 295~296면.

지배했던 주된 정조였다.[29] 다시 말해, 4월혁명 앞에서의 문학은 그 진정성을 가지고 있었다 하더라도 절망하고 좌절할 수밖에 없는 운명이었던 것이다.

3. 문학의 가상성과 혁명의 실재성

1) 문인을 향한 가래침과 문학의 가상성

4월혁명 이전의 1950년대 한국문학은 현실비판적인 흐름이 전혀 없었던 것은 아니지만, 관념화된 추상과 현실도피성이라는 틀에서 크게 벗어나지 못했다. 8·15해방과 한국전쟁이라는 역사적 현실 역시 한국문학에 커다란 환희와 충격과 혼란을 주었다고 볼 수도 있으나, '4월혁명'이라는 역사적 사건이 이들과의 변별성을 지니는 것은 '4월혁명'이 갖는 자발적인 주체성 때문이다. 외부에서 주어지거나 강요된 8·15해방과 한국전쟁에 대해서 한국문학은 주체적으로 사유할 능력을 지니지 못했으므로 '운명적인 체념'으로 수용하는 태도를 보일 수밖에 없었다.[30] 그

29 4월혁명과 관련한 1960년대 문인들의 무력감은 한국 문단에만 국한된 현상은 아니다. 레닌은 일찍이 "위대한 시대의 초기에는 늘 그러했듯 예술은 전율할 만큼 무기력함을 보여주었던 것이다. 도저히 신성한 희생이라고 불릴 수 없었던 시인들은 기대했던 것처럼 지상에서의 모든 보잘 것 없는 사람들 중 가장 쓸모없는 인물임을 스스로가 증명했"으며, 따라서 "혁명이 일어난 수년의 세월은 거의 완벽한 시적인 침묵의 시간들이었다"고 말한 바 있다. 레온 트로츠키, 앞의 책, 26면.

러나 4월혁명은 대부분의 평자들이 지적하듯이 한국사회와 한국문학의 전환을 가져온 중대한 역사적 사건이었다. 4월혁명이 발생한 지 10여 년이 지난 후 평자들은 4월혁명이 한국문학에 끼친 중대한 변화를 '리얼리즘'의 관점에서 말한다. "현실참여에서 역사의식에로, 역사의식에서 리얼리즘에로, 이렇게 四·一九는 한국문학 앞에 당면한 탈출구를 열어주었던 것이다."[31] 이와 같은 진술은 4월혁명이 한국문학에서 리얼리즘의 결핍을 훌륭히 해소할 수 있는 가능성을 의미하는 역사적·문학사적 계기가 되었다는 점을 적시한다. 그러나 4월혁명이 한국문학사에서 리얼리즘의 결핍을 완전히 해소했던 것도 아니며 해소할 수도 없었다. 1960년대의 리얼리즘은 작품 없이 이루어지는 허망한 강령적 개념에 지나지 않았는데, 다만 요산 김정한 정도만이 1970년대 리얼리즘 소설의 출현을 앞당길 수 있었던 진정한 예라고 할 수 있다.[32] 4월혁명은 다만 그 결핍을 자각케 한 계기로서 충분한 의의를 갖는 것이다.

> 불과 수개월의 기간이지만 四·一九 전의 인간들과 오늘의 인간들은 그 존재의 의미가 달라졌다. 가령 우리 문학작품에 흔히 주인공으로 등장하는 지성인들에게 큰 변화가 생긴 것이다. 이런 현실적인 변화는 필연적으로 금후의 우리 작품의 인물과 사건에 큰 변모를 가져올 것으로 예기되는 것이다.[33]

---

30 김윤식, 앞의 글, 291면.

31 김순남, 「4·19와 한국문학」, 『한양』, 1971.4·5; 김인재 편, 『시대정신과 한국문학』, 한양사, 1972, 238면.

32 김중하, 『소설, 비평적 읽기의 실제』, 세종출판사, 2005, 13면 참조.

33 백철, 앞의 글, 207면.

4월혁명 이전과 이후를 가르는 지점은 한국문학의 '결핍'에 대한 인식이 아닐 수 없다. 그 결핍이란 한국문학의 '비현실성'과 '예언성의 부재'[34]로 집약된다. 이러한 '현실성'과 '예언성'의 결핍 원인은 4월혁명 이전 문학에 대한 다음과 같은 비판에서 확인할 수 있다. "四·一九 이전의 우리 문학은 일인독재와 그를 에워싼 일당독재치하의 세계를 미화시키거나 또는 이를 미봉하고 연장시키기 위한 것이 지배적이었다. / 문학인들의 사고는 이러한 테두리 안에서만 자유가 부여되어 있었고 순수라는 이름은 이러한 테두리에서 도피하기 좋은 유일한 구실에 꼭 알맞는 것이 되고 말았다."[35] 이승만 정권과의 야합은 이기붕을 찬양한 인간 만송기(人間 晩松記)[36]라는 뚜렷한 흔적으로 남아있다. 인간 만송기는 1950년대와 4월혁명 직전까지 한국문단의 치욕으로 자리 잡고 있었지만, 문제는 4월혁명이 도래하고서야 집중적으로 문단의 자기성찰

34 천상병, 「4·19 이전의 문학적 속죄—왜 현실적이 되지 못했던가?」, 『자유문학』, 1960.9, 200~202면. 한국문학의 예언성에 대한 지적은 이어령 또한 지적한 바 있는데, 예컨대 다음과 같은 내용이 그렇다. "4·19 전 문화의 동체를 보면 이렇게 새로운 혁명의 소리를 유도한 것이 아니라 거꾸로 그 소리를 말살하는 부패세력과 야합했다는 사실이다. 그리고 직접적인 문학 활동에 있어서도 대부분의 작가들은 6·25 동란의 전후적(戰後的)인 허탈감과 허무의식에 사로잡혀서 패배주의적 경향으로 나아가고 있었다. 비록 사회 참여 이론이 등장하고 사회악을 비판하는 고발 문학들이 쏟아져 나왔다 하더라도 참신한 사회적 감각이나 역사의식보다는 대부분이 관념적인 것들이었다. 단적으로 말하자면 4·19혁명의 인간상을 제시할 수 있는 예언적 인물을 한국의 작가들이 창조하지 못했다는 것이다." 이어령, 앞의 글, 89면.

35 최일수, 「4·19 이후의 문학적 전망—공통된 명제의 세계로」, 『자유문학』, 1960.9, 194면.

36 당시 어용문필가들을 대표하는 두 족속이 있는데, '인간 만송족'과 '카오스족'이 그것이다. '인간 만송족'은 이기붕에 대한 찬양을 『서울신문』에다 실은 문필가들을 지칭하며, '카오스족'은 임화수를 사장으로 하여, 문학·미술·음악·영화·연극 등 전 예술부문에 걸쳐 작품을 게재 소개하는 월간종합문예지로서 어용잡지 『카오스』에 참여했던 문인들이다. 이 만송족과 카오스족 문필가에 대한 4월혁명 직후의 혐오감은 『새벽』지의 다음과 같은 조치에서도 드러난다. "민주혁명에 일익을 담당하여 온 바 있는 월간 『새벽』지는 앞으로 일 년간 소위 「카오스」파와 인간만송파계 문필가에게 지면을 제공하지 않기로 결정하였다 한다." 『경향신문』, 1960.5.22 석간, 4면.

이 쏟아지기 시작했다는 사실이다. 이와 같은 문단의 자기성찰은 4월 혁명의 직접행동에 대한 강박으로 이어진다. 혁명의 직접행동은 당시의 한국문학이 결여한 행동성과 구체성의 감각을 자극하기에 충분했던 것이다. 다시 말해, "문학은 현실 반영의 차원에 머물러 있는 것이 아니며, 현실적 체험의 문학적 승화라는 미학만으로 문학이 자리 잡을 터가 없다는 인식"이 "문학을 현실적 발언 내지는 삶의 방식과 일치시키도록 만들었"던 것이다.[37] 이러한 직접행동의 윤리적 감각은 문인들을 향한 통렬한 비판으로 이어졌다.

십 대, 이십 대가 민주광장에서 피를 흘리고 있을 때, 엄호사격(박수) 한번 못하고 시종변두리에서 서성거린 주제에, 이제 여기에 새 공화국이 이룩되었다고 '제언'이니 하면서 어쩐다는 일이 창피하고 쑥스럽군요. '그렇다면 잠자코 있을 것이지 ……' 이야기는 이렇게 되는데, 그놈의 알팍한 감수성(자기염오와 어떤 연대의식 같은 것) 때문에 한두 마디 어리석은 소리를 하게 되는 거에요.

三·一五를 전후하여 선배 여러분 중에 어느 분이 어떤 식으로 '썩은 것' 앞에서 나팔을 불었는지 잘은 모르는데요, 남들(문단 밖의)이 그러기를 가만히 보자니까 제일 시시한 것이 '문인'이라고요. 물론 지성이라는 것, 말하자면 '신문인' '교수' 그런 분들에 비교해서 하는 말이겠지요. 그런데 그 제일 시시하다는 '문인'이 四·二六 뒤에, 다른 어떤 이들보다도 재빠르게 승리를 구가하는데, 이게 도무지 모를 노릇이라는 것에요. 아마 일등석을 차지하자는 거겠지요. 저 같은

37 김중하, 앞의 책, 225면.

자에게는 초대장도 있을 것 같질 않은데 어느새 우대권을 쓱싹한 눈치라니까요. 일이 이렇게 되고 보면 '뒤죽박죽'이나 '얌치' 정도가 아니라 정말 가랫침을 뱉아 주고 싶어요. '양성'보다 '음성'편이 더욱 더럽고 미워지는 까닭을 모르겠어요. 전자에서는 신념이랄까 의지랄까, 그런 체통머리를 엿볼 수 있기 때문인지도 모르지요.

나팔수의 이야기가 나왔으니 말입니다만, 이내 문학단체를 생각하게 되는군요. 차제에 모두 헐어버리는 것이 어떨까 해요. 종이가 제한되어 있어서 그만 중도에 이야기를 끊읍니다만, 아무튼 유지비니 행사비니 하여 여기저기에서 조금식 얻어야만 될 것이겠고, 또 그렇게 신세를 지다보면 미운 친구도 곱다고 어루만져 주어야 할 것이겠으니까 …… 어떻든 피치 못할 사정이 아니겠어요. 그 고충이야말로 알고도 남음이 있어요. 해체. 이 일에 있어서 마저 '눈감고 아웅'하는 식으로 어물어물 넘겨버린다면, 정말 '제일 시시하다'는 구실을 면할 길이 막연할 거에요.[38](강조는 인용자)

1960년 4, 5월에 쏟아진 4월혁명시들에 대한 한 문인의 이러한 당혹감은 혁명 이전부터 미만했던 문단의 타락상과도 밀접한 관계가 있다. "四・二六 뒤에, 다른 어떤 이들보다도 재빠르게 승리를 구가"하고자 하는 문인들에게 "가랫침"을 뱉어주고 싶다는 고백은 뒤늦게 혁명 대열에 뛰어든 문인들의 위선적 현실참여에 대한 경멸에서 비롯된다. 다시 말해, 문인들을 향한 "가랫침"은 4월혁명의 "일등석을 차지"하기 위해 "재빠르게 승리를 구가"하는 문인들의 위선을 겨냥한 것이다. 여기서

38 최현식, 「부끄럽군요」, 『동아일보』, 1960.5.18, 조간 4면.

말하는 문인들의 현실참여란 문학을 통한 현실참여를 지칭하지만, 그 이면에는 문학이 직접행동이 되지 못한 사실에 대한 자의식 또한 깔려 있음을 주목할 필요가 있다. 즉, "제일 시시한 것이 '문인'"이라는 자조는 문인을 "지성"적 존재로서의 위상을 지니고 있는 "'신문인' '교수'"에 비교할 때 보다 뚜렷이 드러난다. '문인' 대 '신문인' '교수'라는 대립적 구도에서 문학이 지니고 있는 근원적인 한계를 읽어낼 수 있기 때문인데, 그것은 바로 4월혁명의 실재성(實在性)에 대립되어 부각되는 문학의 가상성(假想性)과 무관하지 않다. 문인은 문학이라는 미적 가상을 창조하는 주체인 반면에, '신문인'과 '교수'는 지성적 존재로서 현실참여적 담론을 생산하는 주체인 것이다. 4월혁명의 실재성과 문학의 가상성은 본질적으로 겹칠 수 없는 각각의 지대에 존재하므로 4월혁명의 실재성과의 대립으로 부각되는 문학의 가상성은 문학의 근원적 한계로 작용할 수밖에 없다.[39] 혁명의 실재성과 문학의 가상성이 통합되는 유일한 방법은 혁명에 참여한 문인의 작품을 통해서이겠지만, 혁명에 대한 문학의 열기는 혁명 추수적인 것에 지나지 않았다는 점에서 60년대 문학은 행동하지 않는다는 고통스러운 자의식에서 자유로울 수 없었던 것이다.

따라서 1960년대 문학은 지속적인 자조와 무기력을 벗어나 문학의

39 이런 관점에서 김정한의 「모래톱 이야기」(『문학』, 1966.10)가 당시 문단에 던진 충격이 어떤 것인지를 충분히 이해할 수 있다. 「모래톱 이야기」의 서두는 "소설적 허구가 아니라 자신을 문단으로 복귀하게 만든 작가적 양심의 선언이자 사실주의에 입각한 문학적 현실 대응방식의 새로운 출발을 알리는 의미심장한 선언이었"기 때문이다. 좀 더 세밀한 연구가 필요하겠지만, 김정한은 적어도 문학의 허구성을 실제의 것으로 대체하고자 했으며, 궁극적으로는 문학적 가상성을 극복하고자 했던 작가의 가능성을 보여주고 있는 것이다. 김중하, 앞의 책, 232~233면 참조.

행동 결여를 방어할 수 있는 논리를 즉각적으로 형성해나가기 시작한다. 예컨대, 실제의 혁명에 반응하는 문학의 혁신이 즉각적일 수 없다[40]는 백철의 주장은 문학이 근본적으로 '가상'("문학작품은 더 일반적인 의미에서 '픽순(픽션-인용자)'이기 때문이다")에 머물러 있으며, 혁명적 현실이 문학작품으로 전환되기 위해서는 어떤 '미학적 변형'이 일어나야 한다는 사실을 암시한다. 그러나 이 변형이야말로 실제 현실과 문학의 경계를 형성하는 것이며 문학이 언어라는 가상적 질료로써 구성된다는 사실을 상기시킨다. 백철은 문학 자체가 현실에 대한 직접적 참여가 될 수 없다는 사실을 재차 확인하고 있는 셈이다. 그리고 4월혁명 전후로 문학의 사회참여를 주장하기도 했던 이어령 역시 참여문학이 글 쓰는 행위로서의 존재조건을 벗어나지 못하고 있음을 분명히 지적하고 있다.

> '참가의 문학'은 '문학을 위한 문학'도 아니며 '사회를 위한 문학'도 아니다. 그것은 '자기 존재를 위한 문학'이다. 그런데 이 자기를 위하려면 자기 상황을 변화시켜야 되며 그리고 그것을 변화시키려면 참가해야 된다. 참가하기 위해서 선택한 것이 글을 쓰는 행위다. 인간의 상황은 역사적인 것이고 사회적인 것이기 때문에 결국은 '자기 실존'을 향한 문학은 사회참여의 문학이 되는 셈이다.[41]

이어령은 참여문학이 선전문학으로 떨어질 것을 우려하면서, "참가의 문학은 정치에 참여하면서도 정치 그것에 예속되어서는 안 된다는

40 백철, 앞의 글, 209면.
41 이어령, 「사회참가의 문학—그 원리적인 문제」, 『새벽』, 1960.5, 279면.

철칙을 갖는다"는 점을 강조한다. 참여문학과 선전문학의 차이는 바로 '인간의 자유'에 있다. 선전문학이 이미 내정된 본질적 문제에 구속받음으로써 자유를 상실하고 있다면, 참여문학은 내정된 본질에 구속당하지 않음으로써 '자유'를 획득하고 있다는 것이다. 순수문학이 참여문학을 선전문학으로 오해하고 공격을 해왔던 것은 참여문학과 선전문학을 구분하지 못한 데서 비롯되는 것인데, 이어령은 참여문학이 순수문학과 선전문학의 한 가운데 존재하고 있다고 말한다. 따라서 이어령에게 '참여'는 "자기의 주체 밑에 세계를 현시하는 것이고 주어진 상황을 선택이라는 행동에 의해서 새로운 의미, 새로운 변화를 가져오게 하는 움직임"이라는 의미를 지닌다. 그러나 이어령의 행동은 직접행동 혹은 현실변혁의 문학적 행동이 아니라 관념에 가까운 문학적 행동에 지나지 않는다. 참여문학이 "타인지향이 아니라 내면지향의 의식으로부터 개화된다"는 진술은 그가 말하는 참가(참여)문학이 직접적인 행동이 아니라, "글을 쓰는 행위"라는 존재조건을 벗어나지 못한다는 사실을 암시한다. 참여(참가)하기 위해서 선택한 것이 글을 쓰는 행위라면, 이는 직접적인 행동이 아니라 간접화되고 내면화된 행동에 해당한다. 이어령의 말대로 문학이 문학만을 위한 것도 아니고 사회만을 위한 것도 아니라면, '직접행동'의 미적 변형이야말로 곧 참여문학의 본질이 되는 셈이다.[42] 그러나 4월혁명은 본질적으로 '직접행동'이라는 점에서 혁명과 문학은 뚜렷한 대립각을 형성할 수밖에 없다. 정치와 문학, 즉 실재와

42 이어령은 이와 같은 문학관은 훗날 문화론으로 확장된다. 그의 문화론은 정치적 현실을 소거하는 방향으로 나아가게 되는데, 이는 정치문제와의 직접적 대면을 문화론이라는 틀 속에서 간접화하는 결과를 낳게 된다.

가상의 대립은 혁명에 직면한 문학의 깊은 자의식을 더 강화한다. 문학이 직접적인 행동이 될 수는 없지만 오히려 그것이야말로 문학의 본질이라는 자의식 말이다. 자기실존이 사회・역사 속에서 벗어나지 못하기 때문에 결국 자기실존을 향한 문학이 사회참여의 문학이 된다는 이어령의 논리는 참여문학이 지니는 현실비판성, 저항성, 투쟁성을 약화시키는 결과를 초래한다. 이어령은 4월혁명과 마주함으로써 문학이 지니게 된 근본적 결핍, 다시 말해 문학이 곧 현실(직접행동)이 되지 못하는 한계를 문학의 특징인 미적 변형으로 이해하는 인식틀을 지니고 있었다. 따라서 4월혁명으로 드러난 문학의 근본적 결핍은 이어령에게 더 이상 결핍이 아니었던 것이다.

2) '혁명정신 = 문학정신'의 상호동류성

그럼에도 불구하고 문학가들은 4월혁명의 주도세력인 학생들을 바라보면서 행동하지 않는 스스로의 근본적 한계를 절감하지 않을 수 없었으며, 문학이 곧 현실이 되지 못한다는 자의식으로부터 결코 자유로울 수 없었다. 김우종은 현실참여의 개념을 "몸뚱이만을 그대로 현실에 갖다 바치는 것이 아니라 작자의 생명이 되는 개성을 참여시키는 것"으로 정의하면서 결국 문학작품 속에 드러난 작가의 개성이 곧 신념이자 참여이고 독창성이라는 논리를 내세운다. 문학의 현실비판 속에 곧 작가의 전통적・역사적・사회적 개성이 반영되어야 한다는 것이다.[43] 이

43 김우종, 「도피와 참여의 문학」, 『현대문학』, 1961.6, 76면.

는 곧 자기 작품에 대한 작가의 윤리적 일치 혹은 일체화를 강조하고 더 나아가 작가와 문학의 일체화를 지향하는 것이다. 여기서 작가와 문학의 일체화는 무엇을 궁극으로 하는지를 따져볼 필요가 있다. 그것은 결국 작가로서의 글쓰기를 넘어선 직접행동을 겨냥하고 있다.

> 이러한 현상은 문학을 하자면 소질도 중요하지만 올바른 인격을 갖추지 않고서는 어떠한 문학 활동도 하지 말라는 것을 의미한다. 사실로 四·一九 이전까지는 문인들에 대하여 문학이외의 생활에 대해서는 거의 간섭하지 않는다는 것이 관례로 되어 있었다. 그리고 개인적인 생활에 대해서는 아무리 과오가 있더라도 법에 의지하지 않고서는 간섭하는 않는 것이 좋을지 모른다. 그러나 문학이 곧 개인적인 인격의 표현인 이상 문학과 개인적인 인격을 구별해서 생각할 수 없는 일이다. 그리고 문학이 개인적인 활동에 그치는 것이 아니라 공공의 성격을 지니는 이상은 그들의 개인적 생활에 대해서는 독자나 문단동료들이 당연히 충고하고 비난하고 또 칭찬하는 일이 있어야 한다. 그리하여 진정한 인격의 소유자에 의해서만 문학이 이루어져 나갈 때 비로소 훌륭한 문학이 출현할 것이다. 그러므로 이번 혁명을 계기로 문인들의 바른 모랄을 요구하고 나선 경향은 앞으로도 정치적인 면에서뿐만 아니라 모든 개인적인 생활면에까지 확장되어 계속되어야 한다.[44]

김우종은 문인과 문학의 일치를 강조한다. 문인의 자유롭고도 과감한 사회참여가 일시적인 현상이 아니라 지속될 것이라는 희망적인 진

44 김우종, 「작가의 반항권과 자유」, 『세계』, 1960.7, 328~329면.

단과 더불어 “혁명을 계기로 문인들의 바른 모랄을 요구하고 나선 경향”이 “정치적인 면에서뿐만 아니라 모든 개인적인 생활면에까지 확장되어 계속되어야 한다”는 것을 주장한다. 문학의 윤리(모랄)가 작가의 개인적 생활면까지 확장되어야 한다는 말은 결국 작가로서의 참여와 윤리의식이 개인의 행동으로 나타나야 한다는 것을 의미한다. 김우종은 비록 직접적인 언급을 삼가고 있지만, 문학적 행동과 참여를 넘어 인간으로서의 직접행동까지도 염두에 두고 있음을 드러낸다. 작가라는 정체성의 한계로 인해 ‘직접행동’에 대한 언급까지는 나아가지 못하지만, 작가의 윤리를 생활면까지 확장한 것은 결국 역사와 현실의 부름에 대하여 글쓰기는 물론이거니와 직접행동으로도 응답해야 한다는 것을 의식하고 있음을 보여준다. 무엇보다도 행동과 지성이 일치했던 혁명을 계기로 하여 문학과 문인의 윤리적 일치라는 관점이 보다 자신감 있게 발화되고 있다는 점에 주목해야 한다. 지성의 행동과 양심의 자유가 억압을 뚫고 이상적 열망 속에서 분출되는 것은 혁명의 임계점 위에서만 존재할 수 있는 발화 양상이기 때문이다.

> 앞서 말한 것처럼 문학인은 예술인이기 이전에 인간이다. 생존의 권리와 의무를 지닌 인간인 것이다. 그것은 가장 기본적인 것이며 그 기본에서 출발하여 문학이라는 방법과 작업을 통하여 의식적으로 인간의 과정을 그리고 있는 것이다. 그런 이상 문인은 문학이라는 작업 속에서 진실하게 극명하게 인생을 표출해야 하는 것이다. 그러기 위하여는 정치뿐만 아니라 인간이 관여하는 모든 일에 작가도 관여하지 않으면 안 될 것이다.
>
> 가장 올바르게 뚜렷하게 노예성을 벗어던지고, 그러나 그곳에는 부단한 반

성과 노력이 준비되어 있어야 한다. 그것은 작가의 모랄이요, 사회의 모랄인 동시 개개인의 모랄일 것이다.

작가는 언제나 사회와 스크럼을 짜고 같이 호흡해야하며 결코 외톨배기가 되어서는 안된다. 그런 뜻에서 지금까지의 자기문학에 대한 준열한 비판이 필요하다고 생각한다.[45]

4월혁명 직후 발표된 박경리의 이 글 역시 '문학인 = 인간'이라는 등식을 전제로 한다. "문학이라는 작업 속에서 진실하게 극명하게 인생을 표출"하기 위해서 작가는 정치를 비롯한 인간의 모든 일에 '관여'해야 한다는 점에서 작가의 역할을 보다 강조하고 있는 것이다. 작가의 사회적 관여를 통해서만 참다운 문학이 창조될 수 있다는 주장으로 이해할 수 있다. 그러나 중요한 것은 이 '관여'라는 것이 작가로서 "언제나 사회와 스크럼을 짜고 같이 호흡"하면서 궁극적으로는 작가로서의 직접행동까지 포괄하고 있다는 사실이다. '작가의 모랄 = 사회의 모랄 = 개개인의 모랄'이라는 등식은 곧 작가로서의 윤리가 한 인간으로서의 윤리와 일치되어야 하며 문학적 실천이 한 인간으로서의 행동으로도 나타나야만 함을 의미한다. 그리고 바로 이때 혁명 이전의 문학과 확연히 다른 참다운 문학이 가능하다는 사실을 역설하고 있는 것이다. 그럼에도 불구하고 글쓰기를 넘어서 한 인간으로서의 직접행동을 분명하게 언급하고 있지 못한 것은 문학 장의 한계를 의식하고 있는 까닭이다. 문학과 현실은 언어를 매개로 결합되지만, 작가는 근본적으로 문학 장

45 박경리, 「자기문학의 재비판」, 『동아일보』, 1960.5.18, 조간 4면.

내에 갇혀 있기 때문이며, 글쓰기를 매개로 하지 않은 직접행동의 경우 작가로서의 정체성을 벗어나고 말기 때문이다. 혁명 직후의 현실참여의 논의가 직접행동을 의식하고 있음에도 불구하고 문학 장 내의 논리로 회귀하고 마는 까닭이 바로 여기에 있다.

이처럼 4월혁명 이후의 문학적 대응전략은 필연적인 사안이었다. 그들에겐 혁명 이후의 새로운 문학과 매체가 필요했으며, 4월혁명을 그들의 문학적 자산으로 삼아야만 했다. 4월혁명이야말로 그들의 존재조건에서 가장 강력한 자상을 남긴 역사적 사건이므로 '4월혁명세대'(4·19세대)라는 시대적 호칭은 과연 그들에게 어울린다고 할 수 있었다. 4월혁명세대의 문학적 대응전략은 그것은 크게 두 가지 부류로 나타난다. 첫째, 혁명정신의 형식화를 통해서 새로운 미학적 차원을 추구하는 부류다.[46] 이들은 4월혁명을 미학적 차원으로 수용함으로써 새로운 시대의 '자유'의 정신을 추구하고자 했다. 그 '자유'란 개인성을 강조하는 '미적 자유'로 귀결될 가능성이 큰 것이었지만, 그들은 혁명 이후의 문학을 새로운 감각을 통해 창조하는 데 주저함이 없었다. 둘째, 미학과 정치에 내재한 불화와 긴장을 지속적으로 의식하면서 혁명 이후의 민족·민주·통일 문제를 천착했던 부류다.[47] 이들은 4월혁명의 유산을 미적 형식으로 전환하기보다는 4월혁명의 정신성을 문학과 현실의 변증 속에서 계승하고자 했다. 그러나 문학과 현실의 변증은 4월혁명문학의 충일성에 도달하지 못했다. 따라서 이들은 문학과 정치의 균열에서 비

46 대표적인 잡지로서 『문학과지성』, 그리고 『현대시』, 『사계』, 『68문학』, 『산문시대』 등의 동인이 여기에 해당한다.

47 『비평작업』과 『신춘시』 동인, 그리고 『한양』, 『청맥』, 『상황』, 『창작과비평』, 『다리』 등의 잡지가 여기에 해당한다.

롯된 고통스러운 자의식에 시달려야만 했다. 주로 참여적 성향을 지닌 매체를 통해서 활동한 이들이 치열하게 사유한 주제는 바로 문학과 정치의 균열과 그것의 극복 가능성이었다.

> 혁명정신이 곧 본령적인 의미에서 현실을 지양하는 새로운 창조정신이라고 한다면 문학정신 역시 현실을 지양한 창조(작품)정신이라고 할 수 있을 것이다. 바로 이것이 '문학혁신'이라고 생각한다. 그리고 바로 이것이 혁명정신과 문학정신이 서로 상통하고 있는 공통점이라 할 수 있다. 그러므로 혁명정신과 문학정신은 상호 동류의 정신이라는 말이다.[48]

혁명정신과 문학정신의 상호동류성에 대한 인식은 이전부터 존재했던 것이지만, 4월혁명으로 인해 가장 중요한 주제로 부각된다. 문학 역시 '혁신'의 대상이라는 인식은 1950~1960년대의 '문총'과 '자유문협'의 이전투구의 구도 속에서 '인간 만송기(晩松記)'파(派)로 전락하고 말았던 문인의 윤리적 위상을 일신해야만 한다는 자기반성에 비롯된 것이다. 그러나 이들의 자발적인 문단정화운동은 실패하고 말았고, 60년대에 새롭게 창간되기 시작한 매체들에 의해서 4월혁명 이후의 새로운 문학적 흐름이 생겨나게 된 것이다. 그러나 4월혁명의 관점에서 60년대 문학에 대한 단적인 평가는 '불모성'[49]이다. 이 불모성은 혁명의 실패와 혁명정신의 급격한 퇴조를 함축한다. 무엇보다 이 불모성은 혁명을 문학적으로 형상화하고자 하는 순간 직면하게 되는 혁명과의 분열, 다시 말

48 장백일, 「문학혁신」, 『한양』, 1964.4, 133면.
49 김윤식, 앞의 글, 293면.

해 문학이 곧 행동이 되지 못한다는 미학의 근원적인 한계에서 발생한다. 60년대 문학의 불모성의 뿌리는 혁명과의 분열, 그리고 미학과 정치의 경계에 대한 예민한 자의식이었다. 그러나 이러한 자의식이야말로 60년대 후반기 문학을 더욱 풍성하게 하는 토대가 될 수 있었다는 점을 간과할 수 없다.[50]

1960년대는 4월혁명의 시작과 함께 혁명의 급격한 퇴조에 직면해야 했다. 그리고 4월혁명의 자상(刺傷)은 정치와 미학의 고통스러운 자의식으로 남아서 60년대 리얼리즘 문학을 지속적으로 충동시켰으며, 모더니즘 문학의 자유로운 형식 실험 또한 강화해나갔다. 혁명의 결여와 혁명세대의 좌절, 자기모멸의 문학적 자의식은 60년대 문학의 심층을 충격하는 저류(底流)가 되었다. 4월혁명은 분노자본의 오랜 축적을 통해 순간적으로 발생한 충동(death drive)의 실현이었으므로 60년대 내내 그것을 다시 쟁취할 수는 없었다. 다만 혁명을 향한 '자기보존적'[51] 죽음충동만이 존재할 뿐이었다. 그런 의미에서 60년대 문학은 4월혁명의 계승이기보다는 실패와 좌절의 문학이라고 할 수 있다. 4월을 장사지내려 하는 군사정권 속에서, 그러나 역설적으로 바로 이 때문에 60년대 문학

---

50 한강희는 4월혁명문학의 '불모성'에 대한 김윤식의 주장이 지나치게 4월혁명 직후만을 문제 삼고 있음을 지적한다. 4월혁명 직후의 혁명문학은 소설의 경우 직정적(直情的) 이념성을 벗어날 수 없었고 시의 경우 이념시를 중심으로 시적 형상화에 미흡했던 까닭에 혁명문학의 '불모성'은 4월혁명 직후에만 한정된다는 유보적 평가를 내리고 있는 것이다. 다시 말해 1960년대 중후반에 이르러 4월혁명문학은 불모성을 벗어나 보다 풍성한 결실을 얻고 있다는 점을 강조한다. 한강희, 『한국 현대 비평의 인식과 논리』, 태학사, 1998, 137면. 그러나 본서의 관점은 한강희와 다르다. 4월혁명문학의 불모성을 '형상화'와의 관점에서만 읽는 한강희와 달리, 문학과 혁명의 분열이라는 시각에서 읽고자 하는 것이다.

51 로렌초 키에자는 죽음충동을 관리하는 차원에서 허용된 죽음충동을 상징계의 "보존적 원리"로서의 죽음충동이라고 언급한 바 있다. 로렌초 키에자, 이성민 역, 『주체성과 타자성 – 철학적으로 읽은 자크 라캉』, 난장, 2012, 296면.

은 더욱 치열하게 혁명의 실재를 향해서 나아가고자 했다. 따라서 60년대 문학은 혁명을 향해 충동했던 '미학적 성실성'을 보여준 시대라 할 수 있다.[52] 이 '미학적 성실성'은 1970년대 초반에서야 현실참여의식을 리얼리즘으로 발전시킨 것으로 평가된다. 예컨대, 4월혁명이 발생한 지 10여 년이 지난 후 평자들은 4월혁명이 한국문학에 끼친 중대한 변화를 '리얼리즘'의 관점에서 말한다. "현실참여에서 역사의식에로, 역사의식에서 리얼리즘에로, 이렇게 四·一九는 한국문학 앞에 당면한 탈출구를 열어주었던 것이다."[53] 이와 같은 진술은 4월혁명이 한국문학에서 리얼리즘의 결핍을 훌륭히 해소하는 역사적·문학적 계기가 되었다는 점을 적시한다. 그러나 리얼리즘에는 결핍이 내재해 있다는 사실을 간과할 수 없는데 리얼리즘이 문학 장과 미학적 차원의 논리일 뿐이라는 사실이 그것이다. 현실참여에서 역사의식으로, 역사의식에서 리얼리즘으로 발전해 간 한국문학의 '미학적 성실성' 역시 '직접행동'이라는 참여의 실재에 닿을 수 없었다. 따라서 문학의 미적 가상을 넘어서 직접행동이라는 참여의 실재에 닿고자 했던 것이야말로 4월혁명 이후 한국문학을 지배했던 충동과 향유라고 할 수 있다.

52 임헌영은 '미학적 성실성'을 4월혁명과 관련하여 다음과 같이 말한다. "어째서 4월의 정신은 그 계승보다도 좌절의 작품이 더 많은가란 질문에 대한 해답은 오히려 단순할 것이다. 현실적으로 4월은 이를 장사지내려는 힘에 의하여 그 빛을 잃어왔으며, 이로 인한 각종 민중적 좌절은 우리 문학이 갖는 최소한의 미학적 성실성의 표현이기 때문이다." 임헌영, 「4월혁명의 문학적 전개」, 『민족의 상황과 문학사상』, 한길사, 1986, 86면.

53 김순남, 앞의 글, 238면.

4. 문학의 이율배반성과 죽음충동

1) 최인훈의 비평과 문학의 이율배반성

비평가로서의 최인훈[54]은 "문학의 비극적 이율배반의 운명"에 대해서 말한 바 있다. 즉 "문학은 그 매재 때문에 뛰어나게 현실적이어야 하면서 예술이 되기 위하여는 현실을 부정해야 한다는 사실이다."[55] '문학활동 = 현실비판'이라는 등식의 성립은 4월혁명이 최인훈에게 남긴 뚜렷한 문학적 증상이다. 그의 『광장』 역시 4월혁명이 분출한 자유의 후광 속에서 씌어졌기 때문이다. 남북한 체제에 대한 신랄한 비판이 가능했던 시기가 4월혁명과 5·16군사쿠데타가 일어나기까지의 약 1년에 불과했음에도 불구하고, 문학과 현실에 대한 그의 진보적 문학관은 지속적으로 일관된 흐름을 보여준다. 최인훈이 주목하는 것은 결론적으로 '미학'을 넘어서지 못하는 문학의 한계다. 즉, 문학은 언어라는 기호를 매개로 하는 특성상 현실적이어야 하며, 예술로서의 차원을 유지하기 위해서는 현실을 부정하는 조작을 거칠 수밖에 없다는 것이다. 결국 문학은 예술이라는 미학의 범주를 벗어나지 못하는 가상의 예술 형식으로 귀결되고 마

54 최인훈은 비평가로서의 면모를 지니고 있는데, 1970년에 발간된 평론집 『문학을 찾아서』(현암사)만 보더라도 충분히 확인된다. 김주연은 최인훈의 평론에 대해서 다음과 같이 말한 바 있다. "몇 년 전, 나는 속칭 순수와 참여의 공식으로만 나누어지고 있는 것 같은 현대 한국 문학 비평의 계보를 사회비판론·시민문학론·분석주의 등의 이름으로 한번 정리해 본 일이 있는데, 그때 나는 아무 망설임 없이 최인훈을 분석주의 비평가의 훈장으로 지칭하고, 그의 분석주의를 내 나름대로 분석해 보았던 기억이 난다." 김주연, 「말멀미에 이기기 위하여-최인훈 평론에 대하여」, 최인훈, 『문학과 이데올로기』, 문학과지성사, 1979, 435면.

55 최인훈, 「문학활동은 현실비판이다」, 『사상계』, 1965.10, 282면.

는 문제를 노정한다. 그리고 최인훈은 예술과 현실, 혹은 문학과 정치의 경계에 대한 근본적인 사유를 지속적으로 전개한다.

최인훈은 이 문제에 대하여 좀 더 세밀하고 본격적인 논의를 시도한다. 최인훈은 생물로서 타고난 인간의 DNA에 빗대어 문명의 행동을 지시하는 의식, 즉 '문명의식'을 (DNA)'로 규정한다. 그리고 이 문명의식 (DNA)'와 문학의 관계를 다음 〈표 1〉과 같이 설명한다.[56]

〈표 1〉 최인운의 '행동' 개념 도식

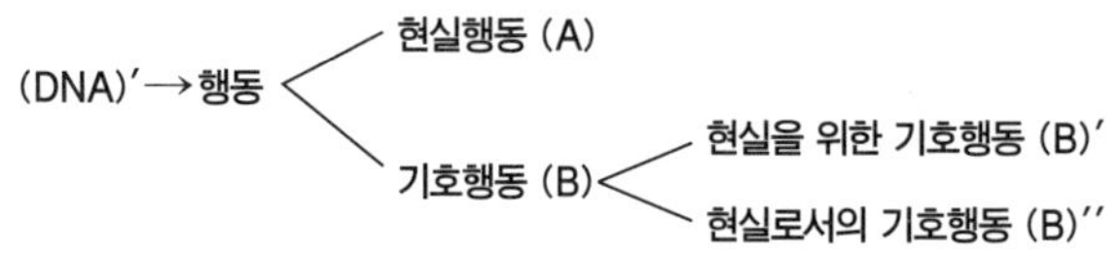

최인훈이 보기에 "문명인의 모든 행동은 당연히 (DNA)'의 표현"이다. 이 행동은 두 가지로 나뉘는데, '현실행동' (A)와 '기호행동' (B)이다. '현실행동'은 "사람의 살갗 바깥의 물리적 외계에 물리적 변화를 일으키는 것을 본질적이며 최종적인 목적으로 하는 행동"이며, '기호행동' (B)는 "(DNA)' 자체의 전달을 본질적이며 최종적인 목적으로 삼는 행동"이다. '기호행동' (B)는 "행동 이전의 정보 자체의 전달을 위한 행위이기 때문에 그것은 그것의 물리적 형태나 운동 자체에 목적이 있는 것이 아니라 그러한 것들을 매개로 하여 재귀적으로 (DNA)' 자신을 환기하기 위한 행동"이다. 여기서 '기호행동' (B)가 물리적 형태나 운동 자체에 목적이 있지 않다는 최인훈의 진술은 '기호행동' (B)로서의 문학이 가지고 있는 근본적

56 최인훈, 「문학과 이데올로기」, 앞의 책, 340면.

한계를 지적하는 것이라 할 수 있다.

최인훈은 '기호행동' (B) 역시 두 가지로 나눈다. 첫째, '현실을 위한 기호행동' (B)'로서 "현실행동을 지시하기 위한 (DNA)'의 전달을 목적"으로 한다. "형식으로는 기호이지만 실질에서는 현실 행동의 회로와 이어져 있"어서 근본적으로 "현실 지향의 행동"이기도 하다. 둘째, '현실로서의 기호행동' (B)"로서 자못 모순적인 명명의 이것은 "상상력 또는 그것의 의도적 강화형인 예술이라고 부르는 기호활동"이다.

여기서 최인훈이 주목하는 것은 "'현실행동' (A)와 '현실을 위한 기호행동' (B)"가 "어떤 관계를 가지는가?"이다. 이에 대한 답으로서 최인훈은 "이들 사이의 무조건 교류"는 이들이 갖고 있는 "일정한 배타성"으로 인해 "불가능"하기 때문에 기호행동의 "현실적 변환"을 위해서는 "무한한 횟수의 변환을 거쳐야" 함을 주장한다. 이 "무한한 횟수의 변환"이란 결국 영구히 지연되는 메시아의 도래와 다를 바 없는 것이다. 그러나 최인훈은 결국 그 최종적인 해답으로서 "문학을 문학으로서 받아들이고 작동시키는 길"을 제시하는 것으로 결론짓는다. 그럼에도 불구하고 최인훈의 사유는 정치와 미학의 경계를 넘나든다.

> 그러나 문학을 현실적인 힘으로 변환하는 길이 마지막으로 단 하나 없는 것은 아니다. 있다. 그 길이란 문학을 문학으로 받아들이고 작동시키는 일이다. 사람이 사람을 낳고, 새가 새를 낳는 것처럼 문학이라는 장르를 개체 발생시키는 길은 문학 작품이라는 계통 발생 회로를 따라 가는 길밖에는 없다. 여기서 현실까지는 우리가 문학과 현실을 각각 존경하면 할수록 무한한 거리가 벌어져 있다. 사람은 물론 극장의 막이 내린 다음에는 극장의 문을 나오게

마련인데, 이 극장 문 안에서 얻은 무엇인가를 극장의 문 밖으로까지 지니고 나오는 길이 없을까? 있다. 그리고 사람들은 그것을 실천하고도 있다. 우리는 막이 내린 순간에 순간적인 명상에 잠긴다. 이 거의 초시간적인 시간 동안에 겪는 의식이, 예술에서 최대의 것을 얻어 가지고 현실로 돌아오는 가장 힘 있는 변화의 길이라고 생각된다.[57]

"이 극장 문 안에서 얻은 무엇인가를 극장의 문 밖으로까지 지니고 나오는 길이 없을까?"라는 진술은 문학의 정치성이 곧 현실의 정치성으로 전환되는 순간에 대한 소박하지만 근본적인 사유를 보여준다. 지금껏 문학의 참여적 기능은 문학이 현실을 반영함으로써 민중에게 비판적 깨달음을 제공할 것인가에 맞춰져 있었다고 해도 과언이 아니다. 하지만 비판적 깨달음조차도 정신적 영역에서 일어날 뿐, 그 자체가 행동으로 전화되지 않는 한계가 내재되어 있다. 이는 작가의 입장에서도 마찬가지인데, 문학작품 내의 현실비판이 곧바로 정치적 힘으로 전화되지 않는 것은 미학으로서의 문학이 지닌 한계인 동시에 작가로서의 한계를 뚜렷이 드러내기 때문이다. 최인훈은 소박하게나마 문학작품을 읽고 난 직후의 "순간적인 명상"에 주목한다. 이 "순간적인 명상"은 "거의 초시간적인 시간 동안에 겪는 의식"으로서 예술이 현실에 행할 수 있는 최대치를 형성한다는 것이다. 그것이 현실의 정치적 행동으로 전화될지는 미지수이며 잠재적 가능성으로 잠복될 뿐이다. 그리고 최인훈의 논의는 정확히 여기서 멈추고 만다.[58]

57 최인훈, 앞의 글, 1979, 348면.

58 최인훈은 물론 문학과 현실의 회로에 대해서 많은 관심을 가지고 있었다. '생활과 예술의 회

2) '현실행동'을 향한 '기호행동'의 충동과 향유

순수참여논쟁의 핵심적 구조는 사실 최인훈의 비평 속에서 그 전모가 드러난다. 순수·참여 어느 한쪽의 일방적인 주장에 치우치지 않고 순수·참여의 경계를 이론적으로 분석하고자 했기 때문이다. 그래서 최인훈의 비평은 김주연의 말대로 분석주의 비평에 해당한다.[59] 최인훈은 순수와 참여의 경계라고 할 수 있는 문학과 행동의 최종분석의 단계까지 나아가려 했다. 문학이 '행동'이라는 현실효과를 발휘하는 과정에 대한 이론적 천착은 아직까지 미지의 영역에 있다. 문학의 정치성은 잠재성의 영역에 있으며, 그것의 현실화는 심지어 무한히 지연되는 메시아의 도래에 비유되기도 한다. 문학과 현실의 간극은 가상과 실재의 차이만큼이나 큰 것이다.

앞서 살펴본 것처럼 최인훈은 행동을 '현실행동' (A)와 '기호행동' (B)로 나눈다. '기호행동' (B)는 다시 '현실을 위한 기호행동' (B)'와 '현실로서의 기호행동' (B)''로 나눈다. 1960년대 순수참여논쟁에서 주로 주목했

로'를 다음과 같이 도식화한 바 있다.

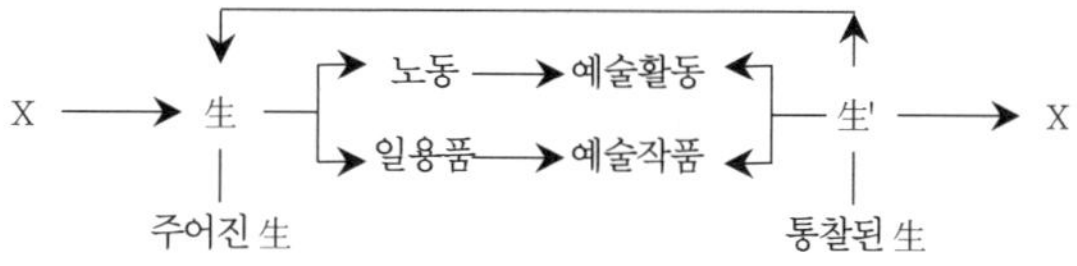

주체 X의 주어진 생의 예술활동과 예술작품이 통합됨으로써 통찰된 생의 주체로서 거듭나는 과정을 도식화하여 보여준다. 최인훈의 이러한 분석은 예술활동과 예술작품이 어떤 과정을 통해 현실의 삶에 관여하는가를 파악하고자 하는 노력이라 할 수 있다. 최인훈, 『문학을 찾아서』, 현암사, 1971, 314면.

59 김주연, 앞의 글, 435면.

던 바는 '기호행동' (B)의 지향점이었다. 대개의 순수문학론자들은 (B)→(B)"를 주장하였고, 참여문학론자들은 (B)→(B)'를 주장하였다. 다시 말해, 순수참여논쟁의 핵심 쟁점은 과연 '기호행동' (B)가 '현실을 위한 기호행동' (B)'를 지향하는가, 아니면 '현실로서의 기호행동' (B)"를 지향하는가의 문제였던 것이다. 따라서 '현실행동' (A)와 '기호행동' (B)의 간극 문제는 소홀히 다룰 수밖에 없었다. 혹은 (A)와 (B)의 간극 문제는 문학이 안고 있는 근본적인 문제인 까닭에 아예 논의의 대상조차 되지 못했을 수도 있다. 그러나 이 간극 문제는 60년대 후반의 순수참여논쟁의 과정에서 불거지게 된다.

참여문학론자들을 논박하는 과정에서 나온 김양수와 이어령이 발언이 순수참여논쟁의 핵심적인 문제를 지적하고 나온 것이다. 물론 이는 불리한 논쟁 상황을 역전시키고자 하는 과정에서 나온 것일 뿐, 정치한 이론적 천착을 개진했던 것은 아니다. 참여문학의 심상한(그러나 본질적인) 약점을 건드린, 아래와 같은 지적은 문학과 행동, 다시 말해 '현실행동' (A)와 '기호행동' (B)의 회복할 수 없는 간극을 드러낸다.

> 그러나 바로 숨 쉬는 이 역사를, 사회를 정치나 그 제도를 개량하는 사람임을 자처하는 사회참여론자가 그냥 내버려 달라는 말은 무엇인가? 진정한 참여론자라면 내버려 둔다 하더라도 싸움을 청해야만 된다. 참여시인과 정치가는 역사를 같은 테이블 위에 얹어 놓고 나이프를 들고 있다. 한쪽은 권력, 한쪽은 언어이다.[60]

60 이어령, 「서랍 속에 든 '불온시'를 분석한다—「지식인의 사회참여를 읽고」」, 『사상계』, 1968.3, 257~258면.

참여문학의 성립을 위해서 사회참여는 필요한 조건이지만, 사회참여에 있어서 문학이 꼭 필요한 조건이 아니라는 사정에서 오는 것이다.

왜냐하면 참여란 이미 개인이 스스로의 행동에 책임을 진다는 단계가 아니고 명확한 사회참여의 의미이며 그것은 계급투쟁에 있어서의 입장의 선택인 까닭에 그와 같은 사회참여의 성격이 반드시, 문학의 매개를 필요로 하지 않을 뿐 아니라, 결국은 상상력에 의한 개인의 영위에 지나지 않는 문학과는 오히려 양립할 수 없는 성질을 내포하고 있는 것이다. 그리하여 사르트르는 언어예술로서의 문학의, 문학으로서의 소이(所以), 즉 언어의 물체(실물)로서의 실체성과 문학이 지닌 바 비현실세계의 구축이라는 두 가지 요인을 배제시키는 것에서 사회참여의 가능성을 추구해온 논리적 귀결에 이르게 된 것이다. 이것은 또한 사르트르가 문학의 사회참여를 철저한 산문성의 선택에 둔 데서도 오는 것이다.[61]

이어령은 김수영과의 논쟁 과정에서 "진정한 참여론자라면 내버려 둔다 하더라도 싸움을 청해야만 된다"고 주장한다. 김수영에 대한 이어령의 논박은 문학의 논리를 벗어난 것으로 매우 비열한 것이지만, 이 비열성이 오히려 참여문학의 정치적 본질을 드러내는 효과를 가진다. 다시 말해 이어령은 어떤 경우에도 직접 참여하는 글쓰기의 행동을 요구하고 있다. 국가적으로 허용된 참여는 진정한 참여가 아니라는 논리(상징계 내에서 허용된 죽음충동은 진정한 죽음충동이 아니라 보존적 원리로서의 죽음충동에 불과하다)는 상징계를 전복하고자 하는 참여문학의 충동을 간파한 결

61 김양수, 「참여문학의 문학학살」, 『현대문학』, 1971.8(홍신선 편, 『우리문학의 논쟁사』, 어문각, 1985, 223면에서 재인용).

과이다. 그러나 그 충동은 죽음충동이다. 실제로 참여할 경우 죽음충동은 정신분석학적 범주에 머무는 것을 넘어 실제 죽음의 위협이 될지도 모른다. 그것은 군부독재라는 상징계를 파열시키고자 하는 죽음충동으로서의 참여이기 때문이다. 김수영이 불온시를 서랍 속에 둘 수밖에 없었던 까닭이다. 이처럼 이어령은 김수영의 절대적인 약점을 공략했던 것이다. 결과적으로 김수영과 이어령의 논쟁은 '현실을 위한 기호행동' (B)'가 문학의 가상이라는 상징계를 넘어서 '현실행동' (A)의 실재가 되고자 하는 충동의 지점을 드러내고 있다. 김양수 또한 마찬가지의 논법을 구사한다. "참여문학의 성립을 위해서 사회참여는 필요한 조건이지만, 사회참여에 있어서 문학이 꼭 필요한 조건이 아"님을 주장함으로써 참여문학의 궁극은 '현실행동' (A)에 있음을 분명히 밝혀놓고 있다. 이런 참여문학관을 지닌 사르트르 역시 "언어예술로서의 문학"을 배제하였으며, 그의 참여문학은 시보다는 산문을 선택할 수밖에 없었다는 것이다. 이처럼 참여문학에 대한 김양수의 논박에서 '현실을 위한 기호행동' (B)'가 '현실행동' (A)를 향해가는 충동을 확인할 수 있다.

이어령과 김양수의 주장은 문학의 충동이 구체적으로 어떤 것인지 확인할 수 있게 해 준다. 문학의 충동은 가상의 문학이 실제 현실을 향해 가는 과정에서 발생한다. 이러한 충동은 궁극적으로 가상의 문학이 실제 현실로 침투함으로써 정치적 상징계를 파괴하고자 하는 혁명으로서의 충동이다. 가상의 문학이 실제 현실을 향해가는 미학적 충동은 궁극적으로 군사독재라는 상징계를 겨냥하고 있으므로 정치적 상징계를 파괴하고자 하는 죽음충동인 것이다. 역설적이게도 이어령 · 김양수와 같은 순수문학론자들이 문학의 죽음충동을 언급하고 있는 이유는 이들이 죽음충동으로서의 문학을 자유롭게 발설하더라도 정치적 위해(危害)를 입을 이유가 없기 때문이다. 참여문학의 본질이 죽음충동임을 적시함으로써 정치적으로 위축된 참여문학론자들을 효과적으로 공격할 수 있었던 것이다.

참여문학의 죽음충동에도 불구하고 궁극적으로 '기호행동' (B)가 '현실행동' (A)가 아닌 '현실을 위한 기호행동' (B)'가 될 수밖에 없는 까닭은 '참여문학'이 결국은 언어라는 '기호'를 매개로 하기 때문이다. 참여문학조차도 언어라는 본질적 조건을 벗어날 수 없는 것이다. 언어예술로서의 '기호행동' (B)가 '현실행동' (A)가 된다는 것은 처음부터 불가능한 일이다. 따라서 '기호행동' (B)는 '현실행동' (A)를 충동하기만 할 뿐 실제로 그곳에 닿을 수 없다. 그것은 불가능한 충동이다. '기호행동' (B)가 '현실행동' (A)를 충동하는 순간 향유(jouissance)가 발생한다. 지젝이 훌륭하게 전유했던 제논의 역설, 즉 아킬레스가 쏜 화살은 결코 과녁에 닿지 않는다.[62] 과녁으로서의 '현실행동'은 '대상a'로서 존재할 뿐이다.

최인훈의 '행동' 도식(圖式)은 상징계와 실재계의 도식으로 대체 가능하다. '기호행동' (B)가 상징계라면, '현실행동' (A)는 실재계라고 할 수 있다. '기호행동' (B)가 포함된 상징계는 달리 말해 문학 장(場)의 미적 질서가 작동하는 공간이다. 문학 장 내의 죽음충동은 문학 장이라는 상징계 바깥의 '현실'에 닿고자 하는 향유를 드러낸다. '현실행동' (A)와 '기호행동' (B)의 관계는 다음 〈표 2〉와 같이 도식화할 수 있다.

62 슬라보예 지젝, 김소연 · 유재희 역, 『삐딱하게 보기』, 시각과언어, 1995, 17~26면.

〈표 2〉 '현실행동'(A)를 향한 '기호행동'(B)의 충동과 향유

'현실행동' (A)	⇐	'기호행동' (B)
정치의 장(場) 〔실재계〕	충동 (향유)	문학의 장(場) 〔상징계〕

'현실행동' (A)를 향한 '기호행동' (B)의 충동은 문학 장 내에서는 '현실을 위한 기호행동' (B)'로 귀착되고 만다. 실제 현실이 되고자 하는 '기호행동' (B)의 충동은 언어의 조건을 벗어날 수 없으므로 '현실을 위한 기호행동' (B)'가 닿을 수 있는 최대치가 되는 것이다. 물론 '현실을 위한 기호행동' (B)'는 결코 '현실행동' (A)와 등가관계라고 볼 수 없다. 따라서 '기호행동' (B)의 충동은 문학 장 내에서 불가능성을 내포하면서 향유의 상태에 머물러 있게 되는 것이다. 문학 장 내에서 '기호행동' (B)는 현실이 될 수 없음에 불구하고 현실이 되고자 하는 지점을 향해 나아간다. 이것이 미학의 범주 내에 머물고 있는 참여문학의 본질이라고 할 수 있다. 다시 말해 '기호행동' (B)를 벗어나 '현실행동' (A), 즉 '직접행동'의 세계로 나가고자 하는 문학의 극한 의식을 보여주고 있는 것은 바로 참여문학이다. 직접행동을 향한 참여문학의 충동이야말로 1960년대 문학에서 아직 해명하지 못했던 정신사적 심층인 것이다.

'기호행동' (B)가 문학 장의 상징계를 형성하고 있다면, '현실행동' (A)는 문학 장 바깥의 실재계라고 할 수 있다. '현실행동' (A)를 향한 '기호행동' (B)의 충동은 바로 실재계를 향해가고자 하는 상징계적 주체의 충동이라고 할 수 있다. 그러나 실재계와 상징계는 절대적 분할선을 지니고 있지 않다는 점을 주목해야 한다. 상징화(symbolization)의 실패가 바로 실재의 얼룩을 남기듯이 상징계와 실재계의 경계와 범주는 유동적일 수밖에

없다. 요컨대 상징계와 실재계의 경계는 정치적 갈등과 투쟁의 전선을 형성하는 것이다. 한국문학사의 숱한 필화사건[63]은 문학 장 내의 '기호행동' (B)가 문학 장의 상징계를 파괴하거나 현실의 정치 속으로 소환됨으로써 '기호행동' (B)임에도 불구하고 '현실행동' (A)가 되었던 사례들을 증언한다. 참여문학의 충동이 문학 장 내의 '충동'으로 끝나지 않고 '현실행동', 다시 말해 문학 장 바깥의 실재계의 차원인 '직접행동'의 세계로 넘어가는 일이 종종 벌어지기도 했던 것이다. 그것은 문학이 결코 '직접행동'('현실행동' (A))이 될 수없는 절대적 상황에서 벌어졌던 기이한 문학사적 혹은 정치사적 풍경으로서 대상a의 기능을 실현한다.

문학의 자율성은 직접행동과의 분리를 의미하며, 기호들의 자율적인 연쇄로의 진입을 의미한다. 직접행동은 문학으로부터 소외되고 문학은 직접행동으로부터 분리된다. 바로 여기서 문학은 자율성의 의미를 획득하게 되는 것이다. 그러나 자율성을 획득한 문학은 직접행동을 결여한다. 마찬가지로 직접행동 또한 문학을 결여한다. 그런데 이 두 가지 결여의 교차지점을 주목하지 않을 수 없다. 다시 말해, 직접행동의 결여(문학의 부재)와 문학의 결여(직접행동의 부재)의 교차 지점에 바로 필화사건이 놓이게 된다. 필화사건은 문학이기도 한 직접행동과 직접행동이기도 한 문학의 양상을 드러낸다. 필화사건은 자율적인 문학이 상실하고 있는 것이 무엇인지를 드러내는 한 지표가 되는 것이다. 4월혁명 이후 필화사건은 문학의 '욕망의 대상원인'(대상a)으로 작동한다. 직접행동을 향한 충동을 지닌 문학은 '욕망의 대상원인'으로서의 필화사건에 주박될수록 참

63 김상웅, 『한국필화사』, 동광출판사, 1987; 한승헌, 『분단시대의 법정』, 범우사, 2006; 세계사 편집부, 『공안사건기록』, 세계, 1986 참조.

〈표 3〉 '대상a'로서의 필화사건

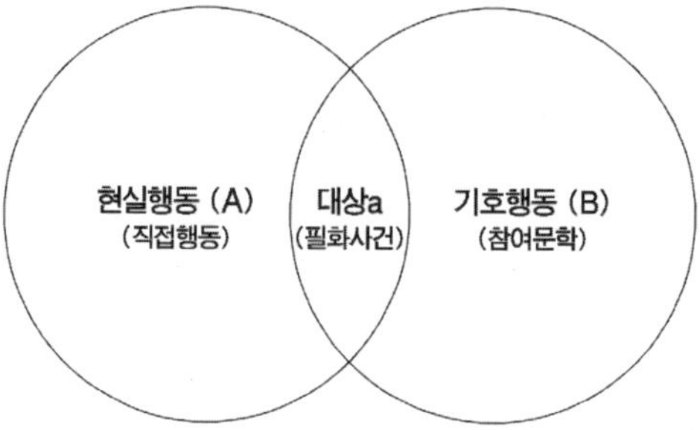

여문학의 성격을 지닐 수밖에 없었다.

직접행동을 향한 참여문학의 충동, 그리고 '현실행동' (A)와 '기호행동' (B)의 경계 문제에 대한 충분한 이해 없이 던져지는 문학의 정의에 대한 철학적 물음은 언제나 '실망스러움' 그 자체이다. "예술은 언제나 이미 여기에 있으면서, 사유하는 자에게 자신의 정체성에 대한 반짝이는 무언의 질문을 던지듯이",[64] 문학 또한 스스로의 정체성에 대한 질문으로부터 결코 자유로울 수 없기 때문이다. '현실행동' (A)를 향한 문학(기호행동)의 충동을 고려한다면, 미학의 진정한 윤리는 예술이라는 상징계의 바깥에 존재할 수밖에 없다. 상징계 바깥의 실재계를 참조함으로써 미학으로서의 문학을 돌아볼 때, 문학의 지속적인 난제였던 '문학은 무엇인가'에 대한 물음이 부분적으로 해소될 수 있는 것이다.

64 알랭 바디우, 장태순 역, 『비미학』, 이학사, 2010, 10면.

5. 1960년대 순수참여문학의 새로운 도식

참여문학이 '기호행동' (B)를 통해 '현실행동' (A)를 향해 극한적으로 나아가려는 죽음충동은 4월혁명 이후 뚜렷한 흐름을 형성하고 있다. 그러나 문학은 '현실을 위한 기호행동' (B)'나 '현실로서의 기호행동' (B)" 로 머무는 경우가 대부분이라고 할 수 있다. 전자는 참여문학으로서, 후자는 순수문학으로서 문학의 장을 형성하고 있다. 그러므로 '기호행동' (B)로서의 1960년대 한국문학은 3가지 벡터를 지닌다고 할 수 있다. 첫째, '현실행동' (A)를 향해가는 경우, 둘째, '현실을 위한 기호행동' (B)' 를 향해가는 경우, 셋째, '현실로서의 기호행동' (B)"를 향해가는 경우가 바로 그것이다. 앞장에서 살펴보았듯이 첫째가 가상의 문학이 현실의 '직접행동'이 되고자 하는 충동과 향유를 보여주고 있다면, 둘째는 참여문학, 셋째는 순수문학을 각각 지향한다고 볼 수 있다. 이를 도식화하면 〈표 4〉와 같다.

〈표 4〉 한국문학의 벡터

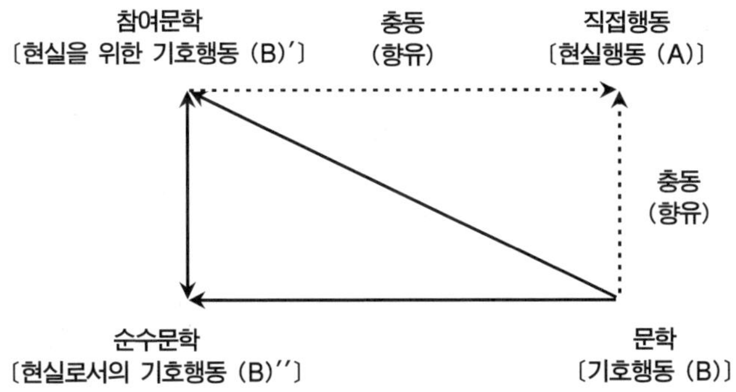

'직접행동'이 상징계로서의 문학 장을 벗어난 결과라고 한다면, '참여문학'과 '순수문학'은 문학 장을 벗어나지 않는다. 엄밀히 말해서, '직접행동'을 향해가는 '문학'은 언어라는 질료로 인해서 우선적으로 '참여문학'의 형태를 취할 수밖에 없다. 그러므로 '문학 → 직접행동'은 대개 '문학 → 참여문학'의 형태를 취한다. 다시 말해 '문학'은 '직접행동'을 향해 충동하는 순간부터 '참여문학'이 될 수밖에 없다. 여기서 주의해야 할 것은 문학 장에 머물고자 하는 '참여문학'과 '직접행동'을 향해 충동하는 '참여문학'이 있다는 사실이다. 그럼에도 불구하고 '참여문학'은 '직접행동'에 닿지 못하는 불가능성에 직면함으로써 문학의 장에 남고 만다. '순수문학'은 말할 것도 없이 문학 장에 머무는 문학이다. 이 도식에서 점선의 영역은 정치의 장을 구성하고, 실선의 영역은 문학의 장을 구성한다. 문학과 정치의 장이 확연히 구분되어왔던 까닭은 직접행동을 향한 문학과 참여문학의 충동을 간과해왔기 때문이다.

또한 지금까지 '순수문학'과 '참여문학'은 대립적인 것으로 파악되어 왔다. 즉, '참여 / 순수'라는 대립항에 의해서 '순수문학 ↔ 참여문학'이라는 도식이 성립되어 온 것이다. 그러나 문학의 이념이 실정성(positivity)과 부정성(negativity) 중 어디에 기반을 두는가에 따라서 '참여 / 순수'의 대립구도는 무너지게 된다.

그렇다면 실정성과 부정성의 개념은 무엇인가. 인간의 주체와 이념은 기본적으로 부정성(negativity)과 실정성(positivity) 위에서 작동하는 것이라 볼 수 있다. 다시 말해, 주체와 이념은 실정성과 부정성의 변증에 의해 존재한다.[65] 주체의 '실정성'은 남근적 향유를 유발하며, 주체의 '부정성'은 여성적 향유를 더욱 강하게 발생시킨다. 스타브라카키스의 말에 따르면, 부정성과 실정성의 관계는 실재(the real)와 현실(reality)의 관계, 비정체성(non-identity)과 정체성(identity)의 관계로 추론될 수 있는데, 주체의 실정화(positivisation)는 불완전한 주체가 부정성에서 실정성으로, 비정체성에서 정체성으로, 실재에서 현실로 향해가는 '환상적 환원(fantasmatic reduction)'을 통해 이루어지는 과정이다.[66] 스타브라카키스는 바디우의 말을 빌려 주체의 실정성 강화는 주체의 경화(硬化)를 초래하기도 하며, 이는 곧 선(good)의 지나친 실정화(positivisation)로서 궁극적으로 악의 출현을 초래한다고 말한다. 다시 말해 진리의 권력에 대한 모든 절대화는 악을 조직하는 한다는 것이다. 따라서 주체의 실정성과 부정성의 문제는 바로 선과 악의 문제이기도 한데, 선과 악의 엄격한 판별에 있어서 '실정화'의 적절한 정도를 결정하는 정교한 균형 잡기가 관건이다.[67] 헤게모니 이론에서도 그 양상은 마찬가지라고 할 수 있다. 라클라우가 자주 마주했던 질문. 즉, 헤게모니가 주체와 마찬가지로 근본적으로 우연적인 영역에서 취해진 결단을 함축한다면 그 결단의 근거는 무엇인가라는 의문,[68] 그 속에 이미 실정성과 부정성의 길항 관계가 내재되어 있는 것이다. 그 결단의 근거에 대한 의문을 가속화한다면 헤

65 라캉은 사실상 주체는 비어있다는 사실을 설명하면서 프로이트의 자아 개념이 유기체의 유사 전체성(organism's pseudo-totality)에 의존하고 있음을 지적한다. 인간의 실재적 존재(real being)에서 표현되는 선천적인 공백(gap)과 이 공백 속에서 쪼개진 채 드러나는 상상적 요소들의 부분 반복을 통해 이 유사 전체성을 설명할 수 있지만, 우리는 이 증상의 의미화 구조를 설명하는 기원을 필요로 하지 않는다. 자아의 유사 전체성에 대한 저항은 집단 무의식 속에서 묵인(connivance)을 만남으로써 해소되기 때문이다. 인간 주체의 공백에 대한 묵인은 내가 존재하고 있다는 것이 인간의 의무라는 인식에서 비롯된다. Jacques Lacan, *Ecrits*, trans. Bruce Fink, W.W.Norton, 2002, pp.345~348.

66 Yannis Stavrakakis, *The Lacanian Left*, State University of New York Press, 2007, p.12.

67 Ibid., p.154.

68 에르네스토 라클라우, 「정체성과 헤게모니」, 주디스 버틀러 외, 박대진 · 박미선 역, 『우연성 헤게모니 보편성』, 도서출판b, 2009, 122면.

게모니가 안고 있는 공백의 부정성이 강화됨으로써 여성적 향유가 유발될 것이며, 역사적 확신과 신념체계를 지속적으로 구축한다면 그것의 실정성이 강화됨으로써 남근적 향유가 유발될 것이다. 남근적 향유가 주체의 실정성에 관계한다면 여성적 향유는 주체의 부정성에 관계하기 때문이다. 부정성과 실정성의 변증 속에서 헤게모니가 "내속적으로 분열된 장"으로 파악되기도 하고, "공동체의 유기적 통일체"로 지각되기도 하는 까닭은 각각 부정성과 실정성 중 무엇을 더 선호하는가에 따른 결과이다.[69]

흥미롭게도 여성적 향유(부정성)와 남근적 향유(실정성)는 정확히 '기호행동' (B)로서의 '문학 장(場)'이라는 상징계 내에 존재하는 향유의 구조와 일치한다. 이것은 바디우가 라캉의 텍스트 *Encore*를 해석하는 과정에서 도출한 '무한'과 '향유' 개념을 환기시킨다. 바디우는 "접근불가능한 것이 1에서 2로 향하는 사이의 균열 속에 주어진다면, 성적 차이를 설명하기 위해 호출된 무한은 욕망의, 즉 시니피앙 연쇄에 접합된 주체의, 유한한 근본 구조와 동일한 척도를 갖는다"[70]고 말한다. 쉽게 말해 '2'에의 접근불가능성이 남근적 향유를 유발한다면, '2'를 넘어서는 무한에의 접근은 여성적 향유를 유발한다. 남근적 향유는 "어떤 곳에 있는 것"으로서, "잘라내서 경계가 그어진 것처럼 위상학적으로 규정"된 것

69 지젝은 이것을 통해 좌파와 우파의 근본적인 차이를 인식한다. 즉 "좌파는 어떤 근본적인 적대에 의해 내속적으로 분열된 장으로, 우파는 오직 외래의 침입자에 의해서만 교란되는 공동체의 유기적 통일체로 지각한다"는 것이다. 우파는 실정성의 강화에 힘쓰며, 좌파는 부정성의 강화에 힘쓴다. 그러나 어느 한쪽의 일방적인 강화일 수는 없다. 예컨대, 부정성을 극단적으로 강화할 경우 역사적 허무주의에 빠질 공산이 크기 때문이다. 따라서 그것은 변증의 문제로 귀결될 수밖에 없다. 슬라보예 지젝, 「계급투쟁입니까, 포스트모더니즘입니까?」, 주디스 버틀러 외, 위의 책, 166면. 참조.

70 알랭 바디우, 이종영 역, 『조건들』, 새물결, 2006, 396면.

이다. 그것은 실정성(positivity)과 관계한다. '2'는 실제로 존재하지 않지만[71] 존재한다고 여겨지는 것으로서의 실정성을 지닌다. 실제로는 존재하지 않는 실정성을 향한 향유가 바로 남근적 향유이다. 그러나 여성적 향유는 "비-전체일 수 있는" "타자성"으로서 "무한의 질서"를 향한다. 다시 말해, "경계 지어지고 유한한 남근적 향유는 전체에 대한 것"으로서 "둘레가 있"는 반면에, 여성적 향유는 비-전체의 것으로 경계와 둘레가 없다. 여성적 향유는 신과의 유기적 연결을 지니고 있는 것으로 말해지기도 한다.[72] 여성적 향유는 근본적으로 부정성에 기반하며, 여성적 향유에서 '2'는 결코 존재하지 않는 부정성의 대상이다.[73] 그러므로 여성적 향유는 '2'에 주박당하는 것이 불가능하며, 결국 무한을 향해 나아갈 수밖에 없다. 그 무한 또한 규정될 수 없는 부정성의 세계다. 이를 도식화하면 다음 〈표 5〉와 같다.

여기서 '……, -2, -1, 0, 1, 2, ……'는 시니피앙('……[S^{-2}], [S^{-1}], [S^{0}], [S^{1}], [S^{2}],……')으로의 치환이 가능하다. 위 도식에서 알 수 있듯이 여성적 향유는 남근적 향유의 총합과 일치한다. 예컨대, '1'과 '2' 사이에 내재하는 무한한 균열의 합[74]이 반복됨으로써 '무한'을 이룬다는 점에서 여성적 향유

71 바디우는 수(數)라는 존재, 즉 순수 사유로서 수학의 지위는 대상성에 관한 문제가 아님을 지적하면서, 수학의 존재론적 숙명에 대해서 다음과 같이 말한다. "오직 무한한 다수들만이 있고, 이 무한한 다수들이 제시하는 것 또한 무한한 다수들이다. 이러한 제시에서 유일한 중단 지점은 아무것도 제시하지 않는다. 그 지점은 일자가 아니라 공백이다." 위의 책, 236면.

72 위의 책, 379~403면. 참조.

73 집합론의 관점에서 수(數)는 공집합에서 창조된다. 자연수가 무, 즉 공집합으로부터 창출되어 나오는 것이다. 0=∅, 1={∅}, 2={∅, {∅}}, 3={∅, {∅}, {∅, {∅}}} …… 이와 같은 방식이다. 존 배로, 전대호 역, 『무◯진공(無◯眞空)』, 해나무, 2003, 226~230면 참조.

74 직선 위의 점들은 조밀한 집합을 이루고 실수로 빈틈없이 완벽하게 표현된다는 점에서 완비성을 이룬다. 그러나 이러한 주장은 직관적 관념에 가까운 것인데, 직관적 생각과 논리적인 용어로 직관의 과학적 모습을 완벽하게 설명하고자 하는 수학적 언어 사이의 불일치는 남아 있기 때문이다. 제논의 역설은 이와 같은 불일치를 나타내는 사례다. 이런 종류의 불일치를

〈표 5〉 문학 주체(이념)의 여성적 향유와 남성적 향유

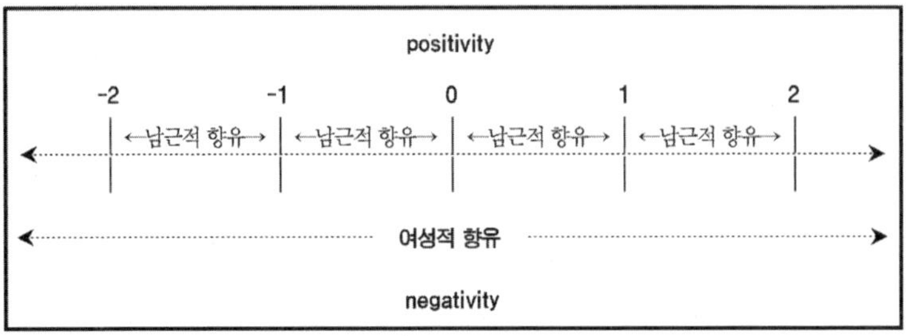

는 남근적 향유의 총합과 일치하는 것이다. 무엇보다 중요한 것은 여성적 향유가 남근적 향유의 경계와 둘레를 무화시킨다는 사실이다.[75] 따라서 '……, -2, -1, 0, 1, 2, ……'는 텅 빈 주체와 이념으로 이해할 수 있다. 시니피에([s])가 아닌 시니피앙([S])으로 표시되는 까닭이다. 시니피앙은 확정된 시니피에가 있을 수 없는 부정성의 기호다. 마찬가지로 주체와 이념 또한 부정성에 기반하고 있는 것이다. 그럼에도 불구하고 주체와 이념은 실정성의 대상으로 오인된다. 이 실정성이 바로 남근적 향유를 초래하며, 실정성이 부정되는 순간 여성적 향유가 유발되는 것이다.

정신분석학적인 관점에서 남근적 향유는 실정성과 관계하며 여성적 향유는 부정성과 관계한다. 그렇다면, 순수참여문학의 도식은 순수와

극복하기 위해서 극한개념이 도입되었다고 할 수 있다. 리차드 쿠랑 · 허버트 로빈스, 박평우 · 김운규 · 정광택 역, 『수학이란 무엇인가』, 경문사, 2006, 374~375면.

75 남근적 향유는 팔루스적 주이상스(phallic jouissance) · 하찮은 주이상스(paltry jouissance)로 불리기도 하고, 여성적 향유(feminine jouissance)는 다른 향유(another jouissance) 혹은 타자적 주이상스(Other jouissance)로 불리기도 한다. 숀 호머는 남근적 향유를 "우리를 실패하게 만들고 실망시키는 주이상스"로서 "우리로 하여금 우리의 상대에 대해 근본적으로 무엇인가 아쉬워하게 만드"는 것이라고 설명한다. 여성적 향유는 "우리가 경험할 수는 있지만 그것에 대해서는 어떤 말도 할 수 없는 것으로 이를 정의하는 것은 불가능"하며, "그것은 상징계와 주체 너머에 있으며 그러므로 '무의식의 바깥'"으로 정의된다. 숀 호머, 김서영 역, 『라캉 읽기』, 은행나무, 2007, 197-201면.

〈표 6〉 1960년대 순수참여문학의 구도

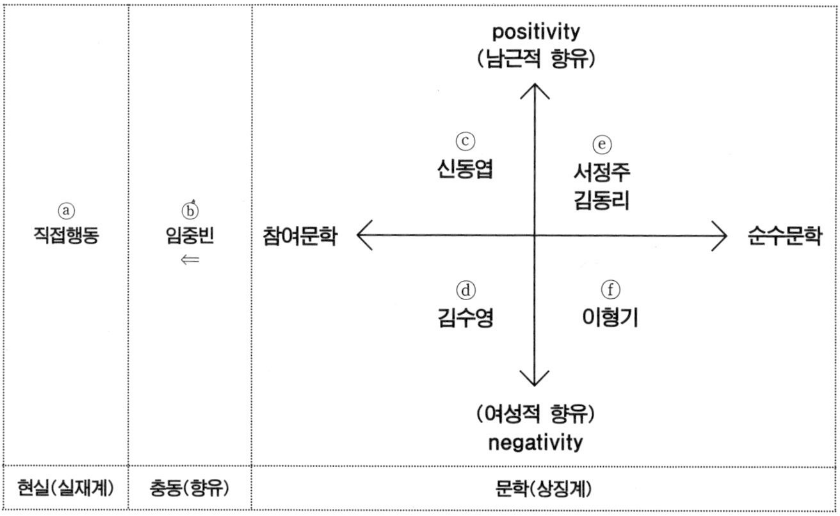

참여의 축과 더불어 실정성(남근적 향유)과 부정성(여성적 향유)이라는 또 다른 축의 도입이 가능하다. 이를 도식화하면 〈표 6〉과 같다.

도식화의 한계는 복잡성을 제거한 단순성에 있다. 단순성은 복잡한 국면을 선명하게 이해하게 하는 장점이 있지만, 그만큼 폭력적인 이해방식이다. 세부적인 이질성을 제거함으로써 하나의 도식에 환원시키려 하는 습성을 강화하기 때문이다. 그럼에도 불구하고 이러한 도식을 설정한 이유는 순수참여문학의 오래된 대립 구도를 벗어나기 위해서다. 기존의 순수참여논쟁의 대립구도는 그 명명에서 알 수 있듯이, '순수/참여'라는 하나의 대립축만 존재했던 것이 사실이다. 이로 인해 1960년대 한국문학의 논쟁에서 마치 순수/참여라는 문학의 2가지 존재방식만이 존재했던 것처럼 비쳐 왔다. 그러나 그 이면에 잠재되어 있는 수많은 세부적인 이질성의 작용들, 그것들을 단순하게나마 드러내보고자 하는 시도가 바로 위의 〈표 6〉이다. 〈표 6〉은 1960년대의 문학적 상황의 한 단면(斷面)에 지나지 않는 한계를 분명히 지닌다. 그러나 그 심층의 단면도(斷面圖)를 제시함으로써 1960년대 문학 장의 새로운 구도에 대한 이해의 폭을 넓히고자 하는 것이다.

〈표 6〉에는 6가지 문학 유형이 존재한다. 물론 이 6가지 문학의 유형은 끊임없이 상호작용을 하며 그 경계를 넘나든다. 기존의 논쟁에서 ⓔ, ⓕ가 순수문학이고 ⓒ, ⓓ가 참여문학이라는 이분법적 도식성이 강했다. ⓐ, ⓑ 또한 ⓒ, ⓓ와의 이질성이 소거당한 채 ⓒ, ⓓ에 환원된 채 이해되어왔던 것이다. 그러나 〈표 6〉은 1960년대 문학을 크게 3개 유형으로 나누고 있다. ⓐ / ⓑ / ⓒ, ⓓ, ⓔ, ⓕ의 구분이 그렇다. ⓒ, ⓓ, ⓔ, ⓕ는 우선 언어라는 문학적 조건 내에 머무르는 문학 유형이며, ⓑ는 직접행동을 향해가고자 하는 죽음충동을 보여주는 문학 유형이다. ⓐ는 말 그대로 문학이라는 상징계, 즉 '정신의 삶'(한나 아렌트)을 벗어난 직접행동이자 '정치의 삶'이다. 그리고 ⓒ, ⓓ, ⓔ, ⓕ라는 한 유형은 다시 제각기 ⓒ / ⓓ / ⓔ / ⓕ로 나뉜다. 순수(비정치)와 참여(정치)로 나뉘던 순수참여문학의 대립구도에 실정성과 부정성의 축을 하나 더 밀어 넣었다. 이 축으로 말미암아 순수문학 내부의 길항작용뿐만 아니라 참여문학 내부의 길항작용까지 살펴볼 수 있도록 했다. 이에 대한 자세한 설명은 이 책의 7장, 8장, 9장에서 부분적으로 이루어질 것이다. 설명이 부분적으로 이루어질 수밖에 없는 것은 이 책의 목적이 한국문학을 ⓒ / ⓓ / ⓔ / ⓕ로 분류하는 데 있는 것이 아니라, ⓒ, ⓓ(참여문학)가 ⓑ(충동)를 거쳐 ⓐ(직접행동)로 향해가는 양상을 규명하는 데 있기 때문이다.

제5장

4월혁명 이후의 실정성과 부정성의 투쟁

1. 1960년대의 공백과 탈공백의 투쟁

4월혁명 직후는 위기의 시대였다. 4월혁명을 주도했던 학생세력이 학원으로 복귀한 후 혁명의 거점이 해체됨으로써 혁명 이후는 그야말로 '공백의 시대'가 되었던 것이다.[1] 사실상 장기화된 권력의 공백은 혁명에 대한 환멸을 낳기에 충분했다. 이승만 정권이 몰락한 자리에 혁명의 구심점이 되어야 할 강력한 체제가 준비되어야 했으나, 학생세력은 그만한 능력을 갖추지 못했고 민주당 정권 역시 혁명 이후의 공백 사태를 진정시

1 안토니오 그람시는 "위기는 바로, 낡은 것은 죽어가는 반면 새것은 태어날 수 없다는 사실에 있다"라고 말한 바 있다. 또한 이 위기의 시기를 "공백 기간"으로 표현하고 있는데, 이 시기에 "매우 다양한 병적인 징후"가 나타난다. 4월혁명의 경우 자유당 구체제가 일시적으로 사라진 반면, 새로운 체제가 들어서지 못했다는 점에서 그람시가 말한 공백의 위기를 초래했다고 볼 수 있다. 안토니오 그람시, 이상훈 역, 『그람시의 옥중수고』 1, 거름, 2006, 327면.

킬 만한 정치적 역량이 부족했다. 공백의 위기에 대한 성찰은 일찍이 철학자 조가경에 의해 시도된 바 있다. 조가경은 공교롭게도 5·16군사쿠데타 직전, "혁명에 정신적 불안이 뒤따른다는 것은 아무런 새로운 사실도 아니"며 "혁명이 정신적 공백기를 남긴다는 것은 사실의 필연"이라고 언급하면서 "우리 자신의 정신이 공백기에 처해 있다"는 사실을 역설한다.[2] 이 공백기를 극복하기 위한 방안으로 공산주의를 적대적 타자로 한 주체성의 확립과 경제적 부강을 역설한다. 특히 공산주의의 완전한 극복을 위해 경제부강을 더욱 강조한다. 서독의 민주주의를 예로 들면서 강력한 경제력은 "공산주의의 점령 지역에 있는 사람들을 자력적(磁力的)으로 흡인할 만큼 충실된 것"으로 중요시한다. 다시 말해 민주주의를 지키는 혁명의 성공조건으로서 경제력을 주목하고 있는 것이다.

5·16군사쿠데타가 대다수 국민들로부터 환영받았던 것은 이와 같은 맥락이라 볼 수 있다. 군사쿠데타 이후 민주당은 구세력으로 치부되고 있었고, 이러한 시각은 1960년대 지식인들에게도 일반적이었다. 게다가 제3세계의 혁명은 필연적으로 군부세력의 등장을 필요로 한다는 에드워드 쉴즈의 이론은 군부세력의 등장을 정당화하는 이론적 토대가 되었다.[3] 5·16쿠데타 이후 사회의 질서와 체제가 잡혀가는 변화를 목

2 조가경, 「혁명주체의 정신적 혼미―주체성 확립의 목표는 적극적 자유와 경제부강」, 『사상계』, 1961.4, 70면.

3 『사상계』(1960.9~10)에 에드워드 쉴즈의 「신생국가의 지식인과 정치발달」이 고영복의 번역으로 소개되는데, 이후로 신생국과 군사정권에 관련한 글이 다수 발표된다. 1960년대 『사상계』에 발표된 글을 대충 추려보면 다음과 같다. M. 부 컥 텈, 「저개발국가의 경제계획과 민주정치」(1962.2), 막스 밀리컨·도날드 블랙크머, 「신생국가론」(1962.9), 임방현, 「주체성을 세우려는 각성」(1963.1), 윌리엄 A. 더글라스, 「신생국가와 일당독재」(1963.5), 서동욱, 「군사정권과 근대화 문제」(1965.6), 죤 스트레이치, 「내일을 헤아릴 수 없는 정치」(1965.6), 이택휘, 「군정과 헌정」(1969.2), 이택휘, 「신생국가의 정치적 발전」(1970.2)

도하게 되자, 지식인들조차 쿠데타를 혁명으로 칭송하기 시작했다.[4] 그러나 정권의 민간 이양을 약속했던 박정희가 군부세력이 민간인의 자격으로 제3공화국에 참여한다는 내용의 '4 · 8'성명을 발표하자 군사정권에 대한 학생과 지식인들의 비판이 제기되기 시작한다. 그럼에도 불구하고 군사정권이 대선에서 근소하나마 승리를 거둔 것은 국민의 이념적 주체를 효과적으로 결집시키는 데 성공했기 때문이다. 4월혁명이 이승만이라는 구악(舊惡)을 심판하고 몰아내는 것을 목표로 했다면, 5 · 16세력은 각종 경제시책과 반공이념, 그리고 민족적(한국적) 민주주의로써 4월혁명 이후의 공백을 잘 메워놓을 수 있었던 것이다.

그런 점에서 4월혁명과 5 · 16쿠데타의 대결은 공백과 탈공백의 대결이라 할 수 있다. 구악을 몰아냄으로써 초래된 권력의 공백은 군사정권의 강력한 통치 체제에 의해 벗어날 수 있었다. 그러나 4월혁명 세력은 특이하게도 공백을 지향하는 방식으로 군사정권에 대항하고자 했다. 이 대결은 필연적으로 군사정권(탈공백)의 정치적 승리로 귀결된다. 인간은 본질적으로 주체성을 지향하고 구체적 이념을 지향하는 존재이므로 혁명 이후의 공백은 군부 세력의 좋은 먹잇감이 되고 국민들 역시 이를 승인하기 마련이다. 제3세계 대부분의 국가에서 시민 혁명 직후 군부세력이 정권을 탈취하는 동시에 뚜렷한 정책과 이념을 내세운 것은 바로 공

4 장준하조차 군사정권에 대한 칭송을 하였는데, 장준하는 다음과 같이 말한다. "혁명정권은 초기의 혼란을 재빨리 수습하고 혁명과업수행의 원칙과 구체적 대책을 수립함에 과감했으며, 목전의 부정과 부패, 사회학을 소탕하는 데도 또한 신속했다." 문학인들 역시 대부분 마찬가지라고 볼 수 있는데, 한 예로 손우성은 다음과 같이 말한다. "나는 어느 세력에 아부하려는 비굴한 심정을 내 자신에게 경계한다. 헌데 군사혁명당국은 우리가 당연히 해야 할 일을 과감하게 수행하여 갔다. (…중략…) 혁명당국은 자신의 부패에 먼저 경계하면서 사회의 부패악을 가차없이 척결해갔다." 장준하, 「긴급을 요하는 혁명과업의 완수와 민주정치에로의 복귀」, 『사상계』, 1961.7, 34면; 함석헌 외, 『한국혁명의 방향』, 중앙공론사, 1961, 83~84면.

백에 대한 대중의 환멸과 탈공백을 향한 대중의 소망을 정치적으로 이용한 결과이다. 1960년대는 바로 이처럼 공백과 탈공백, 다시 말해 4월혁명과 5·16쿠데타의 대결이라고 할 수 있다. 4월혁명의 경우 구체제 전복을 목표로 했을 뿐 혁명 이후를 준비하지 않은 까닭에 강력한 통치체제를 지향하는 군사정권이 정치적 승리를 가져갈 수밖에 없었다.

문제는 군사정권에 대한 비판적 지식인들의 대응방식이다. 5·16군사정권이 4월혁명 이후의 공백을 민족적 민주주의라는 큰 틀에서 반공과 근대화론으로 효과적으로 메워 나갔던 반면에 군사정권에 대항하는 민주주의 세력은 이 공백을 민주주의와 통일주의라는 추상으로만 채우려 했을 뿐 구체적이고 현실적인 내용을 생산하지 못했다. 다시 말해, 박정희 정권이 4월혁명 이후의 공백을 민족적 민주주의를 통해 채움으로써 국민들의 전폭적인 동의를 얻을 수 있었던 반면에, 1960년대의 비판적 지식인들은 그 공백을 민주주의의 본질인 공백[5]으로 인식함으로써 대중의 지지를 확보하지 못했다. 공백에 대한 대중의 환멸은 혁명 이후의 헤게모니적 주체에 대한 갈증으로 이어진다. 5·16군부세력은 대중의 환멸을 초래했던 주체의 공백 사태를 놓치지 않았던 것이다. 따라서 5·16군사쿠데타를 일컬어 "이번 혁명은 四월혁명과 같이 우발적 불연속성을 띄운 단순한 학생혁명이나 민권혁명이 아니라 주체성을 갖는 정치적 사회적 혁명"[6]이라는 당시의 진단은 매우 정확한 것이다.

여기서는 4월혁명 이후 군사정권과 비판적 지식인들의 혁명 담론의

5 클로드 르포르(Claude Lefort)는 민주주의의 발생이 "확실성의 표지의 해체" 또는 절대주의 봉건권력의 해체로 인한 '확실성의 표지'의 상실로 말미암아 가능했으며, 공백이야말로 민주주의의 본질임을 역설하고 있다. Claude Lefort, *Democracy and Political Theory*, Oxford, 1988, p.19.

6 강병규, 「군사혁명과 국가재건」, 함석헌 외, 앞의 책, 153면.

분열양상과 그 특징을 살펴봄으로써 1960년대 비판적 지식인들의 혁명 담론이 군사정권의 혁명 담론에 견주어 대중적 지지를 받지 못한 근본 원인을 혁명주체의 성격과 관련하여 규명하고자 한다. 5·16군사정권이 혁명의 주체성을 실정성(positivity)의 관점에서 구체화했다면, 비판적 지식인들은 혁명의 주체성을 부정성(negativity)의 관점에서 추상화한다.[7] 4월혁명세력과 군사정권이 드러내고 있는 혁명 담론의 근본적 차이는 매우 중요하다. 이는 60년대 비판적 지식인들이 4월혁명의 이념을 온전히 현실화하지 못하고 내면적 추상화와 관념화의 질곡에 빠질 수밖에 없었던 근본 원인을 규명할 수 있는 근거가 될 수 있다. 혁명 이후의 공백과 탈공백의 투쟁 속에서 4월혁명을 계승한 세력의 혁명 담론이 대중적 지지를 받지 못한 원인 규명을 통해 4월혁명과 60년대의 관계를 실정성과 부정성의 관점에서 새롭게 조망할 수 있는 것이다.

2. 4월혁명과 공백의 사상

민주와 자유라는 가치는 그 자체로 공백임이 틀림없다. 4월혁명 담론화의 본질은 그것이다. 어떤 이념이라도 가능해 보이는 정치 공간은 공백이다. 뒤집어 말하자면 민주와 자유 속에서는 어떤 이념도 힘을 잃

7 본서의 4장 171면 참조.

고 마는 것이다. 힘을 잃어야만 진정한 민주와 자유의 공간이 된다. 그것은 최인훈이 말했던 "푸른 광장"이다. 그러므로 이명준이 "푸른 광장"에 빠져드는 순간이 곧 죽음의 순간이었음은, 다시 말해 죽음충동이 작동되어 실재계로 진입하는 순간이었음은 전혀 놀랄 일이 아니다. 실제로 4월혁명은 1960년대를 죽음충동으로 가로질러 왔다. 4월혁명에 관한 어떤 비평적 정의나 의미화도 4월혁명 그 자체를 드러내지는 못했다. 4월혁명을 현실적 이념으로 규정하고자 하는 순간 혁명은 미끄러지듯 달아나버리고 만다. 그런 까닭에 4월혁명은 5·16'혁명'에 대하여 무력할 수밖에 없었다. 4월혁명이 상징계를 파괴하는 혁명이라면, 5·16'혁명'은 라캉적인 의미에서 '악(evil)'의 법을 세우고자 하는 혁명이기 때문이다. '악'의 법 안에서 4월혁명은 죽음충동으로서만 작동할 수 있을 뿐, 스스로 어떤 '법'이 될 수는 없었다. 그것은 다만 '법'을 파괴하는 '법'의 형태로서만 겨우 존재할 수 있을 뿐이지만 그 '법' 역시 '공백'이다. '공백'으로서의 민주주의. 따라서 4월혁명 직후에 발생한 이 '완전한 공백상태'(박찬세)[8]에 대해 어떤 식으로든 주목할 수밖에 없었다.

> 권력구조는 잠시 과도내각의 손으로 들어갔다고 하지마는 이 혁명자체의 방향을 규정하고 이끌고 나설 새로운 세력은 아직 등장하지 못하고 있다. **말하자면 공백기다.** 어느 혁명사가의 말과 같이 이상과 현실이 겹쳐진 「밀월」의 기간이 잠시 계속될 것이고 그후에는 '테르미도르'적인 반혁명의 움직임이 일어나리라는 것은 예상할 수 있다.[9] (강조는 인용자, 이하 동일)

8 좌담회(신상초·이항녕·이강현·박찬세·유익형), 「주도세력 없는 혁명은 정변에 불과—4·19 이주년을 회고하며」, 『사상계』, 1962.4, 162면.

혁명에 정신적 불안정이 뒤따른다는 것은 아무런 새로운 사실도 아니건만, 새로운 것은 이 불안정이 바로 우리의 현실이라는 점이다. 혁명이 **정신적 공백기**를 남긴다는 것은 사실의 필연이건만, 공교로운 것은 이제 우리 자신의 정신이 **공백기**에 처해 있다는 점이다. 역사는 혁명이 성공도 하고 실패도 할 수 있음을 가르쳐 주었건만 실패해서는 안 될 일은 그것이 바로 우리 자신의 혁명이기 때문이다.[10]

고병익과 조가경은 혁명 이후의 '공백기'에 대해 매우 부정적이다. 공백의 상태 자체를 "새로운 세력" 부재와 "정신적 불안정"으로 인식하고 있다. 이는 공백이 지니는 민주주의적 가치를 적극적으로 모색하지 못한 결과라고 할 수 있으나, 당대의 정치현실 속에서는 정당한 비판이기도 하다. 고병익은 이 공백기로 인해 군사독재라는 반혁명의 움직임이 일어날 것을 우려하고 있으며, 조가경은 "혁명을 유발한 주체에서 어떠한 실질적인 개혁을 이룩하는 주체에로의 발전"[11]이 결여되었음을 비판하고 있다. 이는 4월혁명 이후의 공백기를 바라보았던 당대 지식인들의 곤경을 그대로 노정한다. 결과적으로 이 공백은 5·16군사쿠데타에 의해 장악됨으로써 반혁명에 대한 우려가 현실화되고 말았던 것이다. 반혁명의 세력을 방지하기 위해서라도 4월혁명 이후의 공백을 장악하기 위한 혁명주체의 재정립이 가장 시급한 테제였다. 그것은 구세력들을 모두 불살라버리는 '방화범'의 비유를 호출하기도 했다. "훨훨 타서 재

9 고병익, 「혁명에서 운동으로」, 『사상계』, 1960.6, 119면.
10 조가경, 앞의 글, 70면.
11 위의 글, 73면.

가 되고난 잿더미 속에서 새싹처럼 돋는 새 윤리의식으로 四월 혁명의 과업을 완수하고 민주공화국을 굳건한 터 위에 세우는 일에 진군할 때는 지금이다."[12] 그러나 혁명세력이 국회를 해체하지 못한 채 선거를 치렀다는 치명적 한계[13]는 4월혁명의 새로운 정치 세력이 형성될 절호의 기회를 소거하고 말았다. 이로 인해 4월혁명의 공백을 장악하는 주도권은 완전히 군사정권에 넘어가고 말았다. 송건호는 5·16군사쿠데타 이후 4월혁명에 대해서 다음과 같이 말한 바 있다.

> 四·一九의 대중적 자발성, 주체성이 소멸되었다는 것은 五·一六 후의 중대변화가 아닐 수 없고 자유당 창당을 자칭하는 일부 구정객들이 四·一九의 불꽃이 꺼졌다고 본 것도 사실을 사실대로 본 것이 틀림없다.[14]

그러나 위에서 언급된 변화보다 중요한 것은 5·16쿠데타 이후, 공백에 대한 사유에 뚜렷한 변화가 감지되고 있다는 사실이다. 군사쿠데타 이전에도 전혀 없었던 것은 아니지만, 4월혁명이 초래한 공백에 대한 사유는 현실정치의 관점이 아니라 관념적이고 이상적인, 혹은 종교적인 관점에서 해석되는 정도가 노골화되기 시작했다.

신일철은 5·16군사쿠데타를 '소리 나는 혁명'으로 간주함으로써 진

12 강원룡, 「민주혁명의 드라마」, 『기독교 사상』, 1961.4, 51면.

13 신상초는 정국을 수습하는 기본 순서로 국회 해체가 급선무이며, 국회 해체 후 한 달 내에 선거를 해서 국회를 완전히 일신해야한다고 주장한 바 있다. 4월혁명 직후의 선거야말로 혁명의 감정(혹은 정신)이 반영된 국회를 구성함으로써 구정객들을 일소할 수 있었던 절호의 기회였으나 이를 놓치고 말았다는 것이다. 이후 4월혁명은 그야말로 "흐리멍텅"한 상태에서 벗어나지 못했다고 비판한다. 좌담회(신상초 외), 앞의 글, 162면.

14 송건호, 「새 세력을 부른다」, 『사상계』, 1963.10, 264면.

정한 혁명이란 '소리 없는 혁명'임을 주장한다.[15] 그에게 진정한 '혁명과업 완수'란 "낡은 사회체제나 환경, 국민정신을 '구조적인 면에서' 변혁시키고 민중의 성장을 통해 민주주의를 재건하고 국민생활의 향상을 위한 방향으로 추진되고 있는가"에 있다. 다시 말해, 진정한 혁명이란 "반드시 폭력에 의한 극적인 정변을 동반치 않더라도 꾸준히 사회가 변혁되고 민중성이 성장되는 일정한 장기간의 변화과정"이다. 신일철은 민주주의라는 권력의 공백 속에서 가능한 진정한 혁명의 면모를 성찰했던 것이다. 특정 권력에 의한 급변이 아니라 장기간에 걸친 변화과정이야말로 진정한 혁명이라는 의미이다. 그러나 이것은 그야말로 5·16 군사쿠데타를 비판하기 위해 관념적으로 제시된 혁명 개념으로서 이상적 주장에 지나지 않는 것이다.[16]

이기영은 민주주의를 쟁취하는 혁명을 종교적으로 사유한다.[17] 민주주의는 "종교적 투쟁을 원동력으로 하는" 것으로 "영원히 혁명적일 수밖에 없다." 그것은 "폭력에 의한 혁명이 아니라 사랑에 의한 혁명이다." 그는 '라타크리슈난'의 우파니샤드적 사유를 빌려와 "신학체계나 율법"이 "천상의 음악을 인간의 말로 번역하려는 시도에 불과한 것"처럼 민주주의 역시 "인간의 근본문제에 관한 사상인 이상", 이에 대한 해명을 "법학

15 신일철, 「소리 없는 혁명」, 『사상계』, 1961.11, 272~273면.

16 장준하 역시 이와 비슷한 관점에서 '마음의 혁명'을 강조한 바 있다. "본지는 온갖 폭력혁명의 병리와 악순환을 극력 배격하면서 한국의 살 길은 고요한 '마음의 혁명'을 통해 복지사회를 이룩하는 길이라는 신념을 견지해 왔고 민주주의를 모략하고 살해하려는 위선이나 폭력의 논리와 가차 없는 투쟁을 해왔다. 가장된 애국심의 그늘에서 자라는 민주주의 불신의 경향은 민주주의의 약체성을 과장하여 소영웅적 국수주의를 선동하여 저 바이말공화정 이후 나치스의 신화와 죄악의 길을 걷게 되지 않도록 극력 경계해야 할 것이다." 장준하, 「신뢰감에 기반한 '마음의 혁명'」, 『사상계』, 1963.4, 26면.

17 이기영, 「민주주의의 정신적 기초」, 『사상계』, 1962.11, 35~40면.

이나, 정치학과 같은 기술적 학문에만 기대할 수 없"으며, 따라서 "민주주의의 정신적 의미는 철학적, 종교적 사색을 거쳐 탐구되지 않으면 안 되는 것"이라 주장한다. 이기영은 4월혁명 이후 실현된 민주주의라는 공백을 인간의 언어로 규정할 수 없는 신비 그 자체로 인식하고 있는 것이다.

지명관 역시 혁명을 종교적 맥락에서 사유하고 있음에도 불구하고 4월혁명 이후의 공백, 혹은 혼란에 적극적으로 정치적 의미를 부여하고 있다.[18] 그는 4월혁명이 "우리에게 던져준 이미지"에 주목하고 있는데, 바로 거기서 4월혁명의 정신사적 의미를 탐구한다. 그는 四・一九 직후의 혼란을 민중을 압제하고자 하는 구세력들에 대한 "항거"이자 그들을 "격하시키려는 노력"에서 비롯된 것으로 파악한다. 이 혼란 속에서의 이상적인 집권자는 "민중의 의도를 따른 행정의 집행자", 혹은 "민중과 호흡을 같이하"는 "공복(公僕)"으로서 "결코 군림하는 존재가 아니라 그들(민중—인용자)의 막연한 소원에 형상을 주고 그 앞에 서서 나아가는 순교자와도 같은" 존재다. 그러나 4월혁명 이후의 지도자들이 여전히 전제적이고 "낡은 사유 속에 그대로 머물러 있었다는 데"에서 문제가 발생한다. 4월혁명 이후의 공백이 혼란으로 비칠 수밖에 없었던 것은 민주주의의 공간을 순수한 공백으로 이해하지 못한 구세력들 때문이었던 것이다. 이들은 공백으로서의 민주주의를 이해할 능력이 부재했다. 이 혼란을 민주주의를 향한 "전진을 위한 진통", 혹은 "처음 찾아간 자유의 고귀한 대가"로서의 "격동"으로 이해할 필요가 있었으나 그러지 못했으며, "몰락에 임한 퇴폐적인 혼란으로만 간주"한 결과가 바로 5・16

18 지명관, 「5・16은 4・19정신의 계승 아니다」, 『사상계』, 1964.4.

군사쿠데타라는 것이다. 그가 보기에 군사쿠데타라는 반혁명적 상황은 민주주의의 본질을 제대로 파악하지 못한 결과이다. 이처럼 지명관은 4월혁명 직후의 공백과 혼란을 민주주의의 본질적 속성으로 파악하는 인식의 지평을 드러내고 있다.[19]

4월혁명의 공백과 혼란은 "비상구의 사상"으로 규정되기도 하는데, 공백과 혼란은 "새로운 질서의 실마리"로서 "낡은 질서의 부정 위에 선 새로운 정의"를 향한 가능성을 의미한다.[20] 4월혁명이 '전제군주의 몰락' 혹은 '절대주의의 종말'[21]로 규정되기도 했던 것은 이승만이 전제군주화된 '국부(國父)'의 지위를 가진 것으로 간주되었고 민중들 또한 이승만을 견제할 만한 근대적 정치의식이 부재했기 때문이다. 근대적 정치의식은 자연법적 사고방식을 필연적으로 요구한다. 4월혁명은 바로 자연법적 사고방식의 발로였던 것이다.

> ① 법은 정당하여야만 비로소 법으로서의 효력이 있을 것이요, 부당한 것은 비록 법적 형식을 갖추었다고 하더라도 효력이 없다는 자연법적 사고방식에 의하면 국민은 악법에 대한 반항권을 가진다. 이번 사월혁명은 진실로 이

---

19 물론 공백을 민주주의의 본질로 파악한 지식인들이 다수 존재하긴 했다. 예컨대, 이종률은 "모든 민주주의는 그 위에 붙은 관형사를 略해버린 편의적인 용어"(이일구, 「민주주의라는 말의 실체」, 『국제신보』, 1958.12.18)라고 했으며, 김경탁은 "완전한 민주주의는 어디에도 없다. 다만 있는 것은 각종 형용사가 붙은 민주주의뿐이다"(김경탁, 「남북통일론」, 『고대신문』, 1960.6.18)라고 말한 바 있다. 이들의 논의 또한 우리만의 민주주의를 찾는 과정에서 민주주의와 민족주의의 조화를 추구하는 방향으로 나아갔다. 그러나 이들 비판적 지식인들의 구체적 논의는 대개 혁신계의 범주에 속한 것으로 5·16군사쿠데타 이후 사라지게 된다. 오제연, 「1960년대 전반 지식인들의 민족주의 모색」, 『역사문제연구』 제25호, 2011.4, 60~61면.

20 신일철, 「사월의 싹은 자란다」, 『사상계』, 1965.4, 66~67면.

21 『세계』지 1960년 6월호에는 한태연의 「전제군주의 몰락」과 신일철의 「절대주의의 종말」이라는 글이 실려 있다.

반항권에 의하여 이루어진 것이다.[22]

> ② 법이 왜곡 운용되지만 그것은 합법적인 방법으로 시정할 방도가 두색(杜塞)되었다면, 결국 국민일반은 자기에게 주어진 권리를 찾기 위하여 실력을 쓰지 않을 수 없다. 이와 같은 경우에 행사가 허용되는 실력은 불법을 제거하기 위하여 보장된 최후의 보도로서 흔히 자연권이라고 부르는 것이다. 이 자연권은 불법의 시정이 현존하는 실정법의 체계 내에서는 불가능한 경우에 모든 국민이 호응하는 경우에만 행사될 수 있는 것이며, 그것은 불법을 시정하는 최후의 보루로서 합법성을 띠는 것이다. 그렇기 때문에 四・一九의 학생의 행위는 의거로서 칭송을 받는 것이다. 그러므로 四・一九학생의거의 합법화는 실정법 질서의 것이되, 실정법을 가지고 논할 바의 것이 아니다.[23]

이러한 자연권에 대한 각성, 즉 ①에서 언급된 "자연법적 사고방식"이야말로 '비상구의 사상'이라고 할 수 있다. 또한 4월혁명이 실정법 내에 있는 것이면서 실정법을 넘어선 것이기도 하다는 ②의 주장은 '법의 근저에 있는 것'으로서의 공백의 실재에 대한 폭로다. 공백의 실재는 권력의 중심이 해체됨으로써 억압과 배제가 없는 보편성의 공간이자, 현승종의 진술을 빌린다면 "객관적 정의"가 존재하는 공간이다. 물론 이때의 "객관적 정의"란 "모든 국민"의 "호응"에 기반하는 정의다. 혁명은 이처럼 상징계의 법을 파괴함으로써 실재계를 호출하는 효력을 지닌다. 다시 말해 혁명을 통해 발화된 자연법은 타락한 실정법을 파괴하고 정화

22 이항녕, 「자연법과 정의의 승리—사월혁명의 법철학적 의의」, 『세계』, 1960.6, 112면.
23 현승종, 「법의 근저에 있는 것」, 『세계』, 1960.7, 46면.

하는 기능을 수행한다. 낡은 전제군주의 실정법적 타락상이 혁명을 통해 해소되며 자연법을 통해 새롭게 재정위되는 것이다. 4월혁명 직후의 자연법에 대한 인식은 바로 '법의 근저에 있는 것'으로서의 공백("객관적 정의")에 대한 법철학적 각성이다. 그 '힘'의 근본은 "불법을 시정하는 최후의 보루로서 합법성을 띠는 것"이며 4월혁명을 합법화하는 본바탕이 된다. 현승종의 말처럼 4월혁명은 "실정법 질서의 것이지만, 실정법을 가지고 논할 바의 것"은 아닌 것이다. 따라서 4월혁명은 이승만 정권의 실정법을 폐지하는 자연법적 효력을 지닌다. 그 자연법이란 상징계를 파괴하는 실재계의 힘과 다르지 않다. 그 실재계의 침투는 바로 김주열의 죽음에서 비롯된 것이며, 상징계를 파괴하는 근저에는 바로 죽음충동이 자리 잡고 있었던 것이다. 달리 말해 이승만 정권 내에 작동했던 죽음충동이 자연법이라는 실재계를 호출했던 것이라 할 수 있다.

3. 4월혁명의 전유와 근대화론의 실정성

1) 박태순의 「무너진 극장」과 5·16군사정권

박정희는 5·16군사쿠데타에 성공한 뒤 곧바로 4월혁명을 전유(appropriation)하는 작업에 착수한다. 박정희 스스로가 "우리의 지상목표는 두말할 것 없이 4·19혁명을 계승하고, 경제·정치·사회, 일반 문화의 향상과 신민족 세력을 배양하는 데 있었다"[24]고 고백했듯이 5·16군사정권은 4월혁명의 계승을 분명히 선언한다. 그러나 군사정권의 선언 중 민주당을 겨냥한 구악의 척결 이외에 특징적인 것은 바로 "반공을 국시(國是)의 제1의로 삼고, 지금까지 형식과 구호에만 그쳤던 반공의 태세를 재정비 강화"한다는 내용이다. 이는 4월혁명 이후의 통일 담론과는 정면으로 배치되는 것이다. 박정희는 5·16군사쿠데타 직후 창간한 『최고회의보』[25]를 통해 "四·一九 이후에도 이차(二次)나 개헌을 하였으나 반공국시(反共國是)를 소홀히 하여 국가존립의 위기를 자초했고 민생고 해결에 효과적 시책이 없으므로 해서 국민 생존에 위협마저 주었다"[26]고 주장한다. 요컨대, 반공과 민생이 박정희 정권의 주체화 전략의 양대 핵심이었던 것이다.

반공은 사실 이승만 정권이 민주주의를 압살하기 위한 정치탄압 수단으로 이미 사용해왔던 것으로 지식인들의 비판 대상이 되어왔다. 예컨대 신상초는 이승만 정권의 이러한 행태를 "반공에 빙자하여 자유를 억압·박탈하는 '맥카시'적 수법"이라고 비판하면서, 4월혁명으로 인해 "사상의 자유의 폭이 넓어짐에 따라 남북통일문제에 대해 자유로이 의견을 교환할 수 있는 분위기가 조성되었"음을 높게 평가했다.[27] 그러나 4월혁명 이후의 통일 담론 확산은 1961년 초 민주당의 '반공특별법안'의 발의에 이르러 제지당하게 된다. 이에 대한 반발도 적지 않았다. 특히

24 박정희, 『국가와 혁명과 나』, 지구촌, 1997, 86면.

25 『최고회의보』는 5·16쿠데타 직후 발족한 '국가재건최고회의'(의장 박정희)가 발행했던 일종의 관보(官報)다. 1961년 8월 창간하여 군사정권의 형식적인 민정이양을 앞두고 1963년 12월호를 끝으로 폐간되었는데, 통권 27호까지 발행되었다.

26 박정희, 「혁명정부의 사명」, 『최고회의보』, 1963.8, 4면.

27 신상초, 「정치안정과 자유민주주의－정신혁명이 무엇보다도 필요」, 『새벽』, 1960.7, 46～48면.

『민족일보』는 반공특별법안에 대해 맹렬한 비판을 퍼붓는다.[28] 이는 5·16쿠데타 이후 『민족일보』 조용수 사장이 사형 당하게 되는 결정적인 원인이 된다. 반공이념의 완화와 통일주의는 북한과의 대치 상황에서 안보 위기의식을 불러 일으켰을 법하지만, 무엇보다 반공이념은 혁명 이후 공백의 상태에서 매우 효과적인 주체화 전략으로 기능한다.[29] 새로운 이데올로기의 창안보다 적대적 타자를 동원한 주체성의 강화야말로 헤게모니적 주체성을 형성하는 가장 유효한 방안이다. 조가경이 일찍이 간파한 것처럼 "학도들의 정신적 혼미를 타파하는 과제"는 "공산주의에 대한 비판적 계몽의 과제와 일치"했던 것이다.[30] 반공특별법안에 대한 민주당의 발의는 바로 이런 사정에 기반하고 있으며, 박정희 군사정권이 반공을 국시로 삼은 까닭 역시 마찬가지라고 할 수 있다.

혁명에 대한 환멸과 군사정권 지지의 근본 원인이라 할 수 있는 혁명의 혼란과 공백을 본질적으로 통찰한 작가는 박태순이다. 그는 4월혁명의 순간을 가장 이질적으로 묘사했던 작가로서 4월혁명이 유발한 혼란의 본질을 정확히 파악한다. 그것은 바로 공백의 상태, 다시 말해 공백의 혼란에 대한 질문으로 드러나게 된다. "1960년대에 접어들자마자 일어났던 4·19사태에 대하여 우리가 갖는 정직한 느낌은 무엇이었을까? 우

28 예컨대 시인 김용호는 혁명 이후의 자유를 틈탄 공산세력의 교란활동을 운운하는 민주당의 논리에 반발하여 반공특별법안의 폐지를 주장한다. 반공법은 시민의 민주주의와 자유를 억압해왔던 역기능을 여전히 해결하지 못하고 있었기 때문이다. 김용호, 「국가의 안전과 국민의 자유 위해—반공특별법안을 반대한다」, 『민족일보』, 1961.3.23, 4면.

29 적대적 타자의 설정은 주체의 실정성(positivity)을 강화한다. 이는 반대로 주체의 실정성을 위해서는 부정성(negativity)의 증식을 수반하는 어떤 외래의 침입자를 설정해야 한다는 것을 말한다. 야니 스타브라카키스, 이병주 역, 『라캉과 정치』, 은행나무, 2006, 266면.

30 조가경, 「혁명주체의 정신적 혼미—주체성 확립의 목표는 적극적 자유와 경제부강」, 『사상계』, 1961.4, 75면.

리는 그것을 알지 못했다"로 시작하는 「무너진 극장」의 서술자는 혁명 이후의 공백과 혼란 속에서 발생했던 불안을 매우 '정직하게' 드러낸다.

> **그러나 우리는 나이를 먹어갔으며, 어떤 철학자의 말처럼 "한 순간의 흥분을 너무 과대평가하여 기억하는 것의 무의미함"을 어느덧 배우기 시작하였으며 그리하여 우리가 힘들여 끌어올렸던 그 무질서의 위대한 형식이 역사성 속의 미아처럼 다만 한 순간의 고립에 불과하고 말았음을 보았다.** 그것은 마치 그날 밤에 우리가 저질렀던 그 놀라운 긴장감의 파괴가 시시한 것이지나 않았는가 하는 부당한 생각조차 가져다 줄 때가 많은데, 물론 거기에 대해서는 나의 사적인 느낌으로 완강히 부인해 두는 수밖에 없을 것이었다. 마치 진실을 엿본 듯한 느낌으로…….[31](원작)(강조는 인용자)

> **그러나 우리는 얼마 안 가서 어떤 철학자의 말처럼 '한순간의 흥분을 너무 과대평가하여 기억하는 것의 무의미함'을 어느덧 배우기 시작하였으며 그리하여 우리가 힘들여 끌어올렸던 그 무질서의 위대한 형식이 역사성 속의 미아처럼 다만 한 순간의 고립에 불과하고 말았다고 주장하는 세력이 여전히 의연히 버티고 있음을 보았다.** 그것은 마치 그날 밤에 우리가 이룩하였던 그 놀라운 긴장감의 파괴를 부정하고 모든 변혁과 가치를 부정하는 것처럼 보이는데, 물론 우리는 결코 속아 넘어가지 않을 뿐 아니라 혁명은 의연히 계속 진행 중임을 도리어 확인하는 것이다. 그러니까 인생과 사회와 역사에 대한 우리의 시련이 도리어 그때로부터 출발되고 있었던 듯한 느낌으로…….[32](개작)(강조는 인용자)

---

31 박태순, 「무너진 극장」, 『월간중앙』, 1968.8, 419면.
32 박태순, 「무너진 극장」, 『무너진 극장』, 책세상, 2007, 314~315면. 이 판본은 『무너진 극

박태순의 「무너진 극장」은 단적으로 말해서 인용문에서 그 주제가 드러난다. 이 작품의 서술자는 혁명 이후의 혼란과 무질서를 목도하고 있다. 그것을 마주하는 심경은 절망과 좌절, 혹은 실망과 허망 그 자체다. 이는 작가 스스로도 예상하지 못한 무의식적 반응이었던 것으로 보인다. 이후 박태순은 이 당혹스러운 반응을 삭제하는 방향으로 개작한다. 이는 4월혁명의 부정적인 양상을 의식적으로 삭제하고자 하는 의도이다.[33] 그러나 박태순이 목격한 혼란과 무질서야말로 4월혁명의 이면적 진실에 가깝다는 사실을 부정할 수는 없다.

원작과 개작의 인용 부분에서 강조된 내용의 차이는 명확하게 드러난다. 원작의 경우 혁명에 대한 과대평가와 혁명의 무질서라는 위대한 형식이 고립의 순간에 불과하다는 인식의 주체가 "우리"로 설정되어 있지만, 개작의 경우에 그 어떤 "세력"으로 설정되어 있다. 또한 개작에서는 그 세력의 판단에 대하여 "우리는 결코 속아 넘어가지 않을 뿐만 아니라 혁명은 의연히 계속 진행 중임을 도리어 확인하는 것"이라는 내용을 추가하고 있다. 혁명에 대한 두 서술자의 태도는 상당한 차이를 드러내고 있는 것이다. 전자가 혁명의 혼란과 무질서에 대해 직관적인 허망을 느끼고 있다면, 후자는 그 허망이 어떤 "세력"에 의해 의도적으로 조장된 것으로 처리한다. 이러한 변화는 박태순이 개작과정에서 4월혁명의 역사적 당위성을 강조하려 했음을 보여준다. 혁명의 허망에도 불구하고 4

장』(정음사, 1972)을 저본으로 삼은 책임.

33 오창은은 일찍이 그의 석사논문에서 박태순의 「무너진 극장」의 원작과 개작의 차이에 대해 언급한 바 있다. 그러나 그는 4월혁명의 역사적 의미의 복원에 집중함으로써 개작에 담긴 작가의 의도만을 중시한다. 작가의 의도를 단순히 "혁명에 대한 긍정적인 인식과 낙관적 태도"의 제시로 읽어냄으로써 원작에 담긴 혁명의 의미를 간과하고 만다. 오창은, 「1960년대 소설의 4·19혁명 관련 양상 연구」, 중앙대 석사논문, 1998, 87~88면 참조.

월혁명 주체는 5·16군사정권에 맞서 4월혁명의 역사적 의미와 이념을 구체화해야 했던 것이다. 이러한 강박이 「무너진 극장」을 개작하게 된 결정적 원인이라 할 수 있다.

1968년에 발표된 「무너진 극장」은 4월혁명을 소재로 한 여타의 소설과는 분명한 차이점을 보인다. 대부분의 4월혁명 소설들이 4월혁명에 대한 근본적 회의를 하지 못하고 있는 것[34]과 달리 박태순의 「무너진 극장」은 4월혁명으로 인한 혼란과 무질서를 응시한다. 「무너진 극장」의 발표시기가 1968년이라는 점을 고려하면 혁명에 대한 심리적 거리를 확보한 결과라고 볼 수도 있다. 그러나 곧바로 개작을 통해 혁명의 역사적 의미화에 착수한 것은 5·16군사정권이 행하고 있는 혁명의 탈취에 대한 저항이라는 강박이 작용한 결과이다. 이 강박을 거슬러 올라가면 '공백'과 '혼란'이라는 4월혁명의 취약성을 만나게 되는 것이다.

4월혁명의 혼란과 무질서로 인한 피로감과 경제적 궁핍 속에서 국민들은 강력한 혁명주체를 갈망하게 된다. 박정희 군사정권의 등장은 질서의 회복이라는 점에서 대다수의 국민들이 반길 수밖에 없는 사건이었다. 박정희 스스로 밝혔듯이, "'토론의 자유' 속에 '혁명의 구심력'을 찾아야 하는 혁명", 바로 그것이 박정희 "본인이 추구하는 이상혁명"이었다.[35] 4월혁명 이후 상실한 사회질서의 회복은 권력의 공백과 혼란에 지친 대중을 매료시키기에 충분했다. 혁명 이후 무질서한 민주주의로서의 공백을 민주적 절차로서 메워나간다는 것은 사실 불가능한 일이었다. 자유

34 몇몇 작품만 언급하자면 송병수의 「장인」(『현대문학』, 1962.5), 이호철의 「용암류」(『사상계』, 1960.11), 한무숙의 「대열 속으로」(『사상계』 100호 기념 증간호, 1961), 현재훈의 「사각의 현실」(『사상계』, 1966.2)이 있다. 이에 대한 보다 상세한 내용은 오창은, 위의 글을 참조할 것.

35 박정희, 앞의 책, 1997, 36면.

의 과잉은 오히려 장애가 되었고 민주주의의 성숙은 충분하지 못했다. 박정희 군사정권이 반공이념을 제1의 국시로 삼고 경제재건에 주력한 것은 결과적으로 혁명 이후의 혼란을 해소하는 데 효과적인 전략이었다. 때문에 군사정권의 근대화론이 차후에 승공(勝共)의 의미까지 지니게 되는 것은 매우 당연한 귀결이다.[36]

박태순의 「무너진 극장」에서 볼 수 있는 혼란과 무질서는 박정희 정권하에서 말끔하게 해소되기 시작했으며 박정희라는 인물은 대중에게 매력적으로 다가올 수밖에 없었다. 4월혁명의 의미는 5·16군사정권에 의해 점유당하기 시작했으며, 4·19와 5·16의 대립을 넘어 혁명의 의미는 근대화론으로 집약되기 시작한다. 군사정권의 근대화론은 4월혁명의 자유와 민주주의라는 추상적 이념을 압도하기에 충분했다. 자유와 민주주의가 관념에 가까운 것이라면 근대화론은 국가의 미래적 비전을 구체화하기에 충분한 내용을 갖추고 있었기 때문이다. 근대화론은 5·16군사쿠데타 이후 급진적으로 확산되기 시작했으며, 국가재건최고회의가 발행했던 『최고의회보』는 5·16 이후 국가 담론의 방향을 결정하기 시작한다.

36 군사정권의 등장 이후 반공은 자연스럽게 승공으로 전환하게 된다. 승공은 근대화론과 반공이 결합된 이념이다. 경제재건 혹은 혁명경제는 반공 이념과 결합됨으로써 자연스럽게 승공의 의미를 지니게 되었다. 『최고회의보』 1962년 6월호는 반공특집을 기획하고 있는데, 여기서 경제정책과 승공을 연관시킨 글인 「승공을 위한 경제정책」(성창환)이 발표되고 있다.

2) 『최고의회보』의 근대화론과 혁명의 실정성

5·16군사쿠데타 직후 두 달간의 준비기간을 거쳐 1961년 8월부터 발간되기 시작한 '국가재건최고회의'의 『최고의회보』 창간호는 우선 5·16의 역사적 정당성에 대해 역설한다.[37] 그 다음 호인 9월호의 특집 주제가 바로 '경제문제'이다. 「우리 민족의 활로」라는 박정희의 글과 함께, 특집란에 경제 재건에 관한 각종 글들이 실리게 된다.[38] 주로 '경제재건'을 주제로 한 글들이 다량으로 쏟아지게 되는데, 차후에는 '혁명경제'라는 어휘까지 등장한다.[39] '혁명경제'가 말해주듯이 군사정권의 '혁명'은 경제에 집중된다. 군사정권 2년차 '혁명정부'의 경제정책에 대한 평가에서 "혁명경제 2년은 참으로 눈부신 기간이었다. 조령모개(朝令暮改)라는 평을 들을 정도로 빈번한 정책변환이 있었다. 부정과 부패가 어느 정도까지 방지됨으로써 경제적 능률은 크게 개선되었다"[40]라고 할 만큼, 군

37 『최고의회보』 1961년 8월호에 실린 혁명의 정당성에 관한 주요글로서 박정희의 「혁명정부의 사명」을 비롯하여, 「5·16군사혁명의 역사적 의의」(이병도), 「5·16군사혁명과 정치적 개혁」(이원우), 「5·16군사혁명과 경제·사회문제」(최문환), 「5·16군사혁명과 경제개혁」(성창환), 「5·16군사혁명과 통일문제」(이관구) 등의 글이 실려 있다.

38 『최고의회보』 1961년 9월호 특집란에 실린 글은 다음과 같다. 「혁명정부 경제정책의 방향」(이주일), 「기간산업의 육성책」(이정재), 「농촌경제의 진흥책—지도자의 사상혁명으로부터」(주석균), 「중소기업의 육성정책」(함인영), 「실업자 구제책」(탁희준), 「한국경제에 있어서의 투자와 소비문제」(주원), 「종합경제재건계획의 목표와 전망」(유원식), 「경제재건계획과 정부역할」(이한빈), 「경제재건계획안에 대한 소견」(나익진), 「경제재건을 위한 노동력 및 과학기술의 종합」(홍종철), 「유축농업에 대한 소고」(정세웅), 「체신사업의 기본방책」(옥창호).

39 '혁명경제'라는 어휘는 1961년 7월 31일 자와 1963년 5월 16일 자 『경향신문』에 단편적으로 등장하기 시작하는데, 5·16쿠데타 2년 동안의 기간을 '혁명2년'으로 규정하는 과정에서 자연스럽게 흘러나온 용어라고 보여진다. 『경향신문』은 특히 1961년 9월 16일부터 11월 4일까지 총 35회에 걸쳐 「혁명·경제」라는 기획물을 연재하게 되는데, 이 제목에서 알 수 있듯이 혁명의 핵심이 곧 경제에 있음을 자각하고 있는 당시의 분위기를 말해준다.

40 김민채, 「혁명경제 2년의 결산」, 『사상계』, 1963년 4월호, 84면. 이 외에도 '혁명경제'라는 제목으로 군사정권을 평가한 1963년의 글로서 백용찬의 「혁명경제의 회고」(『최고회의보』, 1963.5), 차병권의 「혁명경제 2년이 남긴 것」(『비지네스』, 1963.7), 임원택의 「혁명경제 2년

사정권의 혁명은 경제혁명, 곧 '혁명경제'로 인식되었다.

박정희 군사정권은 '반공'이라는 정치적 주체 정립과 더불어 "절망과 기아선상에서 허덕이는 민생고를 시급히 해결하고 국가자주경제 재건에 총력을 경주 한다"는 혁명공약 제4항에 정권의 운명을 걸고 있었던 것이다. 국가의 정체성을 확고히 하는 데 있어서 반공과 경제의 결합만큼 효과적인 것은 없었다. 특히 경제정책의 이론적 토대가 된 근대화론은 4월혁명과 5 · 16군사쿠데타의 의미론적 결합을 시도했으며 결과적으로 성공하게 된다. "四 · 一九의 민주혁명이 五 · 一六의 근대화 혁명으로 귀결된 것은 당연한 일"이며, "五 · 一六 혁명 이후의 공업화 · 산업건설정책은 비로소 四 · 一九의 근본동기를 해결해준 것"(권윤혁)이라는 1960년대 후반의 한 평가[41]는 5 · 16군사정권이 4월혁명 이후의 공백을 강력하게 장악했음을 말해준다.

특히 임방현은 5 · 16군사정권을 대변하며 4 · 19의 혁명적 의미를 전유(appropriation)하고자 했던 인물로서 주목할 만하다. 그는 군사정권의 입장을 그대로 대변하는 주장을 펼친다. 4월혁명이 앙시엥 레짐을 붕괴시켰다는 점에서 혁명임에 틀림없으나, "혁명이란 사회체제의 변화와 혁명주체의 정권장악을 수반해야 한다"는 관점에서 4월혁명이 "사회과학적인 의미를 갖는 혁명"으로서는 부족하다는 점을 지적하고 4 · 19의 명칭에서 혁명을 삭제해도 문제될 것이 없음을 강조한다.[42] 이처럼 4 · 19에서 삭제된 혁명이 5 · 16에 결합되어야 하는 논리의 저변에는

간의 총결산」(『비지네스』, 1963.7)이 있다.

41 권윤혁 · 민석홍 · 임방현, 「혁명 · 지식인 · 근대화—4 · 19 기념 정담」, 『정경연구』, 1969.4, 37면.

42 위의 글, 32면.

강력한 이념적 주체의 필요성에 대한 자각이 깔려 있다.

> 일부 기성정치인들이 전에 비해 조금도 새로워지거나 나아졌다고 보기 어려운 행동을 되풀이 하면서 아무리 '자유민주주의'의 구호를 외쳐본들 이제 국민은 그 정체를 너무나 잘 알았기 때문에 이에 동조 · 지지를 보내려 하지 않는다. 또한 군사정부당국이 '청렴'이니 '양심적'이니 하는 도의적 '슬로건'을 강조하면서 한국의 새 정치세력을 자처해보려고 해도, 국민들은 군정당국이 추구하는 정책목표와 정치이념이 과연 무엇인가에 대해서 선명한 '비전'을 파악할 수 없었기 때문에 거기다가 적지 않은 시행착오까지 거들고 보면 좀처럼 자발적인 동조나 지지를 보내려고 하지 않는 것 같다.[43]

임방현은 군사정권의 민정이양을 앞둔 상황에서 5 · 16 이후 정치세력의 세대교체 실패를 거론하면서 민주당의 '자유민주주의'의 구호나 군사정권의 '청렴'과 '양심' 따위의 슬로건이 국민에게 아무런 의미가 없음을 강조한다. 여기서 국민들에게 필요한 것은 공허한 구호가 아니라 가시적이고 구체적인 이념과 주체이다. 따라서 임방현은 기성 정계세력을 "한국적 보수세력"으로 규정하면서 "보수세력과 이념 · 실천면에서 뚜렷이 대결하면서 민중적 지반에서 민주적 경쟁을 벌릴 수 있는 주체세력"[44]의 필요성을 역설한다. 박정희가 대선을 통해 정권을 스스로에게 이양하게 되면서 임방현은 박정희의 근대화론을 적극적으로 지지하게 된다. 1960년대 박정희 정권의 주체성은 반공과 더불어 근대화론

43 임방현, 「구호냐? 이념이냐?—세대교체의 신화와 반신화 비판」, 『최고회의보』, 1963.6, 35면.
44 위의 글, 36면.

을 통해 혁명의 추상성을 벗어날 수 있었기 때문이다. 임방현의 근대화론 역시 60년대를 풍미했던 에드워드 쉴즈의 이론에 기대고 있다. "어떤 신생 국가도 성격 있는 세력, 지성 및 고도의 도덕적 자질이 있는 엘리뜨의 존재 없이 근대화를 이루고 잔존하며 자유롭고 민주적인 국가가 될 수는 없다"는 쉴즈의 말을 인용하며, 군부 세력에 의한 위로부터의 개혁(근대화)을 옹호한다. 5·16군사쿠데타 이후의 상황에 대해 "군사정부와 그 후계 민간 정부 및 여당은 질서 회복을 주장하는 한편, 한국 사회의 근대화라는 매우 시의적절한 과제를 내걸고 민중과 특히 지식층의 호응을 호소했다"고 평가한다.[45] 자유와 민주에 관한 4월혁명의 추상적 구호는, 이로써 혁명의 가시적 성과를 낼 수 있는 "균질화·기능화·효율화 혁명"의 근대화 쪽으로 전위된 것임을 알 수 있다.

요컨대 선거에 의한 박정희 정권의 탄생은 4·19와 5·16을 거치는 과정에서 이념적 구심체로서 작동할 수 있는 강력한 권력의 등장(실정성, 혹은 탈공백)에 대한 대중의 인준(선거)을 의미한다. 물론 1963년 10월 15일 치러진 대선에서 박정희와 윤보선의 표차는 불과 15만여 표에 불과했다. 게다가 박정희의 대선 승리는 국민들의 압도적인 지지의 결과라기보다는 공화당의 거액의 선거자금과 중앙정보부의 정치적 공작에 힘입은 바 컸다. 그러나 박정희가 공약했던 민정이양을 사실상 어겼음에도 불구하고 대중의 지지를 어느 정도 확보할 수 있었던 것은 박정희가 국가의 정체성과 주체성을 구체적으로 제시한 데서 비롯된 것이라 할 수 있다.[46] 곧 혁

45 임방현, 「혁명과 지식인」, 『근대화와 지식인』, 지식산업사, 1973, 233~235면(『정경연구』, 1968.5).

46 이는 '민족적 민주주의'라는 이념으로 정리되기도 한다. 1963년 대선에서 윤보선과 이루어진 사상논쟁 속에서 박정희는 민족적 민주주의자로서의 입지를 굳히게 된다. 대선 과정에서 미

명주체의 부정성(negativity)에 대한 실정성(positivity)의 승리였던 것이다.

4. 4월혁명의 내면화와 부정성(negativity)

1) '자기혁명'과 4월혁명의 내면화

4월혁명이 이승만 정권을 무너뜨렸음에도 불구하고 실패할 수밖에 없었던 것은 4월혁명이 "무주체 혁명"인 까닭이다. 혁명의 보편적 과정을 보건대, 혁명 이후의 권력 부재로 인한 혼란을 정비할 수 있는 강력한 권력의 등장이 필연적이다. 프랑스혁명 과정에서 로베스피에르의 등장이 필연적이었듯이, 한국의 4월혁명 이후 새로운 권력 주체의 등장역시 반드시 이루어져야 했다. 그러나 한국의 현실에서 4월혁명정신을 계승하고자 했던 이들은 혁명정신의 제도화보다는 '내면화'라는 추상화의 길로 접어드는 경향을 지니고 있었다. 이러한 한계가 발생한 것은 4월혁명의 주동세력이 정권을 쟁탈하기 위한 이념적 구심점을 확보하지 못했

국에 대한 입장과 자세가 이슈가 되면서 박정희와 윤보선 사이에 사상논쟁이 발생한다. 윤보선은 민족을 강조한 박정희를 반미민족혁명 노선을 공산주의로 몰았고 박정희는 윤보선을 외세의존적 사대주의자·식민주의자로 몰았다. 그 당시는 미국에 종속적인 경제 원조에 대한 비판적 태도와 후진 국가의 민주주의는 혼란과 무질서 그 자체라는 인식이 지배적이었으므로 서구식 민주주의가 아닌 '민족적 민주주의'에 대한 기대가 점증하고 있었다. 결국 박정희가 대선에서 승리함으로써, '민족적 민주주의'는 4월혁명 이후의 공백을 장악한 강력한 혁명이념이 될 수 있었다. 오제연, 앞의 글, 50~62면 참조.

기 때문이다. 예컨대, 1960년 7·29선거에서 4월혁명 후 등장한 사회주의 혁신세력들의 정권장악 실패[47]는 4월혁명 이후의 이념적 공백 상태를 더욱 강화하였다. 게다가 4월혁명을 바라보는 당대의 관점이 처음부터 정치혁명뿐만 아니라 정확히 정신혁명을 겨냥하고 있었다는 사실을 확인할 수 있다.

사월의 불길을 정치혁명에 그쳐서는 안 된다. 인간혁명 즉 '나'의 혁명이어야 한다. '나'의 혁명 없이 정치사회의 혁명이 있을 수 없다. "하루를 살아도 백년을 살았오"－이 말은 타다 못해 선혈이 흐르는 가슴을 안고 쓰러진 어린 꽃봉오리가 남기고 간 말이거니와 하루 살아도 백년 값있게 살 수 있는 인간 가치를 우리들은 발견해 내야 한다.

환언하면 사월의 불길을 민족의, 정신적 혁명으로 이끌어 가야만 한다. 이제 정치적으로 새로운 나라 살림을 시작하려는 찰나에 그 기본되는 정신적 토대를 마련하지 않고서는 모처럼의 정치적 성과(제2공화국)도 사상누각이 될 것이다. 나는 여기서 어떤 특정한 종교나 주의를 제시하려는 것이 아니다. 혹은 第二 공화국의 헌법조문이나 정부의 조직 또는 제도의 장단을 논급할 생각은 더욱 없다. 내가 요긴한 문제로 관심하는 바는 제도나 조직을 낳는 근본적인 것, 즉 조국부흥의 정신인 것이다. 제도와 조직은 모방할 수가 있고

47 "혁신이란 원래 자유주의적 이데올로기를 표방하여 귀족계급에 승리한 제三계급에 대항하고자 하는 근로자 계급의 정당운동을 말하나 한국이 가진 국제적 위치는 대부분의 혁신정당을 사회민주주의 내지는 민주사회주의적 정강을 채택케 하고 있다. 혁명 이후 즉시로 배출된 민혁당, 혁신동지협의회, 국민대중혁신당, 민주사회당, 사회대중당, 한국사회당 등의 수많은 혁신계 정당은 자유당 정부의 몰락에 힘입어 자못 의기충천하는 바 있었으나 마침내 혁명의 결전장이었던 七·二九 선거에서 기대 이상의 고배를 마시게 되자 한국적인 현실에 대한 새로운 반성으로 후퇴하게 되었다." 고영복, 「혁명 후 사회동태의 의미」, 『사상계』, 1961.4, 90면.

상론하여 택할 수가 있는 것이지마는 조국부흥의 정신은 국민개개의 내성적 인 정신혁명 없이 이루어질 수가 없다.[48]

이러한 정신혁명은 4월혁명 직후의 "자가숙청선풍(自家肅清旋風)"[49]과 무관하지 않다. 4월혁명 직후에는 '데모성 노이로제'[50]라는 신종용어가 생겨날 정도로 혁명에 참여하지 못했던 이들에게 쏟아지는 지탄 혹은 그들 스스로의 자기모멸감이 심각했으며, 이로 인해 신경증(neurosis) 환자가 적지 않게 발생하기도 했다. 이러한 혁명적 분위기 속에서 지식인들은 철저하게 자기숙청을 단행해야 했다. 자기숙청은 혁명정신의 내면화를 위한 실천적 행위이다. 무엇보다 자기숙청은 타자를 향한 것이 아니라 자기주체를 향한 것이므로 자연스럽게 내적인 성향, 즉 정신적인 성격을 지닐 수밖에 없다. 그러나 문제는 정신적 성격의 혁명이 아무리 시대적 소명 속에서 발아되었을지라도 파급효과에 일정한 한계를 지닌다는 점이다. 사회 제반 제도와 긴밀하게 결합하지 못한 정신성은 추상화의 질곡에 빠짐으로써 곧 소멸될 수밖에 없기 때문이다. "자기숙청선풍"이 "사회구조의 핵심체인 관계, 경제계나 계급구조에 있어선 아무런 큰 변동을 초래하지 못"하고, 추상적 관념과 친연성을 지닌 "교육계, 문화계, 노동계 등 사회의 이념 층에만 파급하는 데 그"친 것[51]은 바

48 「권두언 – '나'의 혁명」, 『새벽』, 1960.6, 27면.

49 고영복, 앞의 글, 87~88면.

50 4월혁명의 참여를 회피하거나 부득이하게 함께 할 수 없었던 젊은이들의 양심의 가책, 열등감, 공포감으로 인한 신경증 환자가 늘어나는 현상이 발생하기도 했다. 한 정신과 의사는 4월혁명과 유관한 신경증에 '데모성 노이로제'라는 새로운 병명을 덧붙이기도 했다. 최신해, 「데모성 노이로제」, 『새벽』, 1960.7 참조.

51 고영복, 앞의 글, 88면.

로 이 때문이다. 혁명의 정신성이 강조된 것은 혁명의 주체세력이 분명하지 않았을 뿐만 아니라 혁명을 제도화할 수 있는 정치적 세력의 기반이 존재하지 않았기 때문이다. 사회적 혁명이 '나'의 혁명으로 축소된 것은 사회적 혁명의 완수가 근본적으로 개별 주체의 혁명에 기반하고 있다는 혁명의 전제조건 때문이다. 그러나 이것은 거꾸로 사회적 혁명을 완수할 만한 구체적 이념체가 부재했다는 사실을 증명한다. 혁명의 구체적 이념체가 존재했다면 구(舊)체제는 철저히 파괴되어야 했다. 혁명의 본질이 구체제의 완전한 파괴에 있음에도 불구하고 4월혁명은 분명 거기까지는 도달하지 못했다. 그래서 4월혁명 수습단계의 평화로움에 대한 놀라움, 즉 "비록 사월혁명이 학생들의 무수한 피를 흘렸음에도 불구하고 평화혁명의 형식을 띠웠다고 할지라도, 그러나 혁명치고는 너무나 그 수습단계가 평화적이라는 데"에 대한 놀라움[52]이 발생하게 되는 것이다.

그럼에도 불구하고 4월혁명정신의 내면화는 정확히 4월혁명정신의 유지와 계승을 목표로 한 것이다. 혁명의 완수를 위한 정치적 동력을 상실한 상황에서 혁명정신은 사후적으로 구성되지 않으면 안 되었고, 의미구성이 충분치 않을지라도 그것을 국민의 정신 속에 이입해야한다는 조급성이 당대를 지배했다.

지명관은 4·19의 진정한 혁명성은 "위정자"의 교체라는 "현실적 효과"에 머물러서는 안 되며, 전국 "방방곡곡의 모든 것에 그 정신이 침투되어 들어가 진정으로 새로운 시대가 출현"하는 데 있음을 강조한다. 4

52 한태연, 「전제군주의 몰락—사월혁명의 역사적 의의」, 『세계』, 1960.6, 40면.

월혁명으로 인한 현실적 효과로서 이승만의 하야만으로는 혁명정신의 구체성을 드러낼 수 없기 때문이다. 따라서 지명관은 4·19정신이 모든 국민의 정신 속으로 스며들기를 바라고 있다. 이는 당대의 지식인들이라면 누구나 열망했던 것으로서 4월혁명이 순식간에 사라질 것 같은 불길한 예감을 노정하고 있다. 4월혁명의 "형식적인 반복"이 아닌 "내용적인 반복", 다시 말해 4월혁명의 '영속성'을 주장하고 있음에도 불구하고 4월혁명은 일회적 사건으로 종결될 우려가 컸던 것이다. 4월혁명의 '영속성'이라는 당위의 실현이 사실 신념과 관념의 수준에서만 가능한 일이라는 점을 생각한다면, 4월혁명의 유지와 계승이 왜 정신적인 문제로 귀결될 수밖에 없는지 충분히 이해할 수 있다. 무엇보다 지명관의 진술에서 주목해야 할 것은 "진정한 四·一九는 몸바쳐 싸우는 四·一九이며 이긴 후에는 나를 돌보지 않고 질서를 호소하며 아무 권리도 요구함이 없이 가난한 시민으로 돌아가는 것이다"라는 부분이다. 완전한 혁명을 실현한 후, 즉 혁명을 통한 승리 이후에는 아무 권리도 요구하지 않고 자기 본래의 자리인 가난한 시민으로 돌아가는 것이야말로 "非四·一九"를 제거하고 "참四·一九"라는 혁명의 순수성을 지켜나갈 수 있다는 것이다. "사이비 四·一九" 혹은 "非四·一九"란 다름 아닌 "나 위해 겨레를 좀먹는 무질서 속에 무질서를 조장하면서 자기이익만을 위하는 불의의 四·一九"이다. 그렇다면 "참四·一九"는 '나'라는 주체를 넘어선 자기희생의 고난을 동반한 '四·一九'라고 할 수 있다.[53] 따라서 4월혁명 직후 작성된 다음 글은 혁명의 운명을 정확히 암시하고 있다.

53 지명관, 「새나라는 새마음에서」, 『새벽』, 1960.7, 58~59면.

무엇보다 이 四・一九를 진정으로 살아야 한다. 그것을 내면화하여 생명이 다하는 날까지 살게 하여야 한다.

역사적 시간 위에 기록된 四・一九는 일각일각(一刻一刻) 멀리 지나가 버리고 있다.

그러나 우리는 그것을 우리의 내면에 붙들어 매어야 한다. 순간순간 그 고함소리 그 울부짖음 그리고 그 총성을 들어야 하며 붉게 땅을 적시던 그 선혈을 그리고 겨레 위해 쓰러지던 그 어린 모습들을 눈에 간직하여야 한다.[54]

지명관은 혁명의 본질을 정확히 꿰뚫고 있다. 순간성과 일시성이라는 혁명의 불완전성을 내면의 것으로 전환함으로써 역사의 불완전한 혁명을 정신의 혁명으로 완성하고자 한다. 그러나 내면화된 정신의 혁명 역시 완료 형태가 아니라 미완 상태로서의 지속을 강조하고 있다는 점에서 혁명의 완전한 성취는 현실의 것이 아니라 추상적 관념의 것임을 내포하고 있다. 이와 같은 혁명의 사유는 지명관이 지닌 종교적 성향에서 비롯된 바 크겠지만, 혁명의 역사적 전통이 강하지 않은 한국 사회에서 혁명 정신이 결국 추상적 내면화의 길로 갈 수밖에 없었다는 점을 말해준다.

54 지명관, 「푸로테스탄트의 4・19」, 『새벽』, 1960.6, 65면.

2) 함석헌과 4월혁명의 보편적 진리화

4월혁명은 함석헌에 이르러 내면화의 경향이 더욱 심화되고 종교적 의미까지 획득하게 된다. 함석헌은 4월혁명을 통해 경화된 주체성을 넘어선 보편적 진리를 사유한다. 우선 4월혁명이 지닌 결핍부터 사유한다. 함석헌이 생각하기에 '나'라는 개체성을 넘어선 혁명의 가치는 뚜렷한 집단성을 지녀야 함에도 불구하고 4월혁명세력은 그렇지 못했다. 혁명을 주도했던 학생세력은 집단성을 지녔다고 볼 수 없었다. 함석헌의 말대로 학생은 "아무 데도 속한 데가 없"기 때문에 "공의, 공정의 표시"이자 "정의"와 "우주를 꿰뚫는 법칙"이 될 수 있었다.[55] 함석헌에게 혁명은 "참"과 "정의"라는 본래의 자리로 돌아가는 것이며, 근본에 해당하는 "맨 첨 원리[第一原理]"로 되돌아가는 것이다. 마흐트마 간디에게서 빌려온 '맨 첨 원리'의 개념은 '사랑'에 근거한 것으로 다음과 같이 진술되고 있다.

> 사랑은 전체를 나로 봄이요, 참은 나를 전체로 봄이다. 참은 나와 하나님과의 관계요, 사랑은 나와 세계와의 관계다. 그리고 그것이 하나다. 그러므로 제일원리란 곧 다른 것 아니고 하나 됨이다. 나와 너와 하나, 사람과 하나님이 하나, 하늘과 땅이 하나, 절대와 상대가 하나. 그것을 구체적으로 실현하는 것이 나라는 것이다.[56]

혁명이 어떤 집단을 대표하고 계획적으로 진행되는 순간, 혁명은 "순

---

55 함석헌, 「국민감정과 혁명완수」, 『사상계』, 1961.1, 32면.
56 위의 글, 37면.

수성"을 잃고 만다. 그래서 혁명은 어느 순간에, 즉 혁명의 기운이 임계점에 도달하는 순간에 "즉흥적"으로 자연스럽게 일어나야 한다. 따라서 "자연 법칙에 순종하는 것이 혁명"이며, "참 혁명은 꾸민다기보다는 저절로 되는 것"이다.[57] 특정 집단을 대표하고 어떤 계획을 기획하는 순간, '나'와 '너'라는 경계가 발생하고 배타적인 폭력이 발생할 수밖에 없지만, 자연 법칙에 순종하는 순간, 혁명은 '나'와 '너'의 경계를 허물고 '나'라는 주체를 초월할 수 있다. '나와 너', '나와 하나님', '하늘과 땅', '절대와 상대'의 융합을 구체적으로 실현하는 '나'라는 주체는 '사랑'과 '참' 속에서만 가능하다. 왜냐하면 "사랑은 전체를 나로 봄"이고, "참은 나를 전체로 봄"이며, "참은 나와 하나님과의 관계"이고 "사랑은 나와 세계와의 관계"이기 때문이다. 따라서 함석헌은 개인주의와 국가주의를 배격한다. "개인의 참 발달을 막고 병들게 하는 것은 개인주의와 그것의 변태인 집단주의"이며, "개인의 정말 발달은 전체가 개체 안에 있고 개체가 전체 안에 있는 사회에서만 가능할 것"인데,[58] 개인주의는 전체를 배격하고 국가주의는 개인을 배격하기 때문이다.

함석헌의 사유는 바디우가 말했던 '유일신'에 대한 해석과 유사한 측면이 있다. 바디우는 '유일신(monothéisme)'의 개념이 가지고 있는 배타성을 축출함으로써 전혀 다른 해석을 시도하는데, 유일신이라는 '일자(一者)'의 표징은 "'모두에 대해 있는 것', 다시 말해 '예외가 없음'이라는 것"이다. "일자는 그가 말 건네는 주체들 안에 어떤 차이도 기입하지 않"고 "모두에 대해 있을 때만 존재"하며 "인류전체를 고려"한다. 다시 말

57 위의 글, 33면.
58 함석헌, 「혁명의 철학」, 『사상계』, 1968.4, 28면.

해, "모든 이에게 말 건네지 않는 일자는 사라지고 만다."[59] 본질적으로 하나의 신만 있다는 것은 '나'와 '전체', '나'와 '하나님', '나'와 '세계', 즉 개별자와 보편자가 분리되어 있는 것이 아니라 이미 상호 포합(抱合)된 관계임을 의미한다. 이때의 상호 포합된 주체는 '나'의 경계를 초월하고 '나'를 비운 보편자로서의 혁명적 주체이다. 혁명에 관한 이와 같은 사유가 혁명정신의 내면화에 기여하는 것은 사실이지만, 그것이 현실정치 속에서 어떤 효력을 발휘할지 분명하지 못하다는 것이 혁명의 내면화가 안고 있는 한계라고 할 수 있다.[60]

물론 함석헌은 혁명의 구체적 실현을 위하여 지식인과 학생의 역할을 강조하기도 한다. 특히 "이해주의와 출세철학"에 물들지 않은 "철이 없"는 학생의 순수한 역할에 주목한 바 있다. 민중이 "혼으로 노하도록 하는 일", "민중을 찔러서 그 속에 자고 있는 혼의 사자를 깨쳐 으응 소리를 다 지르게 하는 그 일"은 학생만이 할 수 있음을 주장하고 있는 것이다.[61] 그러나 혁명이 인위적인 것이 아니라 "자연법칙"에 순종하는 것

59 알랭 바디우, 현성환 역, 『사도바울』, 새물결, 2008, 147면.

60 이러한 한계는 바디우 철학에 대한 아감벤의 비판에서도 기묘하게 드러나는데, 아감벤은 주체를 파괴함으로써 얻을 수 있는 보편성은 존재하지 않는다고 주장한다. 주체의 경계(분할)를 파괴하는 작업(아감벤은 이를 두고 '분할의 분할'이라는 기묘한 표현을 쓴다) 이후에 남는 것은 '잔여', 즉 '남겨진 자'일 뿐이다. 이 '남겨진 자'란 '분할'의 원리가 지배하는 이 세계 바깥에 존재하는, "원리도 목적도 존재하지 않는" "잔여"에 지나지 않는다. 바디우를 향한 아감벤의 이 기묘한 비판은 개별적 보편성, 혹은 보편적 개별성을 향한 열망에도 불구하고 결국 개별성과 보편성의 통합이 불가능하다는 사실을 일깨운다. 함석헌의 혁명은 '나'(주체)와 '타자'의 분할을 폐기하는 '사랑'과 '참'을 통해 '맨첨원리[第一原理]'로 복귀하는 것이다. 이러한 주장은 진리로서의 보편성을 상정하고 있다는 점에서 바디우의 보편주의와 닮아있지만, 결국은 아감벤의 '잔여'로 전환될 수밖에 없는 추상성의 문제를 노출한다. 주체와 타자의 분할을 분할하는('분할의 분할') 자리에는 전체 혹은 보편자가 남는 것이 아니라, 어떤 원리나 목표도 없는 '잔여'만이 남겨질 뿐이다. 함석헌이 혁명을 내면화하는 방식은 현실을 탈각시킨 추상적 사유에 가까운 것으로서 결국 종교적 내면화를 지향하는 것이다. 조르조 아감벤, 강승훈 역, 『남겨진 시간』, 코나투스, 2008, 94면.

이자 “저절로 되는 것”[62]일 때, 민중의 내적 변화 역시 그때를 기다리는 일이 된다. “민중의 마음이 바위라면 민중운동자의 마음은 빗방울이다.”[63] 모든 민중을 각성시켜야할 의무가 “민중운동자”에게 주어져 있고,[64] 각성된 민중들이 ‘혼’의 노여움을 지니게 될 때 새로운 혁명의 시발점이 도래한다는 것이다. 이처럼 혁명에 대한 함석헌의 전망은 사뭇 종교적 아포리즘에 가깝다.

> 민중운동하기 위하여 성인이 되기를 기다릴 필요는 없다. 누구도 다 빗방울이지. 허지만 빗방울은 하나가 아니요, 그 무리가 무한이다. 그러므로 성공된다. 어느 개인도 물의 한 분자만한 참이나 사랑이야 없지 않겠지. 그것을 바위 향해 던져! 던지면 무한한 네 동지가 뒤에도 있고 또 있다 비처럼!
>
> 폭력엔 끝이 있다. 반드시 있다. 그러나 사랑엔 끝이 없다. 끝없이 하므로 사랑이다. 폭력은 당장 알아보게 효과가 있다. 그러나 있기 때문에 없어지고야 만다. 사랑은 뵈지 않는다. 없다. 그러나 없으므로 결코 없어지지 않는다.[65]

“무한”과 “사랑”의 융합에 의해서 혁명은 이루어진다. 민중운동을 위해서 특별한 “성인(聖人)”은 필요 없다. 이는 영웅과 천재의 시대가 가고

---

61 함석헌, 「국민감정과 혁명완수」, 『사상계』, 1961.1, 41~42면.

62 위의 글, 33면.

63 위의 글, 42면.

64 예컨대 함석헌은 다음과 같이 말한다. “이것(혁명 – 인용자)을 하기 위해 우리는 민중을 깨워야 한다. 우리 자신을 가르쳐야 한다. 예배 시간이나 공부시간만 아니라, 일터에서나, 쉴 때나, 잡담을 하는 때에도, 우리 이상하는 바를 말하고 주장을 선전해야 한다. 민중으로서의 자기 교육, 자기 훈련을 해야 한다. / 이제부터 곧 이것을 시작하자는 말이다.” 함석헌, 「새혁명」, 『사상계』, 1963.10, 64면.

65 함석헌, 앞의 글, 1961.1, 43면.

"전체 민중에게 잘 배우는 사람이야말로 착하고 지혜롭고 용맹 있는 사람"이므로 "혁명은 전체의 협동으로서만 될 수 있"다는 1960년대 후반의 말[66]과도 같은 맥락이다. 누구나 "빗방울" 같은 '민중운동자'가 될 수 있으며 "바위"같은 민중의 마음을 녹일 수 있다. 빗방울 하나가 바위를 녹이는 힘은 무한소에 가깝다. 그리고 무한소의 영역은 역사성과 현실성을 탈각시키는 추상과 관념의 세계다. 이것은 "구원의 문자, 또는 진리 공정을 위한 문자적 형태는 존재하지 않는다"와 같은 바디우의 명제가 암시하는 것처럼 "말로 표현할 수 없는 말"로 이루어진 "신비주의적 주체"로 귀결되기 때문이다.[67] 바디우에 따르면 '구원'은 '사랑'에 의해 실현되고 '사랑'은 '보편적 말건넴'으로 이루어지는데, '보편적 말 건넴'은 진리로서 "문자적이지 않은 법"의 형상으로만 가능하다. 결국 구원은 "죄라는 이름을 가진 주체의 형상으로부터 벗어나는 것"[68]이다. '죄의 주체'는 경화된 주체성을 가진 존재이므로 '구원'과 '사랑'은 오직 탈주체성 속에서만 가능한 것이다. 탈주체 이후의 주체는 다시 경화되기 마련이므로, 결국 '구원'과 '사랑'은 탈주체의 지속적 과정으로 귀착된다. 탈주체의 지속적 과정은 결국 역사와 현실을 탈각시키는 자리에 놓일 수밖에 없고 '신비주의적 주체'로서의 위상을 지니게 된다.[69]

66 함석헌, 「혁명의 철학」, 『사상계』, 1968.4, 28면.

67 알랭 바디우, 앞의 책, 169면.

68 위의 책, 162면.

69 아감벤은 바디우보다 훨씬 극단적인 주체관을 지니고 있는데, 소명에 입각한 주체의 공식을 '~이 아닌 것처럼(hōs mē)'으로 진술한다. "모든 것들을 '~이 아닌 것처럼'의 형식을 통하여 계속 자기 자신을 향하게 만들고, 메시아적인 것은 그것을 단순히 제거하는 것이 아니라, 그것을 통과시켜 그것의 종말을 준비한다. 여기서 그것은 다른 모습이나 다른 세계가 아니라, 이 세상의 모습이 사라져 가는 그런 모습인 것이다." 다시 말해, 진리 주체의 "메시아적 소명은 일체의 소명의 기각"이라 할 수 있는데. 이는 극단적인 탈주체관의 반영이라 할 수 있다. 조르조 아감벤, 앞의 책, 47 · 49면.

경화된 주체의 경계를 허문 빗방울 하나가 민중이라는 바위를 향해 달려들고 하나의 주체가 사라지는 동시에 바위와 포함되는 것. 이러한 과정의 무한한 반복 속에서 혁명이 저절로 도래한다는 것이 함석헌의 요지이다. 그러나 이것은 끊임없이 지연되는 혁명의 도래에 대한 관념화된 자기위무이다. 바디우의 어법을 빌려 말하자면, 혁명의 "희망은 '시련을 이겨내는 충실성'이며 이 시련을 관통하는 사랑의 끈기이지, 결코 보상이나 벌에 대한 비전이 아니"며, "승리한 충실성의 주체성, 이 충실성에 대한 충실성이지 일어난 결과에 대한 표상이 아"닌 것이다.[70] 결국 4월혁명의 내면화는 혁명적 분위기의 급격한 소멸 속에서 주체의 특정한 틀을 상정하지 않은 부정성(negativity)의 관점에서 진행될 수밖에 없었으며, 함석헌은 혁명주체의 부정성을 드러낸다는 점에서 1960년대의 혁명 담론의 뚜렷한 증상이라고 할 수 있다. 요컨대 4월혁명의 급격한 현상적 소멸은 혁명의 구체적 이념의 부재(부정성)에서 비롯되었으며, 구체적 이념의 부재는 혁명의 초월적 의미로 대체될 수밖에 없었던 것이다.

70 알랭 바디우, 앞의 책, 183~184면.

5. 1960년대 혁명 담론의 이면적 실재

혁명의 내면화와 추상화로의 귀결은 혁명당사자인 학생들의 순수성과도 무관하지 않다. 고은에 따르면 4월혁명의 주체세력으로서 학생들은 혁명의 진로에 대해서 급진적 민족통일과도 같은 비현실적인 요구를 했던 반면, "생존권 및 형이하학적인 민생문제에 절실한 주제를 가지지 못한" 한계를 지니고 있었다. 5·16군부세력은 혁명세력이 지닌 관념화의 한계를 공략함으로써 '혁명경제'라는 구체적 정책이념을 제시할 수 있었다. 고은은 4월혁명세력을 비판하면서 다음과 같이 말한 바 있다. "5·16 세력이 내건 구호 중의 하나에 '절망과 기아선상에 헤매는' 운운의 대목이 있는데 바로 이와 같은 현실 문제를 상투적인 것이 아닌 혁명의 이념에 포함해야 했던 것이다." 다시 말해, 4월혁명 세력은 형이하학적인 "현실적 인식 논리가 없었기 때문에 4·19세대가 그 뒤의 과정에서 현실과 결착되어서 혁명세대의 지속적 명예의지를 갖출 수 없었던 것"이라 볼 수 있다.[71] 이는 비단 혁명주체세력인 학생들만의 한계는 아니었다. 혁명의 동기가 3·15부정선거로 촉발된 이승만의 부패정치와 민권탄압에 대한 저항적 성격이 강했던 까닭에 이승만이 하야하는 순간 혁명의 열정 역시 급격히 소멸할 운명을 지니고 있었던 것이다.

혁명의 추상적 내면화는 4월혁명을 사유하는 문학작품에서도 마찬가지다. 박태순은 "'문학의 4·19'라는 것이 별도로 존재할 수가 없다"고

71 고은, 「그 혁명은 무엇인가」, 『4월혁명론』, 한길사, 1986, 254면 참조.

말한 바 있다. 그러나 4월혁명이 "4 · 19가 일어난 순간에 끝나는 것이 아니라 바로 그 순간부터 시작이 된 것이라고 보아야 그 성격을 살펴볼 수 있"듯이, 문학 역시 "4 · 19의 심화 · 확대과정"으로 존재한다고 주장한다.[72] 그러나 4월혁명에 대한 박태순의 서사적 성찰 역시 추상적 내면화의 질곡에서 빠져나오지 못하고 있다는 사실을 주목할 필요가 있다. 앞서 인용한 「무너진 극장」의 속편이라고 할 수 있는 「환상에 대해서」의 한 부문을 인용해보자.

"아, 내 얘기만 가지구서는 내가 어떤 결심을 하고 있는지 넌 실감 못 할 거다. 말하자면 나는 …… 데모를 계속할 거다. 인생과 사회에 대해서 계속 데모를 할 거야. 그러한 데모를 내 삶의 근본 표정으로 삼을 작정이다. 바로 그렇게 살아가는 것이 도리어 충실하게 사는 길이 될 수도 있다는 걸 깨닫고 있는 중이거든. 삶다운 삶을 어떻게 해서 얻어 낼 것인지 모르면서, 다시 속아 넘어가며 살 수는 없지 않겠어?" (…중략…) "다만" 하고 광득이는 말했다. "난 …… 평길이처럼 의사(義士), 투사로 낙인(그래, 낙인이지 뭐냐)받는 건 싫다. 죽어도 그런 낙인은 찍혀지지 않을 거야. 그건 이미 평길이로써 족한 거야."

그 뒤로 조맹지는 유광득에 관한 이야기를 계속 풍편으로 듣게 되었다. 소문은 유광득에 대해서 반드시 긍정적인 평가를 내리고 있는 것만은 아니었다. 사람들마다 유광득에 대해서 얘기하는 방향이 달랐다. 또 그는 계속 떠돌아다니고 있는 모양이었다. 양복을 입고 최신 설비의 빌딩을 들락거리는가 하면 허름한 잠바차림으로 지방과 시장바닥을 헤매다닌다고 그는 들었다.

---

72 박태순, 「4 · 19의 민중과 문학」, 강만길 외, 『4월혁명론』, 한길사, 1986, 276 · 280 · 292면.

> 하지만 조맹지는 한 번도 유광득이를 의심한 적이 없었다. 왜냐하면 유광득이가 어디에서 무슨 짓을 하고 있든 그것이 자기 자신과 세상에 대한 혁명에의 길일 것이라고 믿고 있었던 까닭에.[73]

유광득에게 4월혁명은 일종의 '환상'으로 존재한다("우리는 하나의 환상을 그려놓은 거다." 395면). 그럼에도 불구하고 유광득은 데모를 계속할 것을 다짐한다. 그것은 자신의 삶을 이루는 "근본 표정"이다. 다만 데모 중에 죽은 평길이와는 다른 길을 걸어갈 것임을 선언한다. 유광득이 가고자 하는 혁명의 길은 의사(義士) 혹은 투사가 아닌 다른 형태의 것이다. 그것은 계속 떠도는 형태임을 암시하고 있는데, 이는 앞서 함석헌이 말한 바와 동일한, 주체의 경화로부터 벗어나 '보편적 개별성'을 추구하는 내면의 혁명, 곧 '자기혁명'이다. 양복을 입고 최신설비의 빌딩을 들락거리거나 허름한 잠바차림으로 지방과 시장바닥을 헤매는 풍문 속의 유광득은 하나의 주체로서 살아가는 인물이 아니라, 주체의 경계를 허물고 내면을 혁명하는 인물로서 암시된다. 이는 5·16군사정권이 4월혁명 이후의 공백을 구체적 이념으로 채워놓은 것과는 정반대의 길이다. 군사정권이 혁명의 이념을 국가의 내외적 현실에 걸맞은 실정성(positivity)의 것으로 규정하고 있다면, 유광득의 혁명은 경화된 혁명주체를 지속적으로 해체하는 부정성(negativity)을 띠고 있다. 이는 구체적 이념의 주체를 결여한 혁명으로서 반공과 근대화론으로 수렴되는 군사정권의 혁명과는 다른 길임에 분명하다. 유광득이 선택한 혁명의 길

73 박태순, 「환상에 대해서—어느 사학도의 젊은 시절 (1)」, 『월간중앙』, 1975.1, 395면.

은 보다 내면적이고 추상적인 성격을 띠고 있는 것이다.

이와 같은 혁명의 사유는 앞서 살펴보았던 지명관과 함석헌의 주장과 크게 다르지 않다. 혁명의 완전한 실현은 현실 속에서 불가능하며, 내면의 추상 속에서 궁구될 수 있기 때문이다. 문제는 4월혁명 이후 혁명에 대한 사유가 두 갈래로 뚜렷이 나뉘고 있다는 사실이다. 군사정권이 반공이념과 근대화론을 통해서 혁명을 '실정성'으로 규정하고자 했던 반면에 체제저항적인 비판적 지식인들은 혁명을 '부정성'으로 사유하고자 했다는 점에서 혁명을 계승하고 전유하는 투쟁의 승리는 군사정권의 것이 될 수밖에 없었다. 이는 박정희 정권의 장기집권을 가능케 했던 중요한 조건이기도 했다.

4월혁명과 5·16쿠데타의 투쟁을 압축해서 표현하자면, 바로 공백과 탈공백의 대결이다. 공백과 탈공백의 관계는 부정성(negativity)과 실정성(positivity)으로 대체 가능하다. 실정성이 이념 구성체를 현실화하고 구체화하는 것이라면, 부정성은 현실적 이념 구성체를 끊임없이 해체하고 부정하는 상태를 말한다. 이는 1960년대 혁명주체의 분열적 태도를 암시한다. 혁명은 국가의 주체성을 구체화하는 단계를 밟아 헤게모니를 쟁취함으로써 이념의 실정성을 지니게 된다. 이는 군사정권이 취했던 전략이다. 4월혁명 이후 공백의 혼란에 지쳤던 대중으로 하여금 반공이념과 근대화론에 동화되게 함으로써 국가 주체의 실정성을 향유하게 할 수 있었던 것이다. 군사정권의 이러한 전략에 마땅히 대응할 만한 전략이 부재했던 비판적 지식인들은 '자기혁명'이라는 혁명의 내면화와 추상화의 길로 가지 않을 수 없었다. 이는 주체와 혁명의 부정성에 기반한다. 모든 혁명은 실패한 혁명이라는 명제가 말해주듯이, 지명관과 함석헌은 혁명의 불가능성을 사유하고 있으며 부정성에 기반한 혁명의 내면화와 추상화에 심혈을 기울였다.

이상에서 알 수 있듯이 혁명을 이해하는 태도에서 군사정권과 비판적 지식인들은 뚜렷한 차이를 보인다. 이러한 차이는 4월혁명 이후 1960년대를 지배했던 담론의 근본적 차이를 노정한다. 군사정권의 혁명 담론이 실정성을 통해 대중적 지지를 확보해 나갔던 반면에, 비판적 지식인들의 추상적이고 관념적인 혁명 담론은 부정성을 띰에 따라 이해 불가의 대상이었던 것이다. 역설적이게도 비판적 지식인들의 혁명 담론은 혁명의 본질에 접근한 것이다. 군사정권의 혁명 이념은 강한 주체성과 폭력적 억압에 기반함으로써 대중적 파시즘으로 기울어지고 있었지만, 지명관과 함석헌의 혁명 담론은 혁명의 완수가 불가능하다는 전제 위에 지속적인 자기혁명을 주장하고 있기 때문이다. 진정한 혁명성이란 지속적인 자기혁명에 기반할 때 그 참된 혁명의 가치를 잃지 않을 수 있는 것이다. 지속적인 자기혁명은 혁명주체의 일정한 틀을 상정하지 않음으로써 경화되거나 정형화된 주체성의 형틀에 결박당하지 않는다는 점에서 이상적인 혁명주체의 본질에 닿고 있다. 그러나 이는 60년대 비판적 지식인이었던 지명관・함석헌 혁명 담론의 본질이자 한계이기도 하다. 혁명 담론의 부정성은 현실정치 속에서 강력한 정치적 구심력을 발휘할 수 없기 때문이다.

이와 같은 사실은 1960년대 일부 문학작품을 통해서도 확인할 수 있다. 박태순의 「무너진 극장」과 「환상에대해서」를 통해 알 수 있듯이, 4월혁명은 체제 몰락 이후의 어떤 공백을 드러내는 계기였으며, 혁명의 완수는 현실의 구체적 이념에 기반을 두기보다는 자기혁명이라는 추상적 내면화의 길로 빠지고 마는 과정을 보여준다. 이는 4월혁명이 체제몰락 이후의 공백을 메울 만한 구체적 이념을 마련하지 못한 데서 비롯되었다. 군사정권이 혁명의 이념을 실정적으로 탈취해간 것과는 반대로 비판적 지식인들은 혁명의 본질을 자기혁명에서 발견하고자 했으며, 영속적인 자기혁명의 추상적 의미를 내면화하고자 했던 것이다. 이처럼 박태순의 소설은 혁명 이후의 공백과 혁명의 불가능성에 주목함으로써 60년대 혁명 담론의 이면적 실재를 보여주는 하나의 문학적 증상이다. 이는 4월혁명 직후 생산된 혁명 소설들이 대개 혁명의 열광적 현상에 도취되었던 것과는 전혀 다른 양상이다. 따라서 4월혁명문학이 존재하지 않는다는 탄식은 어쩌면 4월혁명의 본질이라 할 수 있는 공백, 다시 말해 부정성의 양상에서 비롯된 것인지도 모른다. 혁명의 열광과 환호가 사라진 직후 찾아든 공백의 사태를 해독하는 문학이 혁명 문학일 수는 없다. 더구나 1960년대 한국문학이 향유하고 추구할 만한 이념적 주체 또한 충분히 형성되지 못했다. 군사정권이 탈취해간 혁명 이념으로서의 반공과 근대화론 앞에서 4월혁명이 남긴 공백의 부정성은 그야말로 무력했다. 60년대 후반까지 한국문학을 지배했던 것은 바로 이 공백의 사태라고 할 수 있는 것이다.

제6장

혁명주체의 실정화와 혁명 담론의 주조술

1. 머리말–혁명주체의 분열과 『최고회의보』

혁명주체의 분열 양상은 1960년대가 4·19와 5·16의 대결이라는 일반적인 정의가 암시하듯이 기왕의 논의들에서 충분히 논의된 것처럼 보인다. 그러나 국가재건최고회의에서 발간한 『최고회의보』를 다루지 않은 한계를 안고 있다. 『최고회의보』는 5·16군사정권의 혁명 담론을 생산하고 유포했던 핵심 매체로서 관보의 성격을 지닌다. 『민족일보』에 대한 연구는 충분히 이루어져 왔던 반면에, 『민족일보』 폐간 직후 발간된 『최고회의보』는 상대적으로 주목의 대상이 되지 못했다. 그러나 『최고회의보』를 분석하지 않고는 혁명주체의 분열과 혁명 담론의 변화 추이를 파악하기 힘든 것이 사실이다. 이미 상식화된 현상의 근원지를 실제 매체를 통해 실증적으로 논구하는 작업이 필요한 까닭이다.

특히 『민족일보』와 『최고회의보』의 대비는 매우 극적이다. 혁명주체의 분열 과정과 혁명 담론의 변화 추이를 가장 극명하게 보여주고 있기 때문이다. 이른바 『민족일보』의 중립통일론과 노동대중 권익론 등 급진적인 담론들이 5·16군사정권에 의해 붕괴되고 난 후 『최고회의보』가 생산하고 있는 반공론과 혁명경제론은 4월혁명 이후 충일했던 혁명의 기운이 어떻게 변화되는지를 매우 구체적으로 보여준다. 이 두 매체의 대비는 4·19와 5·16이라는 격동의 시대에 이루어진 담론의 변화를 선명하게 드러내고 있는 것이다. 더구나 기존 연구에서 『최고회의보』는 연구대상에서 항상 누락되어 왔다.[1] 『최고회의보』에 실린 각종 논문과 비평, 문학작품에 대한 분석을 통해서 4·19와 5·16의 격동기적 현대사가 보다 선명하게 규명될 수 있는 것이다.

혁명주체의 분열과 혁명 개념의 변화 양상은 4·19와 5·16의 대결이 말해주듯이, 군사정권이 혁명을 폭력적으로 전유하는 과정과 연동되어 있다. 4·19혁명 이후 혁명에 대한 예찬과 기념시들이 쏟아지기 시작했고 소설 역시 혁명을 사유하기 시작했던 사실은 이미 여러 논자들에 의해서 논구되어온 바다. 그러나 한국문학에서 혁명문학은 사실상 부재한다는 김윤식의 평가는 4·19가 점유할 혁명의 이념적 거점을 5·16군사정권에 의해 탈취당한 데서 비롯된다.

4·19의 혁명 개념은 사실 '빈 공간'의 상태로 출발한다. 이승만 정권의 부패와 3·15부정선거에서 촉발된 4·19가 이승만 정권마저 전복시

1 최근에 『최고회의보』 관련 논문이 발표되긴 했다. 주로 창간배경, 목적, 편집체제, 주체, 필진, 그리고 민족개조론에 대한 분석을 하고 있으나, 전반적으로 『최고회의보』가 지닌 담론 지형과 그 의미를 충분히 분석하는 데 있어서 다소 제한적인 논문이라고 할 수 있다. 서상현, 「국가재건최고회의 기관지 『최고회의보』에 관한 연구」, 한국외국어대 석사논문, 2013.8.

킨 사실은 혁명주체 스스로도 예상하지 못했던 충격적인 사건이었다. 정권이 무너진 자리에 혁명의 구체적 이념을 채워 넣어야만 했으나 한국의 혁명세력은 그만한 역량을 갖추지 못했다. 혁명에 참가했던 대부분의 학생들은 학교로 되돌아갔으며, 혁명의 빈 공간을 채우는 작업은 구체화되지 못한 상태로 정체되어 있었다. 비록 혁명 이후의 수많은 담론들이 혁명의 빈 공간을 채워 넣기 위한 것이었음에도 불구하고 자유, 민주, 복지, 통일, 경제재건 등의 담론이 정치적 구태로 인해 대부분 실행력을 결여하고 있었다는 한계가 있었다.

혁명 이후의 공백과 혼란에 대한 환멸이 심해질 무렵, 『민족일보』의 창간은 혁명 이후의 공백을 구체적 담론을 통해 채워나가는 계기가 되기에 충분했다. 중립통일론, 노동대중 권익론 등이 4월혁명 이후 한국이 나아가야할 구체적 방향으로 제시되기 시작한다. 특히 이러한 주장들은 주로 비판적 지식인들을 통해 확산되는 효과를 동반하기까지 했다. 그러나 오히려 이런 급진적 시각은 5·16군사정권에 의해 폐간당하는 빌미로 작용하기도 하였다. 『민족일보』의 폐간으로 말미암아 4월혁명 이념의 구체화 작업은 큰 타격을 받게 된 것이다.

『민족일보』가 폐간되고 『최고회의보』가 창간되던 당시에 비판적 지식인들이 사유하기 시작한 혁명은 매우 독특한 성격을 지닌다. 그것은 바로 혁명 개념의 관념화, 추상화, 내면화라고 볼 수 있는데, 이는 4월혁명 직후부터 존재했던 현상이다. 4월혁명 직후 발행된 『새벽』지의 권두언에서 4월혁명을 '나의 혁명'으로 규정했던 것이 바로 단적인 사례다. 혁명이라는 중대한 역사적 사건은 매우 정치적이고 현실적 작용력이 있는 것임에도 불구하고, 혁명의 추상적 내면화에 이미 점염(漸染)되어 있었던 것이다. 이는 당대의 비판적 지식인들이 4월혁명을 현실의 구체적 이념으로 재정위할 능력을 결여했음을 보여준다. 그야말로 4·19혁명은 공백의 상태였으며, 어느 쪽으로든 분화해나갈 수 있는 원질이었던 셈이다. 5·16군사정권이 혁명을 단번에 탈취하는 데 성공한 것은 바로 이념의 구체화 작업에 착수했기 때문이다. 군사정권은 혁명경제론, 반공론, 그리고 혁명경제와 반공론을 결합시킨 승공론으로 혁명의 공백을 채우는 데 성공한다. 이 논의의 기원이 바로 『최고회의보』이다. 따라서 『최고회의보』는 5·16의 혁명 담론을 살펴보는 데 있어서 가장 기본적이고 핵심적인 자료라고 할 수 있다.

실패한 혁명이라는 오명을 뒤집어쓰기도 했던 4월혁명의 의미를 올곧게 계승하기 위해서는 혁명의 의미가 어떻게 분열되고 도착적으로 전유되어 왔는지를 구체적으로 살펴 볼 필요가 있다. 5·16군사쿠데타가 구국의 혁명으로 회자되고 있는 상황에서 진정한 혁명의 의미와 정신이 무엇인지를 1960년대 초의 상황부터 다시 한 번 되짚어 보는 작업이 『최고회의보』와 더불어 연구사의 빈자리로 남아 있다. 다시 말해 4월혁명의 의미가 왜곡되고 그 진의가 탈색되어가는 과정을 살펴봄으로써 4월혁명의 정신성을 회복할 수 있는 토대가 마련될 수 있는 것이다.

2. 5·16쿠데타와 혁명주체의 계보학

1) 최후의 혁명주체로서의 5·16군부

4월혁명이 '무주체 혁명'[2]이며 이념의 공백을 노정하고 있었다면,[3] 5·16은 반공과 경제재건론으로써 그 공백을 매우 효과적으로 점령해나갔다. 일말의 군국주의적 불안감이 없지 않았으나, "혁명정부이기에 가질 수 있는 그 과감한 실천력",[4] 혹은 "혁명정부의 과감한 기획과 실천"과 "행동력"[5]은 이전에 볼 수 없었던 안정감을 주었던 것이다. 이는 분명히 4월혁명의 주체가 보여주지 못했던 종류의 심리적 안정감이었다. 한태연은 4·19와 5·16의 차이점에 대해서 다음과 같이 진술하고 있다.

> 五·一六군사혁명의 성격에 대해서는 이미 '혁명공약'에서 명시하고 있는 바와 같이 그것은 공산주의의 침략으로부터 국가와 민족의 위기를 극복하고, 우리 사회에 있어서의 자유민주주의를 수호하려는 데에 있다. 이 점에 있어서 五·一六군사혁명은 처음부터 四·一九혁명과는 그 성격을 달리하고 있다. 四·一九혁명에 있어서는 "부정선거다시하자"라는 표어 이외에는 四·一九혁명에 대한 구체적인 설명이 없다. 그러나 五·一六혁명에 있어서는 처음부터 그 혁명의 주체가 군부라는 것, 그리고 그 혁명의 목적은 부패와 부

2 조지훈, 「절제와 위의」, 『새벽』, 1960.7, 35면.
3 본서의 5장 참조.
4 천관우, 「정체성의 극복과 근대화—혁명정부에 바라는 것」, 『최고회의보』, 1961.12, 109면.
5 백철, 「거울에 비쳐진 1년간의 혁명과업」, 『최고회의보』, 1962.5, 46면.

정과 빈곤으로부터 우리 사회의 위기를 극복하기 위한 것이었다. 여기에 五・一六혁명이 四・一九혁명과는 근본적으로 구별되게 되는 이유가 있다.[6]

4월혁명이 결여하고 있는 것은 혁명의 주체와 목적이다. 물론 자유당 정권의 부정, 부패, 빈곤의 해소가 혁명의 목적이라고 할 수 있지만, 군사정권은 이것을 보다 구체적으로 이념화하는 데 성공한다. 군사정권은 쿠데타 직후 발표한 혁명공약을 통해 군부의 카리스마와 더불어 이념의 구심점과 시대의 방향성을 선명하게 제시했던 것이다. 그런 까닭에 5・16은 4월혁명과 분명한 차이를 보여준다. 이념의 구심점과 시대의 선명한 방향성은 '법치국가재건'과도 무관하지 않다. 4월혁명 이후의 무질서에 대해 당시의 국민들은 이미 염증을 느끼고 있었다. 이런 무질서를 틈탄 남파간첩들의 활동에 대한 막연한 불안과 더불어 강력한 통치에 대한 갈증이 고조되고 있었다. 무질서로 인해 축적된 사회적 불안과 피로가 "남북이 벌인 체제경쟁과 그 전선(戰線)의 국내화"[7]로 인해 간첩에 대한 막연한 불안과 공포로 전이되고 있었던 것이다. 4월혁명이 이후 남북대화재개론과 중립통일론이 확산되고 사회적 무질서가 장기화되면서 4월혁명 이후 잠시 가라앉았던 공산화에 대한 불안과 공포가 수면 위로 떠오르게 된 것이다. 이런 상황에서 군사정권은 경제안정과 법질서의 안정에 주력함으로써 국민들의 신뢰를 얻을 수 있었다.

6 한태연, 「국가재건비상조치법해설」, 『최고회의보』, 1961.8, 124면.

7 간첩활동에 대한 불안과 공포는 "박정희-국가가 내면화한 (준)전시상태와 군사주의"의 결과물로서 "사회문화 각 영역의 자율성과 다원성 그리고 민주주의에 대한 실질적 요구와 완전히 길항하는 힘"이었다. 다시 말해 "남북이 벌인 체제경쟁과 그 전선(戰線)의 국내화"가 "무수히 많은 간첩사건을 만들"어 냈던 것이다. 권보드래・천정환, 『1960년을 묻다』, 천년의 상상, 2012, 178~179면.

특히 "군인이 정치일선에 서고 학자가 그 뒷받침에 전례 없이 총동원된 즉 군대식과 이념세계"의 결합[8]은 매우 효과적인 통치 체제를 이룰 수 있었다.

4월혁명이 이념의 공백 상태에 가까웠다면, 5·16군부정권은 반공이념을 중심으로 확고한 민족주체성과 국가관을 정립하는 데 주력하였다. 당시 국가재건최고회의 공보실장이던 이후락은 4·19를 학생의거로 격하시키고 5·16을 혁명으로 지칭하는 동시에 '군사혁명'의 동기를 부패와 구악 척결, 북한의 공산화 위협에서 찾고 있다. 여기서 더 나아가 "민족정기의 발로" 혹은 "민족주체성의 재확립"이라는 의의를 부여한다. 4월혁명을 거슬러 3·1독립운동에까지 5·16의 정통성을 가닿게 함으로써 5·16군사쿠데타가 민족주체성의 회복과 직접적인 관계가 있음을 주장하고 급기야 '국민혁명'으로 발전되어야 함을 역설한다.[9] 4월혁명 직후부터 담론화되었던 혁명정신의 계보화를 군사정권이 점유한 것은 매우 당연한 통치전략의 수순이었다. 5·16쿠데타 이듬해 『최고회의보』 3월호 권두언에서 최고회의 총무처장 황종갑은 "五·一六 혁명정신"이 "곧 三·一정신을 계승"하고 "되살리는 길"이며, "혁명정부는 三·一정신의 대의에 입각하여 조국의 재건을 위하여 일어섰"음을 주장한다.[10] 마찬가지로 최고회의 운영기획위원장이었던 김형욱 역시 1963년 3월호 권두언에서 4·19와 5·16의 정당성이 3·1정신에 있으며, 3·1운동의 "희생적 정신"과 "대동단결"을 통한 "혁명과업의 완수"

8 정귀량, 「혁명업적의 재평가」, 『최고회의보』, 1961.8, 61면.
9 이후락, 「혁명과업과 언론의 협조」, 『최고회의보』, 1962.5, 167면.
10 황종갑, 「三·一정신과 우리의 각오」, 『최고회의보』, 1962.3, 1~2면.

를 강조하고 있다.[11] 심지어 5·16군사쿠데타가 화랑도정신에까지 연결되거나, 이순신 장군 역시 화랑도 정신을 이어받은 인물로서 박정희와 동일화되기도 한다. 그리하여 "대한의 화랑들은 불의 부정 부패와는 타협할 줄 모르고 오직 정의를 위하여 싸우고 있는 까닭에 구국을 위하는 五·一六 군사혁명은 전 국민의 절대적인 지지를 받아 국민혁명으로 전개되어 민족적인 혁명과업을 완수하고 있다"고 강변하게 된다.[12] 이들 군인 필자들과 마찬가지로, 당대의 학자 김범부 역시 기본적으로 같은 맥락에서 '군사혁명'을 예찬한다. 한국 "고금(古今)의 인의지사(仁義志士)"를 예거한 뒤 이들의 행동을 하나로 묶을 수 있는 국가관을 규명하고 있는데, 그 국가관이란 "인의지사의 나라에 대한 심정"으로서 "무조건의 감분(感憤)"이자 "측단(惻怛)한 감분", 혹은 "무조건의 혈충(血衷)"이 모여 이루어진 "인륜적 국가관"임을 역설한다. 그 시작이 신라의 화랑이고 그 마지막이 바로 '군사혁명'이라는 논리다.[13] 이러한 논리는 다른 데서도 발견할 수 있는데, 군인들에 의한 쿠데타를 혁명으로 칭송하고 혁명을 '전선'에 비유하면서 '혁명'의 계보를 1896년의 독립협회운동, 1919년의 3·1독립선언, 1960년의 4월혁명, 1961년의 5·16군사혁명으로 정리하기도 한다.[14] 백철 역시 마찬가지로 "四·一九와 같은 귀중한 역사적 기회를 썩은 생선과 같이 바꿔버렸다는 그 생생한 쓰라린 경험에서 이번 재혁명(再革命)이 불가피한 일이오. 또 이것이 최후의 운명을 걸은 역사적인 시도"[15]라며 '군사혁명'을 극찬하고 있다.

---

11 김형욱, 「3·1정신과 우리의 진로」, 『최고회의보』, 1963.3, 2면.
12 문중섭, 「화랑도정신과 국군의 위치」, 『최고회의보』, 1962.7, 95·98면.
13 김범부, 「방인(邦人)의 국가관과 화랑정신」, 『최고회의보』, 1961.10, 132~135면.
14 김기석, 「한국혁명과 도덕중정(道德重整)」, 『최고회의보』, 1962.5, 43면.

2) 군부세력의 혁명적 주체성과 윤리적 형상화

4월혁명이 무주체 세력에 의한 것이었던 반면에, '군사혁명'은 군인이라는 뚜렷한 주체가 등장함에 따라 군인에 대한 미화 작업 역시 병행해야 했다. 우선적으로 박정희에 대한 미화작업이 『최고회의보』를 통해 단행되었다.[16] 특히 이 작업은 군인 전체, 더 나아가 5·16에 대한 미화작업[17]으로 확장되는 모습을 보이고 있다. 특히 『최고회의보』는 문학작품을 통해서도 혁명주체에 대한 미화작업을 감성적인 측면에서 접근하는 전략을 구사한다. 『최고회의보』 폐간 후 복간된 『국회보』에 문학작품이 없는 것과 달리, 『최고회의보』는 시, 소설, 수필을 적지 않게 수록하고 있다.[18] 여러 작품들 중에서도 단연 인상적인 것은 서정주의 작품이다. 서정주는 「혁명 한돐 가까운 어느 이른 봄날」(1962.5)에서 5·16군사쿠데타 이후를 아이들이 꽉 찬 혼란한 변소로 비유하고 "육군 중사 하나가 맨 앞에서 서서 / 그 줄의 아이들을 둘씩 둘씩 모조리 누인 다음에 / 자기 차례를 내게 사양하고 참아 내"는 모습을 형상화함으로써 군사정권이 사회의 혼란상을 잘 해결하고 있음을 드러내고 있다. 특

15 백철, 앞의 글, 46면.

16 이 작업은 '국내혁명지도자론'과 '내외혁명지도자론'이라는 꼭지를 통해 진행되었다. '국내혁명지도자론'은 이낙선의 「박정희 장군」(『최고회의보』, 1961.8) 1회로 끝나게 되고, '내외혁명지도자론'은 주로 제3세계 지도자론을 중심으로 소개되고 있다. 이는 한국과 유사한 정치적 상황을 이끌고 있는 지도자를 소개함으로써 박정희의 국내외적 정당성을 강화하고자 하는 의도로 파악된다.

17 『최고회의보』 1962년 5월호에는 「권두언」, 「五·一六 논고」, 「五·一六 회고」라는 꼭지를 통해 5·16과 직접 관련된 글만 38편이 실려 있다.

18 이 글의 목적은 『최고회의보』 담론의 실체를 확인하는 것으로 한정한다. 『최고회의보』에 기고한 문인들의 자발성 여부에 대한 구체적인 연구는, 필자의 능력을 벗어나는 것이기도 하거니와 이 글의 목적에서도 벗어나는 것이므로 향후 과제로 남겨둘 수밖에 없다.

히 육군중사가 민간인인 화자에게 자기 순서를 양보하고 화자 역시 육군중사를 배려하는 혁명정신의 감응이 일상의 무질서를 변화시키는 과정을 보여준다. 자기를 희생함으로써 무질서한 상황을 계도하는 군인의 구체적 형상화는 군사정권이 추구했던 '공보선전(公報宣傳)'[19]의 전략에 부합한다. 이는 소설에서도 예외가 아니다. 오히려 소설은 장르적 특성상 군인 미화의 의도가 더 노골적으로 드러난다.

정비석의 「어떤 혁명가」는 5・16군사쿠데타에 가담하여 '국가재건최고회의' 위원으로 발탁된 가난한 장교 최승준 중령을 중심인물로 설정한 소설이다. 최승준 중령은 결코 청탁이나 뇌물을 받지 않을 정도로 청렴하며 가족에 대한 사랑 또한 매우 큰 모범적인 인물이다. 이 소설의 초입은, "학교 선생님이 아이들에게 글은 안 가르치고 데모로 난동만 치고 있으니 그게 말이 되는 소리요?"[20]에서처럼 4월혁명의 한계를 구체적으로 드러내면서 시작한다. 그러니까 「어떤 혁명가」는 4월혁명이 초래한 혼란, 무질서, 생활고를 타파할 새로운 혁명주체로서 최승준 중령이라는 건실한 군인을 제시하고 있다. 물론 최승준 중령은 '군사혁명' 주체의 표상 기능을 한다. 따라서 이 소설의 지배적인 기능은 최승준 중령에 대한 신뢰를 5・16군사쿠데타에 대한 것으로 전이하는 것이다. 술을 전혀 못하고 외도를 하는 것도 아니며 부대에서 퇴근 후 어린 아이와 한 시간 가량 놀다가 밤늦은 시간까지 독서만 하는 남편 최승준

19 이어령・홍천・김형욱은 혁명과정에서의 공보선전의 중요성을 역설하고 그 문제점을 분석한 글을 『최고회의보』에 발표한 바 있다. 이어령, 「공보선전(公報宣傳)의 몇 가지 문제점」, 『최고회의보』, 1962.5; 홍천, 「선전의 강화책을 논함」, 『최고회의보』, 1962.9; 김형욱, 「민족혁명과 국가공보선전정책에 대하여」, 『최고회의보』, 1962.11.

20 정비석, 「어떤 혁명가」, 『최고회의보』, 1961.10, 170면.

중령은 국가의 위기에 자신의 목숨을 바치려 하는 결연한 모습까지도 보인다. 정비석은 최승준 중령의 모습을 통해 5·16군사쿠데타에 참여한 장교의 표상을 그려내고 있는 것이다. 남편의 혁명군 가담 여부를 알지 못해 가슴 졸이는 옥이 엄마(중령의 아내)는 이 소설의 끝에서 감격해서 외친다. "옥아! 너의 아빠가 혁명군인이었다는구나! 우리도 이제야 버젓하게 얼굴을 들고 나다니게 되었다 ……"(174면) 이처럼 정비석의 「어떤 혁명가」는 혁명의 주체가 학생에서 군인으로 넘어가게 된 극명한 순간을 보여준다.

박연희의 소설 「그 전야(前夜)」도 흥미롭다. 이 작품에서 중심인물은 재무장관 인태수의 아들인 규호(형)와 규진(아우)이다. 규호는 "나이도 삼십도 반 넘어서 하는 일이란 술을 마시고, 계집질을 하는 일밖에 없"으며 심지어 집안의 어린 식모를 성폭행해서 임신까지 시킨 "불량자"다. 규진은 S대학 최우등생으로서 철학과 4학년 초에 입대한 장교다. 매우 지적이고 이성적이면서 반듯한 생활을 하는 규진은 혁명주체의 표상으로 작용한다. 이 소설에서 흥미로운 것은 규호와 규진의 알레고리적 의미다. '불량자' 규호가 군사정권을 비판하는 반면에 모범생 규진은 군사정권을 지지한다. '불량자' 규호는 "자유민주주의"와 "언론 자유"를 중시하며 군사정부를 "군국주의" 정권이라고 비판한다. 이에 대해서 규진은 다음과 같이 반박한다.

> "아버지가 계시던 당(민주당—인용자)을 보세요, 정칠한다 …… 국민을 위해 뭘 한 일이 있어요? 국고금을 제 돈처럼 선거비용을 쓰고 …… 국가라는 전첼 살리기 위해선 고루한 타성에 빠진 불평분자부터 제거해야 해요. 비판

아닌 불평을 마음대로 하는 게 언론자유가 아니에요."

(…중략…)

"천만에요, 국민이 바친 납셀 협잡군들이 마음대로 못 쓰게 하자는 거요, 국민소득을 올리고 …… 그걸 군국주의라고 한다면 반역잘 거요."[21]

텍스트의 의도는 명확하다. 모범적인 아들・학생・군인인 규진에 대한 호감을 군사정권으로 전이시키는 것이다. 이는 혁명주체에 대한 이미지 전환을 유도한다. 4월혁명 이후의 잔상이 혼란과 무질서라면, 5・16 이후는 그와는 전혀 다른 것이어야 했다. 그런 까닭에 민주와 자유를 옹호하는 인물을 무책임한 불량자로, 군사정권을 지지하는 인물을 반듯한 인물로 묘사하는 '규호 / 규진'의 대비적 도식 따위의 유치하고도 거친 알레고리가 형성되고 마는 것이다.

소설가 박화성 역시 작위성과 허구성이 뒤얽힌 '묘한' 수필을 수록한 바 있다. 1959년 5월 16일 새벽 3시 38분에 죽은 인물인 '그'에 대한 이야기다. '그'는 죽기 직전 병석에서 자유당 정권의 부정과 부패를 저주하면서 입만 열면 "우리를 살리는 최후의 길은 '쿠데타'밖에 없는데 그 일을 맡고 나설 인재가 없다"고 탄식한다. '그'의 1주기(週忌)가 다가오던 1960년 4월에 혁명이 일어난다. 이에 서술자인 '나'(수필이므로 반드시 작가 자신이어야 한다)는 "고인의 한을 풀 때가 온 것인가 하는 희망을 걸어보"게 된다. 그러나 혁명이 일어난 지 1년 만에 '나'는 탄식한다. "구악(舊惡)은 근절되지 않은 채로 앞으로의 국사(國事)가 망연하여 애국심이 있는 국민의 탄식은

21 박연희, 「그 前夜」, 『최고회의보』, 1963.5, 200면.

하늘에 사무쳤다.” 그리고 ‘그’의 2주기인 1961년 5월 16일 새벽 3시 38분에 쿠데타가 일어난다. 죽은 ‘그’의 소원이 이루어진 것이다.

> 어쩌면 그의 운명의 그 시간이 혁명이 이루어지던 바로 그 시각이었을까? 그리도 그가 소원하고 입버릇처럼 뇌이던 군사혁명이 바로 그의 탈상(脫喪)의 시간에 이루어지다니! 이것이야말로 우연의 일치가 아니냐.[22]

이 글은 수필임에도 허구적인 성격을 지니고 있으며 이데올로기적 작위성을 노골적으로 드러내고 있다. 군사쿠데타를 염원하며 죽어 갔던 ‘그’는 애국자로 표상되며, ‘그’의 죽음과 군사쿠데타를 지켜본 서술자인 ‘나’에게 ‘군사혁명’의 날은 “영원한 기억의 날”인 것이다. 이처럼 군사쿠데타는 경건하고 엄숙한 것으로서 국민의 염원에 바탕한 역사적 당위성을 지닌 것으로 노골적으로 미화되고 있다. 군인들은 혁명의 역사적 정당성을 확보함에 따라 4월혁명에 비해 더없이 강화된 ‘혁명주체’로서의 자격을 지닐 수 있었다. 따라서 “五·一六혁명은 혁명의 주체가 뚜렷이 서서 혁명당국이 정권을 잡고 혁명의 목표를 향하여 현재 돌진하고 있다”[23]는 김광섭의 말은 4월혁명과 ‘군사혁명’에 있어서 혁명주체의 뚜렷한 변화상을 드러내기에 충분한 진술이다.

---

22 박화성, 「영원한 기억의 날—5월 16일 새벽 3시 38분」, 『최고회의보』, 1962.2, 175면.
23 김광섭, 「혁명과 인간애와 건설」, 『최고회의보』, 1961.8, 59면.

3. 혁명으로서의 5·16쿠데타–혁명경제와 인간혁명

1) 혁명의 물질성–경제재건으로서의 혁명경제

『최고회의보』는 '반공'론과 '경제재건'론으로써 4월혁명의 무주체성과 이념의 공백 상황을 불식하고 '군사혁명'의 구심점을 확보한다. 혁명공약 제4항이 "절망과 기아선상에서 허덕이는 민생고를 시급히 해결하고 국가자주경제 재건에 총력을 경주한다"라고 되어 있을 정도로 당시의 경제난은 심각한 상황이었다. 경제관련 공약이 제4항으로 밀려나 있는 것은 반공, 친미, 구악 일소가 제1, 2, 3항을 차지하고 있기 때문이다. 구심점 확보는 장면 정권과 구분되는 결정적 차이이다. 장면 정권 역시 '경제제일주의'를 표방하고 있으나, 5·16에 비해 덜 국가 주도적이었다.[24] 국가의 핵심역할에 대한 기본인식은 갖추고 있었으나 혁명 주체인 학생세력에 대해 눈치를 보지 않을 수 없었고, 혁명 이전까지 민주주의의 보루로 자처해왔던 마당에 국민의 기본권을 제약할 수 없었다.[25] 국가통제력을 강화하기 위해 '반공임시특별법'과 '데모규제법'을 상정하고자 했으나, 학생과 시민의 저항으로 무산되고 말았다.[26]

군사정권은 제1혁명공약으로서 반공을 국시로 선언한다. 남북대립체제의 한국적 특수성 속에서 '반공'은 적대적 타자를 활용하여 정권의

24 천정환·김건우·이정숙, 『혁명과 웃음』, 앨피, 2005, 309면.
25 차기벽, 「4·19, 과도정부, 장면 정권의 의의」, 강만길 외, 『4월혁명론』, 한길사, 1986, 169면.
26 손병선, 「2대악법 반대운동」, 『한국사회변혁운동과 4월혁명』 2, 한길사, 1990, 138~148면.

절대 권위를 다질 수 있는 효과적인 통치 전략이었다. 박정희는 『최고회의보』 창간호 권두언에서 군사혁명이 일어난 배경에 대해서 다음과 같이 말한다. "四・一九 이후에도 이차(二次)나 개헌을 하였으나 반공국시(反共國是)를 소홀히 하여 국가존립의 위기를 자초했고 민생고 해결에 효과적 시책이 없으므로 해서 국민 생존에 위협마저 주었다."[27] 간단히 말하자면 반공과 경제가 혁명공약의 핵심이며 반공이 경제보다 우선시되고 있다. 경제재건은 반공을 위한 방법으로서 이념적 정당성을 강화하는 기능을 한다. 즉 "빈곤은 제악(諸惡)의 근본이자 간첩침략의 온상이며 불온사상의 원천"[28]이라는 박정희의 주장은 경제재건의 목적이 반공에 있음을 보여준다. 반공과 경제재건은 『최고회의보』의 중추적 담론이자 1960년대 지배 담론의 구심점으로 작용한다. 정확히 말하자면 군사정권의 경제재건론은 반공론의 범주에 속해 있는 것이다. 물론 이것은 '반공'에서 '승공'으로의 논리적 변화를 함축한다.

반공론과 경제재건으로 무장한 혁명주체는 민주와 자유의 혁명을 '혁명경제'로 치환시켜버린다. 경제라는 물질성은 강력한 이데올로기를 발휘한다. 폭력의 독점에 의한 군사정권의 카리스마는 아래로부터의 혁명, 혹은 옆으로부터의 혁명이라는 4월의 기억을 한낱 낡은 기념비로 만들어 버린다. 그리고 위로부터의 혁명이 진행된다. 군사정권 이후의 새로운 현상은 국민들이 계도의 대상으로 전락하고 말았다는 사실이다. 4월혁명 이후 한동안 국민이 아닌 집권층을 포함한 지배세력이 축출과 계도의 대상이었다.[29] 계도의 대상에 국민을 포함시킨다 하

27 박정희, 「혁명정부의 사명」, 『최고회의보』, 1961.8, 4면.
28 박정희, 「공산위협과 우리의 경제재건」, 『최고회의보』, 1961.12, 9면.

더라도 계도의 주체 또한 국민이었으며,[30] 국민 그 자체가 계도와 성찰의 주체로서 새로운 민주국가를 찾아가는 험난한 여정 위에 있었던 것이다. 그러나 군사정권의 등장은 순식간에 국민을 계도의 대상으로 전락시키고 만다. "무릇 사람이 법을 지킨다는 것이 쉽기도 하면서 또한 어려운 것이다. 그러나 우리는 대리(大利)를 위하여서는 소리(小利)를 버릴 줄 알아야 한다. / 국민 여러분의 일대각성과 분발있기를 바랄 뿐이다."[31] 4월혁명 이후의 담론이 공백 속에서의 모색단계였다면 5·16 쿠데타 이후의 담론은 군사정권의 살벌한 철권통치 아래 반공과 경제재건으로 압축된다. 반공과 경제재건은 곧 '국가재건'이다. 국가재건을 위해서는 모든 국민이 "소리"를 버리고 "대리"를 위해 희생해야 하는 것이다. 곧 국가라는 대의 앞에서는 개인의 민주적 권리는 중요하지 않을 수도 있다는 뜻으로 해석된다. 더욱 중요한 것은 이제 국민전체가 "혁명과업"이라는 "대리"를 위해서 계도되어야 한다는 사실이다. "과거의 그릇된 관념을 차제(此際)에 일소(一掃)하여 철저하게 법을 지켜"야 한다는 주장은 계도의 대상이 집권층이 아니라 국민이 되고 마는 현상을

29 『민족일보』 창간일인 1961년 2월 13일부터 2월 17일까지 '잃어버린 혁명'이라는 연재기사가 5회 실린다. 여기서 흐지부지되어가는 신생활운동에 대한 비판도 있지만, 도시락을 먹기로 한 약속을 지키지 않는 관리, 고급유흥장을 찾는 고위관료, 민중의 실업과 굶주림을 해결하지 못하는 정객(政客)들, 공염불로 끝나버린 위정자의 선거 및 취임연설을 공염불로 끝내고 실천하지 않는 위정자 등 주로 고위관료와 정치가들을 비판하고 있다. 이 기사를 보면 당시의 분위기가 어떠했는지를 짐작할 수 있다.

30 4월혁명 이후 학생들은 자유당의 주요 기반이었던 농촌을 계몽하고자 하는 계몽운동을 전국적으로 벌였으며, 도시에서는 신생활운동을 전개하였다. 학생 역시 국민이라는 점에서 국민이 계도의 주체이자 대상이었던 셈이다. 농촌계몽운동과 신생활운동은 기본적으로 민주주의 사상을 토대로 자립경제수립을 위한 의식개혁운동으로서 당시 한국사회에 많은 영향을 미쳤다. 오제연, 「4월혁명 직후 학생운동의 '후진성' 극복 지향과 동요」, 『4월혁명과 한국민주주의』, 선인, 2010, 233~243면.

31 이석제, 「5·16혁명과 법치국가재건」, 『최고회의보』, 1961.8, 91면.

보여준다.

경제재건, 혹은 혁명경제라는 이데올로기로 국민들을 장악하기 위해서는 무엇보다 미래의 청사진과 가시적 성과물이 요구되었다. 『최고회의보』는 '군사혁명'의 정당성에 주력했던 창간호 이후 '경제문제'(2호, 1961.10), '농촌진흥책'(3호, 1961.12), '경제개발5개년계획'과 '실업자문제'(5호, 1962.2) 등을 주요 주제로 다루고 있다. 특히 울산공업지구 '센터'의 기공식은 공보선전용으로 많이 활용되었는데, 경제재건의 신호탄이자 상징적 기호로 작용하였다.[32] 특히 박태준은 울산공업지구 센터의 기공에 대하여 "정부는 지난 二月三日 온 국민과 우방제국(友邦諸國)의 기대와 주시리(注視裡)에 울산지구공업 '센타'를 기공함으로써 5개년계획(五個年計劃)의 강력한 수행을 새로이 다짐하면서 경제재건의 막을 열고 의욕에 찬 기치를 드높였다"[33]와 같은 소회를 남기고 있다. 경제개발 5개년계획의 서막으로서 울산공업지구 센터 기공을 내세우고 있는 것이다. 말하자면, 울산공업지구는 군사정권에 있어서 경제재건을 위한 핵심적인 사업으로 인식되었고 군사정권의 초기 치적으로 기록될 만큼 울산공업단지의 기공은 매우 중요한 산업정책이었던 셈이다.

이는 『최고회의보』에 수록된 시 텍스트를 통해서도 확인되는 바다. 공중인은 울산공업단지 기공식과 군사정권의 산업역량을 기념하는 시인 「새노래」(1962.3)와 「대지의 곡(曲)」(1962.7)을 발표한다. 공중인은 울산공업단지로써 4,000년 빈곤의 역사에 작별을 고한다. "잘 가거라! 사

32 박태준, 「울산공업지구 '쎈타'의 기공을 보고」, 『최고회의보』, 1962.3; 최해인, 「울산공업지구조성의 전모」, 『내무행정』, 1962.4; 조경식, 「울산공업지구의 윤곽」, 『시사』, 1962.6.

33 박태준, 「울산공업지구 '쎈타'의 기공을 보고」, 『최고회의보』, 1962.3, 110면.

천 년 빈곤의 역사여"(「새노래」) 또한 찬양한다. "조국의 미래를 걸고, / 재건에 박차를 가하는 / 제철소의 불꽃을 보라."(「대지의 곡」) 이러한 국가재건을 이념적으로 구체화한 시로서는 박장학의 「재건송(再建頌)」을 들 수 있다.

잠깨고 일어난 겨레의 포효에
불의와 어둠은 자취를 감추고
민족의 염원을 저주해 돌려준
북녘의 붉은 개 치를 떤다.

그 숱은 눈물과 병력을 씻고
새로운 결의로 이웃한 그 오빠 그 누나.
창백한 슬픔은 웅장한 재건의 노래로 바뀌고
희망이 자란다.
사랑이 움튼다.

거리에서 마을에서 전선에서 후방에서
재건의 푸른 호흡은 불길같이 타오른다.
풍요한 새 세계가 그 속에 무르익고
코리어의 슬긴 정기가 거기에 무지개 선다.

조국 갱생의 명제는 재건.

五月十六日의 무성한 전통을 자랑하는

재건의 계보는 장엄도 하여라.

—박장학, 「재건송」 부분, 『최고회의보』, 1963.1

"북녘의 붉은 개 치를 떤다"라는 구절이 인상적이다. 경제재건은 결국 반공 행위로서의 의미를 지닌다. 이러한 "재건의 계보"는 물론 "五月十六日"의 '군사혁명'에서 비롯됨을 진술하고 있다. 당시 한국은 농업국이라고 할 수 있는데, 울산공업지구 기공식을 기치로 삼아 경제개발에 박차를 가하기 시작했던 것이다. 경제개발은 결국 반공이념의 실천적 행위이면서 4·19의 추상적 혁명이념을 '경제'로 물질화시키는 작업이라고 할 수 있다. 이 물질성을 백철은 "무에서 유를 창조하는 일 그 난점도 극복하고 커다란 공업도시가 마천루와 같이 우리 눈앞에 솟을 광경"[34]으로 표현하고 있다. 5·16 이후의 경제재건을 '혁명경제'로 불렀던 까닭은 바로 여기에 있다. 혁명경제는 다시 반공, 더 나아가 승공을 위한 것으로 주장됨에 따라 혁명의 물질성과 관념성이 완벽하게 결합하게 되었던 것이다.

국민의 다수를 차지했던 농민 문제 역시 중요하기는 마찬가지였다. 『최고회의보』는 '농촌진흥책'(3호, 1961.12) 특집을 통해 농촌의 궁핍을 해소하고자 하는 담론을 생산한다. 게다가 비교적 소액의 시설 투자로 가시적인 성과를 낼 수 있는 것이 농촌진흥정책이다. 그래서 박종화는 "오랫동안 비정(秕政)하에 허덕이던 농촌은 五·一六혁명 이후에 비로

34 백철, 앞의 글, 47면.

소 서광이 비치기 시작했다"[35]고 군사정권을 예찬한다. 실제로 유달영은 군사정권이 주도한 향토개발실적을 구체적인 수치로 제시하고 있는데, 토지개간 4,000만 평, 농로 확장 약 10만 리, 약 1억 주(株)의 조림(造林), 저수지 축조 300만 평, 제방구축 687km, 수로개척 2600km, 우물개선 20만 건, 양어장 축조 40여만 평, 청년회관 건립 6,000동, 변소 개량 120만 건, 울타리 개축 6,000km 등이다.[36] 특히 농로 확장은 농촌진흥의 상징이 되다시피 하고 있다.[37] 이처럼 경제재건은 도시뿐만 아니라 농촌에서도 국민재건, 경제재건, 국민운동의 형태로 전국적으로 시행되고 있었다. 그 중심에 군사정권이 자리하고 있었기 때문에, 군사정권의 경제재건은 곧 자부심 가득한 '혁명경제'[38]로 명명될 수 있었던 것이다.

2) '자기혁명'에서 '인간혁명'으로—국가주의적 혁명

4월혁명은 분명히 정권의 전복을 초래한 대중의 정치혁명이다. 다만, 혁명의 주체가 정권을 계승할 만한 조직을 갖추지 못한 학생이라는 한계로 인해 사회개혁의 추진력을 갖추지 못했을 따름이다. 하여 사회

35 박종화, 「농촌재건을 위하는 길」, 『최고회의보』, 1962.4, 18면.

36 유달영, 「국민운동에 대한 나의 소신」, 『최고회의보』, 1962.12, 220면.

37 박화성의 「버림받은 마을」(『최고회의보』, 1962.5)과 김이석의 「빛 받은 산간(山間)」(『최고회의보』, 1962.7)은 도로공사를 주요 사건으로 채택하고 있다. 박화성의 소설은 자유당과 민주당이 도로공사를 해주지 않아서 버림받은 마을에 대한 소설이며, 김이석의 소설은 군사정권의 영도하에 스스로 도로공사를 해 낸 "빛 받은" 산간마을에 관한 소설이다. 마을의 결핍은 자유당과 민주당의 탓으로 귀속되고 마을의 풍요는 군사정권의 시혜로 귀결된다. 이런 도식은 『최고회의보』에 수록된 문학작품으로서는 매우 당연한 구성이라고 할 수 있다.

38 백용찬, 「혁명경제의 회고」, 『최고회의보』, 1963.5, 96면.

전반적으로 충일했던 혁명 에너지는 방향성을 상실하고 만다. 이 때문에 혁명 에너지는 '나의 혁명'이라는 내면으로 집중되고 만다. 곧 '자기혁명'의 출현이다. 4월혁명이 무주체 혁명이라는 점에서 이는 필연적인 결과이다. 혁명의 역사적 방향성을 누구도 명료하게 제시할 수 없는 상황에서 혁명은 내면과 추상의 길을 가기 마련이다.

'자기혁명'은 결국 4월혁명이라는 집단적 의미를 각 개인의 내면으로 분산시키는 결과를 초래한다. 물론 '나의 혁명', 즉 '자기혁명'이 모여 집단화를 이룸으로써 국가의 혁명이 완수된다는 논리를 전제하고 있지만, 내면화된 정신의 혁명 역시 완료 형태가 아니라 미완의 상태로서의 지속을 강조하고 있다는 점에서 혁명의 완전한 성취는 현실의 것이 아니라 추상적 관념의 것에 지나지 않는다. 4월혁명 이후의 '신생활운동'이 '자기혁명'의 일상적이고 현실적인 실천이라고 볼 수 있으나, '신생활운동'의 구체성은 군사정권의 '국민재건운동'에 의해 탈취당하고 만다. '신생활운동'이 '국민재건운동'에 흡수된 사실에서 알 수 있듯이, 5・16 이후 4・19의 자기혁명은 더욱 내면화와 추상화의 길을 갈 수밖에 없었다.[39]

결국 '자기혁명'이라는 관념의 출현은 4월혁명의 의미를 개인화하고 내면화하는 왜곡을 가져온다. 역설적으로 이는 군사정권의 기반을 더욱 공고히 하는 기능을 하게 된다. 군사정권이 주장하는 '자기혁명'은 국민재건운동이라는 현실의 구체성을 확보함으로써 4월혁명이 소유

---

39 대표적인 논자가 함석헌과 지명관이다. 함석헌에게 '자기혁명'은 인위적인 것이 아니라 "자연법칙"에 순종하는 것이자 "저절로 되는 것"으로서 민중의 내적 변화 역시 그때를 기다리는 일이라는 의미를 지닌다. 지명관 역시 혁명의 "형식적인 반복"이 아니라 "내용적인 반복"을 주장하면서 4월혁명의 영속성을 주장하고 있다. 그러나 이들은 순간성과 일시성이라는 혁명의 불완전성을 내면의 것으로 전환함으로써 역사의 불완전한 혁명을 정신의 혁명으로 완성하고자 하였다. 본서의 5장 참조.

한 관념적 '자기혁명'마저 흡수하는 힘을 지녔던 것이다. 군사정권의 '자기혁명'은 국민 개개인이 동조해야 할 의무로 강제되었으며, 바로 이 때문에 군사정권에 저항적이었던 비판적 지식인들의 '자기혁명'은 군사정권에 대한 담론적 저항력을 획득하는 데 실패할 수밖에 없었다. 비판적 지식인들의 '자기혁명'은 오히려 군사정권의 '자기혁명'에 동화될 가능성마저 존재했던 것이다. '자기혁명'의 관념적 표상이 다를지라도, '혁명경제'라는 구체화된 혁명의 이정표를 제시할 수 있었던 군사정권의 혁명 담론에 결국 포괄될 수밖에 없기 때문이다.

물론 이는 '혁명' 담론에 이데올로기적 통제가 작용한 결과이다. 혁명에 대한 사유는 관념화되고 추상화될 때 군사정권의 감시망을 피해가거나 허용될 수 있었다.[40] '자기혁명'에 대한 관념적 사유는 당대의 비판적 지식인들이 행할 수 있었던 혁명 이행의 현실적 최대치였다. 다시 말해, 혁명의 이념적 실천성은 더 이상 공적 담론에서 구체적으로 표현될 수 없었으며, 문학적 담론 내에서도 매우 추상화된 관념으로만 쓰일 수 있었다. 혁명을 정치적 권력으로 전유하는 데 성공한 것은 5·16군사정권이었으므로, 혁명의 물질성과 실천성은 오직 5·16군사정권에 의해서만 실현 가능했다. 4·19혁명을 '의거'로 전락시킨 군사정권의 정치적 전략 속에서 혁명은 경제재건, 혁명경제, 반공론, 승공론 등과 같은 담론적 현실 속에서 구체적 실천이 가능한 물질성으로의 전환이 일어나게 된다.

40 1970년대 초입의 사례이기는 하지만, 『다리』지(1970.11)에 「사회참여를 통한 학생운동」을 발표한 문학평론가 임중빈이 곧바로 검찰에 기소된 사실은 4월혁명정신을 '학생운동'이라는 구체성으로써 회복하고자 했던 시도에 대한 사법적 폭력이었다. 4월혁명의 정신이 역사적 구체성과 운동성을 담보할 때 가차 없는 국가적 폭력이 가해졌다. 물론 이 필화사건의 이면에는 대선을 앞두고 있던 박정희가 김대중에 대한 견제로서의 공작정치가 작용하고 있다. 박대현, 「『다리』지의 현실참여와 행동주의의 의미」, 『한국문학이론과비평』, 2013.9, 442~444면.

이와 동시에 5·16군사쿠데타는 완수 가능한 혁명으로서의 위상을 부여받게 되고, 4·19는 혁명이라는 용어마저 탈취 당하게 되는 것이다.

군사정권은 '자기혁명'의 최종적인 귀속점을 '국가재건'에 두고 있다. 국가재건을 위해서는 국민재건이 필요하고 국민재건을 위해서는 인간재건이 필요하며, 인간재건은 곧 인간혁명이다. 이로써 전혀 다른 의미의 '자기혁명'이 탄생하게 된다. "혁명은 자기 속에 있는 것이요 결코 대안(對岸)에 있는 것이 아니다."[41] 관념성과 추상성을 극복한 자기혁명이 군사정권하에서 도래하게 된 것이다. '자기혁명'은 이제 국가주의에 귀속된다. 그리고 '자기혁명' 대신에 '인간혁명'이라는 용어가 자주 사용된다. 김기석은 "국가재건에 인간재건이 앞서는 것"[42]이라는 주장을 제기하는데, 여기서 "인간재건"은 "인간혁명"의 동의어로 쓰인다. 결국 인간혁명은 국가재건으로 환원되고 마는 것이다.

> 우리나라의 남녀노소는 한가지로 이 국가재건을 위한 인간혁명전선에 소집되어야 한다. 우리의 인간혁명전선은 이미 가정에 건너가고 직장에 건너가고 거리에 건너가고 마을에 건너가고 이렇게 하여 한반도의 구석구석을 가로세로 건너가려고 하고 있는 것이다. 매(每)가정은 인간혁명전선을 위한 견강(堅强)한 참호가 되어야 한다. (…중략…) 혁명의 역사는 한국의 四月革命 이후 단순한 체제의 혁명이 아니라 인간혁명 인간성 혁명의 새로운 단계에 들어섰다.[43]

41 김중희, 「자기혁명」, 『최고회의보』, 1961.8, 88면.
42 김기석, 「국가재건과 인간혁명」, 『최고회의보』, 1961.8, 42면.
43 위의 글, 44면.

'자기혁명'의 자리를 '인간혁명'이 점유하고 있다. 무엇보다 이 글은 비유 자체가 군사적이다. 혁명을 "전선"에, 가정을 "참호"에 비유한다. 군인이 이끄는 혁명과업에 마치 전시(戰時)처럼 모든 국민이 동원되어야 한다는 뉘앙스이다. 이로써 군사정권은 과거의 집권세력을 몰아냄으로써 쇄신의 방향을 집권층이 아닌 국민으로 되돌리는 데 성공한다. 반공이념으로 무장하고 경제재건을 위해 모든 국민이 자기희생을 감내할 것을 요구하고 있는 것이다. '대리(大利)'를 위해 '소리(小利)'를 버리는 것이 바로 "참(誠)을 인간성 속에 뿌리 깊게 심는"[44] 내면화의 전투이며 이로써 진정한 인간혁명이 완수된다. 그리고 "이와 같은 과업을 완수하기 위하여서는 무엇보다 먼저 전 국민은 혁명대열에 참가하여 지도자들의 향도(嚮導)를 받아야 한다"고 주장하게 된다.[45] 심지어 김팔봉은 다음과 같이 주장한다. "이제, 五・一六혁명을 우리들의 세대에 있어서 최종혁명으로 하기 위한 길은 군사혁명을 국민혁명으로 발전 인도하는 길이라고, 나는 믿는다."[46] 이와 같은 국가주의에 의한 '인간혁명'은 곧 '국민혁명'과 다르지 않다. '군사혁명 = 인간혁명 = 국민혁명'의 논리 앞에서 추상적이고 내면적인 '자기혁명'은 도저히 힘을 쓸 수 없는 것이다.

44 김기석, 「한국혁명과 도덕중정(道德重整)」, 『최고회의보』, 1962.5, 44면.
45 문중섭, 앞의 글, 98면.
46 김팔봉, 「국민혁명에의 전향」, 『최고회의보』, 1961.10, 112면.

4. '군사혁명'의 반공·승공론과 민주주의 체제

1) 통일론에서 반공·승공론으로

최인훈의 「광장」이 1960년에 쓰일 수 있었던 것은 4월혁명으로 인해 반공이념이 다소 해소되었기 때문이지만,[47] 통일 담론을 다루는 언론은 부재했다. 『민족일보』는 바로 그 필요성에 의해 탄생한다.[48] 그러나 5·16군사쿠데타 이후 『민족일보』가 강제폐간되고 조용수마저 사형당하면서 그런 분위기는 일거에 사라지고 만다. 5·16군사쿠데타의 혁명공약 제1항이 반공인 만큼 『최고회의보』가 반공 담론을 적극적으로 생산하기 시작했기 때문이다.[49] 박정희는 『최고회의보』 창간호(1961.8)에서 4월혁명 이후 반공을 국시(國是)로 하지 않은 것이 국민생존에 큰 위협을 초래했음을 강조한 바 있으며, 이는 군사정권을 지지하는 대다수 논자들

47 최인훈 스스로 「광장」은 4·19로 인해 가능했다고 말하고 있거니와, 4월혁명 이후 「광장」이 '중립상상'을 가능하게 했다는 점에서도 알 수 있듯이 4월혁명과 반공이념의 해소는 매우 밀접한 관계가 있다. 권보드래·전정환, 앞의 책, 226면.

48 원희복에 따르면, 조용수는 진보정당의 필요성과 평화통일론을 국민에게 알리기 위해 신문발행이 필요하다는 점을 절감했다고 한다. 원희복, 「『민족일보』 재판기록이 사라졌다」, 『민족21』 제9호, 2001, 116면.

49 『최고회의보』에는 한재덕의 「현하 반공의 긴요성」(1961.8)을 시작으로 거의 매호마다 반공과 관련된 글들이 상당수 실린다. 1962년 6월호는 반공특집을 기획했는데, 다음과 같은 글이 실려 있다. 박동운, 「새 세대에 대한 반공사상교양」, 홍천, 「반공의식을 생리화·일상화하자」, 김재춘, 「간첩침략과 국민생활」, 정세웅, 「승공태세의 확립과 원자력의 평화적 이용」, 최규하, 「반공과 남북통일」, 성창환, 「승공을 위한 경제정책」, 오재경, 「승공이념이 생활화 되어야 한다」, 유태영, 「반공정신무장의 강화책」, 신석호, 「육·이오와 우리민족의 방향」, 김창순, 「민주·공산 양국가의 권력구조와 개인의 지위」, 한재덕, 「공산주의 이론과 현실」, 윤하선, 「공산당 전략전술의 해부」, 김완태, 「공산당의 이면」, 이동준, 「자유는 생명보다 귀하다—공산치하에서 벗어나」(1962.6) 그러나 거의 매호가 반공특집 기획이라고 봐도 무방할 정도로 반공 담론은 빠짐없이 등장한다.

의 논리이기도 했다. 카프 출신 김팔봉조차 다음과 같이 말한다.

> 四·一九이후 이승만독재가 무너진 뒤 민주당정권이 세워지기 전부터 소위 지도층간의 이해와 신뢰와 단결은 깨어져 버렸다. 민주당 신구파 간의 추열(醜劣)한 싸움은 그대로 국민가층에 영향하여 방종·혼란·무질서의 기풍을 조장하였으니, 위로는 교수·은행원·대학생으로부터 아래로는 광부·기관사·피복임공에 이르기까지 자유와 민권의 이름을 내세우고서 사회의 안녕을 방해하기에 이르렀던 것이다. 이북의 도둑놈들은 남한을 그대로 평화적으로 접수하려고, 중립통일론·평화통일공작·남부교류의 기운을 조작·침투케 하여, 대한민국의 운명은 실로 풍전등화와 같은 위기일발의 순간에 놓여 있었다.[50]

군사정권을 옹호하는 발언의 저변에는 항상 이런 논리가 동원된다. 남한 공산화에 대한 공포와 불안을 조장함으로써 군사정권이야말로 민족의 구원자라는 논리가 강력한 힘을 발휘했다. 따라서 군사정권이 발행한 『최고회의보』는 국가재건최고회의가 국시로 삼은 반공을 통해 남한 사회의 이념을 실정적(positive)으로 통합할 수 있었던 것이다. 이는 자유당 정권이 자주 애용했던 정권 유지 수단으로서의 반공이라는 낡은 틀을 그대로 답습했다는 한계를 안고 있지만, 5·16 '혁명'의 주체가 군인이라는 점에서 반공이념의 정치적 효력은 더욱 증대될 수 있었다. 군사정권의 반공 담론은 중립통일론이 북한의 논리임을 강조함으

50 김팔봉, 앞의 글, 111면.

로써 통일 담론의 다양성을 제거하는 데 성공한다. 즉 북한과의 대화를 통한 평화통일, 중립통일은 용공의 논리[51]이며 '민족자주통일전선'이라는 북한의 유혹에 놀아난 것에 지나지 않는 것이 되고 만다. 따라서 "우리 민족의 자주와 통일은 우리들의 숙원이며 지상명령임에 틀림없지만 공산주의와 대결할 수 있는 자세의 확립과 실력의 배양이야말로 그 선행조건"[52]이라는 논리가 지배하게 된다. 북한에 대한 힘의 우위를 선점하는 것이 우선이라는 주장(선건설 후통일)은 북한에 대한 적대감을 영속화함으로써 군사정권의 정당성을 강화하는 역할을 한다. 이는 '국가재건최고회의' 위원인 김재춘의 진술에서 명확하게 정리된다.

> 요컨대 五·一六군사혁명은 적의 간첩침략으로부터 국가와 민족을 구출하고 진정한 민주공화국의 굳건한 토대를 이룩하여 이를 재건하기 위한 애국애족적인 행동이었으며 공산주의의 위협을 봉쇄하고 참된 민주주의를 실현하려는 데 그 목적이 있다는 것을 우리는 명백히 해야 할 것이다.[53]

군사쿠데타는 당연히 폭력이 뒤따른다. 그러나 그 폭력은 위기에 처한 국가를 구하기 위한 필연적인 수단으로서 정당화된다. 다시 말해 "반공진용(反共陣容)의 전초진용(前哨陣容)에 위치하는 대한민국을 적의 강

51 5·16쿠데타 이후 '친공'보다 '용공' 개념이 반공논리에 더 자주 등장하기 시작한다. '친공'보다 '용공' 개념의 외연이 더 넓기 때문에 사회의 불안은 더 가중되게 된다. 박남수는 이에 대해 다음과 같이 말하고 있다. "四·一九 학생혁명 때와는 달리 국민이 무엇인지 모르게 불안에 사로잡혀 있는 상 싶다. 용공(容共)이란 범위가 친공(親共)보다도 그 범위가 많이 넓은 점도 그런 것 같고……" 용공 개념의 적용은 소위 적색 분자의 수를 늘리기 때문에 사회적 불안이 더 가중되기 마련이다. 박남수, 「명랑한 사회를 이룩하자」, 『최고회의보』, 1961.8, 60면.

52 이관구, 「5·16 군사혁명과 통일문제」, 『최고회의보』, 1961.8, 31~32면.

53 김재춘, 「민주주의와 혁명」, 『최고회의보』, 1962.8, 31면.

점(强占)으로부터 구출한 애국적인 거사"로 칭송된다. 물론 군사정권이 국가를 장악한 사태(전체주의 혹은 군국주의)에 대한 우려에 대해서도 반론이 제기되기도 하지만, 대부분 공산주의의 위협으로부터 민주주의 체제를 보호하는 것이 급선무라는 논리의 반복이다. 물론 이런 허술한 논리가 4월혁명 이후 이념의 공백을 장악했던 것은 군사정권이 공산주의라는 적대적 타자를 효과적으로 활용했기 때문이다. 타자에 대한 맹목적인 적대성은 이성과 논리를 마비시킨다.

> 흥! 어림도 없지 …… 아니 이북 놈들 라디오를 들어 보구려. M신문의 주장이자 이북 놈들의 주장이란 말이야, 이래서야 또 六・二五 같은 변란을 앉아서 당했지 별수 있어 …… 정치가 쉬운 줄 알지만 막상 잡아놓고 보면 그런 거란 말이오 …… 흥! 대한민국 안에다 간첩 본불 두고야 어떻게 정치가 돼가느냐 말이야? M신문이 뭐란 말이야. 그 꼴이 …… 이걸 가지고 언론출판(言論出版)의 자유(自由)가 보장된 정부라고 떠드는데 인제 두고 보시유 …… 호랑이한테 물려가도 제 정신을 차리랬다고 …… 이거야말로 광대 줄 타는 이상으로 위험한 일이란 말이야.[54]

위에서 'M신문'은 물론 『민족일보』를 지칭한다. 5・16 이전까지 통일담론에 가장 적극적이었던 매체가 『민족일보』라는 사실은 두루 알려진 사실이다.[55] M신문의 주장이 "이북 놈들의 주장"이라는 비판은 오늘

54 박연희, 앞의 글, 198면.

55 『민족일보』가 1961년 2월 13일 창간한 이래 5월 19일 폐간당하기까지 게재한 논설 136개(5월 17일 자 논설은 검열에 의해 삭제됨) 가운데 남북문제에 관한 논설이 29개로 21.3%에 이른다. 같은 기간에 남북문제에 대해 『동아일보』가 5.3%, 『조선일보』가 8.5%의 관심을 보인 것에 비

날에도 흔히 반복되는 정치적 트릭이다. 내부의 적대자를 억압하기 위해 외부의 적대자를 이용하는 수법이다.[56] 이 수법에는 맹목적인 증오가 도사리고 있다. 심지어 『민족일보』는 북한의 기관지라는 근거 없는 주장[57]까지 등장하기도 한다. 그러나 이제는 『민족일보』 조용수 사장의 사형이 박정희의 공산주의 전력을 희석하기 위한 수단이었음도 널리 알려진 사실이다. 군사정권의 반공 담론은 정확히 『민족일보』의 통일론을 해체하고 북한이라는 타자의 적대성을 강화함으로써 공고해질 수 있었다. 특히 혁명주체가 군인이라는 점에서 북한에 대한 맹목적 증오는 더 강해질 수밖에 없었고, 군사정권 내내 매우 강력한 '국시(國是)'로서 작용했던 반공은 남한 사회의 이데올로기를 통제했다.

『최고회의보』에 실린 문학 작품을 일별하는 것만으로도 그 통제 양상이 어떤 것인지는 충분히 짐작하고도 남음이 있다. 『최고회의보』에 수록된 반공 소설로서 박계주 「스탈린의 제자들」(1961.12), 안수길 「불고기 냄새」(1962.4), 박연희 「무명기(無明記)」(1962.6), 최태응 「간첩기」(1962.8) 등이 있으며, 반공 시극(詩劇)으로는 「신념과 희망의 나무」(1962.4)가 있다.[58] 여기서 가장 노골적인 반공 소설은 박계주와 안수길의 작품이다.

하면 『민족일보』의 이에 대한 관심도가 이들 두 신문에 비해 월등히 높다. 또한 『민족일보』는 두 신문에 비해 남북통일에 매우 적극적인 논설을 싣고 있다. 김민환, 『민족일보 연구』, 나남, 2006, 119, 136~147면.

56 이와 관련하여 권보드래와 천정환은 다음과 같이 말하고 있다. "표상공안의 '간첩'은 기본적으로 국내용이다. 간첩의 얼굴성의 질료는 반은 적대세력이 만든 것이지만, 나머지 반은 자국민에게 보여주려고 아측(我側)이 빚어낸 것이다. '간첩'은 통치하고 전쟁하는 국가의 위력을 통치대상에게 시현한다." 권보드래 · 천정환, 앞의 책, 176면.

57 한 수필에서는 "서울엔 기관지까지 세워놓고 언론 출판을 통한 선전공세, 대정부 비난 등으로 민심의 요동(擾動)을 막을 길 없었다. 이건 오히려 자유당 때의 혼란 이상으로 무질서하고 무책임한 일들을 발견케 되었다"라는 구절이 있는데, 여기서 말하는 기관지는 『민족일보』를 말하는 것으로 보인다. 이현희, 「부록인생」, 『최고회의보』, 1963.7, 132면.

58 이인석의 시극(詩劇) 「신념과 희망의 나무」에서 주인공 상민(相敏)은 북에 남은 여동생 순이

안수길의 「불고기 냄새」(『최고회의보』, 1962.4)는 해방 직후 이북에서 이남으로 월경하는 금주라는 여성을 주인공으로 하고 있다. 남편은 시부모와 함께 아픈 몸을 이끌고 이미 이남으로 월경한 상태이며, 금주 또한 5살 먹은 딸 순이를 데리고 월남을 준비한다. 천신만고 끝에 금주가 삼팔선을 넘어 이남의 민가 불빛을 발견했을 때에 금주를 사로잡는 최초의 감각은 후각이다. 이 소설의 제목이기도 한 '불고기 냄새'가 이남 민가의 불빛을 처음으로 목격하는 순간 풍겨온다. 이는 명백히도 가난한 이북과 풍요로운 이남이라는 이분법적 도식을 이 작품에 적용한 결과이다. 평양시민으로 살아가는 오빠네 아이들의 "입은 옷과 안색(顔色)"을 보고 "콧마루가 찡해왔"던 것과 달리 이남은 삼팔선 근처의 시골 민가에서조차 '불고기 냄새'가 진동한다는 설정은 매우 유치한 수준이다. 1960년대 남북한의 경제력을 비교해볼 때 북한이 월등히 앞서 있다는 사실은 역사 상식에 속한다. 객관적 현실을 부정하는 소설의 내용은 공보선전 수단이라는 한계를 벗어나지 못한 결과라고 할 수 있다.

박계주의 「스탈린의 제자들」(『최고회의보』, 1961.12) 또한 공산주의자에 대한 혐오감을 노골적으로 부추기는 소설이다. 이 소설의 중심인물인 주혁(朱革)과 홍녀는 각각 정상적인 범주의 인물로 볼 수 없을 정도로 타락한 존재들이다. 주혁은 "스타-린을 위한 혁명투쟁보다 육체를 위한 혁

의 처지를 "벽으로만 둘러싸인 방"에 갇힌 것으로 진술하고 있는데, 이와 같은 형상화는 북한에 대한 맹목적인 폄훼나 비방, 혹은 증오에서 벗어나 분단의 아픔에 대한 공감과 북한 현실에 대한 성찰을 유도하고 있다는 점에서 긍정적이다. 최태응의 「간첩기」는 전쟁 중에 북한 포로가 되어 다시 남파 훈련을 받고 있지만 사상적으로 남한 편에 서 있는 간첩의 내면을 서술하고 있다. 결국 남파는 남한으로의 귀환이 되고 마는데, 이는 남한 체제의 우월성을 드러내는 기능을 하는 동시에 공산주의에 대한 경각심을 일깨우는 역할을 하고 있다. 박연희의 「무명기」는 '준삼'이 북조선민주청년동맹(민청)의 폭력적인 실상을 경험하고 뒤늦게 공산당의 실체를 파악하지만 비극적 죽음을 맞이하는 과정을 그린 소설이다.

명투쟁(욕정—인용자)이 더 급하고 절실"한 난봉꾼에 가깝게 묘사되고 있다. 홍녀 역시 친부를 반동분자로 선언하고 즉결 처형하도록 선동하고 성과 식욕을 동일하게 간주할 정도로 정절 관념이 없는 여성으로 묘사된다. 특히 홍녀는 친부가 처형당한 당일에 친부를 처형시킨 주혁과 몸을 섞는 비윤리적인 행각을 보여준다. "여러 여자를 농락해 본 주혁으로서는 이러한 기상천외의 여자를 처음 대해 보기 때문에, 말하자면 자기 아버지를 인민재판 석상에서 인민의 적이라고 증언하여 타살 당하게 하고, 그 날로 그 재판의 판사격이었던 자기에게 정조를 제공하는 파격적이요, 악마적이요, 진보적(?)인 여성에게 색다른 구미를 일으켰기 때문에 그와 얼마동안 같이 살아 보고 싶은 변태적 심리를 움직여 본 것이다."(197면) 이 소설의 초점도 이들이 몸을 섞는 마지막 장면에 있다. 공산주의자를 일방적으로 희화화하고 매도하는 서술자의 태도가 부각된다. '공산주의자 = 난봉꾼, 호색녀, 패륜녀'라는 등식 역시 문학이 한낱 공보 선전 수단이라는 한계를 벗어나지 못한 결과이다. 문학의 작품성을 고려했다기보다는 반공을 지배이데올로기로 채택한 『최고회의보』의 정치성에 맞추어 쓴 소설로 평가될 수밖에 없는 까닭이다.[59]

이처럼 『최고회의보』에 실린 작품의 노골적인 반공이념은 이데올로

59 물론 『최고회의보』에는 한국전쟁을 다루고 있음에도 반공이데올로기를 교묘히 피해간 것으로 보이는 작품이 존재한다. 서기원의 「김 하사가 후배에게 얘기하는」(1962.9)이 그러한데, 작중인물이자 서술자인 '김 하사'는 후배에게 말하고자 하는 것은 반공이 아니라 한국전쟁의 끔찍함 자체다. 적군과 아군이 구분되지 않는 백병전의 상황에서 최 이병으로 생각되는 누군가로부터 칼을 배에 찔리게 되지만, 끝끝내 누가 칼을 찔렀는지 알 수 없었던 것이다. 최 이병이 아니라 친구 박 이병의 칼에 찔렸다면 더 재미있을 뻔했다는 후배의 말은 실제로 동족상잔이었던 한국 전쟁의 비극성을 환기시킨다. 이 소설은 북한에 대한 적개심과는 전혀 무관한 것이다. 소설의 초입에서 "왜 하필 같은 민족끼리 아귀다툼을 벌린 六·二五 동란을 얘기해 달라는 거야"라고 했던 김하사의 말은 그 자체로 이 소설의 주제를 암시한다고 할 수 있다.

기적으로 경직된 한국문단의 상황을 보여준다. 다시 말해 『최고회의보』는 「광장」이 마련한 '중립'의 세계를 해체해버린 일자(一者)로서의 진리이자 악(evil)의 공간이었던 것이다.

2) 자유의 억압을 통한 공론 주체의 형성

군사정권의 가장 큰 딜레마는 군국주의 혹은 전체주의 성향에 대한 지식인들의 비판이었다. 공개적으로 첫 포문을 연 글이 바로 함석헌의 「5・16을 어떻게 볼까?」(『사상계』, 1961.7)이다. 함석헌은 4월혁명 이후 열렸던 "국민의 입"이 5・16 이후 다시 막혀버린 사태에 대하여 큰 우려를 표명한다. 함석헌이 보기에 심각한 문제는 "사람들이 총칼 보고 겁을 집어 먹"고 "이 혁명에 아무 말이 없는 것"이며, 군인들이 "선의의 독재"를 주장하고 있는 현실 그 자체이다. 그는 말한다. "선의인데 독재가 어떻게 있으며 독재거든 어떻게 선일 수 있을까?" 또한 4월혁명과 달리 5・16은 낮의 행진이 아닌 밤중의 암투로 일어났고 민중의 감격이 없으므로 군사혁명은 학생혁명에 비해 "그만큼 정신적으로 낮다"고 비판한다. 더 나아가 "5・16은 빨리 그 사명을 다하고 잊어져야 한다"라고 주장한다. 함석헌에게 있어 진정한 혁명은 민중의 것이며, 군인의 것이 될 수 없다. "그러므로 민중을 내놓고 꾸미는 혁명은 참 혁명이 아"닌 것이다.[60] 함석헌은 한 달 후 『최고회의보』에도 「민족개조론」(1961.8)을 발표한

60 함석헌, 「5・16을 어떻게 볼까?」, 『사상계』, 1961.7, 37~43면.

다. 이 글에서 그는 '민족개조' 혹은 '인간개조'가 민중 스스로의 자각에서가 아니라 군부의 강제에 의해서 진행되고 있음을 비판한다. 그에 따르면, "생명의 근본원리는 스스로 함"이므로 "크고 작은 모든 개혁운동은 스스로 해야만 되"고 "어느 정도의 강제가 없을 수 없"으나 "그 강제는 스스로 함을 일으키기 위한 준비에 지나지 않"는다. 따라서 "독재는 지도가 아니요 강제는 교육이 아니다."[61] 함석헌의 날카로운 비판이 『최고회의보』 내부에까지 미친 것은 함석헌의 대쪽 같은 강단(剛斷)을 말해준다. 그러나 바로 이후부터 함석헌과 『사상계』에 대한 정권의 탄압이 시작되었음을 장준하는 고백하고 있다.[62]

『최고회의보』는 당연히 그런 우려를 의식하고 있었고 그것을 불식시키고자 했다. 그것은 두 가지 주장으로 나타나고 있는데, 첫째는 '혁명지도자론'[63]을 통한 군사혁명의 정당성에 대한 주장이고, 둘째는 전체주의적 성향을 부인함으로써 자유와 민주체제의 수호가 궁극적인 목적이라는 주장이다. 『최고회의보』는 특히 군인뿐만 아니라 민간학자와 문인들을 동원하여 체제의 정당성을 강화한다.

유진오(재건국민운동본부장)는 군사정권이 주도하는 '재건국민운동'의 목표가 "전체주의 체제를 지향하는 것이 아니냐"는 의구심에 대해 "'재건국민운동'은 五·一六 군사혁명으로 말미암아 잠시 마비된 우리나라의 민주체제를 되찾으려는 데 목표를 두고 있다"[64]고 진술한다. 그러나

61 함석헌, 「민족개조론」, 『최고회의보』, 1961.8, 140면.

62 장준하, 『사상계지 수난사 — 장준하 문집 3』, 사상, 1985, 15면.

63 이낙선(육군소장)이 쓴 '국내혁명지도자론'인 「박정희 장군」(1961.8)이 있으며, '내외혁명지도자론'으로 「우누(U·NU)—버어마수상」(1961.8), 「제말·구르셀 장군—토이기국가통일위원회의장」, 「모하멧드·아유브·칸—파키스탄 대통령」(1961.10), 「사릿트·타나라트—태국수상」(1961.12), 「마문·쿠즈바리—전시리아 수상」(1962.1) 등이 있다.

군사정권 주도의 국민운동과 민주주의 체제의 상충성을 논리적으로 합리화하지 못한다. 군사정권의 전체주의적 리더십에 대한 불안감을 해소하기에는 보다 치밀한 논리가 필요했다. 여기서 신일철은 국민운동의 전체주의적 속성이 민주주의 체제와 대립되는 측면을 인정하면서 "서구자유민주주의를 직수입한 해방 후 17년 의회정치사를 반성"할 때 "'민주주의의 한국화'라는 과제를 망각할 수 없을 것"이라고 주장한다.[65] '민주주의의 한국화'는 서구선진국과는 전혀 다른 후진국의 특수성을 간과해서는 안 된다는 논리를 품고 있다. 제3세계 혁명을 위해서는 군인의 역할이 반드시 요청된다는 논리에 기반한 것인데, 이철범 역시 여기에 적극 동조하고 있다.

> 서구민주주의는 자본주의와 함께 발전했다는 사실에 깊이 유의할 적에 우리의 풍토는 민주주의를 받아들이기엔 너무나도 전근대적인 구조 속에 놓여 있었다. 여기서 '모순'이 생기고, 민주주의는 '원칙'과 '현실' 사이에서 고통을 겪어야 했다. 비단 그 문제는 아세아 후진국뿐만 아니라 아불리가(阿弗利加) 제국(諸國)에도 해당한다.[66]

이철범은 한국의 군사혁명을 옹호하는 근거를 아시아 후진국과 아프리카 국가에서 찾고 있다. 이는 이미 『최고회의보』의 '내외혁명지도자론'이 의도했던 바와 일치한다. 무엇보다 이철범은 "四・一九, 五・一

64 유진오, 「재건국민운동의 성격과 방향」, 『최고회의보』, 1961.8, 34면.
65 신일철, 「국민운동과 그 지도자」, 『최고회의보』, 1962.5, 164면.
66 이철범, 「원칙과 현실의 분기점에서」, 『최고회의보』, 1963.4, 18~19면.

六의 두 혁명을 겪은 뒤에도 아직껏 세대의 교체는 이루어지지 않고 있다"는 사실을 비판하면서, "정치란 작난이 아니"며 "정치로써 한 나라는 흥할 수도 망할 수도 있다"[67]는 사실을 강조한다. 서구민주주의 체제를 그대로 수용하기에 한국의 상황이 매우 위급하고 절박하다는 주장의 동어반복이다. 그래서 민주주의라는 원칙은 현실 속에서 유보될 수밖에 없는 것이다.

이들은 최소한 군사정권과 민주주의 체제의 모순성을 인지하고 있으나 이미 일어난 '군사혁명' 외에 뚜렷한 대안이 없는 현실을 수용하고 있다. 그러나 『최고회의보』의 중추를 차지했던 것은 보다 더 적극적인 논리로써 군사정권 체제를 옹호하는 주장들이었다. 예컨대 김팔봉은 다음과 같이 말한다.

> 혁명은 국민대다수가 봉기하여 이루는 것이 아니고, 혁명의욕을 가지고 동일한 이념 밑에서 협동한 소수의 전위분자들로서 이루어지는 것이 사상(史上)의 통례인 고로 '국민혁명'에로의 전향을 꾀함에 있어서도 역시 혁명의 전위부대는 필요하다. 그런 까닭으로 군사혁명정부는 지금 국민혁명에로의 전환을 위하여 국민 중의 광범한 지식층에서 전위부대를 조직하는 과정에 있다. 그리하여 민주주의 사상을 갖고 혁신적 의욕이 강렬한 분자들이 지금 이 전위대열에 참가하고 있다.[68]

김팔봉은 혁명을 통한 사회 질서를 강조하면서 "혁명의 전위부대"로

67 이철범, 「새로운 사고」, 『최고회의보』, 1963.3, 229면.
68 김팔봉, 앞의 글, 112면.

서 군인의 역할에 주목한다. 그러나 어떤 논리적 매개도 없이 이들이 "민주주의 사상"을 가지고 있다고 주장한다. 카프 전력이 있었던 김팔봉의 입장에서 반공을 국시로 삼은 군부정권에 대한 저항력이 전무하다는 사정을 참조한다면 이러한 진술을 전적으로 믿을 것은 못 된다. 심지어 김팔봉은 "혁명정부는 너무도 할 일이 많고 국민은 비뚤어진 습성과 게으른 타성에 젖어" 있으므로, "혁명정부의 지도층은 이 나라 백성들의 구설(口舌)만이 앞서고 실행이 따르지 않는 민족적 고질을 십분 인식하고서 민중을 계몽・지도하여주기 바란다"고 진술하기까지 한다.[69] 이것이 군사정권하에서 문인들이 겪을 수밖에 없었던 정신적 고통인 셈이다.

유달영은 친(親)군부적 인사[70]로서 재건국민운동본부장이기도 했다. 그는 노골적으로 군사정권의 논리를 그대로 재현한다. "국민운동은 가장 활동력이 강하고 또 용감하게 낡은 탈을 벗어 버릴 수 있는 남녀 청년들을 혁명과업 완수의 중추적 세력으로 육성하기 위"한 것이라고 진술한다. "국민운동의 초점"은 "오늘의 혁명"이 "바로 국민 우리들 자신의 혁명"이라는 믿음과 "국민 자신들이 이 혁명의 주체라는 신념"을 "국민 각자가 지도록 하는 데 있"다고 주장한다.[71] 유달영은 재건국민운동본부장으로서 1962년 한 해 동안 전국 남녀 청년 170만 명에 대한 교육

69 김팔봉, 「새해에 부치는 국민의 염원」, 『최고회의보』, 1962.1, 42면.

70 유달영은 박정희 의장과의 만남을 자랑스럽게 회고한 바 있다. "우리나라의 역사적인 울산공업센터 기공식날 전야에 박의장께서 많은 내외인사들과 실업인들을 해운대 호텔로 초청한 칵텔파티에서 '내가 유선생의 소심록(素心錄)을 완독했어요 평범한 이야기들 가운데 어느 것이나 무엇인지 뼈다귀가 들어 있어요' 의장께서 맥주잔을 들고 유쾌한 표정으로 내 옆으로 다가오시어 이렇게 말씀하셨다." 유달영, 「살인공모」, 『최고회의보』, 1962.6, 142면.

71 유달영, 「역사의 분수령―민족의 운명을 결정하는 재건국민운동」, 『최고회의보』, 1962.5, 162면.

을 실시했다고 진술하면서, "국민운동은 절대적으로 정치에 있어서는 중립을 고수하"고 있다는 궤변을 늘어놓고 있다.[72] 이는 유달영이 군사정권의 논리와 근본적으로 동일한 '반공 = 민주주의'라는 도식에 빠져 있기 때문이다. 그에게 있어 "참다운 민주주의적 사상 선도"는 "승공이념 아래"에서만 가능한 것이며, 바로 이것이 "'국민혁명'을 완수하기 위한 궁극 목표"에 이르는 과정이라고 주장한다.[73]

군사정권에 대한 친소(親疎)여부를 떠나 문인들의 이러한 입장 표명 배후에는 강력한 군국주의적 언론 통제가 작용하고 있다. 이후락은 언론 자유와 민주주의를 부정하는 발언을 매우 위협적으로 한 바 있다.

> 현하(現下) 언론계의 태도를 보건대 필자는 협조의 태도에 두 가지 유형이 있다고 생각한다. 그 하나는 혁명의 의의와 혁명과업의 당위성을 확고히 인식하고 이 과업의 성공적 완수를 자기 과업으로 받아들이고 자발적으로 협조하는 형(型)이요, 다른 하나는 타율적인 분위기에 쫓아 마지못해 따라오는 형이 그것이다. 이 후자는 가장된 협조임이 분명하므로 경계해야 할 문제가 아닐 수 없다. (…중략…) 그러므로 정부로서는 그들이 언론계에서 물러가든지 아니면 태도를 근본적으로 고쳐야 할 것을 바라지 않을 수 없는데 사실상 태도를 고친다 함은 어려운 일임에 비추어 그들은 물러가야 마땅할 것이다.[74]

『민족일보』 사장 조용수의 사형 집행이 남긴 충격과 경악을 생각한

72 유달영, 앞의 글 1962.12, 219면.
73 위의 글, 220면.
74 이후락, 앞의 글, 168면.

다면, 이와 같은 이후락의 발언은 사실상 언론출판계에 대한 협박이나 다름없으며, 언론의 자유와 민주주의 체제에 대한 완벽한 부정이다. 그리고 군사정권에게서 민주적 감수성을 처음부터 기대할 수 없다는 사실을 짐작할 수 있다. 그리고 흥미로운 것은 비슷한 시기에 수록된 한 편의 소설이다. 김송의 「느티나무집」(1962.7)은 '자유 = 죽음', '공론 = 생존'이라는 도식을 노골적으로 설파하는 작품이다. 한국전쟁의 충격으로 정신이상을 보이는 '황학성'이라는 인물이 소설의 중심에 놓여있는데, 서술자인 '나'는 어느 날 마을 사람들이 황학성을 느티나무에 꽁꽁 묶어놓은 장면을 목격하게 된다. 그래서 '나'는 인간의 자유와 인권을 주장하며 마을사람들과 싸우고 난 뒤 황학성을 풀어준다. 그러나 바로 그 다음날 황학성의 죽음을 확인하게 되면서 자책감에 빠진다.

> 다음날 아침 느티나무 밑에는 조촐한 상여차가 세워 있었다. 그것을 목격한 나는 가슴이 철렁했다. 어제 새끼를 잘랐을 때에는 죽지 않고 살았는데 …… 괜히 결박을 풀었나 …… 자유를 향유한 황학성은 자살을 했을까 …… 공론을 무시한 독단은 자살의 자유를 줬단 말인가.
>
> (…중략…)
>
> "그전부터 (노래를 부르던 밤) 학성은 처를 죽이고 자기도 죽으려 했던 거요. 그래서 우리들은 학성을 묶기로 공론을 했던 거요. 당신은 우리들의 공론을 무시했오. 지금 결과로는 혼자 자결했지만 하마터면 부인도 죽을 뻔했오."
>
> "그럼 자유를 준 나 때문에 ……."
>
> "그렇소 …… 당신이야말로 피해자를 살해한 것이요."[75]

이 소설이 의미하는 바는 명백하다. 인간의 자유가 절대 선은 아니라는 것이다. 자유를 옹호했던 '나'가 오히려 황학성을 죽음에 이르게 한 상황은 다수의 공론이 얼마나 중요한 것인지, 그리고 공론을 무시한 자유란 독단에 불과하다는 사실을 노골적으로 드러내고 있다. 개인의 자유에 대한 제한이 오히려 나라 전체를 살리는 방편임을 주장하고 있는 것이다. 다시 말해 군사독재와 민주주의의 모순에 대한 상황인식이 이 소설에는 반영되어 있다. 그러나 작가는 철저하게 군사정권의 '자유'관을 의식하고 있으며, 이는 정확히 제3세계 혁명지도자의 '자유'관과 일치한다. 이는 『최고회의보』가 문학을 공보선전의 수단으로 인식하고 충분히 활용하고 있음을 말해주는 증거라고 할 수 있다.

5. 한국 지배이데올로기의 기원

5·16군사쿠데타 이후 박정희가 의장으로 있었던 '국가재건최고회의'가 발행한 『최고회의보』는 매우 위압적인 관보라고 할 수 있다. 『최고회의보』는 단순한 관보를 넘어서서 쿠데타 세력의 정책적 지향을 선포한 매체라 해도 과언이 아니다. 『최고회의보』를 지속적으로 추동하고 있는 이념 축은 경제재건과 반공이념이다. 특히 반공이념은 경제재건과 결합

75 김송, 「느티나무집」, 『최고회의보』, 1962.7, 181~182면.

하면서 승공 이념으로 발전하게 된다. 경제재건이 단순히 가난에서 벗어나기 위한 일차적 이념이 아니라 궁극적으로 공산세력이라는 적대적 타자를 꺾기 위한 것으로 보다 구체화된다.

5·16쿠데타 세력은 '혁명주체'로서의 단호한 위엄을 보인다. 군사쿠데타 직후 혁명공약을 공포함으로써 혁명주체의 성격을 분명하게 밝히고 있다. 4월혁명이 무주체 혁명에 가까웠다면, 5·16군사쿠데타는 혁명의 주체와 목적을 명료하게 밝힘으로써 국가재건의 중심을 강력하게 다잡고자 했다. 이것이 4·19와 5·16의 근본적인 차이라고 할 수 있다. 군사혁명의 주체는 민주주의와 배치되는 것임에도 불구하고, 군사정권은 혁명주체로서의 정통성을 확보하기 위한 작업을 해나간다. 4·19, 3·1운동, 심지어 화랑정신에까지 거슬러 올라가 5·16을 최후혁명으로 하는 혁명주체의 계보학을 만들고 있다. 5·16군사쿠데타는 혁명주체의 계보학을 통해 온전한 국가관을 갖춘 혁명으로 조형되고 있다.

5·16쿠데타는 '군사혁명 = 인간혁명 = 국가혁명'이라는 도식을 통해 국민 각 개인을 포괄하는 혁명의 완전체를 구성하고 있다. 4월혁명이 미약한 이념의 구심력과 5·16의 발생으로 말미암아 관념적이고 추상적인 '자기혁명'으로 내면화되어 갔다면, 5·16쿠데타 세력은 국가혁명으로서 군사혁명의 의의를 담론화하여 유포하고자 했다. 또한 5·16군사정권은 반공을 근본이념으로 삼고 북한이라는 적대적 타자를 통해 통치권력을 강화하고자 하는 전략을 구사했다. 따라서 5·16군사정권은 국가가 각 개인을 간섭하고 통제하는 반민주적이고 전체주의적인 성향을 지녔으며 필연적으로 민주주의를 훼손하는 독재정권이라는 비판에 직면할 수밖에 없었다. 그러나 군사정권은 반공론과 승공론을 통

해 '독재'를 합리화하고 있으며, 혼란과 무질서를 초래하는 자유의 주체를 비판하고 안정과 질서를 확보할 수 있는 공론의 주체를 강조하고 있다. 보다 중요한 것은 '혁명경제'가 반공의 수단으로 존재했다는 사실이다. 혁명공약 제1항인 국시로서의 반공은 혁명경제를 수단화함으로써 '승공'으로의 개념 변이가 발생한다. 즉 혁명경제를 통해 공산주의를 이겨낸다는 것이 승공의 개념이다. 따라서 혁명경제는 단순히 경제재건에 멈추지 않고 반공에 종사하는 하위 이데올로기로 작동한다.

결론적으로 '군사정권'의 『최고회의보』는 경제재건의 물질성과 반공이라는 관념성을 결합시킴으로써 매우 강력한 혁명주체와 혁명 담론을 주조(鑄造)하는 데 성공한다. 물론 이것은 4월혁명을 전유하고 탈취하는 과정과 일치하며, 1960년대, 나아가서 60년대 이후의 한국사회를 지배하는 이데올로기로 작동하고 있다.

제7장

혁명정신의 미학적 전유와 탈정치성

1. 순수문학의 정치성과 반공이데올로기

테리 이글턴의 관점에서 정치와 무관하게 '순수'의 영역에 남을 수 있는 문학이론이란 존재하지 않는다. 이글턴이 보기에 특히 비평은 정치적이며, "비평 중에 '비정치적인 형태'가 있다는 생각은 문학을 정치적 용도로 사용하도록 효과적으로 조장하는 신화에 불과할 뿐"이다.[1] 문학에서 사용되는 '비평' 개념과 사회 및 정치 분야에서 사용되는 '비판' 개념이 사실 동일한 개념이라는 점을 상기한다면, 근대 계몽기의 비평의 위상은 "단순히 문학적 차원에만 머무는 것이 아니라 정치적・도덕적 대중성을 확보하는 데 중추적 역할을 수행"했으며, 프랑스의 경우에 "혁

1 테리 이글턴, 김명환 외역, 『문학이론입문』, 창작과비평, 1992, 257면.

명을 가능케 하는 계기로 작용"했다는 사실이 전혀 이상할 것이 없다. 그러나 비평이 주장하는 이상적 현실과 실제 현실과의 괴리는 비평의 정치적 힘을 점진적으로 거세시켜왔으며, 보다 강력해진 시장과 권력의 힘이 비평의 체제 순응화를 초래하고 말았다.[2] 그렇다면 비평의 순수성은 정치성을 억제하고자 하는 비평적 투쟁 속에서 발생한다는 점에서 전적으로 정치적이라고 할 수 있다. 문학의 순수성과 자율성을 옹호하고자 했던 한국의 순수문학진영은 특히 비평의 정치성으로부터 결코 벗어날 수 없었던 것이다.

해방 직후의 순수참여논쟁은 좌익과 우익의 이념대립에서 빚어진 바가 크다. 일제강점기였던 1934년 카프 해체 이후 전향과 침묵을 강요당했던 카프계 문인들은 해방과 더불어 '문학건설총본부'에 이어 '조선문학가동맹'을 결성했으며, 사회주의 이념 노선 아래 문학과 정치의 합일을 역설하기 시작했다. 자유민주주의와 더불어 순수문학을 주장하는 우익문인들의 활동 역시 본격화되면서 두 진영 간의 갈등은 일촉즉발의 상황이 되고 만다. 결국 1947년 시집 『응향』 사건은 양 진영 간의 담론 투쟁을 촉발시켰지만,[3] 이는 문학 담론 투쟁이라기보다는 철저하게 좌우익 노선에 따른 자유민주주의와 사회주의의 이념적 투쟁에 가까운 논쟁이었다. "이미 '당의 문학'임을 선언한 좌익문학은 순수문학을 상아

2 양문규, 『자율적 문학의 단말마?』, 글누림, 2006, 93~120면.
3 우익문인의 대표적인 글로서 김동리의 「문학과 자유의 옹호」(『백민』, 1947.6 · 7), 「순수문학의 진의」(『서울신문』, 1947.9.15), 「본격문학과 제 3세계관」(『대조』, 1947.8), 「문학하는 것에 대한 사고」(『백민』, 1948.3), 「생활과 문학의 핵심—김동석 군의 본질에 대하야」(『신천지』, 1948.1), 조연현의 「논리와 생리」(『백민』, 1947.8 · 9)가 있다. 좌익문인의 대표적인 글로는 김동석의 「순수의 정체—김동리론」(『신천지』, 1947.11 · 12), 김병규의 「순수문제와 휴머니즘」(『신천지』, 1948.1)이 있다.

탑류의 문학으로 몰아붙이고, 유물론만이 곧 휴머니즘이며, 더 나아가, 당의 문학만이 건설해야 될 민족문학이라는, 이데올로기에 함몰된 공식문학으로 전락해버린 것이다."[4] 교조주의에 가까운 '당의 문학'을 주장했던 좌익문학과 인간성의 옹호를 주장했던 순수문학이 정교한 이론적 논리나 구체성 없이 이념투쟁으로 치달은 한계는 1960년대 초반의 순수참여논쟁에도 그대로 이어지고 있음을 볼 수 있다.

한국전쟁 이후 서구실존주의 영향으로 사르트르의 앙가주망(engagement)이 유입되고 문학의 '참여'가 다시 논의되기 시작했으나, 1950년대의 앙가주망은 전쟁의 참화로 인해 추상화된 시공간 속에서 발현된 다분히 관념적인 개념이었다. 한국의 현실 속에서 발아되지 못하고 전쟁이라는 참혹한 상황 속에서 서구 실존주의를 수용함으로써 획득한 개념에 불과했다. 따라서 구체적 현실성을 담지하지 못했으며, 기껏해야 반공이념으로 흘러가곤 하였다. 예컨대, 1960년대 발언이기는 하지만 다음과 같은 이철범의 진술을 보라. "인간의 자유를 위해 앙가쥬망을 한다 할 때 그것은 한편으로는 정치적 도구에서 예술의 자율성을 찾는 일이요, 그 일은 곧 인간의 자유와 인간의 제도와의 사이에 놓인 장애물을 넘은 일인 것이다."[5] 앙가주망은 공산주의에 대한 예술적 저항의 의미를 지니기도 했던 것이다. 요컨대, 50년대의 참여, 즉 앙가주망은 이념투쟁의 담론적 차원을 벗어날 수 없었다. 그러나 이승만 정권이 자행한 반공이데올로기의 정치적 이용은 반공이념에 대한 거부감을 널리 확산시키고 만다. 3·15부정선거를 규탄하는 대규모 시위를 용공분자들의 소행으로 치부해

4 홍신선, 「존재인가 의미인가」, 『우리문학의 논쟁사』, 어문각, 1985, 552면.
5 이철범, 「앙가쥬망의 문학적 용어」, 『자유문학』, 1960.9, 187면.

버리는 정권의 행태에 대한 반발[6]로 말미암아 4월혁명 이후 반공이데올로기는 급격히 약화되고 "가자! 북으로" "오라! 남으로"와 같은 이상적이고 낭만적인 통일주의를 낳았다. 1960년대 한국문단 역시 4월혁명으로 인해 현실에 대한 새로운 정치적 감각을 획득할 수 있었지만, 참여문학의 발흥은 해방 직후의 순수참여논쟁에서 보듯 좌우익 이념투쟁이라는 기시감에서 자유로울 수 없었다. 장백일의 말처럼, "실제로 순수파는 참여파의 현실파악으로부터 인간옹호의 사회성을 한 마디로 좌경화의 이데올로기로 몰아치면서 용공시해 왔"[7]던 것이다. 따라서 다음과 같은 진술이 자연스레 등장할 수밖에 없었다.

---

6 이에 대한 구체적인 진술로는 다음과 같은 것들이 있다. "이승만 폭정이 타도된 결과로서 사상의 자유와 정치적인 자유가 약간 확장되었다. 물론 우리사회에 있어서 이 양대 자유는 우리나라가 공산당과 대결하고 있는 까닭으로 선진국의 그것처럼 절대성을 띠울 수는 없다. 그러나 그렇다고 하더라도 반공에 빙자하여 자유를 억압·박탈하는 '맥카시'적 수법이(이 점 이승만 일파는 '맥카시'의 하라버지로 평해도 좋다) 통할 수 있는 시기는 이미 지나갔으니 우리가 빨갱이로 몰릴까 겁을 먹어 사상의 자유와 정치적인 자유를 행사하는데 스스로 전전긍긍하고 또 정부권력당국이 이 점을 100% 역이용하여 사상의 자유 및 정치적인 자유를 부당하게 침범할 수 있는 시대는 이미 지나간 것으로 보아 잘못이 아닐 것이다." 신상초, 「정치안정과 자유민주주의—정신혁명이 무엇보다도 필요」, 『새벽』, 1960.7, 46면.
"李정권의 악정에 의하여 한국은 하마터면 아세아의 고아가 될 뻔 했다. 재일동포까지도 한국에 절망하여 북한으로 가는 형편이었다. 겉으로는 안이한 배외감정 위에 앉아서 반공, 반일만 외치고, 뒷구멍으로는 정상(政商) 간상(奸商) 모리협잡배들과 사바사바하기에 바빴기 때문이다. 내정도 없었거니와 외교도 없었다. 금후에는 반공, 반일을 유달리 외치는 자를 특히 경계해야 할 것이다. 반공의 명목하에 살인 강도 횡령 폭력을 자의로 했고, 반공의 명목하에 국민의 기본적인 권리를 모조리 박탈하였고, 반공의 명목하에 야당까지도 빨갱이로 몰려고 하지 않았는가. 한국국민이 공산주의를 싫어하는 것은 너무도 명백한 사실이다. 그렇다고 이 국민감정에 아부추수하여 반공을 유달리 외치는 자가 있다면 그자는 민주건설보다도 팟쑈독재를 원하는 자라고 생각해서 대체 틀림없을 것이다. 염불보다도 잿밥만 생각하는 자라고 생각해도 좋을 것이다. / 진정한 반공은 민주건설을 적극적으로 추진하여 국민의 생활과 인권을 확보하고 국민 스스로 민주주의의 우월성을 체득시키는 데 있다." 김삼규, 「조국에 부치는 글」, 『새벽』, 1960.7, 118~119면.

7 장백일, 「한국문학에서의 순수와 참여논쟁 연구」, 『어문학논총』 12집, 1993.2, 73면.

> 우리나라 지성인들의 경향은 四・一九 이후 크게 달라진 듯하다.
>
> 첫째, 표면상으로는 공식발언에 있어서 반공획일주의에 변함이 없지만 우리나라와 같이 군사, 정치, 경제, 사상 등 전반적으로 각박한 특수상황 밑에서는 반공이 곧 반동이 되기가 일쑤이며 항상 중간이 없는 '양극택일(兩極擇一)'이라는 부자연 부조리한 상황 속에 시달리는 나머지 공식적 표면적 현실과 사적 내면적 주관과 항상 어긋나는 현실괴리 내지 현실상실에서 벗어나지 못한다.
>
> 六・二五 이후의 무조건 반공이라는 거의 자동적 획일적 반공의식의 브레이크가 四・一九를 계기로 자유당 정부의 붕괴와 더불어 약화되고 게다가 六・二五 이후의 세대가 클로즈・업 됨에 따라 중간이 용납되지 않는 양극택일이라는 부조리와 현실괴리로 인하여 신념으로서의 반공의식마저 밑으로 침식풍화될 위기에 처해 있다.[8]

김붕구는 4월혁명 이후, 지식인의 경향에 대해 우려하는 태도를 보인다. 4월혁명 이후의 5・16군사쿠데타가 반공을 '국시(國是)'로 규정함으로써 표면적으로는 반공이념체제가 유지되고 있을지라도 반공의식이 "침식풍화"됨으로써 "반공이 곧 반동이 되"어 버리는 사적, 내면적, 주관적 현실을 우려하는 동시에 해방 직후 기승을 부렸던 '이데올로기적 비평'의 부활을 경계하고 있는 것이다. 이는 1967년 "작가가 이론화된 앙가지망이나 '참여문학'을 표방할 제 그것은 필연적으로 프롤레타리아 혁명의 이데올로기로 귀착되지 않을 수 없다"[9]는 발언으로 더 강화된다.[10]

---

8 김붕구, 「지성의 가면극－현대사회의 지성인」, 『세대』, 1963.10, 110면.
9 김붕구, 「작가와 사회」, 『세대』, 1967.11(홍신선 편, 『우리 문학의 논쟁사』, 어문각, 1985,

김붕구의 1950년대 비평이 전후의 영향으로 형성되어왔다는 점을 떠올린다면 이러한 귀결은 당연하다고 볼 수 있다. 그의 「증언으로서의 문학」은 서구 전후 평론에서 자주 사용했던 '증인', 또는 '증언'을 차용하여 작가의 역할을 강조한 글이라고 할 수 있다. '증언으로서의 문학'은 "현실과 대결하며 끊임없이 인간에 관한 궁극적인 질문을 던지는 문학"으로서 "작가가 대결하고 독자의 눈을 일깨워 정시(正視)케 하려는 그 현실이 외부인 세계"와 "인간 자체에 관한 내재적인 근본문제에 부딪치는 주체적 자아의 현실"을 증언하는 문학이다.[11] 50년대에 이미 앙드레 말로를 '증인문학'의 범주에서 소개했던[12] 김붕구는 한국전쟁이라는 외부 현실과 주관적 내면을 융합함으로써 현실의 부조리를 내면적으로 사유하고자 한 노력을 보여주고 있지만, 궁극적으로 한국전쟁이 노정하고 있는 반공이념으로부터 자유로울 수 없었던 것이다. 4월혁명 이후 점증하던 참여정신을 용공의 맥락에서 사유했다는 점에서, 50년대에 이미 '증언문학'을 수입했던 그가 순수문학으로 전향할 수밖에 없는 까닭을 짐작할 수 있게 된다.

선우휘는 4월혁명 직후에 문학의 참여성을 역설한다. 그는 사회참여의식의 도착(倒錯)을 비판하면서, "정작 진정한 사회참여가 이루어져야 할 시기에는 순수와 예술의 이름 아래 굳게 침묵을 지켜 어디엔가 숨어

106면에서 재인용).

10 순수문학론자들이 이와 유사한 진술을 지속적으로 반복하고 있다는 점에서 참여문학론의 용공화는 순수문학론자들의 보편적 인식이었음을 알 수 있다. 예컨대, "굳이, 현실참여의 문학의 족보를 더듬어 올라간다고 할 것 같으면 상황의식의 면에서는 실존주의와 혈연지간이며 현실비판의 면에서는 유사 프롤레타리아 문학적인 고발정신이 그 기본자세라고 할 수 있다." 김양수, 「무용성의 문학」, 『현대문학』, 1969.4, 294면.

11 김붕구, 「증언으로서의 문학」, 『사상계』, 1960.5, 299면.

12 김붕구, 「증인문학—앙드레 말로의 경우」, 『사상계』, 1955.12.

버리고 참여하고 나서면 절대 안전한 자리에 서서 생사람 빽치는 격이 된대서야 너무 제멋대로가 아닌가"[13]라고 하면서 기회주의적 지식인을 비판한다. 그러나 선우휘 역시 참여문학의 용공화 가능성을 제기한 김붕구의 의견에 동조하면서 문학은 "문학 이외의 다른 무엇에 써먹는 것은 아니라는 생각"을 피력하게 되는데, 곧이어 '문학의 자율성'을 강조하는 방향으로 나아간다. 심지어 문학은 "좋은 의미에서의 장난"이라는 말도 서슴없이 한다.[14] 이러한 주장이 나오게 된 것은 선우휘가 반공이데올로기에 지나치게 경도된 까닭에서 비롯된다. 당시 평론가들을 매료했던 사르트르의 마르크시즘적 경향을 비판하면서 이미 작고한 김수영을 "빨갱이"로 우회적으로 몰아치는 논법[15]을 구사했던 것이다. 4월혁명 당시 지식인의 위선을 비판함으로써 진정한 참여를 주장했던 선우휘는 결국 참여적 문인들을 반공이데올로기로 공격하고 마는 치명적 우(愚)를 저지르고 만다.

물론 이에 대한 반격도 만만치 않았는데, 박태순과 원형갑은 선우휘의 주장에 즉시 반박한다. 박태순은 "4, 50대에 속하는, 즉 '6·25 전쟁세대'에 속하는 가치관, 현실관, 사상체계는 절대적"이며 "여하한 다른 가치체계도 허용하지 않으려는 완고성"을 지적하면서, 선우휘가 "'진보의

13 선우휘, 「사회참여의식의 도착」, 『새벽』, 1960.5, 129면.

14 선우휘, 「문학은 써먹는 것이 아니다」, 『조선일보』, 1967.10.19(홍신선 편, 앞의 책, 109~110면에서 재인용).

15 선우휘는 "문학논쟁에 있어서 이제까지 '매카디즘'(매카시즘-인용자)이니 '보수반동'이라는 말은 나오지만 대응적으로 '빨갱이'라는 말이 나오지 않고 있는 것은 하나의 구원이다"라는 말을 통해서 김수영 시인과 그의 죽음에 조사(弔辭)를 바친 문인에게 사상적 색깔을 덧씌운다. 그리고 덧붙여 다음과 같이 말한다. "지식인은 반체제적이어야 한다는 보편적 진리(?)가 진보적 경향으로 기우는 나머지 '혁명'까지 긍정하게 될 것을 나는 우려하고 경계하기 때문에 또한 이런 발언은 언젠가 누군가가 해야 할 것이라고 믿기에 감히 악역을 맡고 나선 것이다." 선우휘, 「현실과 지식인」, 『아세아』, 1969.2, 85·92면.

원리'를 직선적으로 '이데올로기'로 생각해 버린 것"을 비판한다. 공산주의의 도전을 막아내야 하고 민주주의를 토착화시키는 과제가 남아 있다는 사실을 강조하면서도 진보적 급진주의자에 대한 선우휘의 반응이 지나치게 경직되어 있고, 선우휘가 "한국의 장년의 양심으로서 이데올로기를 얼마나 내면적 깊이로서 생각하고 있는지"에 대한 의구심을 드러낸다.[16] 순수문학 진영의 원형갑조차 선우휘의 폭언을 "진보라고 말하자 진보주의를 생각하고 진보주의는 곧 공산주의라는 언어연상은 우리가 다 같이 겪어서 가지고 있는 사상적 피해망상증"이라고 호되게 비판한다. 선우휘가 가지고 있는 공산주의 증오는 일종의 '사디즘'과 다름없으며, 특히 작고한 김수영에 대한 이데올로기적 인신공격은 "죽은 시인이 산 반공사상가의 반공사상을 위한 제물"이 되게 한 결과를 초래했다고 꼬집었다. 다시 말해, 그것은 스스로의 지성에 대한 학대라고 할 수 있었다. "남을 학대하는 취미에 있어서 스스로의 지성을 학대하는, 곤핍게 하는, 협애용렬(狹隘庸劣)케 하는, 겁약비소(怯弱卑小)케 하는, 의미"에서의 "지성 매저키즘"으로 맹렬하게 비판했던 것이다.[17]

김양수 또한 '참여문학'을 "끝내 정치의 원리에 추종하는 정치활동의 시녀가 될 수밖에 없는 것"으로 규정하고 있다. 특이한 것은 참여문학의 정치적 경향이 "문학의 자기불신 사상"에서 비롯된 "문학패배주의의 열등감"에 기인하는 것으로 진단하고 있다는 점이다. 문학의 주체성 확립과 자율성의 정신이 사회학 및 사회과학적 척도에 의존함에 따라 문

16 박태순, 「젊은이는 무엇인가」, 『아세아』, 1969.3, 207·210면.
17 원형갑, 「지식인과 지성마조히즘—선우휘씨의 현실과 지식인을 읽고」, 『아세아』, 1969.4, 242~247면.

학 본래의 정신[18]으로부터 멀어지게 되었다는 것이다.[19] 이에 대해서 최일수는 "반'참여문학'적 사고는 참여문학을 1930년대의 경향문학으로 혼돈하고 있으며 '삶의 원리'를 정신만의 소산이라고 규정하는 지나친 관념주의에서 비롯된 것"이라고 김양수를 논박한다.[20] 김병걸 또한 "상상을 하되 무엇을 상상하느냐가 문제"임을 역설하면서 "단독자의 꿈의 경이적인 방출"이라는 김양수의 작업을 인정하면서도 참여문학이 나아가야 할 "역사적 현실적 상황"에 대한 직관과 증언, 그리고 "무엇이 진정 인간을 위하는가를 예시하는 일"에 투여하는 "상상력"의 중요성을 주장한다.[21] 김병걸은 순수문학의 순기능을 일부 인정하는 비평적 소통의 가능성을 열어놓는 동시에, 참여문학에 대한 전칭부정이라는 김양수의 비평적 태도를 비판한 것이라 할 수 있다. 그러나 정작 4월혁명 직후 발표했던 김양수의 글이 참여문학적인 성향을 강하게 드러내고 있다는 사실은 아이러니다.

> 한국의 문학자가 몸으로써 겪은 바 역사적 사실로서 한말풍운과 일제의 식민지하 생활과 八·一五 광복 그리고 六·二五 동란 거기에 저 뜻 깊은 四·一九 민주혁명 등은 한국인에게 한국역사의 본모습을 거울에 비춰준 것이 아닐 수 없다. 이와 같은 역사적 사태 앞에서 한국의 문학자가 대처하는 자세가

18 김양수는 문학의 본질을 문학의 예술성에 두고 있다. 그 예술성이란 "문학이 언어예술의 구실로서 비현실의 세계를 구축하는 데 있는 것"이다. 따라서 "문학작품"이란 다름아닌, 인간의 "상상적 의식에 의한 비현실적 세계의 구성"으로서 예술성을 지니는 것이라 할 수 있다. 김양수, 「사회참여, 그 악몽의 문학」, 『비평문학』, 1971 여름(홍신선 편, 앞의 책, 225면에서 재인용).

19 김양수, 「참여문학의 자기미망」, 『현대문학』, 1971.5 참조.

20 최일수, 「참여문학은 시녀인가」, 『현대문학』, 1971.6(홍신선 편, 앞의 책, 219면에서 재인용).

21 김병걸, 「사회성과 의식과 상상」, 『현대문학』, 1971.8(위의 책, 234면에서 재인용).

> 있다면 격동기의 난국이라 할 수 있는 사태에 임하여서 한국의 지성 혹은 좁혀서 한국의 젊은 세대의 문학자들이 지향하고 모험해야 할 사명은 다름 아닌 기수의 위치요 기수의 역할인 것이다. 행위는 얻어지는 것이 아니다. 행위는 스스로의 힘인 것이다.[22]

김양수의 예에서 확인되는 4월혁명과 그 이후의 낙차를 이해하기 위해서는 분단과 독재의 정치적 상황을 고려할 수밖에 없다. 전반적으로 반공이데올로기가 4월혁명의 정신성을 상당 부분 상쇄해왔다는 사실을 짐작할 수 있다. 4월혁명 이후의 참여문학 논의가 반공이데올로기로 인해 제 자리에서 공전(空轉)되는 현실을 피할 수 없었던 것이다. 이러한 상황은 반공이데올로기로 인한 한국문학사의 비극이라 할 수 있는데, "분단의 현실이 몰고온 이데올로기적 대결과 여기서 비롯된 사유폭의 제한"이 한국문학사에 끼친 영향이 절대적이기 때문이다. 다시 말해, 냉전적 이데올로기로 인한 이념의 경화는 지식인들의 "정신적 수동성을 강요하여 동태적이고 창의적인 사유훈련을 억제하"였으며 "자유로운 사고, 다양한 추구를 금제"하면서 지식인들의 "지식능력을 폐쇄화"시켰던 것이다.[23] 아닌 게 아니라, 한국의 순수문학은 참여문학에 대한 대타의식에서 발생했을 만큼 그 태생부터가 매우 정치적이다.

> 한국의 현대문학사에 정통한 사람이면 누구나 잘 알고 있는 바와 같이, 사회참여와 순수라는 두 개의 개념은 한국 현대문학사에 있어서는 사회주의 사

22 김양수, 「격동기의 문학행동」, 『현대문학』, 1960.7, 210면.
23 김병익, 「권력과 반지성주의」, 『기독교사상』, 1975.1, 77면.

상이라는 것과 밀접한 관계하에서 맨 처음 성립한 것이다.

사회참여라는 생각이 우리 현대문학 사상에서 맨 처음으로 주장되고 논의된 것은 1920년대 전반기에 사회주의 경향파라는 것이 우리 문학에 대두되면서부터였고, 순수문학이란 한 문학적 수세(守勢)가 생긴 것은 사회주의 문학 10여 년의 번잡과 무가치에 대한 반발로부터였던 것을 알 만한 사람들은 다 잘 알고 있는 일이다.[24]

한국 순수문학의 대표문인이라고 할 수 있는 서정주의 위 진술은 한국 순수문학의 기원을 적나라하게 드러낸다. 1920년대 경향파의 사회주의 사상에 대한 반발로서 수립된 순수문학의 이념은 그 문학의 내적 원리에 의해서 발생한 것이 아니라 사회주의 사상이라는 외적 요인에 의해서 발생되었다는 것을 분명히 밝혀주고 있다. 카프문학이 몰락한 1930년대 이후부터 해방 전까지의 순수문학이란 통속문학의 상대개념으로 존재해 왔지만, 해방 이후 좌익 활동의 합법화와 더불어 순수문학은 다시 사회주의 사상에 대한 대타의식을 발동시키게 된다. 역설적이게도 순수문학조차도 하나의 정치적 참여행위였던 것이다.[25] 그러나 4월혁명 이후 참여문학의 발흥은 순수문학 진영에 있어서 하나의 난제로 존재하기 시작

24 서정주, 「사회참여와 순수개념」, 『세대』, 1963.10, 188면.

25 이와 관련해서 이형기는 다음과 같이 말한다. "어떤 정치적 목적의 수행을 위해 문학을 그 도구시하는 것을 정치주의라고 말한다는 정도의 용어풀이는 이제 너무나 새삼스럽다. 그러나 그 누구도 부인할 수 없는 것은 당시의 순수문학이 어떤 정치적 입장을 견지하고 있었다는 사실이다. '당의 문학'에 항거하여 외쳐진 '인간성 옹호 문학'은 소용돌이치는 좌우투쟁의 물결 속에 적극적으로 뛰어드는 참여행위이기도 했던 것이다. 문학이고 예술이고 할 것 없이 모조리 정치적 목적을 위해 도구로써 동원해도 무방하다는 정치가 있는 것과 마찬가지로, 그럴 수 없다는 정치도 있다. 순수는 이 두 가지 가운데서 후자의 정치를 지지한 문학이론이다." 이형기, 「문학의 기능에 대한 반성—순수 옹호의 노트」, 『현대문학』, 1964.2, 252면.

한다. 사회주의 사상을 토대로 하지 않음에도 불구하고 참여문학은 카프문학이 보여주었던 현실문제의 적극적인 개조와 비판의식을 보여주고 있었던 것이다. 따라서 서정주는 '사관(史觀)의 보편타당성' 문제를 제기하면서, 4월혁명 이후 참여문학의 사관이 섣부른 역사의식에 토대하고 있음을 비판한다. 그리고 다시 반공의 잣대를 들이민다.

> 사회주의적 경향파 아닌 사람들의 최근의 사회참여 정신이라는 것들도 그렇게 어쩐지 안심치 않은 게 적지 않다. 하나의 예로써 우리는 에세이스트 함석헌의 최근의 문장들에 나타난 사회참여 정신이라는 것을 들 수 있겠는데 아마 현사(賢士)로서 일부에서는 그 좋은 수염의 주인공을 일컫기까지 하는 모양이지만, 그 역시 어쩐지 안심치가 않다.[26]

여기서 "안심치가 않다"는 말은 4월혁명 이후의 사회참여정신을 겨냥한다. 함석헌의 사회참여정신조차도 반공이데올로기의 자장에서 자유롭지 않다. 군사정권에 대한 의구심을 보내고 있었던 함석헌의 역사적 통찰력마저도 서정주의 관점에서는 '안심치 않은' 사회주의적 사상에 기반한 것으로 보였던 것이다. 이런 의혹들은 1960년대 내내 순수문학이 참여문학을 공격하는 심리적 기제가 되었다고 할 수 있다. 그래서 "순수옹호를 외치는 것은 좋지만 그같이 왕성한 사기를 가지고 진정 '순수'를 옹호하려거든 우선 그 적수의 정체부터 분간할 줄 알아야 한다. '과거에 순수문학을 공격한 놈은 당의 문학이었다. 그러니까 이번의 공

26 서정주, 앞의 글, 1963.10, 195면.

격자도 당의 문학이다'—이 얼마나 빗나간 논리인가?"[27]라는 김우종의 반격이 나올 수밖에 없었다. 순수문학이 참여문학의 지나친 정치지향성과 그로 인한 예술성의 약화를 경계하기 위한 것이었다면 순수문학 또한 참여문학을 통해 변증법적인 자기진화가 가능했겠지만, 반공이념에서 비롯된 적대적 문학관은 순수문학의 발전을 위해서도 불행한 일이었다. 순수문학이 문학의 내적 깊이를 충분히 확보했다는 평가보다 '당의 문학'에 반발한 '인간성 옹호의 문학'으로서 또 다른 정치주의 문학이라는 평가에 익숙한 것은 순수문학 자체의 이론적 깊이를 확보하지 못한 데서 비롯된 현상이다. 더구나 "한국에서 1930년대에 그처럼 '순수에의 지향'이 세찬 물결로 문단을 휩쓸게 된 것은 비단 마르크시즘에의 저항을 위해서만이 아니라 일제의 탄압적인 정책에 의하여 더욱더 어두워져만 가던 정치적·사회적·문화적 현실을 벗어나기 위한 현상"[28]이라는 홍사중의 비판을 환기한다면, 1960년대의 순수문학 역시도 4월혁명이라는 역사적 사명을 외면했던 과오로부터 결코 자유롭지 않다고 할 수 있다. 순수문학은 결국 60년대 후반 이어령이 말한 바 있는, "순수성을 여하히 이 역사에 참여"시킴으로써 "왜곡된 역사를 향한 발언과 참여의 길"[29]을 변증법적으로 창조할 수 있는 가능성마저 상실해버린 불행한 결과를 낳고 말았던 것이다.

요컨대 순수문학진영은 문학의 좌익적 정치성을 제거함으로써 문학의 자율성을 강조하고자 했지만, 문학의 자율성은 철저히 반공이념에

27 김우종, 「저 땅 위에 도표를 세우라」, 『현대문학』, 1964.5(홍신선 편, 앞의 책, 76면에서 재인용).
28 홍사중, 「작가와 현실—서정주 씨의 글을 읽고」, 『한양』, 1964.4, 149면.
29 이어령, 「문학은 권력이나 정치이념의 시녀가 아니다」, 『조선일보』, 1968.3.10(홍신선 편, 앞의 책, 271면에서 재인용).

종속된 것이라 할 수 있다. 공산주의가 인간성을 파괴한다는 관점에서 이들은 일관되게 인간성 옹호의 문학논리를 전개했으며, 이는 문학의 순수성을 통해서만 가능하다고 보았다. 그러나 4월혁명 이후 행동을 주장하는 참여논리를 반공이념의 프레임으로 공격함으로써 순수문학 진영은 문학의 순수성을 철저하게 정치적으로 이용했다고 볼 수 있다. 물론 이들의 정치성은 문학의 순수정신, 다시 말해 순수문학의 궁극지점을 탐구하기 위한 투쟁의 일환이라고 할 수 있었지만 그 목적을 달성하기도 전에 반공이념의 늪에 너무 깊이 빠졌던 것이다.

2. 지성의 탈정치성과 초월성

1) 아카데미즘과 문화주의로의 폐색(閉塞)

지식인, 혹은 지성인이 가지고 있는 행동의 결핍 문제는 사실 문학에 대한 성찰 가운데서도 쉽게 발견할 수 있는 사안이다. 근대 이후 서구적 지성에 목말랐던 한국의 근대지식인들은 서구 지성의 수입에 혈안이 되어 있었으며, 이를 통해 한국 지성의 근대화를 달성하고자 하였다. 한국 근대 지식인들이 받아들인 지성은 세 가지 뚜렷한 방향을 순차적으로 보여준다. 첫째, 조선의 근대화를 달성하기 위한 방편으로서의 계몽주의적·합리주의적 지성, 둘째, 마르크시즘으로 집약되는 혁명적 실천을 위한 지성, 셋째, 고도로 정교화된 서구의 주지주의적 계열의 지성이다. 이 세 가지의 지성은 오늘날까지 한국 사회를 지배하고 있는 지성체계라고 볼 수 있다. 이 중에서도 마르크시즘 계열의 지성은 실천과 행동을 위한 지성으로서 프롤레타리아 혁명을 위한 방법론적 성격을 지니는 만큼 실천적 지성이라 할 수 있다. 그러나 해방 이후 극단적인 이념대립과 한국전쟁은 남한사회에서 이러한 지성의 성격을 박탈해버리고 말았다. 서구 지성의 수입과 지성의 증대에 따라, 한국 지성의 총량과 정치적・현실적 효용의 함수관계에 대한 의문이 커져갈 수밖에 없었다. 그럼에도 불구하고, 지성 자체에 대한 비판적 성찰이 드물었던 것은 마르크시즘의 실천적 지성의 전통을 억압한 데 따른 후유증이라 할 수 있다.

1930・1940년대부터 비평가 최재서의 영미문학이론의 수입을 중심으로 마르크시즘 지성에 대척되는 '주지주의' 계열의 지성이 한국문학의 새로운 지형도를 그려나가기도 했다. 최재서의 해외이론 수입은 한국문단의 지성적 영역을 확대하고 철학적・과학적 근거를 제공하는 계기가 될 수 있었다. 그러나 그것이 실제 현실에서 어떤 변화를 추동해나갈 것인지에 대한 심각한 회의는 언젠가 반드시 불거질 문제였다고 할 수 있다.

우리나라에서 지성파 문학이 주도된 것은 비평가 최재서가 一九三三, 四년경 주로 『조선일보』를 통해서 영국문단의 지성파 문학자 '흄', '리처드', '엘리옷', '리이스', '헉스레' 등과 그의 문학을 소개한 데서 발단이 되었던 것이다.

이것이 지금에 와서는 철학성과 과학성을 절대적인 무기로 하고 낭만주의 유산 감성 문제와 강력히 대결하고 있는 것이다.

그러면 현실문제로써 이 지성적인 작품이 과연 현실의 극도화된 난국에서 인간에게 위안을 줄 수 있으며 구제할 수 있는가가 문제다.[30]

지성(知性)의 현실적 효용성, 실제적 파급 효과에 대한 진지한 성찰은 비록 문학에 국한된 논의이기는 하지만, 1950년대에 점증했던 지성계, 혹은 지식인의 위기의식을 잘 드러낸다. 그 위기의식이란 사실상 미학과 정치, 혹은 지성과 실천의 문제와도 무관하지 않다. 현실문제가 단지 지성의 차원에서 논의되었다가 서둘러 봉합되는 관성적 현실에 대한 비판적 논의에서 정치와 실천의 긴장관계가 형성되기 때문이다. "지성적인 작품이 과연 현실의 극도화된 난국에서 인간에게 어떤 위안을 줄 수 있으며 구제할 수 있는가"라는 김운학의 핵심적인 지적은 문학의 정치성에 대한 논의로 확대 가능한 것으로, 문학이 안고 있는 근본적인 결핍을 의식한 결과라고 볼 수 있다. 김운학의 이 논의는 문학이 "예술인 다음에야 어떤 정치 이론이나 철리(哲理)의 부연만으로 사명이 완료되는 것은 아니다"[31]라는 데까지 나아가고 있으나, 김성한의 소설이 지성적 수준에서 추상적 진리만을 제공하고 있다는 비판의 수준에서 멈추고 만다. 문학의 현실적 효력 혹은 정치성에까지 그 논의가 심화되지는 못하고 작품 논의의 수준에서 일단락되고 만 것이다. 김운학이 애초에 지적했던 바는 문학의 현실적 효용이며, 문학이 미학의 영역을 벗어나 현실 속에서 인간의 고통을 구제해나가는 문제와 관련되어 있었다.

30 김운학, 「지성의 반성」, 『현대문학』, 1958.8, 193면.
31 위의 글, 198면.

그러나 문학이 인간 삶에 직접적인 영향을 미치는 것은 일종의 선동문학으로서 계급문학의 전통을 잇는 것이나 다름없다는 남한 문단의 분위기 속에서 그 논의의 심층적인 전개는 처음부터 일정한 한계를 안고 있었다고 해야 할 것이다.

그런 점에서 백철의 비평적 변모는 남한 문단의 이념적 한계를 가장 잘 드러내는 극적인 예라고 할 수 있다. 카프문학에서 시작된 백철 비평은 물론 그 일관성에 많은 문제를 노출한 것에서 짐작할 수 있듯이, 해방 직후에는 좌익과 우익의 중도노선을 걷게 된다. 그럼에도 불구하고 그의 문단 인맥은 여전히 좌익편향에서 벗어나지 못했으며, 한국전쟁 이후 유능한 좌익비평가 출신 중에서 김기진과 더불어 백철 그만이 남한에 잔류하게 된다. 때문에 그의 비평적 입지는 더욱 좁아질 수밖에 없었고 40대의 그가 20대의 우익계 신진비평가 조연현의 비판에도 불구하고 근신의 의미로서 적절한 대응조차 할 수 없는 현실에 직면하게 된다. 남한정부 수립 이후부터 1960년대에 이르기까지 그의 비평적 행로는 이처럼 현실의 이념적 제약으로 인해 일정한 굴곡을 겪을 수밖에 없었다. 결과적으로 해방 이후 백철은 중도론적 자세를 취함으로써 이데올로기를 문학에서 제거하는 방향으로 나아갔고 한국전쟁 이후 1950년대 후반에는 신비평을 수용함으로써 좌익 문인이 완전히 소멸한 남한에서 "자신의 비평행위를 견인하는 합리적 의식의 근거"로 삼을 수 있었다. 4월혁명의 새로운 세대의 등장을 통해 한국문학이 전후 세계문학의 흐름과 일치하는 순간을 읽어내는 역사 감각을 잠시 보여주기도 했지만, 백철의 비평은 60년대 들어 결국 "아카데미즘과 문화주의의 옹호자"로 머물고 만다.[32] 이와 같은 백철의 비평적 변모는 남한의 이념적 제약에 의해서 문학의 정치성을 소거해갈 수밖에 없었던 과정을 보여주는 한 예라 볼 수 있다. 문학과 정치에 대한 백철의 비평적 곤경은 한국 전쟁 이전의 다음과 같은 글을 환기하면 더욱 뚜렷하게 드러난다.

최근의 문학동향(文學動向)에 대하야 만일 정치와 관련해서 문학에 문책할 일이 있다면 그것은 간혹 항간에서 비평하는 말과 같이 문학자는 정치에 너무 깊이 참여할 것이 아니라는 의미에서가 아니라 도리어 그 면(面)에 한해서는 금일(今日) 정치에 참여하는 문학자는 일층 깊이 정치에 들어가지 못하고 어설피 정치에 대한 발언을 한다!는 데 대한 비평이 되어야 할 것이다. 서로 개인적으로 한 대화를 여기에 인용해서 욕될는지 모르나 일전(一月十日경) 임화 씨를 만났을 때에 요즈음 문학자의 정치행위에 대해서 같은 문학인으로서도 호의적으로만 해석하는 것 같이 않더라는 말을 한즉— 거기엔 오해가 있을 것이다. 우리들이 요즈음 정치운동에 참가하고 있는 것은 문학인으로서가 아니고 시민으로서의 봉사다! 이 점에서 보면 구라파의 문학자는 우리들보다 훨씬 과격하지 않은가 등의 견해를 말한 일이 있는데 이 시민이냐 문학자냐! 하는 문제는 금일 문학자의 정치행위의 의미를 질문하는 측에서 오해를 우심(尤甚)하게 않기 위하여도 그 한계를 명백히 따지고 나갈 사실이라 생각한다.

(…중략…)

금일의 문학자가 그 정치행위에 대한 오해를 가끔 당하는 것은 문학자가 시민으로서 정치행위에 철저하지 못한 데서 온 것이라고 추측이 된다. 왜 그

32 임영봉, 『한국 현대문학 비평사론』, 역락, 2000, 56~75면 참조.

러냐 하면 문학자가 한 그 정치행위가 보는 사람에게 시민행위로서 뵈질 않고 어데까지든지 문학의 여기(餘技)로 보였다는 것 그리고 그것도 문학인으로서 개인의 행위가 아니라 항상 문학단체를 등에 진 문학단체의 일인(一人) 혹은 수삼인(數三人)의 행위로서 보였다는 것, 또 나가서는 그 문학단체라는 것은 일정한 정당과 정색(政色)을 같이하는 문학단체가 아니라 그것은 이 과도기에 있어 좌(左)에서 우(右)에까지의 문학자를 광범히 포섭한 모순투성이의 통일단체라는 것, 여기까지의 설명이 이르면 이러한 성격의 문학단체의 회원 특히 그것을 영도(領導)하는 입장에 선 간부의 인(人)들이 그 단체명을 걸고 정치행위에 나갈 때에 얼마나 진중과 주의를 요(要)해야할 것은 명백한 사실로 되어 있다.[33]

임화와의 대화를 참고한 주장이기는 하지만, 위의 글은 해방 이후 문학과 정치에 관한 백철의 입장을 잘 드러낸다. 문학자의 정치행위를 시민의 정치행위로 볼 것인가, 혹은 문학인의 정치행위로 볼 것인가의 문제는 문학과 정치를 이분법적으로 사유하기 시작한 해방 직후의 백철의 문학관과 밀접한 관련이 있다. 백철은 정치행위는 문학자로서가 아니라 시민으로서의 정치행위가 되어야 한다는 것을 주장한다. 문학자가 문학을 매개로 정치적 발언을 적당히 해대는 행위를 겨냥한, "금일 정치에 참여하는 문학자는 일층 깊이 정치에 들어가지 못하고 어설피 정치에 대한 발언을 한다"와 같은 백철의 비판은 정치운동이 "문학인으로서가 아니고 시민으로서의 봉사다!"와 같은 주장을 통해 더욱 증폭된

33 백철, 「정치와 문학의 우정에 대하야」, 『대조』, 1946.4, 113~114면.

다. 백철은 문학자의 정치행위는 시민으로서의 철저함을 지녀야 하며 그것은 단지 문학 작품 내에서 "어설피" 하는 정치행위여서는 안 된다는 점을 강조하고 있는 것이다. 요컨대 정치행위는 시민의 영역에서 발생해야 하며, 문학 영역에서의 정치행위는 어설픈 것에 지나지 않는다는 논리다. 그러나 이러한 논리는 사실 형식논리에 지나지 않는다. 실제로 시민과 문학자의 정치행위는 명확하게 구분되기가 매우 어렵다. 백철이 지적하고 있는 '오해'(시민적 정치행위를 문학자의 정치행위로 바라보는)가 불거지지 않기 위해서는 정치적 행위는 결코 문학을 매개로 일어나서는 안 된다는 것인데, 문학 자체가 정치적 장(場)에서 자유롭지 않은 만큼 그것은 허황된 주장이 될 수밖에 없다. 문학자로서의 정치행위는 문학 작품을 통해서 일어날 수도 있고, 문학자라는 사회적 지위에서도 일어날 수도 있다. 또한 그 문학자가 곧 시민이기도 하므로 문학자의 정치행위가 오로지 시민행위로서만 존재하기는 처음부터 불가능한 것이다. 문학자에서 분리된 시민으로서의 철저한 정치행위를 강조하고 있는 것은 백철이 시민으로서의 정치성을 중요하게 생각했다기보다는 "문학자의 정치행위의 부당함을 열심히 주장하고 있는 형편에 지나지 않"[34]음을 드러낸다. 다시 말해, 백철의 요점은 "문학자가 시민의 자격으로 정치에 참가하는 것은 좋으나 단체를 만들어 참가하는 것"은 "정치의 시녀노릇"밖에 안 된다는 것이다.[35] 그럼에도 불구하고 한국전쟁 이후 좌익 꼬리표가 붙었던 백철은 문단 내의 이념적 곤궁 속에서 문학의 정치성뿐만 아니라 시민으로서의 정치성을 철저히 소거해나갔으며, 결국은

34 김윤식, 『임화 연구』, 문학사상사, 1993, 406면.
35 위의 책, 406면.

신비평의 수용을 통해 아카데미즘과 문화주의자로서의 면모를 강화해 나가게 된다.

아카데미즘과 문화주의자로의 변모 속에는 어떤 함의가 들어 있는가? 그것은 다름 아닌 지성과 정치의 분리이다. 이는 1960년대를 지배했던 문학 담론의 하나의 축으로 작용한다. 이는 아래와 같은 성백준의 글에서도 확인할 수 있다.

> 오늘날 우리들의 세대처럼 지성인이 평이(平易)할 수 없는 시대도 그리 많지 않을 것이라 생각된다. 지성인이 평이할 수 없다는 말에 의하여 필자는 정치경제 또는 사회적인 불안을 의미하지 않는다. 물론 이러한 불안은 지성인에게 적지 않은 문제다. 그러나 그것은 인간으로서의 문제이고 지성인에게는 이차적인 문제다. 지성인이 예리한 지력으로 정치인으로서의 문제를 취급할 수 있고 지성적인 정치인을 주장하는 철인정치설(哲人政治說)에 필자는 동의한다. 그러나 지성인의 문제와 정치적인 문제와는 일치될 수도 없고 구분되어져야 한다.[36]

지성인의 문제와 정치적 문제를 분리하고자 하는 경향은 4월혁명 당대에서는 있을 수 없는 일이었음에도 불구하고 4월혁명의 정신성이 퇴색되는 상황에서 점점 강화되어가기 시작한다. 4월혁명의 정신성이 지성과 정치의 일치에 있었다면, 군사정권 이후의 열악한 정치적 상황은 지성이 다시 정치와 분리될 수밖에 없는 제반 조건을 제공하고 있었다.

---

36 성백준, 「지성에의 소개 (一)」, 『문학춘추』, 1965.11, 308면.

정치성의 소거는 지성에 자율성과 독립성을 부여하였고, 4월혁명을 통해 정치와 결합된 지성은 역사의 일회적 '변이'로서만 남게 된 것이다. 지성의 '학문을 위한 학문', '예술을 위한 학문'은 근대적인 현상으로 학문과 예술의 효용의 한계를 넘어 어떤 절대적 무한을 향해 나아가고자 하는 충동을 보여줌으로써 "현실과의 절연을 선언한다."[37] 이는 곧 예술과 학문의 순수성을 위한 선언이며 보다 본질적이고 근원적인 것에로의 욕망을 표상하게 된다. 푸코식으로 말해서 비정치적인 학문은 존재하지 않음에도 불구하고, 학문의 절대성 혹은 예술의 절대성과 무한성은 현실의 정치성을 소거하고 마는 결과를 초래하게 되는 것이다.

이는 백철의 전통론에서도 그 흔적을 찾아볼 수 있다. 1950년대의 백철이 "민족적인 현대문학"의 확립조건으로서 강조한 "주체성"이 "문학에 대한 자각의식"으로서의 "역사의식"임을 주장했을 때,[38] 이 "역사의식"은 적어도 한국의 정치적 지형 속에서는 필연적으로 비정치적인 것으로 전락할 수밖에 없는 것이었다.

> 그러나 一九四五년 민족해방의 새벽은 확실히 르네상스적인 운동을 우리에게 제시해온 커다란 역사적 기회였다. 또 그때 민족문화・민족문학을 메인・타이틀로 한 것을 볼 때에 당시의 문화・예술의 운동방향이 그쪽으로 의식되어 있은 것을 알 수 있다. 그러나 어찌해서 그러한 커다란 역사적 기회와 모처럼의 문화운동의 의식이 실지의 르네상스적인 기운을 이루지 못하고 좌절되어 버렸는가 하는 반문인데 거기에는 해방 뒤의 정치혼란의 현실이 그

37 최인훈, 「문학활동은 현실비판이다」, 『사상계』, 1965.10, 281면.
38 백철, 「현대문학과 전통의 문제」, 『조선일보』, 1956.1.6, 조간 4면.

일을 어렵게 만든 이유도 크지만 동시에 이때만 해도 역시 우리 문화운동을 위한 주체의식이 약했다는 것을 반증한다. 가깝게는 四・一九의 사건이 일어난 뒤에 그 사건의 주체적인 의미가 강조된 면도 있어서 다시 하나의 르네상스적인 기운을 일으킬 만한 기회였으나 역시 뒤이어 온 정치적인 타락과 혼란에 의하여 문학예술의 사람들에게 그 의욕을 복돋우게 하지 못한 채 지나오다가 다시 이번 五・一六의 정변과 더불어 이제 우리 문학은 일전(一轉)한 신정세(新情勢) 속에서 문화예술운동의 과제와 직면하게 된 것이다.[39]

4월혁명 이후의 새로운 주체성조차도 五・一六의 정변으로 인해 "일전(一轉)한 신정세(新情勢)"라는 새로운 정치 환경에 직면한 것은 주체성이 더 이상 정치적 맥락에서 사유될 수 없다는 사실을 말해준다. 일제시대, 광복 직후, 한국전쟁, 그리고 1960년대에 이르기까지 문학적 주체성을 정치적 맥락에서 접근하는 것이 지속적으로 차단되어왔던 것이다. 백철의 전통론은 과거와 고전의 단순한 반복이 아니라 생산과 성장에 가치를 두는 전통의 창조성을 강조하고 형이상학보다는 현실성과 구체성을 강조한다. 그러나 그 성장이라는 것이 "본질적인 통일성"이라는 내재적 본질에 뿌리를 내리고 "식물과 같이 성장하는 것"이라는 보어 교수의 말을 승인함으로써 전통이 내포하고 있는 '영원성'이라는 초월의 속성을 부정하지 않는다.[40] 이런 절충주의적 태도는 해방 이후 백철 비평이 취한 중도 노선의 연장선상에 있는 것으로서 문학・정치 이원론을 따르는 것이라고 볼 수 있다. 따라서 백철의 전통론에 있어서 주체성에

39 백철, 「전통론을 위한 서설」, 『한국문학의 이론』, 정음사, 1964, 267면.
40 백철, 「전통과 창조」, 위의 책, 246~247면.

대한 사유는 "선진한 서구의 근대성을 받아들이는 데 있어서 우리는 왜 좀 더 주체적이 되지 못했는가 하는 것, 구체적으로는 왜 우리는 새 문학운동을 일으키는데 있어서 좀 더 자기의 과거와 전통과 연락을 짓지 않았느냐"[41]처럼, 1950년대식 전통론의 시각[42]에서 더 진전된 모습을 보여주지 못한다.

2) 동양전통론의 신라정신과 영원주의

4월혁명에 대한 대타의식의 징후로서 서정주를 언급하지 않을 수 없다. 1960년대 이후 서정주의 '지성'은 4·19혁명 이후의 지식인 혹은 지성과는 전혀 다른 맥락에서 사유되고 있기 때문이다. 1950년대부터 지속해온 신라정신에의 천착이 빚어낸 결과로 볼 수 있는데, 그는 "오늘날의 지성"이 "순간적 가한적(可限的) 기지"와 "상대적 지혜로만 많이 흐르고 있는 데 비하여" "신라인의 지성"은 "역사적 참가자로서의 쉬임없는 자각 밑에 빚어내는 한 불멸의 영적 성격"을 띠고 있는 것으로 파악한다.[43] 다시 말해 신라인의 '지성'은 '영원성'으로서 강조된다. 그에게 '역사'란 당대의 현실을 초월한 영원성을 함의한 시간개념이다. 현실의식

41 백철, 「한국문학의 근대화에 대하여」, 위의 책, 9면.

42 예컨대, 1950년대의 백철은 다음과 같이 말한다. "우리 현대문학은 아직까지도 외국의 유행문학을 모방하는 데 급급하고 있다. 이것은 신문학 四十年史의 실패한 전철을 되밟고 있는 것에 지나지 않는다. 물론 외국문학에 대한 도입과 그 섭취가 필요하다 그러나 이보다 먼저 더 필요하고 긴급한 일은 민족적인 현대문학으로서 우리의 주체성을 확립할 일이다." 백철, 앞의 글, 1956.1.6, 조간 4면.

43 서정주, 「신라인의 지성 (上)」, 『현대문학』, 1958.1, 181면.

조차 60년대의 일반적 의미와는 많은 격차를 보인다. "현실의식이라는 것을 종교적 관심 없는 현대인의 대다수는 목적의 현대를 상대로 해서만 일으켜 가지고 지내고 있는 듯하나, 내게 있어 현실의식이란 목전의 현대만을 상대하는 그것이 아니라, 인류사의 과거와 현대와 미래를 전체적으로 상대하는 '역사의식' 그것"[44]이다." 서정주의 '역사의식'은 당대의 현안문제를 초월한 영원성의 문제에 가닿은 것이며 추상적인 정신의 영역과 맞물려 있다. 심지어 "구역나는 연설판", "자유당의 선거판이나 민주당의 데모판— 이런 현실은 못 본 체 그냥 뛰어넘어가 버린 것이 가장 현명한 보행 아니었는가?"라는 말을 스스럼없이 할 뿐만 아니라, "시인의 현실은 영원 바로 그것"이며, "사교범위(社交範圍)도 당대국한(當代局限)을 벗어나야" 함을 천명하고 있다는 점[45]에서 서정주는 60년대 지성으로부터 이탈해 있는 것이다.

물론 1950년대부터 한국의 전통 문제는 민족의 주체성 확보라는 시급한 과제를 안고 있었으므로 고대문화에 대한 관심이 고조될 수밖에 없는 상황이었다. 그러나 한국문화의 주체성에 대한 성찰이 '독단의 심연'(김동욱)에 빠진 것에 대한 우려의 시각이 존재했던 것도 사실이다. 예컨대 김동욱은 "신라정신도 신라가 위치한 특수한 상황 속에서 나온 것이지 천품적(天稟的)으로 물려받은 것도 아니고, 또 오늘의 우리에게 물려줄 수 있는 것"도 아님을 분명히 지적한다. 서정주의 신라정신에 대한 천착은 "회고주의의 망상"에 지나지 않는다는 지적 또한 빼놓지 않고 있다.[46] 이처럼 서정주의 현실・역사관은 당대의 시대성을 상실함으로써

44 서정주, 「역사의식의 자각」, 『현대문학』, 1964.9, 38면.
45 서정주, 「시인으로서의 책무」, 『현대문학』, 1963.3, 247면.

4월혁명 이후 형성된 지성의 궤도를 훌쩍 벗어나고 있다. 심지어 서정주는 60년대가 자유당 정권을 무너뜨린 '저항의 지성'이었다면, 1970년대 지성의 방향은 다른 것임을 천명한다.

그리고 우리들의 이 '지성'이란 것의 또 하나의 사용 예는 '교양 있는 사람', '지식인', '성찰적이 있는 사람'을 '지성인'이라고 부른 데서 시작한 것으로 이 용도는 별로 멀 것도 없는 1960년대 이후에야 열릴 것이다. 그리고 이 태생은 사실 이승만 박사의 자유당 정권이 빚은 역사에 대한 반성하고도 매우 관계가 있는 태생인 것 같은데 아닐까 모르겠다. 해방 전의 민족광복운동의 제일 원로로 환국한 이 박사에 대한 우리들의 신뢰와는 달리 그의 정부가 1950년대에 저지른 그 상식 이하의 여러 가지 짓거리들— 그 금품횡령, 권력남발, 올빼미표 피아노표 등의 표조작의 부정선거 그 따위 선거에 반대 데모하는 고등학생들의 가슴에 총을 쏘아 죽이기 같은 일련의 정신 나간 돌아버린 사태에 대해서 정신 바짝 차려야겠다는 지식인들의 자각이 '지성인'이라는 말을 일반적으로 수용케 만든 중요한 추진력이 되었던 것이라고 기억하는 게 아닌가. 1950년대 후반기의 『사상계』라는 잡지와 『동아일보』 등의 신문에서 지성인이란 말의 어감이 어떻게 많이 사용되었던가를 참고하시기 바란다.

그렇다면 이 경우의 지성인의 지성이란 어떤 이름의 권위로 이루어지는 부정이나 부패라도 똑똑히 그 비(非)를 가려 거기 굴하지 않고 저항할 수 있는 성찰력의 뜻이 되겠다.

그런데 1970년대의 우리 지성은 또 달라져서 말하자면 '기다림'과 '관망'의

46 김동욱, 「신라문화의 본질과 비판」, 『세대』, 1963.7, 221면.

새 성격으로 그 태세를 바꾸어 가지고 있는 듯이 보인다. 바둑꾼이나 강태공의 수가 엄청나게 늘고 있는 것도 그 한 표현이지만, 수출 백만 불 목표의 기다림이나 산림녹화의 묘목심기운동의 기다림이나 새마을운동의 기다림과 관망이나 남북회담에 대한 관망, 해마다 늘어가는 해외이민들의 기다림과 관망 그밖에 어느 곳에나 즐편히 도사리고 눈을 깜작거리고 있는 것은 가장 많이 이 기다림과 관망의 지성인상 싶다.

(…중략…)

이런 관망의 철저한 바둑알들의 포석의 지성들을 나는 이승만 박사의 자유당정권을 쓰러뜨린 저 저항의 지성, 시(是)와 비(非)를 성찰해 가리던 지성보다도 빈약한 지성이라고는 보지 않는다. 이것은 그보다도 훨씬 더 해묵어 이미 영원에 뿌리를 뻗히고 살려는 지성인 것이다.

그리고 이것이야말로 우리 겨레의 가장 전통적인 것이고, 또 가장 든든한 것이라고 생각한다.[47]

서정주는 '지성'이라는 용어의 시작을 1960년대 이후로 보고 있다는 점에서 4월혁명이 지식인에게 미친 영향력을 정확히 인지하고 있다. 그럼에도 불구하고, 지성을 다른 맥락에서 전유하고 만다. 즉 1970년대 이후 한국의 지성을 '기다림'과 '관망'의 관점에서 바라보고 있는 것이다. 60년대의 행동, 실천, 저항의 지성을 '기다림'과 '관망'이라는 새로운 성격의 지성으로 대체하고 있는데, 이를 도피나 회피의 증상으로 보지 않는다. "자유당 정권을 쓰러뜨린" 4·19혁명의 "저항의 지성, 시(是)와

47 서정주, 「새벽의 지성들」, 『세대』, 1973.6, 381~383면.

비(非)를 성찰해 가리던 지성보다도 빈약한 지성이라고는 보지 않는다"고 함으로써 현실개혁의 지성이 아닌 영원에 가닿은 지성을 추구한다. 이 지성은 "훨씬 더 해묵어 이미 영원에 뿌리를 뻗히고 살려는 지성"이며, "이것이야말로 우리 겨레의 가장 전통적이고, 또 가장 든든한 것"이라는 의미를 부여하고 있다.

4월혁명 이후 형성된 1960년대의 실천적 · 비판적 · 행동적 지성을 무화시키는 이러한 흐름은 4월혁명의 반동으로서만 생겨난 것은 아니다. 앞서 말한 바 있지만 서정주의 신라정신은 보다 그 뿌리가 깊다고 할 수 있다. 김학동은 서정주의 신라정신의 발생기원을 1942년 여름 혹독한 신열을 앓고 난 후 경험한 "형이상학적 성찰"에서 찾고 있는데, "사망한 사람 전체의 호흡이 정기가 되어 나를 에워싸고 있는 것 같은 의식"의 경험에 주목하여 1942년 이후 몇 년 동안의 시기로 잡고 있다.[48] 박현수는 1950년 5월에 발표된 「모윤숙 선생에게」(『혜성』 1권 3호, 1950.5)라는 글을 검토하며 한국전쟁 이전으로 잡고 있다.[49] 어쨌든 서정주는 한국전쟁 이전부터 신라정신에 대한 관심이 남달랐으며, 한국전쟁을 계기로 신라정신을 더욱 깊이 탐구해왔다고 볼 수 있다.

> 내 자전적인 글의 어디엔가에도 이미 간단히 써 놓은 것처럼 1951년 봄의 전주에서의 나는 완전한 절망상태에 빠져 자살해 버리려고 치사량 5인분쯤의 독약을 먹은 일이 있었는데, 운 좋게 빨리 쫓아온 좋은 의사의 덕으로 속을

48 김학동, 「신라의 영원주의－서정주의 「신라초」를 중심으로」, 『어문학』 제24호, 1971.4, 57면.
49 박현수, 「서정주의 미학적 기획으로서의 신라정신－'사소 모티프'를 중심으로」, 『한국근대문학연구』 제14호, 2006.10, 88~89면.

말끔히 잘 씻어내서 요행히 다시 살아나 그 회복기에 놓이자 '우리나라 옛 어른들 가운데 그래도 제정신 차려 살던 이들은 어떻게 살았던가?'하는 것을 절실히도 자세히 알아보고 싶은 생각이 들어 마음속으로 더듬거려 보던 끝에 우리의 신라와 구체적으로 만나 보기로 한 것이다.[50]

서정주가 신라에 대한 관심을 가지게 된 계기로서 김동리와의 관계를 빼놓을 수 없다. 서정주와 김동리는 김동리의 큰형 범부 김정설의 지대한 영향을 받았기 때문이다. 실제로 김범부의 화랑정신을 중심으로 한 민족주의적 전통 사상의 영향 속에서 김동리는 신라를 소재로 한 역사소설(『김동리 역사소설 – 신라편』)을 쓴 바 있다. 그가 주장한 '생의 구경적 형식' 역시 이와 무관하지 않으며, 서정주 또한 『신라초』와 『동천』에서 심화시키고 있는 '신라정신'이 김범부의 사상에서 비롯되었다고 볼 수 있다.[51] 특히 서정주의 '신라정신'은 한국의 전통논의에서 상당한 헤게모니를 창출하는 사상적 근거가 된다. 박현수는 "서정주의 신라정신론은 김동리와 더불어 해방 이후 남한 문학에 있어서 문협정통파의 미학적 기조로 유지되어 서정시의 파급에 지대한 영향을 끼쳤"다고 말한다. "김동리의 논의가 거의 완결된 형태로 등장하였다는 점"에서 김범부 사상의 단순한 "이식"이라는 경직성을 안고 있는 반면에, "서정주는 이것을 자기 나름대로 시행착오를 거쳐 모색하는 단계를 거치며 미학의 자율적 공간을 확보"함으로써 김동리와 차별화한 것으로 평가

50 서정주, 「내 인생공부와 문학표현의 공부」, 『서정주 문학앨범』, 웅진출판, 1994, 169면.
51 홍용희, 「전통지향성의 시적 추구와 대동아공영권」, 『한국문학연구』 제34집, 2008.6, 283~284면.

한다. 서정주의 신라정신론은 일정한 생성력을 지니면서 한국 전통론을 흡수할 만한 힘을 지녔던 것이다. 그럼에도 불구하고 '신라정신'은 "문협정통파의 사상적 근간이었음에는 차이가 없다."[52]

4월혁명 이후 거침없이 진행된 문협정통파에 대한 공격은 문협의 문학이 역사와 현실을 탈각시켜왔고 이승만 정권 하의 어용단체로서 존립해왔다는 사실에 근거하고 있었다.[53] 한국문협과 자유문협의 해체에 관한 담론이 무성하던 시기에 문협정통파들의 위기의식은 팽배해질 수밖에 없었다. 4월혁명이 가져온 사회참여의식과 참여문학의 시대적 소명 속에서 지성과 지식은 현실개혁과 개조의 차원에서 다루어져야 했으며, 그렇지 않을 경우 시대의 윤리적 소명을 저버리는 것으로 비판받을 여지가 컸다. 『현대문학』은 1963년 3월호에 특집 「사회윤리와 작가의 책임」을 기획하는데, 전영택, 정창범, 정태용, 윤병로, 김우정, 서정주, 서기원, 김상일의 글을 싣는다. "나는 문학자는 어떤 도인이나 종교인 이상으로 한 나라 한 시대의 양심이요 민중의 지도적인 역할을 할 수 있어야 한다고 생각한다"(전영택),[54] "무장된 주체"로서의 "비판정신"(정창범),[55] 작품의 "현실적인 리얼리티"를 통한 작가적 사상의 "보증"과 "책임"

52 박현수, 앞의 글, 110면.

53 예컨대, 백철은 다음과 같이 말한다. "四·一九는 단지 정치적 분야에 그 의미가 그치는 것이 아니기 때문에 그 뒤에 온 모든 방면의 처사는 모두 일차는 四·一九의 의미에서 계산되고 확인돼야 할 것으로 안다. 결단코 문학 분야만이 예외로 될 수는 없다. 만일 우리 문학단체가 먼저 말한 바와 같이 혁명 전후에 있어서 아무런 분명한 의사표시를 못했다면 혁명 이후에 있어서나마 어떤 분명한 의사표시를 해야 하지 않을까. 또 그 분명한 의사표시의 형식은 일차 기성적인 것을 폐기하고 다시 종합하는 수속을 밟을 수밖에 없는 것이 아닌가!" 백철, 「혁명 뒤에 오는 문학과제들」, 『새벽』, 1960.9, 209면. 이외에도 김경옥, 「자기를 지키는 자는 자기여야 한다」, 『새벽』, 1960.4, 장백일, 「문학혁신」, 『한양』, 1964.4 참조.

54 전영택, 「문학자의 국가적 책무」, 『현대문학』, 1963.3, 225면.

55 정창범, 「문학자의 사회적 책무」, 위의 책, 231면.

의 자세(정태용),[56] "혁명완수란 구호가 문학적 실천으로서 어떻게 이룩되어야 할까? 이것이 오늘의 유일무이한 테제가 아닐 수 없다"(윤병로),[57] "현대문학이 대중과 해후할 공동의 광장을 마련할 수 있느냐 없느냐에 의해서 문학의 운명은 결정될 것이다"(김우정),[58] "부도덕하다고 사회일반이 판정하는 소설일랑 쓰지 않는 그따위 타협이 아니라 사회윤리를 끊임없이 꿰뚫어 볼 자유를 저버리지 않으려는 의무감"(서기원),[59] 지적 허영과 맹목적인 서구추수주의에 대한 비판(김상일)[60] 등의 주장에서 짐작할 수 있듯이, 『현대문학』(1963.3)의 특집 기획은 사회에 대한 작가적 윤리와 책임에 대한 것으로 점철되어 있다. 이는 4・19와 5・16 이후의 민족정기 및 사회질서의 회복을 위해 작가의 사회적 인식에 있어서 새로운 자세[61]를 주문하고 있는 전영택의 글에서도 분명히 짐작되는 바다. 그러나 서정주는 이러한 기획의도와는 달리 전혀 다른 방향의 문학관을 피력한다. 그의 글 「시인으로서의 책무」는 시인의 본질에 대한 내용부터 시작하는데, 그에게 시인이란 "재래 동양에서는 그 정신 사용의 자격으로서 인류 중 최고 최정(最精)의 형편에 있는 사람"이자 "'聖'字도 붙을 만한 자격"으로서의 시인이다.[62] 1950년대 전후로 하여 신라의 영원주의(永遠主義) 혹은 영통주의(靈通主義)를 실현하는 접신(接神)으로서의 시인을 상정함으로써 신라정신을 천착해 온 서정주의 당연한 결론

56 정태용, 「문학자의 윤리적 책무」, 위의 책, 233~235면.
57 윤병로, 「문학자의 사회적 지위」, 위의 책, 240면.
58 김우정, 「작가와 독자」, 위의 책, 240면.
59 서기원, 「소설가로서의 책무」, 위의 책, 250면.
60 김상일, 「평론가로서의 책무」, 위의 책 참조.
61 전영택, 앞의 글, 223면.
62 서정주, 앞의 글, 1963.3, 244~245면.

이겠지만, 4월혁명 이후에도 여전히 동일한 시인관을 유지하고 있다는 것은 매우 놀라운 일이다.

> 시인은 (요 일전 무슨 원고에서던가도 잠간 비쳤지만) 꼭 시장의 종종걸음꾼들 모양으로 현실을 종종걸음만 치고 살 필요는 없다. 어떤 혼란하고 저가(低價)한 과도기는 (이건 사적(史的) 안목이 서면 알 수 있는 것이다) 쉬엄 쉬엄 황새걸음으로 껑충껑충 뛰어 넘어 가버려도 좋은 것이다.
>
> 어떤 저가들을 우리는 제일 많이 그렇게 뛰어 넘을까? 질척질척한 불행의 진펄밭, 거지발싸개, 그런 것을 그렇게 뛰어 넘으라고는 하지 않는다. 한편 나는 해이(解弛)와 진부(陳腐), 백 년의 수작 합쳐야 창부 노랫가락 한 수 재미만도 못한 놈의 구역나는 연설판, 이런 것들을 못 본 체 그냥 껑충껑충 뛰어 넘어 가버리라고 권한다. 가까운 예로 자유당의 선거판이나, 민주당의 데모판— 이런 현실은 못 본체 그냥 뛰어넘어가 버린 것이 가장 현명한 보행 아니었는가?
>
> 이렇게 뛰어넘어가야 할 현실도 적지 않다.
>
> 그 대신에 시인의 현실은 영원 바로 그것이라야 하고, 사교범위(社交範圍)도 당대국한(當代局限)을 벗어나야 한다. 당대에서 심우(心友)를 볼 수 없다 생각되면, 과거의 역사 속에서 심우와 충고자를 구해 살아야 한다.
>
> 시인은 한 시대의 성인된 인류가 경향되어 하는 짓 전부를 거부하고 젖먹이들만을 사귀고 가며, 수천 년 전 옛 사범(師範) 하나나 둘만을 본보기로 하고 살면서 미래를 가설정하다가 가도 좋다. 몇 세기 뒤에 이 가설정은 인류들에게 영합되리라는 기대만으로 일하며 살다 가도 되는 것이다.[63]

63 위의 글, 247~248면.

서정주는 4월혁명의 한 원인인 “자유당의 선거판”, 그리고 “민주당의 데모판”과 같은 정치적 상황을 “저가(低價)”의 “현실”로 취급한다. “영원”의 감각을 지닌 시인에게 구체적 정치현실은 무가치한 것이며 시인의 감각을 더럽힐 뿐이다. 시인의 참된 현실은 “영원”이므로 “한 시대의 성인된 인류의 경향되어 하는 짓 전부를 거부”해도 좋다고 말한다. 한 시대의 “경향”이란 가장 첨예한 현실문제로서 4월혁명을 전후한 시대의 혼란과 그 혼란을 타개하기 위한 정치적 몸부림에 다름 아니다. 서정주는 한국전쟁을 전후해서 천착하기 시작한 ‘신라정신’을 ‘영원’의 관점에서 사유하고 있으며, 4월혁명은 “어떤 혼란하고 저가(低價)한 과도기” 정도로 파악한 것이 분명하다. 4월혁명 직후 문학의 격동기 속에서도 자신의 문학관을 유지하고 있는 모습은 4월혁명의 열광적 도취가 지배적이었던 그 시대를 생각할 때 매우 낯선 풍경이다. 서정주의 이와 같은 현실인식은 어디서 비롯되고 있는가? 김범부의 사상적 영향으로 형성되었다고 보는 것은 너무 단선적인 영향관계에 치우친 결과라고 하지 않을 수 없다. ‘영원’에 대한 천착은 초월에의 욕망을 응축한다. 초월의 대상은 현실이다. 그저 일시적으로 혼란스러울 뿐인 “저가(低價)”의 과도기는 “영원”의 가치에 비추어 볼 때, 서정주가 진정으로 탐구해야 할 대상은 아니었다. 신열을 앓고 난 후의 그의 형이상학적 체험을 고려할 때, 그에게 궁극적인 탐구의 대상은 ‘죽음’이었으며, 죽음에 대한 천착은 삶과 죽음을 유기적으로 융합된 것으로 사유하는 ‘신라정신’을 빠르게 흡수하는 정신적 동인이 되었을 것이다.

언제부턴가 ‘죽음’이라는 것을 생각하기 비롯한 뒤, 저절로 ‘죽을 때 마음 놓고 죽을 수 있는 길', '죽을 때 섭섭하고 안 잊히는 것이 없이 가는 길'을 추구하면서부터 이것에 눈이 뜨이기 시작한 거라고 기억되는데, 찾아보니, 그것은 나보담 앞서 사거(死去)해간 대다수의 인류의 공통된 관심이었던 듯, 어느 대종교가의 경전에도 모두 그 길의 문호들을 배치해가지고 있었다.[64]

서정주에게 역사의식은 현실주의적 관점이 아니라 영원주의적 관점에서 이해될 수 있는 개념이다. 그에게 역사는 인류의 기원과 종말에 이르기까지 전체 시간을 포괄한 우주의 궁극적 시간 개념으로서 매우 고차원적이고 초월적인 것으로 존재한다. 서정주의 시적 욕망은 매우 종교적이고 사상적인 것으로서 인류의 궁극을 파악하고 이해하고자 하는 데까지 닿고자 한다. 따라서 4월혁명을 전후한 한국의 현상적 역사현실 따위가 서정주의 시세계에 들어올 리 없는 것이다. 죽음을 초월함으로써 인간 정신의 궁극에 합일하는 것이야말로 서정주의 시적 욕망이었고, 수천 년 인류사를 관류함으로써 획득할 수 있는 인간정신의 원천이자 보편이었다. 1960년대의 정치현실은 서정주의 역사적 시각에서 보자면 너무나 지엽적인 것이며, 부분적인 것에 지나지 않았다. 시대에 따른 변화를 초월하여 항존하는 보편정신을 서정주는 신라정신에서 찾았고, 신라정신을 신성화하고 절대화하는 방향으로 나아갔다.

그러나 특정한 정신성의 절대화는 성급한 유착을 가져오기 마련이다. 하이데거의 근본주의가 나치즘과 성급하게 유착되었듯이, 서정주의 시는 일찍이 동양주의의 전체성과 유착된 바 있다.[65] 홍용희는 서정

64 서정주, 앞의 글, 1964.9, 38면.

65 "서구 제국의 문화가 그 근원에 있어서는 조금씩이라도 모두 희랍 로마 문화의 혜택에서 출

주의 시 「항공일에」[66]를 분석하면서 "일본제국주의의 지배 논리가 하늘의 운행원리로 전이되"고, "시적 화자는 친일이란 하늘의 운행원리에 순응하는 것이라는 자기 명분을 얻게 된다"는 사실을 날카롭게 지적한다. 이는 서정주가 "이승만을 '하늘의 서자 환웅의 아드님-단군'같은 존재로 표현하거나 「전두환 탄신 56회 축시」(1986)에서 전두환에 대해 '새로운 햇빛'과 '하늘의 찬양'이란 수사를 구사한 것"과도 무관하지 않다. 홍용희는 이러한 전락(顚落)의 원인을 "서정주의 민족적 전통지향성이 적극적으로 현재형과 미래형으로 열리지 못하고 과거형의 신화적 시간 속에 갇혀 있었기 때문"인 것으로 파악한다.[67]

일본제국주의의 지배논리를 동양주의적 전체성에 유착시키는 서정주의 논리적 비약은 선과 전쟁에 관한 브라이언 빅토리아(Brian A. Victoria)의 통찰을 떠올리게 한다. "선(禪)과 칼은 하나이며 동일하다"라는 추론 속에는 '선'이 암시하는 초월의 세계와 '칼'이 암시하는 현실의 한시적 세계를 동일화하고자 하는 욕망이 숨어있다. 다시 말하자면, '칼'이 행하는 살생은 거대한 우주의 생명적 흐름의 한 부분으로 귀속되는 것이며, 그

발하는 것처럼, 동양의 정신문화라는 것은 그 전부가 근저에 있어서 한자를 중심으로 하는 일환(一環)의 문화를 운위하는 것임은 두말할 필요도 없다. 동아공영권이란 또 좋은 술어가 생긴 것이라고 나는 내심 감복하고 있다." 서정주, 「시의 이야기」, 김규동 · 김병걸 편, 『친일작품선집』 2, 실천문학사, 1986, 289면(홍용희, 앞의 글, 284면에서 재인용).

66 "여린 숨을 푹푹 내쉬며 / 내 귓가에 자그마한 서운녀(西雲女)가 / 일곱 살 사투른 고향 말씨로 / 아이 하늘은 서울이레야, / 속삭이던 그 하늘이구나 // 마늘이랑 파랑 고추를 먹고 / 기름때 절은 하이얀 옷을 입은 / 뜨겁디 뜨거운 가슴을 안은 이들이 / 산비들기 울던 노오란 길을 / 가고 가던 진초록 / 바로 그 하늘이구나 // 아아 애달파라 아직은 감을 수 없는 눈과 눈이여 / 잊을 수 없는 파아란 정 / 해 저물어 밤이 되면 / 별똥은 반짝거려 / 아아 애달파 / 지금 사랑하는 사람들 / 스러져 나날이 하늘은 깊어만 가고 // 여기 있는 건 내 덧없는 몸짓과 말뿐 / 메아리와 파도소리와 / 해맑은 좁은 마당엔 / 꽃 축제 울리는 / 쇠가죽 북소리만 은은해 // 아아 날고프구나 날고 싶어 / 부릉부릉 온 몸을 울려 / 사라진 모든 것 / 파랗게 걸린 저 하늘을 / 힘차게 비상함은 / 내 진작 품어온 바람!" —「항공일에」 전문

67 홍용희, 앞의 글, 286~289면.

칼을 휘두르는 무사 역시 우주의 질서를 따르는 행위로 격상된다. 이때 "무사는 더 이상 한 사람의 개인으로 행동하는 것이 아니라 철저하게 탈주체화(desubjectivization)된다."[68] 빅토리아는 여기서 일본인 불교학자 스즈키 다이세쓰의 말을 빌린다. "살생하는 것은 사실 무사가 아니라 칼 자체이다. 무사는 누구에게도 해를 가하려 하지 않으나 적이 나타나 스스로 해를 입는다. 마치 칼이 저절로 정의를 실현하는 것과 같다. 정의는 곧 자비다."[69] 이와 같은 태도는 지젝이 지적하고 있듯이, 근본주의적인 '선(禪)'에 포획된 "'붓다의 시선'이 가장 무자비한 살상무기를 지원할 수 있음을 보여주"는 것이며, 이것은 "무형의 초월적 세계와 유형의 한시적 세계를 혼동"한 결과로서 드러나는 파괴적 소산이다.[70] 서정주의 대표적 친일시 「항공일에」 역시 대동아전쟁의 하늘에 동양주의의 신비적 색채를 덧입힘으로써 일제의 대동아전쟁이 동양주의의 정신과 전체성을 회복하는 동양적 '선(禪)'의 전쟁으로 보고 있다는 점에 주목하지 않을 수 없다. 서정주가 그의 친일시를 두고 "국민총동원연맹의 강제 명령에 따라 어쩔 수 없이 쓴 것들"[71]이라는 변명은 하고 있으나, 하이데거가 나치즘에서 '존재'의 계시를 섣불리 발견했듯이, 서정주 역시 대동아전쟁을 통해서 동양정신의 회복을 섣불리 판단한 것으로 볼 수 있다. 실제로 서정주의 친일시는 치밀한 내적 논리를 지니고 있으며, 일본의 대동아공영론을 통해서 동양주의의 전통을 새롭게 발견하고자 했던 것이다.[72] 이처럼 무형

---

68 슬라보예 지젝, 김정아 역, 『죽은 신을 위하여』, 길, 2007, 50면.
69 위의 책, 50~51면.
70 위의 책, 47, 51면.
71 서정주, 「나의 문학인생 7장」, 『80소년 떠돌이의 시』, 시와시학사, 2001, 103면.
72 김재용, 「서정주—전도된 오리엔탈리즘」, 『협력과 저항』, 소명출판, 2004 참조.

의 초월적 세계를 유한의 한시적 세계로 끌어내리고자 하는 '강박'이야말로 '영원'과 '영통'을 갈망하는 형이상학자에게 무서운 질병이다. 서정주 역시 이러한 질병을 앓았다고 볼 수 있는데, 그는 70년대 초반까지도 다음과 같은 진술을 하고 있다.

> 하늘도 사람 있고서의 일일테니 제발 좀 사람과 무엇으로건 가까운 것이 돼야 할 것만은 거부할 수 없는 일 아닐까?[73]

서정주가 친일시의 내적 논리 이후 '신라정신'을 절대화함으로써 얻으려 했던 것은 유한한 세계의 불안을 잠재울 수 있는 절대적 진리에 대한 개안, 그리고 합일에서 비롯되는 충일감의 지속이다. 그 충일감에 대한 욕망이 강할수록 과거 어느 한 시점의 신비화와 절대화는 필연적으로 따라오기 마련이다. 이는 곧 고대와 현대를 매끄럽게 이을 수 없는 단절점을 제거하기 위한 전략이라 할 수 있다. 신라 향가 〈혜성가〉의 한 구절인 "길 쓸 별 바래고"와 같은 천상의 이미지에 매료되어 하늘과 인간의 '영통(靈通)'과 '영원'의 정신성이 존재하리라 믿은 신라의 모습[74]은 시적 진실과 실제 진실을 구별하지 못한 상상계적 나르시시즘에 지나지 않는 것이다. 따라서 당대의 비평가들은 서정주의 '신라정신'에 대해 매우 비판적일 수밖에 없었다. "신라도 결코 지상의 낙원은 아니었"으며 "피비린내 나는 투쟁의 과정 속에서 이룩된 문화, 그것이 신라의 문화"라는 점에서 서정주의 '신라정신'은 "회고주의의 망상"에 불과하다는 지

73 서정주, 「내가 차지한 하늘」, 『세대』, 1973.4, 349면.
74 서정주, 「신라의 영원인」, 『세대』, 1963.7 참조.

적[75]이나 "역사의식이나 전통의식"없이 "단층적인 신라의 하늘에로 향하는 복고주의"의 "왜곡된 허(許)"[76]라는 비판은 '신라정신' 이면에 감춰진 실재를 드러낸다.

서정주의 신라정신이 가지고 있는 문제점은 한국문학의 전통문제에 깊이 개입된다. 신라정신은 4월혁명 이후의 현실감각을 굴절시키고 왜곡시키는 중요한 문학적 거점을 형성하기 때문이다. 김우창의 논의를 빌려 말하자면, 서정주의 초기시만 하더라도 "강렬한 관능"과 "대담한 리얼리즘", 다시 말해 "육체와 정신의 필연적인 갈등"이나 "개인과 사회의 갈등"을 전제한 것이었지만, 후기시의 종교적·무속적인 입장은 "그 직시적(直時的)인 구제의 약속으로 그의 현실 감각을 마비"시켜버렸기 때문이다. "경험과 존재의 모순과 분열"을 변증법적으로 탐구했던 그의 시가 "일원적 감정주의"로 후퇴함으로써 "그의 시는 한국의 대부분의 시처럼 자위적인 자기만족의 시가 되어버린 것이다."[77] 이와 같은 비판은 서정주의 실패가 서정주 개인만의 것이 아니라, "한국의 현대시 50년의 핵심적인 실패를 가장 전형적으로 드라마타이즈 해준다"는 점에서 쉽게 지나칠 수 없는 문제로 남는다. 김윤식의 말대로, 전통에 대한 강박은 작가 스스로가 안고 있는 "현대의 불안을 스스로 대결하지 못하고 과거 속으로 도피하려는 무의식적인(의식적이든) 욕망을 폭로하는 일"에 지나지 않으며, "이 현실도피적 혐의를 전통 운운하는 축들에게 돌려주어도 마땅할 혐의가 없지 않"기 때문이다.[78] 전통의 상상적 재구성은 과

75 김동욱, 앞의 글, 217～221면.
76 구중서, 「서정주와 현실도피」, 『청맥』, 1965.6, 117～124면.
77 김우창, 「한국시와 형이상－하나의 관점」, 『세대』, 1968.7, 334면.
78 김윤식, 「역사의 예술화－신라정신이란 괴물을 폭로한다」, 『현대문학』, 1963.10, 185면.

거의 신화적 기억을 바탕으로 하기 때문에 현실의 역사적 현재성을 탈각시키는 결과를 낳는다. 예술이 역사와 긴밀하게 조응하고 결합되어야 함에도 불구하고 일제 말기의 전통론이 동양정신주의로 전신(轉身)했듯이, 1960년대에는 신라정신으로 전신하기에 이른 것이다. 이는 결국 전통론이 역사적 현실을 추상화함으로써, 지금 현재의 역사를 외면하거나 관심을 두지 않는다는 외부의 비판을 잠재우기 위한 전략으로서 기능하고 있음을 보여준다.

3. 혁명정신의 미학적 전유와 탈정치적 전략

1) 혁명의 형식화와 문학의 문화화

1960년대 문단은 4월혁명의 정신성을 문학적으로 호출해내고자 하는 경향과 더불어, 새로운 문화 감각으로 나아가고자 경향을 뚜렷하게 드러내고 있다. 이른바 '4・19세대'라 불리는 문인들은 주로 『산문시대』(1962), 『비평작업』(1963), 『사계』(1966), 『68문학』(1969) 등과 같은 동인지와 더불어, 『한양』(1962), 『청맥』(1964), 『창작과비평』(1966), 『상황』(1969), 『다리』(1970) 등의 잡지를 통해 4・19세대의 담론을 전개시켜나간다. 『한양』・『청맥』・『상황』은 『창작과비평』의 비평적 모태라고 할 만큼[79] 4월혁명 이후의 담론적 쟁점을 주도해나갔으며, 『창작과비평』은 1960년대의 성과를 1970년대 이후까지도 지속적으로 계승·발전시키는 저력을 보여주었다. '4·19세대' 문인들은 『창작과비평』과 『문학과지성』(1970) 에꼴로 분화되기 전까지만 하더라도 비평적 관점에 개별적인 차이가 있었음에도 불구하고 '4·19세대'라는 상징적 결속력이 더 강하게 작용하고 있었다. 그러나 『문학과지성』의 창간 이후부터 이들은 『문지』와 『창비』 에꼴로 분화되었으며 본격적인 담론 투쟁에 돌입하게 된다.

여기서 보다 주목해야 할 것은 4월혁명의 정신을 '미학적'으로 순치시켰다고 볼 수 있는 『문지』 에꼴이다. 김주연, 김치수, 김병익과 더불어 김현의 주도하에 1960년대 후반부터 작동하기 시작한 문학적 취향 체계의 형성과정은 지식, 교양, 취미, 감수성 등의 '문화적 자본'의 공유에 뿌리를 두고 있었다.[80] 사실상 이들이 집중한 것은 4월혁명정신의 계승이라기보다는 그것의 미학적 '전유'를 통한 담론투쟁이라고 할 수 있다. 4·19세대를 수식하는 상용어구가 되어버린 김현의 다음과 같은 진술을 한 번 보도록 하자.

> 4·19는 성공한 혁명은 아니었지만 완전히 실패한 혁명도 아니었다. 그것은, 한글로 사유하고 글을 쓰고 행동하는 세대가 하나의 실천적 세력으로 존재하고 있다는 것을 보여준 사건이었으며, 민주주의가 책에만 씌어져 있는 제도가 아니라 한국민이 싸워 얻어야 하는 제도라는 것을 가르쳐준 사건이었다.[81]

79 기존의 비평사 연구에서 『창비』는 4월혁명 이후의 참여문학론, 민족문학론, 리얼리즘 문학론의 거점이 되는 매체로 알려져 왔지만, 『창비』의 이러한 담론은 주로 『한양』(1962), 『청맥』(1964), 『상황』(1969)의 비평적 쟁점을 계승한 결과였다. 하상일, 『1960년대 현실주의 문학비평과 매체의 비평전략』, 소명출판, 2008 참조.

80 임영봉, 앞의 책, 188면.

81 김현, 『김현 문학전집』 7, 문학과지성사, 2003, 231면.

'4 · 19세대'를 "한글로 사유하고 글을 쓰고 행동하는 세대"로 규정하는 김현의 진술에 대해서 정과리는 그 근저에 깔린 세대의식의 논저를 분석한 바 있다.[82] 그러나 4 · 19세대를 한글세대로 묶어버리는 김현의 전략은, 윤지관의 표현을 빌리자면, "4 · 19를 살아 생동하는 삶에서 강제로 끌어내어 형식주의 속에 환원시키는 일"[83]에 지나지 않는다. '4 · 19세대'가 최초의 '한글세대'라는 점 때문에 결속된다는 논리는 4월혁명의 의미를 지나치게 문화적인 차원으로만 이해하는 오류를 내포한다. 그래서 '한글세대'라는 논법은 지나치게 '뜬금없는 소리'라는 평[84]을 면치 못한다. 또한 "혁명을 민중이니 시민이니 하는 역사적 주체의 문제가 아니라 학교에서 일본어가 아닌 한글을 배운 '한글세대'의 등장이라는 문제로 대치시킴으로써 교묘하게 혁명의 사건으로서의 성격을 흐려버리는, 김현의 글에서 그 당시 흔히 쓰이던 서술방식과 무관하지 않"은 것이다.[85] 이는 '4 · 19세대'의 문학적 자기동일성을 확보함으로써 앞 시기 비평세대와의 인정투쟁에 돌입하기 위한 전략적 거점을 마련하고자 했다는 사실을 암시한다. 권성우 역시 '4 · 19세대'의 비평을 인정투쟁의 차원에서 접근하며 50년대 작가와 비평가에 대한 '4 · 19세대' 비

82 정과리는 김현의 강렬한 세대의식의 근저에 깔린 논리를 다음과 같이 도식화한다. ① 적어도 문학에 관한 한, 시대 구분은 문학을 가능케 하는 매체, 즉 언어의 존재론적 양태에 의해서 행해져야 한다. ② 현대 한국 문학을 한국어로 씌어진 문학이라 할 때, 한국 문학은 해방 후가 되면서 필요조건을 온전히 갖추게 되었다. ③ 한국의 비평도 이와 같다. 정과리, 「김현 비평의 현재성」, 『문학과사회』, 2000 여름, 422면.

83 윤지관, 「세상의 길—4 · 19세대 문학론의 심층」, 『4월혁명과 한국문학』, 창작과비평, 2002, 257면.

84 윤지관이 소개한 것처럼, 한글세대와 4 · 19세대의 억지스러운 연결은 이명원(『타는 혀』, 새움, 2000, 190~196면)과 염무웅(「1960년대와 한국문학」, 『작가연구』 3호, 새미, 1997, 237~238면)을 통해서도 제기되고 있다.

85 윤지관, 앞의 글, 260면.

평의 공정성에 의문을 제기하고 있다.[86] 그렇다면 4월혁명에 대한 김현의 강박은 어떻게 이해해야 할까? "내 육체적 나이는 늙었지만, 내 정신의 나이는 언제나 1960년 18세에 멈춰 있었다. 나는 거의 언제나 사일구 세대로서 사유하고 분석하고 해석한다"[87]라는 고백과 달리 실제로 김현이 4월혁명에 대한 구체적 사유를 보여준 적이 없음을 윤지관은 냉소적으로 지적한다. 따라서 김현의 4월혁명은 역사적 실재로 다가왔다기보다는 미학적 전유를 통해 급격한 내면화의 과정을 거쳤다고 보는 것이 합당할 것이다. 실제로 김현은 4월혁명을 유발한 구체적 사회현실보다는 언어의 문제에 보다 예민하게 천착하고자 했다.

태초와 같은 어둠속에 우리는 서 있다. 그 숱한 언어의 난무 속에서 우리의 전신은 여기 이렇게 초라한 모습으로 서 있다.

이 천년을 갈 것 같은 어두움 그 속에서 우리는 신이 느낀 권태를 반추하며 여기 이렇게 서 있다. 참 오랜 세월을 끈덕진 인내로 이 어두움을 감내하여 우리 여기 서 있다.

그러나 이제 우리는 안다. 이 어두움이 신의 인간창조와 동시에 제거된 것처럼 우리들 주변에서도 새로운 언어의 창조로 제거되어야 함을 이제 우리는 안다. 유리아의 얼굴을 발견한 싼타 마리아의 일군이 우리는 기꺼이 된다. **얼어붙은 권위와 구역질 나는 모든 화법을 우리는 저주한다.** 뼈를 가는 어두움이 없었던 모든 자들의 안이함에서 우리는 기꺼이 탈출한다. 썩은 유리아의 얼

86 권성우, 「4 · 19세대 비평의 성과와 한계—비평적 인정 투쟁의 논리를 중심으로」, 『문학과사회』, 2000 여름 참조.

87 김현, 「책머리에」, 앞의 책, 2003, 13면.

굴만을 애완물처럼 매만지고 있는, 이카루스의 어쩌면 절망적인 탈출이 없는 모든 자의 언어와 우리는 결별한다. 새로운 유리아의 얼굴을 발견함이 없는 모든 자와 우리는 결별한다. 내부에서 터져나오는 욕망을 처리하기 위해 집을 나가는 탕자를 우리는 배운다. **모든 어두움 속에 파묻힌 죽어버린 언어를 박차는 탕자의 의지를 우리는 배운다.**

이제 우리는 청소부이다. 유리아의 얼굴을 닦아내는 싼타 마리아의 인부들이다. 우리는 이 투박한 대지에 새로운 거름을 주는 농부이며 탕자이다. 비록 이 투박한 대지를 가는 일이 우리를 완전히 죽이는 절망적인 작업이라 할지라도 우리는 우리 손에 든 횃불을 던져버릴 수 없음을 안다. 우리 앞에 끝없이 펼쳐진 길을 우리는 이제 아무런 장비도 없이 출발한다. 우리는 그 길 위에서 죽음의 팻말을 새기며 쉬엄없이 떠난다. 그 팻말 위에 우리는 이렇게 다만 한마디를 기록할 것이다. '앞으로!'라고.[88] (강조는 인용자)

『산문시대』(1962) 창간선언에서 주목하고 있는 대상은 다름 아닌 '언어'이다. 김현의 '4 · 19세대'에게 혁명 이전의 시간은 "태초와 같은 어둠 속"이었으며, 그 어둠은 "얼어붙은 권위와 구역질나는 모든 화법"의 "난무"에서 비롯된다. 그래서 김현을 비롯한 '4 · 19세대'는 "새로운 언어의 창조"를 통해서 이 어둠의 난무를 제거하고자 했다. 1960년대에 창간된 많은 매체가 창간사에서 구체적 사회현실을 언급하고 있음을 볼 때,[89]

---

88 김현, 「선언」, 『산문시대』 1, 가림출판사, 1962, 3면.

89 예컨대 『한양』(1962.3)의 창간사는 "미 군정과 이승만 정권, 장면 정권, 그리고 오늘의 혁명 정부—이렇게 한국의 오늘은 다난(多難)하였다. 六 · 二五 동란의 참혹한 전화(戰禍), 四 · 一九의 절규, 그리고 五 · 一六의 무혈 군사혁명, 이렇게 한국은 아우성치며 달려가고 있다. 그 많은 역사의 장마다 갈피갈피 숨은 이야기는 끝이 없고 그 많은 이야기 속에 조국은 고동치고 있다"라는 문장을 포함하고 있으며, 『청맥』(1964.8)의 창간사 또한 한국의 역사적 곤경

김현이 주도하여 작성한 『산문시대』의 창간 선언에서는 독특하게도 고도로 추상화되고 관념화된 주체로서의 '우리'를 만날 수 있는 것이다. 그 '우리'란 다름아닌 김현이 칭(稱)한 바의 '4·19세대'이겠으나, 정작 『산문시대』의 정신성은 4월혁명의 구체적 현실과는 전혀 무관한 언어적 자의식과 존재론적 성찰에 대한 열망에서 출발하고 있다. 실제로 얼핏 보기에도 『산문시대』의 분위기는 4월혁명의 현실성과는 너무나도 동떨어져 있음을 눈치 채지 않을 수 없다.

『산문시대』의 1960년대적 의미에 대해 놀라운 성찰을 보여주었던 김윤식의 말[90]을 빌리자면, 『산문시대』는 "현실과 환상의 거리재기" 속에서 탄생한 것이며, "환상적 기준에 집약"될 60년대 문학의 특질에 대한 중요한 징후의 기능을 수행한다. 이 환상은 4월혁명이 초래한 것으로 자유를 무제한적으로 누릴 수 있다는 환상이다. 관념상의 자유가 구체적 현실 속에서 표출되는 순간의 체험은 낯선 풍경이며, 그런 점에서 4월혁명은 '괴물'이 될 수밖에 없었다. 마찬가지로 자유를 철저히 무화시킨 5·16 군사정권의 등장 역시 '4·19세대'의 눈에 이해될 수 없는 낯선 '괴물'이었는데, 이와 같은 "괴물의 이중성"으로 인해 '4·19세대' 문인은 환상 속으로 진입할 수밖에 없었다는 것이다.[91] 그리고 김윤식은 환상의 근본적

과 환희의 순간을 나열하면서 4월혁명을 언급한다. 『상황』(1969.7)의 짧은 창간사 역시 "사회체제"의 "폭력성"과 "현실상황을 향한 이성적 파악"을 강조함으로써 구체적 현실에 대한 문학적 치열성을 드러낸다.

90 김윤식, 「어떤 4·19세대의 내면풍경–김현론」, 『운명과 형식』, 솔, 1992 참조.

91 실제로 김현은 4·19를 괴물로 표현한다. "사일구는 문화사적으로 두 모습을 갖고 있었다. 하나는 사일구의 성공적 측면에서 연유하는, 가능성의 세계와 현실의 세계는 하나일 수 있다는 긍정적 얼굴이었고, 또 하나는 사일구의 부정적 측면에서 연유하는, 이상은 반드시 현실의 보복을 받는다는 부정적 얼굴이었다. 사일구의 그 두 얼굴을 동시에 바라다본 사람들에게 사일구는 괴물처럼 보였지만, 그것의 어느 한 면만을 바라다본 사람들에게 사일구는 각각 환희와 절망을 뜻하는 것이었다." 김현, 「60년대 문학의 배경과 성과」, 앞의 책, 2003, 239면.

인 원인을, '4 · 19'를 죽음으로 인식하고 현상학적 환원으로 돌려버린 데서 찾는다. "죽음의 표상"으로서의 4 · 19 앞에서 김현은 방황할 수밖에 없었고 "사월(四月)인지 사월(死月)인지 영 알 수 없"(「인간서설」, 『산문시대』 제1집, 5면)게 된 자리에서 4 · 19를 향한 '의식의 의식'(현상학적 환원)에 대한 천착을 감행할 수밖에 없었던 것이다. "의식"이란 "언어 자체"였고, 문학은 "언어로 사유되는 부재의 탐구"였다. 이때 4 · 19는 역사적 · 사회적 문맥을 상실할 수밖에 없다. 따라서 김현은 의식의 절대성에 대한 사유와 내성의 탐구에 복무하게 되었다는 것이다.

그러나 4월혁명이 남긴 정신적 충격이 지식과 행동의 일치였다는 관점에서 보았을 때 김현의 '4 · 19세대'는 확실히 4월혁명을 "분열증"[92]적으로 전유하고 있는 셈이다. 4월혁명이 지식인에게 던진 충격이 지식과 행동이 일치되는 '존재의 계시'와도 같은 순간에서 비롯되었다면, 문학인 및 지식인이 느껴야 했던 숱한 무력감과 자괴감은 4월혁명의 진정한 충격이 어디에서 기인하는지를 보여준다. 그러나 김현의 '4 · 19세대'는 언어적 자의식만이 미만(彌滿)했을 뿐, 현실과 문학의 괴리 혹은 문학적 실천에 대한 자각은 전혀 내보이질 않고 있다. 이들은 지식과 행동의 일치라는 혁명의 정신성을 처음부터 외면했으며 4월혁명체제의 급격한 붕괴로 인한 혁명세대의 좌절감마저 추상적 수준의 것으로 변질시켰다. 그리하여 이들은 혁명을 부재의 것으로 파악함으로써 존재론적 내성(內省)의 세계로 들어가고 만 것이다. 이러한 사실은 4월혁명에 긴밀히 유착된 지식인 혹은 문학인의 일반적인 정신의 궤도를 이탈

92 김윤식, 앞의 글, 1992, 63면.

해 있는 것임을 말해준다. 김현의 '4・19세대'는 확실히 4월혁명을 부재의 자리로 환원시켜 놓고 존재와 언어를 사유하고자 했으며, '감수성의 혁명'[93]과 같은 비평적 수사를 승인함으로써 4월혁명을 미학(문학)적으로 전유하는 데 성공했던 것이다.[94] 실제로 1960년대의 문단은 '감수성의 혁명'이라는 비평적 수사를 통해 대중적 인증을 확보해 나갈 수 있었으며,[95] 이는 자연스럽게 "언어와 문자, 사유와 표현이 일치될 수 있는 첫 모국어 세대"[96]의 특징이라는 김현의 비평적 수사의 형태로 지금까지 반복 귀속되고 있다.

한글세대로서의 새로운 언어감각과 '감수성의 혁명'이라는 비평적 수사를 통해 4월혁명의 미학적 전유가 성공함으로써 '4・19세대' 문인들은 문학적 헤게모니를 획득할 수 있었다. 더구나 김현의 '4・19세대'는 정치적 탄압의 대상이 전혀 될 수 없었다는 점에서 60년대 문단에서 훨씬 유리한 고지를 점령할 수 있었다. 이는 김현의 문화적 자신감으로 드러나기도 한다. "사일구와 함께, 우선은 문화적 자신감이 거대하게 분출하였다. 사일구는 1960년에 20세에 도달했던 젊은 세대들을 문화의 전면에 내세워, 60년대를 그들의 연대로 만들었지만, 60년대를 같이 산 다른 세

93 유종호, 「감수성의 혁명」, 『비순수의 선언－유종호 전집』 1, 민음사, 1995 참조.

94 1950년대 후반에 등단한 유종호는 김현의 '4・19세대'에 포함되지 않음에도 불구하고, 유종호의 비평관이 언어에 주목하는 경향을 보이고 있음을 미루어보건대 김현의 '4・19세대'와 비평적으로 겹치는 부분이 있다고 볼 수 있다. 결국 유종호의 '감수성의 혁명'이라는 비평적 수사는 '4・19세대'에 미학적 전유의 정당성을 제공하는 결과를 초래했던 것이라 볼 수 있다.

95 1966년도 중요한 베스트셀러 목록에는 홍성원의 『D데이의 병촌』(창우사), 박계형의 『머무르고 싶었던 순간들』(신아출판사), 김승옥의 『서울, 1964년 겨울』(창우사)이 오르고 있다. 특히 이 해의 가장 큰 수확은 김승옥의 소설집이라고 평가되는데, 20대 젊은 작가의 감각적이고 재기발랄한 문장, 그리고 다양한 소재 등은 많은 독자와 평론가의 갈채를 받으며 베스트셀러가 되었다. 이임자, 『한국출판과 베스트셀러』, 경인문화사, 1998, 181면 참조.

96 김병익, 「4・19, 혁명으로의 진화」, 『한국일보』, 2010.2.4, 30면.

대들도 젊은 세대들 못지 않게, 아니 더 강렬하게 문화의 전면에 내세웠다"[97]라고 김현은 말한 바 있다. 4월혁명의 정신성은 1960년 4월에 발산되었던 '날것' 그대로 지속될 수 없었으며, 정치적 탄압 속에서 어떤 식의 변형 과정을 거쳐야만 했다. 이는 김현의 '4·19세대'가 4월혁명정신을 미적으로 변형했음에도 불구하고 강한 생명력을 유지할 수 있었던 이유가 된다. 실제로 김현은 현실의 미학적 변형에 대한 감각을 보여주고 있는데, 그것은 '상상체계'의 교체라는 비평적 시도로 드러난다.

> 좀 더 미학적인 표현을 빌리면, 한 시대의 상상체계가 이미 자기 세대의 상상체계를 파악하는 데 낡아버린 것이라는 자각이 바로 위기를 느끼는 정신이다. 그렇다면 오늘날의 비평가들은 과연 그런 위기를 느끼고 있는가, 아니 보다 더 정직한 말로 그런 평론가들이 있느냐라는 것을 밝히려는 것이 이 소고(小考)의 목적이다. 부산물로서 요즘 한창 유행이 되고 있는 저 '참여와 순수'라는 문제에 대한 나 나름의 해결이 주어지기를 기대한다.[98]

김현은 위 글에서 "위기를 느끼는 정신"을 "한 시대의 상상체계가 이미 자기 세대의 상상체계를 파악하는 데 낡아버린 것이라는 자각이 바로 위기를 느끼는 정신"인 것으로 설명한다. 그는 1960년대 한국 비평계의 '새로운 물결'을 크게 두 갈래로 나누고 있다. "사회학적인 측면에서 문학에 접근해 나가려는 태도"와 "완전히 미학적인 태도에서 문학작품에 접근해 나가려는 태도"가 그것이다. 김현이 말하는 "상상체계"란 미

97 김현, 「60년대 문학의 배경과 성과」, 앞의 책, 2003, 239면.
98 김현, 「한국비평의 가능성」, 『68문학』, 한명문화사, 1969, 145면.

학적 태도에 기반한다. '참여와 순수'의 지속적인 도식이 초래하는 병폐를 김현은 제거하고 싶어 하는데, 1930년대의 카프문학에서 불거진 "계몽, 살인, 방화"가 1950년대에도 "저항, 증언, 참여" 등으로 바뀐 것 이상의 논의를 형성시키지 못하고 있음을 비판한다. 그리고 이어령・이철범・유종호와 같은 50년대 비평가들을 거쳐서 이어지는 "사고의 지독한 악순환"을 폐기하는 것이야말로 '4・19세대' 비평의 소명임을 천명한다. 이러한 비평적 패기는 '4・19세대'야말로 "우리가 아는 한 역사상 가장 진보적인 세대"라는 자부심에서 비롯된다. 4월혁명 직후부터 5・16이 일어나기 전까지 "거의 완전한 리베랄리즘"을 성취하고 있었고 "무엇이든 하면 된다는 이상주의적 시대"를 체험한 세대이기 때문이다. '상상력'과 '자유'는 김현 비평의 키워드로 작용하며, '4・19세대' 『문지』에꼴의 비평 방향을 결정짓는다. 그러나 김현 비평의 한계는 그의 데뷔작 「나르시스 시학」이 미리 암시하듯이 주로 상상계적 세계를 창출해내는 데 바쳐지고 있다는 점이다. 그의 상상력과 자유는 4월혁명의 발단이 된 사회현실과 5・16 이후의 시대현실을 직시하게 하는 것이 아니라, 개인의 섬세한 내면을 관통함으로써 얻어지는 미학적 지평의 확장과 새로운 감수성의 추구에 매진토록 하는 비평적 근거로 기능할 뿐이었다. 4월혁명의 정신성은 김현의 '4・19세대'에 이르러 소거되고 말며, 그 언어적 형식만이 남아 60년대 문학을 세련되게 치장하게 된 것이다.

4월혁명의 정신성에 대한 '4・19세대'의 미학적 전유는 1960년대의 지식인들을 둘러싼 정치적・문화적 상황과도 기묘하게도 일치한다. 60년대 지식인들이 4월혁명을 폭력적으로 전유한 군사정권체제하에서 전문화(專門化)된 학문의 자율적 영역으로 퇴행해들어 간 것처럼, 김현을 포함한 '4·19세대' 비평가 그룹 또한 정치색을 탈각시키고 미학의 영역으로 칩거해 들어간 것이다. 4월혁명의 쇠락과 군사정권의 근대화 정책으로 인한 60년대의 급속한 사회경제구조의 변화는 지식인의 비판 정신을 무디게 하는 시대적 배경이 된다. 4월혁명 직후 폭발적으로 표출되었던 지식인들의 정치적 발언과 현실비판정신은 혁명 이후 범람하기 시작한 정체불명의 문화의 소용돌이 속에 용해되기 시작한 것이다. 정치적 사안이 문화적 사안으로 전치되는 과정을 통해 지식인들은 문화에 대한 비판적 사유로 점진적으로 빠져들게 된다. 다시 말해 정치에 대한 직접적 비판이 '문화'라는 우회로를 경유하면서 문화와 정치는 분리되는 것이다. 그러나 문화와 정치의 분리는 피억압의 차원에서 이루어진 것이지만 권력의 작동체계 내에서는 더욱 강력하게 결합된 것이라 할 수 있으며, 이는 곧 '문화정치'의 형태를 띠게 된다. 지배계층의 입장에서 볼 때 문화정치가 지닌 가장 강력한 효과는 정치가 '문화'의 외피를 입는 순간 정치는 간접화되고 만다는 사실이다. 문화 담론의 장은 정치적 비판의 완충지대 역할을 하는 동시에 지식인들이 자율성의 공간을 제공받은 듯한 환영(illusion)을 불러일으키는 기능을 수행하기 때문이다. 문화와 정치가 분리될 수 없음에도 불구하고[99] 이러한 전략

99 송욱은 문화의식과 정치의식의 분열을 비판·경계하는 글을 쓴 바 있다. 그는 이광수의 논설에 결여된 정치의식을 지적하며, 문화의식과 정치의식의 분열을 비판한다. 이광수는 일제 치하의 조선현실의 극복을 말하는 과정에서 "신(新)정신문명의 창작에 착수할지어다"라는 주장을 전개하고 있는데, 이 구절에서 이광수의 문명관이 이미 문화의식과 정치의식이 분열되었음을 알 수 있다는 것이다. 그리고 송욱은 다음과 같은 말을 덧붙이고 있다. "정치적 주권이 없는 문화가 어떻게 올바로 발전할 수 있으며, 또한 근대세계에서 특히 이 나라에서 문화와 정치가 분리되는 것을 일제가 결코 허용하지 않았음은 그 뒤에 춘원(春園) 자신이 몸소 겪은 정치적 박해와 그 결과 어쩔 수 없이 드러난 민족에 대한 그의 정치적 배신이 증명하고 있다. 우리는 또한 근대화의 과정에 접어든 다음에 三六년 간을 일제의 지배 밑에서 문화활동을 할 수밖에 없었던 까닭에 한국의 문화는 시민활동과 아무런 관계가 없었을 뿐더러 정치구조나 사

이 지식인들에게 실질적으로 먹혀들었던 까닭은 4월혁명 직후의 정치적 자유가 군사정권 이후부터는 통용될 수 없었기 때문이다. 이로 인해 지식인들은 정치 담론의 장에서 문화 담론의 장으로 자연스럽게 흘러 들어가고 만다. 정치적으로 무기력한 상황 속에서 지식인이 할 수 있는 일이란 적당히 전문적인 지식과 세련된 교양으로써 정체불명의 문화에 비판적 거리를 두거나 문화를 창발적으로 고양시키는 일에 지나지 않을 것이다. 지식인의 이러한 역할이 무의미한 것은 아니지만, 지식인은 문화적 담론 속에 감금됨으로써 정치적 담론의 장에서의 영향력을 결국 상실하게 되는 것이다. 특히 김현의 비평은 60년대의 정치적 억압과 무관하게 최대한 자유로웠던 상상계적 문화공간을 그야말로 '상상'한다. "신문 · 잡지 · 주간지는 지식인들의 사유의 결과를 발표할 수 있는 자리였고, 자신이 자신을 마음 놓고 의탁할 수 있는 자리였다"[100]처럼 60년대 언론상황에 대한 김현의 인식을 고려할 때 이것은 보다 분명해진다.

2) 문학무용론과 참여의 실재성 – '순수'와 '참여'의 교차점

4월혁명은 1960년대를 지배했던 역사적 사건이기도 하지만, 60년대 이후 한국문학정신을 지배하는 정신사적 사건이기도 하다. 4월혁명 이

회구조와는 별로 관계가 없이 매우 추상적이며 관념적으로 변질한 일면을 오늘날까지 지니게 되었다. 그리고 춘원의 논설은 이러한 결함을 아주 뚜렷이 보여주고 있다." 송욱, 「한국지식인과 역사적 현실 – 수양이냐, 출세냐, 정치참여냐?」, 『사상계』, 1965.4, 209면.

100 김현, 「60년대 문학의 배경과 성과」, 앞의 책, 2003, 242면.

후 단계적으로 재개된 참여·순수논쟁은 4월혁명이 아니었으면 불가능했음에 틀림없다. 4월혁명 직후 불거진 많은 문학적 논의는 정치적 무관심(apathy)과 문학의 무용성에 대한 비판적 성찰, 그리고 이로 인한 자괴감 속에서 전개된 것으로 4월혁명 당시 학생청년을 비롯한 민중들이 흘린 피가 아니었으면 불가능했을 것이다. 순수참여 진영 구분할 것 없이 모두 문학의 기능과 역할에 대해서 새로운 목소리를 내고 있을 정도로 4월혁명이 당대 문인들에게 미친 영향은 매우 보편적이었다. 4월혁명 직후 대부분 매체들은 문인들을 포함한 지식인들의 감격에 찬 일성(一聲)들을 싣고 있다. 예컨대 『새벽』지의 1960년 5월호는 1960년 2월부터 4월에 이르기까지의 혁명적 상황에 대한 각계 인사들의 감격어린 글들을 싣고 있는데, 특히 문인들의 경우 혁명 이전의 문학적 경향과 무관하게 혁명적 상황에 대한 감격을 드러내고 있다. 문학적 경향과 세대를 막론하고 이들은 혁명적 상황에 대해서 같은 목소리를 내고 있는 것이다. 물론 혁명적 상황에 대하여 무임승차한 문인들에 대한 비판들이 이후에 지속적으로 쏟아지긴 하지만, 4월혁명이 지니는 역사적 의미와 상징이 60년대의 한국 사회뿐만 아니라 한국문단에 미친 영향은 혁명 직후부터 시작되었다고 할 수 있다.

특별히 주목해야할 것은 순수문학주의자들의 4월혁명에 대한 반응인데, 순수문학진영의 대표적 논자라고 할 수 있는 김동리·서정주·이형기의 4월혁명에 대한 반응은 눈에 잘 띄지 않는다.[101] 혁명 이전의

101 서정주의 경우 『예술원보』(1960.12)에 「4·19혁명에 순국한 소년 시인 고 안종길군의 영전에」라는 시를 발표한 바 있으나, 이후의 행보를 보면 4월혁명에 대한 진정성을 지녔다고 보기 힘든 것으로 생각된다.

순수문학 논쟁에서 문학의 정치성을 배격했던 이들이 4월혁명에 대한 문학적 입장을 밝히기란 난감한 일이었음에 틀림없다. 1960년대 참여순수논쟁에서조차 이들은 4월혁명에 대한 언급을 거의 하지 않는다. 4월혁명은 직접행동을 통해서 역사를 바꾸어나간 현대정치사의 유례없는 사건이었다는 점에서 순수문학 진영을 더욱 옥죄게 하는 역사적 사건으로 존재했던 것이다.

그러나 순수문학진영에서 4월혁명에 대한 반응이 전무했던 것은 아니다. 앞서 살펴보았던 김붕구・선우휘와 마찬가지로 1960년대 내내 순수참여논쟁에 적극적으로 개입했던 김양수는 4월혁명 직후 발표한 평론에서 한말(韓末), 일제식민지, 8・15광복, 6・25동란, 그리고 4・19민주혁명 등에 대하여 한국의 문학자가 대처해야 할 자세에 대해 논급한다. 역사적 '격동기' 속에서 한국 젊은 문학자들이 지향하고 모험해야 할 사명은 다름 아닌 '문학행동'임을 주장하고 있는 것이다. '문학행동'의 목적은 역사현장을 선도하는 것이다. 문학자의 행동을 강조하고 있는 셈인데, "행위는 얻어지는 것이 아니"고, "스스로의 힘인 것"이라는 말에서 김양수의 문학적 태도가 뚜렷이 드러난다. 이는 60년대 참여론자들의 입장과 별반 다를 것이 없다. '격동기'라는 단서 조항이 붙긴 했지만, 4월혁명이 순수문학론자들조차도 외면하기 어려운 거대한 역사적 사건이었다는 사실, 그리고 문학과 현실의 분리를 주장하기에는 역사의 현실이 가해오는 압박감이 매우 컸다는 사실을 짐작할 수 있다. 심지어 그는 문학인으로서 "그들이 의욕하고 추구하는 것이 있다면 자유를 노래함에는 죽음조차도 불사하려는 의지"[102]임을 천명한다. 그럼에도 불구하고 그는 언어 중심의 문학관을 끝내 포기하지 않는다. 순수문학론자들은 기본적으로 언어 중심의 문학관을 지니고 있으므로, '언어'의 문제는 '표현'의 문제로, 표현의 문제는 '표현의 자유' 문제로 확장된다. 따라서 '격동기의 문학행동'은 사회를 변혁하고 개혁하는 행위로서의 의미를 지니지만, 그의 문학적 논의는 60년대 후반 4월혁명의 퇴행과 더불어 다시 문학내적 문제로 회귀하고 만다.

> 현실참여파들이 추구하는 현실이 얼마만큼 실재적인 현실에 얽매인 이해에 침식되어있는가를 주시할 필요가 있다. 그러나 문학의 현실은 그러한 이해에 좌우되는 현실이 아니기 때문에 이해관계가 어떠한 해결을 본 다음엔 사라져버리는 그러한 현실이 아닌 것이다. 이해관계를 초월한 작품의 현실로서 날로 새로워지고 맛을 내는 것이다. 그러므로 실재적 현실 앞에선 무용성의 문학작품이 오로지 작품이라는 현실 안에서 영원히 새로워지고 정신상의 감동을 불러일으켜주는 것이다.[103]

김양수는 '문학행동'에서 벗어나 '무용성의 문학'을 주장한다. 참여파의 현실과 순수파의 현실이 전혀 다른 것임을 전제한 후 순수문학의 현실은 이해관계를 초월한 세계로서 이해관계가 소멸하는 순간 무의미하게 사라지는 참여문학의 현실과는 다르다는 점을 강조한다. 다시 말해 참여문학의 현실이 한정성을 지니고 있다면, 순수문학의 현실은 무한성을 지니고 있다는 것이다. 그럴 수밖에 없는 것이 참여문학의 현실이 구체적 역사와 현실에 기반하고 있는 반면에 순수문학의 현실은 그 구

102 김양수, 앞의 글, 1960.7, 214면.
103 김양수, 앞의 글, 1969.4, 300면.

체적 시공간을 삭제하기 때문이다. 따라서 순수문학의 현실은 실제 현실이 아니라 언어 속에 감금된 현실로서 사라질 수도 없고 만져질 수도 없는 가상의 세계인 것이다. 그러나 눈여겨 보아야 할 것은 '격동기의 문학행동'과 '무용성의 문학' 사이에 존재하는 비평 주체의 이질성이다. '격동기의 문학행동'에서 행동의 주체는 문학'인'으로 상정되며, '무용성의 문학'에서 무용한 것의 주체는 '문학' 그 자체이다. '문학'과 '인(人)'의 경계에 대한 인식은 매우 중요한데, 이는 바로 참여문학을 비판하는 논리를 제공하기 때문이다.

실제로 그는 사회적인 현실이 요청하면 문학 같은 것은 집어치우더라도 그러한 현실적인 요청에 발 벗고 나서야 한다는 사르트르의 말을 비판한다. 그것은 문학인의 발언이 아니라 정론가(政論家)의 발언이기 때문이다. 다시 말해 사르트르는 '문학'이라는 가상세계를 빠져나와 정치현실 속에서 행동을 단행하는 행위의 필요성을 역설하고 있는데, 이때 잃게 되는 것은 '문학적 현실'이라는 것이다.[104] 이러한 주장은 1970년대 초반까지 지속된다. "굶주리는 어린 아이 앞에서 '구토'는 무력하며", "계급이 없는 사회와 굶주리는 20억 인류를 위해서 문학을 일시 방기해도 무방하다"와 같은 사르트르의 말을 인용하면서, 언어와 양립할 수 없는 사회참여의 성격을 지적한다.[105] 사회참여는 언어의 영역이 아니며 실제 행동의 영역이라는 점에서 문학을 상실할 수밖에 없다는 것이다. 이러한 주장은 문학의 본질이 언어라는 가상성의 세계를 벗어날 수 없는 까닭에 문학의 사회참여란 있을 수 없다는 점을 각인시킨다.

---

104 위의 글, 299면.

105 김양수, 「참여문학의 문학학살」, 『현대문학』, 1971.8(홍신선 편, 앞의 책, 223면에서 재인용).

따라서 김양수에게 있어서 문학은 "인간의 상상적 의식에 의한" "언어예술의 구실로서 비현실의 세계를 구축"[106]하는 데 그 목적이 있게 된다. 이는 인간의 "삶의 원리"가 "정신의 자각에서 파악되는 것이지 절대로 정치의 원리를 적용 실천한 정치적 해결로 이루어지는 것이 아니"라는 그의 관점과 결코 무관하지 않다. 다시 말해 김양수는 문학의 본질을 현실이 아니라 인간의 상상과 정신 속에 둠으로써 참여문학을 "주체적 자기말살의 유행문학인 것"[107]으로 신랄하게 비판한다.

여기서 주목해야 할 점은 참여문학에 비판적인 김양수의 비평이 오히려 참여문학의 진정한 실재성을 드러내고 있다는 사실이다. 참여문학이 대개 언어적 형상화로서의 참여에 국한되어 있지만, 김양수는 사르트르에 대한 비판을 통해서 문학적 가상을 빠져 나온 사회참여, 다시 말해서 '문학행동'이 아닌 '직접행동'을 강조하고 있다는 것이다.

> 참여문학의 성립을 위해서 사회참여는 필요한 조건이지만, 사회참여에 있어서 문학이 꼭 필요한 조건이 아니라는 사정에서 오는 것이다.
>
> 왜냐하면 참여란 이미 개인이 스스로의 행동에 책임을 진다는 단계가 아니고 명확한 사회참여의 의미이며 그것은 계급투쟁에 있어서의 입장의 선택인 까닭에 그와 같은 사회참여의 성격이 반드시, 문학의 매개를 필요로 하지 않을 뿐 아니라, 결국은 상상력에 의한 개인의 영위에 지나지 않는 문학과는 오히려 양립할 수 없는 성질을 내포하고 있는 것이다. 그리하여 사르트르는 언어예술로서의 문학의, 문학으로서의 소이(所以), 즉 언어의 물체(실물)로서

106 김양수, 앞의 글, 1971 여름(홍신선 편, 위의 책, 225면에서 재인용).
107 김양수, 앞의 글, 1971.5(홍신선 편, 위의 책, 214면에서 재인용).

> 의 실체성과 문학이 지닌 바 비현실세계의 구축이라는 두 가지 요인을 배제시키는 것에서 사회참여의 가능성을 추구해온 논리적 귀결에 이르게 된 것이다. 이것은 또한 사르트르가 문학의 사회참여를 철저한 산문성의 선택에 둔 데서도 오는 것이다.[108]

김양수는 사르트르가 "언어의 물체"로서의 문학적 위상과 "비현실세계의 구축"이라는 문학의 미적 세계를 배척함으로써 문학을 사회참여의 영역에 두고 있음을 지적한다. 사르트르의 문학은 문학의 예술성, 다시 말해 언어의 '존재' 기능이 강한 시 장르보다는 '의미' 기능이 강한 산문을 통해서 사회참여를 시도한다는 점에서 개인의 상상력과는 양립할 수 없는 문학인 것이다. 참여문학을 산문에 국한시킨 사르트르의 문학관은 인간의 내밀한 정신과 상상력을 놓쳐버린 불완전한 것에 지나지 않는다. 김양수가 지적하고 있는 참여와 문학의 관계는 참여문학을 공격하기 위한 의도로 진술한 것이지만, 역설적이게도 1960년대 참여문학론의 기저를 지배하는 예민한 논점을 제시한다. "참여문학의 성립을 위해서 사회참여는 필요한 조건이지만, 사회참여에 있어서 문학이 꼭 필요한 조건이 아니라는 사정"은 참여문학이 안고 있는 매우 중대한 문제가 아닐 수 없기 때문이다. 사회참여라고 했을 때 반드시 문학이라는 매개가 필요하지 않으며, 문학이라는 매개를 거칠 때는 오히려 사회참여의 힘이 무력화되고 만다는 점에서 참여문학은 사회참여와 예술성을 동시에 상실할 수밖에 없다는 것이 김양수의 논리이다. 따

108 김양수, 앞의 글, 1971.8(홍신선 편, 위의 책, 223면에서 재인용).

라서 문학은 결국 사회참여에 적합하지 않은 예술양식이며 인간 개인의 상상력과 정신작용을 형상화할 때 문학의 본령에 근접할 수 있다는 주장은 순수문학 진영의 중요한 논리적 근거로 작용했던 것이다.

김양수의 비판을 있는 그대로 받아들인다면, 참여문학은 언어의 가상성이라는 한계를 넘어서서 직접행동에 가닿을 때 그 진정성을 지닐 수 있다는 자각을 획득할 수 있다. 따라서 참여문학은 그 스스로 직접행동이 되고자 하는 충동으로부터 자유로울 수 없다. 참여문학은 언어라는 가상의 한계를 극복하고자 하는 불가능성의 사유에 직면해야 했다. 김양수의 비판 속에는 그 스스로 직접행동이 되어야 했던 참여문학의 충동이 암시되고 있는 것이다. 그 불가능성에 대한 충동이야말로 참여문학의 진정한 자기성찰이자 순수문학 진영을 압도하는 강력한 힘이자 참여문학의 본질에 대한 가장 급진적인 성찰이라고 할 수 있다.

그러나 참여문학이 현실적으로 할 수 있는 일은 전혀 없다는 '문학무용론'(순수문학 진영의 논리)에 대하여 참여문학 진영은 명백한 답변을 내놓지 못하고 있었다. 순수문학 진영이 주장하는 문학의 본령에 대해서는 관념과 추상의 범위를 벗어나지 못하는 비현실의 것에 지나지 않는다는 비판 정도만이 주된 논조를 이루고 있었다. 혹은 순수문학 진영이 모토로 내건 '휴머니티'에 대한 비판이 잇따르기도 했다. 그러나 그 역시 "새로운 자아가 어떠한 새로운 사회질서를 이룩할 것인가 하는 문제에는 조금도 머리를 쓰지 않고 오히려 내면화의 극한상태를 문학의 차원에 옮기는 데서만 '휴머니티'의 순수성을 지켜 나가겠다는, 바로 이 점이 문학적 '휴머니스트'의 시야를 좁혀놓았을 뿐만 아니라 단순한 현실의 도착(倒錯)에서만 하나의 가능성을 찾게"[109] 했다는 비판 정도로 그친다.

이처럼 순수문학에 대한 참여문학의 대응방식은 소극적이고 현실 도착적 관념성에 대한 비판이 주를 이루었다. 순수문학을 향한 네거티브 전략을 제외하고 참여문학 진영이 제시할 수 있었던 이론적 요점은 겨우 예술의 형식을 통한 참여에 불과했다. 김우종이 현실참여를 일컬어 작자 자신의 "몸둥이만을 그대로 현실에 갖다 바치는 것이 아니라 작자의 생명이 되는 개성을 참여시키는 것"[110]이라 했을 때의 참여문학론은 정확히 예술의 형식을 의식한 것이다. "공동체의 요구를 실현하고 나아가서 상황을 변혁함으로써 주체적인 역사건설을 꾀하기 위하여 현시점에서 작가는 예술의 형식으로 참여한다"[111]는 임중빈의 진술 역시 형식 문제로 회귀하고 만다. 작가의 현실 참여문제를 문학의 형식 수준으로 제한하는 까닭은 참여문학이 어느 정도의 예술성을 확보해야한다는 미적 자의식 때문이기도 하지만, 작가의 현실참여란 문학의 형식을 넘어설 수 없다는 근원적인 자기한계 때문이기도 하다. 4월혁명 직후 문학자의 현실참여적 각성이 직접행동에까지 나아가고자 했음에도 불구하고, 결국은 문학행동의 자리로 되돌아올 수밖에 없던 까닭 역시 글을 쓰는 '작가'로서의 정체성 때문이다.

학생에 비해서, 언론인에 비해서 너무나 무기력했던 문학자는 사월혁명의 피의 의미를 깊이 되씹어 생각해 보아야할 줄 안다. (…중략…) 그렇다고 나는 드레퓨스 사건에 대한 에밀・졸라의 활약 같은 것만을 문학자의 길로 생

109 홍사중, 「한국문학의 오늘의 과제」, 『한양』, 1963.11, 144면.
110 김우종, 「도피와 참여의 문학」, 『현대문학』, 1961.6, 76면.
111 임중빈, 「객관적 상황과 문학」, 『한양』, 1965.8, 219면.

각지 않는 것은 물론이다. 에밀・졸라는 이 사건을 천하에 고발함으로써 무고한 드레퓨스 대위를 살리는 계기는 만들었으나 그것이 그의 작품은 되지 않는 것이다. 까뮤가 예술가로서는 세기의 사건에 휩쓸려들 필요는 아마 없으리라고 말한 뜻이 여기에 있을 것 같다.

다시 말하면 문학자는 작품으로 행동하는 길이 있다는 것이겠다. (…중략…) 인간의 행동은 모두가 일종의 언어인 것이며 언어란 육체와 따로 갈라놓을 수 없는 인간의 주체적인 행위와 불가분의 것이다. 그렇다면 언어를 기록화한 글이라는 것은 인간행동의 항적(航跡)이라고 할 수 있지 않겠는가.

현명하신 독자는 내가 무슨 말을 하고 싶었는지 알 줄 안다. 즉 문학자는 작품으로 행동한다는 것인데, 그렇다면 예술가로서의 문학자는 무엇을 해야 하느냐가 문제될 것이다. 그리고 이 문제에서 문학자는 다시 사회와 대결하지 않으면 안 되게 된다.[112]

4월혁명 직후에도 문학자의 참여는 결국 예술 내의 문제로 회귀할 수밖에 없었다. 드레퓌스 사건에 대해 직접행동에 나섰던 에밀 졸라를 사회참여의 전범으로 진술하면서도 문학자는 작품으로 '행동'해야 함을 박용구는 역설하고 있다. 에밀 졸라의 저항적 실천 자체가 예술이 될 수 없다는 점에서 문학자는 문학을 통해서 참여해야 한다는 점을 강조하고 있는 것이다. 문학자이자 사회인인 작가의 운명은 사회인으로서 역사에 책임을 져야 하지만 문학자로서의 사명 또한 있다는 주장이다. 김붕구는 이런 맥락에서 작가의 자아를 창조적 자아와 사회적 자아로 구

112 박용구, 「문학자는 항상 성낸다—'뜨뜨미지근'에서의 탈피들」, 『새벽』, 1960.9, 230면.

분함으로써 문학은 결국 창조적 자아로 회귀할 수밖에 없음을 역설한 바 있다. 홍사중 역시 서정주의 순수문학론을 비판하는 글에서 작가가 "하나의 예술가로서 또는 하나의 사회인으로서 역사에 책임을 지고 있다는 것은 작가가 반드시 직접 정치적인 행동을 하기를 요구하는 말은 결코 아니다"[113]라고 말하면서 다음과 같은 고충을 토로한 바 있다.

> 그러나 최근에 이르러 새삼스럽게 작가의 현실참여에 대한 부정적인 발언이 이루어지고 있는 사실에 비추어 아무래도 여기에 관하여 언급하지 않을 수 없을 듯하다.
>
> 작가가 어느 정도로 현실참여를 할 수 있는지, 다시 말해서 작가가 그 예술성을 손상시킴이 없이 현실에 참여할 수 있는 한계가 어디까지 되는지를 따진다는 것은 아무래도 작가의 현실참여가 원칙적으로 가능한 것인지 하는 데 대한 충분한 얘기가 이루어지기 전에는 할 수 없는 문제임에 틀림없다.[114]

예술성을 손상시키지 않는 동시에 현실에 참여해야 하는 문제는 참여문학 진영의 핵심적 과제였지만, 그것은 동시에 순수문학 진영의 과제이기도 했다. 참여문학 진영은 "당의 지령 한 마디로 마음에도 없는 삐라문을 쓰는 졸개"[115]로 전락하지 않기 위한 자기방어로서 문학의 예술성을 의식하지 않을 수 없었다. 그러나 순수문학 진영 역시 역사와 현실에 대한 정치의식과 참여의식이 없다는 혹독한 비판에 대한 자기방

113 홍사중, 「작가와 현실—서정주 씨의 글을 읽고」, 『한양』, 1964.4, 147면.
114 위의 글, 146면.
115 김우종, 「저 땅 위에 도표를 세우라」, 『현대문학』, 1964.5(홍신선 편, 앞의 책, 77면에서 재인용).

어가 필요했다. 현실참여라는 강박에서 자유로울 수 없는 순수문학론자들(그 대표적인 증상으로서 존재했던 작가가 이형기이다)이 예술적 형식 내의 참여를 주장함으로써 추상적 관념의 참여로 나아가고자 했다면, 참여문학론자들은 문학을 떠나 직접행동으로 나아가지 못하는 한계에 봉착함으로써 예술의 형식을 통한 참여를 주장할 수밖에 없었다. 순수문학과 참여문학의 교차는 역설적이게도 '직접행동'이라는 참여의 실재성을 버리는 지점에서 발생했던 것이다. 결국 순수참여논쟁은 참여의 실재성을 은폐하거나 탈각시키는 방향으로 전개되어왔다고 할 수 있다.

4. 문학의 부정성(negativity)과 미적 영구혁명

1) 문학의 부정성과 여성적 향유

순수문학이 역사와 현실을 외면하는 비참여의 문학이라는 주장에 대해서 순수문학 진영은 역사와 현실의 개념을 달리하는 논리적 대응을 보여왔다. 그 논리의 기원은 1960년대 이전부터 이미 형성되어 있던 것이다. 김상일에 따르면, 김동리는 시대와 사회라는 외적 현실과 인간 내면이라는 내적 현실의 치열한 교차를 통해 세계와 자기와의 관계를 재구함으로써 현실의 개념을 재구성하고자 하였으나 궁극적으로는 세계 전체에 편재해 있는 초월자와 자기의 관계 해명이야말로 가장 본질적인 현실 문제로 간주한 작가이다. 다시 말해 인간의 원초적인 존재양식이랄 수 있는 '생(生)의 구경적(究竟的) 형식'만을 참된 현실로 파악했던 것이다. 이에 반해 참여론자들은 지나치게 역사적 · 객관적인 까닭에 초월자와 죽음의 문제를 자기와 무관한 문제로 단순하게 배제하고 만다는 점에서 참여론자들의 현실은 김동리류(類)의 궁극적인 현실이 될 수 없었다.[116] 따라서 "한 작가의 생명(개성)적 진실에서 파악된 '세계'(현실)에 비로소 그 작가적 리얼리즘은 시작하는 것"[117]이라는 김동리의 1930년대 주장은 60년대 이후에도 참여문학에 대응하는 순수문학의 이론적 기반이 된다. 서정주 역시 참여문학의 사관(史觀)에 대하여 이데올로기적 혐의를 제기함으로써 사관이 갖추어야할 보편타당성을 강조하고 있다.[118] 사관의 보편타당성이란 정치적 견해를 초월한 선험적 객관성을 상정하는 것으로 현실적으로 성립 불가능한 것인 까닭에 서정주는 '신라정신'이라는 초월적 관념 세계로 회귀할 수밖에 없었다. 이형기도 유사한 현실관을 지니고 있는데, 사회적 현실이 애매모호하기 그지없는 개념이라는 점에서 어디까지가 사회적 현실인지에 대한 의문을 드러내며 "다양한 현실은 다양한 견해로써 파악될 수밖에 없다"는 아롱(Raymond Aron)의 견해를 인용한다.[119] 이형기는 순수문학이 비현실의 문학이라는 비판을 의식해서인지 여기서 한 걸음 더 나아가 순수문학이 결코 '비현실'의 문학이 아님을 주장한다.

116 김상일, 「순수문학논의」, 『현대문학』, 1958.5(위의 책, 514~516면에서 재인용).
117 김동리, 「나의 소설 작업」, 『문장』, 1939.3(김상일, 위의 글, 516면에서 재인용).
118 서정주, 앞의 글, 1963.10, 194면.
119 이형기, 「작가의 성실성」, 『사상계』, 1965.10, 277면.

김동리 씨의 어떠한 글에도, 그리고 이 이후의 순수를 지지한 어떠한 사람도 '정치와의 절연'을 전제로 한 일은 없다고 나는 기억하고 있다. 그러나 17, 8년 후에 재론되는 순수가 뜻밖에도 정치와의 절연을 전제로 한 것처럼 변조된 것은 놀라운 일이다.

(…중략…)

17, 8년 전에 한창 불꽃을 튀겼던 순수논쟁은 좌익 문인들의 '정치주의'를 배격함으로써 그와는 대치되는 또 하나의 정치적 입장을 수호하려는 싸움이었다. 어떤 정치적 목적의 수행을 위해 문학을 그 도구시하는 것을 정치주의라고 말한다는 정도의 용어풀이는 이제 너무나 새삼스럽다. 그러나 그 누구도 부인할 수 없는 것은 당시의 순수문학이 어떤 정치적 입장을 견지하고 있었다는 사실이다. '당(黨)의 문학'에 항거하여 외쳐진 '인간성 옹호 문학'은 소용돌이치는 좌우투쟁의 물결 속에 적극적으로 뛰어드는 참여행위이기도 했던 것이다. 문학이고 예술이고 할 것 없이 모조리 정치적 목적을 위해 도구로써 동원해도 무방하다는 정치가 있는 것과 마찬가지로, 그럴 수 없다는 정치도 있다. 순수는 이 두 가지 가운데서 후자의 정치를 지지한 문학이론이다. 그것이 어째서 '정치와의 절연', 또는 '현실외면'으로 단정되어야 하는지 나는 그 까닭을 알 수 없다.[120]

이형기는 '순수 = 정치와의 절연'과 같은 오해가 초래된 원인을 '정치주의'라는 용어에서 찾는다. 이형기는 정치와 정치주의를 구분한다. '정치'는 "현실의 집약적 표현"으로서 인간 삶의 기본토대가 되는 것이다.

---

120 이형기, 앞의 글, 1964. 2, 251~252면.

그러나 '정치주의'는 "어떤 정치적 목적의 수행을 위해 문학을 그 도구시하는 것"을 일컫는다. 따라서 "순수논쟁은 좌익문인들의 '정치주의'를 배격함으로써 그와는 대치되는 또 하나의 정치적 입장을 수호하려는 싸움"으로 다분히 정치적 입장을 지니고 있었으며, 더 나아가 "'당의 문학'에 항거하여 외쳐진 '인간성 옹호의 문학'은 소용돌이치는 좌우투쟁의 물결 속에 적극적으로 뛰어드는 참여행위"였다는 것이다. 좀 다르게 말하자면 '비참여의 참여'라고 볼 수 있을 것인데, 이러한 역설적인 논리 속에는 순수문학론자들의 곤궁한 처지가 고스란히 드러난다. 순수문학이 결국 참여문학의 논리에 패배했음을 시인하는 것이나 다름없기 때문이다. 순수문학의 정치성을 강변함으로써 참여문학에 대응하는 것은 결국 참여문학의 입지를 강화시켜주는 결과를 초래했던 것이다. 결국 이형기는 참여문학의 미학적 가치와 더불어 효용적 가치마저도 인정하고 만다.[121] 그리고 문학은 인간의식의 소산이며 인간의식은 환경조건의 영향을 받음으로써 변화되고 확대된다는 점을 인정하면서 현실과 유리될 수 없는 문학의 숙명성을 언급한다. 더 나아가 문학의 사회성과 현실의식이 강조될 때 거기에 이의를 제기할 어떤 근거도 없다는 점을 강조한다. 이형기의 이러한 전향적 태도는 4월혁명 이후 성장한 현실인식과 참여정신을 의식한 결과라고 볼 수 있다.

---

121 "과연 문학은 현실개조의 효과적인 수단이 될 수 있는가. 만일 그것이 가능하다면, 목적하는 바 현실의 개조가 이루어진 다음에, 그를 위해 동원된 문학은 한갓 쓸모없는 휴지로 화(化)해야 하는가. / 이 물음에 대한 나의 대답은 명백히 '노'이다. 특히 후자(後者)의 문제는, 처음부터 뚜렷한 목적의식의 소산인 이를테면 제갈공명의 출사표, 황건적 토벌을 위한 최고운의 격문 등이, 그 목적을 상실한 후세의 오늘까지 남아서 감동을 주고 있는 사실로도 부당성이 증명된다. (…중략…) 이러한 사실은 문학이 목적을 가질 수도 있고, 또 그 목적의 성취를 위해 직접, 간접의 수단이 될 수도 있음을 드러내는 것이지만, 동시에 어떤 목적이 문학의 전부를 지배하지 못한다는 것을 밝히는 자료이다." 이형기, 앞의 글, 1965.10, 277~278면.

이형기에게 순수문학은 결코 현실외면 혹은 정치와의 절연을 선언한 문학이 아니다.[122] 순수문학은 좌익문인의 정치주의를 배격한다는 점에서 "또 하나의 정치적 입장을 수호하려는 싸움"이다. '인간성 옹호'라는 순수문학의 기치는 좌익이데올로기를 겨냥하는 정치성을 지닌다. 동시에 문학을 정치의 수단으로 전락시키는 '당의 문학'에 대한 항거의 거점으로 작용한다는 점에서 충분히 현실적이고 정치적이다. 문학을 정치적 도구로 동원해도 무방하다는 정치에 대항하는 정치로서의 의미를 지니고 있다는 것이다.

그러나 이러한 주장 역시 순수문학을 좌익문학에 대항하는 우익문학으로 파악하고 있다는 점에서 일정한 한계를 노출하고 있다. 순수문학이 비현실의 문학이라는 참여문학의 비판은 순수문학이 당대의 현실과 역사를 반영하지 못한다는 사실에 대한 것인데, 순수문학은 이에 대한 적극적인 대응보다는 오히려 문학장을 둘러싼 이데올로기 투쟁에 경도되었기 때문이다. 1960년대의 순수참여논쟁은 1950년대의 순수참여논쟁과는 전혀 차원을 달리하는 문제임에도 불구하고 순수문학진영은 참여문

122 1960년대의 순수문학논쟁은 기본적으로 참여문학에 동조하는 전제에서 출발했다는 사실을 주목할 필요가 있는데, 이와 관련하여 홍성식의 아래 주장을 참조할 만하다. "김붕구의 「작가와 사회」를 둘러싼 논쟁은, 사실 논쟁의 형태가 아닌 논의 형태라고 말해야 할 것이다. 왜냐하면 어느 누구도 참여문학 그 자체를 거부한 논의는 없었기 때문이다. 엄밀하게 보아 참여문학에 동조하는 일군의 논자들이 참여문학의 보다 바람직한 방향을 모색하거나 발전도상에서 제기될 수 있는 위험성인 계급투쟁의 이데올로기를 경계했다고 할 수 있겠다. 사르트르가 말한 앙가주망의 해석상 차이점과 그의 개인적인 이력으로 인해 논의가 다소 공전되었다는 아쉬움은 있었지만, 보다 본질적인 것은 당대 참여문학의 공통적 지향으로 객관적 현실인식의 문제를 추출할 수 있었던 것은 수확이라 할 수 있다. 여기서 바로 이전 시기에 벌어졌던 논쟁과의 차별성이 존재한다. 더 이상 김동리식의 순수문학을 주장하고 있지 않는다는 점과 핍진한 역사인식이 강조된다는 것이 그것이다. 순수문학자들의 기반 상실로 인한 자기 변신의 태도를 보여주는 논의가 된 것이다." 홍성식, 「전후 순수・참여문학론 연구」, 『한국문예비평연구』 제2권, 1998, 390~391면.

학을 좌익문학으로 규정하는 '동물적 조건반사'[123]로부터 벗어나지 못하고 있었던 것이다. 따라서 60년대의 순수참여논쟁은 이데올로기적 강박으로 인해 논의의 진전을 이끌어내지 못한 한계를 지닐 수밖에 없었다.

좌익이데올로기의 혐의와 더불어 순수문학이 참여문학을 공격하는 논리는 문학의 무용론이다. 김양수가 그랬던 것처럼, 이형기 또한 문학의 무용론을 내세운다. "인간의 의식의 소산인 문학이 숙명적으로 현실과 유리될 수 없다는 사실은 누구에게나 상식"이며 "이 상식은 문학의 사회성을 강조하는 사람이나 그에 앤티하는 사람이나 다 같이 딛고 서는 대전제"라는 점을 강조하면서, "그렇게 인식된 현실의 개조에 문학이 과연 효과적인 수단이 될 수 있느냐"에 대한 의문을 제기하고 있다.[124] 순수는 문학의 무용론에 바탕하고 있다는 것이다. 예컨대, "실상 순수는, 아니 문학은 '현실적인 당면문제를 해결하는 방편이나 수단'이 아니다. 이것은 뭐, 수단이 되어서는 안된다는 명령조의 어투가 아니라, 되고 싶어도 그럴 수가 없다는 한계의식에 불과하다"[125]는 고백은 현실개조를 목표로 하지만 그럴 수는 없는 참여문학의 근원적인 무력감을 겨냥한다. 정치와 현실에 대한 문학의 기능은 거의 제로에 가깝다는 것이 이형기의 문학론이다. 사르트르의 논조를 빌려, "극단적으로 말하면, 내가 좋아하는 작가 가령 도스토예프스키의 모든 저서를 모아도 불쏘시개감은 될지언정 밥으로 둔갑하지는 않"듯이, 문학이란 "무력한 것"이라는 통감은 참여문학의 치부와 한계를 드러낸다.[126] 문학이 현실참여를 해서는

123 김우종, 앞의 글, 1964.5(홍신선 편, 앞의 책, 82면에서 재인용).
124 이형기, 앞의 글, 1965.10. 275~276면.
125 이형기, 앞의 글, 1964.2, 253면.
126 위의 글, 254면.

안 된다는 것이 아니라, 문학이 현실참여를 해야 함에도 불구하고 그것이 원천적으로 불가능하다는 점을 적시하고 있는 것이다.

이상에서 보듯 이형기가 참여의 불가능성을 지적하고 있지만, 문학의 현실참여를 긍정적으로 바라보고 있다는 사실을 주목할 필요가 있다. 문학의 참여에 대한 이형기의 긍정적 선회는 순수문학이 지니고 있는 현실 인식의 취약성에 대한 문제의식을 드러내는 동시에 참여론자들의 존재의의를 인정한 것으로 볼 수 있다. 김동리의 순수문학론만으로는 참여론자들의 반박을 감당하기 어려웠을 뿐만 아니라, 특히 4월혁명 이후 강화된 문학의 현실인식의 논리 속에서 좌익 이데올로기에 대한 대타의식의 작동인 순수문학의 논리만으로는 급격히 변화하는 시대정세에 대응하기 힘들었던 것이다.[127] 그럼에도 불구하고 이형기는 순수문학을 옹호하는 입장을 포기하지 않는데, 참여문학은 본질적으로 실천적 측면에 대한 애매성[128]을 여전히 지니고 있기 때문이다. 이 애매성에 대한 절망은 역설적으로 현실참여에 대한 강한 충동을 의미한다. 이형기는 현실참여의 불가능성을 두 가지 측면에서 진술하고 있는데, 첫째, 문학의 현실참여는 문학의 가상성으로 인해 실천적 효과가 없다는 것이며, 둘째, 문학이 현실참여에 있어서 효과적인 수단이라 하더라도 현실의 난제는 궁극적으로 해결되지 못한다는 비관론이 그것이다.

설령 문학이 '목적'을 위한 효과적인 수단이 될 수 있다고 하더라도 그 '목적'

127 홍성식, 앞의 글, 1998, 387면.

128 실천적 측면에 대한 애매성은 김수영에 대한 이어령의 비판에서도 확인할 수 있다. 이어령은 반참여론의 입장에서 김수영의 한계를 비교적 정확하게 짚고 있는데, 참여문학의 실천적 측면에 대한 김수영의 해명이 부족하다고 판단한 것이다. 위의 글, 397면 참조.

의 수행으로써 인생의 난제(難題)가 해결된다고 생각할 정도로 우리는 오프티미스트가 될 수는 없다. 하나의 '목적' 다음에는 또 하나의 '목적'이 설정되고, 그리하여 영원한 목적의 산맥이 가로놓일 것이다. 여기에 문학은 끊임없는 등산을 계속할 수밖에 없다고 말하는 것은 이른바 '목적문학'의 불완전한 변호에 지나지 않는다라고 하는 것은 — 그러한 '목적'의 영원한 서열 자체가 벌써 목적수행의 비참한 도로(徒勞)를 증명하는 것이다.

이러한 도로의 확인에서 나는 문학의 기능검토가 시작되어야 하리라고 믿는다. 또 그런 뜻에서 문학은 페시미스트들의 영광스러운, 동시에 서글픈 재산이라고 생각하고 있다.[129]

이형기의 비관주의는 도달할 수 없는 삶의 궁극에 근거한다. '목적 이후의 목적'이라는 무한반복은 결국 영원회귀와 유사한 속성을 띤다. 이형기의 궁극적 목적이란 현실 속에서는 성취 불가능한 삶의 국면이다. 그가 말하는 "'목적'의 영원한 서열"이란 무한히 미끄러지는 욕망의 연쇄 과정이며, '목적'의 궁극은 영원히 닿을 수 없는 '대상a'라고 볼 수 있다. 이처럼 이형기는 현실을 당대의 것이 아니라 무한히 확장되는 시간대에 위치시킴으로써 인간이 도달할 수 없는 '영원'과 '절대'를 함의한 현실 개념을 상정하고 있는 것이다. 이형기의 비관주의적 관점에서는 문학뿐만이 아니라 인간의 모든 것이 헛된 것에 지나지 않는다. "문학의 기능"이란 "도로(徒勞)의 확인"에서부터 검토되어야 한다는 이형기의 주장은 궁극적으로 인간이란 존재가 헛된 것에 지나지 않는다는 비관주의의 산물

129 이형기, 앞의 글, 1964. 2, 254면.

인 것이다. 인간 존재의 허무는 이데올로기적 주체의 해체로 귀결된다. 따라서 이형기의 충동은 남근적 향유가 아니라 무한의 세계로 뻗어가는 '여성적 향유'를 유발한다. 여성적 향유는 결코 가닿을 수 없는 신의 영역을 대상으로 한다. 그것은 실정성(positivity)이 해체되고 없는 부정성(negativity)의 세계다.[130] 경계가 존재하지 않는 무한을 향한 충동은 필연적으로 허무주의적이고 비관주의적인 세계관을 형성한다. 이러한 비관주의는 결국 문학이 현실개조를 위해서 존재하는 것이 아니며 단독자로서의 인간의 정신성을 고양하기 위한 존재일 뿐이라는 문학론의 근거로 기능한다.[131]

2) 혁명의 거세와 영구혁명의 문학적 전회(轉回)

4월혁명은 미완의 혁명이었으므로 혁명정신의 계승과 실천이야말로 1960년대의 필연적인 과제였다. 그러나 4월혁명은 대체로 내면화의 길로 접어들 수밖에 없었다. 그것은 4월혁명 직후부터 이미 정치혁명의 형태가 아니라 "인간혁명, 즉 '나'의 혁명"[132]으로서의 성격이 강조되거나 "四・一九는 정신화되어야 하며 깊이 내면화되어야 한다"[133]는 것

130 이에 대해서는 본서의 제4장 5항 참조.

131 혹은 이형기의 문학을 '놀이'의 관점에서 파악하는 것도 가능한데, 손남훈은 이형기의 비평과 시론이 놀이의 완전한 자유를 추구함으로써 문학의 영구혁명을 상상하는 데 그쳤을 뿐, 그의 시에서 말하는 시의 자유로움, 시적 허무는 형이상학적 주관성에 머무는 한계를 노정한다고 지적했다. 손남훈, 「단독성을 구출하는 놀이로서의 시」, 해석과판단 비평공동체, 『일곱 개의 단어로 만든 비평』, 산지니, 2010 참조.

132 「권두언－'나'의 혁명」, 『새벽』, 1960.6, 27면.

133 지명관, 「새나라는 새마음에서」, 『새벽』, 1960.7, 59면.

으로 진술되고 있다는 점에서 충분히 확인할 수 있다. 혁명을 향한 강렬한 열망에도 불구하고, 4월혁명의 완성은 정치적으로 매우 비관적인 전망 속에 있었으며, 때문에 인간 내면과 정신의 차원으로 전이될 수밖에 없었던 것이다.

4월혁명의 비관적 전망은 필연적으로 문학에도 그 영향을 미치지 않을 수 없었다. 이형기가 주장했던 '문학의 기능 = 도로(徒勞)의 확인'이라는 도식은 4월혁명의 비관주의적 전망 속에서 태동했던 것이라 볼 수 있다. 4월혁명의 정치성에서 비롯된 문학의 참여적 태도의 강화는 과거에 각인되었던 '당(黨)의 문학'을 불안하게 환기시켰으므로, 결국 4월혁명의 정치적 비관주의는 순수문학 진영에게는 안도의 대상이 되기도 했다. 그러나 무엇보다 중요한 것은 혁명의 비관적 전망이 문학에 있어서 혁명을 정치적 실천의 대상이 아니라 추상적 내면화의 대상으로 사유하도록 하는 토대를 마련하였다는 사실이다. 따라서 4월혁명 직후부터 그 징후가 포착된 혁명의 '정신적 내면화'로서의 탈정치성은 이형기에게 있어서 매우 중요한 문학적 입각점이 될 수 있었다. 4월혁명의 정치성을 배격함으로써 정신적으로 내면화된 혁명정신을 문학적으로 무리 없이 수용할 수 있었기 때문이다.

이형기는 특히 사회주의의 혁명성을 강하게 비판하고 혁명가에 대한 문학인(시인)의 절대적 우위를 주장하면서 혁명의 정치성을 거세한다.

> 현실은 잘못되어 있다. 마땅히 뜯어 고쳐야 한다. 이 현실 개조의 욕망은 시인과 혁명가가 공유하는 부분이다. 그러나 두 사람은 손을 잡지 못한다. 혁명가는 제가 뜯어고친 새로운 현실을 지키기 위해 삼엄한 경비를 배치하지만

시인은 그러지 않는다. 뜯어고친 그 새로운 현실도 또 뜯어고쳐야 할 대상으로 보고 있는 것이 시인의 눈이기 때문이다. 혁명가와 시인이 갈라설 수밖에 없는 결정적인 차이는 이것이다.[134]

시인은 영구혁명주의자다. 영구혁명주의자는 물론 제가 이룩한 혁명을 뒤엎고 또 새로운 혁명을 꿈꾼다. 제 자신을 끊임없이 뒤엎기 위한 그 혁명의 다른 이름은 허무를 향한 정열이다. 시나 영구혁명이나 허무나. 아 모두가 한 통속이고나.[135]

이형기는 현실개조의 욕망을 시인과 혁명가가 공유하는 부분으로 인식하면서도 혁명가와 시인의 의미를 분리해서 파악한다. 스스로 창조해낸 새로운 현실에 고착된 존재(실정성의 주체)라는 점에서 혁명가를 비판하며, 반면에 새로운 현실조차도 개조의 대상으로 본다는 점에서 시인(부정성의 주체)을 옹호한다. "제가 뜯어고친 새로운 현실을 지키기 위해 삼엄한 경비를 배치"하는 "혁명가"는 말할 것도 없이 사회주의 혁명가를 지칭한다. 소비에트와 중국의 혁명이 초래한 경화(硬化)된 혁명 주체의 폭력적 폐해를 생각한다면 이형기의 혁명가에 대한 비판은 매우 타당하다. 그러나 자유주의 좌파들이 실패로 규정한 소비에트 혁명을 공산주의 혁명의 성공적 주체화로 재해석한 지젝이 암시하듯이, 혁명의 실패는 진정한 혁명을 환기해준다는 사실을 잊지 말아야 한다.[136]

---

134 이형기, 「시를 위한 아포리즘—불꽃 속의 싸락눈」, 『절벽』, 문학세계사, 1998, 111면.

135 위의 글, 108면.

136 박정수, 「지젝의 레닌, 정신분석은 왜 혁명의 분석인가」, 박노자 외, 『레닌과 미래의 혁명』, 그린비, 2008, 352면 참조.

이형기는 '진정한' 혁명가란 시인과 마찬가지로 하나의 현실에 고착되지 않는다는 점을 간과하고 있는 것이다.

혁명적 주체(혁명가)가 하나의 현실과 주체에 고착됨으로써 폭력적 통치자가 되는 것은 혁명의 타락이다. 혁명가의 진정성은 영구적인 재주체화 속에서 발현되고 혁명주체의 영속적인 재주체화야말로 참된 혁명정신에 부합한다. 요컨대 영구혁명[137]이란 현실개조행위의 영구

137 트로츠키는 마르크스로부터 영구혁명의 개념을 간취해내는데, 마르크스가 규정한 의미로서의 영구혁명이란 어떤 한 형태의 계급 지배와 타협하거나 민주주의 단계에 멈추지 않고 사회주의 정책으로 전환해 나아가는, 그리고 외부의 반동 세력에 대한 전쟁으로 나아가는 혁명을 의미한다. 즉, 혁명의 모든 연속적인 단계는 그 이전 단계와 중첩되며, 혁명은 오직 계급 사회의 완전한 해소로만 종결될 수 있는 것이다. 트로츠키의 영구혁명론의 핵심은 다음과 같다. 첫째, 영구혁명론에는 민주주의 혁명으로부터 사회주의 혁명으로의 전환 문제가 포함되어있다. 마르크스는 1848년의 부르주아 혁명을 프롤레타리아 혁명의 직접적인 서곡으로 간주했지만, 그것은 결과적으로 오류였다고 비판한다. 부르주아 혁명 이후의 민주주의가 프롤레타리아 혁명으로 귀결된다는 역사 발전의 패턴은 트로츠키에 의해 '통속 마르크스주의'로 공박당한다. 하여 트로츠키는 후진국에서의 민주주의를 향한 길은 직접 프롤레타리아 독재로 통한다는 사실을 정립한다. 둘째, 영구혁명은 예측할 수 없을 정도로 오랜 기간 동안 항구적인 내적 투쟁 과정 속에서 이루어지며, 사회의 끊임없는 변화를 전제로 한다. 즉 변화 중에 있는 사회내의 다양한 집단들 간의 충돌을 통한 사회 발전이 영구혁명의 과정이라는 것이다. 셋째, 영구혁명은 사회주의 혁명으로서의 국제적 성격을 가진다는 것이다. 일국의 사회주의 혁명은 국제적 사슬의 한 고리일 뿐으로 그 자체만으로 완성이 될 수 없으며 일시적인 퇴조가 발생한다 하더라도 궁극적으로 세계혁명을 향한 영구적인 과정이라는 것이다.
레닌은 농민계급의 역할에 대한 의견에서 트로츠키와 대립한다. 트로츠키가 사회주의 혁명이 노동계급에 의해서만 이루어질 수 있다고 한 것에 비해 레닌은 노동계급과 농민계급의 동맹을 주장함으로써 농민계급의 역량을 과소평가했던 트로츠키와 그 입장을 달리했다. 그러나 트로츠키의 영구혁명론이 사회 내의 항구적인 내적 투쟁 과정과 사회의 끊임없는 변화를 전제로 하고 있다는 점에서 트로츠키의 영구혁명론에 부분적으로 동의하고 있는 레닌은 특히 혁명주체로서의 프롤레타리아트의 경계를 해체하는 놀라운 정치윤리적인 성찰을 보여준다. 레닌에게 있어서 "혁명적 정치, 사회주의적 정치란 노동자계급의 이해관계를 반영하고 대변하는 활동이 아니라 그러한 계급적 관계를 넘어서는 활동이고, 그 관계의 외부를 이해하고 사유할 수 있을 때 가능한 것"이다. 다시 말해, 레닌은 "혁명적 정치와 결합된 프롤레타리아트를 '외부'라는 개념을 통해 계급적 이해를 넘어선 계급으로서, 다른 계급 다른 계층의 모든 이들을 자신의 문제로 감지하고 사유하는 계급으로 정의"하고 있는 것이다. 하여 노동자계급이 "이해관계의 내부에 있는 계급이라면, 프롤레타리아트란 이해관계의 외부를 통해서 정의되는 '계급'"이며, "자신의 계급적인 이해를 넘어선 계급"이자 "계급성을 초과한 계급, 혹은 계급이기를 중지한 계급", "시민사회의 어떤 계급도 아닌 한 계급"이라는 마르크스의 주장이 레닌에게 와서 완벽하게 재현되고 있음을 보여준다. 프롤레타리아트에 대한 마

성을 지칭하며, 이때 혁명의 주체는 결코 경화될 수 없는 영속적인 재주체화의 과정 속에 존재한다.[138] 혁명가의 현실이념은 '실정성'과 '부정성'의 변증과정을 거쳐야 하는 것이다. 그럼에도 불구하고 혁명가를 경직된 주체로 파악하고 시인을 통해서만 영구혁명이 가능하다는 이형기의 결론은 이데올로기적 관성에서 비롯된 정치적 혁명에 대한 이데올로기적 편견으로 인한 것이며, 4월혁명 이후의 참여문학을 좌익문학으로 의식한 결과이다. 이처럼 이형기에게 있어 혁명가와 시인의 대비는 사실 좌익문학과 우익문학의 대비를 함의하고 있는 것이다. 결과적으로 이형기의 영구혁명론은 예술의 형식 내에서만 가능하며 실제 현실에서는 불가능하다는 사실에 기반한다. 게다가 정치적 혁명의 실천은 필연적으로 주체의 경화를 초래하며 이로 인해 타락한 혁명만이 남게 된다는 것이 이형기의 주장이다. 따라서 그에게 있어 순수문학만이 진정한 영구혁명의 문학이며 영구혁명은 오직 시인의 예술적 형식을 통해서만 가능했다. 그리고 이때의 영구혁명은 현실이념을 부정하고 문학적 전회(轉回) 과정을 거친 '미적'인 것으로서의 추상이 된다.

사실 이형기의 영구혁명론은 사르트르의 주장과 무관하지 않다. 사르트르는 영구혁명의 특징을 "계급이 없어질 뿐만 아니라, 모든 독재가

르크스와 레닌의 이러한 관점은 혁명주체로서의 프롤레타리아트가 그 계급성이 외부로부터 항시적으로 수혈됨으로써 영구적으로 재탄생하는 과정 속에 있음을 명확하게 확인시켜준다. 레온 트로츠키, 정성진 역, 『영구혁명』, 신평론, 1989, 135~138면; 하르팔 브라르, 「뜨로츠키주의인가 레닌주의인가? (6)」, 노동사회과학연구소 편집부 역, 『정세와 노동』, 노동사회과학연구소, 2010.2; 이진경, 「레닌의 정치학에서 외부성의 문제」, 박노자 외, 『레닌과 미래의 혁명』, 그린비, 2008, 20~22면 참조.

138 지젝은 이러한 혁명을 진정한 혁명으로 보았으며, "'혁명과 함께 하는 혁명', 혁명 과정에서 자신의 출발점이었던 전제 자체를 혁명하는 혁명"이라고 말한 바 있다. 슬라보예 지젝, 박정수 역, 『잃어버린 대의를 옹호하며』, 그린비, 2009, 295면.

철폐되고 사회 기구가 늘 새로워져야 하며, 질서가 굳어지기 시작하면 부단히 해체되어야 하는 것"이라 말하면서 "문학은 그 본질상 영구혁명 중에 있는 사회의 주관성이다"라고 주장한 바 있다. 공교롭게도 사르트르는 문학의 영구혁명에도 불구하고 "문학이 행동과 똑같은 것이 될 수는 결코 없을 것"이라고 주장한다. 문학의 기능이 "만인의 자유에 호소하여 모든 사람이 인간의 자유의 왕국을 실현하고 유지하는 데 있다는 것"은 "유토피아적 이야기"일 뿐이라는 문학 무용론을 넌지시 내비친다.[139] 사르트르의 이러한 입장은 '문학의 기능 = 도로의 확인'이라는 이형기의 주장과도 겹친다. 문학의 정치적 무용론을 주장했던 이형기의 입장이 문학의 정치적 역능에 천착했던 사르트르의 입장에 정확히 겹치는 논리적 국면은 문학이 실제적으로는 정치적 실효성과 단절되어 있음을 보여주는 명징한 예라고 할 수 있다.

139 장 폴 사르트르, 정명환 역, 『문학이란 무엇인가』, 민음사, 2008, 213~214면 참조.

제8장

4월혁명의 실재와 참여문학의 죽음충동

1. 정치의 '문화화'와 비평의 충동

1960년대 비평의 충동은 독자적으로 발생한 것은 아니다. 그것은 지식인 담론과 문화 담론의 관계 속에서 발생한다. 우선 혁명 이전과 이후에 팽배했던 참여문학의 무기력은 지식인들의 무기력과 상응하며, 보다 엄격히 말한다면 지식인 담론의 영향권 내에 놓여 있다. 60년대 초반의 지식인 담론은 4월혁명의 영향 속에서 적극적인 체제비판과 역사적 전망을 내놓기도 했지만, 군사정권의 언론탄압 속에서 점차 체제권력에 흡수되어 관료화되거나 아카데미 담론으로 퇴행하고 말았다. 그리고 그 잔여분은 60년대 후반부터 급성장하기 시작한 대중문화에 적극 대응하는 방향으로 급선회하기 시작한다. 박정희 정권의 문화정책이 대중의 정치적 감각을 중화시키고 있다는 위기의식 속에서 지식인들은 대중의 문화적 위기를 타개하는 방향으로 나아갔던 것이다. 60년대 지식인들의 문화적 대응 양식은 보다 자세히 살펴보아야 할 문제지만, 60년대의 '문화' 개념은 4월혁명의 영향으로 인해 60년대적 특수성을 가진 것으로 보아야 한다. 그럼에도 불구하고 60년대의 지식인들의 대중문화 비판은 고급문화를 지향하는 아놀드류(類)의 관점과 대중의 정치적 각성을 유지시키고자 하는 윌리엄스류의 관점 모두를 포괄한다. 그러나 대중을 폄하했던 매슈 아놀드의 보수주의적 문화론[1]이나 대중의 혁명성을 믿었던 레이먼드 윌리엄스의 마르크스주의적 문화론[2] 역시 60년대 문화의 충동을 설명하는 데는 한계가 존재한다. 이 두 관점 모두가 갖는 한계는 그것이 4월혁명이 노정(露呈)했던 '직접행동'과의 결별을 감추고 있다는 사실이다. 60년대 지식인들이 대중문화 비판에 몰입하면

1 매슈 아놀드는 『문화와 무정부』(1869)을 통해 자신의 문화 개념을 정립한 바 있다. 그가 의미하는 문화는 '고급문화(high culture)'이며, 모든 인간의 사유와 생산물에 적용될 수 있는 평균적인 범주에 속하는 것이 아니라 인간이 성취할 수 있는 최상의 것으로 낭만주의적 전통 속에 있는 것이다. 따라서 매슈 아놀드가 말하는 문화는 창의력을 고취시키고 잠재력을 발현시키는 인간 정신의 정수를 지칭한다. 그리고 매슈 아놀드는 마르크스가 계급 해방의 마지막 담지자로 지명한 노동자 계급을 단순노동과 퇴화 때문에 잠재력이 상실되었거나, 중간계급인 속물들의 목표를 자신의 목표인 양 갈망하는 '대중'에 불과한 것으로 폄하했으며, 이를 '문화'와 대립하는 '무정부'로 표현하였다. 그렇기 때문에 아놀드는 문화를 국가 정책을 통해서 전승하고 공유해야 한다고 보았다. 크리스 젠크스, 김윤용 역, 『문화란 무엇인가』, 현대미학사, 1996, 31~41면.

2 레이먼드 윌리엄스는 아놀드의 엘리트주의적 문화론을 거부하는 동시에 마르크스주의를 비판적으로 전유함으로써 문화를 이해한다. 다시 말해, 문화를 정신의 영역으로 한정함으로써 사회와 구분하고자 했고 고급문화를 지향했던 이전의 문화주의를 비판한다. 또한 문화를 상부구조에 두려했던 마르크스의 관점에서 벗어나 문화를 전체적인 생활양식으로 파악함으로써 문화의 물질성을 강조한다. 이른 바 문화유물론의 창시자로서 윌리엄스는 문화를 지배적인 것, 잔여적인 것, 부상하는 것으로 세분화하고 '부상하는' 문화를 가장 주목한다. 부상하는 문화는 지배문화에 대해 실질적인 대안이 되거나 대항할 수 있는 진정으로 새로운 의미와 가치, 실천, 여러 종류를 가리키는 말이다. 새로운 문화의 형성은 곧 새로운 사회 계급의 형성을 의미한다는 점에서 대중의 '문화'는 지배계급을 전복하는 '기나긴' 혁명 수단으로 간주된다. 앤드류 밀너, 이승렬 역, 『우리시대 문화이론』, 한뜻, 1996, 134~146면.

서 지식인으로서의 부채감을 탕감하고자 했으나, 4월혁명의 직접행동은 일종의 반복강박으로서 60년대 지식인들의 담론을 지배했다는 사실을 주목할 필요가 있는 것이다. 이 반복강박 속에서 정치의식은 기묘하게 문화의식으로 변질되는 과정을 보여준다.

이와 관련하여 사실상 독재체제였던 1960년대의 정치와 문화를 이해하는 데 있어서 그람시의 통찰은 매우 유용하다.

> 또 오직 하나의 전체주의적인 정치정당만이 있는 나라에서는 현상의 재미있는 측면들이 나타난다. 그러한 정당의 기능은 더 이상 직접적으로 정치적인 기능이 아니며 단지 선전과 공중적인 치안, 그리고 도덕적·문화적 영향들의 기술적인 기능일 뿐이다. 정치적 기능은 우회적으로 나타난다. 즉 다른 법적인 정당은 존재하지 않는다고 할지라도, 사실상 다른 정당들, 법적으로 강제할 수 없는 조류들은 언제나 존재하며, 그리하여 마치 장님놀이와 같은 논쟁과 싸움이 일어난다. 여하튼 그러한 정당들에서는 분명 문화적 기능이 우세한데 그것은 정치적 언어가 은어화된다는 것을 뜻한다. 다시 말해 정치적 문제들은 문화적 문제인 것처럼 은폐되며 따라서 자체로서는 이해할 수 없는 어떤 것이 되는 것이다.[3]

전체주의적 상황 속에서는 정당의 정치적 기능이 억압되고 문화적 기능으로 전이됨으로써 "정치적 언어가 은어화"될 수밖에 없다는 통찰은 문화가 가지고 있는 본질적 한계를 폭로한다. 1960년대 한국의 지식

3 안토니오 그람시, 이상훈 역, 『그람시의 옥중수고』 1, 거름, 2006, 164면.

인들이 정치에서 문화로 활동 무대를 옮겨갈 수밖에 없는 처지 역시 여기서 비롯되는 것이다. 그러나 그람시가 문화의 정치적 기능을 폐기한 것은 아니다. 그람시의 입장에서 중요한 것은 지배 이데올로기를 극복할 수단으로서 대항 헤게모니의 구축 문제였다. 그람시에 따르면, 시민사회가 성숙하지 않은 러시아의 경우 정면공격(frontal attack)이라는 기동전(war of movement)이 주효한 전략이고, 시민사회가 견고한 서구 자본주의 사회의 경우 권력탈환에 앞서 우선 도덕적 · 지적 지도력과 더불어 문화적 우위를 확보함으로써 헤게모니 기반을 획득하는 진지전(war of position)이 성공적 혁명에 이르는 전략이었다. 이와 같은 진지전은 "지배계급의 헤게모니에 도전하는 피지배계급의 대항 헤게모니를 구축하는 전략이고, 지배문화에 대한 신생문화의 도전이며, 이는 곧 피지배계급 구성원들이 자신의 지적 · 도덕적 지도력과 문화적 수준을 높이는 교육적 과정"이라는 점에서 문화는 그람시에게 정치적으로 매우 중요한 문제였다.[4]

안토니오 그람시와 마찬가지로 레이먼드 윌리엄스에게도 반(反)헤게모니적 순간은 특히 중요한 의미를 지닌다.[5] 윌리엄스는 민주주의 혁명, 산업혁명 이후의 제3의 혁명인 문화혁명이야말로 가장 해석하기 힘든 혁명으로서 "글을 읽는 능력이나 다른 발달된 커뮤니케이션 기술과 더불어 배움의 적극적인 과정을 제한된 집단이 아닌 전 민중에게 확대하려는 열망"을 응축한 것이며, "민주주의의 성장이나 과학적 산업의 발흥에 못지않게 중요하다"고 주장한다.[6] 윌리엄스의 이런 주장은 정

4 전경갑, 『문화적 인간 인간적 문화』, 푸른사상, 2003, 11장 참조.
5 앤드류 밀너, 앞의 책, 141면.

치, 예술, 경제 등이 일상생활 속에서 상호작용함으로써 분리될 수 없는 "공동체의 연합된 삶"을 구성하고 있다는 사실에 근거한다. 노동자계급의 공동체 문화로써 지배계급의 문화에 대항하거나 '보편 문화'의 변화에 기여할 수 있다고 보는 것이 윌리엄스의 관점이다. 굳이 말한다면 윌리엄스의 '기나긴 혁명'은 '진지전'의 일종인 것이다.[7]

그러나 한국의 1960년대는 4월혁명으로 역동적으로 출발했던 까닭에 '진지전' 혹은 '기나긴 혁명'으로서의 문화정치는 조급증을 유발할 수밖에 없다. '직접행동'으로서의 혁명이 낳았던 역사적 광휘(光輝)는 60년대의 어두운 역사를 압도하고 있었기 때문이다. 문학의 영구혁명, 혁명의 미적 전유 등과 같은 흐름은 '직접행동'으로서의 혁명을 절대 기준으로 보았을 때 정치적・윤리적 조급증을 낳을 수밖에 없었다. 그람시가 통찰한 "정치적 언어의 은어화"는 바로 이런 조급증과 무관하지 않다. 혁명의 순간에 직관했던 문학과 정치의 일체화, 지식과 행동의 일치는 60년대의 정치적 상황 속에서 망각되기에 이르렀고, 재갈을 물린 정치의 입은 이제 문화를 읊조리기 시작했던 것이다. 문화 자체가 부정적일 수는 없지만, 60년대의 정치적 특수성 속에서 대중문화의 파급은 곧 '정치의 문화화'라는 효과를 낳았다. 여기서 문화라는 상징계는 정치라는

---

6 레이먼드 윌리엄스, 성은애 역, 『기나긴 혁명』, 문학동네, 2007, 14면.

7 문화의 중요성에 대한 마르크시즘의 관점은 1920년경 레닌에 의해 구체화된다. 이에 대해 앙리 르페브르는 다음과 같이 말한다. "혁명적 활동은 경제적 토대와 정치적 상부구조를 우선 공격하고, 그 다음에 그 나머지, 예컨대 이데올로기와 여러 제도들, 한마디로 문화가 뒤따른다고 양해되었었다. 그런데 이 수준이 자신의 특수성을 다시 취하고, 정복하고, 다시 정복해 버렸다. 혁명이 어려워지고, 또 혁명이 다른 차원으로 물러서고 있는 때에, 이 문화의 차원이 눈에 띄었다. 1920년경, 권력을 장악한 직후에 레닌은 노동계급이 국가를 통치하고, 기업을 경영하고, 기술을 통제하고, 서구의 합리성과 과학을 극복하면서 이것들을 자기 것으로 소화시킬 능력이 있다고 보고, 노동계급의 '문화적' 변신의 긴급성을 역설했다." 앙리 르페브르, 박정자 역, 『현대세계의 일상성』, 세계일보사, 1990, 267~268면.

실재계와 분리되고 만다.

특히 오늘날의 자유주의 속에서의 문화는 정치적 감각을 퇴행시키는 경향이 더욱 농후하다. 지젝은 "자유주의 속에서 문화는 사적인 형태로만 존재할 수 있다"고 역설한다. "문화가 규범과 규칙들로 이루어진 공적 네트워크가 아니라 하나의 생활방식, 일련의 믿음과 관습으로서 존재"하게 되고 "집단적인 결속의 힘이었던 동일한 믿음과 관습들이 개인적이고 사적인 특이성으로" 변질됨으로써 문화는 "불관용의 근원"으로 존재하게 된다. 지젝은 이 불관용에서 비롯되는 폭력을 극복하는 방법으로 "주체에게는 문화가 없어야 한다"고 주장한다. 다시 말해 "자신이 속한 문화의 바깥에 설 수 있는 주체"야말로 "완전히 자율적이고 보편적인 주장을 할 수 있는 주체"라는 것이다. 따라서 진정으로 보편적 윤리성을 획득한 주체가 되기 위해서는 "공공의 정체성 속에 존재하는 틈새를 노려" 주체 스스로의 "급진적 특이성을 보여주어야 한다"는 것이 지젝의 결론이다.[8]

이처럼 지젝은 문화를 계급투쟁으로서의 정치라는 실재계를 은폐하는 상징계적 허구로 파악한다. 지젝이 "문화적 생활양식이란, 산타클로스를 믿지는 않지만 해마다 12월만 되면 집집마다 또 공공장소마다 크리스마스 트리를 세운다는 사실, 바로 그것이 아닐까?"라고 하면서 "'문화'란 우리가 정말로 믿지는 않으면서도 실천하는 모든 것, '진지하게 생각하지' 않으면서 실천하는 모든 것을 지칭하는 이름이다"[9]라고 했을 때, '실재'로서의 정치를 추방하는 상징계라는 문화의 실체가 폭로되고

8 슬라보예 지젝, 이현우 외역, 『폭력이란 무엇인가』, 난장이, 2011, 199~204면.
9 슬라보예 지젝, 김정아 역, 『죽은 신을 위하여』, 길, 2007, 13~14면.

마는 것이다. 따라서 지젝은 문화라는 상징계를 넘어서 정치라는 실재계로 진입할 것을 주장한다.

'정치의 문화화'가 강요되던 시대적 흐름 속에서 '문화의 정치화'는 대타자로서의 상징계를 전복하는 것과 다르지 않다. 발터 벤야민이 '예술의 정치화'를 강조했을 때[10] 그것은 예술 혹은 문화를 매개로 한 시대적 폭력에 대한 절박한 대응이었던 것이다. 바로 이 관점에서 1960년대의 정치적 상황에서 발생했던 충동을 이해할 수 있게 된다. 충동은 상징화의 거부에서 발생한 상징계의 잔여분이다. 60년대의 정치 상황이 구성한 대타자로서의 상징계에 완전히 흡수되지 못한 문인 및 지식인들은 억압되고 금지된 '직접행동'을 향한 주이상스(jouissance)를 지닐 수밖에 없었다. 4월혁명을 통해 순간적으로 발현되었던 '직접행동'은 60년대의 정치적 상황 속에서 엄격하게 통제되고 금지되었다. 그러나 통제되고 금지된 가운데 더욱 강력하게 충일하는 직접행동을 향한 충동과 주이상스는 60년대를 내내 지배했던 정동이라고 할 수 있다. 특히 박정희 군사정권의 등장 이후 가속화되기 시작했던 '혁명의 미적 전유'[11] 속에서 정치의 실재계로 침입하고자 하는 비평의 충동은 필연적으로 발생할 수밖에 없었던 것이다.

---

10 발터 벤야민, 반성완 역, 『발터 벤야민의 문예이론』, 민음사, 1990, 231면.

11 칼 하인츠 보러는 낭만주의 텍스트 속에 남아있는 혁명의 흔적을 분석하고 있는데, 그것은 이데올로기의 차원이 아니라 실험적인 문장 기호의 구성으로 이루어진 '장엄함'을 발견하는 차원에서 이루어진다. 즉 "혁명이란 무엇보다도 갑작스럽게 등장하는 사건이며, 그 장엄함은 이념에 있는 것이 아니라 갑작스런 사건의 출현 자체에 있다"는 점에서 혁명은 낭만주의 텍스트 속에서 미적으로 형식화 되고 있다는 사실을 증명한다. 이러한 사실은 보러의 말대로 "만일 혁명의 테마가 내용적이고도 이데올로기적인 차원에서 직접 모사되었다면 그 텍스트는 더 이상 문학이 아닐지도 모"른다는 점에서 혁명의 미적 형식화는 혁명의 퇴행 과정에서 필연적 현상임을 추측할 수 있다. 칼 하인츠 보러, 최문규 역, 『절대적 현존』, 문학동네, 1998, 35~44면.

2. 주체적 전통론과 참여적 지성

1) 왜곡된 배리(背理)의 전통 비판

신라정신을 소급한 영통주의를 주장하는 전통론은 서구추수주의 문학을 공격하기 위한 것이기도 하지만, 역사와 현실 문제에 집중했던 참여문학의 헤게모니를 약화시키기 위한 전략으로 기능한다. 이는 해방 직후 불거졌던 순수·참여논쟁이 좌우익 노선투쟁과 무관하지 않다는 점에서도 충분히 확인된다. 역사와 현실의 변혁을 촉구하는 좌익 노선의 문학은 필연적으로 참여적인 성향을 지녔으므로, 우익 문단은 이들을 1930년대 프로문학의 후신으로 파악하고 있었다. 다시 말해, 전쟁 직후 공산주의에 대한 적대감은 참여적 성향의 문학을 문단에서 제거하는 것을 일종의 정치적 사명감으로 여기도록 했다. 따라서 문학의 정치성을 탈각시키기 위해서는 한국문학 전통의 기원을 신라시대로 소급하는 작업이 필수적으로 요구되었던 것이다. 이는 "해방 직후의 정치적 소용돌이 속에서 시를 정치에 팔지 않고 지킨 시인은 소수에 불과하였다"[12]와 같은 우익 문인들의 위기의식에서도 충분히 짐작된다. 김동리를 비롯한 우익 문인들이 순수문학을 지향했음에도 불구하고 문단 활동에서는 지극히 정치적이었던 사실은, 역사와 현실문제에 매우 예민한 참여적 문인들의 뿌리라고 볼 수 있는 좌익을 견제하고 궁극적으로

12 이형기, 「주류의 전통적 지향」, 『현대문학』, 1965.4, 47면.

는 제거하고자 했던 헤게모니 투쟁의 관점에서 이해할 수 있다.[13]

우익문인들은 문학적인 면에서는 지극히 '순수'하지만 문단적으로는 지극히 정치화되고 관료적이라는 괴리를 노정한다. 이는 곧 프로문학에 뿌리를 두었다고 판단되는 좌익의 참여문학을 파괴하기 위한 정치적 의도가 이미 순수문학의 이면에 깔려 있었음을 말해준다. 좌익의 참여문학이 정치적 이념에 문학을 예속시킴으로써 결과적으로 인간성을 파괴한다는 점에서 우익문인들은 좌익의 참여문학을 절대적으로 제거해야 될 대상으로 보았다. 따라서 김동리로 대표되는 우익문단은 "세계와 자기와의 관계를 다시 조명하고, '자기 자신을 통하여' 세계 전체에, 더욱이 초월자와 나와의 관계를 해명"함으로써 "인간의 원초적 존재양식을 회복"하고 명백히 하는 데에 주력한 것으로 평가된다.[14] 그러나 이러한 평가에도 불구하고 우익문단의 정치적 관료화는 철저하게 체제순응적이었다는 점에서 심각한 윤리적 균열을 안고 있었다. 다시 말해 일제강점기부터 순수문학은 치명적이게도 체제순응적인 존재 양태를 지니고 있었던 것이다. "참여를 주장한 문학이 우리나라의 경우 관료화된 적은 한 번도 없었다. 일제시(日帝時) 제국주의의 앞장을 선 문학은 거의가 참여파가 아니라 순수파였다. 해방 후에도 마찬가지다. 관료화에 앞장 선 것은 언제나 순수 문학을 한다는 사람들이었다."[15] 이처럼 임

---

13 이에 대해 곽종원은 다음과 같이 말하고 있다. "당시(해방 이후—인용자)의 문단에는 좌우익의 문학단체가 따로따로 세워져서 정치적인 이데올로기 싸움이 벌어지고 있었으므로, 결국 이때의 논쟁은 그 저류에 정치노선의 대립이 깔려 있었던 것을 간과할 수가 없다." 곽종원, 「좌우익 논쟁 거쳐 정지작업(整地作業) 완성단계」, 『현대문학』, 1965.4, 57면.

14 김상일, 「순수문학논의」, 『현대문학』, 1958.5; 임헌영 편, 『문학논쟁집』, 태극출판사, 1976, 514면.

15 임헌영, 「도전의 문학」, 『사상계』, 1969.12, 247면.

헌영은 결과적으로 반역사성에 뿌리를 둔 순수문학의 역사적 과오를 강하게 비판한다. 우익문단의 체제순응적 관료화는 해방 후에도 여전히 '순수문학'이라는 탈역사성 속에 안존해왔음을 지적하고 있다. 이와 같은 임헌영의 비판은 한국의 문학적 '전통'이 순수문학의 체제순응이 아니라 참여문학의 저항과 반항에 있음을 전제한 것이다.

한국문학의 전통을 저항과 반항에서 찾는 전통론은 1960년대 이후부터 뚜렷하게 형성된다. 최일수는 "외부로부터 오는 억압에 반항하는 것이 동양문학의 한 특징"임을 주장하면서 한국문학의 전통을 반항에서 찾고자 한다. 영통주의에 기댄 전통론을 겨냥하여 "오묘한 깊이 속에 지배자의 신비가 얼굴을 감추어 있었고 정밀(靜謐)이라는 고요함 속에 권력자에 반항하는 것을 체념해야만 되는 사이비 미덕이 그 배경에 가로놓여 있었다"고 비판한다. 다시 말해 영통주의를 동양문학의 본질인 것처럼 내세우는 것은 "권력자 위주의 문학이론"에 지나지 않는다는 점을 명확히 하면서, 한국 근대문학에는 진정한 반항이 없었음을 지적한다.[16] 이러한 최일수의 지적은 한국문학 '전통'의 뿌리를 계급적으로 전환한 것이자, 영통주의라는 지배자의 정신성을 거부함으로써 외부의 억압에 시달리는 주체의 반항[17] 정신을 한국문학의 전통으로 삼고자 하는 시도

16 최일수, 「반항적 문학」, 『현대문학』, 1961.4, 214~218면.

17 최일수는 반항의 형태를 두 가지로 설명한다. 첫째, 인간 자체의 내면에 대한 반항을 주제로 한 문학의 형태, 둘째, 인간의 외부에서 오는 것에 반항하는 형태의 문학이다. 첫 번째 형태는 인간 자신의 원래부터 가진 그릇된 점과 약한 점, 그리고 타성적인 점 등 이러한 인간이 숙명적으로 지니고 있는 모순, 이른 바 부조리의 원인을 다루는 내면적 반항의 문학이다. 두 번째 형태는 인간이 권력이나 또는 불법이나 기구 등 이러한 외부로터의 사회적 모순에서 오는 것에 대한 반항으로서 죄없는 인간이 보이지 않는 외부의 권력에 의해서 고통당하는 모순된 현실이나, 또는 커다란 지배력이 신비화하여 인간이 도저히 가까이 할 수 없는 지배자에 대한 반항의 문학이다. 이에 덧붙여 최일수는 동양의 문학은 일찍이 인간을 인간으로써 해방시킨 서구문학과는 달리 아직 인간자체를 어떤 권력이나 압제에서 해방시키지 못하고 있기 때

이다. 새로운 전통의 근거가 되는 반항이 한국문학에 이미 존재하고 있긴 했지만, 최일수는 그것을 "왜곡된 배리의 전통"으로 간주하고 있다.

> 아니 반항하고 싶었는데 일제침략자의 총칼이 무서웠던 것이다. 때문에 알지 못하는 상징세계로 자기들의 반항의 표현을 끌고 갔었는지 모른다. 이것으로 그들은 끝까지 소극적이나마 반항만은 포기하지 않았다고 할 것이다.
>
> 그러나 문제는 이렇다. 과연 이러한 소극적인 것도 반항으로서 간주해야 할 것인가. 물론 끝까지 반항을 지속하기 위해서 추상적인 표현을 한 것은 이해할 수가 있다. 그러나 그것이 마치 가장 정당하고 진정한 반항인 것처럼 내세우는 것은 이해할 수가 없다는 것이다.
>
> 그럼에도 불구하고 현재 생존하고 있는 우리의 근대문학자들은 그들이 일제 침략시대에서의 문학행동을 가장 반항적이고 가장 전통적인 것이라고 후대에게 강요하고 있는 것이다.
>
> 전통이란 아무리 강요해도 그대로 계승되는 법이 아니다. 대대로 역사의 준엄하고 엄정한 비판을 거치고서야 비로소 후대에 계승되어 그것이 살이 되고 피가 되는 것이다. 그런데 현대 우리 문학은 이러한 왜곡된 배리의 전통을 강요당하고 있는 일종의 위기에 놓여 있는 것이다.[18]

최일수는 "왜곡된 배리의 전통"이 강요되는 상황의 근본원인을 두 가지로 설명한다. 첫째, 외부의 억압에서 비롯된 모순에 반항하지 못하고

문에 인간의 내면적인 것에 대한 반항이기보다는 인간이 인간의 외부로부터 오는 것에 반항하는 형태에 보다 가까운 것으로 판단한다. 위의 글, 214면.

18 위의 글, 222~223면.

오히려 그것이 자신의 내적 요인에서 비롯된 잘못이라는 자기내면화에서 해방되지 못했다는 점, 둘째, 비교적 반항적이었던 몇몇 작가들마저 진정한 반항이 무엇인지를 깨닫지 못하고 결국 무기력하게 되고 마는 소극적인 반항의 자세가 그것이다. 따라서 중요한 것은 반항이 아니라 보다 구체화된 행동 형태인 '저항'의 태세라는 점을 강조하면서 이차대전 당시의 프랑스 레지스탕스의 예를 들고 있다. 내면적인 반항에서 머물지 않고 심야판(深夜版)을 비밀 출판하는 조직적인 저항형태를 취했다는 레지스탕스의 사례를 통해서 외부의 모순에 대한 적극적이고 구체적인 실천과 행동이 중요함을 역설한다. 최일수에게 있어서 일제시대의 반항은 진정한 반항이 아니며, "도피나 위선이나 변명으로 날조된 가짜 반항"[19]에 불과했던 것이다. 따라서 일제강점기 말에 활동했던 청록파의 활동에 대해서 "일제 학정이라는 모진 상황 속에서 문학적 암흑시대까지 빚어냈던 그러한 역경 속에 피어난 한떨기 무궁화 같은 가난한(사상면) 꽃이었으며 멀리 저만치 떨어져서 현실을 바라보아야 했던 낭만적인 관조 시인"[20]이라고 에둘러 폄하한다. 이러한 폄하는 청록파 동인들이야말로 근대문학의 마지막 계단에 서 있는 '종착역의 기수'라는 그들 스스로의 자부심[21]에 대한 통렬한 반박이다. 청록파가 결여하고 있는 것은 다름 아닌 역사와 현실이다.

확실히 새롭게 느껴지는 명작 속에는 영원성이 깃들어 있다. 그러나 그 영

19 위의 글, 218면.
20 최일수, 「종착역의 기수 (二) - 우리 시의 근대와 현대」, 『현대문학』, 1964. 2, 259면.
21 최일수, 「종착역의 기수 (一) - 우리 시의 근대와 현대」, 『현대문학』, 1964. 1, 219면.

원성은 역사의 증언이 있어야 하며 불멸의 진리가 이를 보장해주는 것이어야 한다. 역사나 진리의 보장이 없이 영원성이란 생각할 수도 없다. 그러나 역사와 진리는 오늘이란 현실의 보다 투철한 행동이 없이는 이루어지지 않는다. 즉 어제와 내일은 오늘의 소산이지 허공의 산물은 아닌 것이다. 영원성 역시 이 범주에서 한치도 벗어나지 않는다.[22]

최일수가 강조하는 것은 역사와 진리이다. 영원성 역시 역사의 증언에서 자유로울 수 없다는 점을 분명히 밝히고 역사와 현실을 초월한 문학에 대해 강한 거부감을 보인다. 옛 신라로의 회귀를 주장한 서정주의 전통론에 대해서도 "한국문학의 우위성을 찾는 나머지 옛 신라로 되돌아가려는 보수적인 색채를 간직한 채 내적으로만 형성"[23]되었음을 비판한다. 영원성과 초월성은 '내적'인 곳에 존재하며, 역사와 현실을 방기한다는 점에서 진정한 반항과 저항의 양식을 획득할 수 없다. 그런 점에서 이들의 문학을 한국의 전통으로 인정하기 힘들며, 한국문학의 '종착역의 기수'로 보기에는 더더욱 어렵다는 것이다. 따라서 청록파와 서정주로 대표되는 전통주의자들의 전통은 "전통이란 이름 아래 복고의 깃발을 들고 있는 것"[24]에 지나지 않는다. 진정한 전통이란 역사와 현실을 탈각시킨 관념과 내면의 초월에서 발생할 수 없으며, 역사와 현실 속에서 발아한 반항과 저항의 주체성으로부터 발생한다는 점을 명시한다. 동양문학의 전통이 반항과 저항의 정신에 있다는 관점에서 한

22 최일수, 「종착역의 기수 (三) — 우리 시의 근대와 현대」, 『현대문학』, 1964.3, 238면.
23 최일수, 「전통주의와 세계주의 — 속(續) · 분단의 문학」, 『현대문학』, 1969.9(임헌영 편, 앞의 책, 326면에서 재인용).
24 최일수, 「종착역의 기수 (完) — 우리 시의 근대와 현대」, 『현대문학』, 1964.8, 267면.

국 근대문학을 일별하면, 한국문학의 전통은 여전히 결핍의 상태로 있는 것이나 다름없다. 이광수의 계몽주의 문학조차 위선적이고 도피적일 수밖에 없는 까닭은 "이미 그 시대가 삼・일 운동 이후에 일제에 정면으로 맞서서 반항해야 할 시대임에도 불구하고 삼・일 운동 이전의 낡은 반항의 형태"로써 "진정한 반항인 것처럼 행세"했기 때문이다.[25] 이광수의 계몽주의조차 한국문학의 전통으로 보기에 결격 사유가 충분하다면, 청록파와 서정주가 보여주는 전통주의는 더더욱 한국문학의 전통에서 멀어질 수밖에 없다.

2) 4월혁명과 새로운 전통주체의 탄생

전통의 상실은 주체성의 상실과 밀접한 관계가 있다. 홍기삼은 한국문학의 전통을 역사적 굴욕과 굴종의 관점에서 파악하고 있는데, "울음과 탄식만으로 살아왔던 이 나라 조상들의 노예적 근성을 치료하고 그 넋두리와 한숨을 달래주고 또 휘어버린 척추를 직립으로 환원시켜야 할 사람들은 아직 창백하고 가난한 젊은 세대가 아니면 안 될 것"이라고 주장한다. "정신적 자주성의 확립과 새 문화이념과 전통적 자각과 반역"을 통해서 한국문학의 주체적이고 자주적인 문학정신을 회복하는 것이 급선무임을 강조하고 있는 것이다.[26] 조동일 역시 전통의 긍정적 계승과 부정적 계승을 구분하면서, 긍정과 부정이라는 재주체화의 과정을

25 최일수, 앞의 글, 1961.4, 218면.
26 홍기삼, 「전통에의 반역」, 『현대문학』, 1965.2, 103・107면.

거쳐 새로운 전통을 건설해야 함을 역설한다. 즉, "우리가 건설해야 할 민족적 근대문학"의 방향, 다시 말해 전통의 퇴화와 계승의 방향은 "중세 평민 문학의 전통을 긍정적으로 계승하고 식민지적 근대문학이라는 또 하나의 전통을 부정적으로 계승하여 민족적 전통으로 크게 다시 융합하는 것"을 의미한다.[27] 식민지 근대문학의 부정적 계승은 식민지 시대의 민족적 근대문학의 싹을 계승하는 반면에 체념과 도피의 문학은 버려야 한다는 것을 의미하며, 중세 평민문학의 긍정적 계승은 비판정신과 저항정신을 근대문학으로 계승시켜야 한다는 것을 의미한다. 조동일은 여기서 더 나아가 전통계승의 문제를 4월혁명에 직접적으로 연관시킨다.

> 일제 말기, 6·25 등을 겪는 동안에 참다운 문학은 동면을 할 수밖에 없었고, 전후에는 오히려 전통의 퇴화를 촉진시키는 경향이 더욱 심해지다가 4·19가 커다란 변모의 계기를 다시 제공했다. 4·19는 작가가 한국의 현실을 서구의 현실로 대치할 수 없고 회고적인 환상 속에서 머물 수도 없다는 것을 명확히 해 주었으며, 지금까지 극단적인 순수를 주장하던 시인들도 민중의 편에 서서 찬가를 바치지 않을 수 없게 했다. 그 후 많은 우여곡절이 있기는 했으나 4·19가 작가들에게 준 충격은 심화되는 과정을 밟았으며 과거의 문학에 대한 반성이 상당히 철저하게 수행될 기미가 보인다. 제기되는 문제는 결국 문학의 사회 참여와 전통 계승이며 비평적인 차원의 논의보다 실제의 작품에서 더욱 평가할 만한 진전이 보인다.[28]

27 조동일, 「전통의 퇴화와 계승의 방향」, 『창작과비평』, 1966 가을, 378면.
28 위의 글, 375면.

조동일은 4월혁명이 한국 문학에 미친 영향에 대해 첫째, 한국의 현실을 서구의 현실로 대체하고자 하는 세계주의자에 대한 견제, 둘째, 회고적 환상 속으로 도피하고자 하는 가짜 전통에 대한 명확한 대항 정도로 정리하고 있다. 극단적인 순수와 전통단절론을 주장했던 시인들마저도 민중의 편에서 4월혁명에 대한 찬가를 바쳤던 현상은 한국문학이 비로소 민중의 저항과 반항, 즉 혁명이라는 구체적 현실에 기반한 사회 참여적 전통을 획득하기 시작했다는 사실을 말해준다. 4월혁명은 전통단절론과 전통계승론 사이의 논쟁 속에서 한국문학이 나아갈 방향을 충격적으로 보여준 계기였던 것이다. "4·19가 작가들에게 준 충격이 심화되는 과정"이란 "과거의 문학에 대한 반성"을 의미한다. 외국문학에 지나친 경사, 신라정신으로의 회귀와 같은 비평적 논점들은 4월혁명이 촉발시킨 참여와 전통의 문제로 옮겨갈 수밖에 없었다. 조동일은 문학창조의 담당층 또한 달라져야 함을 역설하는데, "일제의 식민지 교육을 받았거나 서구 문학에 대한 비판적 정리 없는 지식을 자랑"하고 있지만, "사실은 사고의 근저에 숙명론과 비합리주의가 깔려 있는 지식인, 새로운 사회의 구조와 법칙을 어떻게 수립할 것인가 하는 근본적인 문제에는 관심이 없"는 지식인 주도의 문학이 청산될 필요가 있다고 주장하고 있는 것이다.

지식인의 세대교체는 새로운 주체의 탄생을 예고한다. 새로운 주체의 탄생은 곧 새로운 전통의 탄생이다. 이는 곧 "주체의 상실이 곧 전통의 상실"이라는 김순남의 말과도 통한다.

한국문학이 '자기'를 지니지 못하고 민족정신을 체현하지 못한 것은 어느

> 덧 그것이 우리의 전통을 상실한 데 연유가 있다. 전통의 이해에서 핵은 주체성이다. 주체성을 상실한 문학은 그것이 민족문학에 포함될 수 없다. 모든 선행한 민족문학이 존립의 역사적 조건에서 형성된 고유한 특성 그 자체가 주체성을 내포하고 있는 것이다. 이러한 주체의 상실은 전통의 상실이며 민족성의 상실이다.[29]

전통의 이해에서 핵심은 주체성이다. 김순남이 말하는 민족적 주체성은 김동리・서정주의 전통론에서 발현되었던 초월의 관념이 아니라 민족의 구체적 생활에 근거한다. "문학이 생활을 진실하고 생기 있게 그려내기 위해서는 민족생활의 산 바탕에 뿌리를 내리지 않을 수 없"으며, "작가에게는 역사의 숨결과 생활의 뜨거운 혈맥을 느낄 수 있는 진정한 시대적 감각이 필요한 것이다."[30] 이러한 관점에서 문학의 주체성이란 "민중의 생활을 현실개혁의 높은 견지에서 형상화하는 작가의 웅심 깊은 정신적 자세를 의미"[31]한다. 이를 위해 김순남은 문학의 언어가 "전통적인 생활어"에 뿌리박는 동시에 "현대적 언어 미감이 구현"됨으로써 "사회행위의 귀감과 시범"으로서의 "참된 문학어의 개척"을 주장하기도 한다.[32] 요컨대 한국문학의 전통을 확립하는 것은 "우리의 생활과 우리의 사색으로 충일케 하는 것"이며 "이것이 문학의 자율성과 주체를 확립하는 것"[33]이다.

---

29 김순남, 「문학의 주체적 반성」, 『한양』, 1962.4, 140~141면.

30 김순남, 「현실묘사와 작가정신」, 『한양』, 1964.12, 176면.

31 김순남, 「리얼리즘 소고」, 『한양』, 1972.1(김인재 편, 『시대정신과 한국문학』, 한양사, 1972, 249면에서 재인용).

32 김순남, 「한국적인 것과 문학어」, 『한양』, 1966.4, 257면.

33 김순남, 「문학건설과 휴머니즘」, 『한양』, 1963.2, 150면.

여기서 민족문학의 새로운 전통 확립에 대한 진취적 모색을 가능하게 했던 것이 다름아닌 4월혁명이라는 사실을 주목할 필요가 있다. "四·一九는 이처럼 현실참여의 문학인들 속에서 역사의식을 환기시켰으며, 역사의식과 분리할 수 없는 리얼리즘을 또한 각성시켰다. 이것은 한국문학에서 六〇년대를 장식한 특기할 만한 현상이다"[34]와 같은 언술에서 확인할 수 있듯이, 4월혁명은 민족문학의 주체성에 대한 각성을 가능하게 했던 계기였다. 특히 4월혁명은 역사의식을 비롯한 현실참여의식을 고취시킴으로써 전통론에서의 주체성을 참여문학의 관점에서 새롭게 해석하는 길을 열어주었다.

정태용 역시 주체적 전통의 확립을 위해서는 세대교체를 주장한다. 전통으로의 단순한 회귀를 주장한 백철과 조지훈을 비판하면서 "전통이 단순한 모방과 답습이 아니라 현대적 창조적으로 계승되자면, 무엇보다도 그것을 계승하는 사람들이 앞 세대나 앞 시대와는 다른 자기 세대에 충실하고 그 주체적 정신을 확립했을 때에만 가능한 것"임을 역설한다. 세대교체는 자연적으로만 이루어지는 것이 아니며 때로는 4·19나 5·16처럼 폭력적으로 일어나기도 한다는 점을 강조한다. 폭력적 세대교체는 잠재된 주체성의 발현이 개입하기 마련이다. "체험과 생활의 중요성"에 대한 새로운 자각이 "오늘 여기의 문화로서 배양"된 "이론과 실천의 생활적인 인격적인 일치"를 통해 "올바른 세대 정신의 주체화" 과정을 이끌 수 있다고 보고 있다. 즉 "민족적 주체"란 "민족의 현재와 장래를 자유와 행복으로 이끌어 갈 오늘의 역사적 임무를 자각하고, 그

---

34 김순남, 「4·19와 한국문학」, 『한양』, 1971.4~5(김인재 편, 앞의 책, 238면에서 재인용).

지도 원리에 자신을 전인적으로 연소시키고 실천하는 정신의 체현체"라는 것이다.[35] 이처럼 정태용의 세대교체론은 이론과 실천의 전인적인 일치를 추구하는 세대로서의 주체의식을 보여주고 있는데, 문학을 곧 실천의 영역으로 보고 있다는 점에서 주목할 만하다. 특히 세대교체 계기로서 4・19와 5・16을 언급한 점은 주체의 능동성과 가능성을 전제로 한 것이다. 그러나 자유당, 민주당, 4・19, 5・16을 각각 세대교체로서의 한 계기로 동일하게 파악한 것은 정태용이 지니고 있는 역사의식과 주체의식에 심각한 문제가 있음을 드러낸다. 이에 대하여 장일우는 다음과 같이 비판한다.

> 이리하여 오늘 한국에서는 과거의 것 낡은 것이 모조리 전통으로 되었고 또 그들은 '시대의 역사적 임무를 자각하였다'고 말하고 있는 것이다. **자유당도 민주당도 '시대의 역사적 임무'를 자각했다고 말했으며 또 정씨의 말대로 오늘 군사혁명의 주체세력도 "시대의 역사적 임무"를 자각한다고 말하고 '주체를 확립'했다고 말한다.**
>
> 그러나 유감스럽게도 정씨는 전통의 상대적 가치-시대적 가치는 알았으나 그 보편적 가치는 알 수 없었으며 심지어 그는 역사의 기만과 위조를 식별하지 못하였다. 그는 현상은 보고 본질을 보지 못하였으며 국부는 보고 전체는 보지 못하고 있으며, 허상을 보고 진상이라고 말하고 있는 것이다. 지금 대체 어떤 세력이 "민족의 역사적 주체를 확립시키고 실천해 보고자"하고 있으며 그것이 국민의 지지를 받을만하단 말인가? 또 외세의존이 민족의 역사적 주

---

35 정태용, 「전통과 주체적 정신-세대 의식 없이 옳은 전통은 없다」, 『현대문학』, 1963.8(김종회 편, 『한국의 명비평』, 문학의 숲, 2009, 427~436면에서 재인용).

체를 확립할 수 있단 말인가? 서구의 것이라면 무조건 좋다고 하는 사대주의자들— 한국에는 한국적인 것이 없다고 하면서 한국적인 것은 '프랑스적'이 되어야 한다는 가짜 한국인들, 이 문화적 외세의존을 규탄하는 그 정당한 주체의식은 선반 위에 얹어 놓고 민족의 역사적 주체를 운운하는 정씨의 사고는 모순을 내포하고 있지 않단 말인가? 주체를 세운다는 것은 결코 말에 의해서 판단하는 것이 아니라 그 실천에 의해서 그 실천의 내용에 의해서 판단하는 것이다. 창신이 없는 전통은 전통이 아니라 '낡은 것의 재생'이라고 한 것처럼 실천이 없는 주체는 주체에 대한 말공부이며 선전이다. 또 그 실천의 내용이 보편성을 가지고 있는가, 즉 오늘에 있어서 전 국민적 의의와 전 민족적 의의를 가졌는가의 여부에 따라서 그 가치는 판단될 것이다.

(…중략…)

그러면 정태용 씨의 '한국적인 것과 문학'이 내포하고 있는 그 많은 정당한 견해들과 함께 부분적인 개념의 혼란과 때때로는 표현되는 착각의 근원은 무엇이겠는가? **생각건대 그것은 정씨의 주체의식이 실천과 결합되지 않은 분열에서 오는 것이 아니겠는가? 즉 생활 현실과 문학 현실을 이 나라 민족사의 역사적 운명과 임무에서 전체적으로 보는 것이 아니라 피상적으로 국부적으로 보는 평론 실천의 결함에서 오는 것이 아니겠는가?**[36] (강조는 인용자)

장일우는 정태용이 전통의 상대적・시대적 가치는 알았으나 그 보편적 가치는 알지 못했음을 비판한다. 자유당과 5・16군사쿠데타 역시 역사적 임무를 자각했으며 그에 따른 주체성을 확립했다고 한 정태용

36 장일우, 「한국적인 것과 전통적인 것」, 『자유문학』, 1963.6, 247~249면.

의 발언은 역사의 기만과 위조를 식별하지 못한 결과이다. 즉 "실천의 내용이 일반성을 가지고 있는가"의 여부에 따라서 그 가치가 판단될 수 있다는 것이다. 여기서 장일우는 정태용의 사고가 지니고 있는 모순과 결함의 근원을 정태용의 주체의식이 실천과 결합하지 못한 데서 찾고 있다. 생활 현실과 문학 현실을 민족사의 역사적 운명과 임무의 관점에서 전체적으로 보지 못하고 피상적·국부적으로 본 결과 정태용의 비평에서 모순이 발생했는데, 이러한 모순은 정태용의 주체성과 실천이 결합되지 못한 분열에서 발생했다는 것이다. 그러나 시대적·역사적 주체성에 대한 정태용의 인식이 어느 정도 한계를 노출한 것은 사실이지만, 정태용 역시 이론과 실천의 중요성을 강조했다는 점에서 장일우의 비판은 인신공격에 가까운 것이다. 어쨌든 정태용과 장일우의 논쟁 과정에서 주체의식의 실천성이 강조되고 있다는 점은, 이 시대의 비평이 "우리의 과거사는 주체성의 침해사였다"[37]라는 민족사적 성찰을 통해 비주체적 역사와의 절연을 선언한 것이며, 구체적인 현실 속에서의 실천을 추구하는 참여적 지성으로의 전환을 보여주고 있는 것이다.

37 장백일, 「전통과 주체성」, 『비평문학』 1권, 1971(임헌영 편, 앞의 책, 334면에서 재인용).

3. 혁명정신의 문학적 실천과 정치적 한계

1) 혁명의 실정성과 낙관적 참여론의 허실(虛實)

한국문학의 1960년대는 4월혁명의 충격으로 인해 지식과 행동의 일치라는 불가능성을 끊임없이 추구해온 시대라고 할 수 있다. 이 추구에는 무기력이 동반되기 마련인데, 혁명의 예외성이 보편성으로 전환되기란 사실상 불가능하기 때문이다. 4월혁명의 예외성을 일상적인 현실정치의 기준으로 들여올 경우 대개의 지식인들은 심각한 무기력에 빠져들 수밖에 없다. 이 무기력은 문학의 무용성에 대한 감각을 강화하게 되는데, 참여문학이 미학적 가상 세계에 머물러 있는 한, 현실적 효용성은 언제나 잠재적 상태로 남아 있기 때문이다. 그래서 김우종은 "정신적인 해결", 다시 말해 "해결의 가능성을 믿는 인간형"[38]을 강조할 수밖에 없었다. 그러나 이것 역시 현실적인 해결이라 보기 어려우며, 현재가 아닌 미래의 가능성으로부터 희망을 추출해내는 방법에 지나지 않는다. 따라서 60년대는 4월혁명으로 인해 문학적 참여의 윤리성이 더욱 높아졌지만, 근원적으로는 문학의 해결력에 대한 회의로부터 자유롭지 못했다. 참여문학론자 스스로 문학에 현실정치의 짐을 지우고자 했지만, 문학은 현실정치의 책무를 오로지 미적 가상 속에서만 감당해내고 있을 뿐이었다. 따라서 60년대는 '문학적 자탄'의 시대였다고 할 수 있다. 그 '자탄(自

---

38 김우종, 「순수의 자기기만」, 『한양』, 1965.7, 211면.

嘆)'의 정체란 60년대 한국 문단의 것만은 아니며, 문학의 본질에 다가갈 수록 새어나올 수밖에 없는 보편적 진리에 가까운 것이었다. 이를테면 1947년에 있었던 사르트르의 아래와 같은 탄식이 그것이다.

> 한마디로 해서, 문학은 그 본질상 영구혁명 중에 있는 사회의 주관성이다. 그러한 사회에서의 문학은 말과 행동의 이율배반을 지양(止揚)할 것이다. 하기야 문학이 행동과 똑같은 것이 될 수는 없을 것이다. 작가가 그의 독자에게 대해서 '행동한다'는 것은 거짓말이다. 작가는 다만 그들의 자유에 호소할 따름이며, 그의 작품이 어떤 효과를 발휘하기 위해서는 독자가 무조건적(無條件的)인 결심에 의해서 그의 작품을 자기의 것으로 떠맡아야 하는 것이다. 그러나 항상 자각을 하고 자기를 비판하고 변신해 가는 사회에서는, 글로 쓰인 작품은 행동의 한 본질적 조건, 즉 반성적 의식의 계기가 될 수 있는 것이다.
>
> (…중략…)
>
> 문학의 기능은 구체적 보편자(普遍者)에게 구체적 보편자를 제시하는 데 있으며, 그 목적은 만인의 자유에 호소하여 모든 사람이 인간의 자유의 왕국을 실현하고 유지하도록 하는 데 있다는 것을 이해하게 될 것이다. 물론 이것은 유토피아적인 이야기이다. 우리는 이러한 사회를 생각해 볼 수는 있지만, 현재로서는 그것을 실현시킬 수 있는 어떤 수단도 가지고 있지 않다. 그러나 우리는 이런 사회를 상상해 봄으로써, 문학이라는 개념이 어떤 조건하에서 완전하고도 순수하게 구현될 수 있는지를 짐작할 수 있게 되었다. 하기야 오늘날 그런 조건이 충족되어 있지 않은 것은 사실이며, 우리는 이런 형편에서 글을 써야 하는 것이다.[39]

사르트르가 말한 문학의 영구혁명은 "말과 행동의 이율배반을 지양(止揚)"한다. 그러나 사르트르의 고백처럼 문학은 행동과 똑같은 것이 될 수 없으며, 작가가 독자에 대해 "'행동한다'는 것" 역시 거짓말에 불과하다. 다만 부단한 자각과 자기비판 속에서 작품은 "행동의 한 본질적 조건, 즉 반성적 의식의 계기"가 될 수 있을 뿐이다. 따라서 문학의 목적이 "만인의 자유"에 호소함으로써 "모든 사람이 인간의 자유의 왕국을 실현하고 유지하도록 하는 데 있다"는 주장은 그것의 실현 가능성이 낮은 데서 심각한 문제가 발생한다. 사르트르는 문학을 통한 인간의 자유 실현이 "유토피아적인 이야기"에 불과하며, "현재로서는 그것을 실현시킬 수 있는 어떤 수단도 가지고 있지 않"음을 분명히 인식한다. 그럼에도 불구하고 글을 써야 하는 것이 작가들이 직면한 객관적 조건이다. 사르트르가 냉정하게 파악한 것처럼 작가의 작품은 "행동의 한 본질적 조건" 혹은 "반성적 의식의 계기"가 될 수는 있으나 그것 자체가 행동이 되지 못한다는 데서 치명적 한계를 가진다. 반성적 의식이 행동으로 전화되기까지는 잠재성의 영역에 남아 있는 경우가 대부분이며, 그것이 언제 행동으로 표출될지는 아무도 알 수 없기 때문이다. "말과 행동의 이율배반"을 극복해내지 못하는 문학은 앞서 김우종이 말했던 "정신적인 해결" 혹은 "해결의 가능성을 믿는 인간형"을 창조해내는 데서 그 역능이 멈추고 마는 것이다. 요컨대, 문학의 정치적 효용은 가시적으로 잘 드러나지 않는다. 그것은 잠재적 상태로만 존재하며, 그것을 육안으로 확인하기란 매우 어려운 일이다. 따라서 문학은 근원적으로 피억압의

39 장 폴 사르트르, 정명환 역, 『문학이란 무엇인가』, 민음사, 2008, 213~214면.

부조리한 현실에 대해서 무력감을 느낄 수밖에 없으며 문학의 무용성(無用性)이라는 자탄(自嘆) 속으로 빨려 들어가고 만다.

여기서 회귀할 수밖에 없는 지점은 신동엽과 김수영이다. 사실 문학과 정치의 경계와 한계에 대한 통찰은 신동엽과 김수영 시학의 핵심적인 요소라고 할 수 있다. 신동엽과 김수영은 문학과 정치의 접맥을 그 한계선까지 밀고 나간다. 이 지점에서 이들의 시학은 1960년대 다른 시인들과 뚜렷한 차이를 드러낸다. 신동엽과 김수영의 시론을 검토하면 이들은 시가 현실이 되는 불가능한 지점을 탐색했다는 사실을 알 수 있다. 그러나 신동엽은 문학의 정치적 역능에 대한 확고한 신념과 의지를 지닌다는 점에서 김수영과 다르다. 참여의 실재(직접행동)를 향한 김수영의 충동과 향유는 비관주의를 띠고 있지만, 신동엽의 그것은 의지적이며 긍정적 자기 확신에 차 있다. 이러한 차이에도 불구하고, 문학이 미학의 경계를 넘어 참여의 실재라는 불가능한 영토로 진입하고자 했다는 점에서 이들의 시론(詩論)은 60년대 문학의 충동(drive)을 점유한다.

> 오늘날 철학, 예술, 과학, 경제학, 정치, 종교, 문학 등은 인생에의 구심력을 상실한 채 제각기 천만 개의 맹목기능자로 화하여 사방팔방 목적 없는 허공 속을 흩어져 달아나고 있다.[40]

> 무슨 파, 무슨 주의자 등 근대적인 명칭으로 불리우는 모든 지식분자들을 한묶음하면 '밀려난 특종계급'이 된다. 그들의 문화는 특수층의 주형적 정신

---

40 신동엽, 「시인정신론」, 『자유문학』, 1961.2(『신동엽전집』, 창작과비평사, 1990, 362면에서 재인용).

현상인 것이다. 그들이 역사상에 놀은 역할은 눈곱에 불과하다. 그래서 하는 수 없이 나약한 병자의 노래가 아니면 대학 연구실 속에서의 언어연금술이거나 그것도 아니라면 독존적 귀족문화만이 우리 시대의 시인 전부를 차지하게 되는 것이다. 문학은 문학전문가들끼리의 특수문화가 되어 버렸다. 백성과 그들과의 아무런 연분도 없어졌다. 그들은 그들대로 만백성의 살림마을인 대지를 이탈하여 마치 무리 떼 지은 하루살이의 덩어리처럼 하늘 높이 달아나고 있다.[41]

신동엽은 근대적 지식인들이 처한 객관적 상황을 간파한다. 지식인들이 체제비판적 힘을 상실한 채, "맹목기능자"로서 "사방팔방 목적 없는 허공" 속을 헤매고 있다는 점을 정확히 파악한다. 근대적 지식인들에 대한 비판은 정치적 힘을 상실한 "나약한 병자"이거나 대학 연구실에서 "언어연금술"에 골몰하거나 "독존적 귀족문화"를 향유하는 시인들의 모습에 겹치고 있다. 1960년대 지식인 담론 속에서 크게 논의되었던 바를 신동엽은 이미 갈파하고 있는 것이다.[42] 특히 문학이 문학전문가들의 "특수문화"로 전락해버리고 말았다는 신동엽의 비판은 "문학이라고 불리는 단자(單子)가 직업명사화한 것은 이미 옛날의 일이며 그것

41 위의 글, 371~372면(『자유문학』, 1961.2).

42 이는 앨런 S. 케이헌의 근대 지식인들에 대한 비판을 떠올리게 한다. "지식인들의 오만한 고립의 특징은 그들의 언어가 점점 더 애매모호해진다는 점이었다. 이것이 그들과 자본주의 사이에 새로운 장벽을 하나 더 쌓았다. 어떻든 자신들의 밖에 있는 대중에게 다가가는 문제에 더 이상 관심을 쏟지 않게 된 지식인들의 언어, 즉 그들의 비판적인 담론은 점점 더 자신들만의 좁은 집단을 대상으로 하게 되었다. 그 담론은 의식적으로든 무의식적에서든 더욱 정제되고, 더욱 복잡해지고, 아웃사이더들이 쉽게 접근할 수 없는 내부의 관습에 더 충실하고, 더욱 귀족적으로 변해갔다. 사회의 지도자로 행동하는 귀족계급이기보다는 상아탑에 갇힌 준귀족이라고나 할까." 앨런 S. 케이헌, 정명진 역, 『지식인과 자본주의』, 부글북스, 2010, 356면.

은 다시 더 영업적인 아들에 의하여 분주히 분가되어 나가고 있다"[43]는 상황판단에 따른 것이다.

따라서 신동엽은 '신저항시운동 가능성'을 천착하면서 1960년대의 시단을 5갈래로 구분한다. ① 향토시(鄕土詩)의 촌락(村落), ② 현대감각파(現代感覺派), ③ 언어세공파(言語細工派), ④ 시민시인(市民詩人), ⑤ 저항파(抵抗派) 등이다. 이에 대한 신동엽의 설명을 전체 혹은 일부를 발췌하면 다음과 같다.

> ① 향토시의 촌락 : 이 계열의 사람들은 한국 풍토의 전형적인 선비들로서 8·15와 6월전쟁에 이르도록 예술지상주의적 변두리에서 그 청록(靑鹿)같은 순수감성을 추구하며 살아왔다. 어떤 의미에서 이 계열의 사람들은 한국 전통의 정통파적 위치에 놓여 있다.

> ② 현대감각파 : 구도시인들이 전원의 아취(雅趣) 속에서 유불선의 변경을 소요하고 있을 때(물론 이 소요 속에는 그 당시의 청록파도 포함되는데) 이분들의 반(反)현대·반(反)역사성을 들어 팔매질하면서 6월전쟁 이쪽저쪽에서 부산·대구·서울에 쇳소리깃발을 나부낀 세칭 모더니스트들이 있었다. 이분들은 지금 사분오열이 되어 버렸지만 좌우간 그 모더니스트들의 토오치카까지를 접수하여 서구적인 감각, 현대적인 기교로 어깨를 넓히면서 시작업 — 시작업이란 말들이 이분들에겐 잘 어울린다 — 하고 있는 일군의 사람들이 바로 이 현대감각파다

43 신동엽, 앞의 글, 362면.

③ 언어세공파 : 현대감각파와 이웃 집안간이라 할 수 있는, 어쩌면 현대감각파에게 언어를 실험해서 그 통계자료를 제공해 주고 있는 고문단(顧問團)이라 할 수도 있는 이 계열의 사람들은 한국적인 다다이즘이라고나 할까.

이 분들은 그 정신적 고향을 대학 실험실 속에 소속시키고 있다.

④ 시민시인 : 고답스럽지도 기교(技巧)겨웁지도 않은 소박 그대로의 시민의 정서(다분히 중류하의 도시소시민적인)가 고달픈 월급장이 · 지식인 · 소상인들의 공감을 불러일으키고 있는 것이다. 목월씨는 사월 훨씬 이전에 이미 청록의 세계를 개운히 탈피하고 있었다. 이분들은 취미적인 아카데미즘에의 칩거를 거부하고 실업의 거리, 부정(腐政)의 가두를 쏘다니면서 가난한 시민, 쓸쓸한 애인을 노래하고 있는 것이다. 심장에서 흘러나오는 시어는 언어의 타계적(他界的) 건축을 불허케 하며 신(神)을, 사랑을, 선정(善政)을, 평화를, 물가의 안정을 기구하여 마지 않는다. 그러나 그뿐 자기들이 처한 도시적 지식인 감성의 극한된 울타리(역사와 사회에 대해 취한 수동적인 자세)를 넘어서서 다음 차원에로 진입해 보려는 모험은 하지 않는다.

⑤ 저항파 : 이 계열의 사람들은 세계사와 조국의 인생적 현실을 능동적 지성으로 밝혀 현대의 역동적인 화술로 조직해가려 하고 있는 것 같다. 지금은 싸우는 시대다. 언어가 민족의 꽃이며 그 민족의 공동체적 상황을 역사감각으로 감수(感受)받은 언어가 즉 시라고 할 때, 오늘처럼 조국과 민족이 그리고 인간이 굶주리고 학대받고 외침(外侵)되어 울부짖고 있을 때, 어떻게 해서 찡그림 속의 살아픈 언어가 아니 나올 수 있을 것인가. 이분들은 그 시정신의 뿌리를 사회에 늘이고 있다 하여 맨발로 현실의 흙 속을 뒤지고 있는 것이다. 가

령 「조국상실자」, 「휴전선」, 「파고다 공화국은 위험선상(危險線上)」 등(이 외에도 많지만)은 이 계열에 속한다. 기교는 거칠고 수법은 파격적이다. 그러나 그것은 정신에 치중하는 사람이 가지는(이것은 체질이 주는 일종의 선천성이라고 생각되는데) 어쩔 수 없는 결함(옷치장 안하는 것도 결함이라면)이다. 사회개조에의 새로운 물결이 이 계열 근처에서 싹틀 날이 불원 있을 것을 나는 믿는다.[44]

신동엽은 '향토시의 촌락', '현대감각파', '언어세공파'의 의의를 부분적으로 인정하기도 하지만 결국 그 한계에 대한 비판에 힘을 쏟는다. 첫째, '향토시'의 경우 "역사의식이나 지성의 형안(炯眼)"에 무관심하다는 한계, 한국전쟁과 4월혁명 당시에 이들이 보여주었던 저항과 반항은 "골격"(지적 · 사상적)이 없는 "식물성적 순수반항"이라는 한계를 넘지 못한다는 점을 강하게 비판한다. 둘째, '현대감각파'의 경우 현실과 유리된 '시작업'에 매몰된 유미주의로 빠진 까닭에 "절규하다 쓰러져가는 60년대의 사람들에게 면목이 서지 않"는 한계를 지닌다고 비판한다. 셋째, '언어세공파'의 경우 더욱 난해한 시의 실험을 주도하고 있으며 '현대감각파'와 함께 주창하는 "'지(知)'적 참여"가 사회 비평과는 무관한 '언어세공'의 기교에 지나지 않는다는 점을 지적한다. 따라서 '향토시인', '현대감각파', '언어세공파'는 현실의 참여와는 무관한 "아카데미파"로서 "문화적인 귀족풍"을 드러낸다는 점에서 신동엽의 비판을 받고 있는 것이다. 여기서 '시인(詩人)'과 '시업가(詩業家)'에 대한 구분[45]은 의미

44 신동엽, 「육십년대의 시단 분포도—신저항시운동의 가능성을 전망하며」, 『신동엽전집』, 창작과비평사, 1990, 375~379면(『조선일보』, 1961.3.30~31).

심장하다. 그에게 '시업가'는 "언어상품"을 만들어내는 일종의 직업이며, '시인'은 "인생과 세계의 본질을 그 맑은 예지만으로써가 아니라 다스운 감성을 통찰하여 언어로 승화시키는 사람"이다. '시업가(詩業家)'는 이러한 시인의 본성을 결여하고 있으며, '가인(歌人)'은 분명한 자기 세계가 있음에도 불구하고 참여, 즉 자기와 자기 이웃에의 인간적인 애정과 성실성이 결여되어있다는 점에서 비판받는다. 따라서 오늘날 "시업가는 있어도 시인은 드물다"는 것이다.

'언어세공파'와 '현대감각파'는 '시업가'에 가까운 것이므로 신동엽이 주목하는 대상은 당연히 '시민시인'과 '저항파'이다. '시민시인'은 시민의 정서를 다룸으로써 "취미적인 아카데미즘에의 칩거"를 거부하고 있다는 점에서 긍정적인 평가를 받는다. 그러나 이들 역시 "도시적 지식인 감성의 극한된 울타리"에 갇힘으로써 "역사와 사회"에 대해 "수동적인 자세"를 취하게 되었다는 점과 바로 이 때문에 "다음 차원에로 진입해보려는 모험"을 하지 않는 한계를 지적한다. 여기서 중요한 것은 "다음 차원"이다. 신동엽이 말하는 "다음 차원"이란 무엇을 뜻하는지는 그가 가장 높이 평가하는 '저항파'를 살펴보면 알 수 있다. 신동엽에게 있어 '저항파'는 "세계사와 조국의 인생적 현실을 능동적 지성으로 밝혀 현대의 역동적인 화술로 조직"하는 시인들을 말한다. 그의 관점에서 '시민시인'과 '저항파'의 변별지점은 역사와 사회현실에 대한 '지성'의 '수동성'과 '능동성'의 차이에 있다. 이 '능동성'의 정체는 역사감각에 기반한 투쟁과 실천의지에 있다.

45 신동엽, 「시인 · 가인 · 시업가」, 위의 책, 392~393면.

> 지금은 싸우는 시대다. 언어가 민족의 꽃이며 그 민족의 공동체적 상황을 역사감각으로 감수(感受)받은 언어가 즉 시라고 할 때, 오늘처럼 조국과 민족이, 그리고 인간이 굶주리고 학대받고 외침(外侵)되어 울부짖고 있을 때, 어떻게 해서 찡그림 속의 살아픈 언어가 아니 나올 수 있을 것인가.[46]

이와 같은 신동엽의 주장은 시(詩)가 분과학문체계 속에서 유폐(幽閉)의 길을 걸어갈 것이 아니라 시 그 자체가 정치・사상・종교・과학을 통합한 사회의 정신적 현현체(顯現體)로서의 기능을 담당하기를 바라는 열망을 응축하고 있다. "싸우는 시대"의 부름에 응하는 것이야말로 공동체적 역사감각을 외면하지 않는 것이며, 조국과 민족의 현실에 대한 '능동적' 참여라는 것이다. "민중 속에서 흙탕물을 마시고, 민중 속에서 서러움을 숨 쉬고 민중 속에서 민중의 정열과 지성을 조직・구제할 수 있는 민족의 예언자, 백성의 시인"[47]이라고 말했을 때, 이것은 역사와 사회에 대한 수동성을 넘어서서 변혁을 향한 '시인'의 실천적 의지와 무관하지 않다. 그러나 신동엽의 시에서 실천적 의지는 결국 언어로 귀결되고 만다. 그 언어는 "사회적 상황은 '개조'되어야 할 상황이므로, 사회개조를 위해서 시인은 발언해야 하는 위치에 있어야 한다는 신동엽의 목적론적 시학"[48]에 부합하는 언어이다. 현실의 변혁을 향한 실천의 완수가 "살 아픈 언어"의 창조를 지향함으로써 시인의 실천적 행동을 언어적 차원으로 환원시키고 마는 것이다. 시가 언어적 구성물인 이상 시

46 신동엽, 「신저항시운동의 가능성」, 위의 책, 398면(『다리』, 1971.10).

47 신동엽, 「육십년대의 시단 분포도—신저항시운동의 가능성을 전망하며」, 위의 책, 379면.

48 진순애, 「1960년대 시학의 실천적 지평—4・19혁명정신의 실천을 중심으로」, 『한국시학연구』 제12호, 2005.4, 362면.

인의 활동 역시 언어를 통한 활동에 지나지 않으며, 미학이라는 가상세계를 벗어날 수 없다. 그래서 혁명이 좌절되고 지연되는 현실이 '시'라는 매개체를 통해서 유기체적 미학 체계로 전이되는 "현실의 미학화"에 대한 열망이 바로 신동엽의 시라는 주장이 나오기도 한다.[49] 그러나 신동엽의 시가 '현실의 미학화'의 결과라는 이와 같은 진단은 주객을 전도시킨 것으로 신동엽의 시에 대한 오해를 낳을 여지가 크다. 신동엽은 현실의 변혁을 미학적 전유를 통해 시 속에서 성취하고자 한 것이 아니라, 글쓰기를 통해서 현실을 변혁하고자 했던 시인의 범주에 속하기 때문이다. 다시 말해, 신동엽은 "반공 이데올로기로 문학적 지평이 제약당하던 1950, 1960년대 현실에서" "많은 시인들이 현실의 문제를 예술의 미학적 문제로 왜곡, 침몰해" 갔던 것과는 달리 현실과 대결하고자 하는 "인간의 정신도와 시인혼의 치열성"으로 "자기의 전 생명을 걸고 가장 양심적인 소리를 낸 것"이라는 점에서 "혁명의 시"를 썼던 시인이라고 할 수 있다.[50] 신동엽은 '현실의 미학화'가 아니라 '미학의 현실화'를 위한 시적 치열성을 보여준 시인인 것이다. 따라서 신동엽은 문학이 현실이 되는 지점에 대한 치열한 사유와 충동을 보여준 시인인 것이다. 다만, 신동엽은 시 쓰기의 실천이 곧 '직접행동'이라고 믿었으며, 그것은 곧 '발언'의 형태로 가능하다고 보았다.

민중 속에서 흙탕물을 마시고, 민중 속에서 서러움을 숨 쉬고 민중 속에서

49 박지영, 「1960년대 참여시와 두 개의 미학주의－김수영, 신동엽의 참여시론을 중심으로」, 『반교어문연구』 통권 제20호, 2006.2, 304면.
50 김경복, 「신동엽 시와 무정부주의」, 『한국 아나키즘시와 생태학적 유토피아』, 다운샘, 1999, 392면.

민중의 정열과 지성을 직조(織造) · 구제할 수 있는 민족의 예언자, 백성의 시인이 정치 부로커, 경제 농간자, 부패문화, 배설자 들에 대신하여 조금 심성(心性)의 본질적 전례(前列)에 나서 차근차근한 발언을 해야 할 시기가 이미 오래 전에 우리 앞에 익어 있었던 것이다.[51]

이상과 같은 신동엽의 진술은 시의 무게중심이 사회적 '발언' 쪽에 있으며, 시의 기능을 목적론적으로 사유하고 있음을 말해준다. 따라서 신동엽의 시는 "사실적 이상주의를 위한 목적"을 지니는 것으로 그의 실천은 "시 쓰기의 실천"으로 규정될 수 있는 것이다.[52] 이는 신동엽의 시에서 "명령법에 의해 수행되는 선언적인 어조가 자주 등장하"는 까닭을 설명해준다. 청자 지향의 텍스트로서 신동엽의 시는 "청자에게 어떤 행위나 반응을 요구하는 적극적인 발화 형식"이자 "청자와 독자에게 무언가를 촉구하"는 형식인 것이다.[53] 이는 신동엽이 현실의 미학화보다 시를 통한 사회적 발언에 더욱 주력했다는 것을 말해준다. '현실의 미학화'를 부분적으로 인정한다고 하더라도 그것은 그가 '시'라는 언어예술을 통해 현실에 참여하는 '시인'이라는 조건에서 발생되는 부수적 현상이지 그가 지향했던 궁극적 목표는 아니었다.

그럼에도 불구하고 그의 시는 미학적 표상이 자리 잡고 있음을 부인할 수 없는데, 이는 신동엽의 시적 발언이 이상주의적으로 고양되어 있었다는 사실을 말해준다. 예컨대, "시인은 선지자여야 하며 우주지인이

51 신동엽, 「육십년대의 시단 분포도－신저항시운동의 가능성을 전망하며」, 앞의 책, 379~380면.
52 진순애, 앞의 글, 369면.
53 이경수, 「'국가'를 통해 본 김수영과 신동엽의 시」, 『한국근대문학연구』 제11호, 2005.4, 142면.

어야 하며 인류발언의 선창자가 되어야 할 것"[54]이라는 진술에서 알 수 있듯이, '발언'에 방점을 찍는 실천적 의지조차도 보다 근원적인 시적 세계관에서 비롯되고 있다는 점을 주시할 필요가 있다. 일종의 원형(原形)을 상정한 신동엽의 세계관은 "궁극적일 수도 있고, 종교적일 수도 있는 유장성(悠長性)"[55]을 지닌다. 그 '유장성'이란 당대의 사관(史觀)을 넘어서서 시원(始原)의 정신을 추구하고자 하는 태도에서 비롯된 것으로, 원수성(原數性), 차수성(次數性), 귀수성(歸數性)의 세계로 나뉜다. '원수성'의 세계란 역사 이전의 우주의 본질적 세계를 말하는 것이며, '차수성'의 세계란 "유사(有史) 이후의 문명 역사 전체"를 말한다. '귀수성'의 세계란 '원수성'의 세계로 되돌아가고자 하는 인식과 감성의 세계이다.[56] 시인은 바로 '원수성'을 지향하는 '귀수성'의 세계에 속해 있는 자다. 이때의 시인은 "시가 주문 대신으로 씨족이나 부락공동체의 정신적 주인역을 맡아가고 있던 시대"의 복원을 가능케 하고 "정치・종교・과학의 종합적 현현체로서 민중 앞에 빛"이 되는 시를 생산하는 존재로서의 가치를 지닌다.[57] 신동엽은 이처럼 시와 시인을 이상주의적 관점에서 바라본다. 그리고 시인을 '전경인(全耕人)'으로 설명하는 데까지 이르게 된다.

> 사실 전경인적(全耕人的)으로 생활을 영위하고 전경인적으로 체계를 인식하려는 전경인이란 우리 세기에서 찾아볼 수가 없다. 우리들은 백만인을 주

54 신동엽, 「시인정신론」, 앞의 책, 373면.
55 구중서, 「신동엽론—그의 10주기에」, 『창작과비평』, 1979 봄, 189면.
56 신동엽, 「시인정신론」, 앞의 책, 364면.
57 신동엽, 「시인・가인・시업가」, 위의 책, 392~393면(『대학신문』, 1969.3.24).

> 워 모아야 한 사람의 전경인적으로 세계를 표현하며 전경인적인 실천생활을 대지와 태양 아래서 버젓이 영위하는 전경인, 밭 갈고 길쌈하고 아들 딸 낳고, 육체의 중량에 합당한 양의 발언, 세계의 철인적・시인적・종합적 인식, 온건한 대지에의 향수적 귀의, 이러한 실천생활의 통일을 조화적으로 이루었던 완전한 의미에서의 전경인이 있었다면 그는 바로 귀수성(歸數性) 세계 속의 인간, 아울러 원수성(原數性) 세계 속의 체험과 겹쳐지는 인간이었으리라.[58]

신동엽에게 시인은 바로 '전경인'이다. 위 인용에서 보듯이 '전경인'이란 현실의 삶에 충실하면서 삶의 본질에 귀 기울이는, 다시 말해 '차수성'의 세계에서 '원수성'의 세계로 향해가는 '귀수성'의 인간을 의미한다. '귀수성'을 지닌 시인은 "실천생활의 통일을 조화적으로 이루었던 완전한 의미에서의 전경인"이며, "원수성 세계 속의 체험과 겹쳐지는 인간"이다. 따라서 시인은 "세계의 본질을 통찰하는 눈"을 지니고 있으며, "자아를 갈아엎는 부단한 수도자의 자세"[59]를 지니는 존재로서, 원수성이라는 본질적 세계를 복원할 수 있는 절대적 권능의 지위를 회복한다. 전경인으로서의 시인이 비록 오늘날 "문명인들의 혐오와 멸시의 대상이 되고" 있지만, 시인은 차수성의 세계로 전락한 이 현실을 원수성의 세계로 이끄는 "인간정신도와 시인혼"[60]을 지닌 존재라는 위상을 지닌다. '시인정신'과 '정신혼'이 서린 그의 시세계를 '현실의 미학화'로 규정할 수 없는 것은 그는 분명히 차수성의 세계에 속하는 문명인의 역

---

58 신동엽, 「시인정신론」, 위의 책, 369~370면.
59 신동엽, 「시인・가인・시업가」, 위의 책, 393면.
60 신동엽, 「시인정신론」, 위의 책, 372면.

사가 기록된 곳이 "허구스러운 언어계층 위"[61]라고 말하고 있기 때문이다. 그에게 있어서 '미학화'는 '언어세공파'와 '현대감각파'가 지향했던 바로서 "허구스러운 언어계층"을 형성하는 것과 다르지 않다. 무엇보다 그의 시에서 중요한 것은 '정신'과 '혼'이다. 따라서 신동엽의 시론은 "'시는 시인이며, 시인의 정신이고 혼'"이라는, "문이재도(文以載道), 사무사(思無邪), 시언지(詩言志)로서의 시라는 고전적 시론에 닿아 있"으며, 그것은 4·19정신이라는 시대정신과의 일치를 지향하는 "실천적 지평으로서"의 "시론"이다.[62]

이러한 시론은 '시 = 시인'이라는 경지를 지향한다. 신동엽은 "하나의 시가 논의될 때 무엇보다도 먼저 그것을 이야기해 놓은 그 시인의 인간정신도와 시인혼이 문제되어져야 하는 것"[63]임을 주장했으며 이는 시정신(詩精神)과 시인혼(詩人魂)의 일치를 주장하고 있는 것과 다르지 않다. 신동엽은 철학, 종교, 자연·인문과학 등을 아울러 하나로 집약시키는 귀수성적(歸數性的) 존재로서의 시인을 상정하고 있는 것이다. 이는 시정신과 시인혼이 분리됨으로써 시인이 '시업가'로 전락해버린 극분업화된 현대 사회에 대한 거부의식을 드러내는 것이며, '미학'이라는 분업적 개념틀을 벗어나 현실의 삶에서 행동하고자 하는 시인의 실천적 의지를 드러내는 것이라 할 수 있다. 따라서 신동엽은 귀수성적 존재로서의 삶의 본질에 닿고자 하는 시인이기도 하거니와 "민중 속에서 흙탕물을 마시고, 민중 속에서 서러움을 숨쉬고 민중 속에서 민중의 정

61 신동엽, 위의 글, 366면.
62 진순애, 앞의 글, 362면.
63 신동엽, 「시인정신론」, 위의 책, 372면.

열과 지성을 직조(織造)・구제할 수 있는 민족의 예언자, 백성의 시인" 이자 전경인(全耕人)으로서의 실천성을 지향하고 있는 것이다. 이러한 초월감각과 현실감각의 교직은 4월혁명에 대한 그의 해석에서도 그대로 드러난다.

> 四月十九일, 그것은 우리들의 조상이 우랄고원에서 풀을 뜯으며 양달진 동남아 하늘 고흔 반도에 이주(移住)오던 그날부터 삼한으로 백제로 고려로 흐르던 강물, 아름다운 치마자락 매듭 고흔 흰 허리들의 줄기가 三・一의 하늘로 솟았다가 또 다시 오늘 우리들의 눈앞에 솟구쳐 오른 아사달 아사녀의 몸부림, 빛나는 앙가슴과 물구비의 찬란한 반항이었다.
>
> ―신동엽, 「아사녀(阿斯女)」[64] 부분

신동엽은 4월혁명 직후 곧바로 4월혁명에 내재된 유구한 역사성을 직관한다. 4월혁명은 삼한, 백제, 고려, 일제강점기까지 이어져온 민중의 "찬란한 반항" 정신으로서의 역사를 지니고 있다는 것이다. 그리고 장편 서사시 「금강(錦江)」(『한국 현대신작 전집』 5, 1967)에서 동학혁명, 3・1 운동, 4・19를 민중의 동일한 정신에서 비롯된 혁명의 흐름으로 파악한다.[65] 이는 "민족사를 계속되는 혁명사로 계보화"[66]한 것으로, 신동엽에

64 신동엽, 앞의 책, 17～18면.

65 임헌영은 신동엽의 이러한 역사적 감각의 형상화 능력을 높이 평가하고 있다. "신동엽은 『금강』(1967)에서 4월정신을 멀리로는 동학정신으로부터 가까이로는 3・1운동까지 잡고, 이들 정신의 계승으로서의 4월혁명을 이야기한다. 물론 이것은 지금 와선 상식처럼 되어 있으나 당시만 하더라도 문학사에서 4월혁명을 이처럼 민중들의 전통적인 혁명정신과 결부시켜 형상화시킨 예는 없었다." 임헌영, 「한국문학에 나타난 4월혁명」, 정근식・이호룡 편, 『4월혁명과 한국 민주주의』, 선인, 2010, 598면.

66 강계숙, 「신동엽 시에 나타난 전통과 혁명의 의미」, 『한국근대문학연구』 제10호, 2004.10,

게 있어서 혁명은 "영원의 얼굴"이며, 언젠가 다시 오게 될 "하늘"이다. 신동엽은 4월혁명을 실정성(positivity)의 관점에서 파악하고 있는 것이다. 혁명은 결여(lack)로서가 아니라 뚜렷한 실체로서 역사의 심층을 흐르고 있으며 언젠가는 다시 도래하여 이 현실을 전복하리라는 믿음을, 신동엽은 표출하고 있는 것이다. 따라서 신동엽은 혁명에 대한 확신을 가지고 있고 또한 시의 참여적 역능에 대한 회의(懷疑)에 시달리지 않는다. 그의 시는 역사의 변혁과 혁명에 대한 확신의 언어로 가득 차 있으며, 혁명의 도래와 민족과 민중의 승리를 향한 신념을 토대로 하고 있기 때문이다. "껍데기"에 대한 부정과 "알맹이"에 대한 긍정(「껍데기는 가라」)은 바로 이 민중적 자기긍정에 대한 확신과 신념에 기초하고 있으며, 시와 시인의 실천성에 대한 선연한 믿음 역시 이 확신과 신념의 전이에서 비롯되고 있다.

신동엽은 시와 시인에 절대적 가치와 긍정성을 부여함으로써 그것과의 일체화를 시도했던 시인이라 할 수 있다. 따라서 신동엽은 혁명의 결여와 불가능성, 그리고 시와 시인의 불가능한 일체화, 그리고 시가 현실이 되지 못하는 한계에서 비롯되는 비관주의로부터 자유로울 수 있었다. 그러나 이는 역설적으로 신동엽의 한계로 작용하기도 하는데, 시적 주체로서의 민중적 자기긍정은 적대적 타자를 상정한 주체의 이분법적 사고와도 무관하지 않기 때문이다.[67] 이분법적 세계관 속에서

248면.

67 이와 관련해서 이경수는 다음과 같이 비판한다. "완강한 신념은 신동엽의 시에 한계로 작용하기도 했다. '침략자-수탈자', '지배자-피지배자', '제국-신민'의 이분법적 담론이 지닌 한계로부터 벗어나지 못했다는 점에서 그의 시는 근대적이었다. 이분법적 대립 구조를 띠고 있는 그의 시에서는 대개 단호하고 확신에 찬 어조와 완강한 윤리의 시선이 느껴진다. 신념에 찬 신동엽의 시의 어조는 역사학도로서 그가 가지고 있었던 미래와 역사에 대한 낙관적 전망과도

신동엽은 주체의 단호하고 확신에 찬 신념을 강화해나갔던 반면 주체와 혁명에 그어진 '빗금'에 대한 성찰을 결여한 까닭에 김수영으로부터 "그의 작품에서 전반적으로 느끼는 어떤 위구감(危懼感)이 있다면 쇼비니즘으로 흐르게 되지 않을까 하는 것"[68]이라는 비판을 받기도 했다. 쇼비니즘은 실재의 윤리를 거치지 않은 주체의 경화 현상에 의해서 발생한다. 신동엽의 세계관적 자기 확신은 일종의 자기한계로 작용하기에 충분했던 것이다.[69]

2) 낙관적 역사의식과 참여비평의 한계

혁명의 '실정화(positivisation)' 작업을 통해 혁명의 역사적 근원과 본질에 천착했던 신동엽과 마찬가지로, 『한양』지를 중심으로 활동했던 비평가들 역시 4월혁명정신에 대한 비관적 태도를 잘 드러내지 않는다는 사실은 특기할 만하다. 장일우, 김순남, 임중빈 등의 비평가들은 4・19 정신과 문학건설에 대한 강령적이고 절대적인 신념을 보인다. 이들 비

관련되어 있을 것이다. 바로 이런 특징이 신동엽을 민족 시인으로 추앙받게 했지만, 역설적으로 말하면 민족 시인이라는 한계에 그의 시를 가둬 두기도 했다." 이경수, 앞의 글, 147면.

68 김수영, 「참여시의 정리」, 『창작과비평』, 1967 겨울, 636면.

69 따라서 신동엽의 시론은 일종의 단의성 체계로서 배타적인 한계를 지닌다고 볼 수 있는데, 이는 김동리의 문학유기론이 지닌 한계와도 유사하다. 구모룡에 따르면, 구경적 삶에의 지향으로 표현되는 김동리의 문학유기론은 단의성의 신화에 바탕을 둔 이론으로서 모든 가치가 구경적 생이라는 일원론적 중심으로 환원된다. 가치의 서열화가 하나의 고착된 체계로 전환될 소지는 이론의 단의성 구조에서 잘 나타나는 현상이다. 자기자신의 가치평가적 선입견을 언제라도 의심할 태세를 갖추고 있고, 그리하여 진리를 위해서라면 기꺼이 스스로를 포기할 수 있다는 데서 이론의 역설적 진리가 성립한다는 점에서 김동리의 문학유기론은 한계를 지닐 수밖에 없다는 것인데, 신동엽 또한 이와 유사한 한계를 지닌 것으로 판단된다. 구모룡, 『한국문학과 열린체계의 비평 담론』, 열음사, 1992, 76~81면 참조.

평가는 참여문학에 대한 비평적 신념을 확고하게 지니고 있는데, 그것은 4월혁명의 충격이 그들의 비평적 사유를 절대적으로 지배하고 있기 때문이다. 4월혁명이 일어난 후 1970년대까지도 4월혁명은 이들 비평정신의 뿌리를 형성하고 있다. 이 사실이 중요한 까닭은 이들만큼 4월혁명을 비평적 신념의 원천으로 삼고 있는 비평가 그룹이 드물기 때문이다. 4월혁명 당시 혁명적 문학재건(文學再建)을 위한 비평작업에 몰두했던 비평가들 대부분 군사쿠데타 이후 잠잠해지고 말았지만, 김순남, 장일우, 임중빈 등은 10여 년이 지난 후에도 여전히 4월혁명을 현재적 가치로 파악한다. 이어령이 4월혁명을 일찍이 완료형으로 보고 있었다면, 이들 비평가들은 70년대에 이르기까지 4월혁명의 의미를 현재화하고 있는 것이다.

예컨대, 장일우는 말한다. "현대시인은 현실의 허무적 부정과 현실의 노예적 긍정을 배격하고 '현실대결'이라는 현대적 윤리에 도달하였다. 四·一九의 정신, 그것이 바로 현실대결의 빛나는 실례가 아닌가."[70] 장일우는 시인의 현대적 윤리가 "현실대결"에 있음을 비평적으로 천명하고 그것이 4월혁명정신의 발현임을 주장한다. 4월혁명정신은 특히 문학의 주체성을 확립했다는 점을 역설하고 있는데, "비겁성, 경박성, 민족허무사상"에 물든 "전후(戰後)의 무주체 문학"에 "강타격(强打擊)"을 줌으로써 "인간조건의 피나는 고발이며, 세계(현실)에 대한 심장의 외침이며, 사람들을 추동하는 형상적 언어"로서의 문학관을 확립하고 있는 것이다. 특히 4월혁명을 통한 "인간유대의 정신, 혈연의 정신"은 한국문학

70 장일우, 「한국 현대시의 반성」, 『한양』, 1963.9, 142면.

의 "혈연적 유대"를 형성함으로써 "분노와 저항, 고발과 비판"이라는 문학의 주체적 방향성과 시대정신을 분명히 인식하고자 했다.[71] 이는 곧 "작가의 긍정적 모랄" 위에 서 있는 것인데, "작가의 현실참여 · 사회참여"와 같은 "적극적 태도"가 "오늘의 참다운 시대의 이념과 시대정신"을 찾기 위한 필연적 '모랄'이자 역사적 사명일 수 있었던 것은 4월혁명이 아니면 불가능했다.[72] 작가의 긍정적 모랄은 4월혁명이 보여주었던 역사의 잠재성에 대한 믿음에서 발생한 것으로 참여문학의 동력이 되기에 충분했다. 김순남 역시 4월혁명에서 비롯된 새로운 문학건설에 대한 사명감을 매우 핍절하게 보여준다.

> 문학의 세계를 상아탑적인 환상과 관념적인 퇴락으로 유폐시키기에는 시대가 너무나 벅차며 우리 민족의 역사적 현실 또한 너무나 격동적이라 아니할 수 없다. 눈을 크게 뜨고 하루의 거리라도 응시해 보라! 생의 피곤에 지친 행렬, 진리와 자유를 모색하는 군중, 민족의 참된 생존권리를 요구하는 부르짖음과 뭇 자세들. 이들에게 시대의 참뜻을 안겨주어야 한다.[73]

김순남은 4월혁명에서 비롯된 시대적 격동성에 벅찬 듯한 비평적 언어를 구사한다. 전후의 실존주의에서 비롯된 관념세계와 상아탑적 환상의 문학세계를 혁파하고 진리와 자유를 모색하는 민족의 생존권리를 위해 시대의 참뜻을 궁구하는 문학에 대한 비평가로서의 신념을 지

71 장일우, 「시대정신과 한국문학」, 『한양』, 1965.4, 195~198면.
72 장일우, 「현실과 작가」, 『한양』, 1962.6, 134면.
73 김순남, 「작가의 윤리」, 『한양』, 1963.7, 148면.

니고 있는 것이다. 이는 "방황과 고독과 절망과 초윤리"의 경향을 보이는 서구 실존주의 경향, 다시 말해 "역사의 테두리 밖에 내던져진 낙오와 패배의 문학적 자위와 변명"으로 점철된 문학에 대한 반발에서 비롯된다. "한국적인 생활바탕이 싱싱하게 풍겨 오는 새 문학", 다시 말해 김순남이 말하는 생활세계의 문학이란 서구추수주의를 벗어난 "참된 한국의 생활, 참된 한국의 역사, 진정한 한국의 모습과 숨결을 느낄 수 있는" 문학을 지칭한다. 김순남에 따르면 이러한 문학이야말로 문학의 자율성과 주체성을 확립함으로써 4월혁명세대의 문학건설을 완수하는 길이다.[74]

김순남의 비평에서는 4월혁명이 노정했던 결여의 양상을 확인할 수 없는 것이 특징적이다. 김순남은 4월혁명에 절대적 가치를 부여하고 있으며, 혁명 이후의 세대가 혁명정신을 문학적으로 계승하는 것이야말로 가장 중요한 역사적 사명이라는 신념을 지니고 있다. 그러나 4월혁명의 결여에 대한 인식은 보다 보편적으로 존재했다는 사실을 떠올리지 않으면 안된다. 예컨대 "一九六〇년은 四·一九를 정점으로 하여 폭발된 창조적 '에너지'가 훌륭한 예술적 결정을 이룩할 수 있었던 좋은 시기"였음에도 불구하고 "그 체험을 객관화시키기에는 너무나도 생생한 것이었다든지, 또는 그 이후에 마련된 자유를 충분히 향유하기에는 너무나도 혼돈에 차 있었든지, 혹은 또 그동안의 정치적 무관심에 대한 자책이 너무나도 강렬했"던 까닭에 4월혁명은 "한국문단에 그리 큰 변혁을 초래하지는 못했다"는 홍사중의 인식이 그렇다. 홍사중은 특히 신

74 김순남, 앞의 글, 1963.2, 149~150면.

동문의 시를 인용하면서 혁명의 결여에 대해서 진술한다. "이리하여 남은 것은 오직 '가랑잎 떨어지고 기적은 끝내 없이, 나는 아무 것도……'(신동문) 하는 자탄뿐이요, 더욱더 현실의 혼미 속에 휘몰리고 만 것이었다."[75] 홍사중에게 4월혁명은 혼돈 그 자체였지만, 김순남에게는 어떤 결여도 없는 완전체로 존재한다. 4월혁명을 통한 새로운 문학건설에 대한 김순남의 일관된 신념은 특별한 것이라 할 수 있다.

김순남의 비평에서 4월혁명의 결여에 대한 인식이 존재할 수 없는 것은 인간과 역사에 대한 낙관적 인식 때문이다. 이것은 장일우가 언급했던 "작가의 긍정적 모랄"과도 무관하지 않은데, 김순남 역시 "독자들을 시대의 참된 진리와 양심으로 인도하려는 진지한 사명감, 즉 시대·민족·민중의 의식과 함께 숨쉬려는 창작정신을 바로 가지는 것이 작가의 윤리"[76]임을 천명한다. 나아가 "작가에게는 역사의 숨결과 생활의 뜨거운 혈맥을 느낄 수 있는 진정한 시대적 감각이 필요"하며, 문학정신이 곧 작가정신이며 작가정신이 곧 문학정신임을 힘주어 표명한다. 작가에게 필요한 것이 시대정신이므로, 작가의 작품은 개인의 것일 뿐만 아니라 "한 나라 국민의 의식생활의 산물이요 향유물"임을 언급한다.[77] 김순남의 비평정신은 곧 리얼리즘을 이론적 바탕으로 한 것이다. "리얼리티란, 있는 그대로 묘사하려는 정적인 관점에서 한걸음 나아가 생활의 법칙을 추구하는 행동정신을 토대로 한다"[78]는 것이 김순남의 이론적 관점이다. 4월혁명이 촉발한 역사적 방향성을 뚜렷이 의식하고 있다는

75 홍사중, 「한국문학의 오늘의 과제」, 『한양』, 1963.11, 141~142면.
76 김순남, 앞의 글, 1963.7, 147면.
77 김순남, 「현실묘사와 작가정신」, 『한양』, 1964.12, 176면.
78 김순남, 「사실과 리얼리티」, 『한양』, 1963.9, 148면.

점에서 작가로서의 긍정적 모럴과 역사관이 뚜렷하게 확인된다.

작가로서의 긍정적 모럴은 4월혁명정신에서 비롯된다. "한국문학에서의 리얼리즘은 역사와 현실의 리얼리티를 획득하기 위한 꺾일 수 없는 용기가 필요"한데, 이때의 용기란 다름아닌 "자유를 위한 四·一九의 그 용기"[79]이다. 그렇다면 4월혁명정신은 리얼리즘의 뿌리가 될 법도 한데, 그것은 현실의 묘사 혹은 고발로서의 리얼리즘이 아니라 역사의 방향성을 확신하고 실천하는 긍정적 리얼리즘이다.

> 그러나 리얼리즘의 높이는 모순의 고발에 머물러 있지 않는다. 그것은 현대사회가 발전함에 따라 리얼리즘 그 자체도 발전하기 때문이다. 민중의 염원, 민족의 지향에 가장 충실한 주체적인 리얼리즘은, 민중이 그러한 것처럼 어두운 현실, 낡은 생활의 틀에서 노예로 남아 있기를 원하지 않는다. 이것은 리얼리즘이 부정의 파토스, 고발의 웅변만을 가지고 있는 것이 아니라, 그 부정과 고발의 배후에 긍정의 세계를 가지고 있다는 것을 말한다.
>
> 리얼리즘은 인간의 꿈을 긍정하고 인간의 미래를 긍정한다. 이 꿈과 미래가 없이는 현실개조의 의지가 없는 것이다. 한국 리얼리즘의 형성과 발전상에는 관념적인 허상의 꿈이 아니라 모순의 실태를 해부하고 그 속에서 긍정의 세계를 발굴하는 문학이 있다.[80]

위의 인용문은 현실모순의 실태를 해부하고 그 속에서 긍정의 세계를 발굴하는 문학이념으로서의 리얼리즘이 4월혁명정신과 무관할 수 없음

79 김순남, 앞의 글, 1971.4~5(김인재 편, 앞의 책, 240면에서 재인용).
80 김순남, 「리얼리즘 소고」, 『한양』, 1972.1(김인재 편, 위의 책, 254면에서 재인용).

을 보여준다. 단순히 부정의 파토스와 현실 고발에 머물지 않고 그 배후에 긍정의 세계를 지니고 있는 리얼리즘에 대한 신념은 현실과 역사의 발전에 대한 용기와 확신에서 비롯된다고 할 수 있다. 앞서 말한 바 있는 "현실의 리얼리티를 획득하기 위한 꺾일 수 없는 용기"야말로 리얼리즘의 정신적 근원이 되고 있으며, 그 용기는 바로 4월혁명에서 획득한 시대적 소명의식의 발로(發露)가 아닐 수 없다. 김순남이 최인훈을 비롯한 1960년대의 문학을 대부분 부정하고 있는 것 역시 4월혁명정신을 비평적 준거로 삼고 있기 때문이라고 할 수 있다.

> 六○년대 순수문학의 옹호자들이 '현실참여'의 문학을 향하여 '이데올로기의 마물'이라고 비방하던 구호는 실상 현실참여문학이 수호하여온 四·一九 정신을 추방하려는 선전공세였다. 그들은 四·一九 정신에 가장 투철하고 현대시민사회의 환부를 날카롭게 고발한 김수영의 문학을 예술성이 없는 '이데올로기의 마물'·'기록시'·'격문시'라고 공격하였으며, 그 대신 四·一九를 모독한 김승옥의 소설을 '예술적 감각'의 새로운 발견으로 추켜세웠고, 이어령의 소설이 행세하는 놀이터를 제공하였다.
>
> 이씨(이어령－인용자)는 여기서 영웅적 죽음 앞에서 용감한 것이 참된 인간이 아니라, 죽음을 두려워 하며 죽음 앞에서 비겁한 것이 마치도 인간본성이라는 속물철학과, 그 자신의 카메레온적 이데올로기를 토로하고 있다. 이것은 四月의 항쟁에서 용감하게 희생된 젊은 영웅들의 죽음을 조소한 것이다. 그의 '환각의 다리' 역시 사람들을 소시민적 행복과 변절의 윤리에로 부르는 순수문학의 六○년대적 특종이다.
>
> 四·一九정신에 대한 모독은 김승옥·이청준·박태순을 대표하는 '六○

년대 문학'에서도 혹심하게 나타난다. 이들의 문학은 인간영웅성에 대하여 냉소하고, 인간의 이상주의를 조소하며, 집단과 사회에 대한 책임회피를 권유하는 한국 소시민문학의 전형이다.

(…중략…)

이처럼 四·一九를 직접 체험했다고 하는 '六○년대 문학'은 四·一九정신과 대립되는 반역사의식과 무저항주의, 속물근성과 열등의식으로 넘치고 있다. 그들은 사상성을 배격한 예술성의 구호 밑에서 염상섭문학의 자연주의적 소시민풍경, 손창섭 문학의 인간불신과 피해의식을 혼합하여 이어받았으며, 五·一六 후에 한국의 순수문학을 땅에 기어가는 문학으로 변종시켰다. 말하자면 그들은 六○년대에 들어와서 한국문학의 가장 저열하고 무기력한 속물적 소시민문학을 들고 나와 영웅적인 四·一九정신에 대치시켰다.

그러나 四·一九정신은 순수문학의 현실부정의 정신과, '60년대 문학'의 반역사의식과, 그 밖의 그 어떤 '앓는 세대'의 문학과의 대립에서도 짓밟혀지고 좌절될 수 없었다. 四·一九의 기치는 현실참여문학 속에서 역사의식의 확장을 일층 부각시켰으며, 역사의식의 확장은 한국문학에서 리얼리즘의 바람직한 탐구를 불러일으켰다. 이것은 六○년대 한국문학의 전진을 약속한 기초공사이었다.[81]

김순남은 4월혁명이 현실참여문학 내에서의 역사의식을 확장시켰고 리얼리즘의 바람직한 탐구를 불러일으켰음을 지적한다. 순수문학 옹호자들이 참여문학을 "이데올로기의 마물(魔物)"이라고 정치적으로

81 김순남, 앞의 글, 1971.4~5(김인재 편, 위의 책, 236~237면에서 재인용).

공격한 것은 혁명 이후의 현실참여정신을 추방하고자 했던 시도에 불과하다고 일축한다. 4월혁명정신을 그 어떤 적대에도 불구하고 1960년대 문학의 진전을 이루어낸 근원적 동력으로 인식하고 있는 것이다. 하여 김순남은 김승옥・이청준・박태순의 문학을 "四・一九정신에 대한 모독"으로 간주하는 동시에 이들의 문학을 "인간영웅성에 대하여 냉소하고, 인간의 이상주의를 조소하며, 집단과 사회에 대한 책임회피를 권유하는 한국 소시민문학의 전형"이라고 비판한다. 더불어 최인훈・이호철・이범선의 문학조차도 "역사적 구체성과 진실성을 무시하고 기만된 자유를 모색하며(최인훈의 「광장」), '썩어 문드러진 권태' 속에 자유를 용해시키고 있으며(이호철의 「권태」, 「닮아지는 살들」 등), 체념과 절망 속에 자유와 해방을 포기하고 투항하고 있다(이범선의 「오발탄」, 「갈매기」 등)"는 점에서 혹독한 비판을 가하면서 "한국문학에서 리얼리즘의 획득과 성장은 이 모든 문학의 투항정신에 물들지 않는 일"이라 역설한다.[82] 이처럼 김순남은 4월혁명을 60년대를 지배하는 일종의 절대정신으로 간주한다. 따라서 김순남의 비평정신은 4월혁명 이후에 되살아나기 시작하는 "반역사의식과 무저항주의, 속물근성과 열등의식"의 문학을 부정할 수밖에 없었다. 김순남에게 있어서 "四・一九정신"은 결코 좌절되어서는 안 되는 시대적 정신이자 소명으로 받아들여졌던 것이다.

4월혁명에 기반한 리얼리즘은 한국역사의 미래에 낙관적 전망을 부여한다. 김순남에게 "리얼리즘은 인간의 꿈을 긍정하고 인간의 미래를 긍정"하는 것이다. "이 꿈과 미래가 없이는 현실개조의 의지" 또한 없는

82 위의 글, 239~240면.

것이나 다름없다. 그리하여 "참다운 리얼리즘, 그것은 민중 속에서 긍정적 주인공을 찾는다. 작가의 긍정하는 세계와 긍정적 주인공이 없이는 참다운 리얼리즘이 있을 수 없다"[83]는 진술에서 알 수 있듯이 김순남은 4월혁명정신에 기초한 긍정적 리얼리즘을 강령적으로 주창한다. 새로운 문학건설을 위한 "인간긍정의 의식"[84]을 주장하는 김순남의 비평정신은 혁명정신의 결여와 분열을 근본적으로 부정하고 있다는 데서 그 특징을 찾을 수 있는 것이다.

그러나 김순남의 비평은 4월혁명정신의 문학적 발화에 대한 미래적 정향점을 제시하고 있을 뿐, 그것의 현실태를 외면하고 있다는 점을 지적하지 않을 수 없다. 또한 4월혁명 이후의 문학적 형상화에 대한 강령적 비평 태도에서 벗어나지 못했을 뿐만 아니라, 문학이 어떻게 현실을 변화시킬 수 있는지에 대한 근본적 고민이 부재했다고 할 수 있다. 많은 문학인들이 4월혁명 이후 토로했던 문학과 정치의 간극, 그리고 여기서 비롯된 문학의 무기력에 대한 성찰이 존재하지 않았던 것이다. 문학과 언어의 역능에 대한 긍정적 태도는 문학이 현실을 변화시킬 수 없는 실재의 현실을 돌아보지 않거나 외면하는 태도라고 볼 수 있다. 이로 인해 김순남의 비평은 4월혁명정신 혹은 리얼리즘의 형상화가 철저하게 문학 내적 문제로만 귀속되고 마는 경향을 보이고 있다. 철저히 담론적일 뿐 비행동적인 60년대 지식인들의 한계와 유사한 문제를 안고 있는 것이다.

---

83 위의 글, 255면.
84 김순남, 앞의 글, 1963. 2, 149면.

4. 영구혁명의 정치적 실현과 비평의 충동

1) 혁명의 부정성과 비관적 참여론의 진의(眞意)

신동엽이 혁명에 대한 확신과 낙관을 지니고 있었던 반면에 김수영은 혁명에 관한 한 비관론자였다. 그는 4월혁명을 부정성(negativity)의 관점에서 이해한다. 혁명에 대한 확신의 결여는 역사의식의 부재로 간주되기에 충분했고, 상호 간에 비평적 호감을 주고받는 사이였던 신동엽으로부터 '저항파(抵抗派)'가 아닌 '시민시인(市民詩人)'의 계열로 치부되는 수모를 당하기도 했다. 1950년대의 모더니스트로 활동했던 김수영이 4월혁명을 계기로 참여문학으로 전회했음에도 불구하고, 신동엽으로부터 '저항파'가 아니라 "도시적 지식인 감성의 극한된 울타리"[85]를 벗어나지 못한 한계를 지적받았던 것은 혁명에 대한 김수영의 비관론적 태도에서 비롯된 바가 크다. 혁명의 비관 속에서는 역사적 예지력과 미래의 전망을 간취하기가 쉽지 않기 때문이다. 김수영은 우선 혁명의 고독을 직관했다. "혁명은 / 왜 고독한 것인가를 / 혁명은 / 왜 고독해야 하는 것인가를"(「푸른 하늘을」)이라고 탄식했을 때, 혁명의 '고독'은 혁명이 역사적 실재로 존재할 수 없는 불가능성에서 비롯된다. 혁명은 오직 '부재원인(abscent cause)'으로서만 작동하는 결여의 대상인 것이다. '부재원인'으로서의 혁명은 순간적으로 현현하기도 하지만, 그것은 기나긴 고

85 신동엽, 「육십년대의 시단 분포도-신저항시운동의 가능성을 전망하며」, 앞의 책, 378면.

독과 좌절을 남기기도 한다. 혁명에 관한 한 철저한 비관론자였던 김수영은 이 지점에서 신동엽과 갈라지게 된다.

김수영은 4월혁명을 기점으로 해서 비로소 참여시인으로서의 정체성을 지닌다. 김수영이 "현실이 스승이다"[86]라고 했을 때, 이미 1950년대의 모더니즘을 넘어 리얼리즘의 심층을 향해 '서서히' 나아가고 있었다. '서서히'라는 수식을 단 까닭은 김수영은 시와 현실의 문제를 사유하기도 했지만, 김상환의 논의를 빌리자면 독특하게도 '시에 대한 시'의 문제를 사유했기 때문이다. "김수영이 시로 옮기고자 한 것은 시의 조건"이며, "보이지 않는 시의 조건, 그 가능성 자체를 작시(作詩)하"고자 했으므로, 김수영의 시는 "메타 시, 극복의 시"로서의 위상을 지닌다.[87] 그렇다면 김수영이 치열하게 극복하고자 했던 것은 무엇인가? 김수영은 누구보다도 시가 현실이 되지 못하는 한계, 즉 시의 불가능성에 대해서 사유했던 시인이었다. 그의 '온몸'의 시학에서 '온몸'은 비유가 아니라 실제이다.[88] '온몸'에 관한 그의 최초의 언급은 4월혁명 이후 1961년 『민족일보』의 원고청탁으로 쓴 「시우(詩友) 김병욱 형에게」에서 잘 드러난다.

> 나는 아직까지도 '시를 안다는 것'보다도 더 큰 재산을 모르오. 시를 안다는 것은 전부를 아는 것이기 때문이오. 그렇지 않소? 그러니까 우리들끼리라면 '통일' 같은 것도 아무 문젯거리가 되지 않을 것이오.

---

86 김수영, 「모더니티의 문제」, 『김수영 전집』 2, 민음사, 1982, 350면.

87 김상환, 『풍자와 해탈 혹은 사랑과 죽음』, 민음사, 2002, 13면.

88 실제로 황현산은 다음과 같이 말한다. "김수영이 '온몸'이라고 말할 때 그것은 비유적 표현이 아니다. 그것은 실제의 몸이다." 황현산, 「시의 몫, 몸의 몫」, 김명인 · 임홍배 편, 『살아있는 김수영』, 창작과비평사, 2005, 123면.

사실 四·一九 때에 나는 하늘과 땅 사이의 '통일'을 느꼈소. 이 '느꼈다'는 것은 정말 느껴본 일이 없는 사람이면 그 위대성을 모를 것이오. 그때는 정말 '남'도 '북'도 없고 '미국'도 '소련'도 아무 두려울 것이 없습디다. 하늘과 땅 사이가 온통 '자유독립' 그것뿐입디다. 헐벗고 굶주린 사람들이 그처럼 아름다워 보일 수가 있습니까! 나의 **온몸**에는 티끌만한 허위도 없습디다. 그러니까 나의 몸은 전부가 바로 '주장'입디다. '자유'입디다…….

'四月'의 재산은 이러한 것이었소 이남(以南)은 '四月'을 계기로 해서 다시 태어났고 그는 아직까지도 작열하고 있소.

(…중략…)

그러나 형, 내가 형에게 시에 대한 이야기를 하고 있는 이 자체부터가 벌써 어쩌면 현실에 뒤떨어진 증거인지도 모르겠소.

지금 이쪽의 젊은 학생들은 바로 시를 실천하고 있기 때문이오. 그리고 그들이 실천하는 시가 우리가 논의하는 시보다도 암만해도 먼저 앞서갈 것 같소.

그렇지만 나는 요즈음처럼 뒤따라가는 영광을 느껴본 일도 또 없을 것이요.

나는 '큐바'를 부러워하지 않소. 비록 四월혁명은 실패로 돌아갔지만 나는 아직도 '큐바'를 부러워할 필요가 없소.

왜냐하면 '큐바'에는 '카스트로'가 한 사람 있지만 이남에는 이천 명에 가까운 더 젊고 강력한 '카스트로'가 있기 때문이요.[89](강조는 인용자)

월북 시인 김병욱에게 쓴 편지인 인용글에서 '온몸'은 4·19의 환희 속에서 탄생한다. "티끌만한 허위"도 사라지고 없는 '온몸'의 감격에서

89 김수영, 「지상 남북서신교환—시우 김병욱 형에게」, 『민족일보』, 1961.5.9, 4면. 이 글은 「저 하늘 열릴 때」라는 제목으로 『세계의 문학』 1993년 여름호에 실린 바 있다.

'허위'는 무엇을 말하는 것이었을까? 그것은 "'시를 안다는 것'보다도 더 큰 재산을 모르오"라고 했듯이 시를 장악하고 있는 '허위'와 관계한다. 4월혁명 이후의 김수영에게 진정한 시란 '온몸'으로 존재하며, 혁명 이전의 문학을 지배했던 무기력은 '허위'에 지나지 않게 된다. 4월혁명 이전 문학자들을 지배했던 무기력과 '문학무용론'은 4월혁명을 통해서 비로소 극복의 대상이 될 수 있었던 것이다. 온몸의 시란 바로 '실천'이다. 혁명을 일으켰던 "이쪽의 젊은 학생들은 바로 시를 실천"하고 있으며, "그들이 실천하는 시가 우리(김수영·김병욱—인용자)가 논의하는 시보다도 암만해도 먼저 앞서갈" 수밖에 없다. 혁명을 실천했던 남한의 학생들이야말로 '온몸'의 시(詩)라는 직관은 마침내 '시를 안다는 것'의 환희와 다르지 않았다. 따라서 시와 현실의 뚜렷한 경계를 상정할 때, 4월혁명 이전의 김수영이 시의 경계 안쪽에 있었다면 혁명 이후의 김수영은 그 경계를 넘어서 있었던 것이다.

그러나 김수영은 시의 미학적 경계를 결코 넘어설 수 없다는 사실을 자각하고 있었다. 시와 혁명에 대한 깊은 고민의 흔적 역시 내비친다. "말하자면 혁명은 상대적 완전을, 그러나 시는 절대적 완전을 수행하는 게 아닌가."[90] 혁명의 근본적 결여와 부재를 드러내는 김수영의 이 진술은 시와 혁명의 불가능한 일체화를 그가 모를 리 없었다는 사실을 말해준다. '미학으로서의 시'와 '현실로서의 혁명'의 경계는 그의 참여시론을 지배하는 근본적이고도 예민한 문제였다.

---

90 김수영, 「일기초(日記抄) (II)」, 『김수영 전집』 2, 민음사, 1982, 332면.

> 아아 행동에의 계시. 문갑을 닫을 때 뚜껑이 들어맞는 딸각소리가 그대가 만드는 시 속에서 들렸다면 그 작품은 급제한 것이라는 의미의 말을 나는 어느 해의 사화집(詞華集)에서 읽은 일이 있는데, 나의 딸깍소리는 역시 행동에의 계시다. 들어맞지 않던 행동의 열쇠가 열릴 때 나의 시(詩)는 완료되고 나의 시가 끝나는 순간은 행동의 계시를 완료한 순간이다.[91]

혁명 이후의 시는 행동이어야 했다. 혁명이라는 실천적 행동이 한낱 언어로 이루어진 시(詩)를 압도해왔을 때, 김수영은 '행동'이 곧 '시'라는 사실을 깨닫는다. 그러나 시는 행동이 되지 못한다. 시는 미학의 본질인 가상을 벗어날 수 없다. "행동 = 시", 혹은 "시 = 행동"이라는 등식은 논리를 초월한 정신적 차원에서 가늠할 수 있는 것이지 실제 현실에서는 각각 다른 차원의 것이기 때문이다. 엄격히 말해 시는 행동하지 않는 것이고 행동으로부터의 소외이다.[92] 혁명의 감격이 시인을 압도했을지라도 "행동의 열쇠"가 갑자기 '시'에 들어맞을 리 없는 것이다. 따라서 "행동의 열쇠가 열릴 때 나의 시는 완료되고 나의 시가 끝나는 순간은 행동의 계시를 완료한 순간이다"와 같은 진술은 극단적인 모호성 속에서 부유하게 된다. 사실 김수영의 시론은 극단적인 모호성이 특징이다. "나는 시작(詩作)의 출발부터 시인을 포기했다. 나에게서 시인이 없어졌을 때 나는 시를 쓰기 시작했다. 그러니까 나는 출발부터가 매우 순수하지 않다.

91 김수영, 「시작노우트 (2)」, 위의 책, 288면.

92 정현종은 다음과 같이 말한다. "사실 내용이 형식으로 되는 순간이 시인의 행동이 완성되는 순간이라고 할 수 있다. 그리고 무엇보다도 실제 행동으로부터의 소외가 시 = 행동이 되게 한다고 할 수 있다. 다시 말해서 실제 행동으로부터의 소외가 시를 낳는다고 할 수 있다." 정현종, 「시와 행동, 추억과 역사—김수영의 시를 읽으면서 생각해 본 시의 문제」, 황동규 편, 『김수영의 문학』, 민음사, 1994, 223면.

내가 무슨 말을 하고 있는지 모르겠다— 나는 고백은 싫다"[93]와 같은 진술 역시 모호하지만, 이는 그가 직면한 시론(詩論)의 논리적 한계를 '고백'한 것이나 다름없다. '시 = 행동'이라는 혁명적 등식을 구현하기 위한 그의 필사적인 논리적 분투는 미학과 현실의 극단적 착종상태를 초래하고 만다. 그런 점에서 4월혁명은 그에게 있어서 시론(詩論)의 탄생이자 죽음이다.

4월혁명은 '시인'에 대한 부정적 태도를 초래한다. 그것은, 「어느날 고궁을 나오면서」에서 "아무래도 나는 비켜서 있다 절정(絶頂) 위에는 서있지 / 않고 암만해도 조금쯤 옆으로 있다 / 그리고 조금쯤 옆에 서있는 것이 조금쯤 / 비겁한 것이라고 알고 있다!"라고 탄식했듯, 행동하지 않는 시인 혹은 지식인으로서의 수치심과 무관하지 않다. "답답하더라도 / 요 시인 / 가만히 계시오 / 민중은 영원히 앞서 있소이다 / 요 시인 / 용감한 착오(錯誤)야 / 그대의 저항은 무용 / 저항시는 더욱 무용 / 막대한 방해로소이다 / 까딱 마시오 손 하나 몸 하나 / 까딱 마시오 / 눈 오는 것만 지키고 계시오 ……"(「눈」) 인용시가 표명하듯, 시인은 무용하고 저항시는 '더욱' 무용하다. 시인은 시를 쓰는 것으로 행동할 뿐이고, 비록 '저항시'일지라도 미학의 경계 내에서의 작용에 지나지 않는다.[94] '시'가 미학의 경계 내에서 버둥거리는 사이 미학의 바깥에서는 민중이 영원히

93 김수영, 「시인의 정신은 미지」, 앞의 책, 1982, 187면.

94 이와 같은 관점에서 김상환은 4월혁명 이후 김수영이 '책'에 대해 보이는 부정적 태도를 분석하면서 다음과 같이 말한다. "이미 충분히 암시된 것처럼, 학생 혁명 기간을 지나면서 김수영이 책에 대하여 취하는 부정적 태도는 현실 인식의 수정에서 비롯된다. 책의 권위를 파괴하는 부정성은 책 밖의 현실에 대한 직접적이고 비매개적인 체험에서 연유한다. 말하자면 그것은 책 속에 갇혀 지내던 관념론적 사유가 극단의 경험론을 통하여 붕괴되는 사건이었다." 김상환, 「김수영과 책의 죽음—모더니즘의 책과 저자 2」, 김승희 편, 『김수영 다시읽기』, 프레스21, 2000, 132～133면.

앞서나간다. 이러한 김수영의 시론(詩論)적 좌절은 혁명의 실패와 정확히 맞물리는 데 그 절박함이 있다. 혁명의 환희와 좌절 사이의 심각한 낙차는 김수영의 시론을 보다 극한까지 밀고 나아가게 했다. "언어와 나 사이에 한 치의 틈사리도 없"[95]는 경지를 넘어 시가 곧 행동이 되는 불가능의 영역을 탐색하게 했던 것이다.[96] 김행숙의 최근 화법을 빌리자면, "김수영은 '시의 정치성'을 '미적 자율성'과 대립시키면서 전유한 것이 아니라, '정치성'과 '자율성'의 간극이 무화되는 지점까지 '정치성'을 밀고 가고 동시에 '미적 자율성'을 밀"고 갔다고 볼 수 있다.[97] 그리고 그 불가능의 영역에 대한 김수영의 열망은 논리를 초월한 추상의 사유로 나아갔다. 그것은 '침묵'과 '무의미'의 미학 형태로 나타난다.

> 오든의 참여시도, 브레히트의 사회주의 시까지도 종국에 가서는 모든 시의 미학은 무의미 — 크나큰 침묵의 — 미학으로 통하는 것이다. 이것은 예술의 본질이며 숙명이다. 그런데 김춘수의 경우는 이런 본질적인 의미의 무의미의 추구를 하는 것이 아니라, 먼저부터 '의미'를 포기하고 들어간다. 물론 '의미'를 포기하는 것이 무의미의 추구도 되겠지만, '의미'를 껴안고 들어가서 그 '의미'를 구제함으로써 무의미에 도달하는 길도 있다. (…중략…) '의미'를 이루려는 충동과 '의미'를 이루지 않으려는 충동이 서로 강렬하게 충돌하면 충돌할수록 힘 있는 작품이 나온다고 생각한다.[98]

95 김수영, 「시작노우트 (6)」, 앞의 책, 1982, 303면.

96 최동호는 "인간과 시를 분리하지 않고 시적 진정성과 윤리적 감각을 분리하지 않는 것이 김수영 시학의 특징"이라고 말하고 있으며, 유재천은 "김수영은 시와 삶, 시론이 하나로 일치되는 시인이라고 지칭되고 있다"고 평가한다. 최동호, 「시와 시론의 문학적 · 사회적 가치」, 『한국시학연구』 제22호, 2008.8, 65면; 유재천, 「시와 혁명 — 김수영론」, 김승희 편, 앞의 책, 91면.

97 김행숙, 「'시적인 것'과 '정치적인 것'」, 『국제어문』 제47집, 2009.12, 11면.

김수영은 모든 시의 미학이 '무의미' 혹은 '침묵'으로 귀결될 수밖에 없음을 고백한다. 언어는 그 자체로 불완전한 것이며, 세계의 본질을 드러내는 데 있어 한계를 지닌다. 따라서 완전한 언어는 무의미(침묵)이며, 모든 시는 궁극적으로 무의미(침묵)로 회귀하게 된다. 언어가 접근하지 못한 미지의 공간은 무의미(침묵)로써 응시할 수밖에 없다. '참여시'와 '사회주의 시'조차도 그것이 행동으로 전화되지 못하는 한, 깊은 무의미(침묵)의 자리로 되돌아오게 된다. 중요한 것은 김수영과 김춘수의 차이다. 김춘수는 의미를 먼저 포기하고 무의미의 세계로 진입하지만, 김수영은 "'의미'를 껴안고 들어가서 '의미'를 구제함으로써 무의미에 도달"한다. 4월혁명의 좌절 이후 김춘수가 역사라는 의미의 세계와 단절하고 무의미의 세계로 더욱 깊이 들어갔다면, 김수영은 의미의 세계로 깊숙이 침투했다고 볼 수 있다. 김춘수의 시가 언어예술의 본질적 한계를 적극적으로 받아들인 결과라면, 김수영의 시론은 그 한계의 극한과 긴장관계를 형성한다. 그러나 언어의 극한적 한계에서 김수영이 직면한 것은 결국 침묵과 무의미의 세계다. 시가 행동이 되지 못하는 한계에 직면한 시는 결국 침묵과 무의미의 세계로 되돌아오고야 만다. 위 인용문에서 "'의미'를 껴안고 들어가서 그 '의미'를 구제함으로써 무의미에 도달하는 길"이란 바로 그런 것이다. 이는 모든 예술의 운명이다. 따라서 무의미와 침묵은 의미를 지우는 것이 아니라 언어 자체를 지우고자 하는(곧바로 행동이 되고자 하는) 미적 충동과 관계한다. 그것은 차라리 죽음충동이다. 미학 내의 죽음충동(death drive)은 미학의 해체, 탈

98 김수영, 「변하는 것과 변하지 않는 것」, 앞의 책, 1982, 245면.

구, 탈퇴를 야기할 수 있는 위력을 지니며, 미학 자체의 붕괴와 무화의 지점을 향해간다.[99] 그것은 미학의 형식체계와 의미체계의 실질적 파괴이기보다는 미학의 한계를 뛰어넘고자 하는 불가능 그 자체다. 그것은 시와 행동의 경계선을 무화시키는 극한의 참여시론이다. 이 극한에서 만나는 침묵은 "몸이 저리도록 반가운 침묵"이며, "지긋지긋하게 조용한 동작 속에 사랑을 영위하는, 동작과 침묵이 일치되는 최고의 동작"이며, "그 거대한 사랑의 행위의 유일한 방법"이다.[100] 그러나 이것은 논리를 초월한 불가능의 영역에 존재한다.

'참여시'와 '사회주의 시'가 언어로 구성되는 한, 그것은 '행동'으로 진입하지 못하는 즉물적 기호에 지나지 않는다. 그럼에도 불구하고 시가 현실이 되고 행동이 되고자 하는 충동을 지니고 있는 한, 시는 미학 그 자체를 벗어나 무의미와 침묵의 세계로 나아가고자 한다. "'의미'를 이루려는 충동과 '의미'를 이루지 않으려는 충동이 서로 강렬하게 충돌하면 할수록 힘 있는 작품이 나온다"는 진술 역시 미학의 충동을 강렬하게 암시한다. '의미'를 이루지 않으려는 충동은 '시'와 '시인'이 완전한 합

99 장 보드리야르는 죽음충동에 대해서 다음과 같이 말한다. "죽음의 충동(죽음충동—인용자)은, 마디마디가 연결되어 있는, 건설적인 에로스의 일반 공리와는 대조적으로, 결합된 것을 용해시키고 에너지를 해방하며 에로스적인 유기적인 담론을 해체한다. 그리하여 사물들을 비유기적인 것으로, '묶이지 않은 것(ungebunden)'으로, 결국 어떻게 보면 유토피아적인 것으로 이르게 하는 것이다. 죽음의 엔트로피이자 에로스의 네가엔트로피이다." "이러한 해체, 탈구(脫臼), 탈퇴를 야기할 수 있는 위력에는, 이전의 비유기적인 상태를 향한, 퇴화의 형태를 띤 철저한 반(反)-궁극성이 내포되어 있다. (…중략…) 살아 있는 존재 전체에게 사물의 이전 상태이며 비유기적인 상태인 죽음이라는 전형적인 비(非)-사건을 재생하려는 경향이다. 이리하여 죽음은 늘 반복적인 주기로, 에로스의 건설적인 궁극성(직선적이든 변증법적이든 간에)을 파괴하러 오는 것이다. 죽음의 충동의 점성(黏性), 비유기성의 탄력성이 도처에서 삶의 조직화에 끝까지 저항하고 있다." 장 보드리야르, 정연복 역, 『섹스의 황도』, 솔, 1994, 131면.

100 김수영, 「해동(解凍)」, 앞의 책, 1982, 96~97면.

일을 이루고자 하는 충동이다. 시가 미학의 경계를 뚫고 행동이 되고자 하는 충동 속에서 비로소 "시인은 자기가 시인이라는 것을 모"르고, "자기가 시의 기교에 정통하고 있다는 것을 모르"며, 결국 시인은 "자기의 시인성을 깨닫지 못하"게 된다.[101] 시와 시인이 미학의 경계를 넘고자 하는 순간이야말로 충동이며, 김수영의 어법대로 하자면 '모험'이 된다. 이 '모험'의 지점에서 시는 사라지고 만다. "시의 '뉴 프런티어'란 시가 필요 없는 곳이다." 시의 뉴 프런티어, 즉 시의 새로운 경계(한계)는 김수영 시론의 놀라운 개척지다. 이 개척지에서의 '시'는 '시'와 '행동'의 경계를 넘나든다. 시가 행동으로 진입하는 순간, 시는 사라지고 행동이 탄생하므로, 아니 행동이 시가 되므로, "시(詩) 무용론(無用論)은 시인의 최고의 혐오인 동시에 최고의 목표"이며, "진정한 시인이란 선천적인 혁명가"인 것이다.[102]

선천적인 혁명가로서의 시인은 미학 속에 감금되어서는 안 된다. 시인은 부단히 미학을 탈주해야 한다. 시의 기교를 알고 시인'성'을 의식하는 순간, 시인은 시와 행동의 경계에 봉착하게 됨으로써 미학의 영역에 감금되고 만다. 랑시에르가 말했듯이, 미학은 감성의 분할로 체계화된 미적 체계이다.[103] 그것은 일종의 '치안(police)'으로 기능하면서 시인을 미적으로 순치시킨다. 따라서 미학의 치안을 벗어나는 길은 "여직까지의 시에 대한 사변(思辨)을 모조리 파산"시키는 것이다. 왜냐하면 "시를 쓴다는 것이 무엇인지를 알면 다음 시를 못쓰게 되"기 때문이다.[104] 이때

101 김수영, 「시여, 침을 뱉어라」, 위의 책, 251면.
102 김수영, 「시의 '뉴 프런티어'」, 위의 책, 175면.
103 자크 랑시에르, 오윤성 역, 『감성의 분할』, 도서출판b, 2008 참조.
104 김수영, 「시여, 침을 뱉어라」, 앞의 책, 1982, 250면.

무한히 미끄러지는 궁극의 "다음 시"란 시를 의식하지 않는 시로서 미학을 버림으로써 미학을 의식하지 않는, 미학으로부터 해방된, '시 = 행동'이라는 불가능한 영토를 충동(향유)하는 시라고 할 수 있다. 이처럼 김수영의 시작(詩作) 과정은 시와 시인의 일치, 시와 행동의 일치라는 불가능한 영토를 향한 충동이 작동되는 과정이다.

김수영에게 시인은 윤리적 주체다. 정치적 실천에서의 윤리적 책무가 확실성의 표지를 해체하는 '결핍의 제도화'[105]에 있듯이, 시인으로서의 윤리적 책무 역시 스스로의 결핍을 제도화하는 데 있다. 시인 스스로의 한계(결핍)를 부단히 응시한다는 점에서 진정한 시인은 영구혁명가로서의 위상을 지니기도 한다. 영구혁명가로서의 시인은 미학의 한계를 인식하되 그 한계를 뚫고 나오고자 하는 부단한 자기해체의 과정 속에 있다는 점에서 그 의미가 이해되어야 한다. 이것이 김수영의 시론이 도달하고자 한 "불가능"[106]의 지점이며 이형기의 영구혁명론과 차별화되는 지점이다. 이형기가 혁명주체의 경화(硬化)를 빌미로 혁명가를 폄하함으로써 시적 주체의 영구혁명성을 높이 평가했지만, 그것은 오직 문학이라는 '미적 가상' 속에서 무한히 뻗어가는 여성적 향유에 지나지 않았다. 그러나 김수영은 미적 가상이라는 '기호행동'에서 '현실행동'으로 넘어가고자 하는 영구적인 자기혁명을 보여주고 있는 것이다. 혁명의 부정성(negativity)에서 빚어지는 여성적 향유는 '직접행동'을 향한 충동과 뒤섞임으로써 김수영의 시론은 현실과 초월의 변증이라는 시적 국면을 드러낸다. 김상환이 일찍이 지적했듯이 김수영의 "해탈은 중

105 야니 스타브라카키스, 이병주 역, 『라캉과 정치』, 은행나무, 2006, 329면.
106 김수영, 「시의 '뉴 프런티어'」, 앞의 책, 1982, 175면.

생의 구제를 위하여 속세로 복귀하는 회귀적 초월"[107] 로서의 의미를 지니는 것이다. 이 회귀적 초월이란 미적 가상이 실제 현실과 만나고자 하는 한 충동과 향유 지점이기도 하다.

김수영의 '시론'에서 '온몸'과 더불어 '불가능'이 또 다른 주제어라는 점을 인정한다면, 그의 시론은 문학 바깥의 실재계(직접행동)를 향한 '불가능'의 시학으로도 명명(命名) 가능하다. 불가능한 실재계로의 침투를 향한 '온몸'의 시학은 곧 '충동'과 '향유'의 시학인 것이다.

> 낙수물로 바위를 뚫을 수 있듯이, 이런 시인의 헛소리가 헛소리가 아닐 때가 온다. 헛소리다! 헛소리다! 헛소리다! 하고 외우다 보니 헛소리가 참말이 될 때의 경이. 그것이 나무아미타불의 기적이고 시의 기적이다. 이런 기적이 한 편의 시를 이루고, 그러한 시의 축적이 진정한 민족의 역사의 기점이 된다. 나는 그런 의미에서는 참여시의 효용성을 신용하는 사람의 한 사람이다.
>
> (…중략…)
>
> 그러나 나는 아직까지도 '여직까지 없었던 세계가 펼쳐지는 충격'을 못 주고 있다. 이 시론은 아직도 시로서의 충격을 못 주고 있는 것이다. 그 이유는 여직까지의 자유의 서술이 자유의 서술로 그치고, 자유의 이행을 하지 못한 데에 있다. 모험은, 자유의 서술도 자유의 주장도 아닌 자유의 이행이다.[108]

김수영이 말하는 "시의 기적"이란 "헛소리가 참말이 될 때의 경이"의 순간이다. "헛소리"가 "참말"이 되는 순간의 의미는 모호하다. 그러나

107 김상환, 앞의 책, 51면.
108 김수영, 「시여, 침을 뱉어라」, 앞의 책, 1982, 251~252면.

그것은 정신의 영역에서 이루어지는 어떤 도약을 암시한다. "혓소리"란 현실에서의 실천가능성을 염두에 두지 않는, 미학 내에 감금된 말을 의미하며, "참말"이란 진정한 실천적 행동성을 담지하는 말임에 분명하다. '직접행동'으로 분출되고자 하는 충동이 뒤끓는 "참말"로서의 시야말로 김수영이 추구했던 시적 경지이다. 그 충동의 분출을 통해서, 그것의 축적을 통해서 민족의 역사는 4월혁명의 돌멩이와 같은 '대상a'[109]를 대면할 수 있는 것이다. 실재와의 대면은 주체의 '재구성'을 넘어 역사의 '재구성'을 초래한다. 김수영이 말한 "진정한 민족의 역사의 기점"이란 바로 그런 것이다. 김수영이 파악한 '참여의 효용성'의 최대치 역시 여기까지다. 여기서 "시의 기적"이란 시인의 정신의 영역에서 발생하는 어떤 도약일 뿐, 시인의 시와 정신의 영역 바깥에서의 즉각적인 현실화를 의미하지는 않는다. 어디까지나 이 '현실화'는 충동과 향유의 대상이며 언젠가 도래해야만 하는 불확실한 미래이다.

그래서 김수영은 다시 절망한다. "아직까지도 '여직까지 없었던 세계가 펼쳐지는 충격'을 못 주고 있"으며 "이 시론은 아직도 시로서의 충격을 못 주고 있는 것이다." 이 뼈아픈 자성(自省)은, 그의 시가 정신의 영역을 넘어 현실 속에서 행동하는 육체를 얻지 못한 자기 한계를 겨냥한다. 그의 시적 한계는 "자유의 서술이 자유의 서술로 그치고, 자유의 이행을 하지 못한 데에 있"는 것이다. "자유의 서술"에서 그치고 마는 것은 정확히 미학의 심미성이 안고 있는 한계이다. 그렇다면 "자유의 이행"은 무엇을 함의하고 있는가? 그것은 미학의 심미적 한계, 즉 미학의 상

109 라캉은 돌멩이와 최루탄이 욕망의 대상인 '대상a'의 기능을 수행한다고 말한 바 있다. 엘리자베트 루디네스코, 양녕자 역, 『자크 라캉—2 라캉과 정신분석의 재탄생』, 새물결, 2010, 157면.

징계를 균열시키고 실재로서의 현실을 향해가는 '온몸'의 행동이다. 다시 말해 김수영의 시학은 미학의 서술이 아니라 직접행동으로의 '이행'을 열망하는, "온몸으로, 바로 온몸으로 밀고나가는"[110] '온몸'의 시학인 것이다. 이것은 라캉 좌파들이 말하는 '행위(act)'와 다르지 않다. '행위'는 상징계에서 실재계로의 침입을 뜻하는 라캉의 용어로서, 지젝은 이를 테러리즘을 설명하는 용어로서 전유한 바 있지만,[111] 김수영에게 있어 '행위'는 정확히 미학의 상징계를 넘어 현실이라는 실재계로의 침입을 의미한다고 할 수 있다.

상징계로서의 미학이 실재계로서의 현실에 미치는 영향력을 구체적으로 파악하기가 어렵다는 것이 바로 미학적 참여의 한계다. 정치적 현실의 탄압이 가중될수록 참여문인은 미학의 한계를 뛰어넘고자 한다. 1960년대의 정치현실 속에서 그것은 곧 상징계를 위반하는 주이상스이자 죽음충동이다. 미학적 참여만으로는 참여문인들의 충동을 진정시킬 수는 없다. "미학적 예술은, 그 자신이 충족시킬 수 없는, 하지만 바로 이러한 애매성 위에서 번성하는 어떤 정치적 성취를 약속"함으로써 예술가들이 "모종의 우울증에 빠져들 수밖에 없다"거나,[112] 혹은 "예술작품은 실천 이하이기도 하고 실천 이상이기도 하다"[113]는 진술이 보여주는 미학적 참여의 모호한 힘은 언제 도래할지 모르는 메시아를 기다리는 일과 같다. 따라서 극악한 시대적 현실 속에서 참여문인은 미학적 참여의 모호한 범주를 벗어나 실재계로의 침입을 열망했던 것이다.

110 김수영, 「시여, 침을 뱉어라」, 앞의 책, 1982, 254면.
111 슬라보예 지젝, 김서영 역, 『시차적 관점』, 마티, 2009, 610면.
112 자크 랑시에르, 「미학혁명과 그 결과」, 진태원 역, 『뉴레프트 리뷰』, 길, 2009, 492면.
113 T.W. 아도르노, 홍승용 역, 『미학이론』, 문학과지성, 2000, 373면.

자유의 이행에는 전후좌우의 설명이 필요없다. (…중략…) 내가 지금 — 바로 지금 이 순간에 — 해야 할 일은 이 지루한 횡설수설을 그치고, 당신의, 당신의, 당신의 얼굴에 침을 뱉는 일이다.[114]

문학의 결핍 앞에서, "자유의 이행"을 위해 "내가 지금 — 바로 이 순간에 — 해야 할 일"이 "당신의 얼굴에 침을 뱉는 일이다"라는 김수영의 진술은 '사후적'으로 해석될 수밖에 없다. 왜냐하면 결핍을 견딜 만한 새로운 참조점을 찾지 않으면 안 되기 때문이다. 김수영의 시대에는 불온한 시를 쓰는 것만으로도 예술과 삶의 경계가 소거되는 '온몸'의 시가 될 수 있었다. 정치적 금기가 문학의 내부 깊숙이 작용하고 불온한 시를 쓰는 것만으로 삶이 망가질 수 있던 시절에는, 시를 쓴다는 행위만으로도 정치적 힘(예술과 삶의 경계를 삭제하는)을 획득할 수 있었다.[115] 그러나 이것 역시 근원적으로 현실을 변화시킬 수 있는 물리적 힘을 지니지 못하기는 매한가지이다. 문학이 정권의 탄압을 받을 때라야 비로소 정치일 수 있듯이, 문학의 정치성은 스스로 부여할 수 있는 것이 아니라 정권으로부터 소환당할 수만 있기 때문이다. 정권의 소환을 당하지 않은 '정치적' 문학은 정치의 장과 무관한 정치성을 지닐 뿐이며, 이는 곧 미학의 문제로 전환되고 만다.

해답은 '직접행동'에 있을 수밖에 없다. 예술의 저항과 비판 정신에도 불구하고 그것은 '예술적' 전복으로만 읽힐 뿐 '현실적' 전복으로까지 읽히지 않기 때문이다. 다시 말해 시의 한계선을 넘어서는 시적 전복을

114 김수영, 「시여, 침을 뱉어라」, 앞의 책, 252면.
115 박대현, 「문학의 '시취'를 둘러싼 추문 혹은 추도」, 『작가와비평』, 2009 상반기, 253면.

감행할지라도 그것은 미적 가상에서 발현되는 충격일 뿐, 그것이 삶의 정치로 파급되기를 기대하기란 힘든 일이다. 따라서, 김수영의 어법대로 하자면, 출구는 "당신의 얼굴에 침을 뱉는 일"에 있다. "당신의 얼굴"에 내뱉은 '침'은 문학과 현실의 경계 위에 떠 있는 침이다. 그것은 가상성이 아니라 실재성으로 옮겨가고자 하는 문학적 언어의 충동을 상징한다. 그러나 김수영의 '침'은 가상에서 실재로 옮겨가고자 함에도 불구하고 충동 그 자체로만 머문다.

4월혁명이 1960년대 한국문학의 흐름에 절대적 영향을 미친 것은 사실이지만, 그것은 혁명의 결여와 소멸, 그리고 반혁명의 흐름 속에서 일정한 분열과 퇴행을 동반한 것이었다. 혁명만큼이나 참여문학 역시 분열적이고 퇴행적이었다. 김수영의 참여의식이 이어령의 집중포격 속에서 단호한 대처를 하지 못했던 것 역시 참여문학이 안고 있는 근원적인 한계 때문이었다. "진정한 참여론자라면 내버려 둔다 하더라도 싸움을 청해야 한다"[116]는 이어령의 주장에 김수영은 명백한 답을 내놓지 못한다. 사실 김수영의 문학적 충동은 언어의 가상성을 넘어선 실제 현실로의 도약에 있었다. 그래서 '자유의 이행'을 위해 당신의 얼굴에 침을 뱉는 일을 갈망했던 것이다. 따라서 김수영은 의식의 측면에서 문학적 한계의 극단까지 다다른 시인이라고 할 수 있다. 미적 가상을 넘어서서 현실이라는 실재의 차원으로 넘어설 수 없는 문학의 한계에 대한 분명한 인식 속에서 실제 현실에의 충동을 보여주었다는 점에서 김수영의 문학적 비관주의가 지니고 있는 진의(眞意)를 파악할 수 있다.

116 이어령, 「서랍 속에 든 '불온시'를 분석한다–「지식인의 사회참여」를 읽고」, 『사상계』, 1968.3, 257면.

이처럼 1960년대 김수영의 시론이 의식한 참여문학의 근원적인 한계는 시가 더 이상 실천을 보증하지 못한다는 점에 있었다. 문학이 실천하고 참여하려 할지라도, 그것은 무수히 동어반복 되어왔듯이, "아직 시작되지 않은 실천, 그리고 그 누구도 그 실천이 변화를 가져오는지에 대해 말할 수 없는 실천이다."(아도르노, 『미학이론』)[117] 따라서 모든 시적 언어들은 사실상 미학적 가상이라는 한계를 넘어서지 못하므로 "횡설수설"에 지나지 않는 것이다. 김수영의 시론은 정확히 그 한계를 의식함으로써 그 한계를 넘어서고자 하는 문학의 충동을 보여준 것이라 할 수 있다. 4월혁명은 문학의 근원적 한계에 대한 김수영의 자각을 일깨운 계기로서 기능했던 것이다.

2) 참여의 실재를 향한 비평 충동과 직접행동

임중빈은 한국비평사에서 김수영이 보여주었던 충동의 한계를 넘어서고자 했던 비평가로서의 위상을 지닌다. 김수영이 곧바로 행동이 되지 못하는 시와 시론의 실천성을 비관적으로 인식함으로써 참여의 실재를 향한 충동의 자리에서 정적으로 머무르고 있었다면, 임중빈은 그 충동의 자리에서 매우 동적인 비평정신을 보여주면서 충동의 한계를 넘어서고자 했다. 임중빈 비평의 초기 관심은 "개혁의 정신적 모체"가 될 수 있는 "동적인 미학"의 창조에 있었다.[118] "상황의 개혁"이야말로 "창조 작

117 최문규, 『자율적 문학의 단말마?』, 글누림, 2006, 190면 재인용.
118 임중빈, 「상황극복의 미학을―'은근'과 '끈기'의 허구성」, 『부정의 문학』, 한얼문고, 1972, 128

업의 알파요 오메가"라는 그의 진술은 일회적으로 끝나지 않고 그의 비평을 관통하는 일관된 정신이다. 예컨대 임중빈은 1965년 11월에 우리 현대문학이 당면한 구체적 문제를 세 가지로 제시하고 있는데, 첫째, "작가가 사물을 보는 자세"와 관련하여 그대로의 것을 본질적인 문제로 제기하는 데 창조의 진실이 있다"는 것, 둘째, "작가의 지성이 지식만으로 끝나지 않고, 행위를 수반하는 경지에 다다를 때 창조의 완벽이 실현될 수 있"음을 자각하여 "체험의 동화작용"을 강조할 것, 셋째, "일체의 비인간적 압력이나 제반 생활조건의 구속에서 작가는 자유를 요구하지 않으면 안 되는데, 그것이 곧 인간성 옹호의 강력한 불길"이라는 것이다.[119]

이처럼 임중빈은 작가로서의 창조행위가 반드시 현실의 개혁으로 이어져야 하며, 더 나아가 작가의 지성이 반드시 행위를 수반해야 한다는 사실을 역설한다.[120] 임중빈은 1965년 8월에도 "작가는 예술의 형식으로 참여한다"[121]라고 말한 바 있긴 하지만, 궁극적으로 '저항문학의 자세'로서 지식과 행동의 일치를 분명히 주창한 비평가이다.

온갖 부문의 학문에 정통한 파우스트이지만 지적인 만족에 젖어드는 대신

면. 이 글은 『성균』 13호(1963.3)에 실린 「상황개혁의 미학－전국적 현실에 거는 소송」을 개고한 것으로 내용의 상당 부분을 뺀 채 첫 평론집 『부정의 문학』에 수록되었다.

119 임중빈, 「저항문학의 자세－현대작가와 창조적 지성」, 위의 책, 30~31면. 이 글은 『성균』 19호(1965.11)에 발표된 것이다.

120 석형탁은 임중빈의 이러한 비평적 특징을 여타 4·19세대 비평과 확실히 차별화되는 것으로 평가한다. 김치수가 「작가와 반항의 한계」(『사상계』, 1968.12)에서 참여문학이라 할지라도 언어예술로서의 가치를 상실하면 한 개인의 연설로 타락할 수밖에 없다고 지적한 사실을 인용하면서 임중빈은 이와 달리 문학창작 행동과 그러한 문학의 창작을 가능하게 하는 사회적 행동의 일원화를 주장하고 있다는 점에서 임중빈 비평의 특이성을 주목하고 있다. 석형탁, 「1960년대 임중빈의 문학비평」, 고려대 석사논문, 2008.12, 42면.

121 임중빈, 「객관적 상황과 문학」, 『한양』, 1965.8, 219면.

악마와 손을 잡고 생존에의 성실도를 실험해 본다. 파우스트는 유식하다. 그러나 그는 스스로가 갈구하고 있는 인간의 총체가 되기엔 모자란다. 여기에 지식의 한계점을 통감한 '육체 없는 지식인'의 면모가 있다. 정신적으로 부유한 귀족이지만 육체적으로는 초라하기 이를 데 없는 걸인이기 때문에, 악마 메피스토펠레스와 함께 손잡는 파우스트야말로 인간의 전일성(全一性)을 동경해 온 괴에테 이상(理想)의 화신인 것이며 현대인의 한 분신이라 할 수 있다. 결국 파우스트 정신은 20세기에 와서 퍽이나 융숭한 대접을 받게 되었다. 실천과 행동의 자주(自主) 모랄을 표방하고 허황된 지식을 불신하는 사조가 이미 충전할 기세를 보이지 않았던가.[122]

위 인용문에서 말하고 있는 "인간의 총체"란 지식의 한계점을 통과함으로써 획득한 지식과 행동의 일체화를 뜻한다. "육체 없는 지식인"의 면모란 정신(지식)의 풍요에 비해 육체(행동)의 빈곤 속에서 허덕이는 지식인을 지시하고 있는 것이다. "악마 메피스토펠레스와 함께 손잡는 파우스트"는 행동하지 않는 지식인에서 행동하는 지식인으로의 전환을 시도한 참여하는 인간의 전형으로 받아들여진다. 20세기의 파우스트 정신은 지적인 만족에 머물지 않고 생존하기 위한 존재, 다시 말해 행동하는 존재로서의 정신을 의미한다. "실천과 행동의 자주(自主) 모랄"이야말로 "허황된 지식"을 극복하고 작가의 잠재성을 실현하고 행동하는 저항문학의 자세인 것이다. 따라서 "부정의 정신과 대결의 자세 없이는 예술이란 한갓 소모의 방편"에 지나지 않으며, "일체를 부정하고 대결할

122 임중빈, 「저항문학의 자세－현대작가와 창조적 지성」, 『성균』, 1961.11(임중빈, 앞의 책, 1972, 24면에서 재인용).

줄 모르는 '문학을 위한 문학'은 바로 역사의 적"이라는 주장은 행동과 지식의 일치를 위한 문학으로 나아갈 실천적 예비 작업과 다름없다. 그러나 임중빈 역시 행동으로 나아가는 문학의 한계를 뚜렷이 인식한다. "언어 그것만을 위한 몸부림을 되풀이한다 하거나 문학의 목적 또는 수단으로써 아무리 강요한다 하여도 문학이 창조하는 행위 이상의 것을 실천해 낼 것 같지는 않다."[123] 이와 같은 한계에 봉착하게 됨에 따라 "문학은 문학 이상의 것도 아니고 이하의 것도 아니며, 또 달리 될 수 없는 본질을 내포하고 있다"[124]는 결론으로 회귀하고 만다. 그럼에도 불구하고 "작가가 창조하며 행동하는 한 그는 살아남는다"[125]는 점을 다시 한 번 강조한다.

이때 작가의 '행동'이란 이중적 의미를 갖는다. 문학을 통한 창조적 행동을 의미하는 동시에 실제 현실에서의 행동을 의미하는 것으로까지 나아간다. 김붕구가 시민으로서의 작가와 예술가로서의 작가를 분리하는 기준으로 사회적 자아와 창조적 자아의 구분을 주장[126]했지만, 임중빈은 "창조적 자아 속에는 사회적 자아가 포함"되어 있음을 주장하면서 시민과 예술가의 분리불가능성을 역설한다.[127] 그러나 임중빈 역시 문학이 곧 현실의 참여가 될 수 있음을 확언하지는 못한다. 사회적 자아가 창조적 자아 속으로 함입되는 순간, 그 또한 창조적 자아의 범주에 속함에 따라 사회적 자아로서의 직접행동은 불가능해지고 만다.

123 위의 글, 33면.
124 위의 글, 33면.
125 위의 글, 33면.
126 김붕구, 「작가와 사회」, 『세대』, 1967.11 참조.
127 임중빈, 「참여의 아포리아—문단의 현황과 그 장래」, 『현대문학』, 1968.1(임중빈, 앞의 책, 1972, 324면에서 재인용).

하여, 임중빈은 앙가주망의 예술이론을 고독의 탈출구로 보는 1930년대 프랑스의 앙드레 말로식(式)의 참여를 부정하고 공동체의 요구와 상황의 변혁을 시도하는 주체적인 역사건설을 위한 '예술형식으로서의 참여'를 주장한다.[128] 이러한 주장은 여전히 작가의 참여가 문학의 형식 속에 국한된 것으로, 문학 형식 내의 참여가 어떻게 현실을 개조하고 변혁할 수 있는가에 대한 해답을 내놓고 있지는 못하다. 다만 임중빈은 문학인의 지속적이고 치열한 자의식을 주문한다.

> 가파른 낭떠러지 우리는 서 있다. 마음대로 물러서지도 나아가지도 못할 막다른 기로에서 앞을 내다볼수록 스스로의 운명은 가혹하다. 우리는 역사 형성으로 보아 수난의 과정만을 거듭하고 문화 창조에 있어서 부질없는 방황을 일삼아 온 느낌 없지 않다. 여기에 무슨 근원적 이유가 따로 있는 것이 아니라 바로 우리 스스로가 무능하거나 불성실했기 때문이다.
>
> 지금은 의식의 전면적인 각성이 촉구되는 때다. 무엇보다도 생존의 의미를 탐색해야 한다. 인간의 열정은 이성과 손잡을 때만이 유효하다. 지표도 방향도 없이 괜한 잡음만 일으키며 막상 이성을 상실해 버린 사이비문화인을 추방하지 않으면 안 된다.
>
> 왜 노래 불러야 하는가를 의식하지 못하는 시인, 그리고 왜 쓰지 않으면 안 되는가 하는 자가 비평도 없이 지면을 괴롭히는 작가가 있다면 그는 틀림없는 문학의 허상이다. 그러한 국제적인 언어의 탕아를 박멸하라![129]

128 임중빈, 앞의 글, 1965.8, 219면.
129 임중빈, 「문학과 인간의 모랄」, 『한양』, 1965.4, 208면.

임중빈은 문학적 자의식, 다시 말해 "왜 쓰지 않으면 안 되는가"에 대한 자의식이 없는 문학은 허상에 지나지 않음을 역설한다. 역사의 변혁을 추구함에도 불구하고 퇴행하고 마는 역사의 "가파른 낭떠러지" 앞에서, 임중빈은 가혹한 문학의 운명을 마주하고 최종적으로 "왜 쓰지 않으면 안 되는가"에 대한 자의식을 비평의 최종심급에 놓아둔다. "왜 쓰지 않으면 안 되는가"에 대한 자의식은 역설적으로 '왜 써야만 하는가'에 대한 절망적인 질문이며, 이 절망은 문학이 현실을 개조하지 못하고 있다는 분명한 한계에서 비롯된다. 순수문학주의자들이 문학이 현실을 개조하지 못하고 있다는 근본적인 한계에 기대어 참여문학을 비판하고 순수문학의 예술성을 옹호했을 때, 임중빈은 참여문학이 곧바로 현실참여가 되지 못하는 한계 안에서 "의식의 전면적 각성"을 촉구하고 문학의 의미를 궁구했던 것이다. 이는 분명 김순남의 긍정적 리얼리즘과는 일정한 차이를 내포한다. 따라서 임중빈의 비평은 문학의 참여가 곧 현실참여가 되기를 바랐던 충동(drive)의 자리에 닿게 된다. 이 충동은 문학의 참여가 곧 현실의 참여가 될 수 없다는 궁극적 자각에서 비롯된 것으로 임중빈의 비평 방향을 예시한 것이나 다름없다.

실제로 임중빈은 문학의 영역을 넘어서는 비평활동을 전개한다. 『다리』지 1970년 11월호에 「학생운동을 통한 사회참여」를 발표함으로써 4월혁명 이후 침체된 학생운동을 통한 사회참여와 변혁을 주장한다. "학생운동의 유일한 스승은 우리의 절박한 현실상황"[130]이라는 인식 아래 한국 역사에서 "기적 같은" 4월혁명의 정신을 실천할 것을 역설하면서

130 임중빈, 「학생운동을 통한 사회참여」, 『다리』, 1970.11, 69면.

임중빈은 1970년대 초입의 한국사회에서 학생운동이 부재한 현실을 질타하고 있다.[131] 그러나 임중빈은 결국 '정치적 정면 도전'의 어려움을 인정하고 마는데, 문화적 저항으로의 전환이 이를 말해준다고 할 수 있다.

> 4・19는 결코 좌절된 학생운동이 아니다. 장엄한 4・19정신은 문화예술을 통하여 재생되어야 하며, 그 교훈은 우리 전근대 사회와 문화에 비약적인 발전의 계기로 삼아야 한다. 이 자리에서 나는 정치적 도전을 일체 포기하자고 권유하지 않는다. 정치적인 정면 도전이 어려울 때, 문화적 뱅가드로서 젊은 우리 세대는 미더운 문화의식(文化意識)의 성(城)을 쌓을 것을 감히 제안한다.
>
> 문화성향(文化性向)에로의 불가피한 방향전환이 아닐 수 없다. 새로운 시대적 요청에 따라 우리는 다시 출발할 필요성을 절감한다. 정치적 소외의 극복을 문화행동으로 감연히 참여함에 의존하자 함이다. 반세기의 학생운동이 준 민족・민주투쟁의 주류를 문화운동의 거울로 삼아 분투할 때는 임박했다. 문화의 씨를 뿌리는 사람은 반드시 선택된 소수이지만 그것을 배양하며 형성하여 가는 토양은 언제나 민중이다. 새로운 민중의 발견이 문화운동의 관건이 되는 이유가 여기에 있다.[132]

임중빈은 문화예술을 통한 4・19정신의 재생을 강조한다. 그것은 "정치적 도전"의 포기가 아니라 정치적 도전이 어려울 때 저항적 문화의식

---

131 "학생운동 부재의 암울한 동면기(冬眠期)를 맞이하여 민권 회복이라는 자유화의 쟁취 못지않게 실질적인 근대화 작업이 아울러 촉진되어야 할 중대한 시기에 일반 지식층의 퇴조현상에 발맞춰 학생층도 온갖 무기력의 갈등을 보인다." 위의 글, 62면.

132 위의 글, 66~67면.

을 쌓는 것을 지시한다. 정치에서 문화로의 방향전환은 억압적인 정치 상황에서 불가피한 선택일 수밖에 없다. "정치적 소외"를 "문화행동"이라는 참여로써 극복하고자 하는 시도는 정치적 현실참여가 불가능한 상황 속에서 참여의 새로운 활로를 열어가고자 했던 한 비평가의 치열한 참여정신의 결과이다. 특히 학생운동에서 문화행동으로의 전환을 통해 "전근대적인 낡은 요소의 완전한 청산과 민족 복지사회의 이념을 확립하는 방향으로 학생운동의 진로를 스스로 개척하는 십자군이 될 수 있어야 한다"[133]는 주장은 박정희 군부독재시대에 가능했던 비평의 최대치라 할 수 있다. 4월혁명의 새로운 부활에 대한 열망이 함축되어 있는 임중빈의 비평은 군부독재에 대한 체제전복을 시도하고 있는 것이지만, 현실적 불가능성을 인지함으로써 일종의 '진지전'인 문화혁명의 방향으로 비튼 것으로 봐야 한다. 4월혁명에 버금가는 학생운동이 실질적으로 불가능한 상태에서 문화혁명을 통한 4월혁명정신의 실천이 현실적으로 가능한 최대치였던 것이다. 그러나 이러한 주장조차 당국의 검열을 받을 수밖에 없다. 기이하게도 당국의 검열은 글쓰는 행위가 실천적 행동이자 참여의 실재에 닿게 하는 역설적 기능을 지닌다. 실제로 임중빈은 이 글로 인해 서울지검 공안부에 의해 구속되었다가[134] 무죄판결을 받게 된다.[135]

133 위의 글, 69면.

134 "서울지검 공안부는 12일 하오 신민당대통령후부 김대중씨의 공보비서 윤재식(36・월간지 『다리』의 전발행인), 『다리』의 편집인겸 주간 윤형두씨(36) 1970년 11월호에 「사회참여를 통한 학생운동」이란 논문을 쓴 임중빈씨(31)등 3명을 반공법 4조1항(반국가단체의 찬양고무 등) 위반혐의로 구속, 서울구치소에 수감했다. 검찰은 또 동월간지를 운영하고 있는 신민당 소속 김상현 의원도 소환신문키로 했다." 『경향신문』 1971.2.13, 7면.

135 다음은 무죄판결의 기사 일부다. "十六일 서울형사지접 陸堯相 판사는 월간 『다리』지 필화사건선고공판을 열고 『다리』지 七〇년 十一월호에 실린 논문 「사회참여를 통한 학생운동」은

임중빈의 비평은 군부독재가 설정한 법이라는 상징계의 경계선에 서 있다. 상징계 내부와 외부의 경계선 위에서 임중빈은 상징계를 파괴하고자 하는 충동을 응축하고 있다. 이 충동은 임중빈의 비평에서 두 가지 국면을 지향하고 있는데, 그 하나는 문학비평에서 사회비평으로의 전환이며, 다른 하나는 사회비평이 검열을 당하는 순간 발생하는 '참여의 실재'와의 직접대면이다. 문학비평에서 사회비평으로의 전환, 다시 말해 군사독재의 상징계의 파괴를 시도하는 사회비평의 시도는 참여의 실재에 가닿고자 했던 충동의 결과물이다. 공안당국의 구속과 무죄판결 과정에서 임중빈의 비평은, 정명환이 말한 바 있는 "집단에 대한 의식으로 집단의 고민을 고발하며 그로 말미암은 위험을 각오하는 문학"[136]으로서의 참여문학에 부합하게 된다. 비록 담론 수준의 현실참여에 지나지 않았지만 필자가 구속됨으로써 역설적이게도 참여의 실재에 닿게 된 것이다. 그는 첫 비평집 『부정의 문학』 서문에서 말한다. "앞으로 어떠한 상황 속에서라도 해야 할 말과 써야 할 글을 아낄 생각은 없읍니다. 혹 총칼이 무섭잖으냐구요? 뭘요. 일관된 길을 갈 뿐……." 임중빈이 말하는 "일관된 길"이란 "인간의 오늘과 내일을 절실히 의식하고 민족역사의 창조에 협력하는 문학"과 "예술적 사회성"을 위한 것이자

'헌법상 보장된 언론자유의 한계 내에서 민주복지사회를 건설하기 위한 청년문화를 일으키자는 것으로 '뉴레프트'나 '꽁방디'의 행동과 같은 서구의 학생운동을 비판적으로 인용한 것일 뿐'이라고 판시, 임중빈(三一·문학평론가) 윤재식(三五·동지전발행인) 윤형두(三五·동지전편집인겸주간) 등 三명에게 전원무죄를 선고했다. // 이날 재판부는 무죄판시이유에서 문제의 논문은 검찰이 주장한대로 정권타도를 주장한 것은 아니며 이 논문은 정치혁명에 선행하는 문화혁명을 주장하고 있으나 여기에서의 '혁명'이란 단어는 '변혁'을 의미하는 것으로 북괴를 찬양 동조 고무했다고 볼 수 없으므로 반공법에 저촉되지 않는다고 밝혔다."「『다리』지 세 피고 무죄선고—언론자유 한계 넘지 않았다」, 『동아일보』, 1971.7.16, 7면.

136 「문학의 사회참여론」, 『동아일보』, 1968.4.30, 5면.

"행동"을 넘어선 "순교"를 향한 것이다.[137] "순교"는 그의 행적을 파악할 때, 단순히 문학적 수사에 머물지 않는다. 따라서 임중빈의 비평적 자세는 순수옹호론자들이 비판했던 참여의 불가능성을 넘어서서 참여의 실재에 닿고자 하는 충동을 지닌 동시에 그것의 완전한 실천을 완수하고자 했던 것이라고 볼 수 있다.

그렇다면 오늘날 작가가 정치에 대하여 묵비권을 행사하는 것이 미덕일 수는 없다. 관계의 거부로 자기의 성(城)에 안주하는 일이 예술의 특권일 것인가. 아니다. 제반 상황과의 관계를 추구하여 무한 투쟁을 형상화해 나가야 한다. 작가는 한가로이 체념에 젖어 자족해서도 안 되고 섣불리 흥분을 일삼는 것으로 자위해서도 안 된다. 혈육화된 목소리로 모순된 정치・사회구조 앞에서 성실되이 긴장관계를 유지할 의무가 있다. 오늘 한국문학의 언어는 참여의 파장을 확대해야 하며 작가들의 언어와 문체는 날로 더욱 새로워져야 할 필요를 느낀다.

또한 참여는 현실 변혁의 문제와 결코 무관하지 않는다. 상아탑의 몽상이나 현실도피의 합리화에 머물지 말고, 사회 연대성을 확인하여 공동운명을 타개하는 사랑의 실천으로써 또 행동대열의 지성으로써 올바른 참여문학을 창조해야 하지 않을까.

그러므로 『소단적치인(騷壇赤幟引)』에 나오는 연암 박지원의 다음 말은 우리에게 경종을 울리고도 남음이 있다.

"글자는 병사와 같고 글 뜻은 지휘관과 같으며 제목은 적국이고 고전적 사

137 임중빈, 「미지의 독자 앞에」, 앞의 책, 1972, 5면.

실은 전장의 진터다. 글자를 묶어서 글귀를 단합하여 문장을 이루는 것은 대오를 지어 행진함과 같으며, 운(韻)으로 소리를 내고 사(詞)로써 빛나는 것은 징과 북을 치고 깃발을 휘날리는 것과 같다. 글하는 사람의 주요 결함은 항상 방향을 못 잡고 요령을 얻지 못함에 있다. 만일 방향을 옳게 잡고 요령을 움켜쥐었다면 너절하게 늘어놓을 것도 없이 간단한 문구들로써 밤중에 적진을 돌입하고 외마디 진격 소리에 요새를 탈취하는 것과 같다."

이 경우 참여는 곧 참전으로 인식된다 해서 무리가 아니다.[138]

"참여"가 곧 "참전"이라는 진술은, 즉 글을 쓰는 행위로써 참여의 실재에 닿고자 하는 충동을 보여준다. 그러나 이 "참전"이라는 어사(語辭) 역시 비유적인 차원에 지나지 않는다. "오늘날 작가가 정치에 대하여 묵비권을 행사"하고 "자기의 성(城)에 안주"하는 일에 대해 비판하고 문학과 정치의 긴장관계의 강화를 역설하면서, "한국문학의 언어"가 "참여의 파장을 확대해야 하며 작가들의 언어와 문체는 날로 더욱 새로워져야 할 필요를 느낀다"고 한 것은 결국 정치와 참여의 문제를 다시 문학 내부로 수렴하고 마는 것이다. "행동대열의 지성으로써 올바른 참여문학을 창조"하는 행위는 분명히 문학의 가상과 정치의 실재 사이에 존재하는 간극을 좁히지 못한다. 다만 이 '간극'이야말로 참여의 실재를 향한 문학의 충동을 더욱 추동하는 것이다. 그 간극이 사라지게 하는 행위는 한 가지밖에 없다. 문학 장에서 허용된 상징계의 경계를 허무는 행위가 바로 그렇다. 상징계와 실재계의 경계는 국가와 작가의 드러나

138 임중빈, 「참여문학의 인식」, 『정경연구』, 1968.6; 위의 책, 49면.

지 않는 긴장 관계 속에서 형성된다. 그 경계에 다가서고 그것을 넘어서는 순간, 그의 문학은 직접행동이라는 참여의 실재에 대면하게 된다.

1960년대 중반부터 급진적 비평[139]을 발표했던 임중빈은 청년문화론을 통해서 상징계의 경계에 다가선다. 문학비평에서 사회비평으로의 전환은 문학이라는 가상의 틀을 벗어났다는 점에서 한층 더 정치행위에 가까워진 것이라 할 수 있다. 그의 청년문화론은 일종의 사회적 논평으로서 "문학비평과 유리된 것이 아니라 광범위한 차원에서의 비평적 글쓰기를 수행"함으로써 "당대의 객관현실에 밀착한 인문적 지성의 언어로써 타락한 현실을 변혁하는 사회 실천적 글쓰기의 성격을 지닌다."[140] 여기서 60년대 청년의 정치성을 탈각시킨 이어령의 '청춘문화론'[141]과 임중빈의 '청년문화론'의 변별점을 파악할 수 있다. '청년'의 개

139 임중빈이 지닌 비평의 급진성은 '통혁당 사건'과 관련한 『청맥(靑脈)』지 폐간, 그리고 『다리』지 필화 사건과 무관하지 않은데, "임중빈의 비평은 비평 담론을 넘어 현실정치와 길항관계를 형성하면서 제반 현실의 부정에 대한 가차 없는 부정과 비판의 언어를 쏟아내었"기 때문이다. 앞의 "두 가지 사건에서 단적으로 알 수 있듯, 임중빈의 비평은 동료 4·19세대의 비평가들보다 비평의 정치성을 급진적으로 실천한 비평가인 만큼 임중빈이 활동하던 시기의 문학장에서 정치적으로 소외"될 수밖에 없었다. 고명철, 「1960년대 참여문학 비평의 전위성 : 저항과 부정의 글쓰기－임중빈의 비평을 중심으로」, 『비평문학』 제31호, 2009.3, 56~57면.

140 위의 글, 67면.

141 이어령의 청년문화론은 1960년대와 1970년대에 지속되었던 정치적 투쟁을 벗어난 독자적인 청년문화의 형성을 역설한다. 이어령은 "청춘문화는 성인들의 기성문화에 불순종을 선언한다는 데"서 그 특징을 찾고 있으며, "청춘문화는 젊은이의 욕구불만을 해소하는 사회적 안전판의 구실을 할 뿐만 아니라 의존에서 독립을, 그리고 방종에서 자기책임이라는 것을 깨닫게 되는 기회"를 제공하는 것으로 파악한다. 여기서 주목할 것은 아무래도 "젊은이의 욕구불만을 해소하는 안전판의 구실"이라는 대목이다. 4월혁명 당시의 청년의 분노는 이어령에 이르러 욕구불만의 차원으로 전락하고 만다. 4월혁명 당시 이승만 정권을 전복시킨 원동력은 청년들의 분노였다. 그러나 70년대의 이어령은 청년들의 분노를 청년문화 속에서 순치시켜야 할 '욕구불만' 정도로 이해하고 있다. 청년문화는 비로소 정치성을 탈각하게 되며 사회적 안전판의 기능 정도로서 담론적으로 정위된다. 청년들은 이제 스스로의 욕구불만을 청년문화 속에서 해소함으로써 혁명과 전복의 기운을 양산하는 정치 주체로서의 위상을 상실하고 마는 것이다. 이어령, 「우리들의 청춘문화－제로의 지점에 있으면서……」, 『다리』, 1971.2,

념이 정치적・사회적 위상을 지니고 있는 반면에 '청춘'은 보다 이국적・낭만적 문화의 범주[142]에서 이해될 수 있기 때문이다. 임중빈의 청년문화론은 4월혁명세대로서의 청년을 중심에 둠으로써 급진적인 사회개조와 변혁을 추구하고자 했다. 그가 강조한 것은 바로 참여하는 정치주체로서의 청년이다.

> 주체적인 참여는 개혁하는 참여다. 개혁하는 참여인 만큼 참여의 길, 곧 형극의 길이 아닐 수 없다. 현실을 수용하여 현존체제를 지속하기가 결코 손쉬운 노릇이 아니라면, 현존체제의 모순현상을 분석하고 비판하여 이를 부분적으로라도 개혁해나가는 데 앞장서기란 더욱 어려운 작업인 까닭이다. 능동적으로 개혁하는 참여를 나는 '청년문화'라고 부른다. 능동인에 의한 참여 없이 푸른 역사의 전개는 기대할 수 없다. 어떤 경우 안일한 일신상의 참여가 사회의 장래를 위하기는 고사하고 그 자신마저 파멸의 길로 안내하기도 한다.
>
> 그러므로 무엇보다 우리는 전체상황의 변혁을 위하여 어렵게 참여해야 한

136~137면 참조.

142 이어령은 『거부하는 몸짓으로 이 젊음을』(1969)에서 「정치와 무관심」 혹은 「작가의 현실참여」와 같은 글을 싣고 있으나, 모두 한국의 현실과는 무관한 외국의 사례를 원용함으로써 한국의 정치와 현실에 대한 어떤 비판적 통찰이나 개안(開眼)을 제공하지 못한다. 이는 그의 다른 에세이집도 마찬가지인데, 실제로 임중빈은 다음과 같이 비판한다. "가령 「작가의 현실참여」에서 그가 주장하고 있는 앙가쥐망의 논리는 적어도 우리 현실에 맞는 오늘의 얘기는 아니다. 지나간 시절에 프랑스 문단에서 한창 논의되던 그런 낡은 이론의 재탕에 불과하다. (…중략…) 우리는 우리대로의 벅찬 문제들과 씨름해야 되는 이 마당에 왜, 무엇 때문에 남의 병을 애써 앓아 주어야 하는 건지 묻고 싶다. 대체 누구를 위해 두들기는 깡통인지 알고 싶다. // 따라서 오늘의 지성은 이 책(『지성의 오솔길』, 이 책은 『거부하는 몸짓으로 이 젊음을』에 수록된 글과 거의 대부분 겹친다—인용자)에서 보여주는 막연한 말만의 지성, 관념적이고 추상적인 지식이 아니라 역사 형성에 밑거름이 되는 창조적인 지성이 아니면 안 된다. 이 책에서 지적한 바와 같이 언어를 낭비하고 있는 사이비 작가들이 많은 우리 문단에서 언어를 낭비하는 평론가까지 출현한 것은 슬픈 현상이다." 임중빈, 「막연한 지식의 곡예」, 『올 다이제스트』, 1964.10(임중빈, 앞의책, 1972, 401면에서 재인용).

다. 역사의 운명과 민중의 운명, 그리고 참여를 선택하는 주체의 운명을 다른 차원으로 보아서는 안 되며, 궁극적으로 역사와 인간, 그리고 우리의 마음 구석구석을 늘 푸르게 개혁해 나가야 할 줄 믿는다.[143]

임중빈은 '청년문화'를 "능동적으로 개혁하는 참여"로 규정한다. 청년문화가 능동적으로 개혁하는 참여일 때, 그것은 주체적인 참여일 수 있다. 임중빈의 청년문화는 무리하지 않고 가능한 범위 내에서 기성문화에 '적당히' 대항함으로써 청년의 삶에 낭만적 의미를 부여하는 문화를 지향하지 않는다. 참여하는 청년문화는 "형극의 길"이다. "현존체제의 모순현상을 분석하고 비판하여 이를 부분적으로 개혁"하는 참여로서의 청년문화는 "안일한 일신상의 참여"를 철저히 거부하는 것이다. 따라서 임중빈은 청년문화의 어려움을 인식했던 것이고 그 어려움은 역사, 사회, 인간을 포괄하는 "전체상황의 변혁"을 위한 과정에서 나타나는 정치적 억압과 탄압을 암시한다. 임중빈의 청년문화론은 단순히 '문화'의 범주에 국한될 수 없는 정치의 영역으로 진입하고자 하는 담론이라 할 수 있으며, 따라서 "임중빈에게 '청년문화'로 호명되는 것은 4·19정신의 창조적 갱신의 산물"[144]이다. 임중빈은 '청년문화론'으로써 4월혁명정신을 실천하고자 했으며 대중문화의 확산에 따라 중화되기 시작한 청년들의 정치의식을 회복하고자 했다. 임중빈에게 4월혁명은 "결코 좌절된 학생 운동이 아니"며, 현재진행형으로서의 참여였다.

143 임중빈, 「청년문화와 그 장래」, 위의 책, 1972, 390~391면.
144 고명철, 앞의 글, 68면.

현 단계에서 우리에겐 문화를 통한 경건한 변혁이 필수의 것으로 요청되고 있는 성 싶다. 역사의 방향을 바로 잡아 이를 선도하고 계발하는 진정한 문화의 형성이 이처럼 목마를 수 있을까. 그것은 청년문화라야 한다. 미래가 있는 거시적인 청년문화가 아니면 안 된다. 비트나 히피의 아류문화가 우리에게 무슨 도움이 되며 새로운 아나키즘의 도입이 역사적 현실의 타개에 무슨 도움이 될 것인가. 4·19는 결코 좌절된 학생운동이 아니다.

(…중략…)

오늘 우리의 대중문화는 민중을 배반하고 있다. 창조 문화인 아닌 상업문화인에 의존하는 변태적 문화로서 대량소비에 따른 아나키즘을 우상화하고 있지 않은가. 생산의 문화 아닌 소비의 문화, 오락산업으로 살쪄 가는 사이비 문화로서 창조에의 정열을 날로 퇴행시키고 있을 따름이다. 대중문화는 번창해도 창조적인 민중이 버림받고 있는 이 통렬한 모순의 문화불모지를 개간하지 않는 한 우리에게 어떠한 기적도 있을 수 없다. 이러한 시대적 도전에 직면한 문화투쟁에 좌절은 없다.[145]

대중문화에 대한 임중빈의 비판은 대중문화가 주체적 참여정신을 퇴행시키고 있다는 판단에 따른 것이다.[146] 대중문화 내의 청년문화가 단순히 기성세대와의 '차이'의 정치학을 발현한 것일 뿐이라면 그것은

145 임중빈, 앞의 글, 1970.11, 66~67면.

146 5·18군사쿠데타 이후 박정희 군사정권이 공화당 정권으로 변신을 꾀하는 과정에서 드러난 전체주의적 성향은 4월혁명 이후 자발성에 기초했던 문화를 정치적으로 왜곡시키는 결과를 낳았다. 전체주의적 정치 분위기 속에서 정치적 관심은 문화적 관심으로 대체될 수밖에 없으며, 그것은 정치적 언어가 은어화된다는 것을 의미한다. 안토니오 그람시는 강력하고도 절대적인 정치정당이 존재하는 경우 정당은 더 이상 정치적 기능을 상실하게 됨으로써 단지 선전과 치안, 그리고 도덕적·문화적 기능으로 전유될 뿐이라고 말한다. 다시 말해 정치적 문제들이 문화적 문제인 것처럼 은폐되는 것이다. 안토니오 그람시, 앞의 책, 164면 참조.

결국 대중문화에 포획된 비정치적이고 반혁명적인 청년으로의 퇴행이 아닐 수 없다. 대중문화의 번창에도 불구하고 민중이 탄압받는 현실의 모순은 주체적 참여를 통해 정치사회체제를 개조하고 변혁할 수 있는 청년문화를 요구하고 있는 것이다. 임중빈의 '청년문화론'은 결국 문화적 지형 내에 국한된 것이 아니며, 언제든지 현실로의 직접행동으로 나설 수 있는 주체적 참여정신으로 무장된 4월의 '청년'을 상정하고 있는 것이라 볼 수 있다.[147] 다시 말해, 임중빈은 청년을 매개로 한 정치의 복원을 열망했으며, 문학비평을 넘어 정치비평으로 나아가는 단계를 도모했다고 할 수 있다. 이는 비평의 정치적 실현으로서 의미를 지닌다. 그리고 그의 비평 「학생운동을 통한 사회참여」로 말미암아 『다리』지 필화사건에 휘말리게 되면서 '직접행동'으로서의 실재계로 진입하게 되지만 비평적으로는 큰 타격을 받게 된다. 이는 향후 임중빈의 저작(著作) 행위를 인물연구로 이끄는 계기가 되고 만다. 임중빈은 인물연구소를 설립하여 한국 선각자들의 전기 분야를 연구하고 개척하는 데 매진한다. "전기문학은 문학과 역사를 함께 모색, 접근할 수 있는 분야"라는 점을 강조하고 문학비평활동을 중지하고 이 분야에 정진할 것이라 말한 바 있다.[148] 지식과 행동이 일치하지 않는 사이비 지식인에 대한 절망, 그리고 문학의 참여가 실제로 현실의 참여가 되지 못하는 한계 속에서 참여의 실재에 닿고자 하는 충동을 해소할 수 있는 유일한 방법이었던 것이다.[149]

147 이와 관련하여 고명철은 "임중빈의 '청년문화론'은 4·19세대의 주체적 자의식을 창조적으로 갱신한 비평의 산물"이라고 말한 바 있다. 고명철, 앞의 글, 69면.

148 「의탄(義彈)있으면 의필(義筆)로…」, 『경향신문』, 1975.12.10, 5면.

149 임중빈은 인물연구소의 대표로 활동하면서 한용운, 윤봉길, 신채호, 시몬느 베이유 등 지식과

임중빈의 비평은 한국 문학사에서 김수영이 보여주었던 충동의 한계를 넘어선 비평의 정치적 실현이라는 점에서 매우 상징적인 사건으로서 존재한다. 그리고 무엇보다 '기호행동'에서 '직접행동'으로 나아가는 비평적 실천을 감행했다는 점에서, 그의 비평정신은 1960년대 문학을 관통했던 4월혁명정신의 구체성을 드러내는 문학사적 '사건'으로 존재한다고 볼 수 있다.

행동의 일치를 통해서 역사와 현실에 대한 참여의 실재에 닿았던 인물들을 탐구함으로써 인물 연구서인 『한용운일대기』(1974), 『천추의열 윤봉길』(1975), 『단재신채호전기』(1980), 『단재 신채호의 생애와 사상』(1987), 『불타는 지성』(1978)를 출간하였으며 신채호의 문학론인 『천희당시화』(1977)를 발간한 바 있다.

제9장

4월혁명과 청년문화론

청년문화론에서의 '문화 / 정치'의 경계 문제

1. 4월혁명과 청년문화의 본질

일반적으로 청년문화[1]는 1960년대에 이르러서야 뚜렷한 형체를 드러내기 시작한 것으로 평가하고 있지만, 이는 사실 청년문화를 태동시킨 기원이 4월혁명이라는 사실을 암묵적으로 전제하지 않고는 불가능하다. 4월혁명 당시의 초중고생이 1960년대와 1970년대의 청년문화를 서서히 형성해나가기 시작한 주동세력이라는 점을 고려할 때, 70년대 초

1 문학에 국한하여 설명하고 있지만 개화기부터 1970년대 이르기까지의 청년문화의 전개상을 설명한 논문으로 윤병로의 「한국문학에서 청년문화의 전개상」(『대동문화연구』 제18권 1호, 1984)이 있지만, 김병익에 따르면 청년문화라는 용어의 사용은 1960년대 말부터라고 알려져 있다. 1969년 여름의 '크리스찬 아카데미'의 대화모임 주제가 '청년문화의 가능성'이었고, 논문으로는 남재희의 「청춘문화론」(『세대』, 1970.2)이 용어 사용상 최초인 것으로 보인다. 그리고 이 논문을 바탕으로 김병익은 「청년문화의 태동」(『동아일보』, 1970.2.19)이라는 제하의 기사를 쓰게 된다. 김병익, 「청년문화와 매스컴」, 『신문평론』, 1974.11, 57면.

의 청년문화는 4월혁명을 떠나서는 그 성격을 규명할 수 없기 때문이다. 4월혁명 직전의 한국 사회는 구습의 부패 속에서 정치적 혼란이 가중되고 있었고 기성세대로부터 도저히 희망을 발견할 수 없던 당대의 지식인들은 이제 막 성인이 되기 직전의 새로운 세대에게 한국 사회의 희망을 걸 수밖에 없었다. 새로운 세대라고 했을 때 이는 주로 청년학생들을 지칭한다. 실제로 4월혁명 이전에는 새로운 세대로서의 학생들에 대한 기성세대의 요청사항이 주된 담론을 이루었다. 자유당 말기의 혼란한 정국 속에서 장이욱은 '청년'의 시대적 중요성을 지속적으로 강조한 바 있으며,[2] 4월혁명 이후에는 다음과 같이 진술하고 있다.

> 벅찬 격동 속의 일 년간에 나라 일이 어떻게 진전되었는가는 모두가 다 아는 바이지만, 우리 청년들의 감정은 결코 마비되었거나 잠들었거나 말라버린 것이 아니었다. 더 나아가서 청년들은 이 민족이 영원히 잊을 수 없는 보람 있는 큰일을 이루고야 말았던 것이다. 겨레의 장래에 두고두고 보람 있을 그 큰일을 위하여 청년들은 마침내 거룩하고 뜨거운 피를 흘린 것이 아닌가. 그러기에 청년들에 대한 우리의 감격과 존경과 또 자랑스러운 마음은 얼마나 커졌던가. 조국의 영예를 높이 떨친 것은 바로 청년들이었다.[3]

4월혁명 이전부터 지속적으로 이루어져왔던 청년에의 호소는 청년들이야말로 한국사회를 변혁할 수 있는 주체 세력이라는 확신에 기반한다.

2 장이욱은 주로 『새벽』지를 중심으로 청년에 관한 글을 발표한다. 대표적인 것으로 「청년의 가슴에 불길이 일어나야 한다」(『새벽』, 1960.1), 「대학을 나오는 젊은이들에게 — 뒤에 어찌 될 것을 묻지 마라」(『새벽』, 1960.3), 「권두언 — 청년의 정열」(『새벽』, 1960.10)

3 장이욱, 「권두언 — 청년의 정열」, 『새벽』, 1960.10, 28면.

자유당의 부패와 악습이 심화되어 가던 1950년대의 정치적 상황은 "국가적 노쇠증"으로 불릴 정도로 절망적인 것이었으며, 이 절망을 제거할 수 있는 유일한 대안은 바로 청년이었다.[4] 마찬가지로 장이욱이 『새벽』지를 중심으로 지속적으로 각성시키고자 했던 것은 "청년"으로서의 "감정"이다. 그래서 "우리나라를 소생시킬 처방은 '시간'과 '청년'이다"[5]와 같은 주장은 매우 당연한 것이었다. '시간'이라는 역사와 '청년'이라는 새로운 정신의 결합은 새로운 시대를 창조해낼 수 있으리라는 믿음을 강화했다. 청년 정신이 함축하고 있는 것은 다름 아닌 4월혁명 때 발휘되었던 부정부패 세력을 무너뜨릴 수 있는 정의감과 정열이다. 장이욱은 혁명과업 완수를 위해서 "맑은 이성"과 "냉철한 판단력", 그리고 "훌륭한 기획과 사고"를 추가로 요구하고 있지만, 어지러운 정국 속에서 청년들에게 기대했던 것은 혁명의 열정과 정의감이었다고 할 수 있다.[6] 뿐만 아니라 기성세대에 대한 거부와 저항, 미래와 희망, 그리고 정열을 뜻하는 '청년'은 4월혁명 이후에도 지속적으로 사유되고 있었다. '청년'은 '대학생', '학생', '신세대'라는 말로도 변주되면서 담론의 중요한 축으로 자리매김되었으며, 혁명 이후의 한국 사회를 조망하는 중요한 인식틀이 되었다. 그만큼 4월혁명세대는 60년대를 지배하는 중요한 세력이 되었다고 볼 수 있으며, 이들의 동향에 따라 한국 사회의 전반적인 흐름이 뒤바뀔 수 있었다.

그러나 이들 청년세대에 의해 1960년대 말에 형성된 청년문화는 당시

4 "누구의 얼굴을 쳐다봐야 하나? 허지만 묵은 떡잎이 저쳐 질 때, 새 잎이 이것을 대신할 수만 있다면, 그만이리라. 여기에 우리가 이 나라의 젊은이 — 젊은이라 불러지는 사람들 — 의 얼굴을 열심으로 바라보는 이유가 있다. 사실 우리의 온갖 기대와 희망은 오직 저들에게 걸려 있을 뿐이다." 김동명, 「상실된 젊음—젊은 세대에 고하는 글」, 『사상계』, 1957.5, 224면.

5 윤석중, 「위정자와 이발사」, 『새벽』, 1960.5, 157면.

6 장이욱, 앞의 글, 29면.

의 문화가 내포하고 있는 상업성과 오락성으로 말미암아 정치성을 탈각시킬 가능성을 지니고 있다. 60년대 초의 4월혁명과 60년대 말의 청년문화는 시간적 낙차만큼이나 정치적 의미에 있어서도 심각한 균열을 내포하고 있는 것이다. 60년대 말과 1970년대 초의 청년문화에 대한 논의들이 대다수 비판적으로 전개되었던 것과 달리, 최근의 논의들은 당시의 청년문화를 정치적 관점에서 적극적으로 읽어내고자 시도한다. 대중들이 대중문화를 향유함으로써 결국 정치의식이 소거되고 만다는 공적 담론의 비판과는 달리, "대중들의 심리가 체제에 대한 무의식적 저항심리와 결부"되어 "사회통제의 지배 이데올로기와 담론에 대해 무의식적으로 저항하고자 했다"는 주장,[7] 혹은 "'교양'의 이념으로 무장한 '대중'"은 "지배와 길항하는 것을 생산할 잠재력"을 가질 수 있다는 주장[8]이 그렇다. 이들의 주장은 '대중성의 재구성'(천정환)뿐만 아니라, 청년문화의 재구성 역시 가능하게 한다.

이에 대한 보다 상세한 논의는 문화론의 관점에 따라 다양하게 펼쳐지겠지만, 여기서는 청년문화론이 안고 있는 정치적 균열의 지점을 포착하기로 한다. 청년문화가 소극적 저항과 무의식적 저항을 내포하고 있음에도 불구하고 한국 청년문화의 본질은 저항이 아니라 '문화'와 '정치'의 경계에서 발생하는 균열에서 찾을 수 있다. 문화 속에 감금된 청년은 언제든지 직접행동으로서의 정치현실로 나서고자 하지만, 억압적인 통치체제는 청년을 '문화청년'으로 순치시키고 말기 때문이다. '68

7 송은영, 「1960~70년대 한국의 대중사회화와 대중문화의 정치적 의미」, 『상허학보』 32집, 2011.6, 217면.
8 천정환, 「교양의 재구성, 대중성의 재구성」, 『현대문학연구』 35집, 2011.12, 311면.

혁명'으로 상징되는 서구의 청년문화는 정치와 문화의 상호교호가 활발했던 반면에, 군부정권하의 한국 청년문화는 정치에서 문화로 억압되어 감금된 경우가 대부분이라 할 수 있다. 대중문화의 정치성은 매우 소극적이거나 무의식적일 수밖에 없었던 것이다. 청년의 정치성은 잠재태로서만 존재하고 있었고, 결국 청년문화는 정치와의 균열과 경계의식을 경험하지 않을 수 없었다. 4월혁명 이후 혁명세력으로서의 청년이 직접행동으로서의 정치성을 상실함으로써 청년문화로 귀착되고 마는 과정과 청년문화가 결여하고 있는 정치성의 회복이라는 담론의 흐름 사이에 존재하는 경계와 균열은 한국 청년문화가 지니고 있는 분열 양상을 이해하는 데 도움이 될 것이다.

'정치 / 문화'의 균열과 경계 의식이 한국의 정치적 특수성이 부여한 청년문화의 중요한 특징이라고 한다면, 그 균열과 경계는 직접행동으로서의 정치성을 탈각시켜버린 청년문화 속에 4월혁명의 학생운동을 기입하고자 하는 담론의 흐름에서 확인할 수 있다. 통기타, 생맥주, 블루진으로 상징되는 상업문화로 비판받기도 했던 청년문화에 학생운동의 정치성을 기입하는 순간 '문화'와 '정치'의 선명한 경계와 균열을 발견할 수 있다. 이 균열이야말로 한국청년문화의 중요한 사태라고 할 수 있다. 청년문화가 여러 변인들에 의해 생성되는 세대의 감수성과 연관되어 있고 이로 인해 일의적(一意的)으로 작동할 수 없는 것이라면, 청년문화를 가르는 경계와 균열 그 자체로부터 청년문화의 특징을 이해 할 수 있다. 이때 경계와 균열이 발생하는 근본원인이 중요할 수밖에 없다. 이 경계와 균열의 의미를 파악하는 것이 한국 청년문화를 이해하는 데 핵심적 요건이 된다고 할 수 있다.

2. 4월혁명의 청년과 균열의 과정

1) 자기통치적 주체로서의 청년과 균열

오늘날 한국사회의 청년들이 1990년 이후부터 이념의 지형도에서 벗어나 청년 특유의 전복적 힘을 상실함에 따라 '청년'이라는 개념 자체가 문화적 효용성이 없는 죽은 개념이 되고 말았지만, 4월혁명 직후의 청년, 학생, 대학생은 주이상스를 동반하는 위반과 반역의 어휘였다. 그러나 4월혁명 이전과 이후의 청년에 대한 의식은 전혀 달랐다. 4월혁명 이후와 비교해서 볼 때 4월혁명 이전의 청년의식은 상대적 박탈감과 피로감이 매우 강하게 묻어있다. 1930년생으로서 20대를 온전히 1950년대에 소진한 천상병은 50년대를 보내야 했던 명동을 "청춘의 묘지"라고 부르고 있으며, 급기야 "청춘을 탕진하고 말았다"라고 쓰고 있다.[9] 이와 같은 정서는 4월혁명세대의 그것과는 확연히 다른 것이다. 천상병 역시 4월혁명세대와 해방 및 전후세대 사이에 존재하는 차이를 분명히 인식하고 있다.

그동안에 두 차례의 전쟁을 겪고 六・二五를 거친 역사적 격류(歷史的 激流)는 우리의 무거운 정신의 부담이 되어 청춘은 다만 잠재적(潛在的)일 수밖에 없었읍니다. 그러니까 우리의 역사적 환경이 벌써 우리의 청춘을 간접

9 천상병, 「우리들 청춘의 묘지」, 『새벽』, 1960.11, 222면.

적으로 억제하고 있었던 것입니다. 이것은 그러나 그 누구의 책임이라고 할 수는 없는 일입니다.

四·一九 이전의 우리의 청춘은 그 역사적 잠재성 이외에도 여러 가지의 사회적 조건으로 말미암아 더욱 기형적이 되어 갔읍니다. 이승만 씨의 정부는 젊은이들에게 명령만 했지 그들을 조금이라도 이해할려고 하지 않았읍니다. 반공이라는 절대정책 밑에 강제된 정신은 자유를 잃게 했고 뿐만 아니라 자유에의 희구조차 죄악시(罪惡視) 되었읍니다.[10]

정확히 1930년생인 천상병은 '해방세대' 혹은 '전후세대'라고 할 수 있다. '해방세대'는 1920년대에 태어나서 일제 후반기에 청소년기를 보낸 뒤 1945년부터 1950년까지의 해방정국에서 성년이 되기 시작한 사람들이고, '전후세대'는 1930년대에 태어나서 한국전쟁이 발발한 1950년부터 4월혁명이 일어난 1960년 사이에 성인이 된 사람들이다. 이들은 일제강점기의 억압과 해방정국의 혼란, 한국전쟁의 참화를 고스란히 떠안은 세대로서 매우 곤궁하고 열악한 청년 시기를 보냈다.[11] 해방세대와 전후세대의 경계에 있는 천상병은 사실상 이중의 역사적 고초를 겪어야 했고, 그의 청춘은 시대적 상황 속에서 발산되지 못한 채 소멸하고 말았던 것이다. 이는 천상병뿐만 아니라, 그 시대에 청년 시기를 보냈던 세대의 보편적인 운명이라고 할 수 있다.[12] 1950년대와 4·19의 간

10 천상병, 「청춘발산을 억제하지 말라」, 『여원』, 1960.8, 226~227면.

11 심광현(대표집필), 「세대의 정치학과 한국 현대사의 재해석」, 『문화과학』, 2010 여름, 36~37면.

12 김재준은 50년대 청년들의 심리적 상태를 "공포, 불안, 공허, 절망" 등을 포괄하는 "불안"으로 규정함으로써 청년들의 '주체'가 존립 불가능함을 토로한 바 있다. "현대청년들은 '나'라는 것이 '주체'이기는 한데 그것이 '주체노릇'은 못하고 있다는 것을 심각하게 느끼고 있"으며, "'나'

극에 대한 천상병의 위 인용 역시 4월혁명세대와 해방・전후세대 사이에 존재하는 극명한 차이를 보여준다. 1960년 4월에 이르러서 학생들은 약동하는 청춘의 경험을 통해 더 이상 억눌릴 수 없는 자유와 저항의 본성을 마음껏 발산할 수 있었기 때문이다. 따라서 4월혁명세대를 바라보는 해방・전후세대의 시선은 놀라움 그 자체라고 할 수 있다. 4월혁명 직후 무수히 쏟아졌던 젊음 관련 특집 기사들은 4월혁명 이전 세대가 가지지 못했던 '청년정신'을 읽어내고자 하는 시도이다. 50년대에 청춘을 탕진했다고 한탄한 천상병은 4월혁명 이후에야 비로소 명확한 청춘의 의미를 획득할 수 있었다.

> 四・一九 혁명의 주동체는 학생입니다. 四・一九사태는 '한국'이 지금까지 억제해온 청춘이 그 비정상성을 그 왜곡성(歪曲性)을 때려 부시고 그 정상성을 비로소 발휘한 역사적인 사실입니다. 만일 그 나라의 청춘이 정상적으로 그 본연의 상태를 지속한다면 그것 앞에서 굴복하지 않을 것은 없읍니다. 인생과 대결하는 청춘이란 바로 이것입니다.[13]

1950년대부터 줄곧 억압되어왔던 '청춘'이 마침내 4월혁명이라는 역사의 현장 속에서 폭발하게 됨으로써 청춘은 새로운 역사적 의미를 획득하게 되었다. 청춘이 주체적으로 대결해야 할 인생이란 단순한 개인적인 차원을 넘어서 역사적 차원에 정위되는 성격을 지닌다. 역사적 현

를 규정짓는 것은 '나 이외'의 것들이다"는 점을 역설하고 있는 것이다. 김재준, 「불안의 근저」, 『사상계』, 1957.5, 154면.

13 천상병, 「청춘발산을 억제하지 말라」, 『여원』, 1960.8, 226면.

실에 저항하고 투쟁하는 청춘은 마침내 타율성을 벗어나 자율성, 더 정확히 말하자면 '자기통치적 주체'[14]로서의 지위를 획득하게 된다. '자기통치적 주체'로서의 지위야말로 4월혁명의 젊은이들이 획득할 수 있었던 가장 극적인 자기 혁신이다. 천상병을 비롯한 당시의 지식인들이 바라보았던 4월혁명에서 청년의 모습은 50년대의 청춘과는 확연히 다른 모습을 보여주고 있었던 것이다. 50년대의 청년이 전쟁으로 인한 근대의 파산과 존재론적 불안 속에서 자기위무와 허무의 관념에 빠져 있었던 세대라면, 4월혁명의 청년은 불안과 허무에서 비롯된 무기력을 일거에 소거시켜버린 한국 현대사의 기념비적인 세대로 부각된다.

그러나 4·19와 5·16의 긴장은 4월혁명에 참여했던 청년들의 향후 진로에 지대한 영향을 끼치게 된다. 사실 4월혁명세대는 4·19가 아니라 5·16의 영향을 더욱 크게 받았다고 볼 수 있다. "4·19세대의 생애를 가장 강력하게 규정한 것은 4·19가 아니라 5·16"[15]이라는 진단처럼, 4·19가 순간적 발현이었던 데 비해 5·16은 장기간 4월혁명세대를 정치적으로 지배하고 있었기 때문이다. 군사정권이 긍정적으로 평가받았던 사회적 분위기 속에서 4월혁명세력은 군사정권에 흡수되기도 한다. 실제로 당시 지식인들은 1964년 한일회담반대운동 때까지 군사정권에 대해서 상당히 우호적인 태도를 취하였다.[16] 이런 태도는 "五·一六은 자유의 책임 그리고 책임 있는 자유를 우리에게 공동적으로 부담케 했고 그 권리를 보장하였다"[17]라고 한 천상병의 말을 통해서도 확

14 심광현, 앞의 글, 36면.

15 위의 글, 40면.

16 정용욱, 「5·16쿠데타 이후 지식인의 분화와 재편」, 『1960년대 한국의 근대화와 지식인』, 선인, 2004, 170~171면.

인된다. 학생 청년의 이러한 시대적 인식과 판단은 5・16군사정권이 보여주었던 과감한 통치전략에서 비롯된 측면이 있으며, 그것은 과도정부와 장면 정부의 혼란스럽고 무기력한 모습에 비해 훨씬 더 신뢰감을 심어주기에 충분했다.

그리하여 5・16군사쿠데타 이후의 청년들의 심리에는 일정한 변화가 일어나게 된다. 4월혁명학생세력을 정치적으로 흡수하고자 하는 군사정권의 전략이 꾸준히 전개됨으로써 강압적인 통치 속에서 대학생 스스로가 자기발언을 점점 상실해가는 상황에 직면하게 된 것이다.[18] 그럼에도 불구하고 학생들은 5・16군사쿠데타 이후 정치적으로 억눌리는 듯한 느낌을 받는 동시에 안정감을 얻을 수 있었고, 정치적 활동이 제한됨으로써 타율적일지라도 학업에 열중할 수 있는 사회적 분위기가 형성되기 시작하였다.[19] 이는 4월혁명이 존재론적으로 변혁시켰던 '청년'의 역사적 의미가 서서히 탈각되는 과정에 해당한다. "혁명을 일으키고 신생활구호를 외치고 그러다가 남은 시간을 가정교사란 이름의 알바이트로 이집 저집을 서성거리는 동안 남은 건 노곤한 육신과

---

17 천상병, 「문화의 재건」, 『한국혁명의 방향』, 중앙공론사, 1961, 53면.

18 군사쿠데타가 성공하자마자 군사정권은 즉각적으로 모든 학생조직체들을 해체시켰다. 동시에, 대학생 인구의 대규모에 놀란 나머지 대학교 숫자의 감축과 함께 대학생 수도 당시 절반에도 못 미치는 5만 명 선으로 감소시키고자 하였으나, 각 대학의 반발과 압력으로 인해 무산되고 말았다. 1963년 10월 대선과 11월 총선 이후 군정이 민정으로 바뀌고 난 후 대학생들은 정권의 입장에서 최대의 위협이었다. 특히 1964년의 한일회담을 앞두고 일어난 시위는 정부가 해결해야 할 최대의 난적이었다. 4월혁명의 충동을 그대로 이어받은 이들에 대해 설득과 강압적인 전략을 번갈아 사용한 끝에 휴교령과 계엄령을 선포하기에 이르렀던 것이다. 오병헌, 「한국에 있어서의 대학생과 정치」, 『세대』, 1969.4, 83면.

19 1961년 말 『조선일보』가 주최한 학생좌담회에서 있었던, "마음놓고 공부할 수 있는 분위기가 되었다고 봐요. 四・一九 이후 우리들은 너무 정치성을 띠고 있다가 五・一六혁명 후 또 다시 학원으로 돌아갔으니까요"와 같은 한 여학생의 고백은 4월혁명 이후의 청년들이 군사정권하에서 점진적・자발적으로 일상적 현실로 돌아가고 있음을 보여준다. 김성태, 「5・16 이후의 청년심리」, 『사상계』, 1962.5, 216면.

눈치질"[20]이라는 고백은 4월혁명과 5·16군사쿠데타 사이의 심리적 낙차를 극명하게 드러내는 증거라고 할 수 있다.[21] 정치의식에 눈뜨기 시작함과 동시에 청년의 사회적 역량을 스스로 목격한 4월혁명 직후의 한국 청년은 5·16 이후 다시 원래 자리로 돌아가고 말았으며, 그와 동시에 남루한 현실에 부대끼는 청년의 모습을 마주하게 된다.[22] 혁명의 불가능한 지속성은 잠재적이고 정신적인 영역으로 자리를 옮겼으며, 현실의 청년학생들은 혁명 당시에 누렸던 청년의 위상에 대해서 더욱 큰 낙차와 균열을 느낄 수밖에 없었던 것이다. 이는 4월혁명세대가 마주할 수밖에 없는 시대적 운명이었다.

2) 청년성의 정치적 거세와 문화적 코드화—신생활운동에서 청년문화로

4월혁명 직후 일어났던 의미 있는 운동이 이른바 '신생활운동'이다. 신생활 운동의 의미는 1960년대 청년문화의 화두가 떠오르기 전에 있었던

20 위의 글, 215면.

21 유창민은 이러한 낙차와 균열을 '공적인 영역에서의 대학생'과 '사적인 영역에서의 대학생'으로 나누어 고찰한 바 있으며, 주창윤은 보다 세분화하여 청년문화를 '반문화', '도깨비문화', '부분문화', '퇴폐문화'로 분류하고 있다. 이는 정확히 4월혁명의 정치성과 탈정치성의 경계에서 방황하는 청년대학생들의 모습을 진단한 것이라 할 수 있다. 유창민, 「1960년대 잡지에 나타난 대학생 표상—『사상계』의 대학생 담론을 중심으로」, 『겨레어문학회』 47권, 2011, 155~165면; 주창윤, 「1970년대 청년문화 세대 담론의 정치학」, 『언론과 사회』 14권 3호, 2006.8, 87~99면.

22 노지승은 1960년대의 이러한 청년의 모습을 당시의 청춘영화와 김승옥의 초기소설에서 발견한다. 청춘영화에서 청년들은 주로 건달로서 다소 폭력적이고 저항문화적 속성을 지니지만, 이것은 체제 자체의 비판보다 체제내부로 진입하고자 하는 열망이 좌절된 결과라 볼 수 있다. 김승옥의 초기소설에서 발견되는 청년의 모습은 세계로의 적극적인 개입을 하지 않는 관찰과 내성의 언어를 드러내는 특징을 보인다. 노지승, 「대학생과 건달, 김승옥 소설과 청춘 영화에 나타난 1960년대 청년 표상」, 『한국현대문학연구』 22권, 2007.8 참조.

청년운동이라는 점에서 찾을 수 있다. '신생활운동'은 "혁명과업의 수행"이 "무엇보다 먼저 과거의 부정부패 정권이 형성해놓은 정신적 독소인 허영된 풍조를 깨끗이 씻어버려야 한다는 취지 아래" 1960년 7월 초부터 학생대표와 각계대표들이 모인 자리에서 발족된 신생활운동본부의 주된 사업이다. 학생대표를 비롯한 각계 대표들은 "신생활운동이 정치적 혁명으로 숨을 돌린 모든 국민에게 절실히 요청되는 바임을 강조하였다."[23] 요컨대 신생활운동은 서울대 문리대학생들이 중심이 된 것으로 혁명완수의 제2단계로서 경제혁명의 수립을 목적으로 하였다.[24]

신생활운동은 대학뿐만 아니라 초중고 학교까지 그 세력이 확산되어 전국적 단위의 운동으로 발전해나갔다. 신생활운동은 그들의 구호[25]에서도 확인할 수 있듯이 구정치인들의 부패와 구습을 일소하는 데 있었으며, 넥타이 매지 않기, 양담배 안 피우기, 휘발유 아껴 쓰기 등의 사치와 같은 일상생활의 의제까지도 포괄하고 있었다.[26] 신생활운동의 필요성에 공감하면서도 이에 대한 비판도 만만치 않게 제기되기도 했는데, 신생활운동을 주도하는 학생들의 순수한 동기는 인정하지만 지나친 월권이라는 점에서 학생들의 자중을 바라는 논조가 언론을 통해서 흘러나오기도 했던 것이다. 지나친 월권이라는 주장은 4월혁명의 이념적 지향이 '자유'와 '민주'임에도 불구하고 개인의 권리와 자유를 지나치게 침해하고 있다는 지적에 근거하고 있다.[27] 게다가 신생활운

23 『경향신문』, 1960.7.6, 2면.

24 「신생활운동과 위정자의 각성」, 『사상계』, 1960.11, 157면.

25 "가(假)남바 사용을 중지하라", "나라망친 사색정당 파벌싸움 또 망한다", "요정정치 철폐하라", "국회의원은 직업 소개인이 아니다", "신생활운동입법자치・행정협정체결하라", "부정원형처단특별법의 제정", 「신생활운동과 위정자의 각성」, 『사상계』, 1960.11, 158면.

26 『동아일보』, 1960.9.27, 1면.

동이 구습에서 헤어나지 못한 정치인들을 겨냥하고 있었기 때문에 정치권은 신생활운동을 탐탁지 않게 생각하고 있었다.[28]

사회지도층 인사들의 언론을 통한 비판에도 불구하고 신생활운동은 상당한 기간 강력한 힘을 발휘하면서 사회개혁운동을 주도했으며 많은 서민대중의 열광적인 지지를 받으며 지속되었다.[29] 그러나 5·16군사혁명을 국민혁명으로 전환시키기 위해 생겨났던 '재건국민운동'이 '신생활운동'을 수동적인 것으로 변경시켜나가게 됨으로써[30] 청년학생들의 주체적 의지가 소멸되고 말았다. 다시 말해 4월혁명 과업의 완수를 위해 시작된 신생활운동이 5·16군사쿠데타 이후 "애로와 곤란을 참고 견디는 신생활체제"[31]로의 방향전환을 꾀하게 된 것이다. 군사정권 주도의 신생활운동은 청년학생의 자발적인 운동이 아니라 군관(軍官) 주도의 전국적 규모의 범국민운동단체로 발족한 '재건국민운동'에 관한 법률에 의해 시행되었다는 점에서 5·16 이전의 운동과는 그 성격을 달리한다고 볼 수 있다.[32] 5·16군사정권의 등장 이후 청년 세대의 정치성이 탈각하는

---

27 좌담회(부완혁·유달영·최이순·이만갑), 「신생활운동의 요령」, 『사상계』, 1960.9, 212~213면.

28 "二十六日 하오의 참의원 본회의에서는 부패된 생활을 일소하기 위해 참의원자신부터 신생활운동을 시작하자는 긴급동의안이 정상구 의원(革聯) 외 十人으로부터 제안되었으나 대다수 의원들의 반대로 同案은 채택되지 못하였다 이날 제안자인 정의원은 "낭비와 허식에 사로잡힌 부패된 생활을 일소하는 신생활운동에 참의원은 솔선수범해야 한다"고 말하면서 참의원부터 우선 고급요정 출입을 엄금하자는 四個 항목의 생활개조를 내용으로 하는 결의안을 제출하였으나 송방용 의원 등의 반대로 同案은 채택되지 못한 채 보류되었다." 『경향신문』, 1960.9.27, 1면.

29 이우재, 「자립을 위한 서전(緖戰)」, 『사상계』, 1970.4, 52면.

30 「재건운동을 개혁」, 『경향신문』, 1961.8.29, 1면.

31 「국가재건에 총궐기」, 『동아일보』, 1961.6.12, 1면.

32 이 법률은 1961년 6월 11일 공포되었다. 유진오 박사가 초대 본부장에 취임하였고 6월 12일부터 7월 3일까지 서울특별시를 비롯한 각도 단위의 국민운동촉진대회가 대대적으로 열림으로써 전국적인 조직을 형성하기 시작하였다. 정치성을 띤 일정의 정당·사회단체가 해산된 뒤

과정에서 세대의식에 대한 자기성찰이 진행되기도 하였다.

> 四・一九 이후 한참동안 젊은 세대라는 표현이 유행하였다. 당시에는 이것이 다분히 정치적인 색채가 풍기는 용어로 사용되었었다. 그러나 정치성을 떠난다 할지라도 심리적인 세대의식이라는 것은 오늘의 학생들의 마음 속에 흐르고 있는 저류가 아닌가 생각된다.[33]

정치성이 소진된 추상적 수준의 "심리적인 세대의식"만이 남게 되었다는 것인데, 1960년대의 청년은 이처럼 4・19와 5・16 사이에서 심각한 자기모순과 긴장관계 속에서 자신들의 정체성을 사유해야 했다. 자유와 민주를 추구했던 이들의 이념적 가치는 5・16군사정권의 등장으로 말미암아 억압될 수밖에 없었으며, 정치현실에 대한 직접적 발언보다는 간접화되고 우회적인 발언을 선택할 수밖에 없었다. 따라서 60년대의 문화가 1970년대의 대중문화로 발전・확산되는 과정에서 감내해야했던 정치적 억압이 60・70년대 대중문화의 근원적 토대를 형성했다는 사실을 인지할 필요가 있다. 4월혁명으로 인해 불거진 청년들의 정치의식이 현실을 직시하고 비판하는 날것의 상태였다면, 5・16군사정권 이후 날것의 정치의식은 급격히 퇴조할 수밖에 없었다.

날것의 정치의식이 소거된 후 청년의식 속에는 자연스럽게 '문화'라

를 이어 전국적인 규모의 범국민운동체로 발족한 재건국민운동은 ① 승공민주(勝共民主) 이념의 확립 ② 내핍 생활의 여행 ③ 근면정신의 고취 ④ 생산 및 건설의식의 증진 ⑤ 국민도의의 앙양 ⑥ 정서관념의 순화 ⑦ 국민체위의 향상이라는 7대 실천요강을 그 기본목표로 내세웠다. 「변혁의 1961년—무엇이 어떻게 변했나—재건운동본부」, 『경향신문』, 1961.12.26, 1면.

33 김기석, 「무력감과 공상의 사이」, 『사상계』, 1963.3, 160면.

는 코드가 스며들게 된다. 정치의식의 소거는 청년으로 하여금 문화로 관심을 쏠리게 하였으며, 문화를 통한 간접투쟁이 전개될 가능성을 점증시키기 시작했다. 문화는 실제 현실을 간접화한다. 폭력적인 정권하에서 대중의 정치적 참여는 문화라는 우회로를 경유한다. 문화를 경유하는 순간 정치는 간접화되고 은폐된다. 지젝의 말을 빌리자면, "'문화'란 우리가 정말로 믿지는 않으면서도 실천하는 모든 것, '진지하게 생각하지' 않으면서 실천하는 모든 것을 지칭하는 이름이다."[34] 무엇보다 문화를 경유하는 순간 권력집단의 정치적 폭력으로부터 일차적으로 분리되는 동시에 청년 주체의 정치적 참여 또한 중화된다는 사실은 1960년대 정치지형 속에서 '문화'가 가지는 독특한 국면을 잘 보여준다.

게다가 1960년대 말부터 형성되기 시작한 청년들의 문화적 욕구[35]는 정치현실이 아닌 '문화' 속에서 젊음을 발산시키고자 하는 새로운 사회적 흐름을 조성해나가기 시작한다.

> 4·19가 정치집단에 수용될 수 없는 학생층에 의해 주동되었고 그것이 목표로 하는 서구적 민주주의를 토착화시킬 근대시민사회가 성숙되지 못한 60년대 초에 나타났다는 사실은 자유당 정권의 성공적인 전복에도 불구하고 그 자체의 장기적인 정치혁명으로서는 패배하지 않을 수 없다는 것을 예정시키

---

34 슬라보예 지젝, 김정아 역, 『죽은 신을 위하여』, 길, 2007, 13면.

35 1973년의 폭발적인 현상이기는 하지만, 최인호의 『별들의 고향』이 당대 최고의 흥행작이 될 수 있었던 것은 독자에 대한 계몽적 태도(혹은 정치적)에서 벗어나 독자와의 공감대를 형성할 수 있는 소통적 태도와도 무관하지 않다. 특히 최인호의 소설은 일종의 연애학 개론으로서 독자와 소통하는 문화풍속으로서의 의미를 지님으로써 폭발적인 반향을 불러 일으키게 된다. 이러한 사실은 1970년대로 진입하면서 문화적 욕구가 얼마나 비등했는지를 잘 보여준다. 이선미, 「'청년' 연애학 개론의 정치성과 최인호 소설」, 『대중서사연구』 24권, 2010.12, 106~107면.

고 있다. 그러나 어떤 혁명이든 간에 정치, 그것만에 한정될 수 없으며 문화 또는 개인의식의 변혁으로 확산하지 않을 수 없었다.

특히 四·一九의 경우 정치와 사회혁명으로서는 좌절됐다는 그 이유 때문에 순수한 학생의 정치참여는 문화적인 측면에 더욱 강하게 작용했으며 스스로를 일컫는 四·一九 세대는 물론 四·二五 교수데모에서 보듯 그들과 밀접한 기성층에게도 힘찬 자극을 부여한 것 같다. 이들 두 개의 연령집단은 이상과 현실, 당위와 실재와의 간극 속에 다같이 방황한 지식인들이며 문화의 새로운 창조가 정치에 선행돼야 한다는 것을 깨달은 엘리트들이었다.[36]

학생층에 의해 주도된 4월혁명이 장기적인 국면에서 보았을 때 결국 패배할 수밖에 없는 혁명이었고, 정치적으로 패배한 혁명이 개인의식뿐만 아니라 문화의 변혁으로 확산되지 않을 수 없다는 김병익의 지적은 1960년대를 회고하는 1970년대 초의 입장에서 충분히 제기할 수 있는 문제다. 실제로 4월혁명의 시작과 함께 개인의식의 변혁에 대한 구체적 주장들이 꾸준히 제기되어 왔고, 생활문화의 변혁을 위한 신생활운동 또한 전개되어왔다. 그러나 앞서 지적했듯이, 군사정권의 신생활운동은 4월혁명의 경제적 과업 완수를 위한 정치적 성격이 강했으므로 60년대 청년문화를 설명하는 데 있어 일정한 한계를 지닐 수밖에 없다. 역설적이지만 60년대의 청년문화는 4·19가 5·16으로 인해 좌절되는 순간부터 왜곡된 형태의 발아(發芽)를 준비하고 있었다고 볼 수 있다. 4월혁명 이후 정치적·사회적으로 좌절한 학생의 정치참여가 문화적

36 김병익, 「'4·19'와 문화」, 『동아일보』, 1970.4.18, 6면.

측면에 더욱 강하게 작용할 정치사회적 토대가 형성된 것이다. 김병익의 지적처럼, "문화의 새로운 창조가 정치에 선행"돼야 한다는 깨달음에도 불구하고, 60년대의 청년문화는 정치성이 소거된 형태로 번성할 수밖에 없었다. "이상과 현실, 당위와 실재와의 간극"이야말로 60년대 혁명세력들을 괴롭힌 자의식이지만, 결국 이들이 선택한 안식처는 '문화'의 영역이었다. 이른바 대중사회와 대중문화의 출현은 4월혁명이라는 직접적인 정치구호의 흔적을 말끔히 지워버렸으며, 이에 대한 길항작용으로서 대중문화의 탈을 쓴 정치권력자들의 대중조작을 경계해야 할 필요성이 제기되기[37]에 이르렀다. 대중조작은 문화차원에서 현상(現像)되기 마련이므로, 이에 대한 경계와 투쟁 역시 필연적으로 문화 담론의 차원에 국한될 수밖에 없었다. 결국 4월혁명의 주도세력이었던 청년 '정치'에 관한 담론은 청년 '문화'론으로 넘어가고 만다.

3. 4월혁명 이후의 청년문화론과 탈정치성

1) 청년문화론의 교양주의와 탈정치성

이어령은 1960년대 청년문화론에서 빼놓을 수 없는 비평가이다. 그

37 김경동, 「대중사회와 대중문화」, 『사상계』, 1968.5, 125면.

는 문학의 미적 자율성을 일관되게 주장한 비평가로서 60년대의 지성에 큰 영향을 주었다. 특히 『흙 속에 저 바람 속에』(현암사, 1963)를 비롯한 각종 에세이류는 1960년대의 베스트셀러 목록에 꾸준히 오르면서 청년문화의 방향이 서구적 지성과 교양을 지향하게 하는 분위기를 만드는 데 중요한 역할을 하였다. 문학에 대한 이어령의 관점은 4월혁명의 청년을 바라보는 관점과 매우 유사하다. 작가의 참여는 미적 형상화를 통한 새로운 세계의 창조를 통해서만 가능하다는 그의 주장은, 작가의 행위란 쓰는 행위로 수렴되고 현실을 재구성하는 상상력의 언어야말로 문학의 본질이라는 미적 자율성의 문학을 지향한다. 문학의 미적 자율성을 강조하는 그의 문학관은 4월혁명의 청년이 지닌 정치성을 소거함으로써 지성적・문화적 성격의 청년으로 순치시키고자 하는 욕망으로 확장된다. 이 욕망은 1968년에서 1972년 사이에 『동아일보』의 기획과 군사정권 지원 아래 전국적으로 확산된 '자유교양운동'의 목적[38]과도 공교롭게도 일치한다. 이어령의 청년문화론은 그의 문학관에서 관성적으로 뻗어 나온 것으로 볼 수도 있지만, 4월혁명 이후의 무질서를 청년의 지성과 교양으로 극복해야한다는 현실진단에서 비롯된 것으로 이해할 수 있다. 그럼에도 불구하고 4월혁명의 청년이 문화적 청년으로 순치되어가는 과정은 4월혁명의 정치성이 점차 퇴색함으로써 정치적 투쟁이 문화적 소비로 퇴행해가는 과정과 맥락을 같이 한다고 볼 수 있다.

38 천정환은 '자유교양운동'이 한국의 지적 격차의 문화 상황의 극복과 더불어 교양주의・인문주의를 지향하며, 국가주의에 대중이 결합되는 양상을 보여준다는 점을 지적한 바 있다. 천정환, 앞의 글, 286면.

물론 이어령은 4월혁명의 청년세대에 대한 긍정적인 시각을 가지고 있다. 패배와 도피 혹은 초월의 미학에만 사로잡힌 한국의 역사 속에서 4월혁명은 청년의 분노를 보여준 사건이기 때문이다. 그에 따르면 "분노는 주체성에서 생겨나"며, "그것을 수호하고" "내뻗으려고 하는 데서 생겨"난다. 따라서 영국의 '앵그리 영맨(angry youngman)'이나 '비트 제너레이션(beat generation)'은 "인간의 분노에 그 미학의 토대를 두고 있는 것"이며, 시대의 주체성을 자각한 세대로서 존재한다. 4월혁명의 청년 역시 시대적 주체성을 자각한 세대로서 역사적 의미를 지니게 된다. 4월혁명청년들의 "불의에 대한 분노는 신의 노여움"이었으므로 "그들은 속죄하듯이 죽었고, 죽음을 초월한 행동을 감행(敢行)했던 것이다."[39] 분노의 미학에 대한 예찬은, 그러나 곧 청년문화론 속에 용해되고 만다. 청년의 분노는 정치적으로 직접 발산되기보다는 문화의 형식 속에서 간접화되어야 했던 것이다. 이를 테면 이어령은 『경향신문』 연재글이었던 「오늘을 사는 세대 (39)－젊음의 조건」에서 1960년대 초반의 젊은이들을 "무엇인가 썩는 냄새가 풍기"는 "무덥고 후덥지근하고 담담하고 정체되어 있는 古家"의 상속을 거부하고 뛰쳐나오는 존재로 비유하면서 다음과 같이 말한다. "금제된 젊음을 탈환하는 용기는 지금 시작되어 가고 있다. 4월의 분노와 행동이 그것이다."[40] 그러나 이어령에게 있어서 4월혁명은 정치적인 것이 아니라 문화적인 것이다. 실제로 「오늘을 사는 세대 (39)－젊음의 조건」은 그 후에 발간된 『젊은이여 어디로 가는가』(기린원, 1996)에 그 전문이 실려 있는데, "4월의 분노와 행동이

39 이어령, 「노한 젊은 세대」, 『노한 젊은 세대』, 민예사, 1986, 59~63면.
40 이어령, 「오늘을 사는 세대 (39)－젊음의 조건」, 『경향신문』, 1963.5.23, 3면.

그것이다"라는 문장이 "4월의 분노와 행동은 단지 정치적인 것만은 아니다"[41]로 바뀌었다는 사실을 확인할 수 있다. 이어령은 4월혁명의 정치적 맥락보다는 문화적 맥락을 더 중요시했던 것이다.

언어적 표현의 중시, 일루전(illusion) 속의 리얼리티, 그리고 문화엘리트적 성향은 4월혁명청년에 대한 담론의 방향성을 능히 짐작케 한다. 4월혁명을 통해 정권을 전복하고 상징계를 파괴한 '주이상스'의 청년들은 이어령의 청년문화론 속으로 곱게 안착하고 만다. 정치성을 소거한 이어령의 문화주의적 비평 전략은 청년들의 정치성마저도 삭제함으로써 문화와 교양의 표층에 '청년'을 정위시킨다.

> 그러나 과연 해방과 더불어 '청춘문화'라는 것이 생겨났는가? 그 대답은 별로 낙관적일 수는 없다. 해방 직후의 혼돈된 사회에서 젊음은 좌우 투쟁(左右鬪爭)의 테러리스트로, 六・二五 동란 때의 전투기에는 한 병사로, 그리고 四・一九 때에는 데모 대원으로 편성되었다는 사실에 우리는 좀 더 주목할 필요가 있다.
>
> 전근대적 유교 사회에서 젊은이란 아직 성숙하지 못한 '유치한 사람(점잖지 못한 사람)'이었고, 일제 식민주의 시대에는 '후데이 센징'이었고, 해방 직후에는 '테러리스트'였고, 六・二五 동란 때는 '군인'이나 '의용병'이었고, 四・一九 때와 그 이후는 '데모' 대원이었다.[42]
>
> 벗이여!

41 이어령, 「젊음의 조건」, 『젊은이여 어디로 가는가』, 기린원, 1996, 329면.
42 이어령, 「오늘을 사는 '청춘문화'」, 『거부하는 몸짓으로 이 젊음을』, 동화출판공사, 1969, 259면.

8월 15일의 그 해방은 단순한 정치적 해방만을 의미하는 게 아니라 수천 년 동안 감금되었던 '젊음의 해방'이었다고도 할 수 있다.

벗이여. 해방 직후의 혼돈된 사회에서 젊은이는 좌우투쟁의 테러리스트로, 6·25 동란의 전투 시에는 한 병사로, 그리고 4·19때에는 데모 대원으로 편성되었다는 사실에 우리는 좀 더 주목할 필요가 있다.

그러나 벗이여. 아직도 젊은이는 젊은이로서의 독특한 사회, 기성문화와 다른 그들 독자의 문화선언을 하지 못하고 있는 것이다. '아웃·사이더'로서 조국을, 인간을, 인류를 그리고 흘러온 역사를 말하자면, 기존해 있는 모든 것에 순응하는 것이 아니라 제로의 지점에서 투시하고 비판하고 반성해 보는 무한한 가능성을 잉태한 그 진공의 문화권의 구축이 선행되어야 하는 것이다.

벗이여. 그러므로 당신도 현실에 마주 서서 직시하는 날카로운 눈으로 비판과 반성을 하여 가능성을 추구해 나가면 우리들의 청춘문화는 이뤄질 수 있는 것이다.[43]

이어령이 보기에 한국 청년은 광복직후의 "좌우투쟁의 테러리스트", 한국전쟁에 참전한 "병사", 4·19 때의 "데모 대원"으로서 문화적인 것과 거리가 멀다. 따라서 청년은 기성세대와의 결별을 통해 그들만의 "문화선언"을 할 필요가 있음을 주장한다. 그의 청년문화론은 1960년대와 1970년대에 지속되었던 정치적 투쟁을 벗어나서 독자적인 청년문화의 형성을 역설하고 있는 것이다. 그렇다면 그 청년문화란 것은 과연 그 실체가 있는가? 이어령은 "청춘문화는 성인들의 기성문화에 불순종

43 이어령, 「우리들의 청춘문화—제로의 지점에 서 있으면서……」, 『다리』, 1971.1, 159면.

을 선언한다는 데"서 그 특징을 찾고 있으며, "청춘문화는 젊은이의 욕구불만을 해소하는 사회적 안전판의 구실을 할 뿐만 아니라 의존에서 독립을, 그리고 방종에서 자기책임이라는 것을 깨닫게 되는 기회"를 제공하는 것으로 파악한다.[44] 여기서 주목할 것은 아무래도 "젊은이의 욕구불만을 해소하는 안전판의 구실"이라는 대목이다. 4월혁명 당시의 청년의 분노는 이어령에 이르러 욕구불만의 차원으로 전락하고 만다. 4월혁명 당시 이승만 정권을 전복시킨 원동력은 청년들의 분노였다. 그러나 70년대의 이어령은 청년들의 분노를 청년문화 속에서 순치시켜야 할 '욕구불만' 정도로 이해하고 있다. 청년문화는 비로소 정치성을 탈각하게 되며 사회적 안전판의 기능 정도로서 담론적으로 정위된다. 청년들은 이제 스스로의 욕구불만을 청년문화 속에서 해소하는 존재일 뿐 혁명과 전복의 기운을 양산하는 정치 주체로서의 위상을 상실하고 마는 것이다. 이어령에게 현대 청년들의 공통된 본질은 "공 속에 든 텅빈 무(無)"이며, 또한 이런 텅 빈 무(無)로 인한 공의 "반작용"으로 인해 "인간의 문명과 사회"가 "하나의 갈등과 조화를 향해 그 방향타를 돌리는 새로운 도전을 받게 된다"는 점으로 이해된다.[45] 이처럼 이어령은 청년의 분노와 저항성을 청년문화라는 완충지대를 통해 순치시키는 반혁명적 전략을 기획하고 있다고 볼 수 있다. 이어령의 청춘문화론은 4월혁명의 청년성을 체제 영합적으로 사회화하는 전략을 완수한다. 다시 말해, 4월혁명의 청년을 단순히 '데모 대원'으로 규정하고 혁명청년의 역사적 의미를 소거함으로써 '청춘문화'를 "모든 의존으로부터 해방되

44 이어령, 「우리들의 청춘문화—청춘문화란 무엇인가?」, 『다리』, 1971.2, 136~137면.
45 이어령, 앞의 글, 1971.1, 158면.

어 자기의 두 발로 일어서는 독립성의 자아의식을 워어밍업해가는 문화" 정도로 탈정치적으로 해석하고 있는 것이다.[46]

청년(청춘)문화에 대한 탈정치적 의미화 전략은 '지성'에 대한 그의 문화주의적 관점과도 무관하지 않다.

> 물론 그들은 독립운동을 했다. 저항을 했다. 그것을 과소평가하지는 않으련다.
>
> 하지만 대체 인간의 저항이, 저 이리에 덤벼드는 양떼의 그것과 같은 것일까? 인간의 참된 저항은 먼저 자기의 내부에 등불을 켜는 일이다. 자기 내부는 암흑인 채로 그냥 두고, 역전 광장에 외등만 달려고 애썼던 그들의 독립운동을 보면 지성이 무엇인지를 잘 모르고 있었던 것 같다.
>
> 오히려 지성이 모자랐기 때문에, 자의식이 없기 때문에 한 층 더 용감한 투쟁을 할 수는 있다. 회의를 모르고 자신의 갈등이 없어 단순하기 때문에 ……
>
> 그러나 그것은 승냥이의 용맹이며 사자의 투쟁이었다.
>
> 우리나라의 애국은 늘 그것이었다. 자기를 마이너스해 놓고 싸우는 일이다. 혈서적인 애국! 그러기에 자기를 희생해야만 '위대(偉大)' 자가 붙었고 '애국' 자가 붙었다.[47]

이어령은 현실참여적 지성이 가져오는 폐해를 경계한다. 그 폐해란 다름아닌 "자기 내부의 암흑"이다. 그가 말하는 진정한 저항이란, "자기의 내부에 등불을 켜는 일"이다. 한국에서 저항으로서의 용감한 투쟁은

46 이어령, 앞의 글, 1969, 261면.
47 이어령, 「지성의 등화관제」, 『세대』, 1963.6, 48면.

오히려 "자기의 내부에 등불을 켜"는 지성의 부재로 인해 가능했으며, 그것은 자기를 "마이너스해 놓고 싸우는 일"과 다르지 않다. 다시 말해, "광장의 등화를 강조하다가 '내등'을 망각"[48]한 결과가 바로 한국적 현실참여의 한계라는 것이다. 이러한 관점은 혁명 직후 발간된 『한국혁명의 방향』(중앙공론사, 1961)에 수록된 글인 「새로운 인간형의 모색」에서도 확인할 수 있는데, 이 글에서 그는 한국인을 지배하고 있는 두 가지 유형의 잠을 제시한다. 첫째, 현실도피의 은둔사상이나 기적을 믿는 의례심에서 비롯된 잠, 둘째, 현실에 집착하게 되었을 때 비롯된 잠이 그것이다. 현실도피와 기적에 침윤된 사고에서 비롯된 잠은 곧바로 이해된다고 하더라도 현실에 집착함으로써 생겨나는 잠은 어떤 것인가? 이어령은 현실에 대한 집착이 "현실에 대한 근시안적 행동"을 촉발한다는 사실을 지적한다. 현실의 집착이 오히려 현실을 바라보는 시야를 "녹슨 열쇠 구멍"처럼 좁히고 말았다는 것이다. 요컨대 그의 주장은 우리 민족의 언어는 "형이상적인 언어보다 형이하학적인 언어(감각어)가 더 발달"할 수밖에 없었다는 것이다.[49]

---

48 위의 글, 50면.

49 이어령, 「새로운 인간형의 모색」, 『한국혁명의 방향』, 중앙공론사, 1961, 107~112면. 이어령은 우리말의 형이하학적 특질의 예로서 빈곤으로 인한 식생활에의 집착에서 비롯된 미각언어의 발달을 들고 있고 형이상학적 언어의 빈곤의 근거로서 '사랑'이라는 추상어의 미분화를 들고 있지만 이러한 근거들은 그의 전형적인 비평적 수사법에서 비롯된 것이라 할 수 있다. 이러한 그의 수사법의 성급함에 대해서 조영복은 서구사대주의와 관련지어 다음과 같이 비판한 바 있다. "아주 사소하고 일상적인 어떤 상황이나 사물의 국면을 통해 문명을 진단하고 문화의 본질을 파악하는 것은 그의 재주와 박학다식함의 결과였다. 그러나 그의 논리는 일종의 결정론이 안고 있는 위험을 그대로 내장하고 있다. 단 한 가지 국면이나 관습적 차이를 통해 문명의 차이와 깊이를 결정하고자 하는 시각은 상당히 위험하다. 그는 이항 대립 체계로 동양과 서양을 내다본다. 하나와 그 대립쌍. 그것은 단일선상에서 즉각적으로 비교된다. 매개항이 존재하지 않는다." 조영복, 「수사, 동경 그리고 에세이」, 『오늘의문예비평』, 1997 겨울, 241면.

이처럼 이어령은 4월혁명 이듬해에 발간된 책자에서조차 4월혁명의 분위기와 무관하게 자신의 비평적 관점을 충실히 견지하고 있다. 4월혁명 이전부터 이어령은 작가의 역할에 대하여 "'실천적 행동'과는 달리 말하는 행동에 의하여 상황을 변전시키는 직능이며 그것으로서 새로운 현실을 불러일으키는 기(旗)와 같은 역할"[50]이라고 주장한 바 있다. 정치의 거친 직접행동이 아니라 말하는 행동, 즉 글을 통한 문화적 행동을 통한 새로운 세계의 실현이야말로 그가 주장하는 문학의 깃발(旗)이다. 그가 저항하고자 했던 대상은 부패한 독재정권이 아니라, "사소설의 '안방' 속에서 칩거하였거나 기껏 그 책임을 진다는 것이 정치적 선언문 내지는 군가(軍歌)의 영역을 벗어나지 못한, 즉 문학 그 자체를 살해한 현실참여의 '오해의 가두(街頭)'"에서의 "방황"이었다.[51] 얼핏 보기에 이어령이 문학의 예술성과 정치성을 변증하고자 했던 것으로 읽힐 수 있으나, 그는 문학의 예술성과 미적 자율성을 집요하게 주장했던 비평가였던 것이다. 그것은 내면과 정치의 변증보다 '자기 내부'의 지성의 '등불'을 밝힘으로써 문화적 세련성을 보다 고취시키는 것으로 나아간다. 4월혁명의 직접행동들은 자기 내부의 지성이 결여된 "승냥이의 용맹"이거나 "사자의 투쟁"과도 같은 야성(野性)에 지나지 않는 것이다. 목숨을 건 정치적 투쟁조차도 문화적 교양을 전제로 해야 하는 것이었다는 점에서 4월혁명 이후 비등한 정치성뿐만 아니라 4월혁명 당시의 정치성조차 이어령에게는 비판의 대상이 될 수밖에 없었다.

50 이어령, 「작가의 현실참여」, 『저항의 문학』, 경지사, 1960, 47면.
51 위의 글, 49면.

한국 가옥구조를 보면 단 10분도 자기가 자기 혼자 생각할 수 있는 장소가 없어요. 그리고 정치적인 문제도 너무나 절대적인 무엇에 압도되어 무의식적으로 자신을 검열하고 있다. 그래서 새로운 것을 한계 없이 한번 생각해 볼 수 없어요.

그러면 이와 같은 사회에서 청년문화의 특성은 무엇인가? 외관상 과격한 것이라 하더라도 전통주의와 손을 잡고 이른바 선왕(先王)의 도(道)를 따르고 선친(先親)의 도를 따르는 역사적 상고주의에 젖어 있다, 이렇게 보면 모든 것이 미래지향적이 아니고 과거지향적입니다. 그래서 기성문화를 더 세련 발전시켜 수정할 수는 있으나 발상법을 뒤엎는 혁명으로서의 청년문화는 바로 지금 어려워졌죠. 몇 가지 오식을 고칠 수는 있으나, 문법 자체를 뜯어 고치는 청년문화는 대단히 힘들겠다는 것 이게 특징이란 말입니다.

왜냐하면 4·19 때의 그것을 청년문화로 보지 않는 것은 기성인들처럼 생각하고 같은 가치관 속에서 대담하게 그 사고와 가치관을 행동으로 옮겨 정권을 뒤엎은 것이지, 기성인들의 가치관 생존양식과 근본적인 차이가 있었다고는 생각지 않는거죠. 그러니까 기성사회의 수정주의자요 기성사회라는 피아노의 조율사에 불과하다는 겁니다.[52]

이어령이 보기에 4월혁명의 청년은 기성세대와 다를 바 없는 사고유형과 가치관을 지니고 있다. 4월혁명은 기성세대와 다를 바 없는 "사고와 가치관"을 "대담하게" "행동으로 옮겨 정권을 뒤엎은 것"에 지나지 않기 때문에 4월혁명의 청년은 "기성인들의 가치관 생존양식과 근본적

52 좌담(김종빈 · 남재희 · 이어령 · 이영호), 「한국의 청년문화」, 『세대』, 1971.9, 129면.

인 차이"가 없었다고 주장한다. "청년문화가 단절을 전제로 함에도 불구하고 한국사회에는 기성(旣成)과 청년(青年) 사이에 단절"이 존재하지 않았다는 것[53]이다. 이러한 주장에는 4월혁명의 청년들에게 정치적 행동성은 있었을지라도 그것을 보완할 수 있는 내면의 지성이 부재했다는 문제의식이 깔려 있다. 한국의 가옥구조를 거론하면서 단 10분 동안이라도 자기 혼자 생각할 수 있는 공간의 부재를 통해 한국청년이 안고 있는 지성과 자의식의 부재를 계속 문제 삼고 있는 데서 잘 드러난다. 오히려 지성의 부재로 인해 더욱 과격한 투쟁을 할 수 있었다는 주장은 지성을 긍정하는 반면에 투쟁은 부정하고 있음을 보여준다. 이어령에게 4월혁명 청년은, 앞서 살펴본 것처럼, 해방 직후 "좌우투쟁의 테러리스트", 6·25동란의 "병사", 4월혁명 때의 "데모 대원"으로 부정적 인식의 대상에 불과하다. 이어령에게 중요한 것은 지성과 교양을 아우르는 문화다. 4월혁명의 청년은 직접행동의 과격한 정치성을 표출했을 뿐 깊이 있는 내면의 지성과 교양을 갖추지 못했다는 점에서 그 한계를 내재하고 있다는 것이다.

그러나 이러한 비판은 문학의 자율성, 혹은 미학적 관점을 4월혁명의 청년에게 그대로 이입한 결과이다. 문학이 언어로 이루어지는 예술활동이라는 점을 감안한다면, 4월혁명 이후의 문학이 언어의 미적 성격으로부터 완전히 벗어날 수 없다는 사실을 부분적으로 인정할 수밖에 없다. 그러나 4월혁명의 청년에게조차 기성세대와는 다른 지성과 교양을 갖출 것을 요구한 것은 미적 자율성을 청년에게까지 무리하게 대입

53 위의 글, 128면.

한 결과이다. 강력한 혁명의 세대는 지성과 교양을 넘어선다. 그람시가 날카롭게 지적했듯이 "문화적 기능이 우세"할수록 "정치적 언어"는 "은어화"되며, "정치적 문제들은 문화적 문제인 것처럼 은폐"되기 때문이다.[54] 혁명은 문화와 교양을 균열시키고 파열시킨다. 이 균열과 파열을 통해 새로운 문화가 창조될 수 있으며, 물론 이 문화는 새로운 정치체제와 길항관계거나 협력관계일 수 있다. 그람시의 주장이 비록 전체주의적 정치 상황을 전제로 하는 것이지만, 문화가 갖는 탈정치적 기능을 예리하게 통찰한 것이라고 할 수 있다. 이어령은 4월혁명의 청년을 정치적 청년이 아니라 지성적 · 문화적 청년으로 순치하고자 하는 욕망을 지니고 있으며, 이는 결과적으로 4월혁명의 청년들이 지니는 정치성을 삭제하는 것으로 귀결되었다.

4) 미적 자율성의 청년문화론에로의 전이

이어령의 문화적 교양주의와 미적 창조는 결국 "미적 자율성이라는 문제에 대한 신념"[55]과 무관하지 않다. 이 신념은 그의 비평 세계를 일관되게 관통하는 것으로 4월혁명으로 인한 문학의 정치성에 대해 비판적일 수밖에 없는 원인이 된다. 이어령은 4월혁명 이후의 문학적 상황의 심각한 문제가 "문화의 타살", 혹은 "자살"에 있다고 보고 있다. 다시 말

54 안토니오 그람시, 이상훈 역, 『그람시의 옥중수고』 1, 거름, 2006, 164면.
55 권영민, 「저항의 문학, 그리고 비평의 논리와 방법」, 김윤식 외, 『상상력의 거미줄』, 생각의 나무, 2003, 199면.

해 4월혁명 이후 자유의 상황에서 문화인들이 꽂은 깃발은 "문화 창조가 아니라 정치의 깃발"이라는 것이다. 하여 그가 되살려내야 하는 것은 "예술 본래의 창조적 생명"이다.[56] 예술 본래의 창조적 생명은 1950년대 그의 비평에서 발아한 '화전민 의식'에 근거한다. 화전민 의식은 본래 구세대 문학의 불순물[57]을 제거하는 "불의 작업"으로써 "새 세대 문학인이 항거해야 할 정신"과 "신개지(新開地)를 개간하는 창조의 혼"이다.[58] 이러한 '창조의 혼'이 1960년대에는 문학의 정치이념을 반박하는 논리로 작동한다. 4월혁명 이후의 문학이 창조성을 말살하고 참여의 이념으로 인해 경직되고 있다고 판단한 것이다.

그러나 구세대와 참여문학에 대한 그의 저항은, 구세대와 참여문학을 부정하는 자리에 서구적 교양과 문화를 이식함으로써 그 본의가 탈색되고 만다. 김현은 이어령의 비평에 대해 "서구의 불안과 한국의 불안을 동일시"함으로써 한국의 현실을 지극히 추상화했다는 비판을 한 바 있으며,[59] 임중빈 역시 그에 앞서 이어령의 관념적 서구취향을 다음과 같이 비판한 바 있다. "가령 '작가의 현실참여'에서 그가 주장하고 있는 앙가쥐망의 논리는 적어도 우리 현실에 맞는 오늘의 얘기는 아니다. 지나간 시절에 프랑스 문단에서 한창 논의되던 그런 낡은 이론의 재탕에 불과하다."[60] 이러한 비판은 현재까지 유지되고 있다.[61]

---

56 이어령, 「누가 그 조종(弔鐘)을 울리는가」, 『조선일보』, 1968.2.20.

57 실제로 그는 선배 문인들을 실명 비판한 바 있는데, 그의 데뷔작이라 볼 수 있는 「우상의 파괴」(『한국일보』, 1956.5.6)에서 김동리를 미몽(迷夢)의 우상, 조향을 사기사(詐欺師)의 우상, 이무영을 우매(愚昧)의 우상, 최일수를 영아(嬰兒)의 우상이라고 비판한 바 있다.

58 이어령, 「화전민 지역」, 『경향신문』, 1957.1.11~12; 이어령, 『저항의 문학』, 경지사, 1960, 9~10면.

59 김현, 「한국 비평의 가능성」, 『68문학』, 한명문화사, 1969, 148면.

60 임중빈, 「막연한 지식의 곡예」, 『올 다이제스트』, 1964.10; 임중빈, 『부정의 문학』, 한얼문고,

결과적으로 이어령의 문화주의적 욕망은 4월혁명의 정치성을 거세하고자 했다고 볼 수 있다. 1969년에 발표한 「환각의 다리」는 4월혁명을 소재로 하고 있음에도 불구하고 4월혁명의 정치성과는 그 방향을 달리한다. "실재하지 않는 환각의 다리처럼 의식되는 상황을 복합적인 목소리"로 4월혁명을 그려냄으로써 사랑과 조국 사이에서 "주저 없이 조국, 정치 이념 쪽을 위해 사랑하는 사람을 버리라고 문책"한 스탕달의 이자택일을 거부한다. 스탕달에게 있어 "사랑의 논리보다는 정치의 논리, 개인보다는 집단의 논리가 우선"적이지만, 이어령에게 있어 "정치적 이념과 사랑의 욕망"은 "오훈채(五葷菜)의 나물 요리처럼 뒤얽혀져 융합"된 상태인 것이다. 게다가 이어령은 「환각의 다리」를 통해 "누구도 시도한 일이 없는 소설양식을 만들어 낸 데 차별성을 두려" 했고 스탕달의 단편소설 「바니나 바니니」를 패스티쉬한 작품이라는 데 보다 큰 의미를 부여했다. 이는 "지금까지 써 온 내 소설은 소설 기법과 양식의 발견 또는 창조를 위해 쓰여진 격투기라고 할 수 있다"는 최근의 고백으로 귀결된다.[62]

그러나 무엇보다 중요한 점은 이어령이 문학과 정치의 영역을 철저

1972, 401면.

61 조영복은 "고전주의, 휴머니즘, 서구 지성사를 꿰뚫는 그(이어령－인용자)의 사유의 지향점의 근원은 바로 희랍적인 것에 있었고 그는 이를 보편적 지성이라 생각했다"는 점을 지적하면서, "그에게 현실은 희랍신화나 고전주의 정신에서 오지 현실 그것으로부터 오지 않는다"는 점을 비판한다. 박훈하 역시 이어령의 비평이 "서구적 보편성에로만 수렴될 때, 이는 영락없이 우리 것에 대한 폄하와 자기비하로 이어진다는 점"을 지적하며, 바로 이 점이 "서구적 교양주의로 무장한 이 시대의 최고의 비극"이며, 이 비극의 한 선도자로서 이어령을 지목하고 있다. 조영복, 앞의 글, 238～245면; 박훈하, 「서구적 교양주의의 탄생과 몰락－이어령론」, 『오늘의 문예비평』, 1997 겨울, 260면.

62 이어령 · 김용희, 「환각의 서사를 찾아서, 미래의 문학을 찾아서」, 『작가세계』, 2011 겨울, 100～109면.

히 구분하긴 했으나 정치적 정의에 전혀 무감하지 않았다는 사실이다. 이어령은 4월혁명 이후의 정치적 청년들을 문화적으로 순치시키는 데에 관심이 있었음에도 불구하고 참여문학에 대한 정치적 탄압에 대해서도 날선 목소리를 내기도 했다. 예컨대 이어령은 남정현의 분지 사건(1967.2)과 한승헌 변호사의 필화사건(1974.4)에 대한 변론 증인을 맡았던 것이다. 남정현과 한승헌의 필화사건에 대하여 변호인 측 증인으로 출석한 것은 진보성향의 문인이 아니라 이어령이었다는 사실은 많은 것을 시사해준다. 이어령은 반공법 위반사건에 대한 두려운 증언[63]의 자리에 나선 것에 대해서 "문학 밖의 일"이었다고 고백한 바 있다. "어떤 문학이냐가 아니라 문학 그 자체를 지키기 위해서", "어떤 자유냐가 아니라 자유 그 자체를 지키기 위해서 법정에 나가 투쟁"한 것이며, "그런 것은 문학의 본질적 행위와 다른 것"으로 "내 글쓰기의 관심 밖 일"이었다고 말한다.[64] 진보성향의 참여문인들이 나서기를 꺼려하는 자리에 이어령이 나선 것은 당시 매우 충격적인 일로 받아들여진다.[65] 그럼에도 불구하고 이어령은 그 일을 단지 "생활인으로서 한 일"에 불과하며

63 이어령은 강창래와의 대담에서 변론 증인에 나섰을 당시의 심정을 다음과 같이 고백한다. "군부 독재의 서슬이 시퍼렇던 시절인데 나라고 무섭지 않았겠냐? 말 한마디 잘못하면 법정 구속 되어 버리던 때라는 걸 자네도 잘 알지 않나. 더군다나 두 사건 모두 그 무서운 '반공법 위반'이었어요. 그러니 다들 증언대에 서기를 꺼렸지. 소리 높여 참여를 외치던 소위 진보 진용 사람들이 모두 꽁무니를 빼니까 결국 내가 나설 수밖에 없었지." 이어령 · 강창래, 『유쾌한 창조』, 알마, 2010, 197면.

64 위의 책, 198면.

65 이어령이 당시 법정의 증인으로 선 것은 매우 역설적이다. 그것이 가능했던 것은 그 스스로 고백하고 있듯이 그간 자신이 주장해왔던 문학관의 사상적 배경이 그러한 증언을 가능하게 했기 때문이다. 당시의 검사가 "증인은 반공의식이 약해서 이처럼 증언하는 것 아닌가."에 대한 사상적 공격에 이어령이 "나의 저술과 나를 비평하는 글들이 그 점에 대한 증거가 될 줄 믿는다"고 말한 데서도 잘 드러난다. 남정현, 「소설 '분지' 필화 사건」, 『한승헌변호사 변론사건 실록』 1, 범우사, 2006, 121면.

"문학의 본질적 행위"와는 무관한 것임을 강조하고 있다. 다시 말해 법정에서의 증언이 작가로서의 행위가 아니라 생활인으로서의 행위였다는 것이다. 이는 "작가란 결국 실천적 행동이 아니라 언어 그것을 선택한 사람"[66]이며, "'실천적 행동'과는 달리 말하는 행동에 의하여 상황을 변전시키는 직능"으로 "그것으로 새로운 현실을 불러일으키는 기(旗)와 같은 역할"을 하는 것[67]이라는 주장에서 한 치도 벗어나 있지 않다. 이어령은 '작품 / 현실', '작가 / 생활인'을 이분법적으로 철저히 분리함으로써 문학의 미적 자율성을 고수하고 있는 것이다. 다시 말해 그의 법정 증언은 문학 행위의 연장선상에서 이루어진 것이 아니라 정권의 탄압에 의해 함부로 다루어지고 있는 "글의 질서를 만들어내는 수사법과 문법"을 지키기 위해 행해졌다.[68] 따라서 문학적 참여행위로 보일지도 모를 그의 법정 증언은 그의 문학관을 변화시킬 수 있는 근거로 작동할 수 없으며, 다만 문학 행위로부터 정치 행위를 철저히 분리시키고 있는 그의 입장을 확인할 수 있는 뚜렷한 근거를 제공한다.

그렇다면 이어령이 4월혁명의 청년에 대한 해석 관점을 정치적 맥락에서 지성적 · 문화적 맥락으로 이동시킨 것은 어떻게 이해해야 할까? 이어령은 1960년대의 청년을 정치적 폭력과 과격함으로부터 이격시킴으로써 청년성에 지성적 · 문화적 자율성을 부여하고자 하는 욕망을 지녔던 것은 아닐까? 이런 해석이 가능한 것은 문학의 미적 자율성을 지키고자 했던 이어령 비평의 근저에는 서구의 보편적 지성과 교양에

66 이어령, 「현대작가의 책임」, 앞의 책, 1960, 58면.
67 이어령, 「작가의 현실참여」, 앞의 책, 1960, 47면.
68 이어령 · 강창래, 앞의 책, 206면.

대한 열망이 자리 잡고 있기 때문이다. 이어령이 판단하기에 4월혁명의 청년에게 무엇보다 결핍된 것은 서구의 보편적 지성과 교양이자 문화였다. 그러나 정치적 격랑 속으로 청년들이 빨려 들어가는 순간 60년대의 청년들은 또다시 지성과 교양을 결여한 "테러리스트"나 "병사", 혹은 "데모 대원"에서 벗어날 길이 없다고 판단한 것이다. 지성과 교양을 결여했다는 점에서 4월혁명의 청년은 기성세대와는 전혀 다를 바 없다. 기성세대와 4월혁명 청년을 바라보는 기준이 정치적 직접행동의 유무(有無)가 아니라 문화적 지성과 교양의 유무였다는 사실은 이어령의 비평적 사유가 무엇을 목적으로 하고 있는지를 뚜렷하게 보여준다. 이어령은 문학의 미적 자율성을 강조한 것처럼, 4월혁명의 청년에게도 지성적·교양적 자율성을 덧입히고자 했던 것이다. 물론 이때의 자율성이란 탈정치성과 등가를 이룬다.

4월혁명의 청년에 대한 이어령의 비평적 사유는 1960년대 청년문화론의 한 축을 형성한다. 이어령은 4월혁명 이후 청년의 정치성을 소거하고 문화적 지성과 교양을 덧씌우는 방향으로 나아갔으며, 이는 그의 비평적 사유와도 밀접한 관련을 지닌다. 주목해야할 것은 문학이 언어적 가상이라는 점에서 현실과 분리되는 자율성을 지닐 수밖에 없는 반면에 청년의 경우 4월혁명으로부터 그 존재가 출현했던 까닭에 정치와 분리된 자율적 존재로 존재하기가 어렵다는 사실이다. 그럼에도 불구하고 4월혁명 이후의 청년을 청년문화 혹은 청춘문화 속에 순치시키고 있다는 사실은 서구의 보편적 지성과 교양을 중시하는 비평적 사유의 관성을 보여주는 것이다. 이어령의 이러한 비평적 사유가 대중적으로 널리 반향을 불러일으킬 수 있었던 것은 이어령의 청년(청춘)문화론이

60년대에 확장된 대중문화와 차별화된 비판적 거점으로 작용할 수 있었으며, 군부정권의 '자유교양운동'에 정확히 부합하는 내용이라는 점에서 정치적 긴장 없이 소비될 수 있었기 때문이다. 이어령의 청년문화론은 서구의 보편적 지성과 교양을 지향하는 과정에서 현실성과 정치성이 소거됨으로써 자연스럽게 정치적 이념의 불편한 긴장성을 제거한 교양과 문화의 고급한 자리를 차지할 수 있었던 것이다.

4. 청년문화의 전락(顚落)과 정치성의 복구

1) 문화의 "악세사리"화와 청년문화의 전락(顚落)

1960년대 한국사회의 특징이 매스미디어의 발달과 지식의 보편적 보급으로 인한 대중사회의 형성임에도 불구하고, 이념지향적이고 체제비판적인 지식인들은 정치적 발언에 있어서 보다 많이 위축될 수밖에 없었으며 그들의 체제비판성이 거세되거나 중성화되는 운명을 마주해야만 했다. 따라서 "지식인이 적극적이고 건설적인 비판적 자세를 가져야 할 대상은 바로 대중문화"이며, "지식인은 대중과 그 문화의 정체에 대해 감시의 눈을 게을리 할 수 없을 것"이라는 주장[69]의 도출은 필연적

69 여석기, 「대중문화와 지식인」, 『사상계』, 1966.4, 41면.

이다. 결론적으로 말하자면 대중과 문화에 대한 비판적 성찰은 정치 자체에 대한 비판적 태도가 간접화된 형태로 나타난 것이다. 정치에 대한 직접적인 비판이 불가능함에 따라 대중이 대중문화에 포섭된 우중(愚衆)으로 전락해가는 것을 막는 것이 지식인의 가장 큰 사명으로 출현하게 된 것이다.[70]

그러나 4월혁명 이후의 대중은 장기간의 체제불안정으로 인한 피로도가 극에 달했던 상태였으며, 무엇보다 중요한 것은 지식인이든 대중이든 "'안락'이라는 생활이상"[71]을 추구하고 있었다는 사실이다. 바로 이때 지식인과 대중이 탐닉하게 되는 것이 '문화'이다. 1960년대 지식인들이 일종의 우중화 전략인 대중문화를 비판하면서 체제비판에서 '문화' 창조의 논리로 나아갈 수밖에 없었던 요인이 여기에 있다. 그러나 대중문화의 파고 속에서 지식인은 내적인 균열을 겪게 되는데, 문화에 대한 통렬한 비판적 관점을 취했음에도 불구하고 "실제주의와 교양주의로 최소한의 옷을 차려입은 지식인"으로서 "자기 자신을 소모"[72]하는 경우가 대부분이었기 때문이다. 따라서 지식인들은 대중으로부터 인정을 받지 못하고 심지어 비웃음, 혹은 소외의 대상이 되고 마는 상황을 여전히 극복하지 못한다. 1960년대에 급성장한 매스・커뮤니케이션은 80%

---

70 이는 일제치하 지식인들의 문화주의적 성향과도 관련되는데, 홍사중은 이에 대해서 다음과 같이 말한다. "아시아, 특히 한국에 있어서는 외국의 지배에 대한 저항의 과정을 통하여 비로소 민족적 자각이나 의식을 높였으며 민족적 통일이 이루어졌던 것이다. 그리고 자본주의 발달이 극도로 뒤늦었기 때문에 민족자본이나 서구에서처럼 자본가계급이 민족운동의 중추적 역할을 할 수가 없었고 그 대신 지식인들이 그 선봉에 서게 되었던 것이다. 따라서 당초부터 이들이 현실성을 띠우지 못하고 문화적인 성격을 지니게 된 것도 당연한 노릇이었고, 일제의 압력이 가중하여 갈수록 더욱 관념적이며 소극적인 데로 흐르기 마련이었고, 현실관조의 영향을 띠우게 되었다." 홍사중, 「지식인의 의상 (上)」, 『현대문학』, 1962.2, 216면.

71 정창범, 「현대와 반역정신－대중・지식인」, 『현대문학』, 1960.11, 264면.

72 임방현, 「지식인의 사명」, 『사상계』, 1964.10, 48면.

이상을 오락물로 채워 넣고 있었고 지식인은 인쇄 매체의 통제로 인해 대중과의 소통에 많은 제약을 안고 있었다. 지식인은 대중의식으로부터 소외되어 있었고 정치적 발언마저 차단당한 상황 속에서 지식인으로서의 힘을 상실하고 말았다.[73]

무엇보다 1960년대 대중문화의 형성에서 문화적 주체성에 대한 자각은 중요한 변인으로 작용한다. 국민 대다수의 반대에도 불구하고 강행한 한일협정(1965.6.22)은 점진적으로 왜색문화에 대한 우려를 촉발시켰으며 한국문화에 대한 위기의식을 고조시켰다. 식민지 경험으로 인한 왜색문화에 대한 우려는 문화적 주체의식과 무관하지 않다. 특히 60년대 한국문화는 미국문화와 일본문화의 틈바구니에서 자생적 문화를 창조해낼 역량이 전무한 상태로 인식되고 있었으므로 문화적 주체성에 대한 지식인의 우려는 당연했다.[74] 문화적 주체성에 대한 집중적인 관심은 4·19혁명 이후에 눈뜬 민족적 자각에 힘입은 바 크다. 해방 이후 4·19혁명 이전까지 국적불명의 '지아이문화'[75]가 성행했던 사실에 견줘볼 때 4·19혁명은 "필연적으로 민족자각, 민족적 주체성과 결부"된 것으로 평가할 수 있다. 더 나아가 "四·一九 이후부터는 십여 년간의 자기상실적인 국제문화흡수나 이데올로기 문제를 비판하고 지식인에

73 김철순, 「소외된 지식인과 대중」, 『청맥』, 1966.3 참조.

74 이에 대한 대표적인 글로는 이숭녕의 「'일본적'과 '미국적'—해방 20년의 문화적 주체의식의 반성」(『사상계』, 1964.6)이 있다.

75 지아이문화는 'Government Issue culture(GI culture)'에서 온 말로 한국 전쟁 이후 미국문화의 절대적 영향하에 있었던 1950년대 한국의 무국적 문화를 꼬집는 말이다. 해방 이후 미군이 주둔하면서부터 주한미군은 미국의 대중문화를 전파하는 하나의 매개체로 기능하였는데, 이들에게서 수입된 대중문화는 엄밀히 말해 전형적인 미국의 대중문화라기보다는 이보다 훨씬 질이 낮은 이른바 '양키문화'였으며, 이를 'GI문화'라고 불렀다. 「주한미군—퇴폐 부채질하는 'GI문화'」, 『동아일보』, 1989.6, 15면.

대한 제약에 항거"(신일철)하는 경향이 강화되었다고 할 수 있다.[76] 그리고 국가의 문화정책이 지배계급의 이익이 보장되는 범위에서 수립되고 문화정책의 수행에 있어서도 그들이 장악하고 있는 매스미디어를 최대한 활용한다는 점을 고려했을 때, 민주주의를 억압하면서 경제개발에 박차를 가했던 5·16군사정권이 외세와의 권력관계 속에서 소비문화와 모방문화를 조장하는 것은 당연한 전략이었다.[77] 특히 텔레비전의 보급은 대중문화를 급속도로 확산시켰으며 이에 대한 지식인들의 거부반응은 극에 달했다. 텔레비전은 "매력적인 괴물"로 인식되기도 했으며, 텔레비전에 대한 비판에서 수용으로 돌아서고만 이들을 "변절자", "배신자", "패배자"라고 규정하기도 하였다.[78] 한국뿐만 아니라 캐나다, 미국, 일본에서도 텔레비전에 대한 해외 지식인들의 초기 반응은 상당히 부정적이었는데, 이는 텔레비전이 지니고 있는 오락성과 상업성에 대한 거부감의 표출이라 볼 수 있다. 특히 방송의 상업성은 5·16군사쿠데타 이후 강화되어왔고[79] 한국의 문화적 주체성이 정립되지 않은 상황에서 텔레비전의 오락성과 상업성은 다른 나라에 비해서 매우 우려스러운 상황으로 인식되기에 충분했다.

대중문화의 오락성과 상업성에 대한 거부와 문화적 주체성에 대한 자각은 여기서 기묘한 화학작용을 일으킨다. 오락성과 상업성이 문제가 되었던 까닭이 정치적 관심의 희석화에 있었음에도 불구하고, 여기

76 방담(고영복·송건호·송욱·신일철), 「생활문화 없는 한국－문화적 현실과 정치적 현실」, 『사상계』, 1965.5, 197면.

77 김영모, 「한국문화와 권력구조」, 『사상계』, 1968.5 참조.

78 오화섭, 「Audio-Visual 문화－시청각 문화론」, 『사상계』, 1966.8, 126면.

79 이성희, 「방송은 권력을 좋아한다」, 『사상계』, 1968.5 참조.

에 문화적 주체성의 문제가 결합됨으로써 군사정권에 대한 체제 비판이 전반적으로 문화적 비판으로 흘러갈 수밖에 없었던 것이다. 다시 말해 군사정권의 강력한 통치 체제 아래 정치적 문제들이 문화적 문제인 것처럼 은폐되는 효과가 발휘되었다. 결과적으로 문화는 정치적 사유를 거세하고 대중의 오락성을 강화하는 기능을 수행한다. 송욱 교수가 "문화라는 특징은 사고방식을 정지"[80]하는 데 있다고 한 지적은 문화의 이러한 오락성을 의식한 발언이라 할 수 있다. 홍사중은 오락성의 문화를 "악세사리"로 표현한다. 그가 보기에 문화가 "악세사리"로 전락한 원인은 크게 세 가지 정도가 존재한다. 첫 번째는 서구문화의 이식으로 인한 한국문화의 타율성 문제이며 두 번째는 전통적 문화의 미확립이다. 그리고 세 번째 원인을 다음과 같이 진술한다.

> 셋째로는 문화의 추진자로서의 지식인 자체가 사회적으로 하나의 악세사리 계급이 되어 왔다는 사실이다. 여기에는 물론 우리나라 사회와 지식인의 책임이 각각 반반 씩 들어 있다는 것을 아무도 부정하지는 못한다.[81]

지식인은 이제 정치적 비판자가 아니라 하나의 문화적 액세서리 계급으로 전락하고 말았음을 홍사중은 지적한다. 그리고 그렇게 된 원인으로서 지식인의 책임과 더불어 사회의 책임을 동시에 지적하고 있다. '사회'의 책임이라고 하면 군사정권 이후의 폭력적인 정치 통제와도 무관하지 않을 것이다. 1960년대는 분명히 사회적 고통이 점증하던 시기

80 방담(고영복, 송건호, 송욱, 신일철), 앞의 글, 210면.
81 홍사중, 「악세사리 문화면(文化面)」, 『사상계』, 1962.7, 199면.

였다. 사회적 고통의 점증은 '분노자본'을 축적한다. '분노자본'이 역사적 흐름을 거스르고 전복시킬 수 있는 임계점에 이르게 될 때 혁명의 순간이 다시 도래한다. 이에 대한 적극적 대응으로 박정희 군사정권은 지식인의 배제와 흡수라는 차별화 전략을 통해 지식인 집단의 담론 분열을 이끌어내었으며, 지식인들이 대중과 연대하지 못하도록 우중(愚衆) 정치를 실현시켜나갔다. 대중의 관심은 정치에서 문화로 서서히 이동하기 시작했다. 언론장악에 따른 문화의 "악세사리"화는 대중들의 건전한 비판정신을 마비시킴으로써 사회적 고통에 대해 무감하도록 만드는 데 기여했다. 고통의 '무감각'은 사회의 진정화를 가져온다. 모리오카 마사히로는 푸코의 관점에서 현대문명사회의 무통전략을 사유한 바 있다.[82] 고통의 통제를 통해 대중을 통치하는 전략은 60년대 문화정치학에 그대로 적용된다. 문화의 액세서리는 진통제의 역할을 하기에 충분했던 것이다.

이것은 발전론에 기반한 근대산업의 성장과 무관하지 않다. 혁명에 대한 열정은 서서히 자본에 대한 열정으로 옮아가기 시작했기 때문이다. 4월혁명은 1960년대의 현실 속에 더 이상 남아있지 않았으며, 지리멸렬해가는 지식인들의 기억 속에, 그리고 과거의 역사 속에 남아있을 뿐이었다. 4월혁명 이후의 거대한 결핍의 공간은 근대산업의 성장으로 인한 자본에의 열망과 오락문화가 점령하기 시작했으며, 궁극적으로 허영을 자극하는 소비문화가 대체하기 시작한다. 영화, 텔레비전, 라디오와 같은 시청각 문화는 '지식의 시청각화와 감각화'[83]를 추구한다. 4월혁명

82 모리오카 마사히로, 조성윤 역, 『무통문명』, 모멘토, 2005 참조.
83 송건호, 「한국지식인의 의식상황」, 『세대』, 1968.12, 76~77면 참조.

의 빈자리는 결국 정치의식을 마비시키는 향락소비문화로 가득 채워지게 된 것이다. 이와 동시에 학생들의 정치운동은 청년문화로의 이행을 드러내기 시작한다. 이것은 직접적인 정치투쟁으로 인한 사회적 피로감에서 발생하는 변화라고 볼 수도 있고, 직접적인 정치 투쟁이 아니라 '문화'라는 우회로를 선택할 수밖에 없게 하는 정치 탄압에서 비롯된 것으로 볼 수도 있다. 문제는 청년문화가 정치성을 삭제하고 사회의식을 마비시키는 방향으로 나아가기도 했다는 사실이다. 이러한 청년문화는 '용어만 유행되는 청년문화'로서 비판의 대상이 될 수밖에 없다. 정치성을 배제한 청년문화는 민태원의 '청년은 국가의 초석이며 이상'(「청춘예찬」) 따위의 근대 초기의 체제 내적인 청년 담론의 재생산에 머물거나 오락문화의 유흥적인 청년문화로 전락할 가능성이 크기 때문이다.[84]

실제로 청년문화는 1960년대부터 1970년대에 이르기까지 정치성에서 탈정치성으로 나아가는 과정을 보여준다. 특히 군사정권이 공화당 정권으로 변신한 1964년의 담론 지형은 매우 중요한데, 1964년은 지식인 사회에서 이념의 분화가 뚜렷해지는 시기이며, 한일회담 반대 국면과 이를 전후해 시작된 성장주의 정책에 대해 지식인들의 체제영합과 저항의 구도가 분명해지는 시기이기 때문이다.[85] 4월혁명 이후 대량으로 생산되었던 대학생 및 청년 담론 역시 지식인 담론과 더불어 이 시기

84 김종빈 · 남재희 · 이어령 · 이영호, 「좌담 — 한국의 청년문화」, 『세대』, 1971.9, 130~131면.
85 김건우, 「1964년의 담론 지형」, 『대중서사연구』 제22호, 2009, 73면. 이에 덧붙여 김건우는 다음과 같이 말한다. "사실 1964년은 지식 담론 지형의 전반적 변화가 일어나던 해였다. 『사상계』가 변화하고 있었고, 진보적 민족주의에 입각한 『청맥』이 창간되어 지식사회에 파급력을 가지기 시작했다. 이 시기 『사상계』와 『청맥』을 살펴보는 것은 전체 담론 지형을 이해하는 데 중요한 의미를 가진다. 이 두 매체가 박정희 정권의 반공주의에 대항하는 저항 담론 생산의 핵심축이었기 때문이다."

부터 분열하고 분화하는 과정을 거치기 시작했다는 점을 주목할 필요가 있다. 특히 군사정권이 민간정부로 변신한 1964년 이후에도 강력한 반공이데올로기 체제가 지속됨에 따라 통일주의를 한 축으로 했던 4월혁명의 정신성이 급격히 퇴조할 수밖에 없었으며, 4월혁명의 실천성과 행동성 또한 억압되기 시작했기 때문이다. 그 결과 60년대 말의 청년들은 공공심(公共心)이 매우 많았음에도 불구하고 학생시위나 데모와 같은 공적인 행동에 있어서 주동적인 역할을 할 정도의 열성은 대부분 억압되게 된다. 일부 대학생들의 가두시위 행렬을 바라보는 학생들의 좌절감은 자괴감으로 귀결되었으며, 이는 60년대 대다수 청년들의 심리적 구조를 정확히 암시하고 있다.[86]

2) 4월혁명의 반복강박과 청년문화의 정치성

청년문화라는 용어가 자연스럽게 등장하게 된 것은 1960년대와 1970년대의 교차지점에서이다. 앞서 밝혔듯이, 김병익은 '청년문화'라는 용어의 발생을 1969년으로 상정한다. 실제로 60년대 매체에서 '청년문화'는 극히 드문 용어라고 할 수 있다. 그럼에도 불구하고 60년대의 청년문화를 논의할 수 없는 것은 아니다. 장 보드리야르의 말을 빌려 말하자면, 하나의 개념은 "명명되기 직전에, 가장 치열하게 존재한다."[87] 청년

86 공공의 문제에 대하여 침묵을 지키는 것이 현명하다고 생각하는가라는 질문에 대하여 61.8%가 아니오라는 대답을 한 통계를 볼 때 학생들의 정치적 의식은 여전히 높은 편이었지만, 군사정권의 등장 이후 직접행동에 대한 부담은 상당히 고조되었다고 볼 수 있다. 오병헌, 「한국에 있어서의 대학생과 정치」, 『세대』, 1969.4, 85면 참조.

문화라는 개념이 탄생하기까지의 그 도저한 심층의 치열한 과정을 생각한다면, 청년문화는 4월혁명 이후 청년들의 급격한 변화와도 무관하지 않다. 문제는 '청년문화'라는 개념이 지닌 분열 양상이다. 대중문화의 영향 속에서 단순히 서구의 낭만적 청년문화를 흉내냄으로써 블루진, 통바지, 팝송 등의 문물로 환원되고 마는 청년문화[88]가 현실태라면, 정치적 행동을 감행하는 학생운동으로서의 청년문화는 60년대의 청년들이 궁극적으로 지향해야 할 잠재태이다. 60년대의 정치 청년들이 70년대를 바로 앞에 두고 문화적 청년으로 순치되어가는 동안 청년 및 대학생에 대한 비판적 성찰이 진행되기 시작했던 것은 청년문화의 정치적 거세 때문이다. 청년문화의 탈정치적 현실태에 대한 지식인들의 경계와 비판은 주로 대학과 대학생의 본분에 대한 근본적 성찰에 관련된다. 대학생 청년들의 행동성과 정치성을 강조한 글들이 쏟아지기 시작하면서 심지어 학생들의 데모를 정당화하고 그 가치를 옹호하는 글마저 출현한다.

> '데모'란 것은 학생들의 사회 참여의식의 표현이어서 그것은 교육자나 피교육자를 막론하고 본질적인 교육 방법에 속하는 것이며 진정한 교육 효과를 거둘 수 있는 길인 것이다. 학생들이 어떤 사회적 사건에 관심을 표명하고 그 의견의 효능화를 위하여 스스로 그 몸을 던져 참여할 때 그것이 소위 '데모'라

87 장 보드리야르, 하태환 역, 『사라짐에 대하여』, 민음사, 2012, 17면.

88 한완상은 한국의 청년문화는 서구의 것을 모방한 것에 지나지 않는다고 비판한다. 한국의 청년들은 블루진과 팝송에 더 열광함에 따라 청년문화가 지닌 반문화성(counter culture)을 잃어버리고 사회역사의식과 현실비판의식을 상실하고 말았다는 것이다. 한완상, 「청년문화의 특성과 그 윤리적 기반」, 『신학사상』, 5호, 1974, 296면.

는 형식으로 나타나는 것이며, 그 학생들은 그렇게 함으로써 자신의 사회화 과정을 촉진시키는 것이다.[89]

청년의 '데모'에 대한 담론적 관심은 청년문화가 결여하고 있는 정치성을 회복하고자 하는 의도를 함축한다. '데모'라는 강렬한 정치성의 부각은 당시의 청년문화가 무엇을 결여하고 있는지를 잘 보여준다. 이것은 또한 4월혁명 이후로 청년의 정치성이 '문화적'으로 우회되고 간접화되고 있다는 진단을 강화한다. 그럼에도 불구하고 4월혁명은 1970년대 공적 담론에서 반복강박의 형태로 자주 나타난다. 특히 김주열의 사진은 1960~70년대의 4월마다 각종 매체에 등장한다.[90] 이는 일종의 반복강박이라 할 수 있다. 미완의 혁명으로서 4월혁명은 "혁명의 '문턱' 안에서 주저앉는"[91] 상황을 지속적으로 연출해왔으며, 이는 혁명의 정치성이 문화적으로 순치되고 있는 상황과 무관하지 않은 것이다. 실제로 청년문화는 서구의 청년문화를 받아들이는 과정에서 생활 스타일의 측면에 집중하고 기성세대와의 문화적 차별화를 실현하는 것에 치중함으로써 세대론적 만족감을 취하고자 하는 경향을 보이고 있었다. 이

89 김재준, 「학생세대에 거는 민족의 이상」, 『창조』, 1972.3, 70면.

90 김승현은 4월혁명의 시작은 김주열의 사진에서 비롯되었다고 단언했으며, 권명아 역시 김주열의 사진이 주는 죽음의 이미지가 오랫동안 한국 사회를 지배했음을 주목한다. 김승현, 「신문사진에 나타난 인본주의적 가치-4·19혁명 보도사진을 중심으로」, 『커뮤니케이션 과학』 제17호, 2000.8, 43~44면; 권명아, 「죽음과의 입맞춤」, 『4·19와 모더니티』, 문학과지성, 2010, 224~225면.

91 이명원, 「청년혁명사의 계보학-'동학'에서 '촛불'까지」, 『문화과학』, 2011 여름, 87면. 이명원은 같은 글에서 한국의 혁명을 '비등혁명'으로 규정한다. 완전한 폭발에는 이르지 못했으나, 예측할 수 없는 상황에서 대단히 격렬하게 끓어오르고 또 지속된다는 점에 그 특징이 있다. 비등점에 도달했음에도 불구하고 폭발하지 못하는 상황은 한국적 혁명의 이중성을 보여주는 것이다. 같은 글, 73면.

에 대한 반작용으로서 정치성을 추동하는 청년문화의 잠재태가 현실화되어야 한다는 비평 담론이 작동하기 시작한 것이다.

그 대표적인 예가 임중빈이다. 임중빈은 '문화'가 지닌 정치성의 결여라는 한계를 분명하게 파악하고 있었다. 무엇보다 그가 보기에 한국문화는 퇴폐적인 것으로, 특히 '주간지 문화'는 "위정당국의 정책적인 배려" 아래 "선량한 대중을 혼수상태에 빠뜨리기에 그 맹위를 떨"치는 것에 지나지 않았다.[92] 또한 상업문화의 극치로서 TV와 라디오의 '전파문화'를 지목하고, 특히 "TV의 오락프로가 강요하는 웃음의 무드는 말세적이요 한심천만"이라고 비판하기도 했다.[93] 그에게 대중문화는 상품문화 혹은 소비재 문화로서 민중을 소외시키는 오락산업의 부산물에 지나지 않는다. "작품에만 참여하자는 식의 팔자 좋은 참여문학"을 경멸할 정도로 작가의 직접행동을 강조했던 그는 대중문화에 포획된 청년문화에 정치적 행동성을 기입하고자 했다.[94] 그가 주목한 청년문화의 잠재태는 바로 '문화운동'으로서의 '학생운동'이다.

젊은 그들은 이러한 활동을 문화행위로 쉬지 않고 전개해 나감으로써만이 실로 지도적 前衛로 평가받게 된다는 것을 잊지 말아야 한다. 그리하여 우리의 학생운동은 새로운 문화운동으로 그 차원을 달리해야 하는 바, 부패하는 세대를 이해는 할망정 용납해서는 안 되며, 전근대적인 낡은 요소의 완전한

92 임중빈, 「청년문화의 적신호—71년도 문화계의 득과 실」, 『기러기』, 1971.12(임중빈, 『부정의 문학』, 한얼문고, 1972, 393~394면에서 재인용).

93 임중빈, 「정신 문화공해의 퇴치」, 『새가정』, 1972.6, 34면.

94 임중빈, 「변경지대의 발돋움—70년도 문화총평」, 『기러기』, 1970.11(임중빈, 앞의 책, 1972, 382~385면에서 재인용).

청산과 민족 복지사회의 이념을 확립하는 방향으로 학생운동의 진로를 스스로 개척하는 십자군이 될 수 있어야 한다. 요컨대 학생운동의 유일한 스승은 우리의 절박한 현실상황이다.[95]

필화사건에 휘말리게 되는 단초를 제공한 위 글[96]에서 임중빈은 학생운동의 복원을 선언한다. 물론 이때의 학생운동은 '데모'가 아니라 '문화운동'의 양태를 지닌다. 임중빈의 이러한 선언이 중요한 의미를 지니는 것은 청년문화의 노선을 분명하게 천명하고 있기 때문이다. 임중빈은 당시의 청년문화가 서구의 청년문화를 모방한 것, 그리고 오락산업의 대중문화에 포획된 것에 지나지 않는다는 비판을 극복하기 위한 방안으로서 청년문화의 정치적 방향을 분명히 제시한다. 그가 청년문화에 학생운동의 성격을 기입한 것은 청년이 문화의 형식으로써 정치적 행위로부터 소외되고 배제되는 상황에 대한 비판적 성찰 때문이다. 그가 보기에 "서구의 청년문화(Youth Culture)를 통한 그들의 문화적 행동"이 "사회변혁이나 정치변혁에 미칠 수 없음이 스스로 명백"했다.[97] 군사정권이라는 절대적 억압체제하에 있는 한국의 청년문화는 말할 것도 없다. 따라서 임중빈은 청년문화가 4월혁명에서 촉발된 학생운동을 계승함으로써 청년의 정치성, 더 나아가 혁명성이 회복되기를 기대했던 것이다.

여기서 주목해야 할 것은 문화운동과 학생운동의 경계 설정이다. 임

95 임중빈, 「학생운동을 통한 사회참여」, 『다리』, 1970.11, 69면.
96 임중빈은 1971년 2월 12일 「사회참여를 통한 학생운동」(『다리』, 1970.11)이라는 평문으로 인해 반공법 4조1항(반국가단체의 찬양고무 등) 위반혐의로 구속된 바 있다.
97 위의 글, 65면.

중빈의 논의는 문화운동과 학생운동의 거리를 급진적으로 좁히고 있다. 학생운동은 "새로운 문화운동"으로 그 차원을 달리해야 하며 학생운동의 유일한 스승은 "절박한 현실상황"이어야 한다는 진술이 그렇다. 그리고 다음 문장을 보자. "문화혁명은 정치혁명에 선행함은 물론 사회구조의 질적인 향상에 기여한다."[98] 보다시피 임중빈은 청년문화가 곧바로 혁명을 이룰 수 없는 상황에서 불가피하게 문화혁명이라는 중간단계를 설정하고 있다. 곧 정치혁명에 선행하는 것으로서의 문화혁명이다. 이는 임중빈이 문화운동을 학생운동의 전단계로서 파악하고 있음을 말해준다. 탈정치성으로 기울고 있는 청년문화에 '학생운동'의 성격을 기입함으로써 문화혁명을 위한 청년의 문화운동을 기획하고자 했던 것이다. 더불어 임중빈은 "지성의 침체현상"은 "지식인의 사고방식과 행동양식의 괴리상태"[99]에서 비롯된다고 진단한다. 이러한 진단은 정확히 '문화 / 정치'의 괴리와 연동되고 있으며, 지성의 사회적 실천에 대한 요구로 이어진다. 천관우와의 대담에서 '행동적 지식인', '참여적인 지성'을 강조하면서 "행동적 지식인의 모델로 내세울 인물"과 "한국 지식인의 행동적 진로"에 대한 관심[100]을 표명하고 있는데, 이 역시 4월혁명 이후의 1960년대 청년문화가 결여하고 있는 정치적 직접행동의 복원을 위한 것이다. 학생운동을 역설하는 임중빈의 주장은 60년대를 관통하면서 정치성이 탈각된 대중문화의 범주로 흡수되어가고 있었던 청년문화에 대한 충격적인 반기라고 할 수 있다. 법정에서 무죄를 받긴

98 위의 글, 66면.
99 임중빈 · 천관우 대담, 「지성의 사회적 실천」, 『창조』 통권 1호, 1971.9, 18면.
100 위의 글, 28～31면.

했지만, 임중빈은 필화사건의 충격으로 인해 비평 활동을 접고 전기비평으로 넘어가게 됨으로써[101] 청년문화의 정치적 논의에 중대한 공백이 발생하게 된다. 그러나 1974년에 발간된 이중한 책임편집의 『청년문화론』은 청년문화가 지닌 반혁명성과 혁명성의 경계를 중심으로 균열된 논의들을 다시 한 번 소개하고 있는 것은 중요한 의미를 띤다.[102] 이는 청년문화를 바라보는 시각이 상당히 논쟁적이었음을 암시하며, 결국 정치와 문화의 균열 자체가 청년문화의 본질을 구성하고 있음을 보여준다고 할 수 있다.

5. 4월혁명과 '정치 / 문화'의 경계 문제

1960~1970년대의 청년문화를 바라보는 최근의 논의는 블루진, 통기타, 생맥주로 상징되는 청년문화 속에 존재하는 소극적이거나 무의식적인 저항을 읽어내는 데 초점을 맞추어 왔다. 청년문화에 대해 당대의 논의가 놓친 부분들을 천착하고 해석해냄으로써 청년문화가 지닌 저항의 지점들을 찾아 애써 의미를 부여하거나 청년문화가 지닌 정치적

101 전기비평에의 관심은 지식과 행동이 일치하지 않는 사이비 지식인에 대한 절망, 그리고 문학의 참여가 실제로 현실의 참여가 되지 못하는 한계에 대한 혐오에서 비롯되었다고 볼 수 있다. 본서의 8장 4항 참조.

102 이중한 편, 『청년문화론』, 현암사, 1974. 특히 이 책에 실린 케네스 케니스턴의 「혁명인가, 반혁명인가」는 한국 청년문화의 상황을 고려할 때 매우 논쟁적이며 주목할 만한 글이다.

함의를 읽어내고자 했던 것이다. 70년대 청년문화 속에서 간접화된 정치성을 찾아내고자 하는 최근의 관점은 청년문화를 소극적 저항의 형태로 보고자 하는 유혹에서 자유롭지 못하다. 이러한 관점은 4월혁명에서 표출되었던 직접행동으로서의 정치를 과거 속에 고착시키고 4월혁명의 정치적 유산을 변질되고 왜곡된 형태 그대로 승인하는 한계를 노출한다.

물론 소극적이고 무의식적일지라도 청년문화와 대중문화가 내포하고 있는 정치적 저항의 국면도 중요한 의미망을 형성하지만, 보다 중요한 것은 문화를 통한 정치의 간접화에 저항하는 담론의 흐름이다. 청년문화의 정치성을 복원하고자 하는 비평의 움직임은 청년문화에 대한 기존의 논의와 다른 관점에서 바라볼 수 있는 거점을 마련한다. 김주열로 상징되는 4월혁명은 1960~70년대를 내내 지배했으며 향유(jouissance)의 대상이기도 했다. 60년 이후 한국의 청년 담론에서 4월혁명의 죽음이 일종의 반복강박의 형태로 추동되고 있었다는 사실을 환기한다면, 정치성을 결여한 청년문화론은 바로 군사독재가 자행한 강력한 거세의 결과였음을 쉽게 짐작할 수 있다. 바로 이 때문에 정치성을 복구하고자 하는 청년문화론이 강력하게 대두되기도 했다. 이는 달리 말해 직접행동(학생운동)에 대한 정치적 충동 혹은 향유가 청년문화 속에 내재해 있었음을 말해주는 것이다.

모든 혁명이 순간적이고 일시적인 정치의 향연이듯이, 4월혁명 역시 급변하는 1960년대의 정세 속에서 과거 속에 붙박인 정치적 성좌로서만 기능했다. 청년들에 대한 국가적 통제와 대중문화의 확산은 60년대 말에 이르러서 청년문화라는 기묘한 형태의 세대정치를 발현시키게 된다. 그러나 이때의 정치는 4월혁명이 충격한 직접행동으로서의 정치가 아니라 문화적 공간에서 이루어지는 변질되고 간접화된 정치성으로서 다분히 상상적인 해소방법에 지나지 않는 것이었다. 정치적 투쟁이 문화의 영역에 감금되도록 하는 가장 효과적인 방안은 바로 문화에 대한 탄압이다. 문화 탄압에 대한 정치적 저항은 곧 문화를 매개로 한 저항이며 문화영역에서의 저항이다. 역설적이지만, 이는 현실정치에서의 정치력을 상실한 것이며, 문화라는 상상계의 놀음에 지나지 않게 된다. 이것이 청년문화의 실체이며, 결국 청년문화는 직접행동으로서의 정치성을 상실하는 과정과 일치한다고 볼 수 있다.

청년문화의 태생은 의식과 행동 사이에서 발생한 균열의 자리이다. 1960년대 말 청년문화가 탄생한 것은 4월혁명 이후 청년들의 정치성이 표출될 만한 공간이 통제됨에 따라 문화적인 영역을 탈출구로 삼았기 때문이다. 청년문화에서의 문화는 서구의 청년문화를 수입한 것으로써 일종의 모방이자 정치의 직접성을 소거하기에 알맞은 공간이었다. 4월혁명이 충격한 정치성을 일종의 잠재태로 은닉할 수 있는 공간이기도 했다. 그러나 청년문화는 외형적으로 볼 때 직접행동으로서의 정치성과는 일정한 거리를 두고 있고, 대중문화의 한 부분으로서 작동하는 경향이 강했으므로 당대에는 매우 부정적인 대상으로 인식될 수밖에 없었다. 청년문화에 대한 최근의 새로운 논의가 시작된 것도 바로 이처럼 편협한 시각을 교정하기 위해서이다. 하지만 보다 중요한 것은 60년대 말부터 시작된 청년문화가 본질적으로 4월혁명의 정신을 문화적으로 순치된 형태로 이어받고 있다는 사실이며, 이에 대한 반동으로 청년문화에 직접행동의 정치성을 기입하고자 했던 시도가 존재했다는 사실이다.

문화가 지니고 있는 탈정치성의 한계를 극복하기 위해 청년문화를 문화혁명을 위한 학생운동, 혹은 문화운동으로 전환시키고자 했던 담론은 1960~1970년대의 청년문화가 여전히 4월혁명의 반복강박에서 자유롭지 않음을 말해준다. 이는 대중문화의 탈정치성에 포섭된 청년문화가 지닌 치명적인 결여가 어디서 비롯되고 있는지를 말해주는 것이며, '문화 / 정치'의 경계를 이루고 있는 균열이 청년문화의 중요한 특징, 혹은 본질임을 깨닫게 한다. 그 균열 속에는 강렬한 죽음충동이 도사리고 있는 것이다.

제10장

4월혁명과 죽음충동

1960년대 참여지식인의 정신사적 심층

1. 4월혁명의 추념(追念)과 그 동력

우리에게 4월혁명은 무엇인가? 단언컨대 1960년 이후 한국의 참여적 지식인은 4월혁명에 주박당한 채 살아왔다고 해도 과언이 아니다. '4·19세대'라는 명칭이 말해주듯이, 4월혁명이 남긴 환희와 좌절은 지식인들의 목덜미를 늘 죄어오는 역사의 탈구 지점이었다. 5·16군사쿠데타로 인해 '혁명'의 이름을 탈취당한 1960년대 지식인들은 군사정권의 제도 속으로 편입되거나 정치적 억압과 통제를 견뎌나가야만 했다. 조지훈이 일찍이 "잔잔한 가슴을 / 마구 두드려 놓고 혁명은 / 소낙비처럼 산을 넘어가고 / 고독한 자의 영혼 위에 / 오늘은 드높은 하늘"[1]이라고

1 조지훈, 「귀로」, 『사상계』, 1960.10, 317면.

탄식하기도 했지만, 김주열의 사진 한 장으로 표상되는 4월혁명은 매년 4월마다 반복강박[2]의 형태로 돌아올 수밖에 없었다. 매년 4월 19일마다 신문의 특집란을 가득 채웠던 혁명의 함성은 주기적 반복강박의 강렬한 사례다. 그 반복강박의 중심에 김주열이 늘 자리했던 것은 4월혁명이 항용 김주열의 죽음 언저리를 떠돌았음을 말해주며, 그런 까닭에 1960년대 이후의 지식인들은 혁명과 죽음으로부터 자유로울 수 없었다고 할 수 있다.

5・16군사정권 역시 4・19혁명의 계승을 선언한다고 선언한 였으므로 주기적 의례로서의 4월혁명을 승인하지 않을 수 없었다. 그러나 4월혁명은 군사정권을 균열시키는 불온한 기운 그 자체였으므로 4월혁명에의 추념은 철저하게 통제되고 관리되어야 했다. 예컨대, 4월혁명의 기념탑과 추모비의 건립은 4월혁명정신의 진정한 계승이라기보다 "쿠데타를 통한 국가권력의 장악을 정당화하는 동시에 채 식지 않은 혁명의 열기에 정치적 화상을 입지 않기 위한 일종의 포섭전략"[3]이었다. 1963년 박정희가 4・19기념 묘역을 조성한 것 또한 민정이양 공약의 실질적 파기에 따른 정치공학적 조치에 지나지 않았다. 당연히 4월혁명에 대한 역사적 처우는 정치적 계산 범위 내에서 최소한의 수준이거나

---

2 프로이트에 따르면, 중지와 반복을 통하여 일정한 주기적 성격을 부여하는 경우도 넓은 의미에서의 강박 행위에 속한다. 또한 의례적인 행위와 강박적인 행위는 구분하기 어려우며, 대체로 강박적인 행위는 의례적인 행위에서 발전한 것이라 보고 있다. 의례적인 행위로서의 강박은 강박적 행위의 주기적 반복이라는 특성에서 비롯된 것이다. 그렇다면 1960년대에서 지금에 이르기까지 지속적으로 반복되어 온 4월혁명의 연례적인 추념 역시 군사독재하의 참여적 지식인들의 공적이고 사회적인 성격으로서의 의례라는 강박적 형식이라고 할 수 있다. 프로이트, 「강박 행동과 종교 행위」, 이윤기 역, 『종교의 기원－프로이트 전집』 13, 열린책들, 1993, 191면.

3 홍성태, 「4월혁명 기억의 제도화와 사회적 결과」, 『기억과 전망』 22호, 2010 여름, 193면.

그 이하였다. 실제로 1960년대 기념탑 · 추모비 · 기념회관 · 기념도서관의 건립은 총 6건에 불과한데, 그마저 박정희의 대선 승리 이듬해인 1964년까지만 진행되었다.[4] 이는 1964년 이후 군사정권 하에서 4월혁명의 기념사업이 실제적으로 중단된 것이나 마찬가지라는 사실을 말해준다. 심지어 군사정권은 4월혁명을 '의거'로 격하시키기까지 한다. 그러나 4월혁명의 운동성은 여전히 사회내적으로 강력한 힘을 발휘하고 있었다. 1964년의 6 · 3운동(한일협정반대운동)에서 알 수 있듯 1960년대는 물론이거니와 1970년대의 반유신 민주화 운동, 1980년대 반신군부 민주화 운동, 1990년대 초반의 대정부 투쟁에 이르기까지 그 영향력이 지속될 만큼[5] 자유 · 민주 · 통일운동으로서 4월혁명은 그 정신성의 명맥을 꾸준히 계승했던 것이다.

4월혁명이 민주화 운동과 시민운동의 진정한 출발이라는 인식은 오늘날에도 여전히 유효하며, 앞으로도 달라질 가능성은 없어 보인다. 4월혁명은 부당한 국가권력에 맞서는 시민투쟁으로서 우리 사회에 깊이 각인된 기억의 원형으로 자리하고 있는 것이다. 군사정권 하에서 기억의 제도화가 제대로 이루어지지 못했던 4월혁명은 문민정부 이후에 제도

4 기념탑 · 추모비 · 기념회관 · 도서관의 건립은 다음과 같다. '2 · 28의거 기념탑'(대구, 1961), '3 · 15의거탑'(마산, 1962), '4 · 19희생자 위령탑'(부산, 1961), '4 · 19의거 희생영령 추모비'(광주, 1962), '3 · 15기념회관'(마산, 1962), '4 · 19묘지 및 기념탑'(서울, 1963), '4 · 19 기념시설도서관'(서울, 1964). 이 중에서 국가차원에서 건립한 것은 마산의 '3 · 15의거탑', 서울의 '4 · 19묘지 및 기념탑'과 '4 · 19기념도서관'이다. 이상을 살펴보면, 1961~1963년 사이에 5건이 이루어졌고 그 이후에 1건이 있었지만 이조차도 혁명 직후부터 계획되었던 4 · 19 기념도서관 건립 사업이었다. 게다가 총 6건 가운데 시민기금에 의지하지 않고 국가차원에서 건립된 것은 3건에 불과하다. 뿐만 아니라 각종 4월혁명 기념사업회는 문민정부가 들어선 1990년대 이후에야 겨우 가능했다. 홍성태, 위의 글, 193~194면.

5 조대엽, 「4월혁명의 순환구조와 6 · 3항쟁-역사주기론의 시각」, 『한국과 국제정치』 69호, 2010, 8면.

화의 영역으로 편입되기 시작한다. 그러나 문민정부가 4월혁명의 제도화를 시도할수록 4월혁명은 '기회와 위기의 이중성'에 직면하게 된다. 즉, 4월혁명의 제도화가 "4월혁명의 기억을 안정적으로 기념사업화 할 수 있는 제도적 여건을 마련"했다는 점에서 '기회'라면, "사회운동의 기억투쟁을 제도적으로 확장된 정치과정으로 유인함으로써 동원전략의 강도와 효과를 분산시키는" 결과를 초래했다는 점에서 '위기'라는 것이다. 이는 '기념의 형식주의'에 대한 비판이라고 할 수 있는데, 4월혁명의 계승에 있어서 "형식이 내용을 압도하"거나 "내용이 형식을 따라가지 못하는 현상"에 대한 비판이다.[6]

4월혁명의 기억이 제도화되는 순간 4월혁명의 정신성(내용)이 사라지고 마는 역설은 미묘한 것이다. 이 미묘한 역설은 4월혁명이 국가 체제를 균열시키는 어떤 힘을 지니고 있음을 말해준다. 물론 그 힘은 4월혁명뿐만 아니라 죽음 속에서 발아한 모든 혁명의 보편적 본질이기도 하다. 4월혁명은 박정희 군사정권 하에서도 애도와 추념(追念)의 형태로 그 정신성을 이어왔다. 그러나 그 정신성은 '자유'와 '민주'라는 이념만으로 충분히 해명되지 않는다. 국가 제도 속으로 편입될 수 없는 어떤 잉여가 남아 있기 때문이다. 그 잉여야말로 4월혁명의 숨겨진 정신성을 의미할지도 모른다. 그 잉여란 바로 김주열로 표상되는 죽음충동(death drive)이다. 4월혁명 이후 긴 세월동안 4월혁명이 시민학생운동의 원류가 될 수 있었던 동력의 정체는 다름 아닌 바로 '죽음충동'인 것이다.

죽음충동은 국가 체제에 편입할 수 없는 성질의 것이다. 4월혁명이

6 홍성태, 앞의 글, 199~202면.

자유와 민주의 표상만으로 호명될 때 국가 체제 속에 편입될 수 있으나(그러나, 자유와 민주가 억압될 때 그마저도 퇴행의 징후를 보이기 마련이다!), 국가의 상징계를 강화하는 순국열사의 죽음으로 변형되지 않는 한 죽음충동은 배제되고 만다. 달리 말해, 죽음충동이 국가라는 상징체계를 파괴함에 따라 국가는 죽음충동으로서의 시체를 관리하는 기구가 되고 마는 것이다.[7] 그럼에도 불구하고 4월혁명의 죽음충동은 1960년대 참여지식인의 내면에 반복강박과 자기수치의 원인으로 작용한다. 김주열이라는 죽음 표상이 말해주듯, 4월혁명의 죽음은 참여지식인의 실천적 준거로 작용했으나 결국 회피대상이 되고 말기 때문이다. 4월혁명 이후의 문학 또한 같은 이유에서 '불모성'(김윤식)의 나락에 빠져들 수밖에 없었다.

지금까지 4월혁명과 문학, 그리고 참여지식인의 관계를 '죽음'을 매개로 살핀 연구는 전무하다시피했다. 권명아가 "혁명의 성공에 들떠 있던 짧은 시간에도, 혁명의 좌절을 곱씹어야 했던 긴 세월 동안에도 4·19혁명을 기억하는 것은 이 죽은 자들의 몸과 목소리에 직면하는 일이어야 했을 것이다"[8]라고 말한 바 있으나, 죽은 자들의 몸과 목소리에 직면하는 일의 정신사적 의미를 구체적으로 들여다보고 있지는 않다. 수많은 4월혁명 연구들이 4월혁명의 죽음을 부분적으로 언급하고 있으나, 그 죽음이 1960년대 참여지식인들에게 남긴 정신적 곤경이 무엇인지 해명하지 못하고 있음은 물론이다. 그것은 4월혁명의 죽음 표상을 죽음 그 자체로 받아들이지 않고 미적으로 혹은 관념적으로 변용한 데서 비롯된 문제라고 할 수 있다. 따라서 이 글은 4월혁명의 죽음 표상이

7 장 보드리야르, 정연복 역, 『섹스의 황도』, 솔, 1994, 120면.
8 권명아, 「죽음과의 입맞춤」, 『4·19와 모더니티』, 문학과지성사, 225면.

1960년대 문학과 참여지식인들에게 미친 영향을 '죽음충동'의 관점에서 구체적으로 살펴보고자 했다. 이를 통해 1960년대 참여지식인들의 정신사적 심층을 들여다볼 수 있으리라 생각한다.

2. 4월혁명의 반복강박과 죽음충동

죽음충동이 단순히 정신분석에 머물지 않고 정치체제로까지 적용될 수 있는 것은 프로이트의 죽음충동(death drive)을 문화적 의미로 전유한 라캉[9]과 여기서 더 나아가 정치적 의미로 전유해온 지젝의 공이 크다. 지젝은 말한다. "절대적 죽음 곧 '세계의 파괴'는 항상 상징적 세계의 파괴"이며, "역사적 전통을 완전히 '쓸어버릴' 수 있는 가능성이 상징화 과정 자체에 의해 그 과정의 궁극적 자폭적 한계로 열리게 된다." 즉 상징적 세계를 파괴하는 것이 바로 죽음충동인데, 죽음충동은 정확히 "상징계의 정반대"로서 상징계와 밀접한 관련을 가진다. 정리하자면, 혁명이야말로 "엄격히 창조적인 행동이며 '죽음충동'의 극단적 침입"인 것이다.[10] 상징계는 현실원칙과 쾌락원칙의 균형을 통해 구성되기 마련이

9 프로이트는 죽음충동 개념을 생물학과 밀접하게 결합하여 무기물의 상태로 되돌아가려는 모든 생명체의 근본적인 경향을 표현하는 것이라고 보았다. 라캉은 이와 달리 죽음충동을 생물학적 자연이 아닌 '문화'에 접합시켜 이해하고 있다. 딜런 에반스, 김종주 외역, 『라캉 정신분석 사전』, 인간사랑, 1998, 376~377면.

10 슬라보예 지젝, 이수련 역, 『이데올로기의 숭고한 대상』, 새물결, 2013, 213~234면.

나, 죽음충동은 현실원칙은 물론 쾌락원칙마저 넘어선다는 점[11]에서 국가라는 상징계에 균열을 가한다.

4월혁명을 의식하는 지식인들은 금제(禁制)의 경계를 넘어서고자 하는 죽음충동으로부터 자유로울 수 없었다. 그것은 해마다 일종의 제례로 다가오기 때문이다. 5·16군사쿠데타 이후의 상황에서 죽음충동은 반(反)독재적인 곳에서 작동한다. 억압된 4월혁명이 김주열의 시신으로 되돌아오는 것은 지식인들의 시대적 반복강박이다. 반복강박은 죽음충동과 긴밀하게 결합되어 있다. 4월혁명을 향한 반복강박은 1960년대 상황에서 상징계를 파괴하고자 하는 죽음충동의 반복이다. 실제로 독재정권 하에서 4월혁명을 생각하고 그 실천을 생각한다는 것은 죽음충동을 불러내는 것이나 다름없다. 그러나 죽음충동은 죽음에 도달할 수 없다. (죽음)충동은 결코 "목표에 도달할 수 없"으며, 목표 "그 주위를 맴도"는 것이기 때문이다.[12] 이를 라캉이 제시한 우화로써 쉽게 풀이하자면, "돈이냐 목숨이냐!"의 위기의 순간에서 목숨을 선택할 수밖에 없는 처지와 유사한 상황이라고 할 수 있다.[13] 실제로 억압적인 정치체제를 마주하는 순간, 인간은 본능적으로 죽음충동이 실제의 자기 죽음(상징적 죽음을 포함한)으로 귀결되는 상황을 받아들일 수는 없는 것이다.

이처럼 죽음충동은 불가능한 죽음을 내포하지만, 상징계 너머의 고

11 프로이트는 마음속에 쾌락원칙을 뛰어 넘는 반복강박(쾌락 원칙보다 더 원시적이고, 더 기초적이며 더 본능적인 것으로 보이는 무엇)이 실제로 존재한다는 가정을 제시하고 있다. 그것은 외상성 신경증에서 나타나는 끔찍한 꿈의 반복과도 같은 것인데, 궁극적으로 죽음충동이 반복강박으로 나타난다고 보고 있다. 프로이트, 윤희기 역, 「쾌락원칙을 넘어서」, 『정신분석학의 근본 개념－프로이트 전집』 11, 열린책들, 2004, 285～306면.

12 자크 알랭 밀레 편, 맹정현·이수련 역, 『자크라캉 세미나』 11, 새물결, 2008, 251～254면.

13 위의 책, 321면.

통스러운 쾌락을 맛보는 향유(jouissance)를 체험하게 한다. 향유는 상징화 작용을 벗어난 상징계의 빈틈(실재계)을 향한 체험이지만, 곧바로 상징계적 환상으로 구조화될 수밖에 없는 것이기도 하다.[14] 따라서 죽음충동은 상징계를 파괴하기도 하지만, 필연적으로 상징계의 "보존적 원리"로 바뀌기도 하며, "바로 그렇게 때문에 충동들은 **사물**(물자체 혹은 대상a – 인용자)에 도달함 없이 **사물**을 향하는 경향이 있는 것"으로서 "더 나아가 이런 긴장을 **반복하지** 않을 수 없는 것"이다.[15]

그러나 예외적으로 이와 다른 상황이 발생하기도 한다. 다시 라캉을 전유하자면, "돈이냐 목숨이냐!"가 아니라 "자유냐 죽음이냐!"의 상황이 도래하는 순간이 바로 그렇다. 이러한 상황에서 "자유를 수행했다는 유일한 증거는 바로 죽음을 선택하는 것"이 된다.[16] 4월혁명 당시에 학생들이 단순히 죽음충동에 머물지 않고 실제로 죽음과 접촉했다는 사실은 '혁명 = 죽음충동'을 넘어 '혁명 = 죽음'의 등식을 낳기에 충분하다. '혁명 = 죽음'이라는 등식은 죽음충동이 단순히 정신적 작용에 머물지 않고 실제의 죽음으로 나아갔다는 사실에 연유한다. 김주열을 비롯한 4월혁명의 희생자들은 실제의 죽음에 가닿았으며, 4월혁명 이후에도 무수한 죽음충동을 낳았던 역사적 원체험인 것이다.

주목해야 할 것은 죽음충동과 실제 죽음 사이에 존재하는 간극(분열)이다. 군사정권 하에서 대부분의 지식인들은 이 간극 속에서 여러 층위

14 이는 바흐친과 바타이유가 주장하듯, 카니발리즘적 위반이 사회질서를 깨뜨리기는커녕 오히려 지탱하는 측면이 있다고 한 것과 동일한 맥락이다. 이만우, 「라캉 정신분석과 정치적 주체성」, 『라캉과 현대정신분석』 제13권 1호, 2012, 98~99면.

15 로렌초 키에자, 이성민 역, 『주체성과 타자성 – 철학적으로 읽은 자크 라캉』, 난장, 2012, 296면.

16 위의 책, 322면.

로 나뉘는데, 대체로 3가지 유형이 존재한다.

첫째, 죽음충동을 거세당함으로써 상징계적 욕망을 실현하는 유형이다. 박정희 체제에 흡수된 지식인들이 바로 이러한 유형이다. 4월혁명세대의 제도권 진입이 혁명정신의 훼손이랄 수 있는 근거는 바로 죽음충동의 거세에서 찾을 수 있다. 군사정권이라는 상징계의 파열이 아니라 오히려 그것의 실정성(positivity)을 강화하는 데 주력한 이들은 죽음충동을 거세당한 채 상징계적 욕망을 철저히 실현시켜 나간다.

둘째, 죽음충동을 지니고는 있으나 상징계를 파괴하지 못하고 '보존적 원리'로서의 죽음충동에 머무는 유형이다. 박정희 체제를 거부한 많은 지식인들은 사실상 군부독재의 상징계를 파괴하지 못했다. 그 결과 죽음충동은 '보존적 원리'로서 작동하게 되며, 거기서 비롯된 지식인의 언표행위는 죽음충동의 배설구에 지나지 않게 된다. 때문에 4월혁명에 대한 지식인들의 반복강박과 자기수치는 더욱 강화된다. 실제로 1960년대 매체를 통한 지식인들의 언표행위는 대부분 이러한 반복강박과 자기수치의 표출 행위에 해당한다. 언표행위주체의 죽음충동이 언표내용주체로 진입하는 순간 '보존적 원리'로 전락하는 한계를 안고 있는 것이다. 5·16군사쿠데타 이후 지식인들의 내면은 '보존적 원리'로서의 죽음충동과 그로 인한 수치로 점염(漸染)될 수밖에 없었다.

셋째, '보존적 원리'로서의 죽음충동을 벗어나 상징적·실재적 죽음을 각오하는 유형이다. 그러나 소수의 지식인들만이 이러한 유형일 수 있다. 이들의 죽음은 정치적·실존적 의미의 실제 자살에 값한다. 라캉은 자살에 대한 책임을 충분히 그리고 '의식적'으로 떠맡게 될 때 자살이 완전하고 성공적인 '행위(act)'[17]가 될 수 있음을 역설한다. 죽음충동의 '무의식적' 표출은 의식과 무관하게 튀어나온 것이므로 부분적인 성공에 지나지 않는다. 그러나 죽음충동의 '의식적' 실행으로서 자살은 무의식과 의식의 완전한 일치를 보여주는 행위라는 점에서 죽음충동과 실제 죽음의 간극을 넘어선 것으로 이해될 수 있다.

바로 이런 의미에서 4월혁명의 열사들은 죽음충동을 의식적으로 이행한 이들이라 할 수 있다. 이들은 죽음충동과 실제 죽음(언표행위주체와 언표내용주체, 혹은 무의식과 의식)의 간극을 넘어설 수 있었던 것이다. 그러나 1960년대 대부분의 지식인들은 이 분열의 간극을 벗어날 수 없었으며, 이 간극 속에서 자신의 시대적 좌표를 힘겹게 설정해 나가야 했다. 죽음충동의 처리방법과 무관하지 않은 이 힘겨움은, 한나 아렌트가 천착했던 '정신의 삶'과 '정치의 삶'의 간극 문제를 떠올리게 한다. 한나 아렌트에 따르면, '정신의 삶'은 근본적으로 내적 경험에 머무는 것으로서, '정치의 삶'으로 쉽게 이행될 수 있는 것이 아니다. 한나 아렌트가 천착했던 사유・의지・판단[18]의 '행위'화 문제, 다시 말해 '정신의 삶'이 '정치의 삶'으로 이행하는 문제는 파시즘 체제의 파괴를 위해 죽음충동을 '의식화'하는 문제와 크게 다르지 않다. 결국 '정신의 삶'이 '정치의 삶'으로 전환되는 배면에는 죽음충동의 '행위'화가 똬리 틀고 있는 것이다.

5・16 이후의 군정을 위해서 군사정권은 죽음충동을 완전히 거세하거나 '보존적 원리'의 것으로 형질 전환시켜야 했다. 군사정권은 정치적

---

17 본서의 3장 각주 6번을 참조할 것.

18 한나 아렌트는 '사유'에 비해 '의지'와 '판단'이 항상 특수한 것들을 취급하기에 현상세계에 가까우며, '사유'가 안정과 평정을, '의지'가 변화와 운동을 지향하는 긴장을 유발한다고 말한다. 한나 아렌트, 홍원표 역, 『정신의 삶』 1, 푸른숲, 2004, 325면; 홍원표, 「정신의 삶과 정치적 삶의 원형을 찾아서」, 같은 책, 396면.

범주의 죽음충동을 완전히 억압하고 문화적 범주의 죽음충동만을 일부 허용・관리하는 전략을 구사한다. 현실 정치의 관점에서 볼 때 문화적 범주의 죽음충동은 '보존적 원리'로서의 죽음충동이다. 정치가 문화의 범주 내로 제약됨으로써 문화는 죽음충동의 배설구로 작동하게 된다. 따라서 1960년대 후반부터 지식인들이 '보존적 원리'의 죽음충동에 불과한 문화의 정치성에 주목했던 사실은 전혀 놀라운 일이 못 된다. 군사독재의 억압은 정치투쟁을 문화투쟁으로 퇴행시켰으며, 이 과정에서 정치적 충동이 문화적 충동으로 변질되고 말았던 것이다.

3. 4월혁명의 거세와 지식인의 수치

1) 박정희와 4월혁명단의 죽음충동

4월혁명의 의례는 죽음충동의 유무에 따라 제도권 내부와 외부의 것으로 이원화된다. 제도권 내부의 의례가 4월혁명을 과거화되고 완결된 형태로 폐색하고자 했다면(죽음충동의 거세), 제도권 밖의 의례는 4월혁명을 현재와 미래의 역동적인 의미로 계승하고자 했다(죽음충동의 유지). 어쨌든 제도권을 경계로 하여 분리되긴 했어도 5・16군부와 4・19의례는 현상적으로 평화로운 공존이 가능했으나, 1963년부터 그 공존이 파괴되고 만다. 군정 연장 분위기에 항의하는 대학생들의 데모가 발생하기 시작했던 것이다. 예컨대, 4·19기념식장에서 벌어진 4월혁명단 소속 김긴태의 자해사건과 사진기자에 대한 폭력 사태는 4월혁명과 군사정권의 공존 불가능성을 폭로하는 계기가 된다. 4월혁명 수훈자로서 포장(褒章) 수훈자(受勳者) 5명 중 한 명인 김긴태(金緊泰)[19]는 "우리에게 자유를 달라"고 외치며 사이다병을 깨어 할복시도를 한다. 촬영기자들이 그 장면을 촬영하려 하자 '경호' 완장을 두른 어용 학생 청년 10여 명이 사진기자들을 구타했던 것이다.[20]

박정희 의장 앞에서 벌어진 4월혁명단 김긴태의 할복 자해와 사진기자에 대한 폭력 사태는 학생들의 4월혁명 의례를 군사정권과 단절시키고 군부정권에 항거하는 저항의 구심점으로 삼는 계기가 된다.[21] 문제는 이것이 군사정권의 탄압을 강화하는 결과를 초래했다는 사실이다. 실제로 이후 할복 자해를 했던 김긴태가 소속된 '4월혁명단'은 박정희 의장 살해와 국가변란을 음모한 죄로 중앙정보부에 의해 수사를 받는다. 중앙정보부는, 김긴태가 이전부터 박정희 의장을 살해하려 했으나 실패하자 전국민 일반의 지지를 얻기 위해 자해소동을 일으켰으며 거사에 성공할 경우 혁명위원회를 조직하여 신정당 중심의 과도정권을 감시한다는 원칙을 세웠다고 발표한다.[22] 물론 구속된 이들은 "다만 혁

---

19 김긴태는 4월혁명 당시 총상을 입고 서울대 병원에 입원한 바 있다. 「사상자 판명, 각 병원 수용 중」, 『동아일보』, 1960.4.27, 3면.

20 「폭력건재」, 『동아일보』, 1963.4.20, 3면.

21 1964년부터 4·19기념식은 정부 주최 기념식이 서울 시민회관에서, 한국학생총연합회에서 주최한 독자적인 기념식은 시청 앞에서 열린다. 그리고 4·19의 열기가 가장 뜨거웠던 시청 앞에 4·19기념탑을 세우기로 결의하고 모금운동을 벌이기로 하는 등 4월혁명의 의례는 군부정권에 대한 저항의 상징으로 자리잡기 시작하게 된다. 「시국선언문 등 채택」, 『동아일보』, 1964.4.20, 7면.

22 「4월혁명단 국가변란음모」, 『경향신문』, 1963.5.22, 1면.

명정부시책에 대한 비판을 했을 뿐이다"[23]고 반박했으며, 오랜 공소 기간을 거쳐 1967년 12월 29일에야 무죄판결을 받게 된다.[24]

이 사건은 4월혁명의 의례가 제도권 바깥으로 축출되는 계기를 마련하게 되지만, 핵심은 김긴태의 할복 자해가 의미하는 바다. 그것은 죽음충동의 실행이다. 김주열의 죽음이 이승만 독재라는 상징계의 붕괴를 초래했듯이, 김긴태의 자해 시도 역시 박정희 군부의 붕괴를 노린 것이다. 4월혁명의 죽음충동이 군부정권 아래서 여전히 도사리고 있었던 증례다. 군부독재의 억압이 심화될수록 반(反)독재 저항세력은 죽음충동으로부터 자유로울 수 없었다. 4월혁명의 재현은 '죽은 자의 몸과 목소리'뿐만 아니라 자신의 죽음을 통한 것이어야 했다. 박정희 앞에서 벌어진 김긴태의 할복자해는 바로 4월혁명의 김주열이 불러낸 죽음충동으로 가능했다. 4·19를 제도화하고자 하는 엄숙한 기념식장에서 자신의 배를 가르며, '포장(褒章)대신 자유를!'이라는 전언을 부르짖는 행위는 상징계를 붕괴시키는 죽음충동이라고밖에 달리 설명할 방법이 없다.

이 죽음충동은 1965년의 한일협정 반대, 6·8부정선거 규탄, 3선개헌 반대, 유신반대 데모 등으로 군사정권 기간 동안 지속적으로 이어진다. 그러나 군사정권에 저항하는 지식인이 죽음을 감수하거나 각오하는 일이란 쉬운 일이 아니다. 상징계가 파괴된 탈구의 지점을 향해가는 죽음충동은 대개 '보존적 원리'로서만 작동하게 되며, 죽음충동이 반복되는

---

23 「"정부 비판했을 뿐" 박의장 암살 음모 공소 사실 부인」, 『경향신문』, 1963.9.10, 7면.

24 4월혁명단의 한 명인 정대근씨의 회고에 따르면, 4월혁명단은 군정연장을 공포한 3·16선언 이후 실제로 박정희를 암살하려 했으나 4·8군정연장 철회 이후 암살계획을 유보하고 4·19 기념식에서 김긴태가 할복을 시도하는 정도에 그쳤다. 그리고 박정희의 민정참여가 기정사실화되면서 다시 거사일을 5월 16일로 정했으나, 사전에 발각되어 실패하고 만다. 홍영유, 『4월혁명통사』 10, 천지창조, 2010, 334~341면.

동안 어떤 수치감이 동반하게 된다. 김주열이라는, 상징계의 완벽한 탈구지점(대상a)에 이르지 못한다는 자책이 4월혁명 이후의 정신사적 심층을 깊게 물들이는 것이다. 이 자책과 수치야말로 4월혁명이 지식인의 내면에 각인시킨 정신성의 실체라고 할 수 있다.

2) 지식인의 수치와 남정현의 「혁명 이후」

4월혁명을 전후한 한국사회에서 지식인의 위상은 매우 곤궁한 것이다. 지식인의 곤경은 "허리 빠진 인텔리", "약바른 인텔리" 등의 부정적인 술어에서도 그대로 묻어난다. 이는 "최후의 선택을 하지 않을 수 없는 시기에 이르러서도 정치상황의 추이를 저울질 하느라고 소신대로 결정적인 행동을 취하지 못하는" "인텔리의 근본적인 약점"에서 비롯된다.[25] 그러나 학생주도의 지식인 혁명[26]으로 정의되기도 했던 4월혁명은 지식인들에게 커다란 감격과 충격을 주었다는 점에서 지식인들의 좌절과 허무를 일소해내고 참여적 지성을 각성시킨 일대 '사건'이었다. 그럼에도 불구하고 지식인은 수치로부터 여전히 자유로울 수 없었다. 일례로 1960년 4월 25일의 교수데모는 "용서할 수 없는 사기성"[27]을 지닌 것이라는 비판에 직면한다. 교수들의 데모는 결과적으로 학생의 주

25 신상초, 「지식인의 정치참여」, 『사상계』, 1959.5, 314면.
26 물론 이에 대한 반론도 만만치 않다. 4월혁명이 민중혁명이라는 박태순의 규정 이후 4월혁명이 지식인 혹은 학생의 혁명이 아니라 자신의 목소리를 낼 수 없었던 기층민중(하위주체)의 혁명이라는 사실에 대한 객관적 논증이 점점 강화되고 있다. 이승원, 「'하위주체'와 4월혁명 –'하위주체'의 참여형태를 통해 본 민주화에 대한 반성」, 『기억과 전망』 20, 2009 여름 참조.
27 김재원, 「교수와 원대복귀」, 『세대』, 1963.7, 69면.

검을 앞세운 것에 지나지 않기 때문이다. 혁명의 환희 속에서 더욱 뚜렷해지는 것은 "경관들의 총을 피해 달아나는 어린 학생들을 나는 감히 도와줄 한줄기 용기조차 없이 보도 위에 서 있었을 뿐이 아닌가"[28]와 같은 지식인의 수치와 자기모멸이 아닐 수 없었다. 이는 당대 지식인이 처한 내면적 위상을 말해준다.

따라서 5·16군사쿠데타 이후 다시 지식인들은 '허탈'과 '아파시(apathy)'[29]를 경험하게 된다. 군사정권의 엄혹한 통치방식은 지식인들의 체제비판적 태도를 위축시키고 있었다. 엄혹한 시대 상황일수록 지식인들은 새로운 자기인식을 하지 않으면 안 되었지만, 대부분 일종의 '패배정신'과 '아파시'로 귀결되고 만다. 이는 무능한 지식인들이 빠져나올 수 없는 근원적인 자기한계와도 같다. 보다 노골적으로 말해, 이 한계란 실천적 행동이 마주하게 될 체제의 보복(상징적·실재적 죽음)에 대한 지식인의 굴종이다. "한국사회의 본질적인 개혁이나 개선을 지향하는 사회의식과 그 행동화는 극악한 형벌의 대상이 된다는 것의 치명적인 강박관념에서 완전히 벗어나"기 힘들다는 김진만의 진술[30]은 1960년대 지식인에게 그대로 적용된다. 따라서 "결국 물리적인 힘을 쓸 수 없는 지식인이 할 수 있는 행동의 양식에는 한계가 있"으며, "그런 면에서 현재는 지식인이 되기 힘든 상황"이라는 선우휘의 진술[31] 또한 지식인의 근원적인 한계에 대한 정확한 진단이라 할 수 있다.

---

28 김용호, 「영광은 젊은 사자들에게—한 시인의 부끄러운 반성」, 『한양』, 1964.4, 120면.

29 당대에는 '아파시(apathy; 무관심)'라는 말이 일부 지식인들 사이에서 유행어처럼 떠돌았다. 지명관, 「분노의 서」, 『사상계』, 1965.1; 김진만, 「지식인의 사회의식」, 『사상계』, 1965.5 참조.

30 김진만, 앞의 글, 75면.

31 좌담회(선우휘·지학순·차하순·이용희), 「지식인과 현실참여」, 『신동아』, 1974.1, 55면.

이에 대한 지식인의 방어논리는 서구 지식인 계층과 한국의 지식인 계층의 형성 과정을 비교하면서 지식인의 조직체 형성을 강조하는 현실적인 논변[32]으로 귀착되거나 지식인은 "어디까지나 문제 제기에 있지 문제 해결까지는 못"한다는 자기합리화를 거듭 강조하는 책임회피형으로 재차 끝나고 만다. 더구나 "일반대중이 문제해결까지를 바라기 때문에 지식인을 '무력하다' '무력하다' 하면서 자꾸만 위축을 느끼게" 한다는 불만[33]은 대중과 지식인의 연대를 통한 현실 타개가 지식인의 담론적 현실이었을 뿐 실제 정치 현실에서는 적용될 수 없다는 한계와 대중을 우중으로 보는 듯한 사태마저 드러내고 만다. 이런 상황에서는 차라리 다음과 같은 말이 더 솔직한 진술이 아닐 수 없다.

> '지식인의 실천' 하면 칼을 휘두르는 것도 아니고 총을 쏘는 것도 아니고 주먹을 쓰는 것도 아닙니다. 무엇인가, 실천하지 않는 지식인은 아무것도 아니라고 하는데, 그런 경우 실천이란 무엇인가? 학교에서 후진들이 가끔 "안다는 것은 곧 행동이 아니냐"고 묻는 일이 있는데, 과연 무서운 질문이라고 생각해요. 지식인의 실천문제에 대해서 …….[34]

---

32 최석채는 다음과 같이 말한다. "서구사회에선 그런 소사이어티가 발달했읍니다. 비록 노동조합의 형태이건, 그렇지 않는 직장조합의 형태이건, 횡적인 협회이건 간에 어떤 소사이어티가 있어서 지식인이 당연히 필요로 하는 언론의 자유라든가, 자기 가치 창조에 창의력을 발휘했을 때 그것을 공감하고 연대의식을 조장시킬 수 있는 조직체가 있거든요." 대담(최석채 · 고영복), 「지식인」, 『세대』, 1969. 2, 57면. 이런 종류의 조합 담론은 혁명 직후부터 제기되어 왔던 문제이다. 예컨대, 『새벽』 1960년 7, 8, 11월호, 『사상계』 1960년 6, 9월호에 조합에 대한 글이 실려 있다. 그러나 최석채의 발언에서 알 수 있듯이 조합 담론은 1960년대 후반에 이르러서도 공허한 메아리로만 떠돌고 있을 뿐이다.

33 위의 글, 66면.

34 좌담회(선우휘 · 지학순 · 차하순 · 이용희), 앞의 글, 68면.

지식과 행동의 간극에 관한 문제는 지식인의 근본적인 결핍이 자리잡고 있다. 지식인의 양심이 행동으로 전화되고, 그 행동이 초래하는 정치적 보복을 감당하고자 하는 신념과 의지의 유무 문제 말이다. 민주주의가 심각하게 훼손된 현실에서 지식인의 실천, 즉 행동의 문제는 자기희생을 감수해야 하는 것이므로 이에 대한 지식인의 발언은 소극적일 수밖에 없다. 여기에는 정확히 혁명과 죽음의 문제가 도사리고 있으며, 이것이 지식인의 실천문제가 고통스러운 강박으로 돌아오는 이유가 된다. "안다는 것은 곧 행동이 아니냐"라는 질문이 곧 "무서운 질문"이 되고 마는 상황에는 곧바로 김주열의 죽음이 자리잡는다. 김주열의 죽음은 수사학적 죽음이기 이전에 실제의 죽음이다. "불의에 대한 죽음으로의 항거, 의를 위한 자기희생, 이러한 자기결단과 정신을 상실한 권리투쟁은 四·一九의 방향과는 다른 사이비 四·一九임을 알아야 한다"[35]는 지명관의 일성(一聲)은 혁명의 본질이 자신의 죽음을 각오하는 데 있음을 말해준다. 따라서 혁명과 죽음은 지식인들에게 지독한 반복강박으로 되돌아오는 것이다. 이런 맥락에서 정창범의 발언 또한 지식인이 처한 반복강박의 현실태를 드러내기에 충분하다.

> 파멸을 회피하려는 지식인은 분명히 라디칼한 책임을 의식한다.
>
> 그러나 그들의 책임감은 행동으로 나타나는 것이 아니요 질서에서 그대로 떨어져 있는 채로 질서에 반역함으로써 생명을 의식하는 데 지나지 않다.
>
> 실천적인 대중이나 개혁자에 의해서 질서의 변혁이 이루워진 경우 그들은

35 지명관, 「새나라는 새마음에서」, 『새벽』, 1960.7, 58면.

다만 방관자로서 정의감을, 스릴을 느낄 뿐이며, 변혁이 이루워진 뒤엔 이전 과 같은 상태에서 냉담한 침묵으로 자기방위에 급급하게 된다.[36]

1960년대 지식인이 처한 곤경과 전락은 여기서 비교적 정확히 기술되고 있다. 파멸은 상징적 죽음이거나 실재적 죽음이다. 그것을 회피할수록 래디칼한 책임은 지식인을 짓누르면서 자기수치와 함께 '보존적 원리'로서의 죽음충동을 동반한다. '보존적 원리'로서의 죽음충동은 정치적 행동으로 드러나지 않고 주로 정신적 작용으로 머문다. 죽음충동은 "래디칼한 책임"에 대한 "의식"의 결과로서 표출된다. '책임'은 "죽음의 결단을 내리게 할만한 원천"[37]이지만, 이 결단은 현실 속에서 끊임없이 유예되거나 지연되며, 혁명과 죽음의 부근을 반복적으로 맴돌기만 할 뿐이다. 지식인들의 실천과 행동은 실제 정치가 아닌 정신작용 내의 것으로 머물고 마는 것이다. 이처럼 지식인은 반복강박의 형태로 죽음충동에 사로잡히지만, 그것은 실제의 죽음이 될 수 없는(죽음을 각오하지 않는) 죽음충동에 지나지 않는다. 그것은 "신앙은 있으나 그를 위해 순교할 사람"이 "별로 없는 상태"이자[38] '보존적 원리'로 전락한 죽음충동과 다르지 않다. 이것이야말로 1960년대 참여적 지식인의 정신사적 심층이라고 할 수 있다.

지식인의 이 정신성은 남정현의 「혁명 이후」에서 적나라하게 드러난다. 「혁명 이후」는 5·16군사쿠데타 이후의 죽음충동을 굴절된 형태로

36 정창범, 「현대와 반역정신—대중·지식인」, 『현대문학』, 1960.11, 264면.
37 정창범, 「카메레온의 비극—지성의 배신계보」, 『사상계』, 1963.12, 276면.
38 위의 글, 275면.

드러내는 예외적 작품이다.[39] 여기서의 혁명은 5·16군사쿠데타를 지칭한다. "나처럼 마음이 곱고 착하던 사람의 성격이 왜 이렇게 고약하여졌는지 모르는 것이다"로 시작하는 이 소설은 5·16군사쿠데타 이후 아내 '지아'를 구타하는 남편의 내면 고백이다. 쿠데타 이후 아내를 폭행하는 이 지식인의 내면은 죽음충동으로 가득하다. 그러나 그것은 김긴태의 죽음충동과는 확연히 다른 형태의 것이다. 그의 죽음충동은 차마 "군인(軍人)들의 말씀", 즉 박정희라는 상징계를 전복시키는 것이 되지 못하고 자신의 아내를 폭행하는 것으로 변질되고 만다. "나의 주먹은 항시 만만한 지아의 육체상에서만 활약"한다. 그에게 허용된 현실적인 자유는 "아무데나 대고 오줌을 갈길 수 있는 자유"다. 그러나 그마저도 허용되지 않을 정도로 상황은 심각해진다. 박정희라는 남근 앞에 거세당한 이 소시민은 오줌마저 마음대로 방출하지 못하는 신체적 증상에 직면한다. 그리고 이런 사태는 "지아의 육체상에 치명상을 가하는" "중대한 계기"가 되고 만다. 여기서 이 부부의 폭력적 관계는 정치적 알레고리를 형성하는데, 즉 5·16군부와 지식인의 관계가 바로 그것이다. 마침내 아내 '지아'는 남편의 폭력에 견디다 못해 칼을 집어 든다. 그 칼을 향한 남편의 내면은 죽음충동으로 가득하다.

"지아, 정말 부탁인데 말이지 그 좋은 칼을 그냥 들고만 있을 게 아니란 말이여. 한번만 옳지, 딱 한번만이라도 좋으니깐 말이지. 어서 이 모가지를 당

39 남정현의 「혁명 이후」는 재일한인월간지인 『한양』 1963년 10월호에 게재되었다가 국내 월간지인 『청맥』 1964년 12월에 「혁명 후기」라는 제목으로 재수록된다. 그리고 이후 그의 작품집 『굴뚝 밑의 유산』(문예출판사, 1967)에는 「광태」라는 제목으로 수록되는데, 본문에 서술된 '5·16군사혁명'이 '5·16군사쿠데타'로 바뀌었음은 물론이다.

신 맘대로 푹 좀 쑤셔달라는거야. 응. 지아, 이건 정말 내 소원이거든. 왜 그런지 난 꼭 그래야만 이치(理致)에 맞을 것 같아서 그러는거야. 자 그럼 어서 어서"

무엇이 이치에 맞는지는 나 자신도 잘 모를 일이지만 좌우간 목구멍에 한 번 푹 하고 칼이 들어가 봐야만 주먹이 지랄하는 그 이유도 차차 풀릴 것 같다는 생각에 나는 몸이 달아서 조바심을 치는 것이었지만 그러나 지아의 태도는 냉정하기 짝이 없는 것이다.[40]

남편은 칼에 찔려 죽기를 소망하지만 그 소원은 이루어지지 못한다. 이 죽음에의 소원은 김주열의 죽음에서 비롯되는 것이며, 이는 물론 지식인의 실천 문제에 그 핵심이 닿아 있다. 5·16군사정권 하에서의 행동이란 곧 상징적 죽음이든 실재적 죽음이든 필시 죽음에 가까워짐을 의미한다. 그러나 죽음충동은 보존적 원리로서만 머물 뿐 실제로 행동화되지 못한다. 그런 의미에서 4월혁명은 일시적이고 예외적인 것이며, 김긴태의 행위 또한 마찬가지다. 그럼에도 불구하고 김주열이라는 죽음충동은 4월혁명 정신성의 핵심부에 여전히 자리한다. 5·16군사정권 하에서 4월혁명의 죽음충동은 언제든지 되살아나지만 그 즉시 억압되고 마는 데에 지식인의 수치가 존재한다. 5·16을 마주한 지식인의 내면적 실존은 정확히 이 지점에 처해 있다. 죽음으로써 항거하지 못하는 지식인의 수치는 아내를 폭행하고 아내의 칼끝에 몸이 난자당하기를 원하는 소원의 형태로 왜곡되고 마는 것이다. 이는 '보존적 원리'로서의

40 남정현, 「혁명 이후」, 『한양』, 1963.10, 241~242면.

죽음충동과 다르지 않으며, 4월혁명을 체험한 후 곧바로 5·16군사정권 체제를 살아가야 했던 지식인들의 내면을 드러낸다고 할 수 있다.

4. 4월혁명 이후의 문학적 좌표와 불모성

1) '기괴한 신'의 출현과 문학의 좌표들

이승만 정권이 붕괴한 후의 권력의 공백 상황은 당대의 지식인들에게는 환희이자 충격이거나 낯선 체험이었다. 더구나 4월혁명은 사실상 '정신적 혼미'[41]를 초래했던 '무주체 혁명'[42]이자 '기수(旗手)가 없는 혁명'[43]이기도 했다. 4월혁명은 자유, 민주, 정의를 보다 구체화하는 실천적 의제로 나아가기도 했으나, 당시 한국 사회를 지배했던 것은 김주열이라는 절대적 표상이었다. 마산 앞바다에 떠오른 김주열의 시신 사진이 4월혁명을 촉발했다는 점에서 김주열이라는 표상은 4월혁명 그 자체였다.[44] 4월혁명은 김주열의 시신 사진과 더불어 사살당한 시위 참여자들의 사진과 유서 등 "죽은 자의 몸과 목소리를 통해서 재현되었"으

41 조가경, 「혁명주체의 정신적 혼미—주체성 확립의 목표는 적극적 자유와 경제부강」, 『사상계』, 1961.4 참조.
42 조지훈, 「절제와 위의」, 『새벽』, 1960.7, 35면.
43 고병익, 「'혁명'에서 '운동'으로」, 『사상계』, 1960.6, 118면.
44 김승현, 「신문사진에 나타난 인본주의적 가치」, 『커뮤니케이션과학』 제17호, 2000, 44면.

며, "4 · 19혁명을 기억하는 것" 역시 "죽은 자들의 몸과 목소리에 직면하는 일"이어야 했던 것이다.[45] 그렇다면 김주열의 표상적 의미는 혁명이 초래한, 상징계의 파괴이자 그로 인한 공백(실재계)이라는 사태로서의 혁명이 아닐 수 없었다. 그런 의미에서 김주열은 당대 현실에서 강렬한 죽음충동으로 작용했던 것이다. 그러나 죽음충동은 상징계의 파괴를 통해 어떤 실재계를 드러낸다는 점에서 꺼림의 대상이 되기에 충분했다. 따라서 대부분 김주열을 혁명의 숭고한 희생자로만 예찬했던 당시의 시들과 달리 죽음충동과 실재계에 대한 불안의 정동을 드러내는 예외적인 작품으로 유치환의 시를 주목할 필요가 있다.

낙화한 꽃잎이여.
어리므로 더욱 가녀리던 부르짖음과
그 빗발 앞에서도
눈도 귀도 없던 저 괴물

보기 위한 동공 대신
생각키 위한 슬기로운 두뇌 대신
포탄이 들어 박힌 중량을 알겠는가?

비인간(非人間)과 organizm이 빚은
이위일체(二位一體)의

45 권명아, 「죽음과의 입맞춤」, 『4 · 19와 모더니티』, 문학과지성사, 2010, 223~225면.

이 기괴한 신(神)!

겁악(劫惡)의 암흑한 미로를 거쳐
순례자처럼
표연히 돌아왔음은

뉘가 이 주검을 거둘게냐?
그 회답과 증거를 위해
그대로 사라질순 없은 불사신

아아 공기보다 인간에겐
자유
희박해도 목숨할 수 없는 것.

마침내 도리킨 것을 노래하기 전
안공(眼孔)에 포탄을 꽂은 이 꽃을
거리거리 드높이 세우라.

목숨보다 준엄한 것을 받들기 위하여,
죽음보다 가증한 것을 잊지 않기 위하여.

— 유치환, 「안공(眼孔)에 포탄을 꽂은 꽃」 전문, 『예술원보』, 1960.12

"공기보다 인간에겐 / 자유"라는 구절에서 알 수 있듯이, 이 시 역시 김주열의 죽음을 자유와 민주의 강렬한 상징으로 들어앉히기 위한 시적 흐름으로 귀결되고 있다. 그러나 이 시에서 주목해야 할 점은 김주열의 주검을 "눈도 귀도 없던 저 괴물" 혹은 "비인간과 organizm이 빚은 / 이위일체의 / 이 기괴한 신"으로 표현하고 있는 부분이다. 김윤식은 "이 기괴한 신"이라는 구절에 주목하면서 이것이야말로 "단연 시문학사적 범주를 넘어서는 것이자 동시에 '4월혁명'을 규정하는 결정적 사실이 아닐 수 없다"[46]고 말한 바 있다. 김윤식이 "기괴한 신"이라는 구절에 이토록 눈을 떼지 못하는 이유는 무엇인가? 김주열이 열사로 의미화되기 직전의 상태, 즉 하나의 상징계가 파괴됨으로써 침입한 실재계를 발견했기 때문이다. 김윤식은 김주열의 주검이 뿜어내고 있는 실재계의 기운에 압도당한다. 유치환은 김윤식을 통해서 4월혁명의 기념비적 시인으로 거듭나고 있지만, 김윤식은 유치환을 통해서 4월혁명의 진정한 진앙지라 할 수 있는 죽음충동의 한 지점을 목격하고 있는 것이다.

유치환의 시가 증언하고 있듯이 4월혁명은 죽음충동 그 자체였다. 그러나 당대에는 죽음의 의미를 성찰할 만한 요량이 없었다. 죽음충동 그 자체가 4월혁명의 근원이자 정신성이라는 사실을 객관화시킬 수 없었던 것이다. 정작 그것을 지켜보았던 이들조차 그것이 무엇인지 모른 채 묘사할 수밖에 없었으며, 죽음충동과 결합된 혁명 앞에서 어떤 숭고를 마주하거나 어떤 고독을 느끼거나 어떤 허망에 사로잡혀야 했던 것이다. 그것은 공고했던 지배체제가 무너지는 순간에 발휘되는 낯설고도 미묘한 감정이다. 상징계가 균열하는 순간의 죽음충동을 마주할 때,

46 김윤식, 「4·19혁명에 대한 『지금 마산은』의 의의」, 『3·15의거 학술논문총서』, 3·15의거기념사업회, 2010, 550면.

유치환이 말했던 바의 그 "기괴한 신"은 순간적으로 해석불가의 대상이 되고 만다. 그것은 상징계를 파열시킴으로써 나타난 실재계의 침투라고 할 만한 것이다.

실재계로서의 이 '기괴한 신'은 1960년대를 압도했으며, '기괴한 신'에 대하여 1960년대의 문학은 다양한 좌표들로 분열될 수밖에 없었다. 예컨대, 신동엽은 그 실재계에 대해 "一九六〇년 四月 / 역사를 짓눌던 검은 구름장을 찢고" 나타난 "영원의 얼굴"[47]이라고 진술했으며, 신동문은 시위에 나선 혁명의 군중들을 "신화같이 나타난 다비데群들"[48]이라 표현하였다. 신동엽과 신동문은 상징계를 파열시킨 김주열의 주검을 통해 각기 "영원의 얼굴"과 "신화"의 숭고한 영웅을 발견한다. 김주열의 주검에 상상적 해석을 덧붙인 결과다. 그것은 '상상적 실재계'[49]다. 이에 반해 유치환은 주검을 주검 자체로 보고 있으며, 거기서 점화된 실재계적 충격을 있는 그대로 드러내고 있다. 이를 두고 '실재적 실재계'라 부를 수 있을 것이다. 이는 유치환뿐만 아니라 김수영에게서도 그 흔적을 발견할 수 있다.

> 푸른 하늘을 제압하는
> 노고지리가 자유로웠다고

47 신동엽, 「누가 하늘을 보았다 하는가」, 『신동엽 전집』, 창작과비평, 1990, 84면.

48 신동문, 「아—신화같이 다비데군(群)들」, 『사상계』, 1960.6, 353면.

49 지젝은 라캉을 전유하여 실재계의 3가지 양태를 다룬다. 실재적인 실재계(소름끼치는 사물 혹은 원초적 대상), 상징적 실재계(일상적 경험 세계로 번역되지 않는 양자물리학의 공식처럼 무의미한 공식으로 환원된 기표, 즉 일관성으로서의 실재), 상상적 실재계(어떤 불가사의한 알 수 없는 그 무엇, 즉 그 때문에 평범한 대상 속에서 숭고한 차원이 계시되는 불가해한 "어떤 것"). 슬라보예 지젝, 박정수 역, 『그들은 자기가 하는 일을 알지 못하나이다』, 인간사랑, 2007, 12~13면.

부러워하던

어느 시인의 말은 수정되어야 한다

자유를 위하여

비상하여 본 일이 있는

사람이면 알지

노고지리가

무엇을 보고 노래하는가를

어째서 자유에는 피의 냄새가 섞여 있는가를

혁명은 왜 고독한 것인가를

혁명은 왜 고독해야 하는 것인가를

— 김수영, 「푸른 하늘을」 전문[50]

김수영은 혁명의 공간인 "푸른 하늘"이 자유로운 공간만은 아니라는 사실을 어렴풋이 깨닫는다. "자유를 위하여 / 비상하여 본 일이 있는 / 사람"이 그곳에서 무엇을 발견하게 되는지에 대해서 김수영은 에둘러 진술한다. 자유에 섞인 "피의 냄새"가 자기희생을 의미한다는 점에서

50 김수영, 『김수영 전집 1—詩』, 민음사, 1992, 147면.

쉽게 이해될 수 있는 반면, "푸른 하늘"이라는, 혁명과 자유의 공간에서 느끼는 "고독"은 쉽게 이해가 되지 않는다. 혁명은 왜 고독한 것이고 왜 고독해야 하는 것인가? 도대체 노고지리는 무엇을 보아야 하고 무엇을 노래해야 하는가? 김수영은 사실상 혁명의 죽음충동을 직관적으로 깨닫고 있었다. "어째서 자유에는 피의 냄새가 섞여 있는가를". 자유와 죽음충동의 공존과 대립, 혹은 개인의 자유에 깃든 역사적 책무의 무거움과 고독. 김수영은 4월혁명의 정신성이 죽음충동에 있음을 직감했으나, 거기서 더 나아갈 수는 없었다. 다만 언어의 가상성을 넘어서 실제 현실로 도약하고자 하는 불가능한 충동만을 지니고 있었을 뿐이다. 김수영 시론의 극한의 한계이자 정점은 시가 더이상 실천을 보증하지 못한다는 예민한 자각과 성찰에 있었다.[51] 그 실천은 죽음충동의 실현이어야 했다.

4월혁명의 죽음충동은, 드문 경우를 제외하고, 쉽게 문학 속에 반영될 수 없었다. 유치환의 경우는 죽음충동의 지점을 목격한 매우 예외적인 경우이며, 김수영은 죽음충동의 문턱에서 좌절한 경우라고 할 수 있다. 1960년대 문학은 4월혁명의 심층을 흐르는 죽음충동을 형상화할 능력이 부재했거나 그것을 회피했다고 볼 수 있다. 그럼에도 불구하고 죽음충동은 '보존적 원리'의 형태 혹은 희미한 흔적으로나마 4월혁명 이후의 문학 속에 유입되거나 산포되어왔다. 달리 말해 1960년대는 죽음충동에 대한 각기 다른 대응방식으로 인해 문학 주체의 다양한 좌표들이 생산된 시대라고 할 수 있다. 그렇다면 1960년대 문학의 다양한 좌표

51 본서의 8장 4항을 참조할 것.

들을 보다 깊이 이해하는 하나의 관점으로서 죽음충동을 기억할 필요가 있는 것이다.

2) 4월혁명의 문학적 불모성과 죽음충동

숱하게 반복되어 온 말이지만, 민주주의는 공백이다.[52] 그 공백의 사태 앞에서 시인들은 각기 다른 반응을 보인다. 시인들은 혁명의 죽음충동이 가져온 공백이라는 사태 앞에서 거의 황홀경이거나 무기력한 상태였던 것이다. 5·16군사쿠데타 이후에도 학생들은 여전히 죽음충동의 상태로 남아 있었다. 한일협정 반대운동, 부정선거 규탄시위, 3선개헌 반대운동 등은 현대사의 질곡 속에서 죽음충동을 드러내는 증상이었다. 여기서 중요한 것은 학생과 지식인들의 죽음충동의 표출 방식이다. 학생들의 죽음충동이 '육체'를 통한 시위로 표출되고 있었던 반면에, 작가들의 죽음충동은 겨우 '글'로써 표출되고 있을 뿐이라는 사실은 1960년대 작가들의 곤경을 이해하는 데 매우 중요한 단서라고 할 수 있다. 다시 말해, 죽음충동과 실제 죽음의 간극이 곤경의 근본 원인인 것이다. 작가들은 육체로 표출되는 학생들의 죽음충동 앞에서 그저 무기력할 수밖에 없었다. 그것은 유치환의 표현대로 "기괴한 신"이었음에

52 지젝은 클로드 르포르의 견해에 기대 라캉의 관점에서 민주주의 개념을 공백으로 표현한다. "국민이 존재하지 않는 사회정치적 질서, 다시 말해 자기들의 유일한 대표부를 통해 구현된 하나의 통일체로 존재하지 않는 사회정치적 질서, 그렇기 때문에 민주주의 질서의 기본 특징은 구조적 필연성에 의해 권력의 자리가 비어 있다는 점이 되는 것이다." Claude Lefort, *L'Invention démocraticue*, Paris : Fayard, 1981(슬라보예 지젝, 이수련 역, 앞의 책, 237면에서 재인용).

분명했다. 지식인들은 '보존적 원리'로서의 죽음충동에 감금됨으로써 4월혁명에 대한 관습화된 예찬에 머물거나 학생들의 주검을 민주주의의 영웅 정도로 채색하는 정도에 머물고 만다. 4월혁명을 제대로 형상화하기 위해서는 죽음충동을 직접 마주해야 했으나, 한국 문인들에게 죽음충동은 버거운 대상일 수밖에 없었다. 여기서 바로 죽음충동과 실제 죽음 사이의 간극이 초래되는 것이다.

이 간극은 김윤식이 1970년에 이미 갈파했던 '四·一九의 문학적 불모성'[53]과 무관하지 않다.[54] 그가 보기에 '불모성'의 원인은 리얼리즘의 결여에 있다. 4월혁명이라는 "역사의 덩어리가 일상의 범주로 용해"됨으로써 문학의 방법과 4월혁명의 풍속이 분리되지 않는 "공적 표기로서의 리얼리즘"의 부재 말이다. 그러나 핵심은 4월혁명이 초래한 어떤 '당황함'에 대한 그의 날카로운 진단이다. 그는 4월혁명을 "역사책 속에 끼어놓은 四·一九와 당황함의 四·一九를 구분해 놓"는다. 그는 특이하게도 4월혁명을 언어화된 역사의 프레임으로써 바라보는 것이 아니라 "당황함 쪽에서 바라보는 것"을 시도한다. '역사책에 끼워놓은 四·一九'는 죽음충동이 거세된 과거화된 혁명에 지나지 않는다. "당황함의 의미는 역사책 속으로 빨려들지 않"는 것, 즉 과거화를 거부하는 데서

53 김윤식, 「四·一九와 한국문학—무엇이 말해지지 않았는가?」, 『사상계』, 1970.4, 293면.

54 4월혁명의 문학적 불모성에 대한 평가는 대체로 일치한다. 강인섭은 일찍이 "많은 작가들이 四·一九를 사건 전개의 배경으로만 다루었지, 四·一九 그 자체를 정면으로 탐구하지 못했"으며 "四·一九가 60년대를 가름하는 획기적인 사건임에도 이를 정치적으로 결속시키지 못한 것처럼 정신사적으로 四·一九를 소화하지 못했다"는 문제점을 지적한다. 홍기삼 역시 "아직도 4·19혁명의 본질은 문학적 미망 속에 깊이 매몰되어있는 것으로 보인다"고 정확하게 지적하고 있다. 하지만 여전히 아무도 4월혁명의 본질을 파악할 수 없는 까닭을 이해하지는 못하고 있다. 강인섭, 「문학 속의 『4·19의거』」, 『동아일보』, 1969.4.19, 5면; 홍기삼, 「문학과 '4·19'」, 『동아일보』, 1976.4.19, 5면.

비롯된다. 4월혁명은 여전히 시대를 압박하고 있었던 것이다.

> 머릿속의 혁명과 심장의 혁명, 그리고 피부의 혁명, 기타 인간생활 전반에 걸치는 혁명의 연속선이 가능한 사회, 그것이 문화사회일 것이다. 어떤 조직이나 기구, 혹은 어떤 취미나 감수성에서 몸을 돌려 한 개인이 숨을 쉴 수 있는 공간을 용인하는 것, 그것이 문화가 아닐 것인가, 내부의 주체적 요청사항으로서의 혁명이란 이러한 공간을 용인하는 곳에서 비롯되는 것이라면, 문학에서 四・一九가 무화될 이유의 일단이 드러날 수 있으리라. 심장의 혁명이나 혹은 머리의 혁명으로는 내부공간이 지속되지 못하고 불연속의 단절현상에 전락하는 것이 아닐까. 거룩한 역사의 필연성 따위란 실상 없는 것이다. 나는 그러한 엄숙한 사관을 인정하지 않는다. 어떠한 상황 속에서도 한 개인이 몸을 둘 수 있는 공간을 부여하는 것. 그 문화의 저층이 없을 때 용인되지 않을 때, 그 혁명은 머리든 발끝이든 불연속에 떨어지는 것이 아닐까.[55]

김윤식은 문화의 의미를 "한 개인이 숨을 쉴 수 있는 공간을 용인하는 것", 혹은 "어떠한 상황 속에서도 한 개인이 몸을 둘 수 있는 공간을 부여하는 것"으로 파악한다. "심장의 혁명"이나 "머리의 혁명"이 그러한 내부공간을 용인하지 않을 때 "혁명의 연속선"은 파괴되고 만다. 김윤식에게 혁명의 열정과 당위만큼이나 중요한 것은 "피부의 혁명", 그리고 "기타 인간생활 전반에 걸치는 혁명의 연속선"이다. 그것은 "내부의 주체적 요청사항"으로서 발현되는 혁명이다. 김윤식의 혁명은 정치체제의 변화

55 김윤식, 앞의 글, 292면.

뿐만 아니라 개인의 자유에도 방점이 찍혀 있다. 혁명의 "연속선"은 개인의 자유를 용인하는 문화가 실현될 때 비로소 이루어진다. 그러나 역설적이게도 개인의 자유가 용인되는 문화 혹은 문학 속에서 '4・19'는 "무화될" 운명을 맞이한다. 김윤식에 따르면, 혁명의 압박으로부터 자유로울 수 있는 공간이야말로 진정한 혁명과 문화의 공간이기 때문이다. 자유는 혁명을 지우고 혁명은 자유를 지우며 충돌한다. 이 충돌은 혁명이 완수되지 않은 현실에 비롯한다. 4월혁명은 개인의 자유를 허용하기 앞서 역사적 책무를 지식인들에게 부여했던 것이다. 그렇다면 4월혁명은 작가들의 개인적 내부공간을 허용하지 않는 역사적 당위로서 작가들을 압박해왔다는 주장이 아닌가. 그 압박을 4월혁명 이후의 문학(문화)은 감당할 수 없었다는 뜻이 된다. 그렇다면 4월혁명이 한국문학에 가한 압박이란 도대체 어떤 종류의 것일까. "한 개인이 숨을 쉴 수 있는 공간을 용인하는 것", 그리고 "한 개인이 몸을 둘 수 있는 공간을 부여하는 것"을 불가능케 한 압박이 무엇인지가 중요하다. 그러나 김윤식은 4월혁명이 문학에 가한 압박의 정체에 대해서 보다 면밀히 천착하지는 않는다. 다만 다음과 같은 진술만을 남기고 있을 뿐이다.

> 우리가 먼저 살펴보고 싶은 것은 四・一九같은 사건이 문화 및 문학에서 어떻게 작용하는가를 문학장상의 본질에서 파악해두는 일이다. 과연 작가들이 四・一九를 아무리 창작에 도입하려 해도, 바로 그 때문에 전혀 엉뚱한 작품을 쓰든가, 아니면 한 줄도 쓰지 못하는 이유는 무엇인가. 기껏 온정열을 가지고 四・一九를 다루었다는 것이 무슨 울음소리, 엉터리인 인물, 혹은 문학 이전의 옥타브만 높은 헛소리 남발에 떨어지고 마는 이유는 무엇인가, 이

러한 이유가 작자의 역량 부족인가, 한국문학사의 전통의 결함인가, 혹은 四·一九라는 사건 자체 때문인가, 등등에 대한 고찰이 선행해야 되리라고 판단되는 것이다. 四·一九의 문학적 불모성의 파악을 위해 우리는 문학이란 무엇인가, 라는 질문을 던져야 하리라. 말한다는 것은 무엇이며, 말하지 않는다는 것은 무엇인가라는 질문 바로 다음에 놓이는 문학의 지평을 가능하면 섬세히 논의해 놓아야 하리라.[56]

김윤식의 관심은 4월혁명이 문화 및 문학에 미친 영향과 그 결과에 있다. 그것은 단적으로 "작가들이 四·一九를 아무리 창작에 도입하려 해도, 바로 그 때문에 전혀 엉뚱한 작품을 쓰든가, 아니면 한 줄도 쓰지 못하는 이유"와 관련된다. 그것이야말로 4월혁명이 문화와 문학에 가한 압박의 실체라고 할 수 있다. 김윤식은 그것에 대한 해명을 구체화하지 못하고 있지만, 김윤식이 주목했던 유치환의 시 「동공에 포탄을 꽂은 꽃」을 통해 사후적(事後的)으로 드러난다. 그것은 바로 '보존적 원리'를 벗겨낸 죽음충동의 실현이다. 상징계를 파열시키는 죽음충동의 실현, 즉 실제의 죽음은 어떤 언어로도 착근될 수 없는 실재계로서의 "당황함" 그 자체다. 4월혁명은 지식인들에게 죽음을 요구한다. 죽음에의 요구가 바로 "각자의 책임영역"[57] 속으로 파고들어 "당황함"을 유발시키며, 이 "당황함"이 4월혁명 이후의 또다른 "문화의 의미"로 자리잡는다. 이처럼 죽음충동과 실제 죽음에 대한 작가들의 회피 현상은 4월혁명 이후 형성된 '문화적 의미'의 진정한 면모라고 할 수 있다. 문인을

56 위의 글, 293~294면.
57 위의 글, 293면.

포함한 지식인들이 이 죽음충동을 대면하지 않는 한 4월혁명의 문학적 불모성은 극복되기 힘든 것이다. 이것이야말로 "四·一九같은 사건이 문화 및 문학에서 어떻게 작용하는가를 문학장 상의 본질에서 파악해 두는 일"의 궁극적인 의미이다. 다시 말해, 죽음충동의 회피야말로 "작가들이 四·一九를 아무리 창작에 도입하려 해도, 바로 그 때문에 전혀 엉뚱한 작품을 쓰"는 이유가 되며, "한 줄도 쓰지 못하는 이유"가 된다. 이는 김윤식이 어렴풋이 암시하고 있듯이, "작자의 역량부족"이나 "한국문학의 전통의 결함" 때문이 아니라, "四·一九라는 사건 자체" 때문이다. 하여 4월혁명이 발산하는 죽음충동 앞에서 작가들은 "문학이란 무엇인가, 라는 질문을 던져야" 했던 것이다. 4월혁명의 문학은 죽음충동 속에서 그 심층의 의미를 간취할 수 있으며, 작가로서의 의미 역시 마찬가지라고 할 수 있다.

김윤식은 4월혁명이 문학에 남긴 압박을 구체화하지는 못했으나, 어렴풋이 감득하고 있었음이 분명하다. 4월혁명 이후의 문학은 죽음충동 그 자체여야 했다. 더 나아가 문학은 죽음이어야 했으며, 작가로서의 삶 역시 죽음이어야 했다. 이러한 불가능한 욕망이야말로 4월혁명 이후의 문학(작가)을 억압했다. 문학은 그 자체로써 작가의 죽음이 될 수 없었고, 작가 스스로도 김주열이 될 수 없었다. 그러한 자기수치 속에서 죽음충동에 대한 반복강박이 작가의 내면을 갉아먹었으며, 대부분의 작가들은 그마저도 회피하고자 했던 것이다. 일찍이 천상병과 임중빈이 말했듯이 순교로서의 문학, 혹은 순교자로서의 작가야말로 4월혁명 앞에서 스스로 떳떳할 수 있는 유일한 방법이었다.[58] 따라서 4월혁명 앞에서 작가란 자신의 죽음을 온전히 받아들일 준비가 된 존재여야 했다. 이런 맥락에서야 김윤식의 "작가가 아닌 자, 작가가 되려고 노력하지 않는 자에겐 四·一九란 없는 것이다. 작가가 아닌 자에겐 四·一九란 없는 것이다. 작가 아닌 자에겐 四·一九란 일어난 바 없는 것이다"[59]라는 전언이 이해될 수 있다. 4월혁명 이후의 작가란 곧 죽는 자, 즉 순교자여야 했다. 이것이 김윤식이 말한 "당황함의 四·一九"에 대한 사후적(事後的) 해석의 한 자리라고 할 수 있다.

5. 김주열에서 전태일로의 혁명적 전이

4월혁명의 상징은 김주열이다. 4월혁명은 김주열로 인해서 그 자체로 죽음충동이 된다. 그것은 거역할 수 없는 역사적 운명의 지위를 얻는다. 김주열의 주검을 "해인출륙(海人出陸)하니 정의등국(正義登國)이라"(바다에서 사람이 육지에 올라오니 정과 의로써 나라가 서더라)라고 했던 정감록의 예언적 실현으로 해석한 것[60]은 당대는 물론이거나 지금까지도 유효한 현실감을 형성한다. 바다에서 육지로 올라온 사람은, 유치환의 표현대로라면, "기괴한 신"이다. 그것은 이승만 정권을 일거에 전복시켜

58 천상병은 괴테의 말 "독일의 작가 된다는 것, 독일의 순교자 된다는 것이다"를 인용하여 작가의 순교를 강조한 바 있으며, 임중빈 역시 작가로서의 "행동"을 넘어서 "순교(殉教)"를 강조한 바 있다. 천상병, 「四·一九 이전의 문학적 속죄」, 『자유문학』, 1960.9, 200면; 임중빈, 「미지의 독자 앞에」, 『부정의 문학』, 한얼문고, 1972, 5면.

59 김윤식, 앞의 글, 293면.

60 김용규 편저, 『주열은 죽지 않았다—김주열군의 수기편』, 국제신보사, 1960, 13면.

버리는 죽음의 권력이자 죽음충동이다. 5·16군사정권이 김주열의 죽음충동이 작동하는 4월혁명을 거세하고자 했으나, 김주열의 목소리는 유령으로 떠돌아다닌다. 예컨대, 『청맥』 1965년 5월호의 권두언에는 김주열의 목소리가 실려 있다. "대화 앗아간 / 五月의 거리를 향하여 / 나는 / 이제 / 정녕 / 살은 자들을 / 고발하련다." 여기서 "나"는 바로 김주열이다. 소환된 유령의 목소리는 4월혁명을 경험한 1960년대 지식인들의 내면을 장악했던 것이다.

그러나 김주열의 표상성은 1960년대 후반으로 갈수록 약화된다. 군사독재의 억압은 정치투쟁을 문화투쟁으로 퇴행시켰으며, 이 과정에서 1960년대의 정치적 범주의 죽음충동은 문화적 범주의 죽음충동으로 변질되고 만다. 문화적 범주의 죽음충동은 주로 정치의 관점에서 볼 때 '보존적 원리'의 성격이 강하다. 이것이 바로 '보존적 원리'로서의 죽음충동이다. 정치와 문화를 경계로 하여 나뉜 죽음충동의 간극은 언표행위주체와 언표내용주체의 간극만큼이나 극복되기 힘든 것이다. 그래서 1960년대 지식인들은 5·16쿠데타 이후 '정치 / 문화'의 분열과 간극을 고통스럽게 의식해야 했다. 이로 인해 죽음충동은 문화적 범주로 제한되고 말았으며, 이때의 죽음충동이란 고작 기성세대의 문화를 전복하는 반(反)문화적 충동이거나 문학이 '문학'의 한계를 넘어 그 자체로 '정치'가 되고자 하는 불가능한 충동에 불과했다.

이러한 문학을 참여문학이라 일컫더라도, 문학은 문학일 뿐 결코 정치가 될 수 없었다. 아니, 문학 스스로가 정치가 될 수 있는 권력은 문학이 아니라 정권에 있었다. 무수한 필화사건에서 알 수 있듯이, 문학은 정권의 탄압을 받을 때만 비로소 정치일 수 있기 때문이다. 문학 스스로 정치가 될 수 없고 오로지 독재정권에 소환될 때라야 정치가 되는 딜레마야말로 4·19와 5·16의 대결이 남긴 참여문학의 정신사적 유산이라 할 수 있다. 이 딜레마가 왜 중요한가. 이 딜레마에 죽음충동의 부재가 관여하기 때문이다. 박정희 앞에서 할복하려 했던 김긴태처럼 독재정권이라는 강력한 법을 전복하고자 하는 죽음충동을 실제 행동으로 현실화하기란 힘든 노릇이다. 겨우 문학을 통한 표출이 고작인데, 이때 문학은 정치적으로 이미 실패한 것이다. 정권의 소환을 받을 때 비로소 문학은 타율적으로나마 가까스로 정치가 될 수 있으나, 그것조차 실패를 뒤집은 성공에 불과하다. 4·19와 5·16의 대결 속에서 참여문학은 정확히 이 지점에 놓여 있다. 1960년대의 참여문학이 (불온한 시를 쓰고도 서랍 속에 넣어둘 수밖에 없었던 김수영처럼) 일정한 한계를 지닐 수밖에 없었던 근본원인이다.

4월혁명의 죽음충동이 문학의 장에서 순치되어가는 동안 4월혁명의 의례 역시 점차 소멸해갔다. 김주열이라는 죽음충동의 표상은 1960년대 후반으로 갈수록 그 동력이 저하되고 만다. 4월혁명 기념일(4월 19일)에 휴교령을 내리는 등 혁명기념일에 대한 탄압이 작용하기도 했지만, 시간의 경과와 더불어 추념의 강도는 약화되기 마련이다. 무엇보다 군사정권은 형식적으로나마 민주주의를 유지하고 있었고, 부정선거였을지라도 국민에 의해 선출된 정권이었다. 강력한 반공론과 국가재건론은 김주열의 표상성을 점진적으로 약화시키기에 충분했다. 그러나 군사정권이 3선개헌을 단행하면서 혁명과 죽음은 다시 호출되어야 했다. 군사정권의 엄혹한 탄압 속에 언론, 교수, 문인들은 침묵했으나 학생들은 투쟁했으며, 3선개헌을 계기로 기독교계마저 저항전선에 가담하게

된다.[61]

그러나 4월혁명 이후 이미 10여 년의 세월이 흐른 상황에서 죽음충동은 새로운 표상이 필요했다. 김주열은 혁명의 강렬한 상징이었지만, 그것을 증폭시킬 구체적인 서사가 부재했다. 김주열은 제대로 된 평전 하나 없었음에도 불구하고 4월혁명 의례마다 빠짐없이 언급될 정도로 "기억의 과잉과 부재"[62] 속에 존재했다. 김주열 이외의 다른 열사들의 하위서사가 창출되기도 했으나 모두 김주열의 주검 속으로 흡수되고 말 정도로 1960년대의 죽음충동은 김주열이라는 표상을 벗어나지 못했다. 그런 의미에서 1970년 11월 전태일의 분신사건은 "한국정치갈등의 지형전환에서 중대한 분수령"이자 "노동자들의 생존권 문제가 본격적으로 등장한 최초의 계기"였으며, 무엇보다도 "새로운 세대, 새 피, 새 성향의 젊은 재야의 출현을 알리는 신호탄"이었다.[63] 전태일로 인해, 학생·지식인들의 반정부·반독재 투쟁과 민주노조운동이 결합한 형태의 투쟁전선이 형성되었으며,[64] 그것은 빈민·노동자 문제와 결합한 반독재투쟁이었다. 전태일의 분신과 유신체제의 등장은 저항세력과 군사정권 중 하나만 살아남을 수 있는 "생사투쟁(life-or-death-struggle)"[65]

61 1970년 4월 한국기독교학생총연맹이 기독교계 최초로 '4·19 10주년 기념행사'를 하고 『기독교사상』은 1970년 8월호 '3선개헌 특집'을 싣는다. 오재식, 「길을 찾아서-기독학생연맹, 기독교계 최초 4·19기념식」, 『한겨레신문』, 2013.3.14, 27면.

62 전성태는 서사의 부재에 대해 다음과 같이 말한다. "그는 기억의 과잉과 부재 속에 앉아 있었다. 4·19혁명과 관련한 그의 사회역사적 평가는 과잉되어 있었지만 정작 그가 어떤 집안에서 태어나 어떤 꿈을 꾸고 어떻게 살았는지 그 짧은 생을 알 길이 없었다. (…중략…) 김주열의 이름을 아는 사람은 많았으나 정작 김주열을 아는 사람은 드물었다." 전성태, 『김주열』, 민주화운동기념사업회, 2003, 7면.

63 박명림, 「박정희 시대 재야의 저항에 관한 연구, 1961~1979」, 『한국정치외교논총』 제30집 1호, 2008, 39면.

64 신병현, 「민주노조운동의 전태일 애도와 재현」, 『역사연구』 제20호, 2011, 19면.

65 박명림, 앞의 글, 44면.

을 초래했다. 이는 한국 현대사에서 본격적인 죽음충동의 분출을 의미한다. 죽음충동을 의식화한 생사투쟁은, 1974년 '자유실천문인협의회'의 결성에서 보듯, 비로소 1960년대 지식인들의 수치와 한계를 극복할 수 있는 계기를 마련했던 것이다.

참고문헌

1. 기본자료

신문

『경향신문』, 『동아일보』, 『민족일보』, 『서울신문』, 『조선일보』, 『한겨레신문』

잡지

『개벽』, 『기독교사상』, 『기러기』, 『다리』, 『대조』, 『동아춘추』, 『문학과지성』, 『문학춘추』, 『민족21』, 『비지네스』, 『사상계』, 『상황』, 『새가정』, 『새벽』, 『세계』, 『세대』, 『신동아』, 『신문평론』, 『신태양』, 『신학사상』, 『여원』, 『예술원보』, 『월간중앙』, 『자유문학』, 『정경문화』, 『정경연구』, 『중앙정치』, 『지성』, 『창조』, 『청맥』, 『창작과비평』, 『최고회의보』, 『한양』, 『현대공론』, 『현대문학』

동인지

『비평작업』, 『사계』, 『산문시대』, 『신춘시』, 『68문학』, 『현대시』, 『현실』

2. 잡지 · 신문 매체 수록 자료

비평 · 에세이 · 소설

강영준, 「사월의 영광」, 『한양』, 1965.4.
강원룡, 「민주혁명의 드라마」, 『기독교 사상』, 1961.4.
강인섭, 「문학 속의 '4 · 19의거'」, 『동아일보』, 1969.4.19.
고병익, 「'혁명'에서 '운동'으로」, 『사상계』, 1960.6.
고영복, 「혁명후 사회동태의 의미」, 『사상계』, 1961.4.
곽종원, 「문학과 혁명」, 『개벽』, 1946.4.
______, 「좌우익 논쟁 거쳐 整地作業 완성단계」, 『현대문학』, 1965.4.
구 상, 「문학정신과 혁명정신—삼일절 기념강연 초고」, 『전선문학』, 1953.4.
______, 「혁명과 문학」, 『동아춘추』, 1962.12.

구중서, 「서정주와 현실도피」, 『청맥』, 1965.6.
______, 「신동엽론－그의 10週忌에」, 『창작과비평』, 1979 봄.
김경동, 「대중사회와 대중문화」, 『사상계』, 1968.5.
김경옥, 「자기를 지키는 자는 자기여야 한다－행동이 없는 지성은 지성이 아니라는 의미로서」, 『새벽』, 1960.4.
김광섭, 「혁명과 인간애와 건설」, 『최고회의보』, 1961.8.
김기석, 「국가재건과 인간혁명」, 『최고회의보』, 1961.8.
______, 「한국혁명과 道德重整」, 『최고회의보』, 1962.5.
______, 「무력감과 공상의 사이」, 『사상계』, 1963.3.
김동리, 「나의 소설 작업」, 『문장』, 1939.3.
______, 「문학과 자유의 옹호」, 『백민』, 1947.6・7.
______, 「본격문학과 제 3세계관」, 『대조』, 1947.8.
______, 「순수문학의 진의」, 『서울신문』, 1947.9.15.
______, 「생활과 문학의 핵심－김동석군의 본질에 대하야」, 『신천지』, 1948.1.
______, 「문학하는 것에 대한 사고, 『백민』, 1948.3.
김동명, 「상실된 젊음－젊은 세대에 告하는 글」, 『사상계』, 1957.5.
김동석, 「순수의 정체－김동리론」, 『신천지』, 1947.11・12.
김동욱, 「신라문화의 본질과 비판」, 『세대』, 1963.7.
김명신, 「시를 통해 본 四・一九」, 『한양』, 1971.4・5.
김명진, 「대학생의 윤리」, 『한양』, 1969.4.
김민채, 「혁명경제 二年의 결산」, 『사상계』, 1963.4.
김범부, 「邦人의 국가관과 화랑정신」, 『최고회의보』, 1961.10.
김병걸, 「사회성과 의식과 상상」, 『현대문학』, 1971.8.
김병규, 「순수문제와 휴머니즘」, 『신천지』, 1948.1.
김병익, 「청년문화의 태동」, 『동아일보』, 1970.2.19.
______, 「『4・19』와 문화」, 『동아일보』, 1970.4.18.
______, 「지성과 반지성」, 『문학과지성』, 1971.5.
______, 「청년문화와 매스컴」, 『신문평론』, 1974.11.
______, 「권력과 반지성주의」, 『기독교 사상』, 1975.1.
______, 「4・19, 혁명으로의 진화」, 『한국일보』, 2010.2.4.
김붕구, 「증인문학－앙드레 말로의 경우」, 『사상계』, 1955.12.

______, 「증언으로서의 문학」, 『사상계』,1960.5.
______, 「한국지식인의 생태－인텔리의 앙가쥬망과 정치」, 『사상계』, 1961.9.
______, 「지성의 가면극－현대사회의 지성인」, 『세대』, 1963.10.
______, 「작가와 사회」, 『세대』, 1967.11.
김삼규, 「조국에 부치는 글」, 『새벽』, 1960.7.
김상일, 「순수문학논의」, 『현대문학』, 1958.5.
______, 「평론가로서의 책무」, 『현대문학』, 1963.3.
김성식, 「혁명과 반동」, 『새벽』, 1960.7.
______, 「한국지식인의 현재와 장래」, 『사상계』, 1961.9.
김성태, 「五·一六 이후의 청년심리」, 『사상계』, 1962.5.
김　송, 「느티나무집」, 『최고회의보』, 1962.7.
김수영, 「紙上 남북서신교환－詩友 김병욱 형에게」, 『민족일보』, 1961.5.9.
______, 「참여시의 정리」, 『창작과비평』, 1967 겨울.
______, 「저 하늘 열릴 때」, 『세계의 문학』, 1993 여름.
김순남, 「문학의 주체적 반성」, 『한양』, 1962.4.
______, 「문학건설과 휴머니즘」, 『한양』, 1963.2.
______, 「작가의 윤리」, 『한양』, 1963.7.
______, 「사실과 리얼리티」, 『한양』, 1963.9.
______, 「현실묘사와 작가정신」, 『한양』, 1964.12.
______, 「한국적인 것과 문학어」, 『한양』, 1966.4.
______, 「四·一九와 한국문학」, 『한양』, 1971.4·5.
______, 「리얼리즘 소고」, 『한양』, 1972.1.
김양수, 「격동기의 문학행동」, 『현대문학』, 1960.7.
______, 「무용성의 문학」, 『현대문학』, 1969.4.
______, 「참여문학의 자기미망」, 『현대문학』,1971.5.
______, 「사회참여, 그 악몽의 문학」, 『비평문학』, 1971 여름.
______, 「참여문학의 문학학살」, 『현대문학』, 1971.8.
김영곤, 「四月의 기록」, 『한양』, 1969.4.
김영모, 「한국문화와 권력구조」, 『사상계』, 1968.5.
김완태, 「공산당의 이면」,『최고회의보』, 1962.6.
김용호, 「국가의 안전과 국민의 자유 위해－반공특별법안을 반대한다」, 『민족일보』,

1961.3.23.
______,「영광은 젊은 사자들에게－한 시인의 부끄러운 반성」,『한양』, 1964.4.
김우종,「작가의 반항권과 자유」,『세계』, 1960.7.
______,「도피와 참여의 문학」,『현대문학』, 1961.6.
______,「순수의 자기기만」,『한양』, 1965.7.
______,「저 땅 위에 도표를 세우라」,『현대문학』, 1964.5.
김우정,「작가와 독자」,『현대문학』, 1963.3.
김우창,「한국시와 형이상－하나의 관점」,『세대』, 1968.7.
김운학,「지성의 반성」,『현대문학』, 1958.8.
김윤식,「역사의 예술화－신라정신이란 괴물을 폭로한다」,『현대문학』, 1963.10.
______,「四・一九와 한국문학－무엇이 말해지지 않았는가?」,『사상계』, 1970.4.
김인재,「四・一九의 교훈－그 이주년에 즈음하여」,『한양』, 1962.4.
______,「四・一九의 역사적 지위」,『한양』, 1966.4.
______,「김주열의 조국관」,『한양』, 1968.4.
김재원,「교수와 원대복귀」,『세대』, 1963.7.
김재준,「불안의 근저」,『사상계』, 1957.5.
______,「학생세대에 거는 민족의 理想」,『창조』, 1972.3.
______,「4・19의 참정신」,『다리』, 1972.5.
김재춘,「간첩침략과 국민생활」,『최고회의보』, 1962.6.
______,「민주주의와 혁명」,『최고회의보』, 1962.8.
김종만,「四・一九와 민주정신」,『한양』, 1970.4・5.
김중희,「자기혁명」,『최고회의보』, 1961.8.
김진만,「지식인의 사회의식」,『사상계』, 1965.5.
김창순,「민주・공산 양국가의 권력구조와 개인의 지위」,『최고회의보』, 1962.6.
김철순,「소외된 지식인과 대중」,『청맥』, 1966.3.
김춘수,「혁명은 소낙비처럼 지나가고」,『동아일보』, 1960.12.14.
김팔봉,「지식계급론」,『사상계』, 1956.4.
______,「국민혁명에의 전향」,『최고회의보』, 1961.10.
______,「새해에 부치는 국민의 염원」,『최고회의보』, 1962.1.
______,「용기」,『사상계』, 1966.12.
김 현,「선언」,『산문시대・1』, 가림출판사, 1962.

______, 「한국 비평의 가능성」, 『68문학』, 한명문화사, 1969.
김형욱, 「민족혁명과 국가공보선전정책에 대하여」, 『최고회의보』, 1962.11.
______, 「三・一정신과 우리의 진로」, 『최고회의보』, 1963.3.
남상철, 「四・一九의 금일적 의의」, 『한양』, 1969.4.
______, 「四・一九와 한국학생운동」, 『한양』, 1970.4・5.
남재희, 「청춘문화론」, 『세대』, 1970.2.
남정현, 「혁명이후」, 『한양』, 1963.10.
노명식, 「4・19의 정신사적 의의」, 『다리』, 1971.4.
문중섭, 「화랑도정신과 국군의 위치」, 『최고회의보』, 1962.7.
문철호, 「사월에 부쳐」, 『한양』, 1970.4・5.
민관식, 「혁명유감」, 『새벽』, 1960.7.
민석홍, 「四月革命의 史觀－반독재의 민주혁명이다」, 『세계』, 1960.6.
박경리, 「자기문학의 재비판」, 『동아일보』, 1960.5.18.
박남수, 「명랑한 사회를 이룩하자」, 『최고회의보』, 1961.8.
박동운, 「새 세대에 대한 반공사상교양」, 『최고회의보』, 1962.6.
박연희, 「그 전야」, 『최고회의보』, 1963.5.
박용구, 「문학자는 항상 성낸다－「뜨뜨미지근」에서의 탈피들」, 『새벽』, 1960.9.
박원석, 「김주열군을 생각하며」, 『한양』, 1963.4.
박정희, 「혁명정부의 사명」, 『최고회의보』, 1961.8.
______, 「공산위협과 우리의 경제재건」, 『최고회의보』, 1961.12.
박종화, 「농촌재건을 위하는 길」, 『최고회의보』, 1962.4.
박태순, 「무너진 극장」, 『월간중앙』, 1968.8.
______, 「젊은이는 무엇인가」, 『아세아』, 1969.3.
______, 「환상에 대해서－어느 사학도의 젊은 시절①」, 『월간중앙』, 1975.1.
박태준, 「울산공업지구 「쎈타」 의 기공을 보고」, 『최고회의보』, 1962.3.
박한석, 「인적구성의 쇄신」, 『새벽』, 1960.7.
박화성, 「영원한 기억의 날 : 五月十六日 새벽 三時 三十八分」, 『최고회의보』, 1962.2.
백　철, 「정치와 문학의 우정에 대하야」, 『대조』, 1946.4.
______, 「현대문학과 전통의 문제」, 『조선일보』, 1956.1.6.
______, 「혁명 뒤에 오는 문학과제들」, 『새벽』, 1960.9.
______, 「거울에 비쳐진 一年間의 혁명과업」, 『최고회의보』, 1962.5.

백용찬, 「혁명경제의 회고」, 『최고회의보』, 1963.5.
백현기, 「젊은 지성인들의 갈등」, 『동아일보』, 1960.11.27.
서기원, 「소설가로서의 책무」, 『현대문학』, 1963.3.
서동욱, 「군사정권과 근대화 문제」, 『사상계』, 1965.6.
서정주, 「신라인의 지성 (上)」, 『현대문학』, 1958.1.
______, 「시인으로서의 책무」, 『현대문학』, 1963.3.
______, 「신라의 영원인」, 『세대』, 1963.7.
______, 「사회참여와 순수개념」, 『세대』, 1963.10.
______, 「역사의식의 자각」, 『현대문학』, 1964.9.
______, 「내가 차지한 하늘」, 『세대』, 1973.4.
______, 「새벽의 지성들」, 『세대』, 1973.6.
선우휘, 「사회참여의식의 도착」, 『새벽』, 1960.5.
______, 「문학은 써먹는 것이 아니다」, 『조선일보』, 1967.10.19.
______, 「현실과 지식인」, 『아세아』, 1969.2.
성백준, 「지성에의 소개 (一)」, 『문학춘추』, 1965.11.
성창환, 「승공을 위한 경제정책」,『최고회의보』, 1962.6.
손우성, 「지식인과 저항」, 『사상계』, 1968.5.
송 욱, 「한국지식인과 역사적 현실—수양이냐, 출세냐, 정치참여냐?」, 『사상계』, 1965.4.
송건호, 「세대론—4.19, 5.16에 나타난 세대의 단층과 그것의 정신분석」, 『사상계』, 1962.12.
______, 「새 세력을 부른다」, 『사상계』, 1963.10.
______, 「四·一九의 의의, 『한양』, 1965.4.
______, 「한국지식인의 의식상황」, 『세대』, 1968.12.
신동문, 「썩어진 지성에 방화하라」, 『새벽』, 1960.5.
______, 「아—신화같이 다비데군(群)들」, 『사상계』, 1960.6.
______, 「목내이여, 안녕」, 『자유문학』, 1963.4.
______, 「시인아 입법하라 아니면 폭동하라」, 『동아춘추』, 1964.3.
______, 「행동한다 그러므로 존재한다」, 『세대』, 1964.5.
______, 「시인이 못 된다는 이야기」, 『세대』, 1965.11.
신동엽, 「시인정신론」, 『자유문학』, 1961.2.
______, 「六十년대의 시단 분포도—신저항시운동의 가능성을 전망하며」, 『조선일보』,

1961.3.30~31.
______, 「시인 · 가인 · 시업가」, 『대학신문』, 1969.3.24.
______, 「신저항시운동의 가능성」, 『다리』, 1971.10.
신상초, 「지식인의 정치참여」, 『사상계』, 1959.5.
______, 「학생도 인간이요 시민이다—그 권리를 침해 말라」, 『새벽』, 1960.4.
______, 「이승만폭정의 종언」, 『사상계』, 1960.6.
______, 「정치안정과 자유민주주의—정신혁명이 무엇보다도 필요」, 『새벽』, 1960.7.
신석호, 「육 · 이오와 우리민족의 방향」, 『최고회의보』, 1962.6.
신일철, 「절대주의의 종말」, 『세계』, 1960.6.
______, 「소리 없는 혁명」, 『사상계』, 1961.11.
______, 「국민운동과 그 지도자」, 『최고회의보』, 1962.5.
______, 「사월의 싹은 자란다」, 『사상계』, 1965.4.
안병욱, 「지성과 행동의 이율배반」, 『다리』, 1970.11.
여석기, 「문학과 지식인—조직과 인간의 사이」, 『사상계』, 1959.5.
______, 「대중문화와 지식인」, 『사상계』, 1966.4.
오병헌, 「한국에 있어서의 대학생과 정치」, 『세대』, 1969.4.
오재경, 「승공이념이 생활화 되어야 한다」, 『최고회의보』, 1962.6.
오재식, 「길을 찾아서—기독학생연맹, 기독교계 최초 4 · 19기념식」, 『한겨레신문』, 2013.3.14.
오화섭, 「Audio-Visual 문화—시청각 문화론」, 『사상계』, 1966.8.
원형갑, 「지식인과 지성마조히즘—선우휘 씨의 현실과 지식인을 읽고」, 『아세아』, 1969.4.
유달영, 「역사의 분수령—민족의 운명을 결정하는 재건국민운동」, 『최고회의보』, 1962.5.
______, 「살인공모」, 『최고회의보』, 1962.6.
______, 「국민운동에 대한 나의 소신」, 『최고회의보』, 1962.12.
유진오, 「재건국민운동의 성격과 방향」, 『최고회의보』, 1961.8.
유태영, 「반공정신무장의 강화책」, 『최고회의보』, 1962.6.
윤병로, 「문학자의 사회적 지위」, 『현대문학』, 1963.3.
윤석중, 「위정자와 이발사」, 『새벽』, 1960.5.
윤재걸, 「4 · 19 권력엘리트의 야망」, 『정경문화』, 1984.4.

윤하선, 「공산당 전략전술의 해부」, 『최고회의보』, 1962.6.
이관구, 「五・一六 군사혁명과 통일문제」, 『최고회의보』, 1961.8.
이광주, 「지성의 역사와 그 문제성」, 『상황』, 1973 봄.
______, 「지식인과 지식사회」, 『세대』, 1968.2.
이기영, 「민주주의의 정신적 기초」, 『사상계』, 1962.11.
이낙선, 「박정희 장군」, 『최고회의보』, 1961.8.
이동준, 「자유는 생명보다 귀하다-공산치하에서 벗어나」, 『최고회의보』, 1962.6.
이석제, 「五・一六혁명과 법치국가재건」, 『최고회의보』, 1961.8.
이성희, 「방송은 권력을 좋아한다」, 『사상계』, 1968.5.
이숭녕, 「'일본적'과 '미국적'-해방 이십 년의 문화적 주체의식의 반성」, 『사상계』, 1964.6.
이시재, 「한국민주화 과정에 있어서의 4・19」, 『다리』, 1971.4.
이어령, 「화전민 지역」, 『경향신문』, 1957.1.11~12.
______, 「현대작가의 책임」, 『자유문학』, 1958.4.
______, 「사회참가의 문학-그 원리적인 문제」, 『새벽』, 1960.5.
______, 「공보선전의 몇 가지 문제점」, 『최고회의보』, 1962.5.
______, 「오늘을 사는 세대 (39)-젊음의 조건」, 『경향신문』, 1963.5.23.
______, 「지성의 등화관제」, 『세대』, 1963.6.
______, 「누가 그 弔鐘을 울리는가」, 『조선일보』, 1968.2.20.
______, 「문학은 권력이나 정치이념의 시녀가 아니다」, 『조선일보』, 1968.3.10.
______, 「서랍 속에 든 '불온시'를 분석한다-「지식인의 사회참여」를 읽고」, 『사상계』, 1968.3.
______, 「우리들의 청춘문화-제로의 지점에 있으면서……」, 『다리』,1971.1.
______, 「우리들의 청춘문화-청춘문화란 무엇인가?」, 『다리』, 1971.2.
이우재, 「자립을 위한 서전(緒戰)」, 『사상계』, 1970.4.
이인석, 「혁명현실과 문학」, 『자유문학』, 1961.8.
이철범, 「앙가쥬망의 문학적 용어」, 『자유문학』, 1960.9.
______, 「새로운 사고」, 『최고회의보』, 1963.3.
______, 「원칙과 현실의 분기점에서」, 『최고회의보』, 1963.4.
______, 「혁명과 시인과 고독」, 『세대』, 1963.12.
이철승, 「헌정 二〇年에 대한 나의 평가」, 『사상계』, 1969.11.
이택휘, 「군정과 헌정」, 『사상계』, 1969.2.

______, 「신생국가의 정치적 발전」, 『사상계』, 1970.2.
이항녕, 「자연법과 정의의 승리－사월혁명의 법철학적 의의」, 『세계』, 1960.6.
이현희, 「부록인생」, 『최고회의보』, 1963.7.
이형기, 「문학의 기능에 대한 반성－순수 옹호의 노트」, 『현대문학』, 1964.2.
______, 「주류의 전통적 지향」, 『현대문학』, 1965.4.
______, 「작가의 성실성」, 『사상계』, 1965.10.
이화수, 「그 어느 땐가 자유의 꽃은 피어나리」, 『다리』, 1971.4.
이후락, 「혁명과업과 언론의 협조」, 『최고회의보』, 1962.5.
임　갑, 「싸르트르의 사상과 정치참여」, 『청맥』, 1965.2・3.
임긍재, 「문학과 정치의식」, 『현대공론』, 1954.8.
임방현, 「주체성을 세우려는 각성」, 『사상계』, 1963.1.
______, 「구호냐? 이념이냐?－세대교체의 신화와 반신화 비판」, 『최고회의보』, 1963.6.
______, 「지식인의 사명」, 『사상계』, 1964.10.
______, 「혁명과 지식인」, 『정경연구』, 1968.5.
임원택, 「혁명경제 二年간의 총결산」, 『비지네스』, 1963.7.
임중빈, 「막연한 지식의 곡예」, 『올 다이제스트』, 1964.10.
______, 「문학과 인간의 모랄」, 『한양』, 1965.4.
______, 「객관적 상황과 문학」, 『한양』, 1965.8.
______, 「저항문학의 자세－현대작가와 창조적 지성」, 『성균』 19호, 1965.11.
______, 「참여의 아포리아－문단의 현황과 그 장래」, 『현대문학』, 1968.1.
______, 「참여문학의 인식」, 『정경연구』, 1968.6.
______, 「변경지대의 발돋움－70년도 문화총평」, 『기러기』, 1970.11.
______, 「학생운동을 통한 사회참여」, 『다리』, 1970.11.
______, 「청년문화의 적신호－71년도 문화계의 득과 실」, 『기러기』, 1971.12.
______, 「정신 문화공해의 퇴치」, 『새가정』, 1972.6.
임헌영, 「도전의 문학」, 『사상계』, 1969.12.
장백일, 「문학혁신」, 『한양』, 1964.4.
______, 「비굴한 지성들」, 『문학춘추』, 1964.11.
______, 「전통과 주체성」, 『비평문학』, 1971.
장이욱, 「청년의 가슴에 불길이 일어나야 한다」, 『새벽』, 1960.1.
______, 「대학을 나오는 젊은이들에게－뒤에 어찌 될 것을 묻지 마라」, 『새벽』, 1960.3.

장일우, 「현실과 작가」, 『한양』, 1962.6.
______, 「한국적인 것과 전통적인 것」, 『자유문학』, 1963.6.
______, 「한국현대시의 반성」, 『한양』, 1963.9.
______, 「시대정신과 한국문학」, 『한양』, 1965.4.
장준하, 「혁명상미성공」, 『사상계』, 1960.8.
______, 「긴급을 요하는 혁명과업의 완수와 민주정치에로의 복귀」, 『사상계』, 1961.7.
______, 「신뢰감에 기반한 '마음의 혁명'」, 『사상계』, 1963.4.
전영택, 「혁명과 문학인의 지향」, 『현대문학』, 1962.4.
______, 「문학자의 국가적 책무」, 『현대문학』, 1963.3.
정귀량, 「혁명업적의 재평가」, 『최고회의보』, 1961.8.
정비석, 「어떤 혁명가」, 『최고회의보』, 1961.10.
정세웅, 「승공태세의 확립과 원자력의 평화적 이용」, 『최고회의보』, 1962.6.
정영훈, 「四·一九를 회상하며」, 『한양』, 1964.4.
정창범, 「현대와 반역정신-대중·지식인」, 『현대문학』, 1960.11.
______, 「문학자의 사회적 책무」, 『현대문학』, 1963.3.
______, 「카메레온의 비극-지성의 배신계보」, 『사상계』, 1963.12.
______, 「정치와 문학」, 『현대문학』, 1965.6.
정태용, 「정치와 문학」, 『중앙정치』 1957.11.
______, 「문학자의 윤리적 책무」, 『현대문학』, 1963.3.
______, 「似而非知性의 문학」, 『현대문학』, 1963.5.
______, 「전통과 주체적 정신-세대 의식 없이 옳은 전통은 없다」, 『현대문학』, 1963.8.
______, 「주체성과 비평정신」, 『현대문학』, 1964.7.
조가경, 「혁명주체의 정신적 혼미-주체성 확립의 목표는 적극적 자유와 경제부강」, 『사상계』, 1961.4.
조경식, 「울산공업지구의 윤곽」, 『시사』, 1962.6.
조규동, 「역사의 분수령에 서서-위기의 三個月을 극복하는 길」, 『세계』, 1960.7.
조동일, 「전통의 퇴화와 계승의 방향」, 『창작과비평』, 1966.가을.
조연현, 「논리와 생리」, 『백민』, 1947.8·9.
조지훈, 「선비의 직언-격동기에 있어서의 지성인의 사명」, 『새벽』, 1960.5.
______, 「귀로」, 『사상계』, 1960.10.
______, 「지성과 문화-전환기의 지성을 위하여」, 『새벽』, 1960.3.

______, 「절제와 위의」, 『새벽』, 1960.7.
______, 「큰 일 위해 죽음을 공부하라－사월의 학생들에게」, 『고대신문』, 1962.4.18.
지명관, 「푸로테스탄트의 四·一九」, 『새벽』, 1960.6.
______, 「새나라는 새마음에서」, 『새벽』, 1960.7.
______, 「五·一六은 四·一九정신의 계승 아니다」, 『사상계』, 1964.4.
______, 「분노의 서」, 『사상계』, 1965.1.
차병권, 「혁명경제 二年이 남긴 것」, 『비지네스』, 1963.7.
천관우, 「停滯性의 극복과 근대화－혁명정부에 바라는 것」, 『최고회의보』, 1961.12.
천상병, 「청춘발산을 억제하지 말라」, 『여원』, 1960.8.
______, 「四·一九 이전의 문학적 속죄－왜 현실적이 되지 못했던가?」, 『자유문학』, 1960.9.
______, 「우리들 청춘의 묘지」, 『새벽』, 1960.11.
최규하, 「반공과 남북통일」, 『최고회의보』, 1962.6.
최석채, 「민주혁명의 미완성」, 『새벽』, 1960.6.
최석채·고영복 대담, 「지식인」, 『세대』, 1969.2.
최신해, 「데모성 노이로제」, 『새벽』, 1960.7.
최인훈, 「문학활동은 현실비판이다」, 『사상계』, 1965.10.
최일수, 「四·一九 이후의 문학적 전망－공통된 명제의 세계로」, 『자유문학』, 1960.9.
______, 「반항적 문학」, 『현대문학』, 1961.4.
______, 「종착역의 기수 (一)－우리 시의 근대와 현대」, 『현대문학』, 1964.1.
______, 「종착역의 기수 (二)－우리 시의 근대와 현대」, 『현대문학』, 1964.2.
______, 「종착역의 기수 (三)－우리 시의 근대와 현대」, 『현대문학』, 1964.3.
______, 「종착역의 기수 (完)－우리 시의 근대와 현대」, 『현대문학』, 1964.8.
______, 「현대지성의 현대문학－「오늘」을 창조하는 시간 위에서」, 『현대문학』, 1965.5.
______, 「참여문학은 시녀인가」, 『현대문학』, 1971.6.
______, 「전통주의와 세계주의－續·분단의 문학」, 『현대문학』, 1969.9.
최해인, 「울산공업지구조성의 전모」, 『내무행정』, 1962.4.
최현식, 「부끄럽군요」, 『동아일보』, 1960.5.18.
한완상, 「청년문화의 특성과 그 윤리적 기반」, 『신학사상』, 5호, 1974.
한재덕, 「공산주의 이론과 현실」, 『최고회의보』, 1962.6.
한재덕, 「현하 반공의 긴요성」, 『최고회의보』, 1961.8.

한태연, 「한국의 지식계급」, 『사상계』, 1959.5.
______, 「전제군주의 몰락—사월혁명의 역사적 의의」, 『세계』, 1960.6.
______, 「국가재건비상조치법해설」, 『최고회의보』, 1961.8.
함석헌, 「국민감정과 혁명완수」, 『사상계』, 1961.1.
______, 「5 · 16을 어떻게 볼까?」, 『사상계』, 1961.7.
______, 「민족개조론」, 『최고회의보』, 1961.8.
______, 「새혁명」, 『사상계』, 1963.10.
______, 「혁명의 철학」, 『사상계』, 1968.4.
현승종, 「법의 근저에 있는 것」, 『세계』, 1960.7.
홍 천, 「반공의식을 생리화 · 일상화하자」, 『최고회의보』, 1962.6.
______, 「선전의 강화책을 논함」, 『최고회의보』, 1962.9.
홍기삼, 「전통에의 반역」, 『현대문학』, 1965.2.
______, 「문학과 '4 · 19'」, 『동아일보』, 1976.4.19.
홍사중, 「비평의 영토(上)—비평문학의 한계성」, 『사상계』, 1961.7.
______, 「지식인의 의상—한국의 지식인의 제문제」, 『현대문학』, 1962.2~3.
______, 「악세사리 文化面」, 『사상계』, 1962.7.
______, 「한국문학의 오늘의 과제」, 『한양』, 1963.11.
______, 「작가와 현실—서정주 씨의 글을 읽고」, 『한양』, 1964.4.
______, 「카메레온의 윤리—태양이 보이지 않는 날의 엘리뜨」, 『세대』, 1965.9.
______, 「지식인과 권력」, 『기독교 사상』, 1968.4.
______, 「두 지성론」, 『창작과비평』, 1975.3.
황종갑, 「三 · 一정신과 우리의 각오」, 『최고회의보』, 1962.3.

좌담 · 방담 · 대담

좌담(김상협 · 부완혁 · 신상초 · 한태연), 「민주정치 최후의 교두보」, 『사상계』, 1960.5.
좌담(이동욱 · 김상협 · 이동화 · 최문환 · 김재순), 「보수냐 혁신이냐」, 『새벽』, 1960.7.
좌담(부완혁 · 유달영 · 최이순 · 이만갑), 「신생활운동의 요령」, 『사상계』, 1960.9.
좌담(신상초 · 이항녕 · 이강현 · 박찬세 · 류익형), 「주도세력 없는 혁명은 정변에 불과—四 · 一九 이주년을 회고하며」, 『사상계』, 1962.4.
방담(고영복 · 송건호 · 송욱 · 신일철), 「생활문화 없는 한국—문화적 현실과 정치적 현실」, 『사상계』, 1965.5.

좌담(김치남 · 변성규 · 박효조 · 신규범 · 문근수 · 이성우 · 황융용 · 양동준), 「四 · 一九와 재일청년학생」, 『한양』, 1968.4.
정담(권윤혁 · 민석홍 · 임방현), 「혁명 · 지식인 · 근대화」, 『정경연구』, 1969.4.
좌담(구중서 · 김윤식 · 김현 · 임중빈), 「四月혁명과 한국문학」, 『사상계』, 1970.4.
좌담(김종빈 · 남재희 · 이어령 · 이영호), 「한국의 청년문화」, 『세대』, 1971.9.
대담(임중빈 · 천관우), 「지성의 사회적 실천」, 『창조』 통권 1호, 1971.9.
좌담(구중서 · 김윤식 · 김현 · 임중빈), 「4 · 19와 한국문학」, 『상황』, 1972 봄.
좌담(선우휘 · 지학순 · 차하순 · 이용희), 「지식인과 현실참여」, 『신동아』, 1974.1.

권두언

미　상, 「권두언 : '나'의 혁명」, 『새벽』, 1960.6.
김상현, 「권두언 : 四 · 一九 열두돌과 복간」, 『다리』, 1972.4.
장이욱, 「권두언 : 청년의 정열」, 『새벽』, 1960.10.

번역글

Francois, Bondy, 「사르트르와 정치」, 『신동아』, 1968.4.
다글라스, 윌리암 A., 「신생국가와 일당독재」, 『사상계』, 1963.5.
밀리컨, 막스 · 도날드, 블랙크머, 「신생국가론」, 『사상계』, 1962.9.
부 컥 턱, M., 「저개발국가의 경제계획과 민주정치」, 『사상계』, 1962.2.
뻬에르 · 베르토, 「지식인과 행동」, 『사상계』, 1954.1.
______________, 「지식인과 행동」, 『자유문학』, 1960.9.
사르트르, 「지식인의 위치와 역할」, 『세대』, 1966.11.
________, 「지식인의 저항－그 고독한 운명」, 『사상계』, 1967.2.
쉴즈, 에드워드, 고영복 역, 「신생국가의 지식인과 정치발달」, 『사상계』, 1960.9～10.
스트레이치, 존, 「내일을 헤아릴 수 없는 정치」, 『사상계』, 1965.6.

3. 논문 및 평론

강계숙, 「신동엽 시에 나타난 전통과 혁명의 의미」, 『한국근대문학연구』 제10호, 2004.10.

강소연, 「1960년대 비평문학 연구」, 이화여대 박사논문, 2004.
고명철, 「1960년대 참여문학 비평의 전위성 : 저항과 부정의 글쓰기 – 임중빈의 비평을 중심으로」, 『비평문학』 제31호, 2009.3.
권성우, 「4 · 19세대 비평의 성과와 한계」, 『문학과사회』, 2000 여름.
김건우, 「1964년의 담론 지형」, 『대중서사연구』 제22호, 2009.
김동식, 「4 · 19세대 비평의 유형학」, 『문학과사회』, 2000 여름.
김승현, 「신문사진에 나타난 인본주의적 가치 – 4 · 19혁명 보도사진을 중심으로」, 『커뮤니케이션 과학』 제17호, 2000.8.
김영찬, 「4 · 19와 1960년대 문학의 문화정치 – 이청준의 소설을 중심으로 한 시론(試論)」, 『한국근대문학연구』 제15호, 2007.4.
김학동, 「신라의 영원주의 – 서정주의 「신라초」를 중심으로」, 『어문학』 제24호, 1971.4.
김행선, 「김주열, 4월혁명의 횃불로 부활한 한 알의 밀알」, 『내일을 여는 역사』, 2008 가을.
김행숙, 「'시적인 것'과 '정치적인 것'」, 『국제어문』 제47집, 2009.12.
노명식, 「혁명의 개념」, 『서양사론』 제33호, 1989.11.
노지승, 「대학생과 건달, 김승옥 소설과 청춘 영화에 나타난 1960년대 청년 표상」, 『한국현대문학연구』 22권, 2007.8.
박대현, 「문학의 '시취'를 둘러싼 추문 혹은 추도」, 『작가와비평』, 2009 상반기.
______, 「혁명의 결여와 주이상스 – 시의 정치적 윤리에 대하여」, 『시현실』, 2010 봄.
______, 『4월혁명과 60년대 문학비평의 욕동 연구』, 부산대 박사논문, 2011.8.
______, 「이어령 비평의 탈정치성과 청년문화론」, 『한국민족문화』 44호, 2012.8.
______, 「4월혁명의 공백과 탈공백」, 『한국문학이론과비평』, 2013.3.
______, 「『다리』지의 현실참여와 행동주의의 의미」, 『한국문학이론과비평』, 2013.9.
박명림, 「박정희 시대 재야의 저항에 관한 연구, 1961~1979」, 『한국정치외교논총』 제30집 1호, 2008.
______, 「현대한국과 4월혁명 – 20세기 동아시아 및 세계적 지평에서의 성찰」, 제50주년 4 · 19혁명기념사업회, 『제50주년 4 · 19 민주혁명 기념 국제학술회의』 2010.4.14.
박지영, 「1960년대 참여시와 두 개의 미학주의 – 김수영, 신동엽의 참여시론을 중심으로」, 『반교어문연구』 통권 제20호, 2006.2.
박현수, 「서정주와 미학적 기획으로서의 신라정신」, 『한국근대문학연구』 제14호, 2006.
박훈하, 「서구적 교양주의의 탄생과 몰락 – 이어령론」, 『오늘의 문예비평』, 1997 겨울.

서상현, 「국가재건최고회의 기관지 『최고회의보』에 관한 연구」, 한국외국어대 석사논문, 2013.8.
석형탁, 「1960년대 임중빈의 문학비평」, 고려대학교 석사논문, 2008.12.
송은영, 「1960~70년대 한국의 대중사회화와 대중문화의 정치적 의미」, 『상허학보』 32집, 2011.6.
송재영, 「지식인 소설의 전개」, 『문학과지성』, 1975. 여름.
신병현, 「민주노조운동의 전태일 애도와 재현」, 『역사연구』 제20호, 2011.
심광현, 「세대의 정치학과 한국현대사의 재해석」, 『문화과학』, 2010 여름.
오창은, 「1960년대 소설의 4·19혁명 관련 양상 연구」, 중앙대 석사논문, 1998.6.
원희복, 「『민족일보』 재판기록이 사라졌다」, 『민족21』 제9호, 2001.
유창민, 「1960년대 잡지에 나타난 대학생 표상-『사상계』의 대학생 담론을 중심으로」, 『겨레어문학회』 47권, 2011.
윤병로, 「한국문학에서 청년문화의 전개상」, 『대동문화연구』 제18권 1호, 1984.
이경수, 「'국가'를 통해 본 김수영과 신동엽의 시」, 『한국근대문학연구』 제11호, 2005.4.
이만우, 「라깡 정신분석과 정치적 주체성」, 『라깡과 현대정신분석』 제13권 1호, 2012.
이명원, 「청년혁명사의 계보학-'동학'에서 '촛불'까지」, 『문화과학』, 2011 여름.
이선미, 「'청년' 연애학 개론의 정치성과 최인호 소설」, 『대중서사연구』 24권, 2010.12.
이순욱, 「4월혁명시의 매체적 기반과 성격 연구」, 『한국문학논총』 제45집, 2007.4.
이승원, 「'하위주체'와 4월혁명-'하위주체'의 참여형태를 통해 본 민주화에 대한 반성」, 『기억과 전망』 20호, 2009 여름.
이어령·김용희, 「환각의 서사를 찾아서, 미래의 문학을 찾아서」, 『작가세계』, 2011 겨울.
이현우, 「라캉주의 좌파는 무엇을 고민하는가-슬라보예 지젝을 중심으로」, 『오늘의 문예비평』, 2010 가을.
임영봉, 「4·19세대 비평 담론의 형성과정」, 『우리문학연구』 16집, 2003.12.
임헌영, 「4·19세대의 문화사적 의미」, 『황해문화』, 2010 여름.
장백일, 「한국문학에서의 순수와 참여논쟁 연구」, 『어문학논총』 12집, 1993.2.
전상기, 「1960·70년대 한국문학비평 연구」, 성균관대 박사논문, 2002.
정과리, 「김현 비평의 현재성」, 『문학과사회』, 2000 여름.
조대엽, 「4월혁명의 순환구조와 6·3항쟁 : 역사주기론의 시각」, 『한국과 국제정치』 69호, 2010.

조영복, 「수사, 동경 그리고 에세이」, 『오늘의 문예비평』, 1997 겨울.
주창윤, 「1970년대 청년문화 세대 담론의 정치학」, 『언론과 사회』 14권 3호, 2006.8.
진순애, 「1960년대 시학의 실천적 지평—4·19혁명정신의 실천을 중심으로」, 『한국시학연구』 제12호, 2005.4.
차영훈, 「국가재건최고회의의 조직과 활동」, 경북대 석사논문, 2005.
천정환, 「교양의 재구성, 대중성의 재구성」, 『현대문학연구』 35집, 2011.12.
최동호, 「시와 시론의 문학적·사회적 가치」, 『한국시학연구』 제22호, 2008.8.
하르팔 브라르, 편집부 역, 「뜨로츠키주의인가 레닌주의인가? (6)」, 『정세와 노동』, 2010.2.
하일민, 「근현대 민족현실과 지식인 전쟁세대의 좌절과 4월혁명세대의 두 가지 길」, 『역사비평』, 1992 가을.
홍성식, 「전후 순수·참여문학론 연구」, 『한국문예비평연구』 제2권, 1998.
홍성태, 「4월혁명 기억의 제도화와 사회적 결과」, 『기억과 전망』 22호, 2010 여름.
홍신선, 「존재인가 의미인가」, 『우리문학의 논쟁사』, 어문각, 1985.
홍용희, 「전통지향성의 시적 추구와 대동아공영권—서정주 친일시의 논리」, 『한국문학연구』 제34집, 2008 상반기.
______, 「전통지향성의 시적 추구와 대동아공영권」, 『한국문학연구』 제34집, 2008.6.
홍원표, 「정신의 삶과 정치적 삶의 원형을 찾아서」, 한나 아렌트, 홍원표 역, 『혁명론』, 한길사, 2004.
______, 「4월 민주혁명과 그 이념의 계승·발전 방안」, 제50주년 4·19혁명기념사업회, 『제50주년 4·19 민주혁명 기념 국제학술회의』 2010.4.14.
홍태영, 「정치적인 것의 발견과 현대 민주주의의 모색」, 『현대 정치철학의 모험』, 난장, 2010.
황현산, 「시의 몫, 몸의 몫」, 김명인·임홍배 편, 『살아있는 김수영』, 창비, 2005.
르 클레지오, 김윤진 역, 「패러독스의 숲에서」, 『문학동네』, 2009 봄.
킨더만, 곳프리드 칼(Kindermann, Gottfried Karl), 「4·19민주혁명의 정신과 외국의 인식」, 제50주년 4·19혁명기념사업회, 『제50주년 4·19 민주혁명 기념 국제학술회의』, 2010.4.14.

4. 단행본

3·15의거기념사업회 편, 『3·15의거 학술논문총서』, 3·15의거기념사업회, 2010.

강만길 외, 『4월혁명론』, 한길사, 1986.
구모룡, 『한국문학과 열린체계의 비평 담론』, 열음사, 1992.
구중서, 『문학을 위하여』, 평민사, 1978.
______, 『한국문학과 역사의식』, 창작과비평사, 1985.
권보드래 · 천정환, 『1960년을 묻다』, 천년의 상상, 2012.
권성우, 『비평의 희망』, 문학동네, 2001.
김 현, 『김현 문학전집』 7,문학과지성사, 2003.
김경복, 『한국 아나키즘시와 생태학적 유토피아』, 다운샘, 1991.
김규동 · 김병걸 편, 『친일작품선집』 2, 실천문학사, 1986.
김명인 · 임홍배 편, 『살아있는 김수영』, 창비, 2005.
김민환, 『민족일보 연구』, 나남출판, 2006.
김병익, 『열림과 일굼』, 문학과지성사,1991.
김삼웅, 『한국필화사』, 동광출판사, 1987.
김상환, 『풍자와 해탈 혹은 사랑과 죽음－김수영론』, 민음사, 2002.
김수영, 『김수영 전집 1 · 시』, 민음사, 1992.
______, 『김수영 전집 2 · 산문』, 민음사, 1982.
김승희 편, 『김수영 다시 읽기』, 프레스21, 2000.
김용규 편술, 『주열은 죽지 않았다 : 김주열군의 수기편』, 국제신보사, 1960.
김윤식, 『운명과 형식』, 솔, 1992.
______, 『임화연구』, 문학사상사, 1993.
______, 『한국현대문학사－1945～1980』, 일지사, 1994.
김윤식 외, 『상상력의 거미줄』, 생각의 나무, 2003.
김인재 편, 『시대정신과 한국문학』, 한양사, 1972.
김재용, 『협력과 저항』, 소명출판, 2004.
김재홍, 『한국현대문학의 비극론』, 시와시학사, 1994.
김종회 편, 『한국의 명비평』, 문학의 숲, 2009.
김중하, 『소설, 비평적 읽기의 실제』, 세종출판사, 2005.
김판수, 『시인 신동문 평전－시대와의 대결』, 북스코프, 2011.
김현 · 김윤식, 『한국문학사』, 민음사, 1991.
남송우, 『다원적 세상보기』, 전망, 1994.
노영기 외, 『1960년대 한국의 근대화와 지식인』, 선인, 2004.

문학사와 비평연구회, 『1960년대 문학연구』, 예하, 1993.
박노자 외, 『레닌과 미래의 혁명』, 그린비, 2008.
박정희, 『국가와 혁명과 나』, 지구촌, 1997.
박종성, 『혁명의 이론사』, 인간사랑, 1991.
박태순, 『무너진 극장』, 책세상, 2007.
백　철, 『한국문학의 이론』, 정음사, 1964.
사월혁명연구소 편, 『한국사회변혁운동과 4월혁명』 1, 한길사, 1990.
사월혁명연구소 편, 『한국사회변혁운동과 4월혁명』 2, 한길사, 1990.
서정주, 『서정주 문학앨범』,웅진출판, 1994.
______, 『80소년 떠돌이의 시』, 시와시학사, 2001.
세계사 편집부, 『공안사건기록』, 세계, 1986.
신경림 편, 『4월혁명 기념시전집』, 학민사, 1983.
신동문, 『행동한다 그러므로 존재한다』, 솔, 2004.
신동엽, 『신동엽 전집』, 창작과비평, 1990.
양문규, 『자율적 문학의 단말마?』, 글누림, 2006.
우찬제・이광호 편, 『4・19와 모더니티』, 문학과지성, 2010.
유종호, 『비순수의 선언-유종호 전집 1』, 민음사, 1995.
윤보선, 『구국의 가시밭길』, 한국정경사, 1967.
이명원, 『타는 혀』, 새움, 2000.
이어령, 『저항의 문학』, 경지사, 1960.
______, 『거부하는 몸짓으로 이 젊음을』, 동화출판공사, 1969.
______, 『노한 젊은 세대』, 민예사, 1986.
______, 『저항의 문학』, 기린원, 1986.
______, 『젊은이여 어디로 가는가』, 기린원, 1996.
이어령・강창래, 『유쾌한 창조』, 알마, 2010.
이임자, 『한국출판과 베스트셀러』, 경인문화사, 1998.
이형기, 『절벽』, 문학세계사, 1998.
임방현, 『근대화와 지식인』, 지식산업사, 1973.
임영봉, 『한국 현대문학 비평사론』, 역락, 2000.
임중빈, 『부정의 문학』, 한얼문고, 1972.
임헌영, 『창조와 변혁』, 형성사, 1979.

______, 『민족의 상황과 문학사상』, 한길사, 1986.
임헌영 편, 『문학논쟁집』, 태극출판사, 1976.
장준하, 『사상계지 수난사—장준하 문집3』, 사상, 1985.
전경갑, 『문화적 인간 인간적 문화』, 푸른사상, 2003.
전성태, 『김주열』, 민주화운동기념사업회, 2003.
정규웅, 『글동네에서 생긴 일』, 문학세계사, 1999.
정근식 · 이호룡 편, 『4월혁명과 한국민주주의』, 선인, 2010.
조영일 외, 『현대 정치철학의 모험』, 난장, 2010.
조지훈, 『지조론』, 나남출판, 1996.
천정환 · 김건우 · 이정숙, 『혁명과 웃음』, 앨피, 2005.
최원식 · 임규찬 편, 『4월혁명과 한국문학』, 창비, 2002.
최인훈, 『문학을 찾아서』, 현암사, 1970.
______, 『문학과 이데올로기』, 문학과지성사, 1983.
하상일, 『1960년대 현실주의 문학비평과 매체의 비평전략』, 소명출판, 2008.
한강희, 『한국 현대비평의 인식과 논리』, 태학사, 1998.
한승헌, 『분단시대의 법정』, 범우사, 2006.
______, 『한승헌변호사 변론사건실록』 1, 범우사, 2006.
함석헌 외, 『한국혁명의 방향』, 중앙공론사, 1961.
해석과판단 비평공동체, 『일곱 개의 단어로 만든 비평』, 산지니, 2010.
홍문표, 『한국현대문학논쟁의 비평사적 연구』, 양문각, 1985.
홍신선 편, 『우리 문학의 논쟁사』, 어문각, 1985.
홍영유, 『4월혁명통사—제10권』, 천지창조, 2010.
황동규 편, 『김수영의 문학』, 민음사, 1994.

5. 번역 및 외국서

그람시, 안토니오, 이상훈 역, 『그람시의 옥중수고 · 1』, 거름, 2006.
낭시, 장 뤽, 「유한하고 무한한 민주주의」, 『민주주의는 죽었는가?』, 난장, 2010.
도울링, 윌리엄 C., 곽원석 역, 『『정치적 무의식』을 위한 서설』, 월인, 2000.
랑시에르, 자크, 오윤성 역, 『감성의 분할』, 도서출판b, 2008.

__________, 진태원 역, 「미학혁명과 그 결과」, 『뉴레프트 리뷰』, 길, 2009.
__________, 주형일 역, 『합의의 시대를 평론하다』, 인간사랑, 2011.
르페브르, 앙리, 박정자 역, 『현대세계의 일상성』, 세계일보사, 1990.
마르쿠제, 허버트, 박종렬 역, 「미적 차원」, 『예술과 혁명』, 풀빛, 1982.
마생, 장, 양희역 역, 『로베스피에르, 혁명의 탄생』, 교양인, 2007.
모리오카 마사히로, 조성윤 역, 『무통문명』, 모멘토, 2005.
밀너, 앤드류, 이승렬 역, 『우리시대 문화이론』, 한뜻, 1996.
밀레, 알랭 편, 맹정현·이수련 역, 『자크라캉 세미나 11—정신분석의 네 가지 근본 개념』, 새물결, 2008.
바디우, 알랭, 이종영 역, 『조건들』, 새물결, 2006.
__________, 현성환 역, 『사도바울』, 새물결, 2008.
__________, 장태순 역, 『비미학』, 이학사, 2010.
버틀러, 주디스 외, 박대진·박미선 역, 『우연성 헤게모니 보편성』, 도서출판b, 2009.
벤야민, 발터, 김영옥 외역, 『발터벤야민 선집·1—일방통행론 / 사유이미지』, 길, 2007.
__________, 반성완 역, 『발터 벤야민의 문예이론』, 민음사, 1990.
보드리야르, 장, 정연복 역, 『섹스의 황도』, 솔, 1994.
__________, 하태환 역, 『사라짐에 대하여』, 민음사, 2012.
보러, 칼 하인츠, 최문규 역, 『절대적 현존』, 문학동네, 1998.
부르디외, 피에르, 하태환 역, 『예술의 규칙』, 동문선, 1999.
블루어, 데이비드, 김경만 역, 『지식과 사회의 상』, 한길사, 2000.
사르트르, 장 폴, 방곤 역, 『지식인의 변명』, 보성출판사, 1985.
__________, 정명환 역, 『문학이란 무엇인가』, 민음사, 2008.
스타브라카키스, 야니, 이병주 역, 『라캉과 정치』, 은행나무, 2006.
아감벤, 조르조, 강승훈 역, 『남겨진 시간』, 코나투스, 2008.
아도르노, T.W., 홍승용 역, 『미학이론』, 문학과지성사, 2000.
아렌트, 한나, 이진우·태정호 역, 『인간의 조건』, 한길사, 2001.
__________, 홍원표 역, 『정신의 삶·1—사유』, 푸른숲, 2004.
__________, 홍원표 역, 『혁명론』, 한길사, 2004.
에반스, 딜런, 김종주 역, 『라깡정신분석사전』, 인간사랑, 1998.
윌리엄스, 레이먼드, 성은애 역, 『기나긴 혁명』, 문학동네, 2007.
윌킨슨, 제임스 D., 이인호·김태승 역, 『지식인과 저항』, 문학과지성사, 1984.

이글턴, 테리, 「비평의 기능」, 테리 이글턴 외, 유희석 역, 『비평의 기능』, 제3문학사, 1991.
__________, 김명환 외역, 『문학이론입문』, 창작과비평, 1992.
제임슨, 프레드릭, 남인영 역, 『보이는 것의 날인』, 한나래, 2003.
젠크스, 크리스, 『문화란 무엇인가』, 현대미학사, 1996.
졸, 제임스, 이종은 역, 『그람시 그 비판적 연구』, 까치, 1984.
주판치치, 알렌카, 이성민 역, 『실재의 윤리』, 도서출판b, 2008.
지젝, 슬라보예, 김소연·유재희 역, 『삐딱하게 보기』, 시각과 언어, 1995.
__________, 김정아 역, 『죽은 신을 위하여』, 길, 2007.
__________, 박정수 역, 『그들은 자기가 하는 일을 알지 못하나이다』, 인간사랑, 2007.
__________, 이성민 역, 『부정적인 것과 함께 머물기』, 도서출판b, 2007.
__________, 김서영 역, 『시차적 관점』, 2009.
__________, 박정수 역, 『잃어버린 대의를 옹호하며』, 그린비, 2009.
__________, 이현우 외역, 『폭력이란 무엇인가』, 난장이, 2011.
__________, 이수련 역, 『이데올로기의 숭고한 대상』, 새물결, 2013.
카터, 에이프릴, 조효제 역, 『직접행동』, 교양인, 2008.
카토 히사타게 외, 이신철 역, 『헤겔사전』, 도서출판b, 2009.
케이헌, 앨런 S., 정명진 역, 『지식인과 자본주의』, 부글북스, 2010.
키에자, 로렌초, 이성민 역, 『주체성과 타자성－철학적으로 읽은 자크 라캉』, 난장, 2012.
트로츠키, 레온, 정성진 역, 『영구혁명』, 신평론, 1989.
__________, 김정겸 역, 『문학과 혁명』, 과학과사상, 1990.
프로이트, 이윤기 역, 『종교의 기원－프로이트 전집·13』, 열린책들, 1993.
______, 윤희기 역, 『정신분석학의 근본 개념－프로이트 전집 11』, 열린책들, 2004.
핑크, 브루스, 맹정현 역, 『라캉과 정신의학』, 민음사, 2002.
__________, 이성민 역, 『라캉의 주체－언어와 향유 사이에서』, 도서출판b, 2010.
호머, 숀, 김서영 역, 『라캉 읽기』, 은행나무, 2007.

Baudrillard, Jean, trans. Iain Hamilton Grant, *Symbolic Exchange and Death*, Sage publication, 2006.

Jameson, Fredric, *The Political Unconsciousness*, Cornell University Press, 1981.

Lacan, Jacques, trans. Bruce Fink, *Ecrits*, W.W.Norton, 2002.

Lacan, Jacques, trans. Dennis Porter, *The Seminar VII : The Ethic of Psychoanalysis 1959～1960*, Norton, 1997.

Lefort, Claude, *Democracy and Political Theory*, Oxford, 1988.

Stavrakakis, Yannis, *The Lacanian Left*, State University of New York Press, 2007.

찾아보기

(ㅇ)

(ㅈ)

(ㅊ)